南开大学中外文明交叉科学中心研究项目

宁稼雨 主编

中国叙事文化学研究报告

I

1994—2004

梁晓萍 赵 红
李春燕 李万营

副主编

天津出版传媒集团

天津人民出版社

图书在版编目（CIP）数据

中国叙事文化学研究报告. Ⅰ, 1994—2004 / 宁稼雨主编；梁晓萍等副主编. -- 天津：天津人民出版社, 2024.6
ISBN 978-7-201-20325-6

Ⅰ. ①中… Ⅱ. ①宁… ②梁… Ⅲ. ①中国文学—叙事文学—古典文学研究—文集 Ⅳ. ①I206.2-53

中国国家版本馆 CIP 数据核字(2024)第 063749 号

中国叙事文化学研究报告 Ⅰ（1994—2004）

ZHONGGUO XUSHI WENHUA XUE YANJIU BAOGAO Ⅰ（1994—2004）

出　　版	天津人民出版社
出 版 人	刘锦泉
地　　址	天津市和平区西康路 35 号康岳大厦
邮政编码	300051
邮购电话	（022）23332469
电子信箱	reader@tjrmcbs.com

策　　划	沈海涛　金晓芸
责任编辑	金晓芸
特约编辑	郭聪颖
装帧设计	明轩文化·王　烨

印　　刷	天津海顺印业包装有限公司
经　　销	新华书店
开　　本	710 毫米×1000 毫米　1/16
印　　张	27.5
字　　数	410 千字
版次印次	2024 年 6 月第 1 版　2024 年 6 月第 1 次印刷
定　　价	95.00 元

总论
笪路蓝缕，开荒探路
——中国叙事文化学第一时段（1994—2004）

"中国叙事文化学"是笔者就中国古代叙事文学研究提出的一种新方法。这种方法针对中国古代叙事文学自身存在诸多故事类型的现实情况，参考吸收西方主题学研究方法，以故事类型研究为中心，集合诸多相关文献材料，经过梳理后，对其不同时间和空间传播范围中产生的形态异同情况进行文化学和文学分析，进而从中寻找故事类型演变的内在社会历史文化动因。

经过近三十年的思考与实践，中国叙事文化学研究的研究方法、模式和相应的理论体系已经初步形成，也积累了一定规模的研究成果，并在国内外学界产生一定影响。为科学总结这一新方法，使之产生更大的学术影响和实践效应，在南开大学有关部门的关心支持下，兹拟以系列学术报告方式，将该方法从萌生、形成到逐渐发展壮大的历史过程进行梳理总结，以飨学界同人和各界读者。

本册为本系列学术报告第一册，时间节点为1994—2004年。这是中国叙事文化学研究起步和雏形时期。

一、萌生与缘起

中国叙事文化学研究方法的创立来自几个方面的机缘巧合。

首先是改革开放以来古代文学研究所面临的困境和变革需求。

由于历史的原因，从1949年以后，文学研究学界基本的理论框架是辩证唯物主义和历史唯物主义及其派生的阶级斗争和人民性坐标。于是，阶级性、人民性、政治性成为衡量文学作品价值的绝对标准。这个标准对于解读把握部分作品和文学现象的社会属性是有一定价值和作用的。但它一旦被推向唯一化、绝对化的境地，不仅本身已经违背了辩证唯物主义的本质精神，陷入形而上学和机械论的泥坑，而且同时也掩盖了许多文学作品和文学现象自身的规律和特征问题，妨碍了文学研究的深入发展。鉴于此，从20世纪80年代关于真理标准讨论开始，人们逐步从僵化和机械的思想束缚中解放出来，重新开始寻找符合文学自身规律特征的研究路径和方法。

其次是20世纪80年代引进西方各种文学艺术研究方法之后开展的文学研究方法论研讨热潮的影响。

80年代，思想解放和学术研究变革促生了大量海外学术研究新方法的引进和研讨，一时间，"开口不谈方法论，遍读诗书也枉然"。这场学术潮流的重要标志之一就是将20世纪40年代以来发源于自然科学的"三段论"（系统论、控制论、信息论）移用于社会科学研究领域，成为影响社会科学研究方法的"显学"。与此同时，介绍和总结海外各种学术研究方法的论著也如雨后春笋般迅速增长。受此风气影响，包括文学研究在内的社会科学学术研究纷纷探索其所在领域的新方法和突破口。

再次是进入20世纪90年代之后学界对于80年代方法论热潮的反思。

进入90年代之后，学界关于方法论的讨论骤然冷却。但这个冷却不是消亡，而是于冬眠中等候复苏。在这冬眠期中，学者们没有完全沉睡，而是冷静反思分析80年代方法论热潮的得失利弊，寻找符合学理和中国国情的研究方法。

作为那个时代的过来人，笔者对80年代方法论浪潮所存在弊端的总体印象是生搬硬套，生吞活剥。其中既有各种新方法"走马灯"式的登场，也有各种新名词的狂轰滥炸。这些现象所折射的深层实质还是中西体用关系定位问题，也就是说，仍然没有跳出鸦片战争以来"全盘西化""西体中用"文化价值取向的窠臼。所不同的是，国人在饱受国门封闭之苦后，一旦大门打开，大有饥不择食，以致消化不良之弊。

笔者的反思结果是，笼统地说钥匙不好或者锁不好都失之偏离，一把钥匙只是对它能打开的那把锁来说才是好钥匙。对于外来研究方法，笔者以为应该用三个尺度来衡量是否可用：其一，是否弄清其原理和适用对象；其二，是否适用中国本土的研究对象；其三，在用于中国本土研究对象时是否具有调整可塑性。如果具备以上三个条件，外来方法在中国的使用应该是没有问题的。

复次是在反思中发现来自西方主题学研究对中国古代叙事文学研究的启示作用。

在以上反思的基础上，笔者开始注意到西方主题学研究对于中国古代叙事文学研究的作用。两者之间能够产生契合点的主要原因在于各自研究对象形态流变的多样性高度吻合。中国古代叙事文学中的同一故事主题类型在不同时间空间，乃至各种不同文体形式中存在多种不同演绎形态，这一情况与主题学研究的民间故事完全相似。发源于19世纪欧洲的主题学研究正是注意到口头传承的传播途径因时空变化给民间故事带来的多种形态，所以把研究重心放在多样的故事形态及其背后的文化制约动因。这一视角恰恰是以往中国古代叙事文学故事主题类型研究所缺少的。

最后是基于古代文学硕士研究生文学研究方法论课程建设和其他教学需要。

80年代以来的文学研究方法论讨论对高等学校研究生课程建设产生了巨大推动力。笔者从1993年开始指导硕士研究生，在为研究生设定课程时，首先考虑的就是如何通过课程建设加强方法论意识的引导和研究能力的培养。于是，以上四个方面问题便水到渠成地汇聚在一起，形成一个合理借鉴吸收西方主题学方法，用于中国古代叙事文学故事主题类型研究的方法论系统课程内容。同时将此课程作为研究生学位论文写作的主要理论指导，在实践中逐渐摸索出一种适合中国叙事文学故事主题类型研究方法的理论体系和实践程序。

在以上各种机缘汇拢的基础上，笔者产生了寻找一种针对中国古代叙事文学故事主题类型研究新方法的念头。但因为此事关系到一个学科方向的研究方法更新，需要严密的思考设计和一定时段的实践演练。为此，笔者从1993年开始，计划通过研究生课堂教学和本硕学位论文指导，摸索构建中国叙事文化学研究的体系框架和操作程序。

二、通过教学渠道摸索勾画中国叙事文化学研究体系框架

1994—2004年这十一年间，通过教学渠道摸索勾画中国叙事文化学研究的主体工作是硕士研究生课程，旁及硕士和本科生毕业论文指导。实践结果证明，这个构想基本取得了成功。

硕士研究生课程从1994年开始设立，考虑到此时中国叙事文化学研究并不成熟，其基本框架模式从借用西方主题学研究开始，因此课程名称暂时使用"中国文学主题学"，至2004年共开设十轮。听课学生既有笔者本人指导的硕士研究生，又有本专业其他导师的硕士研究生。对于笔者所指导的研究生而言，该课程是进行学位论文写作的详细指南；对于其他研究生来说，该课程是扩大知识视野，为专业学习研究提供参考的渠道。

该课程第一版教案最初设计分为三编：

第一编：叙事文化学的范畴、对象和方法。下分三章：

第一章：什么是叙事文化？下分三节，分别介绍什么是"叙事""叙事文学""叙事文化"；

第二章：叙事文化学的对象。下分三节，分别介绍中国叙事文学文献、中国文化要义、叙事文化学在比较文学中的地位；

第三章：叙事文化学的方法。下分三节，分别介绍主题学、原型批评、文化批评；

第二编：主题示例。下面每个故事例示为一章，共八章：孟姜女、王昭君、杨贵妃、牛郎织女、白蛇传、观世音、孙悟空、西厢记。

第三编：体裁示例。下分四章：

第一章：章回体及其文化蕴含；

第二章：话本体及其文化蕴含；

第三章：世说体及其文化蕴含；

第四章：传奇体及其文化蕴含。

这个设计大致体现了最初设想的中国叙事文化学的基本内核，其中包括：1.以故事类型为基本研究单位；2.借鉴西方主题学方法作为基本研究手段；3.用传统文献考据方法作为基本文献搜集手段；4.用文化批评作为

基本研究视角。

由于是首版设计，也有些考虑不周和欠妥之处。比如第一编缺少一个绪论或引言，陈述叙事文化学研究提出的背景和意义等；又如第二编的设想是展现按照这种方法研究的成品形态，有一定前瞻性，但在发轫时期还只是规划；再如第三编考虑到了叙事文化学研究中的文学角度观照，但文学观照除了体裁，还应该包括其他方面，所以还有完善补充的必要。

经过两年教学实践和学位论文指导后，笔者从1998年开始使用第二版教案。与第一版相比，第二版做了如下调整：

第一，把第二编、第三编置于附录，作为叙事文化学研究的备选及可探讨、可发展空间。

第二，增加了引言。引言中提出三个问题：一是从强调方法论问题重要性入手，引出建立中国叙事文化学研究的必要性；二是分析描述文学文本的三种形态，为中国叙事文化学研究提供学理支持；三是提出西方主题学研究对于叙事文化学研究的参考价值。

第三，把原第一编的三章内容作为课程内容主体，分别加以细化。其中比较重要的是在第二章第一节下面，增添了一个小节"关于主题类型的确定"，该节在对比主题学"AT分类法"①分类模式的基础上，提出叙事文化学研究的分类原则，即把中国古代叙事文学故事类型分为四类：人物类、题材类、事件类、器物类。这个分类还不尽全面，但它的意义在于为叙事文化学研究的主题类型类别大致划清了范围界限，对于叙事文化学研究的整体规划有重要价值。此外，第二章为关于叙事文献的搜集方法、叙事文化学与比较文学的关系，第三章为关于主题学对叙事文化学研究的参照作用、关于故事类型文化批评的几个视角分析等，均在较大程度上细化了叙事文化学研究的理论厚度。

通过对第二版教案的整理及其教学使用，叙事文化学的体系框架有了进一步的完善和提升，尤其是几个关键性部分得到了补充和细化。

---

① "AT分类法"是阿尔奈与汤普森根据主题学的基本原理设计建构的、关于世界民间故事的类型编制方法，其标志成果是《世界民间故事分类索引》。

在此基础上，经过几年教学实践和思考调整，叙事文化学研究在整体构想方面又有了较大提升。从2004年开始使用第三版教案，该版教案在体系框架上与第二版基本相同，但在一些细节上更加深化细化。其中比较重要的是第二版第一编第二章第一节下增添的"关于主题类型的确定"小节，其中将中国古代叙事文学故事类型分为"人物""题材""事件""器物"四个类别，在第三版教案中更新为"自然""怪异""人物""器物""动物""综合"六类。这个改动使得叙事文化学关于故事类型的分类趋于合理和定型，是叙事文化学研究体系框架走向系统化的关键一步。这项工作得到推进的原因在于，从1999年开始，叙事文化学研究从课堂教学和学生论文指导走向学术研究，标志是"六朝叙事文学的主题类型研究"于1999年成功立项国家社科基金一般项目。

通过十一年的课堂教学和学生学位论文指导，中国叙事文化学研究基本形成较为完整的体系和相应的操作方法，同时开始向学术研究方面发展，使课堂教学与学术研究形成相互促进的良性状态，为中国叙事文化学向纵深发展奠定了坚实基础。

三、通过学位论文实践探索叙事文化学研究方法

从1994年到2004年，笔者本人指导的硕士研究生学位论文中有7篇采用了叙事文化学研究方法，指导的本科生学位论文中有6篇采用了叙事文化学研究方法。这些学位论文一方面将叙事文化学研究从课堂教学变为学术研究实践，在实践中验证叙事文化学研究的科学性和可行性；另一方面也在实践中为叙事文化学研究摸索出一些课堂教学尚未顾及或细化的地方，为叙事文化学研究的全面探索探路。

通过梳理这一时段完成的学位论文，笔者摸索出以下经验和规律：

1.明确故事类型选题范围对象

2004年第三版教案使用之前，笔者用叙事文化学研究方法指导学位论文时在选题方面没有宏观的统一规划和分类体系，基本上是围绕个案故事主题类型做自由筛选。在这个自由筛选过程中，逐渐把个案故事类型作为该方法研究的主体对象。

此前的课堂教学已经大致勾画和交代出叙事文化学研究的对象为叙事文学主题类型，但应该掌握到什么分寸，笔者心里并无绝对把握，加上听课学生对此理解各有不同，所以在理解和操作上对于研究对象分寸的把握出现过一些分歧。如，故事主题类型是掌握到某一故事的具体个案故事类型，还是包含若干个案故事在内的意象故事类型。这个分歧导致这个时段学位论文选题出现两种情况：一种是按照意象故事类型层面操作，如《中国古代时差故事源流考析》《妒妇故事的演变及其文化意蕴》，其研究对象范围大于个案故事类型，并能够在对比中衬托出个案故事类型的分寸范围；另一种就是严格按照叙事文化学研究个案故事类型来掌握，采用这种方法写作的硕士和本科学士学位论文共有15篇，选题范围大致涉及三个方面：神话传说故事（《精卫填海故事的演变》《西王母故事的演变》《西施故事流变及其文化探源》《韩湘子故事的演变及其文化内涵》《月老红线故事演变及其文化蕴含》《刘晨、阮肇遇仙故事的演变及其文化意蕴》《九天玄女形象演变及其文化意蕴》《湘妃故事嬗变研究》）、历史人物故事（《卓文君私奔相如故事流变》《木兰故事演变及其文化观照》《绿珠故事的演变及其文化意蕴》《杨妃故事嬗变研究》《钗头凤故事的演变》）、文学人物故事（《聂隐娘形象嬗变及其文化心理透视》《李慧娘的主题原型及发展探究》）。

　　从以上两类选题可以看出，尽管没有统一的分类体系规划，但从选题类型分布情况看，按照意象故事类型掌握的选题数量不多，能够对比出两者之间的区别和界限，对于把个案故事主题类型确定为叙事文化学研究选题对象具有衬托作用。通过采用个案故事主题类型的论文可以看到：三个方面选题不仅基本涵盖了后来叙事文化学研究个案故事研究选题范围的几个基本类型，也为后来叙事文化学研究的故事类型系统研究做了必要铺垫。中国叙事文化学研究的选题对象范围问题，在这个时段基本开始定型。

　　2.关于学位论文文献搜集工作的一贯坚持

　　文献工作是中国叙事文化学研究的一大特色。叙事文化学研究区别于意象主题研究和以往戏曲小说同源关系研究的一个关键点就在于文献材料掌握方面的无限充分。这一点在最初的叙事文化学研究构想中就非常明确和坚定并被坚持下来。

在叙事文化学课堂教学和论文指导中，文献搜集工作始终占有重要比重。课堂教学的40课时中，大约三分之一的时间用于围绕故事类型文献搜集相关知识传授，并且通过布置大量课外练习与作业进行文献考据能力训练。对于文献搜集能力的培养和训练，既是高水平大学中国古代文学学科人才培养的重中之重，也是叙事文化学研究方法能够成立的根基所在。

需要特别强调的是，这个时段中国古籍数字化工作尚未得到广泛开展。能够使用的网络资源基本只是知网所收1978年以后的研究论文。大量与个案故事类型相关的原始古籍文献文本基本只能通过人工翻阅。这样的工作量巨大，难度很高，其中不但有大量的铅排本工具书，而且有很多未曾排印的线装古籍。即便如此，能够找到这些古籍，学生们都会获得满满的成就感，而最令学生们痛苦的是有时一连翻阅几天都一无所获。这种挫败感对于20世纪末21世纪初的硕士研究生和本科生来说，无疑具有极大的挑战性，有些学生甚至因为查找文献材料的艰难相拥而泣。但他们还是坚持了下来，不但基本完成了既定目标，为自己的学位论文奠定了扎实的材料基础，同时也证明了叙事文化学研究方法中关于文献工作设想的科学性和可行性。

1994年至2004年这十一年间，采用叙事文化学研究方法写作的学位论文有15篇，其共同特点或长处，就是文献材料工作的扎实和充分。这是中国叙事文化学研究能够坚持并取得发展进步的重要原因。

3.关于论文写作框架和结构设计

这个时段的三版教案中，均无具体论文框架设计样例，所以这个时段的学位论文需要在教师指导下自行设计。经过这15篇学位论文的实践摸索，叙事文化学个案故事类型研究学位论文大致形成以下基本框架模式：

首先是绪论（引言）部分。作为学位论文的必要组成部分，这部分一般包括选题价值、研究现状分析、研究思路等几个主要部分。但叙事文化学研究自身尚处于起步时期，把学位论文的一般格式规则贯彻落实到具体的叙事文化学个案故事类型研究论文上来，在实践中还有一个摸索的过程。本科学年和毕业论文受篇幅限制，绪论（引言）展开空间有限，情有可原，但早期部分硕士学位论文在这方面也有可完善和提升的空间。随着时间推移，大家在这个问题上的认识逐渐深入，距离规范的学位论文格式要求也越来越近。《西施故事流变及其文化探源》《木兰故事演变及其文化观照》《绿珠故事的演变及其文化意蕴》在绪论格式规范与叙事文化学方法融合上掌握得较为圆满，为后来的学位论文起到一定示范作用。

其次是文献综述部分的方法掌握。这部分是叙事文化学个案故事类型研究学位论文的重头戏，需要将此前费尽千辛万苦搜集掌握的全部文献材料在阅读梳理的基础上进行归纳表述，成为清晰描述该故事类型形态演变发展的线索图，为后面的文化分析做好准备。这部分在处理过程中也存在学位论文一般格式规则与叙事文化学个案故事类型研究相接榫的问题。对于叙事文化学个案故事类型研究来说，这部分的文献学意义在于，既需要把全部相关文献材料交代清楚，又需要把该故事类型演变发展中的异同和变化描述清楚，为后面的文化分析提供素材。这对论文作者的宏观驾驭能力和逻辑思维能力提出了比较高的要求。最初部分作者在处理文献综述时采用类似资料汇编的方法，笔者就将之作为文献综述写作的反例，请大家警惕。从7篇硕士学位论文看，文献综述的处理方法逐渐明确清晰，为叙事文化学学位论文写作与指导积累了有益经验。

最后是文化分析部分的结构处理。这部分是叙事文化学个案故事类型学位论文写作的主体，其主要任务是把该故事类型在不同时间和文体中所发生的形态变异情况梳理清楚，并分析论述各种形态变异情况的文化动因。为实现这个目标，叙事文化学研究学位论文在结构处理上逐渐形成两种模式：一是先纵后横，二是先横后纵。先纵后横是指文献综述后的主体文化分析部分先按时代先后顺序以章排列，每章下分析该故事在相应时代的文本形态变异中所呈现的几个不同的文化侧面（如宗教、政治、地域、婚恋）；先横后纵则是指文献综述后各章为横向的文化侧面（如宗教、政治、地域、婚恋），每章下分析相应文化侧面在不同时代的演变轨迹及其原因。从这个时段硕士和本科学位论文情况看，较早的学位论文对此问题的认识尚属模糊，后来采用先纵后横者占少数，多数采用先横后纵模式，并成为后来学位论文结构的主流。

4.关于文化分析

在叙事文化学个案故事类型研究中，文献挖掘和梳理好比是有待烹调的食材，是基础材料而非制作主体。文化分析才是叙事文化学故事类型研究的重心。

之所以如此，是基于这样的学理认知：一个时代的文学外在表现，受到所在时代社会文化背景的制约和影响，因此，挖掘文学现象背后的深层文化背景既是一般文学研究的重要工作，也是叙事文化学个案故事类型研究的重中之重。但相比之下，对故事文本进行文化分析，其难度要远远超过文献挖掘和梳理。文献挖掘梳理主要需要坐"冷板凳"的功夫和毅力，而文化分析则更需要学识学养和思辨悟性。考虑到这个问题的重要性，在几个版本的教案中，文化分析都是其中重要的组成部分。但文化问题本身涉及的知识背景广阔，情况复杂，文本形态又千差万别，在有限课堂教学中很难做到"一把钥匙开一把锁"地针对性解决。只能大致梳理出文化分析的几个主要方面作为可能的切入角度，给论文写作者提供思路参考。写作者根据课堂教学提示，结合故事类型文本实际情况，对该故事的形态演变做不同角度的文化分析。

本时段硕士和学士学位论文在文化分析方面明显有从模糊到清晰演进的过程。第一篇硕士学位论文《杨妃故事嬗变研究》（2000年）在文献综述之后，只列出"杨妃故事的主题思想演变"和"杨妃故事的情节演进"两章。而紧接其后的《西施故事流变及其文化探源》（2001年）则把西施故事的文化分析分为"西施故事与吴越文化""西施故事与历史意识""西施故事与美女祸水""西施故事与生命情绪"四个部分，文化分析模式明显确立。后来的几篇学位论文大致按此模式运行，形成相对稳定的文化分析方式。

四、从教学和科研实践中摸索中国叙事文化学理论体系

创立一门前所未有的新的学科研究方向，不仅需要扎实有效的实践探索，更需要科学的体系构想和学理建构。中国叙事文化学研究要实现既定目标，成为中国古代叙事文学研究的创新性学科，更大的难点在于理论体系的构建和设置。其难点主要在于，它的理论内核来自西方主题学研究，

但如何根据中国古代叙事文学的实际情况，将主题学研究的合理内核化用其中，是叙事文化学研究必须面对和解决的重大核心问题。

为达此目的，从20世纪90年代初开始思考规划的中国叙事文化学，从1994年开始正式进入本硕课堂教学和论文指导。但在2007年之前，没有任何关于中国叙事文化学研究理论建设的文章发表，目的就是能够用较长一段时间在实践中进行摸索探讨，寻找主题学方法与中国叙事文学故事主题类型研究的融汇点，在此基础上再上升到理论升华的层面上。

尽管这个时段没有正式的关于叙事文化学理论研究的文章发表，但项目组已经开始通过研究工作的两个具体渠道去摸索和规划叙事文化学研究的理论体系内涵：

第一个渠道是通过课堂教学摸索叙事文化学研究的体系框架和个案研究程序。在第一版教案以及相应的教学内容中，笔者大体构想和规划了叙事文化学研究的基本格局。其中也大致包含了叙事文化学的基本框架和理论要素：

1. 从中国叙事文学研究方法的老化和文学研究方法论的重要性，引发出对中国叙事文化学研究方法进行探索的必要性探讨；

2. 借鉴西方主题学研究方法，提出叙事文化学的学理依据；

3. 通过分析文本在研究中的不同位置，为叙事文化学研究寻找理论支撑；

4. 提出全方位掌握故事主题类型文献资源对于叙事文化学研究理念范式的核心基础价值；

5. 提出文化批评在叙事文化学研究中的方法论作用；

6. 通过与比较文学的对比，认清叙事文化学研究的学术性质归属。

第二个渠道是开发叙事文化学的宏观体系建构，开始系统的叙事文学故事主题类型研究工作。

中国叙事文化学研究从1994年课堂教学起步，逐渐应用于本硕学位论文写作。这些工作内容都是围绕叙事文化学个案故事主题类型研究展开。经过几年的教学和学位论文写作实践，项目组逐渐认识到，个案故事主题类型不是孤立的文学现象，它们应该从属于其背后由诸多个案故事类型组成的中国叙事文学类型体系。为了把叙事文化学研究推向深入，使之形成科学体系，还需要参考借鉴西方主题学"AT分类法"的方法体系，编制中国叙事文学故事主题类型索引。

1999年，笔者申报的国家社科基金一般项目"六朝叙事文学的主题类型研究"获得立项批准[①]，该项目以中国叙事文学故事主题类型为研究对象，是叙事文化学研究的重要组成部分。

对于叙事文化学研究来说，这个项目的开展意味着叙事文化学研究在个案故事类型研究的基础上，增加了对于全部个案故事类型进行分类的索引编制工作。索引编制工作与个案故事类型研究并行，形成叙事文化学研究相互联系和支撑的两大组成部分，为叙事文化学研究体系走向系统和科学化，提供了助力，并且也为叙事文化学的理论探索提供了充分的实践例证。

编制中国叙事文学故事主题类型索引，不仅是一项技术工作，也面临相关深层理论问题。没有对这些深层理论问题的思考和决断，索引的编制就必定陷入盲目当中。这些理论问题主要包括：

1.叙事文学故事主题类型索引编制中萌发的体用关系认识

叙事文学故事主题索引编制工作的方法来源于对西方主题学研究"AT分类法"的借鉴。但在借鉴使用过程中却面临一个怎样借鉴的问题：是全盘照搬，还是根据中国叙事文学实际情况加以改造？由于"AT分类法"的研究对象是口头传承的民间故事，而且参考使用的文献资源以西方民间文学文献材料为主，而中国叙事文化学的研究对象是以书面文学为主的叙事文学作品，这就意味着，如果完全照搬"AT分类法"，难免削足适履。这就需要根据中国叙事文学故事文献实际情况来另起炉灶，重新设计。当时采用的这种操作思路和方法虽然还比较朦胧，没有明确上升到体用关系层面上来认识，但其工作内容已经涵盖并实践了这样的认知。

2.索引编制分类设置中分类体系的逻辑关系认识

在索引编制过程中自发萌生的"中体西用"认识，主要来自索引编制

[①] 项目名称：六朝叙事文学的主题类型研究，项目编号：99BZW014，结项于2015年，以《先唐叙事文学故事主题类型索引》为名，出版于2012年。

中分类体系设置的比较和思考。"AT分类法"根据西方背景下的民间故事主题学研究需要，将浩如烟海的世界民间故事主题类型分为五个，即动物故事、普通民间故事、笑话故事、程式故事、未分类的（难以分类的）故事。除了上文提到的，中国叙事文学故事主题类型在书面文学和中国本体两个基本特征上不同于主题学以关注西方为中心的口头传承民间文学这一对象选择外，笔者对"AT分类法"所采用的分类逻辑也有保留看法，在笔者看来，在"AT分类法"的分类中，各个类别之间不是同类可比的平行并列关系，比如"动物故事"具有物种属性，与之同类有"人物故事"或"器物故事"，而"笑话故事""程式故事"的类别属性则与之风马牛不相及了。为了解决这些问题，笔者根据中国叙事文学生存形态的实际情况，按照同类可比的原则，将中国叙事文学故事主题类型索引分为"天地""神怪""人物""器物""动物""事件"六类。这个分类一方面表现出对于西方主题学故事分类体系的合理吸收，又表现出根据中国叙事文学实际情况对其做出的改造，无形中体现出"中体西用"的基本原则。

3.索引编制的阶段性系统安排

考虑到中国叙事文学历史悠久、作品数量众多的实际情况，为使索引编制稳妥进行，项目组采用分段编制、最后合成的方式，将"中国叙事文学故事主题类型索引"按照朝代顺序分为先唐、隋唐五代、宋元、明、清五编，待五编分别完成后合为一体。1999年得到国家社科基金立项的"六朝叙事文学的主题类型研究"，实际上就是这个整体规划的第一编。该编基本上实践了中国叙事文化学研究的基本原则和基础理念，为后面几编的索引编制奠定了基础。

这个情况标志着，中国叙事文化学研究从此前实验性的课堂教学和学生培养，开始进入教学和科研并举，二者相互促进并推动叙事文化学研究向深入发展的成型阶段。

结语：成绩和待提升空间

中国叙事文化学研究从20世纪90年代初开始筹划，从1994年正式进入课堂教学实践，经过本硕学位论文写作实践和先唐叙事文学故事主题类型索引编制，到2004年已走过十一年历程。此间中国叙事文化学初步形成研究模式和规模，也为进一步深入发展奠定了坚实基础。但一种新的研究范式方法刚刚起步，筚路蓝缕，有成绩，也有提升空间。

从成绩方面看，这十一年间，中国叙事文化学从无到有，初步完成了对中国古代叙事文学故事主题类型进行系统研究的基本框架。尤其是经过十一年间不断的课堂教学和学位论文写作实践，经过不断地打磨更新，叙事文化学个案故事类型研究方法渐趋成熟并趋于稳定，叙事文化学故事主题类型索引编制奠定了坚实的基础，叙事文化学研究的理论体系也完成了基本框架的搭建，使中国叙事文化学研究成为一种有学理依据、有完整框架体系和知识结构、有具体操作程序、经过数年教学和学位论文实践、并得到国家社科基金项目支持、比较成形和完整的古代叙事文学研究新方法。从发展前景看，这种方法会在很大程度上推动中国古代叙事文学研究方法更新，并为之提供一种操作性很强的新的研究范式。

从有待提升的空间来看。万事开头难，尽管已经付出了很大努力，也取得可观成绩，但从创立一种成熟和科学的学术研究方法的角度来看，还是有许多地方需要进一步完善和深化：

1.提出对叙事文化学研究学理依据、创新价值和学术意义的认识，还有待深化；

2.叙事文化学体系框架和知识结构还有待充实完善；

3.叙事文化学故事主题类型索引只完成到先唐部分，唐代以后还有待补充衔接；

4.叙事文化学研究尚无学术研究论文问世，还有很大的提升发展空间。

以上所有这些说明，叙事文化学取得的成绩证明其跻身学界的合理性，而它存在的问题和有待提升的空间则为其走向深入发展指明了前进方向。朝这个方向继续深入挖掘下去，中国叙事文化学研究必将会再上新台阶，取得更大的成绩和进步。

目　录

2

学术背景

关于提出中国叙事文化学研究的背景和缘起

赵 红

中国叙事文化学研究是由宁师稼雨先生首创并倡导的，研究以中国古代小说、戏曲为主的叙事文学的新方法。近三十年来，经过不懈的思考、酝酿、尝试、探索、实践，中国叙事文化学研究已经在稼雨先生的辛勤耕耘与努力推动之下，初步形成了较为完整的理论建构和较为系统的研究范式，不仅取得了令人瞩目的成绩，而且引起了当前学界相关研究者的高度关注和浓厚兴趣，成为中国文学尤其是中国古代文学研究领域的一抹亮色和新的学术增长点。站在三十年的节点上，回望中国叙事文化学研究从萌生到发展、从构想到成型一路艰辛却又持续推进的历程，笔者颇多感慨，感慨于稼雨先生对学术研究的倾心付出，三十年之于历史不过驹之过隙、转瞬而已，之于人生则意味着呕心沥血、孜孜不倦；也颇多欣喜，欣喜于稼雨先生的学术追求终得回报，所力倡之中国叙事文化学研究硕果累累、影响广泛。

当然，中国叙事文化学研究发轫之始，除有赖于稼雨先生敏锐的学术眼光、宏阔的学术视野、深邃的学术思想、深厚的学术积累之外，还与其时社会重大变革所带来的学术环境的急遽变化和学术思潮的激烈转向密不可分。同时，高等学校中国古代文学专业，特别是小说、戏曲方向的研究生培养方案、课程建设及文学研究方法论相关的课程设置，也急需行之有效的教学理论和教学实践以促进教学改革。

当主、客观条件皆备，各种机缘汇拢聚合，中国叙事文化学研究这一新方法的横空出世，便也是水到渠成的结果了。

一、关于20世纪80年代以来文学研究方法论的研讨和困惑

从新中国成立到改革开放之初的三十年间，中国古代文学研究方法论一方面延续着清代以来考据学和20世纪三四十年代盛行的以进化论为基础的实证主义相结合的方法，二重证据法、文史互证法等仍然被广泛地应用于古代文学研究中。更为突出的是，在分析主义成为中国古代文学研究方法论主流的前提下，以马克思主义理论为指导的社会历史分析法占据了最为重要的地位。其基本研究思路是：从广阔的社会生活尤其是政治生活层面观照古代文学的研究，将作家的背景出身、家学渊源、人生际遇、创作经历、思想倾向等作为切入点，结合时代经济、政治、文化状况，讨论文学作品的主题思想、文学现象的形成因由、文学流派的生成要素、文学思潮的递嬗原委。进而从内容延伸到形式，全面切近并最终确定古代文学的本质。这种研究方法使古代文学作品的思想内容得到了多角度的深入开掘，对文学作品的认识和阐发达到了前所未有的广度和深度。

然而，随着政治意识形态的强势影响，在特定的历史时期，社会历史丰富多彩的内容被抽离，而过分强调阶级分析法，突显文学为阶级矛盾和阶级斗争服务的属性，造成古代文学研究中的马克思主义指导原则受到严重冲击和破坏。不论是对作家的择取、评价，还是对作品的分析、品鉴，皆以阶级立场作为价值评判的准则，政治标准第一转变为政治标准唯一，中国古代文学研究方法论完全脱离了历史唯物主义和唯物辩证法的轨道，陷入简单化、教条化、机械化的泥淖。

直至20世纪80年代，在国内思想解放运动的推动和世界科技革命浪潮的引领之下，古代文学研究要敢于打破思想禁锢和观念禁区，大力引进新理论、新方法，不断创新中国古代文学研究方法论的呼声日益高涨、意识逐渐增强。于是，一场被视为文学研究方法"跨界历险"①的方法论热潮勃然兴起，蔚为大观。一时间，各路学者纷至沓来，全情投入，在参与中学习，在争鸣中探索，以解放思想、实事求是的精神为指引，独立、自觉地

---

① 孟新东：《20世纪80年代"方法论热"的知识学反思》，《中国语言文学研究》2017年第2期。

吸纳、消化、运用新理论、新方法，捣碎尘封已久的学术坚冰，拨乱反正，正本清源，使古代文学研究回归以文学创作作为主体的文学本位，从而摆脱政治功利化文艺观的束缚和影响。

之所以将这一场方法论热潮视为"跨界历险"，是因为发源于自然科学研究领域的"三段论"（系统论、信息论、控制论）被首先应用到古代文学研究中，成为进一步研究文学创作过程奥秘的一把钥匙。继而，较之"三段论"更具新意的突变论、协同论、耗散结构论作为"新三论"再被积极引入文学研究中，带来了研究观念上的更多新变，催生研究方法更为多元，促发研究视角更加多维。

回观这一场轰轰烈烈的方法论热潮，不论是"老三论"的破冰之功，还是"新三论"的更上层楼，尽管也一直伴随着有无引进必要和如何加以应用的双重质疑，但不可否认，在文学研究中引入自然科学的理论和方法所实现的最具意义的实践和最为可喜的结果在于，以向自然科学借鉴为发端的大胆尝试最终把包括古代文学研究在内的中国文学研究带向了西方人文社会科学方法论。由此，心理批评（心理分析和精神分析）、原型批评、创作心理学、道德批评、庸俗社会学、俄国形式主义、英国新批评（形式主义批评）、语义学派、结构主义（叙述学）、分析主义、现象学、接受美学（接受理论、接受研究）、比较文学、神秘主义、阐述学、女权主义等西方文学研究方法论轮番登场，来势汹汹。炫目的名称、新鲜的概念、完整的理论、清晰的表述、有效的方法，这一切都具有不可忽视的吸引力。一时间，学者们纷纷挑选合乎心意的称手"利器"为己所用，开始了将西方文学研究方法论与中国文学批评直接嫁接的尝试。可是，对于各种令人眼花缭乱的外来方法论，或对概念认识不清，或对理论参悟不透，或对体系掌握不准，或对方法使用不当。夹生地援引一些陌生观点，生搬硬套一定的理论框架，无法准确地涵盖中国文学的内容，更不能有力地直达中国文学的本质。舶来的西方文学研究方法论找不到恰当的切入口和融合点，无法与作为研究对象的中国文学有机结合，其结果只能是生吞活剥之后的"消化不良"。进入20世纪90年代以后，曾经盛极一时的方法论热潮迅速冷却消退，正可视为对之前简单、粗暴的"拿来主义"进行的冷静反思。

西方文学研究方法论要如何与中国文学完成合理、有效的对接，走出中国化的创新之路而实现真正的落地生根，这是迫切需要找到答案的严峻课题。

二、古代小说、戏曲研究生培养的方法论教学

虽然鼎沸于学术研究领域的关于文学批评方法论的讨论热潮在热情的狂欢过后逐渐回归理性的平静，但其外溢的影响力和积极的启发性却日渐突显，投射到高等学校研究生课程设置和学科建设上，无疑为推动高等学校的研究生教育教学改革提供了有益助力。

研究生教育作为高等教育体系的一个重要层次，是学生本科毕业之后继续进行深造和学习的一种教育形式，其根本目的在于为社会发展提供高水平的创新型人才，充分发挥专才教育的特色。然而，传统的研究生教育教学模式已经越来越难以适应社会发展新形势的需要，从学校到教师对于研究生培养必须求新求变的呼声愈加高涨。具体到中国古代文学专业，以古代小说、戏曲方向的研究生培养为例，一直以来专业课程的教学模式主要有两种类型：其一，侧重文学史的讲述，即通过勾勒线索的方式对古代文学尤其是古代小说、戏曲的发生、展演、流变过程进行纵向梳理，以期从宏观上准确把握其发展轨迹，间或对其中重要的作家、作品、理论、流派、思潮等作重点介绍，点线兼顾，详略有别。当然，在古代文学通史之外，还会通过时代、体裁、题材等不同分类辅以古代文学断代史和专门史，如中古文学史、宋元戏曲史、章回小说史等，从微观上对古代文学通史相关内容进一步加以细化和深化。其二，是侧重文学作品的分析，即通过大量的原典阅读来全面把握、深入理解古代文学尤其是古代小说、戏曲中的经典著作和重要篇目，如四大名著、明清传奇、元明杂剧等，意图借由文本细读来深度进入作品，切实领略作品呈现的思想旨意，细致感受作品传递的情感意绪。同时，从作品分析的角度回应文学史的相关表述，也使得文学史的结论有所附丽，得以印证。这两种教学模式在中国古代文学专业研究生培养中被普遍使用，自有其可取之处，既促进了研究生对于古代文学基础知识的掌握，强化其对古代文学发展、变迁整体性的认识，又突出

了对古代文学经典作品的解读与阐释，使研究生在深度阅读中感知古代文学的丰富内涵。

不过，存在的严重问题也不容回避。第一，钻研古代文学史也好，探究古代文学作品也罢，主要还是依靠教师的讲授和引导，知识范围会有所拓展，知识程度会有所加深，但其本质仍然是本科阶段吸纳式学习方式的延伸，处于相对被动接受地位的研究生难于形成自觉、自主思考的意识，不利于创新思维的形成。第二，古代文学专业的学科属性要求扎实的古典文献基础，而研究生的文献积累更多依赖于各种类型的古代文学史论述中提及的文献信息，加之以一定数量的经典作品阅读，这使得研究生的古典文献占有非常有限，造成学习和研究古代文学时遭受极大的限制。第三，古代文学专业教学活动中过分关注古代文学史的书写和总结，着重对经典作品和重点篇目的研读与品鉴，却习惯性地忽视了诸如文学理论、文化心理、艺术品格等在更为广阔的层面上影响作家和作品，进而影响文学发展状态和趋向的复杂因素，导致研究生思维简单、目光狭窄、见识疏浅，不能将古代文学研究置于历史文化和社会文化的宏阔视野中。

发现问题就需要积极寻求解决问题之道。20世纪80年代迅速升温的方法论研讨热潮尽管其自身也因热情有余而理性不足，最终归于冷却和反思，但关于中国古代文学研究方法论的探索和争鸣浸染到高等学校研究生教育领域，却为中国古代文学专业研究生培养的教育教学改革提供了崭新的思路。

首先，最具价值的一点便是促动教师认真思考如何通过学科建设和课程设置加强中国古代文学专业研究生的文学研究方法论意识，以及如何在学习和科研实践中有效运用恰当的文学研究方法论去开展学术研究。因为文学研究方法论作为文学理念、文学观点和实际应用的文学研究方法之间的中间层次，是文学理念、文学观点对实际应用的文学研究方法发挥指导作用的中介，直接制约和支配着文学研究过程的各个阶段和各个环节，包括文学研究的课题选择、目标设定，文学研究的具体途径、步骤、手段，甚至影响着文学研究的立场和态度。由此，认为文学研究方法论某种程度上决定着文学研究取得的最终结果也不为过，掌握文学研究方法论的重要性可见一斑。强化高等学校中国古代文学专业研究生的古代文学研究方法论意识，增强其运用古代文学研究方法论解决学术问题的研究能力，势在必行，刻不容缓。

其次，中国古代文学专业研究生培养应该足够重视对古典文献的有效获取和充分掌握。征文考献，历来是古代文学研究的优秀传统，古代文学专业研究生必须清楚古典文献学知识，具备查阅文献的能力，这对于顺利开展古代文学研究具有重要作用——避免因文献材料缺失造成研究的空白疏漏，防止因文献材料错位造成推断的偏离失真，减少因文献材料误读造成推论的偏差错误，此外，还可以充分利用新发现的文献材料引发新的思考与研究。[1]与文献查找相呼应的是文献综述。一方面，文献综述为研究选题的确立提供切入点和突破口，已有的研究基础为综，存在的问题和不足为述，在对文献的反复分析、比较、研判中确立研究视角，找准研究方向，设计研究步骤，以取得可预期的研究成果。另一方面，文献综述为研究过程寻求新的研究方法和有力的论证依据，使研究的概念更加具体化，研究的观点更具说服力，研究的结论更有可靠性。中国古代文学专业研究生真正做到将文献检索与文献综述相结合，才是把握了正确研究路径的开启之道。

再次，中国古代文学专业研究生培养应该具有广阔的历史文化和社会文化视野。古代文学研究固然不可忽视古代文学自身的内在发展规律，但任何文学现象的生成和文学作品的问世都是多重历史、社会文化因素共同作用的结果。一个地区的文学或繁荣或萧条，一段时期的文学或兴盛或衰落，一种文体的发展或蓬勃或停滞，一位作家的文学创作或优质或一般，皆有诸多文化因素可供考察。在大文化背景下，文学所呈现的千姿百态的样貌都是历史、社会深层文化特质的显形表现，当然也会受到其制约和影响。如果在古代文学专业研究生培养中无法引导其大文化观的形成，无法使之从文化分析的角度去探求文学现象和文学作品背后错综复杂的文化动因，而仅是沉溺在狭隘的就文学谈文学的自说自话里，则有画地为牢之嫌，

---

① 参见曹炳建：《古代文学硕士研究生培养刍议》，《淮海工学院学报》2010年第5期。

极不利于中国古代文学专业研究生的培养。

高等学校中国古代文学专业研究生培养方案亟待创新的现实需求，迫切需要学校和教师共同努力，通过学科建设和课程设置的变革积极开展行之有效的教育教学改革。

三、关于西方主题学研究的参考借鉴价值

作为比较文学理论体系一个分支的主题学，被认为是在19世纪从德国的民俗学热中培育出来的一门学问。以史勒格尔、格林兄弟为代表的德国学者，随着对于民间传说和神话故事的演变情况的研究不断深入，又将视野拓展到诸如友谊、时间、离别、自然、世外桃源和宿命观念等与神话传说并不是非常密切相关的课题。①此后，法国学者帕里斯等也开始从事此类研究。他们主要关注同一主题思想包括其相关因素在不同国家或民族文学中的表现形式，由此深入辨析、阐释产生差异性的国家或民族的文化背景、道德观念、审美情趣等方面的异同，形成了一套独特的研究方法和研究理论，集中体现了一种跨文体、跨学科、跨文化的文本审美眼光。

将西方主题学的观念和方法与中国文学相结合，特别是在具体的个案故事分析中加以实践，进而确立中国文学主题学研究的理论和方法论意识，可以上溯到20世纪20年代顾颉刚关于孟姜女故事的研究，主要以1924年刊发于北京大学《歌谣》周刊第69期的《孟姜女故事的转变》和1927年刊发于《现代评论》二周年增刊的《孟姜女故事研究》两篇文章为标志。顾颉刚围绕着孟姜女故事展开的研究，其宗旨并非要通过反复考证、仔细甄别去还原孟姜女故事的原初面貌，而是以深厚、扎实的文献功底认真搜考典籍、考校文献，将有关孟姜女故事的诸多材料抽绎出来加以细致辨析，并与重在历史演进、地域系统的西方观念有机结合，做到浑然天成，天衣无缝。顾颉刚孟姜女故事的研究用力之处全在一个"演变"之上，"演"是过程，"变"乃结果。关于"演"，顾颉刚曾借由赞赏宋人郑樵《通志·乐

---

① 参见谭佳：《当代西方文论中的主题学发展》，《当代文坛》2005年第3期。

略》中的论说表明态度①，即流传于民间的各种街谈巷议、风俗小事、逸闻琐谈，经由稗官之流摇唇鼓舌，大加编排，再于人群中口耳相传，添枝加叶，几经辗转传扬，像"虞舜之父""杞梁之妻"一类的故事，原本事有所载的事实就会由小演大，由少演多，由此造成故事没有固定的体式内容，其样貌就在前后左右的种种言传中被多种呈现。关于"变"，则是故事不同形态的"演"所带来的必然结果，故事在"演"的过程中，因言说主体不同、言说时代不同、言说地域不同等，所形成的故事内在的主题不同、内涵不同，外在的体裁不同、载体不同。将这些历时性的不同详加梳理、共时性的不同细加比较，再从纵向、横向两个维度相互参照，不仅能够将故事在"演"的形态上进行系统排列，更加能够在"变"的背后探索促成的原因，而这恰恰是顾颉刚研究孟姜女故事的核心旨意所在。正如顾颉刚所自述：研究孟姜女故事的重点在于研究故事的变法，变化的样子才是研究的主体，有的是因古代流传下来的话失真而变的，有的是因当代的时势而变的，有的是因人们的想象而变的，有的是因文人学士的改窜而变的，这里边的问题多不可数，牵涉的就是全部的历史了。②这一表述明确地指向了主题学研究和阐释的要义，即结合无限充分的文献材料，寻求故事演变的规律，探索故事演变的真相。顾颉刚通过孟姜女故事研究所确立的叙事文体的"主题"意识，并所采用的依靠古史料对民间传说开展综合研究的方法，为中国文学主题学研究提供了范式。就一定意义而言，顾颉刚所论之"故事的眼光"对中国叙事文化学研究具有启蒙的价值。

在顾颉刚具有奠基意义的学术精神的引领和具有开创价值的研究范式的影响下，后起者甚众，一大批学者纷纷不同程度地参与到中国文学主题学相关的研究中，取得了非常亮眼的实绩。至20世纪中叶经过了一段特殊历史时期的停滞和沉寂之后，70年代末以来，伴随着国际交流逐渐开放、文化环境逐渐宽松、学术规范逐渐强化，中国文学主题学研究便日趋活跃。事实上，在顾颉刚的中国文学主题学研究中，并未明确提及"主题"或

---

① 参见顾颉刚：《古史辨》（第一册），朴社1926年版，第66—67页。
② 参见顾颉刚：《孟姜女故事研究的第二次开头》，顾颉刚、王煦华：《孟姜女故事研究及其他》，商务印书馆2017年版，第106页。

"主题学"的概念，只是在研究实际中暗合了西方主题学的研究理论和研究方法。而较早使用"主题学"这一理论术语，并有意识地将之作为一种文学研究方法论引入中国文学研究的，是在水浒学研究方面著作宏富并取得突出研究成果的香港学者马幼垣。①其于1978年在台湾《联合报》发表的《〈三现身〉故事与〈清风闸〉》一文，不仅把"主题研究"之名清晰提出，还将之运用到《三现身》故事与《清风闸》《三侠五义》流变关系的课题研究中，而文章围绕包公故事牵涉出的繁复的文本体裁和复杂情节所展开的求证和论述，恰好与主题学研究中的以人物为中心的故事类型研究相吻合。稍晚，台湾学者陈鹏翔的博士论文《中英古典诗歌里的秋天：主题学研究》写作完成，主要探讨同一母题作为文学要素的跨国界、跨民族的流传与演变情况，以及在不同创作中所得到的不同处理，这是主动、自觉地将西方主题学研究方法论介入到中国古典文学的研究中，创获颇丰。1983年由陈鹏翔主编的《主题学研究论文集》一书由台湾东大图书有限公司出版，标志着主题学这一研究方法正式开始从民俗故事领域向文学主题学过渡。全书共收录21篇论文，皆是主题学研究相关方面的，其中最具代表性的是陈氏自出的《主题学研究与中国文学》。文章首先给主题学以较为明确的定义：主题学研究是比较文学的一个部门，集中在对个别主题、母题，尤其是广义神话人物主题做追溯探源的工作，并对包括无名氏作者在内的不同时代作家如何利用同一个主题或母题来抒发积愫及反映时代，做深入的探讨。②继而，文章又对主题与母题的区别作出说明：主题与母题二者的关系需要厘清，主题学中的主题通常由个别的或特定的人物来代表，例如尤里西斯即为追寻的具体化，耶稣或阿多尼斯为死而复生原型的缩影等；而母题则是由两个或两个以上不断出现的意象所构成的，因为往复出现，故而常常能够当作象征来看待。③由此，陈鹏翔在勾勒、梳理主题学发

---

① 参见李琳：《近二十年来古典文学主题学研究法述要》，《学术交流》2004年第9期。

② 参见陈鹏翔：《主题学研究与中国文学》，《主题学研究论文集》，东大图书有限公司1983年版，第5页。

③ 参见陈鹏翔：《主题学研究与中国文学》，《主题学研究论文集》，东大图书有限公司1983年版，第24页。

展史的过程中，为主题学的概念和范畴作出了学术界说和学术阐释，辅之以其将主题学方法具体应用于中国文学相关个案和现象的研究，则陈鹏翔对于中国文学主题学研究的重大贡献是包含着理论建构与学理实践双方面的。

从顾颉刚到陈鹏翔，发端于西方民俗学研究领域的主题学研究方法，经过几代学人坚持不懈的努力尝试与全力推介，不断在中国文学研究中得以有效应用，从理论到实践确立了中国文学主题学研究的范式，为后辈学者昭示了可资借鉴的研究路径。

四、以上元素汇聚为一的可能性分析

以上元素有为中国文学特别是中国古代叙事文学的研究摸索、创建新的研究范式的渴望和思考，有给高等学校中国古代文学专业尤其是古典小说、戏曲方向研究生培养遭遇瓶颈提供新的教学模式的探索和实验，有向西方主题学研究方法论借鉴同时受到中国文学主题学研究启发的学术热情和学术理性，一切主、客观因素汇集聚拢后的指向，便是需要自觉地在学术研究和教育教学中另辟蹊径，提出一种新方法。于是，稼雨先生的中国叙事文化学研究构想应运而生。

正如郭建勋、李炳海等学者在"二十世纪中国古代文学研究回顾与前瞻"学术研讨会（1997年8月哈尔滨）上的发言所指出的，古典文学研究应始终坚持理论与材料、历史与逻辑的结合，新方法在运用中要尤为注意与传统方法的交融互渗；古典文学研究应做好三个落实，一是文学、哲学、史学的融通必须落实到文学本位，二是新方法的"他山之石"必须落实到文本本位，三是西方研究方法与民族化研究方法的融合必须落实到民族本位。①其言可谓切中要害，若非如此，则中国古代文学研究或将落入两个陷阱，其一在于，古代文学研究基本等同于古代文学史研究，研究方法偏重于史料考证，形成古代文学与古典文献学交叉合流的状态，模糊各自特色

---

① 参见胡建次、邱美琼：《20世纪90年代古典文学研究的反思述略》，《上海师范大学学报（哲学社会科学版）》2003年第4期。

的结果便是古代文学无法标举自身的研究视域和研究品格。其二在于，古代文学研究主动寻求方法论突破的过程中出现被当代文学理论所支配的倾向，始终无法摆脱将西方文艺评论的方法生硬套用的阴影，缺乏真正的学术自觉。对此，稼雨先生在构建中国叙事文化学研究的方法模式和理论体系之初，就从三个方面进行思考和架构，作出了积极的回应。

首先，是基本厘清中西体用的关系问题。稼雨先生认为，作为一种受到西方学术影响的研究方法，中国叙事文化学首要解决中西体用的择取问题。以"西体"为主导的20世纪中国叙事文学研究的重心是以小说、戏曲为中心的文体史研究和大量作家作品研究，其所忽略的是中国叙事文学中普遍存在的跨文体和跨作家作品的研究。因此，我们就需要对中国叙事文学研究做出调整，主要方向就是变"西体"为"中体"，以此作为出发点来构想一种新的叙事文学研究。而这种新的叙事文学研究一方面应该跳脱文体间的限制，打破作品间的壁垒，从时间序列上突出研究对象构成要素，尤其是同一要素（如情节、人物、意象等）在不同阶段的形态所呈现的动态变异的走势。另一方面，不管是情节演变的轨迹，还是人物线索的消长，以至于意象内涵的变化，研究的指向是中国古典文学中以小说、戏曲为主要研究对象的中国叙事文学中的主题故事。[①]

其次，是初步把握西方主题学与中国叙事文化学的异同关系问题。稼雨先生对比认识的关注点在二者的研究对象。前者的研究对象为民间故事，后者的研究对象是书面的中国古代叙事文学，二者在文体类型上的相似性派生出相似的可研究性，而二者在主题内容上的差异性又必然带来研究方法和研究理念的不同。以民众自发的世代口耳相传为最重要传播手段的民间故事，众口传诵之下难免出现情节变化、人物异动、意象转换等情形，对由此呈现的多重故事样貌予以梳理和解读，成为主题学研究方法的研究基础。而以中国古代小说、戏曲为主要体裁的书面叙事文学作品，既有以文字记载的民间故事的诸种面貌，也有来自文人独创或是社会逸闻的多文

---

① 参见宁稼雨：《中国叙事文化学与"中体西用"范式重建》，《南开学报（哲学社会科学版）》2016年第4期。

本演绎状况，更有民间故事与文人改编创作互相交融的情形。则研究中不仅可以向主题学研究法借鉴吸收，更应具备其他的研究角度和研究眼光。[①]

再次，是大致给出中国叙事文化学研究的具体操作方法。稼雨先生总体上勾画了中国叙事文化学相关个案研究的三步骤研究法：第一，是调动一切文献考据手段，务求无限充分地获取与故事个案相关的所有材料。"竭泽而渔"虽未可实现，但努力的方向应该始终坚持，毫不懈怠。第二，是在对已经掌握的尽可能多的材料进行充分阅读的基础上，对故事个案进行要素解析，既包括对外在结构要素的细致比对，也包括对内在文化要素的深入挖掘，前者侧重于流变情态的描述，后者侧重于变异动因的探索。第三，是对故事个案的特色和价值做出归纳和提炼，从全局上统摄研究对象和研究过程。[②]

稼雨先生所首创、力倡之中国叙事文化学研究，无空疏浮泛，非夸夸其谈，不仅有借"西用"为"中体"的中国古代叙事文学研究方法论的构想与创设，而且有既支撑理论体系又指导实际研究的具体操作方法和步骤，并通过课程设置、课堂教学，以及古代小说、戏曲方向研究生毕业论文写作等实践活动一再求索、反复验证，不断地发现问题、提出问题、解决问题，促使中国叙事文化学研究愈加具有科学性与可行性。最初十一年的中国叙事文化学研究，成绩斐然，未来可期。

---

① 参见宁稼雨：《中国叙事文化学与西方主题学异同关系何在？——中国叙事文化学研究丛谈之二》，《天中学刊》2012年第6期。

② 参见宁稼雨：《中国叙事文化学与"中体西用"范式重建》，《南开学报（哲学社会科学版）》2016年第4期。

相关论文著作目录

论文

1. ［苏］柯静采夫：《文艺学中的庸俗社会学》，《文艺理论研究》1982年第3期。

2. 刘魁立：《世界各国民间故事情节类型索引述评》，《民间文学》1982年创刊号。

3. 张隆溪：《诸神的复活——神话与原型批评》，《读书》1983年第6期。

4. 陈圣生：《比较文学的理论与方法评述》，《文学评论》1983年第4期。

5. 陈鹏翔：《主题学研究与中国文学》，《主题学研究论文集》，东大图书有限公司1983年版。

6. 顾颉刚：《孟姜女故事的转变》，《主题学研究论文集》，东大图书有限公司1983年版。

7. 张隆溪：《仁者见仁智者见智——关于阐述学与接受美学》，《读书》1984年第3期。

8. 王逢振：《二次世界大战后西方文学批评理论概述》，《外国文学动态》1985年第1期。

著作

1. ［美］丁乃通、许丽霞：《中国民间叙事书目》，1975年美国旧金山中文资料中心版。

2. ［美］丁乃通：《中国民间故事类型索引》，芬兰国家科学院1978年版。（本书于1983、1986和2008年由春风文艺出版社、中国民间文艺出版社华东师范大学出版中文版。）

3.陈鹏翔主编:《主题学研究论文集》,东大图书有限公司1983年版。

4.〔美〕汤普森:《世界民间故事分类学》,上海文艺出版社1991年版。

5.〔美〕丁乃通:《中西叙事文学比较研究》,华中师范大学出版社1994年版。(本书于2005年编入中国民间文化研究书系由华中师范大学出版社2015年再版。)

6.〔德〕爱伯华:《中国民间故事类型》,商务印书馆1999年版。

世界各国民间故事类型索引述评

刘魁立

一、编纂索引的缘起和最初尝试

格林兄弟于1812—1814年发表以《格林童话集》闻名于世的德国民间故事记录（Kinder-und Hausmarchen），在民间故事搜集史上开辟了一个新的科学的历史阶段。从此，建立在科学基础上的民间故事搜集工作，几乎在世界的每一个角落里都相继开展，并且达到了前所未有的规模。19世纪下半期和20世纪上半期在欧洲搜集和印行了不可胜数的故事资料，在亚洲、非洲、拉丁美洲，这一项工作至今仍方兴未艾。①除掉出版了大量的民间故事之外，还在学术单位的档案馆里和有关的私人手中保存、积累了难以统计的民间故事资料，从整个历史发展的过程来看，这一百余年在全世界范围内确实是民间故事搜集工作的"黄金时代"。

19世纪上半叶格林兄弟除以科学的方法搜集和出版民间故事之外，还著书立说，研究民间文学问题，使民间文艺学逐步成为一门独立的科学。如果把他们及其追随者的活动算作是欧美民间文艺学史的第一章的话，那么民间故事研究作为民间文艺学的一个部分就已经存在一个半世纪了。

在这一段时间里，世界各国的为数众多的学者和研究人员，就民间故事的各个方面，从理论角度，提出并探讨了大量的课题，在整个民间文学

---

① 关于世界各国民间故事的出版情况可参见：Bolte J., polivka G.：*Anmerkung enzu den Kinder-und Hausmarchen der Bruder Grimm*，Bd.V.Leipzig，1932；*The types of the folktale.translated and enlarged by Stith Thompson Se condrevision*，Helsinki，1964，pp.10-18.

领域中没有哪一个门类像民间故事研究这样景象繁荣。

几乎从第一次尝试对民间故事进行科学探索开始，人们就发现，每一个国家所搜集的故事资料都有成千上万，而就全世界而言，这个数目更会大得惊人，并且随着时间的推移，数目还在不断增长，但是这并不意味着故事的情节或类型也有这样多，往往同一个故事在许多不同的国家都有流传，也就是说情节类型的数目是较为有限的，许多资料不过是某一共同情节的变体和大量异文而已。根据一些国家的统计资料，一个民族所流传的故事有三分之一以上属于国际性的或世界性的。由于人们发现，有一些故事不仅在亚洲及欧洲的不同国家流传，而且在全世界几乎所有的民族中间都可以找到它们的踪迹，于是学者们就从方法论的角度提出了比较研究的问题。为了认识民间故事的本质，为了探求民间故事的形成、演变、流传的规律，不能不对大量的现存资料从各种角度进行历史的或地理的、贯时的或共时的比较研究。无论从一则故事还是从一类故事入手，无论从一个地区、一个民族、一个国家的范围出发，还是从若干民族乃至从世界范围出发来进行民间故事的研究，都必须了解：在某个地区、某个民族、某个国家有哪些故事流传；某一个故事流传的广泛和频繁程度如何；流传过程中的历史的和地理的变异情况如何，等等。而为了在更广阔的范围内进行民族间、国际间的双边的或多边的比较，就还要了解某个故事或某类故事在不同国家的状况和相互关系。如果对已经记录的和已经发表的民间故事资料缺乏切实全面的了解和掌握，那么欲达到上述目的就是虚妄的、不可能的。

随着科学研究的日渐深入，特别是由于比较研究法的广泛运用，国际民间文艺学界在最近半个多世纪里深切地感到有必要探索出一条简捷的道路，对世界各国浩如烟海、难以计数的民间故事资料，依据其相对有限的情节类型、主人公或其他特征进行分类、统编，以便检索和研究。各国学者在这一领域作出了极大的努力，业且在五六十年的时间里编辑了大量的民间故事情节索引，数目多达百余种。从科学发展的趋势来看，关于情节类型的研究，以及类型学研究正在发展成为文艺学领域中的一个重要分支，因此在今后若干年中索引的数目还将大大增加，而且编辑索引的角度和原则亦会有更多的变化。

实际上，早在一百多年以前，民间文艺学界就已经开始在编纂情节索引方面进行探索和尝试了从19世纪下半期起就有很多学者先后制定出各自的民间故事资料统编、分类原则。德国学者哈恩（I.Hahn）于1864年在《希腊及阿尔巴尼亚故事》一书中，把所有的故事统一归纳为四十种型式（Formen）①。流传学派的一些著名研究家，如法国学者柯思昆（E.Cosquin）②、英国学者克劳斯顿（A.Clouston）③等都曾对民间故事进行过统编分类的尝试。俄国学者弗拉基米洛夫曾将所有的故事分为三部分（动物故事、神话、生活故事），总计列出四十一种类型（type）。④其他学者，如巴林·古尔德（S.Baring Gould）、斯蒂尔（F.Steel）、坦普尔（R.Templ）.戈姆（G.Gomm）.雅各布斯（I.Jacobs）、乔文（V.Chauvin）、哈宙（B.Hadjeu）、马卡洛夫、萨哈洛夫、柯尔马切夫斯基、斯米尔诺夫等，都曾致力于民间故事的分类统编工作。这些学者都试图把千差万别的情节划归成有概括性的、有一定限量的类型。他们的观点不同，方法各异，列出的类型及名称也迥然有别，特别是他们的这一工作仅建筑在极为有限的材料的基础上，而且也没有进行到底，所以他们并没有获得令人满意的成果。然而这些学者的探索却为以后大规模地编纂类型索引开辟了道路，提供了可资借镜的方法。

二、芬兰学派和阿尔奈的类型索引

20世纪初，斯堪的纳维亚各国的民间文学理论家致力于民间故事研究，形成了史称的"芬兰学派"。芬兰学派的研究家们在编纂民间故事类型索引方面作出了重要贡献。1907年，芬兰学者卡尔·克伦（K.Krohn）同瑞典学者卡尔·西多夫（K.Sydow）、丹麦学者阿克赛尔·奥利克（A.Olrik）在赫尔辛基组织国际民间文学工作者协会"Folklore Fellows"（简称FF），并于

---

① Hahn van I.G.：*Griechische und albanische Marchen*，Leipzig，1864.

② E.Cosquin：*Les contes populaires de Lorraine*，Paris，1887.

③ A.Clouston：*Popular tales and fictions，their migrations and transformations*，London，1887.

④ 参见普·弗拉基米洛夫：《俄罗斯文学史概论》，基辅1896年版。

1909年创办不定期的机关刊物《民间文学工作者协会通报》（Folklore Fellows Communications，简称FFC，在70年间已出版约230期，其中有许多期是某一国的或综合的民间故事类型索引）。关于芬兰学派的诞生、发展、代表人物、主要论著及历史功过等，应当另有专文加以评述。这里仅在本题的范围内简要介绍芬兰学派的研究方法和基本原则。

芬兰学派的研究学者们以19世纪下半叶盛行于欧洲的流传学派的理论为出发点，认为每一个故事都是由一个地方流传到另一个地方，同时由简明的形式向繁细的方向发展、这些学者的理论原则和研究方法深受达尔文进化论和斯宾塞的实证主义的影响，他们认为，协会的重要任务之一就在于广泛地、详尽地研究故事情节，具体确定这些故事情节最初的发祥地及其流传的地理途径。他们通过对散见于世界各地的某一情节的各种异文的比较研究，根据其纯粹形式方面的特征，来探寻它的所谓"最初形式"和所谓"最初国家"，同时力图指明它产生的时间和流传到其他地方的先后时序，他们还常常在自己的著作中绘制大量的图表和地图以标明流传的路线等。他们将自己的这种研究方法称作"地理历史比较研究法"。由于芬兰学派学者们忽视作品的思想和艺术的实际内容，而只着眼于情节的类型，并且对作品的创造者劳动人民以及社会历史条件的重视不足，而把作品作为一种自生的现象来对待，所以他们实际上并没有接触到民间文学作品历史发展的真实过程。1933年卡尔·克伦逝世之后，芬兰学派由于其形式主义和片面性愈益受到其他一些学者的批评，而日渐衰微，这一学派后起的研究家们的立论和观点距离学派创始人的方向、原则也渐行渐远。

然而，芬兰学派学者由于他们的研究方向和研究方法所决定，在民间故事的情节划分、统计分类、编纂索引方面，在世界范围内建树极多。虽然远非所有的研究家都赞同其原则和方法，但他们的工作却受到普遍的称道。

1910年FFC第3期发表了芬兰学派的主要代表学者之一、芬兰科学院院士、赫尔辛基大学教授的安蒂·阿马图斯·阿尔奈（Antti Aarne，1867—

1925）的《故事类型索引》[①]一书。阿尔奈分析比较了芬兰和北欧其他国家以及欧洲一些国家所出版的或保存的民间故事记录，把同一情节的异文加以综合，以极简短的文字写出了它的梗概提要，并根据一定的原则对这些故事情节进行了分类编排。

阿尔奈将所有的故事分为三大部分：动物故事、普通民间故事、笑话。

每部分当中又分为若干类。动物故事是根据故事的"中心人物"来划分细类的，如：野生动物（又分为"狐狸""其他野生动物"两组），野生动物和家畜，人和野生动物，禽类和鱼类等。

普通民间故事则根据故事的性质分为四类：神奇故事、传说故事、生活故事、关于愚蠢的魔鬼的故事。

以上四类故事各类之中又依题材内容之不同划分成若干组，如神奇故事类便按"奇异"因素的性质，分为：神奇的敌手，神奇的丈夫（或妻子或其他亲属），神奇的难题，神奇的助手，神奇的物件，神奇的力量或技能等。

最后一部分笑话也按主人公之不同分为若干细类。

阿尔奈分析比较了所有的民间故事，抽绎出大量的基本类型（有时是整个一个故事，有时是一个情节，有时是一个片断的细节），同时将其分门别类，系统编号。1—299号为动物故事；300—1199号为普通民间故事；1200—1999号为笑话。尽管总编号为2000，但在他的索引中列出具体内容的总共仅有540个类型。原因是他在编号中间留下许多空白号码，以待发现新资料之后再行补充。

阿尔奈在索引的前言中写道，他的故事情节分类体系是为了对大量的不可能全部印刷出版的民间故事记录资料进行分类、编目和登记而用的。他建议，为了使这些宝贵的记录资料能为进行故事比较研究所广泛利用，希望能对每个民族的故事资料都按这一分类体系进行编目。他的建议很快在欧洲各国引起反响，他的分类体系也成为民间故事情节类型编目的一个国际性的模式了。

---

① Antti Aarne：*Verzeichnis der Marchentypen*，Helsinki，1910（FFCNo.3）。

继阿尔奈之后，各国学者纷纷以阿尔奈情节索引的体系为基础，将各国的民间故事资料按其情节依例分类，利用阿尔奈的统一的编码，根据具体情况进行增删或修订，刊行了各个国家的故事情节索引。从便利技术性工作的角度看，应该说阿尔奈开创性的工作以及遵循阿尔奈体系所编纂的大量的索引，对民间故事的统编分类起了良好的作用。在民间故事分类归档时，在为刊印民间故事撰写注释时，在论述民间故事或查找故事资料时，特别是在对具有共同情节的民间故事进行比较研究时，常常会遇到种种不便，并且很难转述有关故事的情节梗概，而依照阿尔奈的体系给每个民间故事以简明的梗概提要和相应的编码，就可以免除或减少在检寻和描述民间故事资料时必然会产生的诸多困难和不便。正如每一个人都有一个名字一样，名字虽不能反映人的实质，但是经大家约定俗成，它的确为彼此交际带来极大的便利。

然而应该看到，阿尔奈的索引存在着一系列重大的缺陷。阿尔奈以及他的多数追随者主要着眼于研究所谓"国际性的"故事，即在许多民族中间流传的具有共同情节类型的故事。他们认为"国际性的"故事是古代和近代文明民族（所谓"Kulturvol-ker"—"文化民族"）人民群众的创作结晶，而生活于社会发展低级阶段的民族（所谓"Naturvolker"—"自然民族"）其故事情节大都不与文明民族中所流传的故事相雷同。芬兰学派的学者们没有专门从事这方面的研究，因此阿尔奈没有把这些故事的情节列入索引之中。此外，阿尔奈分类体系还具有很大的主观随意性，这当然是由于在20世纪初学术界对各大类民间故事的体裁特征和相互界限还缺乏深入研究的缘故。但是阿尔奈体系的出现不仅没有促进这方面的研讨，而且使这种学术探索在相当长的时间内变得更加迟滞了，至于说这种分类方法漠视了民间文学作品的思想艺术内容，那更是我们有目共睹的事实。

大多数民间故事研究学者虽然对阿尔奈的学术研究的观点和方法各持不同、甚至相反的态度，但多数人仍然将他的分类法当作是一种约定俗成的技术手段而加以利用。到目前为止作为这样的一种检索工具，阿尔奈的索引、特别是由他后继者编辑印行的增订本，确实还没有被更为理想的索引所代替，因此仍然具有重要的实用价值。

三、汤普森的增订和AT分类法

阿尔奈的索引问世之后，他本人以及他的同事很快便十分强烈地感到，在他的索引中民间故事的情节类型遗漏较多，有必要在新材料的基础上予以补充。在短短的十余年间，仅阿尔奈本人就在FF的机关刊物上就芬兰等地的民间故事资料做过多次重大的增补，如FFC第5期（1911年），第8期（1912年），第33期（1920年）等。

但是阿尔奈索引主要以芬兰民间故事资料为基础，充其量可以概括北欧国家的一般情况。尽管他在增补的过程中力图把自己的视野扩大到欧洲，但事实上他并没有实现这个愿望，欧洲南部和西部许多民族的民间故事，包括印度、中国在内的亚洲各国的民间故事都没有包括进去，更无须说美洲、非洲、大洋洲各民族的民间故事了。

针对这一情况，美国著名民间文艺学家、印第安纳州立大学教授斯蒂斯·汤普森（Stith Thompson）在1926年至1927年间，在芬兰学派创始人卡尔·克伦的指导下，进行了大量细致的研究工作，对阿尔奈的索引做了重要的补充和修订，并于1928年出版了英文版的《民间故事类型索引》①。此后在整个世界范围内许多国家不仅又出版了大量的民间故事资料，而且也编印了为数不少的民间故事情节索引。鉴于这种新的情况，对1928年版的索引进行重要的增补便成为十分必要的了。这一工作又委托给了汤普森。他根据世界各国所出版的民间故事的新资料，并根据匈牙利、南斯拉夫等许多国家的档案资料再次进行增订，并于1961年印行了该索引的第二版（FFCN0184）。这一版本后来又于1964年、1973年重印过。汤普森在编制索引方面所付出的辛劳和所作出的贡献，使他能够同这一索引体系的创始人阿尔奈双名并列。世界各国的民间文学研究家通常把他们的分类编排方法称作为"阿尔奈–汤普森体系"或"AT分类法"。

现将汤普森分类和编码的情况列举如下：

---

① *The types of the folktale. A classification and bibliography. Antti Aarne's ⟨Verzeichnis der Marchentypen⟩* (FFC No.3)，translated and enlarged by Stith ThompSon，1928（FFCNo.74）.

I 动物故事 （Animal tales）

1—99 野生动物

100—149 野生动物和家畜

150—199 人和野生动物

200—219 家畜

220—249 禽鸟

250—274 鱼

275—299 其他动物故事和物件

II 普通民间故事 （Ordinary folk-tales）

300—749 A 神奇故事 （Tales of magic）

300—399 神奇的敌手

400—459 神奇的或有魔力的丈夫（妻子）或其他亲属

460—499 神奇的难题

500—559 神奇的助手

560—649 神奇的物件

650—699 神奇的力量或知识

700—749 其他神奇故事

750—849 B 宗教故事 （Religious tales）

750—779 神的奖赏和惩罚

780—789 真相大白

800—809 人在天国

810—814 许身于魔鬼的人

850—999 C 生活故事（爱情故事）[Novella （Romantic tales）]

850—869 公主出嫁

870—879 女主人公嫁给王子

880—899 忠贞和清白

900—904 恶妇改过

910—915 忠告

920—929 聪明的行为和聪明的话

930—949 命运的故事

950—969 强盗和凶手

970—999 其他爱情故事

1000—1199 D愚蠢的魔鬼的故事（Tales of the stupid Ogre）

1000—1029 雇佣合同

1030—1059 人和魔鬼合作

1060—1114 人和魔鬼比赛

1115—1129 企图谋杀主人公

1145—1154 吓坏了的魔鬼

1170—1199 人把灵魂出卖给魔鬼

Ⅲ 笑话（Jokes and anecdotes）

1200—1349 傻子的故事

1350—1379 夫妻的故事

1380—1404 愚蠢的妻子和她的丈夫

1405—1409 愚蠢的男人和他的妻子

1430—1439 愚蠢的夫妻

1440—1449 女人（姑娘）的故事

1450—1474 寻求未婚妻

1475—1499 老处女的笑话

1500—1524 其他关于女人的笑话

1525—1639 关于男人（男孩）的故事（聪明人）

1640—1674 幸运的机遇

1675—1724 愚蠢的男人

1725—1850 关于牧师和教会的笑话

1851—1874 关于其他人的笑话

1875—1999 谎话

Ⅳ 程式故事（Formula tales）

2000—2199 连环故事（Cumulative tales）

2200—2299 圈套故事（Catch tales）

2300—2399 其他的程式故事

Ⅴ 未分类的故事（Unclassified tales）

2400—2499 未分类的故事

    在新版索引中，汤普森在阿尔奈原有的类型基础上补充了大量的新的类型，并且还借助于各国已有的故事索引和大量的民间故事出版物，详细地列举出每一类型在世界有关国家记录的情况。阿尔奈1910年的索引主要依据芬兰和北欧国家的民间故事资料，而汤普森却将自己的视野扩大到芬兰和北欧（瑞典、挪威、丹麦、冰岛）以外的俄国、立陶宛、拉脱维亚、爱沙尼亚、罗马尼亚、匈牙利、波兰、捷克斯洛伐克、塞尔维亚、希腊、英国、苏格兰、爱尔兰、西班牙、法国、德国、意大利、土耳其、印度、中国、日本、印度尼西亚、加拿大、南美、非洲等国家和地区。尽管如此，在这部阿尔奈–汤普森的索引中仍然还有很多极为重要的国家和地区的民间故事资料没有被收纳进去；有些国家和地区的资料虽然在这部索引中得到一定的反映，但由于出版记录工作落后、研究工作薄弱等原因，索引并没有概括出民间故事在这些地方流传的实际状况。资料不全问题集中地反映了学者对民间故事流传十分广泛的亚洲、非洲、拉丁美洲、大洋洲的许多国家缺乏深入研究的客观事实。从事这一工作的汤普森本人也明确地意识到了这一点。他在1961年版的索引前言中写道，严格地说应该把这部著作称作《欧洲、西亚及其民族所散居的地区的民间故事类型索引》（第7页）。

    汤普森在增订时改写了阿尔奈的某些类型的梗概提要，使之变得较为具体而明确。为了便于读者了解AT索引的基本原则和提要方法，特举一二实例加以说明，例如在他单独划类的所谓程式故事中有这样的类型：

AT2018"仓库在哪儿呢？""火把它烧了""火在哪儿呢？""水把它浇了"等。（下面列举了芬兰、爱沙尼亚、立陶宛、英同、西班牙、匈牙利、斯洛伐克、俄罗斯、阿根廷、波多黎各等国家和地区的资料索引出处，本文从略。）

AT2044拔萝卜。程式的结尾是：小老鼠拽着小猫，小猫拽着玛丽，玛丽拽着安妮，安妮拽着老奶奶，老奶奶拽着老爷爷，老爷爷拽着大萝卜，他们大家一齐拽，就把萝卜拔出来了。（下引各国出处从略）

以上二例为连环故事。

关于"圈套故事"，汤普森在AT2200项下有一解释：这是一种讲故事的方式，这种方式逼得听者提出一个特殊的问题，讲故事的人便用一种滑稽可笑的答案回复他。

AT2204 狗的雪茄烟，一个男人在火车上吸雪茄烟（或烟斗），烟掉在车外，狗随之跳出。稍后，狗也赶到车站。"你猜它嘴里是什么？""是雪茄（烟斗）吧？""不是，是舌头。"（下引出处略）

汤普森在增订索引时，不仅修正了故事情节提要，增加了世界各国的资料出处，而且还对一些流传较广、情节较为复杂的故事类型进行了进一步的分解，例如：

AT852主人公迫使公主说："这是谎话。"

Ⅰ 比赛。（a）公主向一男人提出，看谁能说一个弥天大谎，迫使她说出："这是谎话。"

Ⅱ 谎话。这青年讲了，（a）大公牛的荒诞故事；（b）一夜之间一棵树长上了天，他顺着一根稻草绳升上天又降下来的故事；（c）一个人把自己的头割下来又安上了，以及诸如此类的故事。

Ⅲ 胜利。当青年编了一些使公主本人感到羞辱的谎话时，公主才说出了"这是谎话。"

汤普森对这样一些故事的情节做详细分解之后，还就每一细节列出"母题"，同时标明他本人所编的母题索引（详后）的编号，以备查检。

汤普森在增订索引时作出了巨大的努力。但是他的工作囿于阿尔奈原定的规范，对阿尔奈的划型、分类、编码在原则上和总体上没有进行重大改革。因而阿尔奈索引所固有的某些根本性的缺点在这部已经通行世界各国的AT索引中仍然继续存在。前面已经提到，这部索引虽然在征引资料方面有了明显的改进，但对某些重要国家和民族的民间故事情况仍然反映不够或根本没有反映。此外，在民间故事内部分类问题、具体作品的划类问题、独立单位的划定问题、类型编排顺序问题及其他问题上，汤普森也未能跳出原有索引的窠臼，关于这部索引的总的研究对象或体裁范围问题，汤普森在增订中依例作了一些限定（如不收地方传说，以及历史上著名文集中未见于口头流传的故事等），但对阿尔奈原有的该收而未收、不该收而收进的某些驳杂情况，并未从正面彻底地科学地予以解决。当然，究竟什么是严格意义的民间故事，民间故事（或英语的"folk-tale"、德语的"Marchen"）的内涵和外延如何，这些问题几乎对每一个国家或民族来说都是十分复杂难解的问题，如果放到国际范围内加以考察研究，它就变得愈益复杂了。然而这又是编纂多国索引时首先必须明确的。我们希望在各国分别进行深入的理论研究的基础上，在今后的多民族、多国家的索引中，这一问题能够逐步得到更为理想地解决。

综上所述，阿尔奈-汤普森的这一索引虽然存在许多缺点和不足，但仍不失为一部有价值的、具有很大概括性的国际通用的检索工具书。

四、根据AT分类法编纂的其他索引

自汤普森增订索引出版以后，在半个世纪的时间里，出现了为数众多的民间故事情节类型索引，这些索引大都以AT索引的体例、分类、编号作为依据。

几乎在汤普森索引出版的同时，尼·安德烈耶夫依据阿尔奈的分类和编号，编纂了俄罗斯民间故事情节索引。[1]他删去了俄国未曾记录和出版过的情节类型，增补了俄罗斯人民群众间流传的新的情节类型，同时还根据俄罗斯民间故事的具体特点对原有的梗概提要做了相应的改动，并且在每

---

① 参见尼·安德烈耶夫：《根据阿尔奈体系编纂的民间故事情节索引》，列宁格勒1929年版。

一种类型下面，详细列举了此前印行的全部民间故事资料的书目。阿尔奈-安德烈耶夫的类型编号系统以及安德烈耶夫所作的资料索引早已为俄罗斯民间故事研究家所广泛利用。这部索引以后又经著名民间文艺学家弗·普洛普增补，附印在著名的《阿法纳西耶夫故事集》的卷末。

其后，世界各国学者分析归纳了各地区或民族的民间故事的类型，出版了大量的索引，例如捷克（1929—1937年），西班牙（1930年），立陶宛（1936—1940年），中国（1937年，1978年），意大利（1942年），爱尔兰（1952年），土耳其（1953年），西印度群岛（1953年），印第安（1957年），古巴、波多黎各、多米尼加和南美西班牙语区（1957年），乌克兰（1958年），法国（1957—1978年），印度、巴基斯坦、锡金（1960年），奥赛蒂亚（1960年），日本（1966年、1971年），英国和北美（1966年），冰岛（1966年），东北非（1966年），中非（1967年），卡累利亚（1967年），墨西哥（1973年），拉脱维亚（1977年），格鲁吉亚（1977年），白俄罗斯（1978年）等国家、地区或民族均有民间故事类型索引出版。各种民间故事索引的总数实难精确统计，大致百余种。本文由于篇幅和作者识见的限制，只能挂一漏万，略举其要而已。

这些索引的规模不尽相同，有的仅三四十页，有的则长达377页（池田弘子所编日本民间文学情节类型索引）。一部分索引较为简略，很多索引则十分详尽完备，有的还附有若干地图，以标明某一民间故事在各地流传的广泛情况。另外，每一个民族都有一些较为复杂的，由若干个基本情节类型拼配组合而成的民间故事，因此很多索引还附录了拼配组合格局表，多数索引都还列出该索引和其他有关索引的编号对照表等。

大多数编者在汇集各有关国家或民族的大量民间故事资料、进行分析排比、按部编类、开列索引时，花费了很多心血和精力。例如波兰学者尤·克尔日阿诺夫斯基（Krzyzanowski）所编波兰民间故事索引第一、二卷（动物故事，神奇故事）出版于40年代末期。编者又经过十五年的辛勤劳作之后才将全书（包括生活故事、笑话、传说等部分）彻底完成。[1]他查阅

---

① Krzyzanowski J.: *Polska baika ludowaw ukladzia systematycznym*，T.I–II，Wyd.2.1962–1963.

了大量的书籍、期刊和未印行的档案资料。他利用波兰民间故事资料补充了很多新的情节类型，根据本国情况改写了情节类型提要，突出了民族特点。他在附录部分不仅列出常见的情节拼组格局表，并且说明了故事的搜集地点和搜集（记录）者的情况。此外，还列出了许多民间故事情节被中古以至现代、当代作家改写为文学作品的情况。这一附录本身便是研究文学与民间文学之间相互关系的科学成果。

许多国家的学者在编纂民间故事情节索引的过程中，或考虑到本国的特殊情况，或考虑到 AT 体系的分类和编码的复杂不便，或者由于其他原因，通常都在 AT 分类法的基础上做出部分调整，有的不划分大的部类，有的则按自己的新的原则划分部类，有的则采用了新的编号。例如崔仁鹤所编《朝鲜民间故事类型索引》①即不同于原来的分部，而将所有民间故事分为六大部：Ⅰ动物故事；Ⅱ普通民间故事；Ⅲ笑话；Ⅳ程式故事；Ⅴ神话民间故事；Ⅵ未分类的故事。编者把所有的民间故事情节类型依以上六部分作了新的统一的编号，情节类型的总数为766型（在每一部分的末尾留有为数不多的空白编号，以待将来补充新的材料）。这一类索引虽然与 AT 编号不同，但书末列有详明的编号对照表，换算极为方便。

迄今为止，有一些国家或民族编纂过不止一本情节类型索引。由于新材料的不断发现，经过一段时间后，需要对原来的索引做相应的补充，这是很自然的事。有些国家的学者参考民间故事类型索引的体例编纂了传说情节类型索引。还有的国家依据不同体例、不同方法编纂了若干种民间故事类型索引，并且在索引之外还配合进行了关于故事类型的研究。芬兰及日本的情况便是如此。

国际民间文学研究组织 FF 于 1971 年在赫尔辛基出版了池田广子以 AT 分类法为基础编纂的《日本民间文学类型和母题索引》②。在这以前，世界闻名的日本民间文学研究家关敬吾先生就在《日本昔话集成》及《日本昔话大成》中编纂了日本故事情节类型索引。现将他及野村纯一、大岛广志

---

① In-hak Choi: *A type index of koreaN folktales*，Seoul，1979.

② Ikeda Hiroko: *A type-and motif-index of japanese folk-literature*（FFC 209），Helsinki，1971.

在《日本昔话大成》第11卷资料篇①所作的对日本民间故事的分类和编号引录如下：

Ⅰ动物故事：1—6动物纠葛；7—10动物分东西；11—19动物赛跑；20—24动物争斗；25—31猿蟹交战；32山灵（胜胜山）；33屋漏；34—45动物社会；46—62小鸟的前世；53—83动物由来；动物新1—动物新21—动物故事新类型。

Ⅱ本格故事：101—109婚姻·异类女婿；110—119婚姻·异类媳妇；120—133婚姻·难女婿；134—148诞生；149—163命运和致富；164—172宝器的故事；173—183兄弟的故事；184—196邻家老爷爷；197—204除夕的客人；205—222继子的故事；223—227异乡；228—239动物报恩；240—251逃跑的故事；252—269愚蠢的动物；270—287人和狐狸；本格新1—本格新46—本格故事新类型。

Ⅲ笑话：301—458傻子的故事；461—474说大话；480—546机智故事；550—626狡猾者的故事；635—642程式故事；笑话新1—笑话新26—笑话新类型；补遗1—补遗38。

日本的其他研究家，例如正在继续编辑出版的《日本昔话通观》的编者稻田浩二等，在分析、研究和厘定日本民间故事情节类型方面也有自己的贡献。由于中日两国一水之隔，文化交流具有悠久的历史，所以我们在研究我国民间故事的时候，倘能注意到日本民间故事的情况，倘能借鉴日本学者在类型研究、母题研究等方面所取得的成果，那么必会有很多新的问题涌现出来供我们思考。

五、专题索引和区域性比较索引

除就某一国家、某一民族的民间故事编纂的情节索引之外，我们还可以举出一种专门为某一部民间故事集所编纂的类型索引。这就是有关格林兄弟所记录的民间故事的情节类型索引。格林兄弟在民间文学研究领域内作出了重要贡献，他们搜集出版的德国民间故事（1812—1814）在世界范

---

① 关敬吾、野村纯一、大岛广志：《日本昔话大成》第11卷（资料篇），东京1980年版。

围内产生了广泛的影响。为纪念《儿童和家庭故事集》出版一百周年，捷克著名的民间文学理论家尤·波利夫卡同德国民间文艺学家约·鲍尔特编纂出版了五卷集的《格林兄弟故事索引》[①]一书。鲍尔特和波利夫卡在索引中就格林兄弟故事集中的两百个故事中的每一篇，都列举出当时已经记录下来的流传于世界各国的同一情节异文的篇目，详尽地标明国别和出处。这部索引以"BP"作为代号，在欧洲各国为民间文学工作者所广泛利用，成了他们不可或缺的工具书。汤普森在修订阿尔奈索引时，以及其他学者在编纂各国索引时，都曾大量援引过BP索引中的丰富资料。

近年来，由于国际性的比较研究的兴盛，有的民间故事研究学者已经不满足于编纂一个国家、一个民族的索引，而是打开国家和民族的界限，把具有一定联系的几个国家或民族放在一起，统一考虑，编纂区域性的民间故事情节类型索引。《东斯拉夫民间故事·情节比较索引》[②]即这一类索引的最初尝试之一，这一索引概括了东斯拉夫三个民族（俄罗斯、乌克兰、白俄罗斯）民间故事流传的情况。这一类区域性的比较索引可以为各有关民族民间文学的比较研究提供较大的方便。从严格意义上讲，应该说它在体例上是汤普森索引的一种变体，它将概括的范围由汤普森的着眼于世界大部分地区改变为只描述若干有限的、密切关联的民族的民间故事情况，但是这种范围的缩小却给有关学者提出了新的研究课题，为他们进行更加深入的理论探索开辟了途径。

上述各种索引尽管在细节问题上存在着差异，有时甚至是较大的差异，但以总的编纂原则而论，性质是相同的，即以情节类型作为编纂索引的基础。迄今为止我们所见到的民间故事索引中绝大部分都属于这一种，而且从趋势上看在今后一段时间里，这种索引仍会继续增加，据知有许多国家和地区（如波兰、捷克、保加利亚、马其顿、斯洛伐克等）正在编集或已经完成了民间故事的、民间传说的、民间叙事诗的及其他民间文学体裁的情节类型索引。因此可以说，AT分类法的原则在目前编纂民间文学索引方

---

① I.Bolte, J.Polivka: *Anmerkungenzu den Kinder–und Hausmarchen der Bruder Grimm*, Leipzig, B. I–V, 1913–1932.

② 勒·巴拉格等：《东斯拉夫民间故事情节比较索引》（俄文版），列宁格勒1979年版。

面占有压倒的优势。

然而应该指出，以情节作为分类的基础绝非就民间文学作品编制分类索引的唯一方法。早在20世纪初，即在阿尔奈确定他的分类原则的同时，保加利亚的民间故事研究学者阿尔纳乌多夫就曾从另外的角度对保加利亚的民间故事进行了分类。他在《保加利亚民间故事·分类的尝试》[1]一文中，以故事中所出现的形象（主人公）作为分类的基础。尽管阿尔纳乌多夫作出许多努力，但他的尝试存在着一系列缺点，最终没有为大家所接受，这一段历史也较少为人所知。但是以主人公为基础进行民间故事的分类在一定情况下，特别是在进行某些专题研究时，仍不失为可供考虑的分类原则之一。

六、母题索引

20世纪30年代中期，由于世界各国民间文学资料的大量发掘，对这些资料的系统分类问题一时成为民间文学理论研究的中心。自1935年以后举行过一系列的国际性会议，专门或主要地讨论了这一问题。如上所述，由于民间文艺学历史发展的迫切要求，斯蒂斯·汤普森完成了增订阿尔奈索引的任务。在完成任务的过程中，他深深感到以情节为单位对民间故事进行分解编制索引，仍不能满足寻检和研究的需要。他认为应该把情节再进一步分解为更细小的单位——"母题"（mot1f）。

"母题"这个中文译名，大约是30年代下半叶开始使用的。这一译名一半音译，一半意译，很符合我国翻译的传统习惯。如果我们在使用中能给它一个确定的科学的内涵，不使它引起歧义，那么它未必不是一个好的译名。然而"母题"一词常常会引起一种与本质无关的错误的联想，仿佛在"母题"之外还有"子题"似的，仿佛"母题"是与"子题"相对而言的。然而，只要我们大家约定俗成，使它变成一个确切的科学术语，久而久之终可排除这种错误的联想，正如当我们说"主题"的时候，也不想到

---

[1] 米·阿尔纳乌多夫：《保加利亚民间故事分类尝试》，《民间创作、科学及文学论文集》第21卷，索非亚1905年版。（保加利亚文）

在"主题"之外，还有一个什么"副题"。所以，在我们找到更好的译名来代替它之前，只好暂且使用"母题"这个术语。所谓母题，是与情节相对而言的。情节是若干母题的有机组合而构成的；或者说，一系列相对固定的母题的排列组合确定了一个作品的情节内容。许多母题的变换和新的排列组合，可能构成新的作品，甚至可能改变作品的体裁性质。母题是民间故事、神话、叙事诗等叙事体裁的民间文学作品内容叙述的最小单位。关于母题是否可以做一步分解，一些学者（如世界著名的民间故事研究家普罗普）提出了不同的意见，这是一个专门的问题，不属本文范围之内。但是我们必须指出，对于民间文学作品进行深层的研究，不能不对故事的母题进行分析。就比较研究而言，母题比情节具有更广泛的国际性。鉴于科学研究的这种实际需要，汤普森于1932—1936年花费了巨大的劳动，完成了六卷的《民间文学母题索引》①，这部书曾经多次翻印和再版，成为对文学作品及民间文学作品进行艺术分析的一本常备工具书。

这部书不仅是民间故事的母题索引，而且包括了口头流传的故事歌、神话、寓言、笑话地方传说等许多民间作品的母题在内。这部书还包括了像《五卷书》《一千零一夜》，中世纪小说等书面形式的群众创作的母题。索引中母题分类排列的顺序是以作者所谓的"从神话和超自然到现实和幽默内容的演化"为依据的。首先列出的是神话内容的母题，进而是关于动物形象、禁忌、魔法、奇迹、妖怪，以及其他关于超自然力的观念，其次才列举有关人类社会、人与人之间的矛盾关系等方面的母题。现将汤普森的母题索引的大的部类列举如下：

A.神话母题（共3000号）；B.动物（共900号）；C.禁忌（共1000号）；D.魔法（共2200号）；E.死亡（共800号）；F.奇迹（共1100号）；G.妖魔（共700号）；H.考验（共1600号）；J.智慧和愚蠢（共2800号）；K.欺骗（共2400号）；L.命运的变化（共500号）；M.预言未来（共500号）；N.机遇和命运（共900号）；P.社会（共800号）；Q.

---

① Stith Thompson：*Motif-index of folk-literature*，vol.I-VI，1932-1936，Bloo-mington.

奖赏和惩罚（共600号）；R.捕捉和逃跑（共400号）；S.异常的残忍（共500号）；T.性（爱情、婚姻等等）（共700号）；U.生活的本质（共300号）；V.宗教（共600号）；W.个性的特点（共300号）；X.幽默（共1100号）；Z.各种无法分类的母题（共600号）。

在这些大的部类之下，又分若干分部和更小的细类，每个母题均各归其类，有一序码，每一细类和每一母题下大都列引了文献书目。例如，在"神话母题"部类中有一细类为"人的创造"，包括了自A1200号至A1299号的100个左右母题（有空白号码，同时也有分号码），其中开头的若干母题是：

A1200 造人

A1201 造人以统管大地

A1205 不称心的诸神是大地最初的居民

A1210 造物主造人

A1211 用造物主的躯体造人

A1211·0·1 神只凭其想象便用自己的躯体造出人来

A1211·1 用泥土和造物主的血液造人

A1211·2 用造物主的汗造人

A1211·3 用造物主的吐沫造人

A1211·3·1 用诸神的吐沫创造人类

A1211·4 用造物主的眼睛造人

A1211·5 摹拟造物主的躯体用泥土造人等（每个母题下面所列的书目索引均从略）

母题索引的设想从理论的角度认识，应该说是必要的和有益的，汤普森在这方面做了不懈的努力。仿效汤普森编制这一类的索引的也不乏其人。然而汤普森在索引中兼收并蓄，巨细无遗，开列母题总数不下两万条，而引用世界各地的资料虽然繁多，但难以搜罗尽致，因此就使得研究者在使用这部索引时，既有不便之处，又时而感到不能尽如人意。这样看来，倘能由泛杂而返于简约，或可于研究者有更多裨益。

七、中国民间故事类型索引

中国民间故事的丰富是举世闻名的。中国民间故事类型索引编纂工作的发轫应当追溯到20世纪20年代末。1928年，即汤普森出版其英文增订版阿尔奈类型索引的同一年，钟敬文和杨成志二位先生合译出版了《印欧民间故事型式表》一书。这并不是一部专门的民间故事类型索引工具书，而是夏洛特·索菲娅·伯恩所著《民俗学手册》（C. S. Burne：*The handbook of folklore*，London，1914）一书的附录。它提供了印欧故事70个类型的情节提要。该文移译刊行后引起了我国民间文学研究界的很大注意。但大家所持的态度并不尽然一致，正如钟敬文先生在1931年的文章中所说，"有些人珍爱备至，常用以为写作民谭论文援引的'坟典'。但有些人，却很鄙薄它，以为全无用处，甚至把它视为断送中国民俗学研究前途的毒药"。

此后数年内，中国民间文学界中一些以此为是的同道，便沿着这一方向，就故事类型比较研究做了许多探索。内中有一些较有影响的论文，如赵景深：《中国民间故事型式发端》（载广州中山大学《民俗周刊》）；钟敬文：《中国印欧民间故事之相似》（载广州中山大学《民俗周刊》）、《狗耕田型故事试探》（载宁波《民俗周刊》）、《呆女婿故事探讨》载广州中山大学《民俗周刊》）；曹松叶：《泥水木匠故事探讨》（载广州中山大学《民俗周刊》）；娄子国：《搜集巧拙女故事小报告》（载《开展月刊》《民俗学专号》）；清水：《中西民间故事的比较》（载广州中山大学《民俗周刊》）等。

1931年，钟敬文先生在《中国的地方传说》[①]一文中，列举了中国地方传说的某些类型：鸡鸣型、动物辅导建造型、试剑型、望夫型、自然物或人工物飞徙型、美人遗泽型、竞赛型、石的动物型、物受咒型。作者写道："除上述九个类型'之外，还有许多也是很普通或颇普遍的……待将来有机

[①] 钟敬文：《中国的地方传说》，《开展月刊》第十、十一期合刊：《民俗学专号》，1931年。

缘草写《中国地方传说型范》的专著时，再较详细地缕述吧。"①但是由于诸多原因，作者关于整理中国传说资料、编类型汇集的设想，迄今未能实现。

上述学者的局部探索为归纳和整理我国民间故事类型做了一定的准备。

1930年至1931年钟敬文先生撰写了《中国民谭型式》，先在杭州《民俗周刊》连载，后于《开展月刊》之《民俗学专号》（或称《民俗学集镌》第1辑）集中发表②，作者所归纳出的中国民间故事类型的名称是（原未分类，亦无编号，编号为本文作者根据原有顺序所加）：1.蜈蚣报恩型故事；2.水鬼与渔夫型故事；3.云中落绣鞋型故事；4.求如愿型故事；5.偷听话型故事；6.猫狗报恩型故事；7.蛇郎型故事；8.彭祖型故事（共二式）；9.十个怪孩子型故事；10.燕子报恩型故事；11.熊妻型故事；12.享福女儿型故事；13.龙蛋型故事；14.皮匠驸马型故事；15.卖鱼人遇仙型故事；16.狗耕田型故事；17.牛郎型故事；18.老虎精型故事；19.螺女型故事；20.老虎母亲（或外婆）型故事；21.罗隐型故事；22.求活佛型故事；23.蛤蟆儿子型故事（共二式）；24.怕漏型故事；25.人为财死型故事；26.悭吝的父亲型故事；27.猴娃娘型故事；28.大话型故事；29.虎与鹿型故事；30.顽皮的儿子（或媳妇）型故事；31.傻妻型故事；32.三句遗嘱型故事；33.百鸟衣型故事；34.吹箫型故事（共二式）；35.蛇吞相型故事；36.三女婿型故事；37.择婿型故事；38.呆子掉文型故事；39.撒谎成功型故事；40.孝子得妻型故事；41.呆女婿型故事（共五式）；42.三句好话型故事；43.吃白饭型故事；44.秃子猜谜型故事；45.说大话的女婿型故事。

为使读者了解《中国民谭型式》的编写原则，特举第5型"偷听话型故事"的情节提要如下：

一、两兄弟（或两朋友），兄以恶心逐出其弟。

二、弟在庙里或树上，偷听得禽兽的说话。

---

① 钟敬文：《中国的地方传说》，《开展月刊》第十、十一期合刊：《民俗学专号》，1931年。

② 钟敬文：《中国民谭型式》（目录中写作《中国民间故事型式》），《开展月刊》第十、十一期合刊：《民俗学专号》，1931年。

三、他照话做去，得了许多酬报。

四、兄羡而模仿之，卒为禽兽所吃，或受一场大苦。

作者在编写中国民间故事型式时，"本拟等写成一百个左右时，略加修订，印一单行本问世"，但是"写到原定数目一半的型式"，便"中断"了。[①]就我国民间故事资料编纂情节类型索引，在30年代初期是一项开拓性的工作。因此便难免一切处于初创时期的事物所具有的简约的特点。同时应该看到，这项工作更多带有尝试的性质和举要的性质、作者的立意与其说是要编纂一部反映中国民间故事类型全貌的索引，毋宁说是要为民间故事搜集家、研究家指出一条概括和分析情节类型以便于进行比较研究的新途径。由于这项工作因故中辍，并未最后完成，尤其是由于四十余年来，特别是新中国成立以来，记录和发表了大量的民间故事资料，所以它已不能满足今天查检的实际需要。然而，从科学史的角度来看，这一著作无疑是具有其历史意义的。早在30年代，这一著作即被译成日文发表，在日本学界也受到相当的重视，产生了一定的影响。

1937年发表了沃·爱本哈德（W. Eberhard）在曹松叶的大力协助下编纂的《中国民间故事类型》[②]一书。这是关于中国民间故事的第一部大型索引。这部索引在刊行后的四十年间，几乎成了欧洲民间文艺学界认识和研究中国民间故事的唯一的类型检索工具书。该索引正文部分长达355页。引用的书籍、期刊等，总数为三百余种，搜罗之广，远及《山海经》《战国策》《吕氏春秋》等古籍，近逮30年代中期出版的民间故事集及民俗杂志等书刊。编者从这三百余种书刊里辑录了大量的民间故事资料，从中归纳出故事类型215种、笑话类型31种，共246种类型。

爱本哈德所编中国民间故事情节类型的分类和编号与AT索引有很大的不同，其具体情况如下：

---

① 参见钟敬文：《中国民谭型式》（目录中写作《中国民间故事型式》），《开展月刊》第十、十一期合刊：《民俗学专号》，1931年。

② W.Eberhard：*Typen chinesischer Volks marchen*（FFC120），Helsinki，1937.

故事：动物（1—7）；币物和人（8—19）；动物或鬼怪帮助好人，惩罚坏人（20—30）；动物或鬼怪嫁给男人，或者娶女人为妻（31—46）；造物、开天辟地、初人（47—65）；万物起源和人的起源（66—91）；河神和人（92—102）；仙人和人（103—111）；鬼怪和死神和人（112—124）；天神和人（125—142）；阴曹地府和起死回生（143—149）；天神和仙人（150—168）；魔法、有魔力的宝物和有魔力的事（169—189）；人（190—209）；勇士和英雄（210—215）。

笑话：傻子（1—10）；机智的人和狡猾的人（11—31）。

爱本哈德索引的体例是：（1）在每一类型下首先按母题分述故事情节类型的提要；（2）在资料来源部分列出有关的书目、卷次、页码等；（3）分别列出关于该类型的各种说明，如：关于其中某些母题的说明、关于故事中人物的说明、情节的延伸、补充、替代、变异、历史情况、比较对照、分布情况、附注等。附列第三项是爱本哈德索引的重要特点之一，编者的这些说明是在对有关民间故事资料进行比较分析之后提炼得来的，因而对于进一步的比较研究具有一定的参考价值。

爱本哈德编纂索引的年代距今已远，与迄今已经印行的中国民间故事资料相比，它所引用的书目已显陈旧，已不能概括我国近世民间故事流传的实际情况。此外，编者在编纂索引时对于"中国民间故事"这一概念的理解似嫌过宽，因而在选材上便出现性质不一、繁芜丛杂的情况。国外学人研究我国民间文学问题虽可能有"旁观者清"之长，但另一方面又难免有"雾里看花"之殆。随着时间的推移，这部索引中的使人感到应该增补和修正的地方会愈益增加。然而，对于爱本哈德所编的这一部严肃的民间故事索引工具书，我们应当遵循"他山之石可以为错"的古训，不妨翻译刊印，以为我国广大民间文学工作者之借鉴与参考。

1978年，继上述1937年刊印的FFC120德文版《中国民间故事类型》

之后，FF刊印了丁乃通所编《中国民间故事类型索引》①。这部索引所概括的书刊资料达500余种，几乎超过爱本哈德索引的资料来源近一倍。资料较全，而且较新，大致包括了1966年以前我国中央和地方所刊印的绝大部分主要民间文学资料（台湾地区1966年以后所出版的资料亦搜罗在内）。

丁乃通所编索引的分类和编辑原则以AT索引为基础，采用了国际通用的编码。这不仅是对所谓东方故事特殊论的一种有力的驳辩，同时也为各国学者进行民间故事的国际比较研究提供了极大的便利，即对我国民间文学工作者来说，也不失为一部有价值的工具书。

这部索引分类编码的情况是：

Ⅰ动物故事：1—299动物故事。

Ⅱ普通故事：300—749神奇故事；750—849宗教故事；850—999生活故事（爱情故事）；1000—1199愚蠢的魔鬼的故事。

Ⅲ笑话：1200—1340傻子的故事；1350—1439夫妻的故事；1440—1524女人（姑娘）的故事；1525—1874男人（男孩子）的故事；1875—1999说谎的故事。

Ⅳ程式故事：2000—2199连环故事；2200—2299圈套故事；2300—2399其他的程式故事。

Ⅴ未分类的故事；2400—2499未分类的故事。

现举其动物故事部分的第一型故事，以便了解该索引的一般编写体例：

No.1 狐狸偷篮子

Ⅰ（a）兔子（b）狐狸（c）鸟或者（d）其他动物（e）装死或装病或者（f）唱歌，引起过路人注意。

Ⅱ当过路人（a）喇嘛（b）商人（c）姑娘或（d）其他的人或动物，停下来去捡装死的动物时，（e）狐狸（f）兔子或（g）其他动物，偷掉他的（h）装有食物或（i）衣服或其他物件的篮子。

---

① Nai-tung Ting: *A type index of Chinese folktales in the oral tradition and major works of non-religious classical literature*（FFC223），Helsinki，1973.

《动物故事集》，上海文艺出版社，1966年，第30—31页（Ia，e，Ⅱg，h）＝祝琴琴：《儿童故事集》，香港，1955年，第1—2页；《动物故事集》第70—72页（Ib，e，Ⅱa，f，g，h，i＋70A）；第160—16页（Ic，e，Ⅱd，g，h＋1115＋49）；陈石峻：《泽玛姬》，北京，第189—190页（Ia，Ⅱa，e，h，i，＋70A）；贾芝、孙剑冰：《中国民间故事选》第一集，第581—583页（Ia，f，Ⅱb，e，h，＋21＋30）＝《动物故事集》第236—239页……（以下从略）。

丁乃通先生用功最勤之处，也即此索引特长之处，在于资料出处罗列详尽，因而令使用者极感检索之便。至于提要部分，编者或因考虑到使用者可以借助于其他同类索引，所以在归纳和表述时，部分类型似有过分简略之嫌。倘译为中文供我国民间文学工作者使用，或应略作增补和调整为是。

本索引在附录中除刊有与爱本哈德索引（FFC120）的编码对照表之外，还附列了与池田广子所编日本民间文学作品类型索引（FFC209）的编码对照表，从而为中日民间故事比较研究提供了一定的线索。

八、关于编纂索引的浅议

在作过关于索引的概略评述之后，我们想再简括地谈几句关于索引的认识和关于编纂索引的建议。

民间故事作为人民群众集体创作的、传统的口头的语言艺术，是一种复杂的现象。民间故事不仅具有它特殊的艺术形式，而且还饱含着各自不同的思想内容。无论从形式方面，或是从内容方面，都有多种因素在相互作用，以构成完整的有机统一的艺术作品。民间故事在它的本身中蕴含着集体的因素和个人的因素，传统的因素和即兴的因素，古代的因素和现实的因素，乡土的因素和更广阔的地域的因素，民族的因素和世界的因素，如此等等。

思想深刻的民间故事研究学者不能对上述诸因素采取漠视或回避的态度。此外，他还必须对民间故事的实质、民间故事的想象的特点、民间故事的语言艺术的结构和特点、民间故事的价值、功能、在社会生活中的地位等问题，进行认真的、深入的探索和研究。民间故事的这些方面，固然都不可能脱离开情节而单独地、抽象地存在，但是关于情节的研究绝不应该也绝不能代替对于蕴含于情节之中的其他因素的分析和研究。正如大家所知道的，单纯的情节归纳，不仅不能向我们提供一幅明晰的历史发展的画面，不仅不能为我们描述民间故事反映历史现实的图景，不仅不能使我们哪怕是最一般地认识民间故事创造者和讲述者的面貌，而且单纯的情节分类连民间故事本身的主题、形象、语言色彩、内部结构、思想倾向也不能向我们提示。

正是由于上述诸多原因使得我们只能把编纂索引看作是研究工作的手段，而不是研究工作的目的；看作是研究工作的准备，而不是研究工作本身。尽管如此，为便于掌握和利用无法数计的民间故事资料，类似AT索引的存在仍是十分必要的。我们利用这些索引，既不说明我们对它所存在的诸多缺点的迁就，也不意味我们对其编者的理论原则的苟同，我们利用这些索引手段仅仅是为了工作的便利和使大家在工作时能有一种共同的语言而已。一位学者曾经说过，一种语言的词汇在辞典中可以根据不同的原则，有多种排列方法，但是大家选定了按字母表来排列的方法，实际上这是一种最皮相、最不说明词汇本质的方法，但它最简便实用。我想，情节索引也与此相类似吧。但这只是比喻而已。

新中国成立以来，在我们辽阔的国土上，在我国各民族中间，进行了大量的搜集工作，出版了大量的民间故事资料，这些珍贵的作品分载在不同的出版物中，分散在不同的机关单位和个人手中，为了确切了解我国民间故事的蕴藏情况和搜集工作的现状；为了搜集工作和科学研究工作的方便；为了进一步规划和开展民间故事的搜集、出版工作；为了搞好民间故事资料的档案保管，都需要对我国已经出版的（包括公开出版的和内部印行的）民间故事资料进行全面的统编分类工作。这项工作的现实迫切性是十分明显的。为了使这项工作能够取得良好效果，必须具备两个前提：一是搜罗要全；二是材料要真。第一点或许在付出相当的努力之后较易于做到；至于第二点，由于在一段时间里一些同志从不同的认识和不同的需要出发，在记录和出版方面要求不够严格，所以现在要做好剔抉辨正的工作大略并非容易。但对既往的搜集和出版工作应该看到它的成绩和主流，而不能求全责备。一般地说，做情节索引或许并不要求民间故事必须是准确忠实的记录，而只要基本情节内容保持原样就可以了。但是我们不是把索引看成目的，而仅仅认为是发扬人民群众的文化艺术、加强对民间文学的认识和研究的一种工具和手段，因此才特别强调"材料要真"的这一前提。我们希望今后会有越来越多的科学的版本出现，根据忠实的记录，选择精粹的故事，完全保持人民创作原有的面貌和语言，从而为人民群众的艺术天才留下真实的摄影。

如前所述，比较现有的几种中国民间故事情节索引，丁乃通先生所编索引搜集资料较新、较全，似可适应当前参考的急需，据知目前正在移译之中，希望它能较快地出版。但据说在移译出版时，只拟保留情节类型提要部分，而欲将故事出处的书目索引部分略去。这样做恐未允当。索引的价值正在于可以借助它按图索骥，便于查检。倘使略去书目部分，自然要减少这部工具书的实用价值的大半，而有悖于作者的初衷和读者的期望。当然，视今后的人力和条件而定，或许有必要在这部索引的基础上进行新的增补和订正，甚或有必要另起炉灶，重新编纂新的情节类型索引，以便进一步适应我们的要求，但这都是将来的话了。目前，我们还有许多空白需要填补。例如：

1.我国是一个传说极为丰富的国家，每一山水风物、名人巨匠、习俗节日，无不有瑰丽奇妙的传说伴随。传说之多、之美直如闪烁于夜空的万点繁星。我们急需有一部关于传说的类型索引，以便于我们更好地掌握和研究我国的传说资料，就像我们在浩瀚的星海之中要辨明方位，知其所指，就必须有一张给每一颗星起一个名称，并把它们划分为若干星座的星空图一样。

2.我国地域辽阔、人口众多。我国的许多民族的人数和许多省份的疆域，比起其他大陆的一些国家来还要多、还要大。而我国各民族各地区的民间故事又极为丰富。倘能就一个民族或一个地区的民间故事编成类型索引，那也将是一种具有开创意义的很有价值的工作。

3.我国是一个多民族的国家，各民族人民在长期的历史过程中创造了绚丽多彩的优秀文化。五十六个民族的民间故事和传说各放异彩而又相互映照。如果能根据各民族的密切的历史文化关系编纂不同民族的双边的或多边的、乃至全国性的民间故事类型比较索引，那将是我国各民族民间文学研究工作中的一个可喜的成果，将对各民族民间文学的比较研究产生良好的影响。

4.我国与许多国家接壤或隔水相望，文化的相互交流和彼此影响具有悠久的历史。对我国和日本、朝鲜、越南、印度、泰国、缅甸、蒙古等国家，以及阿拉伯国家的民间故事做比较研究，可以帮助我们探索出各民族文化交流的历史规律，同时也可以帮助我们更加深刻地认识我国民间故事的特点和本质。因此，编纂各国民间故事比较索引将是一项很有意义的工作，对世界民间故事研究来说也是一种有益的尝试和有价值的贡献。

至于编纂除情节类型索引以外的其他种类的索引，也应该有适当的专人在适当的时机开始探索。

5.我国历史悠久，搜集故事的传统也甚为久远，以记录民间故事的时间的迟早而论，恐怕在世界各国很少能找到先于中国文献的。魏晋南北朝时期的《搜神记》《异苑》《幽明录》《续齐谐记》等，撰录的年代距今约有13至15个世纪之久；即使唐代的《酉阳杂俎》，辑录的时间至今也已经过去一千余年了。以后的记录工作始终连绵未断。对民间故事进行历史研究在我国具有极为优越的条件。如果在编纂索引的宗旨、原则和体例上能够另辟蹊径，从历史的角度来分析若干故事，把在不同历史时代记录下来的同一类型的故事编成索引，或将为我国民间文学研究者开拓一片新的天地。

6.人民的口头创作与作家的文学作品是不同范畴的艺术现象，既有联系，又有区别。我国不仅有很长的记录民间故事的历史，同时还有从文学角度改编、整理民间故事的传统。如果把一系列故事从古到今经不同作家、整理家用自己的艺术手段和艺术语言进行改编和重写的情况，多方寻求，详加稽考，分类编纂，著成索引，那必将为我们提供一部有重要学术价值的工具书。

此外，如母题索引等其他种类的索引，乃至建筑在新的分类原则基础上的新型索引，都未始不可成为某些有志于此的民间文学工作者的工作项目。

应该看到，我国的民间文学研究工作具有很多有利的条件：资料的丰富，历史的久远，现实环境的可贵，这些都是不言而喻的。更为重要的是我们有历史唯物主义和辩证唯物主义的思想体系和方法论作为指导来观察和认识民间文学现象及它的内部规律，这使我们能够摆脱唯心论和形而上学，从而可以避免歧途和少走弯路。但同时也应该看到，目前我们的工作距离人民的要求，距离四个现代化的要求，距离现代科学的发展，还相差很远，我们必须迎头赶上。我个人觉得，应该精于思，勤于作，不犹豫停顿，不原地踏步，不亦步亦趋，也不走弯路，更不后退，要选择捷径，加快速度，只有这样才能迎头赶上。

说到这里使我想起一段往事：1958 年民间文学工作者第一次代表大会期间，我曾向当时还健在的我国民间故事搜集家李星华同志谈起过编译 AT 情节类型索引的问题，1962 年以后她又提起过此事，并且寄予了很大的期望。于是我在 1966 年以前的一段时间里，在工作的余暇，断断续续地积累了许多卡片，然而后来竟全部散失了。时日蹉跎，事犹未成。今天在写这篇关于索引的述评的时候，我不能不以一种抱愧的心情来追思这位优秀的民间文学工作者。"往者不可谏，来者犹可追"，有感于此，便说了上面这样一段题外的话，以作为本文之结。

原载《民间文学论》1982 年第 1 期

诸神的复活——神话与原型批评

张隆溪

上古时代的诗人相信自己凭借神力歌唱，所以荷马史诗开篇便吁请诗神佑助，且成为后代史诗沿袭的套语。柏拉图在《伊安篇》里把诗人和巫师并举，说他们都因神灵附体，如醉如狂，方能奇迹般地吟诗占卜，代神说话。这就是后来人们常说的灵感。屈原的《九歌》就源于古代楚地的"巫风"，是据民间祭神仪式中巫唱的歌改作而成。如《东皇太一》："灵偃蹇兮姣服，芳菲菲兮满堂；五音纷兮繁会，君欣欣兮乐康"，据洪兴祖《楚辞补注》，这是写"神降而托于巫"的情形。《九歌》中的"灵"有时指神，有时指巫，又都是诗人借以抒发感情的媒介，所以在古时，神、巫和诗人可以浑然一体，瑰丽的神话还活在民间，那种神人交欢的盛况，难怪会勾得后世诗人们艳羡而神往了。

神话是人类童年时代的产物，随着人类的成熟，神话必然渐渐消亡，现代的诗人也不复像古代诗人那样，可以直接和神交往。然而诗人却像是成人社会中的儿童，不愿舍弃稚气的幻想，对于神话世界的消失满怀忧伤。华兹华斯有诗吟咏人类童年时与神性和自然的接近，而他深感惆怅困惑的则是那种临近感的消失：

Whither is fled the visionary gleam?

Where is it now, the glory and the dream?

到哪儿去了，那种幻象的微光？

现在在哪儿，那种荣耀和梦想？^①

席勒也有诗缅怀辉煌的希腊异教时代，那时的日月星辰、河海山川，无不是大小神祇的居处。但希腊诸神早已消隐，诗人徒然追寻，却只有唏嘘叹息，黯然神伤：

Traurig such ich an dem Sternenbogen，

Dich Selene find ich dort nicht mehr，

Duch die Wälder ruf ich，durch die Wogen，

Ach! sie Widerhallen leer!

我在星空里悲哀地寻找，

却再也找不到你，啊，月神，

我穿过林海呼唤，穿过波涛，

唉！却只得到空谷的回音！^②

故意惊世骇俗的尼采更直截了当地说："神已死去！"^③近世文化的衰微都由于"神话的毁灭"^④，而在瓦格纳的新型歌剧里，他欣然发现了"悲剧神话在音乐中再生"^⑤。在尼采看来，神话与文艺几乎是同物异名，只有神话的复兴可以带来艺术的繁荣。然而早在尼采之前，意大利人维柯已经提出了新的神话概念，只是他的《新科学》直到19世纪晚期才逐渐发生广泛

---

① 华兹华斯（W.Wordsworth）：《味童年回忆中永生的兆象》（*Ode：Iutimation of Immortality from Recollections of Early Childhood*）。

② 席勒（F.Schiller）：《希腊诸神》（*Die Götter Griechenlandes*）。

③ 尼采（F.Nietzsche）：《欢乐的知识》（*Die fröhliche Wissenschaft*）第一百二十五节，柯利（G.Colli）、蒙蒂纳里（Montinari）编：《全集》（*Sämtliche Werke*）（十五卷本）第三卷，柏林1980年版，第481页。

④ 尼采：《悲剧的诞生》（*Die Geburt der Tragödie*）第二十三节，柯利（G.Colli）、蒙蒂纳里（Montinari）编：《全集》（*Samtliche Werke*）（十五卷本）第一卷，第149页。

⑤ 尼采：《悲剧的诞生》第二十四节，柯利（G.Colli）、蒙蒂纳里（Montinari）编：《全集》（*Samtliche Werke*）（十五卷本）第一卷，第154页。

的影响。

一、神话思维

《新科学》第二卷题为"诗性智慧",包含着维柯美学思想的核心。维柯认为原始人类还没有抽象思维能力,用具体形象来代替逻辑概念是当时人们思维的特征。他们没有勇猛、精明这类抽象概念,却通过想象创造出阿喀琉斯和尤里塞斯这样的英雄来体现勇猛和精明,所以神话英雄都是"想象性的类概念"[①],是某一类人物概括起来产生的形象。神话是想象的创造,和诗正是一类,而在希腊文里,诗人的原意就是创造者,所以神话也就是诗,两者都是"诗性智慧"(Sapienza Poetica)的产物。维柯已认识到不是神创造人,而是人按自己的形象创造了神,正如朱光潜先生所说,维柯"在费尔巴哈之前就已看出神是人的本质的对象化"[②]。

然而神话并非随意的创造,而是古代人类认识事物的特殊方式,是隐喻(metaphor),是对现实的诗性解释。例如雷神并非无稽之谈,而是古人对雷电现象的认识;神话中的战争也非虚构,而是历史事实的诗性记叙;所以维柯认为,神话是"真实的叙述",不过它和诗一样,不能照字面直解。全部问题就在于用这种观点去重新看待神话,把它理解为哲学、宗教和艺术浑然未分时人类唯一的意识形态。神话既然如此重要,那么"首先需要了解的科学应当是神话学,即对寓意故事的解释"[③]。

对神话研究作出很大贡献的现代德国哲学家卡西列,也和维柯一样认为初民没有抽象思维,只有具体的隐喻思维即神话思维,这种思维的规律是"部分代全体(pars pro toto)的原则"[④]。例如古人相信,一个人剪下的头发指甲,甚至其足迹身影,若被施以巫术,整个人就会受影响。求雨时

---

① 维柯(Vico):《新科学》(*The New Science*)(修订本),贝金(Bergin)、费希(Fisch)英译,第四〇三段,康奈尔大学出版社1968年,第128页。

② 朱光潜:《维柯的〈新科学〉简介》,《国外文学》1981年第4期,第12页。

③ 维柯(Vico):《新科学》(*The New Science*)(修订本),贝金(Bergin)、费希(Fisch)英译,第五十段,康奈尔大学出版社1968年,第33页。

④ 卡西列(Ernst Cassirer):《语言与神话》(*Language and Myth*),苏珊·朗格(Susanne Langer)英译,纽约1946年版,第92页。以下所引此书皆据此版本,不再一一出注。

巫师往地面洒水，求雨停时则洒水在烧红的石头上，让水立即蒸发。这种"部分代全体"的神话思维和维柯的"想象性类概念"，都和艺术创造的形象思维密切相关，说明神话、巫术和诗的起源是互相关联的问题。

最早的语言和神话一样，也是一种隐喻。中国古代与巫术和文字都有关系的符号"八卦"，按许慎《说文解字·序》，就是"近取诸身，远取诸物"创造的；而仓颉造字，先是"依类象形"，其后才"形声相益"。头顶为"天"，人阴为"地"，就是用人的身体器官作比喻来命名宇宙上下。但是，语言"从一开始就含有另一种力量，即逻辑力量"（《语言与神话》，第97页）。随着逻辑思维的发展，语言逐渐远离神话，语言中的比喻仅仅成为说理的工具，只有在诗即语言的艺术应用里，才保留着神话思维的隐喻特征。这个道理，钱锺书先生在论《易》之象和《诗》之比兴的一段话里，讲得十分透辟，故引于下：

> 《易》之有象，取譬明理也，"所以喻道，而非道也"（语本《淮南子·说山训》）。求道之能喻而理之能明，初不拘泥于某象，变其象也可；及道之既喻而理之既明，亦不恋着于象，舍象也可。到岸舍筏、见月忽指、获鱼兔而弃筌蹄，胥得意忘言之谓也。词章之拟象比喻则异乎是。诗也者，有象之言，依象以成言；舍象忘言，是无诗矣，变象易言，是别为一诗甚且非诗矣。故《易》之拟象不即，指示意义之符（sign）也；《诗》之比喻不离，体示意义之迹（icon）也。[①]

这就是说，在科学的语言里，比喻不过是义理的外壳包装，但在文学的语言里，比喻却是诗的内在生命，词句不是抽象概念的载体，而是如卡西列所说，它们"同时具有感性的和精神的内容"（《语言与神话》，第98页）。因此，卡西列认为，诗"甚至在其最高最纯的产品里，也保持着与神话的联系"，而在大诗人身上，会重新迸发出"神话的洞识力量"（《语言与神话》，第99页）。神话和诗都是隐喻，是想象的创造，在古代为神话，

---

① 钱锺书：《管锥编》第一册，第12页。

在近代则为诗。

二、仪式与原型

英国人类学家弗雷泽的《金枝》是影响广泛的经典著作，对神话批评的形成也有很大贡献。弗雷泽在这部书里引用大量材料，说明春夏秋冬的四季循环与古代神话和许多祭祀仪式有关。原始人类见植物的春华秋实，冬凋夏荣，联想到人与万物的生死繁衍，便创造出"每年死一次、再从死者中复活的神"①。古代各民族都有神死而复活的传说，希腊人每年秋天都有祭祷酒神狄奥尼索斯（Dionysus）的仪式表现他的受难和死亡，也有仪式欢庆他的复活。②这种关于神死而复活的神话和仪式，实际上就是对自然节律和植物更替变化的模仿。

弗雷泽这种理论给文学史家以启发，简·哈里逊研究希腊悲剧起源的著作就是个有名的例证。哈里逊最重要的论点是强调仪式的作用，认为悲剧神话"从仪式中或者说与仪式一同产生，而非仪式产生于神话"③。认为希腊悲剧起源于表现酒神的受难与死亡的祭祷仪式，认为一切伟大文学著作中都含有神话和仪式的因素，这已经是现代西方大多数批评家接受的观点，因此人类学家伽斯特在评注中颇有把握地说："弗雷泽恢复原始祭祷仪式的本来面目或许不仅对人类学，而且事实上对文学也具有划时代意义"④。

除人类学外，卡尔·荣格的分析心理学是促成神话批评的又一动力。荣格曾是弗洛伊德的学生，但他把里比多解释为生命力，不像弗洛伊德那样强调性欲的作用，终于和弗洛伊德决裂。荣格认为弗洛伊德的精神分析

---

① 弗雷泽（J.Frazer）、伽斯特（Gaster）编注：《金枝》（The Golden Bough）（单卷节本），纽约1964年版，第341页。

② 参见弗雷泽（J.Frazer）、伽斯特（Gaster）编注：《金枝》（The Golden Bough）（单卷节本），纽约1964年版，第420页。

③ 简·哈里逊（Jane E.Harrison）：《忒弥丝：希腊宗教的社会起源研究》（Themis：A Study of the Social Origins of Greek Religion），剑桥大学出版社1912年版，第13页。

④ 弗雷泽（J.Frazer）、伽斯特（Gaster）编注：《金枝》（The Golden Bough）（单卷节本），纽约1964年版，第464页。

法主要是治疗精神病的方法，如果把这方法用于文艺，"那么或者是艺术品成了神经症，或者是神经症即为艺术品"，完全违背"健全的常识"。①弗洛伊德完全从个人心理的角度来解释文艺，但荣格却认为，"真正的艺术品的特别意义正在于超出个人局限，遨游在创作者个人利害的范围之外"（《论分析心理学与诗的关系》，第813页）。按荣格的分析心理学术语来说，艺术品是一个"自主情结"（autonomous complex），其创造过程并不全受作者自觉意识的控制，它归根结底不是反映作者个人无意识的内容，而是植根于超个人的、更为深邃的"集体无意识"。

自原始时代以来，人类世世代代普遍性的心理经验长期积累，"沉淀"在每一个人无意识深处，其内容不是个人的，而是集体的、普遍的，是历史在"种族记忆"中的投影，因而叫集体无意识。集体无意识潜存于心灵深处，永不会进入意识领域，于是它的存在只能从一些迹象上去推测；而神话、图腾、不可理喻的梦等，往往包含人类心理经验中一些反复出现的"原始意象"（primordial image），荣格认为它们就是集体无意识的显现，并称之为"原型"（archetype）。荣格解释说：

> 原始意象即原型——无论是神怪，是人，还是一个过程——都总是在历史进程中反复出现的一个形象，在创造性幻想得到自由表现的地方，也会见到这种形象。因此，它基本上是神话的形象。我们再仔细审视，就会发现这类意象赋予我们祖先的无数典型经验以形式。因此我们可以说，它们是许许多多同类经验在心理上留下的痕迹。（《论分析心理学与诗的关系》，第817页）

值得注意的是，荣格强调了原型与"历史进程"、与"我们祖先的无数典型经验"的联系。也就是说，文艺作品里的原型好像凝聚着人类从远古时代以来长期积累的巨大心理能量，其情感内容远比个人心理经验强烈、

---

① 卡尔·荣格（Carl G.Jung）：《论分析心理学与诗的关系》（*On the Relation of Analytical Psychology to Poetry*），亚当斯编：《自柏拉图以来的批评理论》，第811页。以下所引此书皆据此版本，不再一一出注。

深刻得多，可以震撼我们内心的最深处。因此，我们见到艺术品中的原型时，"会突然感到格外酣畅淋漓，像欣喜若狂，像被排山倒海的力量席卷向前。在这种时刻，我们不再是个人，而是人类；全人类的声音都在我们心中共鸣"。而这就是"伟大艺术的秘密，也是艺术感染力的秘密"（《论分析心理学与诗的关系》，第818页）。

三、原型批评

早在荣格提出原型概念之前，不少作家已经谈到过类似的典型化形象。18世纪英国诗人布莱克曾说，乔叟《坎特伯雷故事集》里的人物是"一切时代、一切民族"的形象。[1]尼采则认为希腊悲剧不过以不同面貌再现同一个神话："酒神一直是悲剧主角，希腊舞台上所有的著名人物——普罗米修斯、俄狄浦斯等——只是酒神这位最早主角的面具而已。"[2]然而，在文学研究中系统地应用神话和原型理论，是从莫德·鲍德金（Maud Bodkin）发表于1934年的《诗中的原型模式》开始的。原型批评理论在战后得到进一步发展，加拿大批评家弗莱成为原型批评主要的权威，他的《批评的解剖》被人视为该派理论的"圣经"。[3]

弗莱给原型下了一个明确定义：原型就是"典型的即反复出现的意象"，它"把一首诗同别的诗联系起来，从而有助于把我们的文学经验统一成一个整体"。[4]用典型的意象做纽带，各个作品就互相关联，文学总体也突现出清晰的轮廓，我们就可以从大处着眼，在宏观上把握文学类型的共性及其演变。弗莱吸收了人类学和心理学的成果，认为神话是"文学的结

---

[1] 布莱克（W.Blake）：《人物素描》（*A Descriptive Catalogue*），亚当斯编：《自柏拉图以来的批评理论》，第412页。

[2] 尼采：《悲剧的诞生》第十节，柯利（G.Colli）、蒙蒂纳里（Montinari）编：《全集》（*Samtliche Werke*）（十五卷本）第一卷，第71页。

[3] 道格拉斯·布什（Douglas Bush）：《文学史与文学批评》，贝特（W. J. Bate）编：《文评选萃》（*Criticism：The Major Texts*）（增订版），纽约1970年版，第702页。

[4] 弗莱（Northrop Frye）：《批评的解剖》（*Anatomy of Criticism*），普林斯顿1957年版，第99页。以下所引此书皆据此版本，不再一一出注。

构因素，因为文学总的说来是'移位的'神话"①。换言之，在古代作为宗教信仰的神话，随着这种信仰的过时，在近代已经"移位"即变化成文学，并且是各种文学类型的原型模式。从神的诞生、历险、胜利、受难、死亡直到神的复活，这是一个完整的循环故事，象征着昼夜更替和四季循环的自然节律。弗莱认为，关于神由生而死而复活的神话，已包含了文学的一切故事，正像他赞同的格雷夫斯（Robert Graves）在一首诗里所说的那样：

> There is one story and one story only
> That will prove worth your telling.
> 有一个故事而且只有一个故事
> 真正值得你细细地讲述。②

之所以只有一个故事，是因为各类文学作品不过以不同方式、不同细节讲述这同一个故事，或者讲述这个故事的某一部分、某一阶段：喜剧讲的是神的诞生和恋爱的部分，传奇讲的是神的历险和胜利，悲剧讲的是神的受难和死亡，讽刺文学则表现神死而尚未再生那个混乱的阶段。文学不过是神话的赓续，只是神话"移位"为文学，神也相应变成文学中的各类人物。

正像神话和仪式象征四季循环一样，文学的演变也是一个循环。对应于春天的是喜剧，充满了希望和欢乐，表现蓬勃的青春战胜衰朽的老年；对应于夏天的是传奇，富于梦幻般的神奇色彩；对应于秋天的是悲剧，崇高而悲壮，表现英雄的受难和死亡；对应于冬天的是讽刺，这是没有英雄的世界，讽刺意味愈强，这个世界也愈荒诞。然而正像严冬之后又是阳春，神死之后又会复活一样，讽刺文学发展到极端，就会出现返回神话的趋势。弗莱认为，西方文学在过去15个世纪里，恰好依神话、传奇、悲剧、喜剧和讽刺这样的顺序，经历了由神话到写实的发展，而现代文学则又显然趋

---

① 弗莱：《同一的寓言》（*Fables of Identity*），纽约1963年版，第1页。
② 弗莱：《受过教育的想象》（*The Educated Imagination*），多伦多1963年版，第19页。

向于神话。卡夫卡的《变形记》、乔伊斯的《尤利西斯》，仅从标题就见得出与古希腊罗马神话的联系，甚至带有神奇性质的科幻小说能够在通俗文学里如此流行，也是现代文学趋向于神话的证明。

在具体实践中，原型批评总是打破每部作品本身的界限，强调其带普遍性的即原型的因素，也就是神话和仪式的因素。例如弗莱论莎士比亚喜剧时曾说，"莎士比亚的每出戏都自成一个世界，这世界又是那么完美无缺，所以迷失在当中是很容易的，也是很愉快而有益的"，但他却要把读者"从各个剧的特色、人物刻画的生动、意象的组织等方面引开，而让他去考虑喜剧是怎样一种形式，它在文学中的地位是什么"。[①]既然喜剧和春天相联系，莎士比亚喜剧中就常出现森林和田园世界，这种喜剧可以叫作"绿色世界的戏剧，它的情节类似于生命和爱战胜荒原这种仪式主题"；"绿色世界使喜剧洋溢着夏天战胜冬天的象征意义"（《批评的解剖》，第182—183页）。《仲夏夜之梦》中有精灵与仙子活动的森林，《皆大欢喜》中有亚登森林，《温莎的风流娘儿们》有温莎森林，这些森林都构成喜剧情节发展的背景。通过原型批评的分析，各剧的森林不再互不相干，各自孤立，却把它们的枝条藤蔓伸展开来，参错交织而形成一片苍翠葱茏的绿色世界，不仅构成各剧背景，而且构成全部浪漫喜剧的背景，把喜剧与有关春天的神话和仪式联结起来，让人感到它那深厚的原始的力量。

喜剧如此，悲剧也如此，"凡习惯于从原型方面考虑文学的人，都会在悲剧中见出对牺牲的模仿"。（《批评的解剖》，第214页）在神话中，神之死往往是为了拯救人类，促成新的生命，耶稣·基督的死就是典型的例子；悲剧英雄的死也带着这种牺牲或殉道的意味，使人想起向神献祭的仪式。莎士比亚悲剧《裘力斯·凯撒》包含着很明显的献祭仪式的模仿。勃鲁托斯作为共和主义者，认为英勇的凯撒可能威胁罗马的自由，于是为了罗马的自由，必须牺牲凯撒。勃鲁托斯把刺杀凯撒完全看成一种神圣的献祭仪式，所以他告诉其余的谋杀者们：

---

① 弗莱：《自然的幻镜：莎士比亚喜剧和传奇剧的发展》（*A Natural Perspective：The Development of Shakespearean Comedy and Romance*），纽约1965年版，第 viii 页。

Let's be sacrificers, but not butchers, Caius ...

Let's kill him boldly, but not wrathfully;

Let's carve him as a dish fit for the gods,

Not hew him as a carcass fit for hounds.

让我们做献祭的人，不做屠夫，卡厄斯……

让我们勇敢地杀死他，但无须动怒；

让我们把他切为献给神的祭品，

不要把他像喂狗的死肉那样砍劈。①

已经有人指出，"仪式动机超出勃鲁托斯个性的范畴，扩展到全剧的结构"②。总的说来，戏剧作为行动的模仿，和祭祷仪式有许多相似的地方。弗莱对各类作品的分析都着眼于其中互相关联的因素，于是认为文学总是由一些传统程式决定的。这些程式最终来源于神话和仪式而规定每部新作的形式特征，所以他说："诗只能从别的诗里产生；小说只能从别的小说里产生。文学形成文学，而不是被外来的东西赋予形体：文学的形式不可能存在于文学之外，正如奏鸣曲、赋格曲和回旋曲的形式不可能存在于音乐之外一样。"（《批评的解剖》，第97页）这些在最老和最新的作品中同样存在的程式，加上各种反复出现并带有一定象征意义的原始意象、主题和典型情节，把文学结为一体，而原型批评的目的乃是要"对西方文学的某些结构原理作合理的说明"，使文学批评成为"艺术形式原因的系统研究"。（《批评的解剖》，第133、29页）

四、结语

对弗莱的理论，尤其是他在阐发理论时对各类文学作品的评论，由于篇幅所限，我不能在此一一详述，更不能顾及其他类似的理论。总的说来，

---

① 莎士比亚（Shakespeare）：《裘力斯·凯撒》（*Julius Caesar*），第二幕第一场。

② 布伦茨·斯特林（Brents Stirling）：《〈裘力斯·凯撒〉中的仪式》，哈巴吉（A.Harbage）编：《莎士比亚悲剧论文选》（二十世纪论丛本），1964年版，第43页。

原型批评是反对"新批评"的琐细而起的，它注重的不是作品，而是作品之间的联系，从宏观上把全部文学纳入一个完整的结构，力求找出普遍规律，使文学批评成为一种科学。这派理论认为，文学的内容可能因时代变迁而不同，但其形式却是恒常不变的，各种程式、原型可以一直追溯到远古的神话和仪式，许多原型性质的主题、意象、情节虽历久而常新，在文学作品中反复出现。这种注重综合的理论确实比把目光只盯在作品文字上的"新批评"更系统，眼界也更开阔；把神话、仪式、原型等和文学联系起来，也为文学研究开辟了新的天地。在我国，闻一多的《神话与诗》早在20世纪40年代已经在这方面作出尝试，而且取得了极丰硕的成果。例如，作者通过很有说服力的考证，说明高唐神女和涂山、简狄的传说都发源于同一个故事，最终和"那以生殖机能为宗教的原始时代的一种礼俗"①密切相关。作者还引用从诗、骚直到现代民歌的大量材料，证明诗歌里反复用鱼来象征情欲、配偶，用打鱼、钓鱼喻求偶，用烹鱼、吃鱼喻合欢或结配，探其根源，则因为"鱼是繁殖力最强的一种生物"②。在这里，前一例是把宋玉的《高唐赋》追溯到神话和仪式，后一例则是分析诗中作为原型的鱼。闻一多的著作已经开始把人类学、考古学与文学研究结合起来，而他取得的成就足以证明，神话与诗的关系是一个大有可为的研究领域。

事物的利弊往往相反相成。原型批评从大处着眼，眼界开阔，然而往往因之失于粗略，不能细察艺术作品的精微奥妙，不能明辨审美价值的上下高低。正如布什所说，这派批评的最大局限在于"它本身并不包含任何审美价值的标准"③。弗莱主张客观的科学态度，反对批评家对作品作价值判断。但是，批评和评价是难以分开的，取消审美的价值判断，让粗劣的作品和真正伟大的作品鱼龙混杂，享受同等待遇，就等于取消了批评本身存在的理由。

弗莱的理论只停留在艺术形式的考察，完全不顾及文学的社会历史条件，因此它虽然勾勒出文学类型演变的轮廓，见出现代文学回到神话的趋

---

① 闻一多：《高唐神女传说之分析》，《神话与诗》，第107页。

② 闻一多：《说鱼》，《神话与诗》，第135页。

③ 道格拉斯·布什：《文学史与文学批评》，贝特编：《文评选萃》，第702页。

势，却不能正确解释这种现象。文学类型的循环是现象，但不是它自身的原因。正如太阳东升西落的循环，不能从循环本身得到解释，只能由太阳和地球的相对运动来解释一样。现代文学把世界描写成非理性的、荒诞的，人在世界上完全没有把握环境和控制事件进程的能力，这只能由现代社会中人的自我异化的危机来解释。对原始人类说来，自然界是神秘的异己力量，对现代人说来，西方高度发达的工业化社会也仍然是神秘的异己力量。敏感的艺术家们把这个矛盾用反传统的荒诞形式表现出来，于是现代文学似乎重新趋于神话。然而这并不是简单的重复，弗莱在指出这种循环时忘了这个实质性的区别：古代神话充满了动人的真诚，闪烁着诗意的光辉，现代神话却分明是冷嘲热讽，在那荒诞的面具背后更多的不是想象，而是理智，不是对自然的惊讶，而是对人世感到的失望、苦闷和悲哀。

原载《读书》1983年第6期

主题学研究与中国文学

陈鹏翔

我这个题目定得很大，乍看之下，似乎有意把比较文学内的主题学和中国文学一网打尽。事实上，这是不可能的。本文只拟就主题学在西方和中国学术上的发展做一介绍，并就它和一般主题研究的异同以及其理论层次做一些探讨，最后拟采用结构主义的分析法，给中英某些类型的诗构筑一个理论系统、提供一个研究的模子。

"主题学"为比较文学的一个范畴，源自19世纪德国学者（如格林兄弟Jacob Grimm，1785—1863；and Wilhelm，1786—1859）对于民俗学的狂热研究，因此一般人总认为它是德国人的禁脔。当初的民俗学研究侧重在探索民间传说和神仙故事等的演变；目前则已大大跨越出此范围，不仅探讨相同的神话故事、民间传说在不同时代不同作家手里的处理，而且也扩大探讨诸如友谊、时间、离别、自然、世外桃源和宿命观念等与神话没有那么密切相关的课题。不过不管怎么说，主题学跟比较文学结合还是近一二十年的事。①

"主题学"（thematics or thematology）这个词等于德文的 stoffkunde 和法

---

① 例如，一般比较文学系学生常常用的一本书：*Comparative Literature：Method and Perspective*，rev.ed.，ed Newton P.Stallknecht and Horst Frenz（Carbondale：Southern Illinois Univ.Press，1971）就未收入有关主题学的论文。这本书第一版出版于1961年。但到了1968年，Jan Brandt Corstius 的 *Introduction to the Comparative Study of Literature*（New York：Random House，1968）里即用了一些篇幅来讨论主题学；同年 Ulrich Weisstein 的 *Comparative Literature and Literary Theory*（Bloomington：Indiana Univ.Press，1968）则全书七章就有一章专论主题学。勒文（Harry Levin）的大作 "Thematics and Criticism"，*The Disciplines of Criticism*，ed.Peter Demetz，Thomas Green，and Lowry Nelson（New Haven：Yale Univ.Press，1968）也是于这一年才发表。

文的thématologie，至于在英文里，到底应用thematics还是thematology，则还是见仁见智的问题。① 依威斯坦（Ulrich Weisstein）举证，"主题学"此一术语是由勒文（Harry Levin）所创用②，而且为了支持其说法，还引用勒文底下这句话作为其书中第六章的注2："假使曾有那一个字创用了而又被推翻，则必属此一惹人讨厌的词无疑，至今一般字典还未开明得足以把它收入。"③ 勒文为何会说它是"惹人讨厌的词"（forbidding expression）呢？我想除了thematics容易跟形容词thematic造成混淆外，就是在五六十年代，大多数学者还不能接受"主题学"成为比较文学的一部分。博学如比较文学美国学派的泰斗韦礼克（Rene Wellek）在其第三版的《文学原理》中，依旧认为：

> 追溯文学上（譬如苏格兰女皇玛丽的悲剧）所有不同的版本，这对探求政治情操的历史，也许是一个很有趣味的问题，而且当然偶尔会说明了鉴赏史的转变，甚至悲剧观念的转变。但是，这种探原工作本身并没有真正的连贯性或辩证。它并未提出单一的问题，当然也就未提出批判性的问题。主题学所究（stoffgeschichte）是历史中最不富有文学性者。④

---

① 勒文在创造thematics这个名词时就曾提到，其形容词thematic恰好与"主题"（theme）变成形容词时，字母完全一样；主题研究（thematic studies）一般侧重探讨作品的意义，而主题学研究则是探究同一主题在不同时代由不同作家所进行的处理，其侧重点是技巧的。见上引勒文的大作第128页。勒文虽知道thematics与thematic会造成困扰，但是，他在文章里却是thematics与thematology相互应用，或许是拟使二词共存。其他学者如前注里提到的Corstius和Weisstein则仅用thematology。这两个词的应用恐怕还要依个别学者的喜好而定，无法统一。伊利诺大学的周斯特（Francois Jost）认为，"常见的主题学研究仅限于'主题史'（stoffgeschichte），其实德文的Stoffkunde这才是主题学（Thematology）的正确翻译，即有关主题的学问或知识，有别于研究主题历史的Stoffgeschichteg，见其 *Inteoduction to Comparative Literature*（Indianapolis：Pegasus，1974），p.219.p.291."

② 见威斯坦，第215页。

③ 参见前引勒文的文章，第128页。

④ 韦礼克：《文学原理》（第三版），New York：Harcourt，Brace World1956年版，第260页。

在欧洲大陆，贝登史伯哲（Fernand Baldensperger）和哈札特（Paul Hazard）都坚决反对这一门研究，理由很简单，这一类研究"会永远不完整"，而且未涉及文学的相互影响。①法国比较文学家的实证主义倾向是可以理解的；但是英美学者不能接受这一门学问也许是源于素来的排斥欧洲事务心理，也许是真的排斥其不完整性。不管怎么说，至今为止，一直对这一门学问有所阐发的大都还是法德人士。②苏俄学者对理论的建树成果也已逐渐翻译成英文③，逐渐形成一股影响力。详细探讨各方学者的理论容后再说。

类似西方的主题学研究在国内的发展我认为至少已有60年的历史，中间似乎有所中断，因此使人误以为我们没有这一类研究，令人感到啼笑皆非。当然，国内学者在20世纪20年代甚或更早以前所做的主题学研究，并未采用"主题学"这么一个名词。这个名词当然可以算是一个新词，是最近三五年才由马幼垣、李达三和我等所启用。④如果要给它下个定义的话，那么我们可以这么说：主题学研究是比较文学的一部分，它集中在对个别主题、母题，尤其是神话（广义）人物主题做追溯探源的工作，并对不同时代作家（包括无名氏作者）如何利用同一个主题或母题来抒发积愫以及反映时代，做深入的探讨。而且由于最近现象学、诠释学（hermeneutics）、记号学（semiotics）和读者的反应批评（reader response criticism）等方法的

---

① 参见威斯坦，第130页。

② 除了勒文和法艾特（Walter Veit）等几位的理论是用英文发表之外，其他大部分的探索和阐发都是用法文或德文。有关主题学的书目见威斯坦第295—296页。

③ 例如汤玛薛弗斯基（Boris Tomashevsky）的 "Thematics", in Russian Formalist Criticism：Four Essays，tr.Lee T.Lemon & Marion J.Reis（Lincoln：Univ.of Nebraska Press，1965），pp.61~95；薛格维（Yu..K.Scheglov）和儒格维斯基（A.K.Zholkovskii）的 "Towards a 'Theme—（Expression Devices）—Text' Model of Literary Structure," in Generating the Literary Text tr.L.M.O' Toole（n.p.n.p.1975），pp.3-50；和薛格维的 "Towards a Description of Detective Story structure," in Generating the Literary Text pp.51-77 都是非常富有启发性的论著。

④ 参见马幼垣：《有关包公故事的比较研究——三现身故事与清风闸》，《联合报》1978年4月11日及12日，第12版。李达三：《比较文学研究之新方向》，联经出版社1978年版，第315—317页。以及笔者在台大完成的博士论文 "Autumn in Classical wnglish and Chinese Poetry：A Thema-toogical study"（中文摘要）台湾大学，1979年7月。

蓬勃发展，我们未尝不可纯就不同作者对同一主题的知觉（consciousness）来探讨其差异，或纯从读者的反应来勘察同一主题的演变？由于主题学的理论和方法并未臻至极境，这些期望应是有可能实现的。

既然已提到主题学在国内的发展，其来有自，我们还是先从郑樵在《通志·乐略》上的一段话着手。郑说：

> 神官之流，其理只在唇舌间，而其事亦有记载。虞舜之父、杞梁之妻，于经传有言者不过数十言耳，彼则演成万千言……顾彼亦岂欲为此，述同之事乎？正为彼之意向如此，不说无以畅其胸中也。[①]

这几句话不仅道出民间传说在庶民之间的惊人发展，而且直指这些有名或佚名作家的"意向"，他们利用民间故事来"畅其胸中也"。因此，我们不只可从其对故事的处理来了解其心态，亦可经由这些不断滋长的故事来管窥各时代的真面貌。顾颉刚的《孟姜女故事的转变》是第一篇重要且相当完整的民俗研究[②]，其大文中就引了郑樵这一段讨论孟姜女故事的孳乳的话。顾氏的主题学研究是否曾受到西方民俗学研究的影响，目前我尚无资料来证实这一点。不过他初次的尝试以及往后的研究都能把握住郑樵这一段话的真谛而避免了西方早期主题史（stoffgeschichte）研究只考证故事的增衍而不及其他的缺失，这却是有目共睹的事。他在论证唐末贯休（832—912年）的"杞梁妻"是孟姜女故事的一大转变时，即开始提到这诗是"唐代的时势的反映"。[③]然后于探索"杞梁筑长城、孟仲姿哭长城"的复杂原因时，更肯定而具体地指出孟姜女哭倒万里长城的故事与时代社会密切关联：

---

① 郑樵：《通志》，《四部备要》卷二十五，陈宗夔校，台湾中华书局1971年版，17b页。

② 钟敬文在《孟姜女故事研究集》第一册的"校后附写"说，顾颉刚的孟姜女故事研究是他于《古史辨》之外，"一个很成功的工作"。参见顾颉刚编：《孟姜女故事研究集》第一册，中山大学语言历史学研究所1928年版，第219页。

③ 顾氏的《孟姜女故事的转变》初刊于1924年11月23日出版的《歌谣周刊》上，后收入《孟姜女故事研究集》第一册；引文见这一册第24页。

隋唐间开边的武功极盛，长城是边疆上的屏障，戍役思家，闺人怀远，长城便是悲哀所集的中心。杞梁妻是以哭夫崩城著名的，但哭崩杞城和莒城与当时民众的情感不生什么关系，在他们的情感里非要求她哭崩长城不可。①

我要特别强调的是，顾颉刚不仅能直指杞梁妻从无名氏过渡到孟姜女以至孟仲姿的演变过程②，更重要的是，他能把作品时代对看，甚至据以窥测有名或无名诗人的用意，而避免了西方早期主题学只考证故事源流而不及其他的缺失。在他看来，杞梁妻哭倒万里长城已"是唐以后一致的传说，这传说的势力已经超过了经典，所以对于经典的错讹也顾不得了。"③更有甚于此的是，她已成为无助妇女吐露胸中积愫、控诉社会的利器或象征。

令人感到嘲讽的是，追随顾氏之后的学者在做主题学论文时，要不就是未注意到他的贡献，要不就是未拥有他的"见著知微"的洞察力，只顾考证故事的增衍异同，而未及探寻其孳乳延展的根由，落入早期西方主题学研究的窠臼中。郑明娳女士于1979年12月8日假中央大学举行的第一届中国古典文学研究会议发表的《孙行者与猿猴故事》④就是典型的例子。她这篇论文是她当时正在撰写中的博士论文的一部分，从猿猴人性化的故事开始，中经无名氏《补江总白猿传》和《大唐三藏取经诗话》等至百回本小说《西游记》，详细考证勾勒出猴子故事神圣化过程，考据论证等俱无缺失，可说是非常精彩的一篇论文。问题是在看完这篇论文后，我们还是弄不清楚为什么有这么多作家要利用猿猴故事来做文章。纯粹出于作者的奇思丽想，抑或有别的"用意"存在？这些都是属于美学层次的问题，如果

---

① 《孟姜女故事研究集》第一册，第46—47页。其他在第28—29页、第115—116页等处，或发挥或综合民俗故事反映时代的论点。

② 关于这复杂巧妙的推论过程，参见《孟姜女故事研究集》第一册，第34—37页。

③ 顾颉刚编：《孟姜女故事研究集》第一册，中山大学语言历史学研究所1928年版，第32页。

④ 《古典文学》第一集，学生书局1979年版，第233—256页。参见《西游记探原》，文开出版文化事业有限公司1982年版，第167—186页。这文章在她的博士论文里略有少许改动。

学者们能在论文中约略加以说明，读者们一定会感到更加兴味无穷。叶庆炳老师在讲评时指出，动物成妖必与人发生性欲关系，早期的猿猴故事应是爱情故事的先驱，因为早期人们的爱情受到礼教的束缚，因此只有借动物来表达。（这段话据本人当时所做的记录）叶先生是魏晋南北朝志怪小说的专家，他的话应该是有所根据的，绝非无的放矢。由此可见，学者们若能在美学的层次上多下一些功夫，把所有研究的作品与时代与作者联系起来看，必能提出更丰富的研究成果来。

像郑明娳女士这样做的研究论文最近越来越多[①]，读者随时可在报章学报上看到。我们绝对不敢否定他们的价值，只是在读这一类研究成果时，总觉得它们若有所"缺"。现在再举一篇成功的主题学研究论文来支持我的论点。这里我要举的是王秋桂发表在《淡江评论》上的一篇英文文章《孟姜女故事早期版本的发展》[②]。王先生这篇文章应是据她博士论文的一部分所改写完成。在我看来，顾颉刚对孟姜女故事所做的考证研究实已非常仔细完整，不想王先生做了仔细的考证后竟然有新的发现和指陈。他在探讨搜集在《琱玉集》（完成于七八世纪之交）和《文选钞》（完成于658年至718年间）里两则孟仲姿故事时指出，这两则故事虽系在隋朝以后才抄录下来，唯"它们很可能是历经长期传诵后的成果"[③]，因此得摆在唐朝以前的历史架构里来观察它们如何反映了时代现实。[④]然后他根据《北史》《北齐史》《隋史》等记载，一一指出那时北朝和隋朝一共修筑了若干里长城，征集了多少士兵来完成任务。我认为王文的最大的贡献就在此，他虽未言明他已修正或推翻了顾颉刚的说法，实际上，这两则故事已提到孟仲姿哭倒万里长城，则顾氏所谓"贯休诗是孟姜女故事的一大转变"的说法就被超越了，而孟姜女哭倒长城不仅是唐代开疆拓土的时势的反映，同时也更是

---

① 本人必须指出，郑女士的博士论文《西游记探原》有一些地方曾探讨到《西游记》故事在东方国家如印度和韩国的渊源与散布，多少可列入比较文学的范围内。

② 原文作 "The Formation of the Early Versions of the Meng Chiang-nv Story"，*Tamkang Review*，9，No.2（1978），111–40.

③ *Tamkang Review*，9，No.2（1978），121.

④ *Tamkang Review*，9，No.2（1978），121.至于探讨这两则故事如何反映时势，则请看第121页和第123—128页。

北朝和隋朝拓殖经营边疆的一面镜子。

上面举的两个例子明显地告诉我们，王文更富启发性。它虽非比较文学论文，但它在艺术层面上的探索显然比郑文深刻。问题是因为用英文写成，因此一般写类同西方旧式主题学论文的本国学者未必有机会看到。王秋桂继承的正是顾氏甚至可以说是郑樵所建立的，据作品蠡测时代风貌以明作者"意欲"的传统。柯斯提尔兹教授（Jan Brandt Corstius）在提到主题学研究时，曾提醒比较文学的学者"必须了解到，只要主题学研究能根据作品本身，增进我们对西方文学许许多多时代的特色的了解，则它就有价值"①。勒文（Harry Levin）在《主题学与文学批评》一文里也提到主题学系因作者与时代不同而变异：

> 主题学类似象征，意义极为分歧：也就是说，它们可以在不同的情况赋予不同的意义。这使得对这些主题的探索成为思想史的研究〔参考艾伦（Don Cameron Allen）对诺亚或安德生（George k，Anderson）对流浪的犹太人的研究〕。我们在查究了某些时代（例如华格纳在歌剧中再演出《尼白龙根之歌》的故事）、某些地点（例如威吉尔把罗马与特洛埃城牵连起来）或某些作家——为什么圣女贞德的形象能感动像马克·吐温、萧伯纳和法朗士这样的怀疑论者而却无法获得莎翁的同情心？——为何选择某些主题后，我们的了解必能更丰富些。②

柯斯提尔兹和勒文这种话当然不会从韦礼克口中说出来，但正是目前做主题学研究所必须有的共识。这些话如果跟五十年前顾颉刚的论点并列摆放，则更能显示顾氏在主题学研究上的重要性。也就是说，在柯、勒二氏说出同样的话以前，我们的顾氏早已着了先鞭，在身体力行，据作品以了解作者的意欲并用以印证时代，使我们对孟姜女故事与唐代的时势之间的关系有深一层的了解。

---

① *Introduction to the Comparative Study of Literature*，New York Random House，1968，p.121.

② Harry Levin，"Thematics and Criticism，" The Disciplines of Criticism，ed.Peter Demetz，Thomas Greene，and Lowry Nelson，Jr.New Haven：Yale University press，1968，p.144.

话虽这么说，但是不可否认的，中国学者对主题学理论的探讨还是相当薄弱。不仅此也，连深入而彻底的主题研究也还相当有限。顾颉刚在《孟姜女故事研究集》第一册的序文中提到他的研究和期望时说：

> 我研究孟姜女故事，本出偶然，不是为了这方面的材料特别多，容易研究出结果来……孟姜女在故事中还是次等的（我五六岁时已知有祝英台，但孟姜女到十余岁方知道），费了年余功夫已有这些材料，而且未发现的怕尚有十倍廿倍。像观音、关帝、龙王、八仙、祝英台、诸葛亮等大故事，若去收集起来，真不知有多少的新发现，即如尖酸刻薄的故事，自从《徐文长故事》一书出版以来，大家才想起，这类故事各处都有而人名各不相同的。所以浙江的徐文长，四川便是杨状元，南阳便是庞振坤，苏州便是诸福保，东莞便是古人中，海丰便是黄汉宗……这类故事如果都有人去专门研究，分工合作，就可画出许多图表，勘定故事的流通区域，指出故事的演变法则，成就故事的大系统。我的孟姜女研究既供给了别的故事研究者以形式和比较材料，而别的故事研究者也同样地供给我，许多不能单独解决的问题都有解决之望，岂非大快！①

顾颉刚在这一段文字中所提及的十来个民间传说，在过去的五六十年来，搜集或研究得比较可观而且深入的只有顾颉刚本人撰编的《孟姜女故事研究集》三册（中山大学1928年及1929年）及王秋桂于1977年在剑桥大学完成的博士论文《中国俗文学里孟姜女故事的演变》②、周青桦的《梁祝故事研究》（娄子匡编民俗丛书第154号，台北，1974年）、钱南扬的《祝英台故事集》（1930年）、钱南扬及顾颉刚等发表在《民俗周刊》（93—95期合刊《祝英台故事专号》，1930年2月）探讨祝英台故事的论著，其他学者的《吕洞宾故事》二集（1927年）和《徐文长故事》一至五集（1929

---

① 顾颉刚编：《孟姜女故事研究集》第一册，中山大学语言历史学研究所1928年版，第4—5页。

② 王秋桂博士论文原标题为 "The Transformation of the Meng Chiang-nv Story in Chinese Popular Literature"，Cambridge diss，1977.

年）。①另外，他所提到的观音、关帝、龙王和诸葛亮等，可说还没有比较完整的研究。顾氏的期望55年来大体上尚未能完全实现，宁不怪哉。

马幼垣晚于顾氏50年发表的《有关包公故事的比较研究》结尾一段这么说：

> 近年比较文学兴盛，大家开始在"主题研究"（thematic studies）上下功夫。在中国文学内，此种课题甚多，包公自然是其中显著之例，其他如孟姜女、王昭君、董永、八仙、目连、刘知远、杨家将、呼家将、狄青、岳飞、白蛇等，都是极繁绕的问题，牵涉长时期的演化和好几种不同的文体，而且往往还需借重西方学者对西方同类文学作品的研究，以资启发参证。由于此等问题的异常复杂，对研究者来说，挑衅性也增加。②

马幼垣在此提及的一些主题学课题，孟姜女及八仙都已专书研究，王昭君故事黄紫琇在1933年5月已发表了长篇研究《王昭君故事的演变》（见《民俗周刊》121期），目连已有陈芳英的《目连救母故事至演进及其有关文学之研究》③，白蛇故事除了许文宏于1973年发表在《淡江评论》上的英文论文外④，潘江东于1969年在台湾中国文化大学完成的硕士论文《白蛇

---

① 本段文字内容，除了参照我手头拥有的资料外，尚参考了谭达先《中国民间文学概论》（香港商务书局1980年版）附录《参考资料选抄和主要理论作品参考书目》一文，特此志明。至于路工编的《孟姜女万里寻夫》（1955年版）和《梁祝故事说唱集》（上海中华书局1960年版）则只是资料汇编，贡献虽然有，只是谈研究则连西方早期主题史研究的精神都未企及。

② 马幼垣：《有关包公故事的比较研究——三现身故事与清风闸》，《联合报》1978年4月12日，第12版。

③ 这是陈女士于1978年在台大中文系撰成的硕士论文，后来她把有关目连故事的基型演变部分发表在《中国古典小说研究专集》第四辑，联经出版社1982年版，第47—93页。

④ 许文的标题及发表出处如下："The Evolution of the Legend of the White Serpent（part I&II）", Tamkang Review, 4, nos.1 & 2（April & October, 1973）.

故事研究》据口试委员之一的曾永义教授说，"资料大抵该备于此"①，想必可信；包公除了马氏在做研究外还有海登（Allen Hayden）②在研治，董永和岳飞仅有相当完善的资料汇编③，至于刘知远、杨家将、呼家将和狄青等，恐怕还有待大家的努力。不过，在此必须一提的是曾永义于1969、1970年在《中国时报》发表的《梁祝故事的渊源与发展》和《从西施说到梁祝》二文；曾氏是目前国内想给民间故事的发展提供一些理论基础的一位年轻学人，容后再论。

顾颉刚的孟姜女故事确曾给别的民间故事研究者提供了"型式和比较材料"的方法，但主题学研究从20世纪30年代中期到70年代中期似乎中断了近四十年。自20世纪70年代以来，尤其是最近三五年，这方面的研究又显得蓬勃起来。反观西方主题学研究自19世纪中叶发轫以来，20世纪30至50年代似乎沉寂了一阵子，惟自20世纪60年代以来，由于理论的确立拓展，研究者也就愈来愈多。任何对主题学稍有涉猎的人都知勒文、威斯坦、法艾特（Walter Veit）、杜鲁松（Raymond Trousson）、弗朗瑟尔（Elisabeth Frenzel）和汤玛薛弗斯基（Boris Tomashevsky）等在理论上的建树。至于专著，则里奥·威斯坦对《唐璜》（1959）、铁特扬（Charles Dedeyan）对《浮士德》（1954—1961）、杜鲁松对《普罗米修斯》（1964）、勒文对黄金时代的神话的探究，都是有目共睹的贡献。至于单篇论文，大家只要翻一翻美国现代语文学会所编的《国际书目》（International Bibliography）中《一般研究：主题与类型》（General：Themes and Types）部分详细查阅一番，就会发觉主题学研究自20世纪60年代中期以来，又趋于蓬勃。

在进入理论探讨之前，我想在此得给主题学和一般主题研究做个区分和说明。主题学是比较文学中的一部分（a field of study），而普通一般主题

①潘文已出版成书，定名为《白蛇故事研究》（学生书局1981年版）。曾永义的评文《潘江东的〈白蛇故事之研究〉》初刊于1979年3月20日的《中国时报》第八版，后收入其所著《说俗文学》（联经出版社1980年版），第153—157页。引句见第155页。

②参见 Anthony C.Yu, "Problems and Prospects in Chinese-Western Literary Relations," YCGL, 23（1974），p.52.

③所提两书是杜颖陶编：《董永沈香合集》，古典文学出版社1957年版；杜颖陶编：《岳飞故事戏曲说唱集》，古典文学出版社1957年版。

研究（thematic studies）则是任何文学作品许多层面中一个层面的研究；主题学探索的是相同主题（包含套语、意象和母题等）在不同时代以及不同的作家手中的处理，据以了解时代的特征和作家的"用意"（intention），而一般的主题研究探讨的是个别主题的呈现。最重要的是，主题学溯自19世纪德国民俗学的开拓，而主题研究应可溯自柏拉图的"文以载道"观和儒家的诗教观。假使我们接受汤姆森（Stith Thompson）把民间故事分成类型和母题（type and motif）的做法以及他给构成母题（constituent motifs）所下的定义①，则主题学应侧重在母题的研究，而普遍主题研究要探索的是作家的理念或用意的表现。早期主题史研究侧重在探索同一母题的演变，鲜少有挖掘不同作者应用同一母题的意欲；现在主题学的发展（其实顾颉刚55年前早已做到），上面已提及，则有这种趋向。也就是说，批评家可经由剖析分解故事的途径，进而来揣测作者的用意。如果我们就这个角度来看，则主题学研究显然有借助于普通主题研究的地方。

我写这篇论文的一个用意即在向读者指出，类似西方主题学研究这样的概念，宋朝的郑樵即约略拥有。但是前面也提到，中国学者对这门学问在理论上的探讨是相当薄弱的，这却也是不争的事实。顾颉刚在其于1927年发表的《孟姜女故事研究》结论部分指出：

> 我们可知道一件故事虽是微小，但一样地随顺了文化中心而迁流，承受了各时各地的时势和风俗而改变，凭借了民众的情感和想象而发展。我们又可以知道，它变成的各种不同的面目，有的是单纯地随着说者的意念的，有的是随着说者的解释的要求的。我们更就这件故事的意义上回看过去，又可以明了它的各种背景和替它立出主张的各种社会。②

---

① Stith Thompson, *The Folktale*（New York：Holt，Rinehart & Winston 1946），p.415，and his "Advances in Folklore Studies," in Anthropology Today，ed.A.L.Kroeber（Chicago：University of Chicago Press，1953），p.594.

② 顾颉刚编：《孟姜女故事研究集》第一册，中山大学语言历史学研究所1928年版，第123—124页。

在这一段文字里，民间故事衍变的关键与凭借，以及近年来西方主题学理论所强调的研究价值所在全都被触及了。同时，研究者在考究一个故事主题时，人物、事件和场面（situation）等他们都不至于忽略，诗词散文和小说等主题学必须跨越和掌握的不同文体他们全都碰到，甚至贝登史伯哲批评主题学研究会"无穷无尽"顾颉刚也已体验过①。问题是我们非常缺乏更深一层的探讨，而且中国文学批评里没有"母题"此一概念。此外，主题与人物，母题与主题、意象等的关系，对这些非常重要的，西方反复探讨的问题我们俱未做过深入的探索。

前面已提到曾永义想给民间故事研究提供一些理论基础。他曾在不同的场合提到故事的发展必经过"基型""发展"和"成熟"这三个阶段。②在《从西施说到梁祝》一文里，他对此三阶段的前二者有比较详细地发挥。他说：

> 民间故事的"基型"，可以说都非常的"简陋"，如果拿来和成熟后的"典型"相比，那么其间的差别，往往不止十万八千里，甚至于会使人觉得彼此之间似乎没什么关系。可是如果再仔细考察，则"基型"之中，都含藏着易于联想的"基因"，这种"基因"，经由人们的"触发"，便会孳乳，由是再"缘饰"、再"附会"，便会更滋长、更蔓延。……有时新生的"缘饰"和"附会"照样含有再"触发"的"基因"，如此再"缘饰"再"附会"，便几乎没有完了的一天。所以民间故事的孳乳展延，有如一滴眼泪到后来滚成一个大雪球一样，居然"惊天动地"，有如星星之火逐渐燎遍草原一样，毕竟"光耀寰宇"。③

---

① 参见顾颉刚编：《序文》，《孟姜女故事研究集》第一册，中山大学语言历史学研究所1928年版，第4页。

② 参见《梁祝故事的渊源与发展》《潘江东的〈白蛇故事之研究〉》和《从西施说到梁祝》三篇文章，这些文章都收入曾永义的《说俗文学》，第16、122、154页。

③ 参见曾永义：《说俗文学》，第160、162、163页。

曾永义把所有民间故事的发展归结出"基型""发展"和"成熟"三个阶段，这是顾颉刚未曾做出的归纳，当然非常有创意。还有他上面这段纵论故事发展经过"基型"和"发展"两阶段的文字，当然要比上引顾氏的理论详尽而充实多了。可是，假使读者们眼光敏锐一些的话，必然会发觉他的概念多多少少已蕴藏在上引顾颉刚那段文字中，甚至于蕴藏在本文前引郑樵的《通志·乐略》上的那段文字之中。不过不管怎么说，曾氏能据前人之研究成果而加以发挥，在建立本国人的主题学理论上，实已跨出了第一步。

西方学者在做主题学研究时有比较坚实的基础。自从芬兰民俗学家阿勒恩（Antti Aarne）在1910年给西方民间故事（开始时系建立在北欧的资料上）作了分类而建立了一个系统以后①，西方大部分国家甚至日本的学者，都已给其本国的民俗传说作了详尽的分类甚或建立了系统②，因此在资料的应用上当然比我们的方便太多了。更重要的是，汤姆森根据他修订及移译阿勒恩《民间故事的类型》的经验，再加上后来孜孜不息地搜集和研究，终于依据四万个故事、神话、寓言、传奇、民谣、笑话及其他类型的故事，在1932至1936年推出了六大卷的《俗文学母题索引》（*Motif Index of Folk Literature*），在书中根据英文字母（I、O和Y除外），把母题分成23类。他们这两位学者的影响虽然不是立即的，但是却是非常壮观。柏勒普（V. Propp）采取科学的型构的研究方法，把阿勒恩与汤姆森故事类型300号至749号中的神仙故事分解归纳成31个功能（他的function大略等于其他学者的母题或故事构成质素），于1928年写成结构主义的经典之作《民间故事的型构》（*Morphology of the Folktale*），而李维史托斯（Claude Le'vi-Strauss）则把这种方法扩展应用到神话结构的分析和诠释上，成绩斐然。

反观我们的主题学研究，在数据搜集方面，自从《徐文长故事》及顾

---

① 阿勒恩的《民间故事的类型》（*The Types of the Folktale*）出版于1910年，后由汤姆森（stith Thompson）两度修正、翻译及扩充，全书至1961年版时，总共收了2340个条目。他们把民间故事分成5大类后，再细分成32小类。

② 据汤姆森说，至20世纪50年代初期，世界上已有将近20个国家根据阿勒恩的系统给其民俗传说做了详细的分类。

颉刚的《吴歌集》出版，资料的搜集显然还做得不够①，至于像阿勒恩和汤姆森这样的归类，望断秋水至1978年总算有了丁乃通的《中国民间故事类型索引》（*A Type Index of Chinese Folktales*）。丁氏把中国民间故事（主要是童话，传说和神话及其他类型一概不收，而传说与神话的分量比童话还要多）根据阿、汤法（AT types）分成843类②；国内学者对丁先生的分类容或有不尽同意之处，但这总是有了个起步。至于理论层次的探索和建立，读者从我这文章前面两三段的论证以及后边的讨论，一定可以发觉我们还停留在相当一般性的讨论阶段。如何从这种一般性的探讨提升到精致的理论的建立应是大家所关切的。

汤姆森在《民间故事》一书中，把所有的民间故事分成"类型"和"母题"二类：类型为一"有独立存在的传承故事"，这些故事有时虽或"可与其他故事一起讲述"；母题则为"故事中最小的因素，此种因素在传统中有延续下去的力量"。③在做了这种界定后，接着他把母题分为三种：1.故事的主角，2.为情节背景中的某些事项，3.事件。事件占了母题的大部分，且能单独存在。一个类型可能只有一个母题，也可能有许多母题。④在1953年发表的一篇文章里，他认为"这些母题就是原料，世界各处的故事即据此而构成。因此，把所有简单与复杂的故事分析成构成母题（constituent motifs），并据此做成一个世界性的分类是可以办到的"⑤。

汤姆森对母题的认定可能有人不尽然同意，因为他的母题观所包括的某些因素应拨充到主题的名目下，但却可作为我们讨论的起点。第一，故事的主角在主题学研究里可称为主题也可以称为母题，主要应以其在作品中的功能而定；跟故事主角密切相关的某些事件如追寻英雄进入地狱、孟

---

① 参见谭达先：《中国民间文学概论》，第447—487页；《敦煌变文集》，中文出版社1978年版，第915—916页；以及 Nai-tung Ting, A Type Index of Chinese Folktales, FF Communications No.233（Helsinki：Academia Scientiarum Fennica，1978），pp.252-279.

② Nai-tung Ting, p.17；pp.10-11 and 14，for reason of using AT types and excluding myths，legends，anecdotes，etc.

③ 见 *The Folktale*, p.415.

④ 见 *The Folktale*, pp.415-416.

⑤ 见其 "Advances in Folklore Studies"，p.594。

姜女哭倒万里长城俱可称为主题的一部分。第二，汤姆森的理论系建立在研究分析民间故事的基础上。当我们利用他的母题观来解析抒情诗甚至叙事诗中的某些中心意象时，我们该怎样修正其观念才能配合我们的需要？这一点有待我们研究意象与母题的关系时再讨论。第三也是最重要的一点，他拟把所有民间故事分解成更基本的构成母题此一企图，确实给后来的结构主义者带来莫大的启发与鼓舞。例如柏勒普和李维伊史托斯就是据此意图而给神仙故事与神话做了更精确和更科学化的分析和抽离，他们所提出来的理论对后来的结构主义者影响非常深远。

假使我们不故步自封，愿意把主题学的范围从民间故事的研冶扩展开来把抒情诗也包括在内的话，则意象和套语（topos）也应占有一定的地位。在诗中，意象和套语的应用都有积极的功能在；它们常常还承担起象征的角色来。这些意象和套语都是大大小小的母题，是组成一篇作品的重要因素。显然地，汤姆森的母题观并未考虑到母题所承担的意义质素。我们知道，意象除了提供视听觉等效果外，最重要的是它们所潜藏的意义功能。

在研究抒情诗尤其中国的四言绝句时，意象与母题的关系必须廓清。也就是说，意象与母题是两个意义泾渭分明的词语，还是可以相互应用？大体上，学者和理论家都认为意象和母题是两个层次不同的概念。提到意象，吾人立刻会想到庞德"意象就是在一刹那间同时呈现一个知性及感性的复合体"的定义；这复合体能使人在欣赏艺术品获得一种从时空的限制中挣开来的自在感、一种"突然成长的意识"。[1]意象在我们面对艺术品的刹那给我们的感觉是自足的，然后我们才会想到它们所可能给出的意义。[2]意象除了视觉意象外，还有听觉、触觉和味觉等类。在抒情诗里，一行诗通常具有一个意象，有时甚至具有两三个不等。这么一个意象有时可能是一象征，例如布莱克的《病玫瑰》中的"玫瑰啊，你病了"的玫瑰，但这毕竟是少数［是所谓的"个人性象征"（private imagery）］。一般的了解是，

① Ezra Pound，"A Few Don'ts" in prose keys to Modern Poetry，ed.Karl Shapiro（New York Harper & ROW，Inc.，1962），p.105.

② See also Northrop Frye's definition of "poetic images" in Anatomy of Criticism（Princeton：Princeton University Press，1957），p.81.

当一个意象不断出现时，它才可能被赋予象征的意义。倒是母题跟象征的关系可能要更密切一些。根据我做中英抒情诗、自然诗的比较研究的一点心得，我认为好几个意象一构成某个母题（譬如季节的母题、追寻的母题或及时行乐的母题）。我用"可能"这词表示，有许多意象未必能形成母题，因为这已涉及"母题"这个词的本义了。举例来说，英国中古英文里的著名传奇"嘉温爵士与绿骑士"的第二部分前两节共有45行，描绘的大体上是季节的递嬗，这就构成了反射人的死而再生的神话型态的季节母题，而当中的意象何止45个。①1979年我在写博士论文时曾给中英古典诗人做过统计：18世纪后英国诗人若写一百首诗，只有0.53及0.28首涉及秋天和春天，而中国诗人则有5.68和1.99首涉及描写秋和春；当时我认定一首四言绝句必须有两行或两行以上涉及秋或春，它们才算包容秋或春之母题，纯粹的景物描写未必就跟此二种母题有关。②在中世纪拉丁文学里曾发挥过特别的修辞功能的"套语"（topoi）不是为了托出"幽美的情境"就是为了表达特别的题旨，因此大都可算是母题。③

前提母题与象征的关系可能比与意象还要密切一些。容格在1964年曾指出，母题即"单一的象征"实际上即等于原型（他所谓的"原始意象"）。④母题即单一的象征。在美学的范畴里，佛莱尔在其"批评解剖"里认为"象征"作为言辞构通的单元就是"原型"。他给母题下的定义是"文学作品中作为文辞单元的象征"⑤，而一首诗则是一"母题交错形成的结构"⑥。母题这个词的原义是"感动以及促使人做某事"⑦。但由于很早

---

① Sir Gatvain and the Green Knight, ed .J.R.R.Tolkien and E.V.Gordon, 2nd, ed.Revised by Norman Davis（London：Oxford University Press, 1967），pp.14–15.

② Chen Peng-hsiang, "Autumn in Classical English and Chinese Poetry：A Thematological Study", Taipei：National Taiwan University, 1979, pp.15–25.

③ Cf.Harry Levin, "Motif", "Dictionary of the History of Ideas, 4 voles, ed., Philip P.Wiener, et al（New York：Charles Scribner's Sons, 1973），III, 243.

④ See Levin, "Motif", 242.

⑤ Frye, pp.99, 73, and 366.

⑥ Frye, pp.77 and passim.

⑦ 这是法国翰林院于1798年出版的《字典》第五版给母题所下的定义。所引见 Levin, "Motif", 235。

就变成音乐技巧的一部分，即为托出主题而不断应用的结构成因（structural elements），其与"象征"此一观念搭上线也并非毫无来由的。母题是重复出现的意象，而且除了表层意义外尚有弦外之音，这和象征的形成和功用大体上都是一致的。

除了上提母题与意象、象征一些微妙的关系外，母题与主题的关系也得略为厘清。主题学中的主题通常由个别的和特定的人物来代表，例如尤里西斯即为追寻的具体化，耶稣和阿多尼斯（Adonis）为死而再生此一原型的缩影等。母题我认为是由两个或两个以上不断出现的意象所构成，因为往复出现，故常能当作象征来看待。在叙述结构里，华西洛夫斯基（Veselovskij）给母题下的定义是：任何叙述中最小的而且不可再分割的单元。①他这种看法大体上是不错的。一个母题（例如四行诗仅仅写春和秋）可以构成一个主题，但一个主题通常是由两个或多个母题托出。主题和母题具有涉及理念的地方，因此我认为汤姆森在《民间故事》一书中给母题所下的定义未涉及概念是有所欠缺的，但因为他的定义系归纳自民间故事和传说，则其缺憾是可以理解的。在分量上，我同意威斯坦所说的"母题是较小的单元，而主题则是较大的"②。此外，理论学家大都同意"母题与场面有关"，他们所指的场面（situation）也就是汤姆森所说的背景中某些事项以及事件，而"主题则跟人物有关"。③

我在这前面花了一些篇幅来讨论母题与意象、象征和主题的关系，一来这些术语在主题学研究里非常重要，二来在讨论过程中，其实我是不断在给自己甚至中国的主题学比较研究寻找立足点。在提出我想给自然诗（至少秋天诗）所作的模子之前，我必须（其实是任何主题学研究者都必须）提到汤玛薛弗斯基给母题重新下的定义，因为他的定义与我对母题的了解有一些关系。汤玛是一形构主义者，他跟后来的薛柯夫（Scheglov），

① 见伯勒著《民间故事的型构》第二版修正，（Austin：University of Texas Press，1968），p12，.see also Fokkema and Kunne-Ibsch's Theories of Literature in the Twentieth Century（London：C. Hurst & Company，1978），p.18。

② Weisstein，p.313

③ Ibid.，p.139；see also Levin，"Thematics and Criticism," p.144

朱可夫斯基（Zholkovskii）和其他结构主义者如伯勒普和李维史托斯都有相同的做法：就是把作品简化成某些显著的成因或基本质（fundamentals），这些基本质就像一个句子中的构成部分：主词、动词和受词。他在"主题学"里有一段话牵涉到母题的定义以及他的理论的基础如下：

> 在把文学作品简化成为主题元素后，我们就获得了不能再减缩的部分，即主题素材中最小的质子："黄昏莅临""拉斯若尼可夫杀死那老妇人""那英雄（或主角）死了""信收到了"等。作品再不能缩减的部分的主题就叫母题；每个句子实际上都有它的母题。①

他这个定义确实有新鲜之处，但是一提到"每个句子都有它的母题"时，这跟普通文法书给句子下的定义就几已等同了。不过不管怎么说，他对母题的意义层面之强调却可以补充汤姆森的定义之不足。母题之应用对整首诗的结构（尤其是主题结构）是休戚相关的，把母题（其实也即构成元素）分剖出来，然后再把它们的构成原则显现出来②，这种结构主义的分析法已切入了艺术创造活动的核心里，其贡献是不容置疑的。

在我于1979年7月完成的博士论文《中英古典诗歌里的秋天：主题学研究》里，我曾给在中英古典秋诗不断出现的意象和母题如枫叶、白露和西风，蟋蟀、葡萄和罂粟花等制造了一个名词叫作"套语词汇"（topical words and phrases）。它们除了是秋天诗万无一失的"指标"（Indicator or pointer）之外，也同时是"主旨"（topical），因为他们能"直指诗之宏旨所在"。③更重要的是，这些套语在不同的文学传统里早已纠结上繁复的联想，在在能展现不同民族不同的心智活动。详言之，"白露"的"白"和"西

---

① Boris Tomashevsky, "Thematics," in Russian Formalist Criticism: Four Essays, trans.&ed.Lee T.Lemon and Marion J.Reis（Lincoln: University of Nebraska Press, 1965）, p.67.

② 巴兹（Poland Barthes）用"解剖"和"显露"（dissection and articulation）两个术语来描述结构主义的整个分析过程；见其大作"The Structuralist Activity", Critical theory since Plato, ed.Hazard Adams（New York: Harcount Brace Jovanovich, Inc., 1971）, pp.1197-1198.

③ "Autumn in classical English and Chinese poetry: A Thematologicalogical Study"（Taipei: National Taiwan University, 1979）, pp.4-5; for "topical words and phrases," see pp.4 and passim.

风"的"西"在中国古典诗里常常以不纯是"一种颜色"和"一个方位"这么单纯的联想；它们早已纠结上一套极复杂而巧妙的阴阳五行思想（而我们在应用时有时也"忘"了真有如斯的含义呢）。再举"蟋蟀"这一母题（意象或套语）以说明中英民族心智活动的不同。

这是中英古典诗里常常出现的一个意象。在中国古典诗里，蟋蟀为秋季诸多层面（如季节的迁嬗、及时行乐、悲伤和警惕）甚或整个季节的缩影。但是在英国古典秋天诗中，这意象就未必蕴含了这么丰富的心智活动在内，例如济慈的《秋颂》（"To Autumn"）中的蟋蟀是蛰伏在篱笆间。当田野收割完毕后，它们伴着蚊蚋、羔羊、知更鸟和燕子齐声唱出"秋天的音乐"来（第24行"你也有你的音籁"）。它们的叫声透露了满足和收获以外，顶多也只有淡淡的美丽的哀愁了。

在未详细提出我想给研究中英秋天诗建立的模子以前，在此我必须提到两位苏俄文学理论家的做法，因为我们的企图有些雷同。在《朝向一个〈主题——（表现技巧）——作品〉的文学结构的模子的建立》（"Toward a 'Theme—（Expression Devices）—Text' Model of Literaturay Structure"）中，薛柯夫和朱可夫斯基认为文学作品的主题并非作品的"摘要"，而是"系统的抽象观念，其价值在于这概念与作品间是否已建立充分令人信服的等同关系"；接着在另一个脉络里，他们又说："主题就是作品减去表现技巧。"①所谓"表现技巧"就是"等同法则"（correspondence rules），就是构成元素的组合方式。假使我们能把握住一位作家所采取的一些固定法则，则我们多少能更深入地进入到他的创作世界中。

薛柯夫和朱可夫斯基的做法与柏勒普的非常相像。柏氏在《民间故事的型构》中把三百多个故事分解组合就像在处理一个故事一样，而薛朱二氏要证实的是"在某种意义而言，一位作者在不同的作品中所表现的只是同一个东西"②。既然许多民间故事或一个作家的不同作品展现的只是一个和三十几个主题的变异而已，因此他们认为可经由作品结构的分解和重组

---

① Yu.K.Scheglov and A.L.Zhoulkovskii, "Towardsa 'Theme — （Expression Devices）—Text' Model of Literary Sctructure", trans.L.M.O' Toole，in Generating the Literary Text pp.7 and 27.

② Ibid., p.31.

而寻绎他们的"转化的法则"（Laws of transformation）来。①这种做法毋宁是文学研究之福，谁都无可厚非。

我认为在中英古典秋天诗以及在中英处理及时行乐这个母题的诗中，经由结构的分析组合，然后给它们找出转化的规律是相当可行的。中国秋天诗所要表达的主题无非是悲愤、感怀身世、时间的迁嬗、收获和满足，而如逢乱世则诗人的感愤感怀也愈深。而英国古典秋天诗所注重表达的主要是时间的压迫感、季节所展示的死而再生的型态、收获、满足和忧伤。前面已提到，中英古典诗都有一些套语指标，怎么样应用这些指标来表现上提的这些主题是很巧妙的创作问题，结构主义者所特别关怀的是"母题（指标）——主题"以及"主题——作品"中间所追随的等同法则。在表现丰收及满足的主题时，中英诗人惯常使用的是瓜果、葡萄、稻谷等秋天收获物的意象，如欲表现颓败、哀伤等意旨时，他们就应用落日、落叶、秋蝉、蟋蟀和西风等令人听望而心生凄恻的意象和母题。从这些意象或母题推展到把主题托出，其手段不外乎 contrast（对比），Intensification（强化）或 combination（结合）等。所以我认为给中英秋天诗、中西及时行乐诗等寻出一个鉴赏和批评的模子来是可以做得到的。

选自陈鹏翔《主题学研究论文集》
东大图书有限公司1984年版

---

① "System of transformation" 和" Laws of transformation" 是 Jean Piaget 和 Michael Lane 的用语；对这些名词的发挥和应用见 Isaiah Smithson, "Structuralism as a Method of Literary Criticism", College English, 37, no.2（1975），145，147, and passim.

课堂教学

以课程建设探索中国叙事文化学理论体系

梁晓萍

一、课程概述

"叙事文化学"课程的创建最早来源于20世纪80年代学术界的方法论讨论热潮。其时，宁稼雨教授作为青年学者和年轻教师，一直对其予以了高度关注，并潜心对纷至沓来的各种新方法、新名词进行冷静思考和认真比较。在这一学术热潮衰退之后，宁稼雨教授仍然保持这一学术兴趣，并逐渐凝练自身观点，认为应该用以下三个尺度来衡量外来研究方法，"其一，是否弄清其原理和适用对象；其二，是否适用中国本土的研究对象；其三，在用于中国本土研究对象时是否具有调整可塑性"①。

进入20世纪90年代后，随着学养和资历的增长，宁稼雨教授开始借助给本科生和研究生讲授小说、戏曲、文学史等课程之机，将这一思想传递给学生。更为重要的是，受到顾颉刚先生和陈鹏翔先生等人所从事的中国文学主题学研究之启发，宁教授萌生了创设一种贴合中国古代小说戏曲特征的研究方法的想法。于是自1994年起，经过一年的酝酿，他正式为自己的弟子及古代文学教研室小说史方向的研究生开设了一门新课。该课程起初命名为"中国文学主题学"，后来改易为"叙事文化概论""叙事文化学概论"，并最终定名为"叙事文化学"，课程名称的更易足见师生共同探讨、教学相长的过程，也是课程内容逐渐得以明确和完善的明证。

"叙事文化学"课程自设立之初，教学目的就非常明确，即希望通过课

---

① 宁稼雨：《学术史视域下中国叙事文化学研究的得与失》，《南开学报》2020年第3期。

堂讲授、师生研讨和课下实践等教学方法，使研究生初步了解和掌握主题学、文化学的研究方法，并用以分析、研究中国叙事文学中的各类主题，扩大学生的知识视野，为撰写毕业论文、进入更精深的专业学习阶段提供参考。出于这一考虑，授课对象为研究生一年级的学生，共计36学时。课程创立之初的十一年当中，30余名研究生修读了"叙事文化学"课程，采用该方法撰写出期刊论文3篇，硕士论文15篇，可见该课程取得了突出的教学效果。

二、课程内容综述

根据宁稼雨教授1994年的课程讲稿、我本人和李波师妹1998年到2004年的课程笔记，大致可以觇见1994—2004这十一年间"叙事文化学"课程内容的演变轨迹。

宁教授对课程内容的最初设想是分为三编，分别为"叙事文化学的范畴、对象和方法""主题示例""体裁示例"，第一编分为三章九节，厘清相关概念，以故事类型为中心构建叙事文化学的理论框架。第二编分为八章，挑选孟姜女、王昭君、杨贵妃、牛郎织女、白蛇传、观世音、孙悟空、西厢记八个已相对成熟的文学研究个案，用叙事文化学方法进行解读和"规整"，以为垂范。第三编分为四章，对章回体、话本体、世说体、传奇体的体裁进行观照，并分析其文化蕴含。这一教学设计尽可能容纳了叙事文化学的研究视角、研究对象、研究方法、研究思路及研究前景等相关内容，但作用于刚入学的新生，且要求其在一个学期来消化就显得体系过于庞大。

经过四轮教学实践之后，1998年宁教授优化了课程内容，将第二编和第三编作为课外拓展内容供学生自行阅读，而将教学时间集中于对第一编的讲述，此外还增加了引言，从而对课程开设背景、内容和意义等进行说明。2004年版的课堂笔记保持了这一基本面貌，以引言、叙事文化、叙事文化学的对象、主题学研究与文化批评四个章节为主体，微调了个别小节。下面笔者就依据以上三版讲稿及课程笔记，回顾"叙事文化学"最初十一年的课程内容建设。

(一)"引言"的调整与发展

引言即课程导论,重在揭示和阐述叙事文化学课程在方法论上的意义,为学生进行论文写作做准备。由于刚开启研究生阶段的学生未必都熟悉学界的研究现状,因此引言部分侧重对古今中外文学研究与文本关系的梳理与介绍,从宏观上为学生勾勒叙事文化学的学术"地图",并开具参考书目。

课程对文学研究与文本的关系从三个角度进行总述,即文本本身的研究、前文本或文本前的研究、后文本研究,突出以下要点:

第一,对文本本身的研究中西方各有不同。在中国古代,文本研究很大程度上是文献研究的同义词,集中在版本、校勘、考证、钩沉、辑佚、辨伪等方面,以为研究者提供切实可信、接近作品原貌的"真实"文本为第一要务。而西方则有所不同,如形式主义批评、新批评都更注重对文本本身的解释与阐述,尤其是文本形式优劣的比较。

第二,前文本或文本前的研究主要指社会各种因素对文本形成的影响,如文本制造者(作家)的身世经历、人生际遇与主要思想以及文本来源。前文本研究实际上是注重文本现实依据的一种表现,关注的是文本起源问题。

第三,后文本研究指文本产生之后的社会效应、社会功能及其对文本自身的影响。中西方都相当重视这一研究,不过中国古代"文以载道"说占据上风,常从"教化"的角度要求文本的制造,因此文本的解释也常从社会效应、社会功能的角度进行。而西方则更多从文本接受者的角度去探讨文本的价值、意义和作用。

第四,以上方法和角度的存在都各具合理性和价值,不能一概进行简单肯定和否定。学术发展要尽可能突破传统路数,方法突破即为其中重要一环。具体到叙事文化学而言,其前期工作以文献考据为主,解决叙事文学作品的文献、文本自身形态演变的过程问题,尽可能做到竭泽而渔;然后是在此基础上,以文本对象为基本视点,兼顾文本前和文本后的研究,分析、挖掘文本演变的面貌,对其源流、演变动因进行阐释。

（二）"第一章 叙事文化"的调整与发展

第一章力图廓清一些与叙事文化学相关的概念、范畴，并辩证其相互关系，诸如叙事、叙事文学、叙事文化学等，共分三节进行。

1.关于"叙事"

叙事有广狭两种解释：广义的解释认为叙述事情就是叙事，不对"叙述"和"事情"进行界定；狭义的解释主要是从文学角度进行术语认定，综合国内外学者的相关论述，可以将其界定为"特定的言语表达方式"和"故事"，即在文学视域内考察如何将一个具有人物和情节的故事制作成一个有组织的情节形式。

2.关于"叙事文学"

叙事文学是指具有叙事功能的各种文学体裁，主要指小说和戏剧，也包括具有叙事性的诗歌、史传文学。

学生需要注意叙事文学与民间文学、口传文学的区别，民间文学与口传文学属于口头语表达方式，严格来讲是叙说而非叙事，这种差异在日常交往中并不明显，但在文学艺术领域则相当重要，小说正是通过叙述这种书面语形式，成功地从发生学的胎盘（民间故事）中分离出来，使叙事得到了规范化的延续，成为一种不易改变的、单独的语言艺术方式，完成了审美化的转变。

中国古代叙事文学的研究范围，由于中国古代文学中"小说"概念的复杂性、动态性，在具体研究当中我们不宜过度拘泥或执着于一部书、一篇作品是否为"小说"，而更应关注一则故事的文学属性。换句话说，与小说文学属性相关的文献材料都在中国古代叙事文学的研究范围之内。

3.关于"叙事文化"

叙事文化学是从文化学角度认识和研究叙事文学，将历史上带有叙事特征的文学作品作为历史文化学研究的材料。

从历史文化角度进行中国古代叙事文学研究，其可能性和必要性皆比较充足。中国古代叙事文学在发生阶段本就与历史文化具有天然的密切联系，法国学者在对人类艺术形态进行分析后所提出的"史诗文化"和"史传文化"两大文化圈说也印证了这一点。因此，从文化学角度深层挖掘和分析中国古代叙事文学作品，一方面符合其自身特点，另一方面也是小说研究向纵深拓展的方向。

（三）"第二章 叙事文化学的对象"的调整与发展

由于叙事文化学首先需要厘清故事发展演变的脉络，再从历史文化角度分析文本发生（或未发生）"变异"的原因，因此其对象有二，一为叙事文本，二为历史文化分析。除此之外，比较文学分析方法对进行历史文化分析也不无裨益。

1.文本在叙事文化学方面的应用

文本是叙事文化学研究的起点和基础，故而如何运用文献学方法对叙事文本进行整理显得至关重要。叙事文化学文本主要来源于以下四个途径：

（1）确定主题类型

在主题类型研究方面，由芬兰学者阿尔奈提出、后由美国学者汤普森完善的AT分类法与中国台湾学者金荣华的《六朝志怪小说情节单元分类索引》可资借鉴。AT分类法是国际上通用的故事类型分类法，分为动物故事、一般故事、笑话故事、程式故事、难以分类的故事五大类型，不过由于其分类主要针对西方的民间文学，属于口传文学范围，其分类不完全适用于书面形式的中国叙事文学。《六朝志怪小说情节单元分类索引》虽然针对书面形式的六朝志怪小说进行分类，但主要采用古代类书的分类方法，比较模糊。

鉴于以上情况，叙事文化学应该先以AT分类法为基本框架，参考古代类书，然后针对中国叙事文学的具体情况提出切实可行的主题类型。

（2）运用文献手段整理和归纳故事

主要介绍各种目录、索引、序、跋和笔记，并讲解如何使用其中的材料，获得名实相符以及名异实同的文献，尽最大可能占有故事文本。要求学生做到以下几点：

目录学方面：①查找正史中的"艺文志"或"经籍志"，重点关注子部和史部的著录情况。②翻阅《郡斋读书志》《直斋书录解题》《国史经籍志》《千顷堂书目》等古代私人目录，作为正史类目录的补充。③查阅带有目录学意义的非正式书目，如《醉翁谈录》《南村辍耕录》《万历野获编》等向来为小说戏曲研究者所关注。④熟悉并使用明清以来以小说戏曲为主的各种目录学著作，如明清人的《宝文堂书目》《百川书志》《脉望馆书目》《也是园书目》《也是园古今杂剧考》，戏曲方面的《曲海总目提要》《清代杂剧全目》《古本戏曲存目汇考》《明清传奇综录》《古本戏曲剧目提要》《中国剧目辞典》《京剧剧目初探》，小说方面的《古小说简目》《中国文言小说书目》《中国文言小说总目提要》《唐五代志怪传奇叙录》《宋代志怪传奇叙录》《话本叙录》《中国通俗小说书目》《增补中国通俗小说书目》《中国通俗小说总目提要》《中国古代小说总目》。⑤关注并使用《中国古代小说百科全书》《中国历代小说辞典》《中国古代小说百科大辞典》《中国古典小说大辞典》《古代小说鉴赏辞典》等工具书。

索引方面：①学会使用《二十四史纪传人名索引》《唐五代人物传记资料综合索引》等正史或非正史的综合性索引及断代人名索引。②熟练使用对叙事文化学研究有价值的重要类书、丛书索引，如可以利用《艺文类聚》《初学记》《北堂书钞》《白孔六帖》《太平御览》《太平广记》《永乐大典》《古今图书集成》等书索引中的类目、主题词、人名、器物名来查找所需叙事文本。③关注各类方志索引，如《中国地方志宋代人物资料索引》等。④重视集部索引的利用，集部索引的编制工作虽然滞后，但其重要性不可忽视，《文选李善注引书索引》《世说新语索引》以及《水经注》的附录索引都是较好的集部索引，可以具体检索到某一词汇，其他如《全唐文篇目分类索引》《宋人文集篇目分类索引》《元人文集篇目分类索引》《清人文集篇目分类索引》也有参考价值。

除以上两个方面之外，收集叙事文本时还应关注提供相应目录学知识或故事源流相关知识的各类序、跋、笔记，尤其是学术性、考据性的笔记，如明人胡应麟的《少室山房笔丛》中就著录了不少对故事传承的归纳。

（3）查阅与故事类型演变相关的作品总集

此类作品总集，特指规模较大的叙事文学作品集，其中某些作品集与丛书差相仿佛。除了解《绀珠集》《类说》《绿窗新话》《青琐高议》《醉翁谈录》《清平山堂话本》《京本通俗小说》"三言""二拍"等古人所编总集之外，今人所编小说总集及戏曲总集亦不可忽视，如《傅惜华藏古本小说丛刊》《古本小说集成》《明清善本小说丛刊》《思无邪汇宝》《明清稀见本小说丛刊》《明代小说辑刊》《中国话本大系》（以上为小说总集），《古本戏曲丛刊》《元明杂剧》《古名家杂剧》《新续古名家杂剧》《孤本元明杂剧》《元刊杂剧三十种》《脉望馆抄校本古今杂剧选》《元曲选》《元曲选续编》《全元曲》《全元戏曲》《六十种曲》《盛明杂剧》《清人杂剧》《杂剧三集》（以上戏曲总集）等都应该遍览。

（4）查阅以小说为主的丛书、类书

为了做到叙事文本搜集的竭泽而渔，最后还需要通过查阅以小说为主的丛书、类书来查漏补缺。此类图书古今皆有，举要如下：《语海》《虞初志》《阳山顾氏文房小说》《广四十家小说》《顾氏明朝四十家小说》《前后四十家小说》《烟霞小说十三种》《稗海》《合刻三志》《绿窗女史》《笔记小说大观》《古今说部丛书》《说库》《晋唐小说畅观》《唐人说荟》《唐代丛书》《宋人小说》《清代笔记丛刊》《清人说荟》《中国丛书综录》《丛书集成初编》。

2.历史文化分析

完成叙事文本收集之后，研究者需要发挥自身在历史文化方面的积淀，对文献材料进行阐释。可以从以下层面切入：其一，史实层面：将故事流变与史实记载加以对照，从虚实关系、文学观念的角度考察其在流传过程中的"稳定"与"畸变"；其二，哲学思想层面：探究故事流变中各版本的内容变化与时代背景、哲学思想有无关系；其三，文化层面：挖掘故事流变中值得注意的文化现象，思考其与某一物质文化、制度行为、风俗习惯乃至社会心态的内在关联。

3.叙事文化学和比较文学

从广义上来说，叙事文化学所进行的研究也是一种文学比较，只不过通常意义上的比较文学研究是对两种或两种以上文本进行国别、民族或时间、空间上的比较，而叙事文化学对多种文本所做的时间或空间研究则是在同一国家、民族之内进行。因之，了解比较文学研究的理论或范式可以有助于叙事文化学研究的开展。

本节重点介绍和研讨影响研究、平行研究这两种比较文学研究的常用方法及叙事文化学的可资借鉴之处。具体而言，影响研究强调的两种或两种以上作品、作家、文学思潮间在文字上的相互作用与联系，对叙事文化学而言则不仅限于文字上的渊源关系，还应关注潜意识或集体无意识产生的影响。平行研究的产生晚于影响研究，注重不同国家或民族的文学作品在不存在事实联系情况下出现的相同点及相异点，这种相同或相异可能表现在主题、题材、人物、体裁等方面，故而平行研究在主题学、题材学、文类学、类型学等方面的成功实践可以为叙事文化学所汲取。

（四）"第三章 主题学研究与文化批评"的调整与发展

1.关于主题学

本节主要进行以下几组概念的辨析。

（1）主题与主题学

主题是任何作品的若干研究层面之一，关注个别主题的呈现，渊源于传统文学理论对文学作品社会职能的认识，如西方的柏拉图也强调文学作品的社会功用，与儒家的"文以载道""诗教"不约而同。主题就是这一理论影响下去探讨作家创作理念或意图在作品中的表现。

主题学是比较文学平行研究的方法之一，探讨相同主题（包括意象、母题、套语等）在不同时代以及不同作家手中的处理，据以了解时代特征和作家的用意。可追溯自19世纪德国民俗学研究所作的开拓。

因之，二者最大的区别在于：主题是作品中表现出来的作家主旨，是孤立的作品现象；主题学则是将相关的孤立作品现象放在一起加以比较，探讨它们之间的联系性和相关点，以加深理解。可见，主题学研究是主题研究的重要方面，有助于更深入地理解和把握主题。

（2）母题与类型

汤普森在完善AT分类法出使用了"母题"与"类型"这两个术语。

类型指"有独立存在的传承故事"，可以是一个完整故事，有时也"可与其他故事一起讲述"，成为一个大故事的情节单元。

母题是"故事中最小的因素，在传统中有延续下去的力量"。母题在叙事文学作品中的存在更广泛和普遍，可以是故事的主角、情节背景中的某些事项、抑或是具体事件。

虽然母题和类型存在小、大之别（如母题自身不能构成完整情节和故事，而类型却可以），但二者却不是绝对的从属关系，比如一个类型里可能只有一个母题，也可包括若干母题，而一个母题却不能包括若干类型，只能从属于若干类型。

（3）母题与意象

意象依据19世纪象征主义的解释，一般指一瞬间同时呈现出的一个理性与感性的复合体。在文学作品中，同一意象反复出现和若干不同意象组合出现皆可能被赋予象征意义。

母题与象征关系密切。若干意象聚合在一起可能构成一个母题，荣格认为"母题是单一的象征"，弗莱在《批评的剖析》提出象征言辞的构成单元即"原型"，母题就是"文学作品中作为文辞单元的象征"。综合二者，母题可以理解为反复出现的意象。

（4）母题与主题

主题学中的"主题"通常由作品中个别或特定的人物或事件作为代表，通过这些人物和事件来显示内在含义。母题是由两个或两个以上反复出现的意象所构成，因其反复出现而常被视为象征。因此，二者存在两点明显区别：其一，侧重点不同：母题是意象的呈现，主题是符号的呈现；其二，从属关系不同：主题>母题，一个母题可以构成一个主题，但一个主题往往由两个或更多母题构成。

2.关于文化批评

文化批评部分涉及的内容比较广泛，而课时有限使得教师在课上不可能涵盖所有内容，必须有所取舍。本部分在1994—2004的十一年间至少出现了以下两种讲法：

（1）1998版笔记记录：多角度地介绍文学作品的文化折光，如教化精神、道德观念、历史意识、人生价值；

（2）2004版笔记记录：介绍与文学研究密切相关的文化批评学派，如神话学派、进化论学派、心理分析学派、历史地理学派。

这两种讲法各有侧重，足见"叙事文化学"课程仍在建设过程当中，课程内容也在不断更新。

三、课程内容更新分析

1994—2004的十一年之间，随着研究生人数的增加和学源背景的丰富，宁稼雨教授对课程内容至少进行了以下五方面的调整：

（一）构建课程基本框架，夯实课程知识基础

作为一门新开课程，叙事文化学这门课在教学需求分析（即课程开设背景）、教学目标阐明、教学内容安排等方面都体现出授课教师的鲜明个性色彩，教师力图将自身的科研积累、学术理念及探索思考传递给后学。

在课程内容安排方面，引言、第一章、第三章侧重于从方法论的角度，对相关概念、研究方法进行辨析和阐发，以此加深学生对叙事文化学的理解，勾画课程的理论蓝图。第二章则是对具体操作过程的说明，明确叙事文化学的具体研究路径。

由于叙事文化学研究对文献的要求较高，而学生又普遍欠缺文献考据方面的相关知识，因此从1994年版讲稿至1998年版、2004年版笔记，课程第二章对古今各类书目、索引、总集、类书、丛书的介绍呈现出逐年增加的趋势。1994年版讲稿涉及的图书约42种，1998年版笔记增至70种左右，至2004年版笔记则多达约125种，其中索引部分尤为详尽，还涉及了不少相关书籍的编辑出版动态，在夯实专业基础方面起到了相关重要的作用。

（二）创设适合中国叙事文学的主题类型

由于已有的故事类型体系用于分析中国古代叙事文学出现明显的不适应症，宁稼雨教授综合AT分类法和中国类书的体系，在授课过程中也提出了自己的初步设想。在1994年版讲稿和1998年版笔记中，他提出的是四分法：

1.人物（有生命的主人公）：以人物命运发展变化为基本线索，以人名为记忆符号；

2.题材：具有普遍性和广泛性、反复出现的故事类型，如还魂、负心、死而复生等；

3.具体事件：不同人物的相同经历，如千里践约等；

4.器物、物件：故事围绕某一物件（道具）展开情节变化，如桃花扇、红叶题诗等。

后来，随着《先唐叙事文学故事主题类型索引》一书编纂资料收集的进展，宁稼雨教授对故事类型划分的思考进一步成熟，在2004年版笔记中又提出了六分法：

1.自然类（非人工化的天然现象）：反映天、地、日、月等自然现象变化的故事；

2.怪异类（处于自然现象与人之间的事物）：志怪及神话中的非现实事件，如鬼魂、精怪；

3.人物类：与人有关、带有真实性的生活活动故事，而与人有关、非真实的生活活动故事属于志怪的归入怪异类；

4.器物类：故事围绕器物来展开情节变化；

5.动物类：以动物为主展开小说，非器物亦非人物；

6.综合类：前几类交叉出现。

（三）增补考据和版本知识，强调文献查找顺序

为解决学生毕业论文写作过程中暴露出来的文献使用问题，2004年起宁稼雨教授在第二章的授课内容中增补了考据学和版本学的相关知识，1994年版讲稿及1998年版笔记无此内容。

在2004年版笔记中，宁教授一再对学生强调文献的查找顺序：首先查找善本书，次之单刻本。若前二者皆无，再次查找丛书本。若以上三种渠道皆无，最后可通过引书索引等入手查找散佚材料。

（四）利用电子文献和数据库等，多方获得立体性材料

除查找纸质文献外，宁稼雨教授还与时俱进，关注电子文献和数据库的研发。他本人是《国学宝典》的早期用户之一，2004年版笔记中，他在课上以《国学宝典》为例，向学生介绍电子文献的优缺点及数据库的更新情况。此外，他还要求学生开阔眼界，在收集叙事文本之外，适当参考绘画、雕塑或考古发现，使研究材料更立体，认为立体性的研究材料有助于研究者进行文化分析时角度的多元化。

（五）采用更灵活的教学方法，督促学生自我成长

开课之初，学生对叙事文化学几乎是一无所知，故教学方法以教师讲授为主，课下实践也以学生自行练笔、教师"见招拆招"为主要形式。年深日久之后，宁稼雨教授的思想更为圆融，学生亦有同门师长的范文可供效仿，因此2004年版笔记中，宁教授在授课过程中开始为学生"量身定做"，针对学生个人的长处或短板，布置不同类型的作业——或课下读书，或撰写小论文，反复提醒学生在课下实践过程中寻找自身切入点和学术兴奋点，为毕业论文选题做好准备。

四、课程内容前景展望

1994—2004的十一年，对中国叙事文化学研究课程而言是创建与发展的幼年期，整体而言以博采众长为中心，自出机杼方露"尖尖角"。之所以如此，一方面因为这是新生事物在发展过程中的必经阶段，另一方面是因为课时有限，教学对象背景不一，授课教师不得不先提要钩玄，先行搭建对话平台，构筑共通话语体系。至2004年为止，课程"基建"工作已顺利完成，下一步若要建成"万丈高楼"，笔者认为可从以下四方面努力，为课程"添砖加瓦"。

（一）概观中国文化的主要类型

对大部分青年学子而言，相对于叙事文本的穷尽式搜索，文化分析和阐释对他们来说更为相形见绌。前者只要功夫深且功夫下到就有望完成，而后者则让其捉襟见肘，往往会自曝其短。究其原因，主要在于青年学子的人生阅历和文化积累不足。大部分中文系并不为本科生开设"中国文化概论"这门课程，当下的文化形态也使得青年学子在成长过程中对传统文化的体认不足，故而叙事文化学在课程内容中应辟有专章，概观中国文化的主要类型，如中国文化从地域角度可分为中原文化、齐鲁文化、荆楚文化、吴越文化、巴蜀文化、闽台文化、秦陇文化等，从身份角度可分为帝王文化、士人文化、青楼文化、绿林文化、市民文化等。总之，该专章应尽可能涵盖中国古代文学中文化分析的所有角度，教师可要求学生通过课下阅读对各主要文化类型的特质进行总结，为将来进行文化分析和阐释提供多方刺激和足量的"文化输入"。

（二）优选个案分析进行例示

由于叙事文化学研究在方法上具有较好的可复制性，十一年当中也取得了一定的成果，因此教师可以考虑为课程编制一本个案分析讲义。讲义的编选以宁稼雨教授的故事类型分类为依据，每一类型选出1—3篇优秀文章，一来方便教师课上用之辅助理论讲解，二来方便学生课下阅读模仿。

（三）增补参考书目

叙事文化学研究属于难度较大的整合研究，不但打破传统的文体壁垒，甚至突破了学科界限，客观上对学生的阅读量和知识体系提出了较高的要求。目前，宁稼雨教授为学生所开具的参考书目已包括文、史、哲，以及图书目录学方面的重要书籍，但仍有增补的空间。参考书目的增补可由教师指导学生自行完成，教师也可为增补者在课上开设展示环节，通过师生、生生间的质疑辩难，逐渐完善书单，供师门共享并代代相传。

（四）提倡批判性思考

中国古代叙事文学在题材上的因袭继承现象比较明显，如若叙事文化学继续保持蓬勃发展的良好态势，同一故事类型下的个案研究难免出现雷同之处，因此在课程教学中教师需大力提倡批判性思考，并将之渗透到各个教学环节，鼓励学生大胆质疑，小心求证。批判性思考这一提法虽属老生常谈，有空洞之嫌但仍十分必要，教师应予以充分的重视。如此一来，叙事文化学的研究方能精彩纷呈，优秀论文层出不穷，形成更好的学术局面。

总而言之，叙事文化学是一座前所未有的大厦，这座大厦既需要建设蓝图，也需要施工落实，而无论是蓝图抑或施工皆非一蹴而就之事。叙事文化学研究课程的创建及发展，就是一个不断修改蓝图、调整施工的过程。以课促研，以研兴学，方能使叙事文化学的构建不断接近理想状态。

1994—1998 年中国叙事文化学教案

一、教学目的

通过学习和实践，使研究生初步了解和掌握主题学、文化学的研究方法，并用以分析、研究中国叙事文学中的各类主题。

二、教学大纲

第一编 导论（叙事文化学的范畴、对象和方法）

第一章 什么是叙事文化

第一节 叙事

第二节 叙事文学

第三节 叙事文化

第二章 叙事文化学的对象

第一节 文献学在叙事文化学中的应用

第二节 中国文化要义

第三节 叙事文化学在比较文学中的地位

第三章 叙事文化学研究的方法

第一节 主题学

第二节 原型批评

第三节 文化批评

第二编 主题示例

第一章 孟姜女故事的演变及文化动因

第二章　王昭君故事的演变及文化动因

第三章　杨贵妃故事的演变及文化动因

第四章　牛郎织女故事的演变及文化动因

第五章　白蛇传故事的演变及文化动因

第六章　观世音故事的演变及文化动因

第七章　孙悟空故事的演变及文化动因

第八章　西厢记故事的演变及文化动因

第三编　体裁示例

第一章　章回体及其文化蕴含

第二章　话本体及其文化蕴含

第三章　世说体及其文化蕴含

第四章　传奇体及其文化蕴含

三、教学方法

课堂讲授、讨论，写作业。

四、参考书目

1. 梁漱溟《中国文化要义》

2. 钱穆《中国文化史导论》

3. 徐复观《中国艺术精神》

4. 刘纲纪、李泽厚《美的历程》

5. 李泽厚《中国美学史》

6. 李泽厚《中国古代思想史论》

7. 刘泽华《中国传统政治思维》

8. 宁稼雨《魏晋风度——中古文人生活行为的文化意蕴》

9. 弗雷泽《金枝》

10. 《外国现代文艺批评方法论》

11. 陈鹏翔《主题学研究论文集》

12. 钱锺书《七缀集》

五、教学内容（节选第一编内容为例）

第二章　叙事文化学的对象

第一节　文献学在叙事文化学中的应用

一、确定类目

1.以人物为类（例如：孟姜女）

2.以题材为类（例如：复仇、负心）

3.以事件为类（例如：还魂）

4.以物为类（例如：连理、扇、血衣、白兔）

二、目录学的运用

1.目录举要

正史、艺文志、经籍志、私人藏书目（常见）

古代的有：

［宋］罗烨《醉翁谈录》

［明］晁瑮《晁氏宝文堂书目》（三卷）

［清］钱曾《也是园书目》（卷十"戏曲小说部"有《宋人词话十六种》）、《也是园古今杂剧考》

［明］高儒《百川书志》（二十卷）

［明］赵琦美《脉望馆书目》（一卷）

今有：

《曲海总目提要》

《古本戏曲存目汇考》

"傅惜华全目"（《元代杂剧全目》《明代杂剧全目》《明代传奇全目》《清代杂剧全目》）

《中国通俗小说总目提要》

《中国古代小说百科全书》

2.索引书目（略）

3.书目的运用（略）

三、作品总集

1.小说

古有：

《类说》

《绿窗新话》

《醉翁谈录》

《青琐高议》

《清平山堂话本》

《京本通俗小说》

今有：

《古本小说丛刊》（中华书局）

《明清善本小说丛刊》（岳麓书社）

《古本小说集成》（上海古籍出版社）

2.戏曲

《古本戏曲丛刊》

《元明杂剧》

《古名家杂剧》

《脉望馆抄校本古今杂剧》

《孤本元明杂剧》

《绣刻演剧》

《杂剧选》

《古今杂剧》

《元曲选》

［明］孟称舜《古今名剧合选》

［明］毛晋《六十种曲》

［明］沈泰 《盛明杂剧》

［清］杨潮观 《吟风阁杂剧》

郑振铎《清人杂剧》

四、丛书、类书

《古今说海》

《虞初志》

《阳山顾氏文房小说》

《顾氏四十家小说》

《广四十家小说》

《烟霞小说》

《稗乘》

《稗海》

五、考据学的运用

1.确定年代（作者、作品）

2.辨别真伪

第二节 中国文化要义（略）

第三节 叙事文化学在比较学中的地位（略）

第三章 叙事文化学研究的方法

第一节 主题学

1.主题与主题学

主题学：比较文学方法之一，探索相同主题（包括套语、意象和母题）在不同时代及不同作家手中的处理，据以了解时代特征和作家的用意。可溯自19世纪德国民俗学的开拓。侧重母题的研究，并有助于一般母题的研究。

主题：任何作品若干层面研究之一。研究个别主题的呈现。可溯自柏拉图"文以载道"和儒家的诗教观。探索作家理念或用意表现。

2.母题与类型

汤姆森《民间故事》，将其分为：母题、类型。

类型："有独立存在的传承故事"，"有时可与其他故事一起讲述"。

母题："故事中最小的因素，在传统中有延续下去的力量"。

故事的主角、情节背景中的某些事项、事件。

关系：一个类型可能只有一个母题，也可有许多母题。

3.母题与意象

意象：一刹那间同时呈现一个知性及感性的复合体。一个意象不断出现时，才可能被赋予象征意义。若干意象可能构成某个母题。

母题：与象征关系密切。

荣格：母题即"单一的象征"，实即原型。

弗莱《批评的解剖》认为象征言辞沟通单元即"原型"，他认为母题是"文学作品中作为文辞单元的象征"。

母题是重复出现的意象。

4.母题与主题

主题学中的主题通常由个别或特定的人物来代表。

母题是由两个或两个以上不断出现的意象所构成，因重复出现，故常被视为象征。

一个母题可以构成一个主题，但主题常由两个或更多母题托出。

第二节　原型批评（略）

第三节　文化批评

中国文化的类型概观

一、思想

儒家文化

道家文化

佛教文化

二、身份

1.帝王

2.士人

3.青楼

4.绿林

5.流派

6.市民

三、生活方式

1.饮食

2.旅游

3.商业文化

4.服饰

四、人文

1.诗歌

2.小说

3.戏曲

4.书法

5.绘画

五、物质

1.建筑

2.园林

3.工艺

六、地域

1.中原

2.齐鲁

3.秦陇

4.荆楚

5.吴越

6.巴蜀

7.闽台

8.港澳

9.岭南

1998年硕士笔记节选

梁晓萍

叙事文化学序言

主题学研究：指对个别主题、母题，尤其是神话人物主题做追溯、探源工作，并对不同时代作家如何利用同一个主题或母题来抒发情愫，以及反映时代做深入的探讨。

从方法论角度谈为什么要开这门课，本课要解决些什么问题。上学期讲了方法论，中西方研究方法有区别，可取来为我所用。针对论文写作，要有创新的意识。

眼界要宽，了解前沿、前人成果，方法上要新。

当前叙事文学文本研究从文学研究和文本的关系来看，有三种情况：文本本身的研究；前文本或文本前的研究；后文本研究。

第一，来看文本研究。

中外古今都很重视，但侧重不同。

中国古代侧重于文献方面的研究：版本、校勘、训诂、音韵、考据、稽疑钩沉等，着力求真，力图还原文本的真实性，真实性研究是非常必要的，但是不是就代表了文本研究的全部工作呢？

西方的文本研究，注重对文本的解释阐发，例如批评学、新批评学，这种研究更加注意文本自身的研究、形式上的研究。

由此，同样文本，但中西方各自切入点不同。

第二，前文本研究。

研究在文本形成以前，对于文本的形成可能或已经产生对文本的规定作用的最突出的方面，例如，作家的经历、身世等，对其作品的影响。例如孟子有"知人论世"。

因此，文本的制造者，必然对文本产生很深的影响；文本的生产者，必然在文本形成以前，对其内部、形式等很多方面产生影响，例如小说、戏曲，最初的原型及原型在后来所发生的变化，《西厢记》来源于《莺莺传》《董西厢》等；再如，文学样式也同样有原型及其变化，要研究元杂剧，必看相关的参军戏等。

由此，前文本研究就是从原因的角度，来解决文本起源的问题。同时要关注"动态"研究。

第三，文本后研究（或后文本）。

指文本产生之后，所产生的社会效应、社会功能及它对文本自身的影响。

前后文本，是相对而言的。

东方比较强调社会教化的文本，所以要求文本制造者要考虑将来所能产生的效应。而西方则强调文本的接受者这种个体的接受作用。比较来看，东方更强调对文本的社会效应的关注，例如阐释学。东西方的两个方面，合则全。

注意文本性质的流动性。（动态）

从方法来看，要有灵活性。无论哪一个方法都有其可取之处，既有解决问题的有效性、针对性，也有其不足之处。实际上，没有绝对正确的方法。

南开大学中文系里，朱一玄先生穷其一生做小说资料汇编，后来宁宗一先生侧重于理论方面研究，不搞资料，若两者结合起来，则趋于完美了。例如钱锺书、陈寅恪两大家。

要注意实事求是。

从研究对象来看，哪些方面还需进一步研究，而哪些方面已经做过研究了，根据研究对象的实际情况来具体进行研究。例如李白、《红楼梦》的资料收集已经穷尽了。但我们要做的主题学，却多在这一方面有大量工作要做，这是学术研究的现状角度。

从研究者本人的个性来看，由于其学术的积累、知识的结构、兴趣爱好等不同，学术兴奋点也千差万别，应该尊重个性。

研究现状：国外多以民俗学角度展开研究，民间文学为一种口头文学，在流传过程中变异性很大，同一故事由于地域、时间的不同，流传为若干样式，所以有不确定性、流传性。所以，要研究是什么原因使不同时地的作品流传有如此差异。可以参看弗雷泽《金枝》中译本。

我们的研究，在方法上相似，但在研究对象上有差别。我们的研究对象是中国古代的叙事文学作品，例如诗歌、小说、散文等，而不是民间故事。中国古代文学变化很大，所以虽是文本的样式，但也具有与民间故事相似的性质，即流动性、变异性，两者在这点上吻合，这就为我们的研究提供了素材。

阅读书目

1.陈鹏翔：《主题学研究论文集》，东大图书有限公司1983年。

2.刘魁立：《民俗学研究论文集》，上海文艺出版社1998年。

参考书目

1.《外国现代文艺批评方法论》，江西人民出版社（有中文介绍）。

2.《中国民间故事类型索引》，春风文艺出版社出版的为简译本（中国民间文艺出版社出版的为全译本）。

3.刘魁立：《世界各国民间故事情节类型索引述评》论文集，包含人大复印资料。

4.王立：《中国文学主题学》（全四册）

5.《中国小说故事中的母题》，中国民间文艺出版社。

课下浏览

1.李泽厚：《中国美学史》已出版了前两卷，到魏晋南北朝，是《美的历程》的详本。

2.刘守华：《比较故事学》，上海文艺出版社。

第一章　叙事文化

本章主要解决与叙事文化学相关的概念、范畴问题及其相互关系，如叙事、叙事文学、叙事文化学等。

第一节　叙事

叙事，从广义上来看，叙述事情就是叙事；从狭义上来看，即主要从文学角度对其进行认定，《当代叙事学》（华莱士·马丁）导论认为理解叙事是未来的计划，并未解决叙事概念问题。国内学者将叙事分为两个部分进行界定，采用特定的言语表达方式（即叙述）来讲述一个故事，即叙述故事。狭义的"叙述故事"和广义的"叙述事情"内涵有所不同，广义的理解未对叙述和事情本身进行界定，狭义的理解则将此二者界定为"特定的言语表达方式"，将文学与非文学区别开来；并指出叙述的对象是故事，而故事的对象应有人物和情节，这也就将故事和广义的事情区别开来。狭义的叙事概念将"特定的言语表达方式和"故事"融为一体"，正如阿伯拉姆所论："叙事学的主要兴趣在于叙述的谈话是如何将一个故事（简单地按时间顺序排列的事件）制作成有组织的情节形式的。"

叙事是两部分的有机结合。

第二节　叙事文学

叙事文学从文体概念上是指具有叙事功能的各种文学体裁，包括小说、戏剧、叙事的诗歌等。

1.叙事与文学的关系

从叙事与文学的关系上看，狭义的叙事本身有很强的限定，是从属于文学的。关于叙事与文学的关系，苏联的卡冈认为："在叙事中，文学获得某种内在的纯洁性，确证自己完全不依赖于其他艺术的影响，显示它的特殊的自身的唯它单独固有的艺术可能性。"可见，叙事与文学的重要关系在于叙述故事本身是叙事文学作品与其他文学作品得以区别的显著条件，即是否具备叙事功能。叙事在文学作品中的特殊性主要反映于小说和戏剧中，因为小说和戏剧作品的基本演进方式就是叙述故事（一个事件过程），这也是与诗歌等其他文体得以区别的重要条件与标志。如小说、电影都是时间艺术，二者明显区别在于对时间的认识、表述不同，着眼点不同，电影表现媒体是时间过程，小说表现对象、表现载体（形式）都是时间过程。小说之所以如此，关键点在于叙述，叙述使小说与其他时间艺术、民间文学、口头文学得以区别，民间与口头文学严格来讲是叙说，而非叙述。

2.叙述与叙说的区别

叙述是书面语现象，叙说则属于口头语表达方式。这种差异在日常交往中并不明显，但在文学艺术领域则非常重要，正是通过叙述和叙说的区分，使小说成功地从发生学的胎盘（民间故事）中分离出来，成为一种语言的文学样式。民间故事叙说有相当大的随意性，叙述则不同，小说一旦记载下来，则不易改变。从这点来认识，神话传说是小说的源泉，以神话传说为背景生发出来的幻想故事，进一步滋生演变为民间传说、民间故事，它又进一步和历史传统、历史故事结合，产生了小说。从形态学角度认识小说母体，可以说明，叙述和叙说有明显不同，小说以叙述这种书面语的形式，使叙事得到了规范化的延续。从另一个角度来说，小说使叙事活动完成了审美化的转变，从母体当中独立出来，成为一种单独的语言艺术方式。

3.中国古代叙事文学的范围

不仅仅局限于小说本身，与小说文学属性相关联的文献材料都应在关注范围之内，不过度胶着于小说文本本身。如在笔记、文言小说的问题上，不应拘泥于一本书是否为小说，而应关注其中是否有小说成分；不执着于一本书的文学属性，应关注于一则故事的文学属性。

第三节　叙事文化

叙事文化是从文化学角度认识研究叙事文学，将历史上带有叙事特征的文学作品作为历史文化学研究的材料。从历史文化角度进行叙事文学研究，有其可能性和必要性。中国古代文学作品和历史文化本身有着天然的密切联系。

法国克莉斯特娃认为人类的艺术形态在发展过程当中曾受到两大文化圈的控制，即史诗文化和史传文化（历史文化）。显然，欧洲文化圈属于史诗文化，东方文化圈属于史传文化。从这个角度来看，中国叙事文学毫无疑问受到历史的影响控制。史诗文化更多地承认对立和排斥的范畴，从对立的范畴上来认识事件，非此即彼，不存在妥协性。史传文化则恰好相反，受不分离理论影响，认为二者之间是可以相互结合的。小说早期曾受到史诗文化的影响，表现在早期小说中的人物塑造是类型化的。随着小说艺术的成熟，小说投入矛盾对立双方的统一上来，即更多受到历史文化的影响，这也是现代文学作品必然加以继承的，表现矛盾双方深层的统一，这也使人物和事件的描述更真实和深刻。这种观点是从文化学角度进行叙事文学研究的尝试。

中国古代小说天然与历史文化有联系，从这一角度进行深层挖掘和分析，一方面符合其自身特点，另一方面也是小说研究向深层次发展的方向。

第二章 叙事文化学的对象

对象：叙事文学的文本，清理演变发展的形态，从思想文化角度挖掘起因。

第一节 文献学在文化学方面的应用

一、关于主题类型的确定

1.金荣华先生《六朝志怪小说情节单元分类索引》以中国古代类书方法划分，脱离"AT分类法"，但范围较小。

2."AT分类法"将作品分为动物故事、一般故事、笑话、程式故事、难以分类的故事五类，主要分类对象为民间故事、口头文学，传说笑话占较大比重，书面的叙事文学与此有所不同。

3.叙事文化学主题类型确定的初步方案有：

(1) 以人物为对象（有生命的主人公）：小说戏曲中相当一部分以人物命运发展变化为基本线索，以人名为记忆符号：如牛郎织女、西王母、孙悟空、孟姜女，这类故事人物名称特征显著。

(2) 以题材为对象：相对前者模糊抽象，以题材为特征，如还魂、男子负心、死而复生，题材性质明显，故事类型重复，具普遍性，广泛性。

(3) 以具体事件为对象。如《白兔记》中白兔引父或千里践约等具体事件，不同人都有过此种经历。

(4) 以器物、物件为对象：外在特征以故事中的某一物件为最大特征，如桃花扇、红叶题诗、玉镜台，围绕道具展开情节变化。

二、如何运用文献手段归纳故事（略）

第二节 中国文化要义（略）

第三节 叙事文化学在比较文学中的地位

从广义上说，叙事在文化学研究也是一种比较文学。比较文学比较强调国别、民族的研究，与叙事文化学强调同一国家（民族）的研究不同。有些比较文学理论可以有助于叙事文化学研究。

比较文学常用方法：影响的研究，平行的研究。

一、影响的研究

将两种或两种以上的作品、作家，文学思潮间相互作用，相互联系作为研究中心。最早由法国人提出，法国学派的代表方法。

1.影响研究的类型、模式

西方学者认为影响是指存在于某一作家之中另一作家的影子，若另一作家未看过某一作家作品，就谈不上受其影响，这里强调的是文字上的影响研究。叙事文化学应还要注意潜意识的、集体无意识的影响，不仅指文字上的渊源关系。

(1) 正影响：指一个国家（民族）对另一国家（民族）文化文学所产生的正面的、积极的、互益的影响，如汉唐时期中国文化对东南亚地区的影响，印度佛教对中国的影响。

(2) 反影响：指一个国家（民族）通过否定另一国家（民族）文化、文学，来肯定自身文化、文学的某种思想、观念，这往往不是一种宽容、积极的态度。如西方现代主义并不是都适合中国人传统的审美观念、思想。

(3) 负影响：通过肯定另一国家（民族）的文化文学思潮来否定本民族（国家）文化、文学传统的某些弊端。如"五四"时期打着西方自由、民主旗号进行的一些活动。

(4) 回返影响：某一国家（民族）文化、文学被另一国家（民族）接受吸收，产生很大影响，这一国家（民族）人到另一国家（民族）之后亦受其影响，如李白、王维诗歌传到欧美，影响了西方诗人对意象派的探索，这种意象探索又影响了当时在欧美求学的中国人（如胡适），他们回到中国之后又发表了这方面文章（如《文学改良刍议》）。

(5) 超越影响：某一国家（民族）作家、作品在国内的影响不如在国外影响大（"墙内开花墙外香"），如寒山诗在日本的影响比在中国大，目前所见寒山诗最早版本在日本发现；《玉娇梨》《平山冷燕》《好逑传》在西方影响比在中国大。

(6) 虚假影响：一些作家有意或无意用某一作品描绘某一国家的风情、观念，但实际上并不能代表该国家的风情、观念，如《狄公案》（〔荷兰〕高罗佩）；又如西方描写马可·波罗的作品中出现了李白赋诗，忽必烈的女儿倾心于他。

(7) 单向影响：两国之间只出不进，或只进不出。

(8) 双向影响：两国之间的影响是互动的。

2.影响研究的对象、视角

影响研究主要面对的是两种文学现象之间的关系，需要注意观察的角度、范围，法国学者梵·第根认为比较文学研究的目的是刻画出经过路线，刻画出经过路线当中被移出语言学之外的东西。这样就包括了放送者、传递者、接受者，由于三个对象不同，就形成了影响研究中三个不同的领域、研究对象。

以放送者为重点研究对象的影响研究，要研究流传学；以传递者为重点研究对象的影响研究，要研究媒介学；以接受者为重点研究对象的影响研究，要研究渊源学。

(1) 流传学：以放送者为研究起点，接受者为研究终点，探索一个作家作品在国外（不同历史时期）的成就及反响，核心是放送者对接受者产生何种影响，包括几个方面：总体影响（一个民族的文学或思潮对接受者的总体影响，受影响的可以是整体，也可以是个人）；个别影响（一个作家或作品对接受者的影响，这种影响是相当广泛，较易查录的）；技巧影响（放送者所制造或改造的文体形式，创作技巧影响了接受者，如日本《伽婢子》、朝鲜《金鳖新话》、越南《传奇漫录》都受到了《剪灯新话》传奇技巧的影响）；诗文影响（如日本俳句对中国文人写作汉俳的影响）；内容影响（文学作品的主题、题材，以及思想内容对接受者的影响）；形象影响（文学作品所塑造的艺术形象在接受者一方产生的流传、影响，关注的是相同艺术形象在流传过程中所产生的差异）。

(2) 媒介学：以传递者为对象，研究不同国家、民族（不同历史时期）语言文字产生影响的不同途径、逻辑、因果规律。"媒介学"一词从法文转译，原文为希腊文，意为"中介者""居于中间者"。法国比较文学学者梵·第根认为只有传递者，才能使接受者和放送者之间产生事实联系，这一媒介可以是人，亦可是事物，媒介将一个国家的语言文字介绍给另一国家，使二者产生事实联系，方式可以是改编、翻译、模仿、演出。一般将作为传递者的媒介分为个人的、环境的、文字材料的三类。

个人媒介：个人媒介的身份、角度分几种情况，若以中国为传送者，日本为接受者，媒介可能有三种情况：中国人、日本人、非中国人非日本人。不同情况的媒介产生的作用都有差异。

环境媒介：指文学团体、沙龙集会、国际学术会议这种环境促成的交流，使放送者和接受者的直接交流得以实现。

文字材料媒介：指文学作品的翻译。

(3) 渊源学 (源流学)：从接受者的角度去探求放送者 (输出影响者) 在主题、题材、人物、情节、文字、语言等方面所吸收、改造的因素，追根溯源，揭示出放送者和接受者之间的因果关系。这是比较文学中比较典型的影响研究方法。梵·第根认为渊源研究方式主要有五种：

笔述渊源：见诸文字的渊源，应用最普遍，不仅考察接受者在主题、题材、人物、情节方面和传送者的相似点，还发现线索不完整的、模糊的相似点，不仅进行考据研究，还进行推测研究，如从序、跋中发现线索。

口述渊源：相当多文学作品根据传说与当事人口述写作改编而成，在文前文后对来源加以交代，如《夷坚志》后多有说明出处与"闻之……"。由于古代口述渊源口述者已不存在，只能据笔述者文字加以了解。若一故事较早源头有口述阶段时，对故事了解就有了另一角度，在故事文字有几种不同版本时，可以推测为传闻、口述的差异。

印象渊源：某一作品写成根据作者对事件、传闻的某一印象写成，常为看艺术品、绘画后得出的印象加工而成。音乐美术作品常为根据印象写成，文学作品中游记、感想类可以从渊源学角度认为是印象渊源。对于这类作品理解时应考虑有关物品的考古材料、文物成果。

直线式渊源：强调故事之间直接的模仿，同一故事由最早记载逐步演变而来，这是主题学演变常见方式。

集体渊源：不是具体的渊源，是以一个作家的作品为聚焦点，从中研究作家 (作品) 无形中受到哪些国家 (民族) 思想文化的影响，比较文学强调的是跨国度文化的影响。类似于集体无意识、原型精神。

二、平行的研究

一般比较文学界称影响研究为法国学派；平行研究称为美国学派，从美国兴起，注意的是无事实联系的不同主题、题材作品间的相同相异点，产生时间晚于影响研究，约是20世纪30年代产生，六七十年代成为主流。

根据平行研究理论定义，它注重不同国家 (民族) 文学作品在不存在事实联系情况下出现的相似点、相同点，可能表现在主题、题材、人物上。平

110

行研究理论和实践大致可概括为五个方面：

1. 主题学：这一研究方法出现于19世纪德国，影响不大，20世纪初仍有学者持保留态度。20世纪80年代之后中国才正式出现，主题学研究强调同一主题在不同民族及同一民族不同历史时期的表现，从主题入手，打破时空界限，找出同一主题在不同民族或同一民族不同历史时期，不同作家笔下不同的表现。

主题学研究最早是格林兄弟用来研究民俗学的理论方法，二三十年代，中国一批以顾颉刚、钟敬文为代表的民间文学学者已采用这种方法研究民俗，顾颉刚等注重历史、传说之间的区别，称为"古史辨派"，他们以科学方法分辨历史与传说，将文学与历史尽可能加以区别。钟敬文等从民俗、民间文学角度注意中国民间文学与西方民间文学的相似处。

主题学牵涉到不同主题划分的问题，根据目前国内外研究成果，大致分为两个方面：其一，一个故事比较笼统、宽泛的主题，如爱情与道德冲突、战争主题、生死恋、小市民等；其二，主题细分，涉及到题材学。

2. 题材学：研究同一题材在不同作家手中的不同表现。题材研究比主题学研究更细致，是西方学者从神话传说、民间文学研究中总结出来的。题材划分具体来说和叙事文学研究有相似之处。西方神话传说研究、民间文学研究中所关注的题材大致有：范围相对较大的如造人神话；偏重情节结构方面相似性的如红叶题诗；以具体人物为单位的故事如梁祝故事，故事演变围绕人物进行，甚至有时人物名字也改变了；以物件为单位划分的如桃花扇，以物件为故事中心焦点，以此看其故事演变。

3. 文类学：注意文体、文章类型之间的联系，如采用同一文体（文章类型）作家有何相同点、相异点。如世说体、话本体、意识流作家。

与文类学相关的平行研究注意不同国家在文体、文类上的联系，这就涉及了缺类问题，即某一国家（地区）不具备产生某一文体、文类的条件，未产生某一文体。但这种分类标准存在见仁见智问题，如西方人认为中国没有史诗、悲剧，这仅能说明中西方对史诗、悲剧概念定义的不同，不能简单判定。

4. 类型学：注意不同民族、不同历史时期，同一类型作家（作品）不同情节的问题。其与主题学区别在于，类型学研究对象本身无任何事实联系，主题学研究对象本身大都有事实联系。国外，类型学研究比较普遍，但易做出牵强附会的联系。

类型学研究具体说来涉及以下几方面：(1) 同一类型作家的相关联系点，如汤显祖与莎士比亚，两者生活的时间差不多，都以写悲剧著名的剧作家，题材上都以爱情、人生悲剧为主，都关注梦境，具有可比性。(2) 同一类型作品的联系，如《杜十娘怒沉百宝箱》与《茶花女》、《红楼梦》与《源氏物语》；(3) 同一类型的人物形象，如贾宝玉与俄"多余的人"、阿Q与堂吉诃德。(4) 同一类型的故事情节。

5.比较文学：从理论角度认识不同民族、不同时期比较文学理论的对比。

第三章　主题学研究与文化批评

第一节　主题学

一、主题学与主题

主题学是比较文学平行研究的方法之一，包括意象、母题、套语等方面的研究，主要目的是探讨相同主题在不同时代、不同作家手里的处理，以了解作品的时代特征和作者的用意。从这一概念来看，主题学研究实际上是从比较当中研究主题，是主题研究的重要方面，有助于更深入地理解把握主题。

主题是作品若干层面中的一个，研究的是个别主题的显现，从渊源来看，和传统文学理论对文学作品社会职能的认识相关，如西方柏拉图强调文学作品社会功用，孔子"文以载道"。主题是这一理论影响下探讨作家创作职能、意图的表现。主题是作品中表现出来的作家的主旨，是孤立的作品现象。主题学则是将相关的孤立作品现象放在一起加以比较，探讨它们之间的联系性、相关性，以加深理解。

二、母题与类型

汤普森将民间故事分为母题与类型，是指不同层次。

类型指独立存在的传承故事，类型是一个完整故事，也可以联合起来组成一个大故事，成为一个大故事的情节单位（片段）。如关云长华容道捉放曹，可视为仁义的人放走敌人的类型，是《三国》大故事的一个情节。

母题是故事情节的最小因素，在叙事文学作品中存在得更广泛，更普遍，如关云长华容道放曹，关云长可以是一个母题，诸葛亮观天象又是一个母题，赤兔马也可视为一个母题。从这看来，母题是情节类型当中的更小的单位。

虽然母题和类型是一个小和大的关系，但二者不是绝对的从属关系，母题可以从属于不同类型，但母题自身不能构成完整情节和故事，而类型却可以，一个类型里可以包括若干母题，但一个母题不能包括若干类型，只能从属于若干类型。

三、母题与意象

意象一般使用时指一瞬间同时呈现一个理性与感性的复合体，既是可感的，又是富于理性色彩的，沿用的是19世纪象征主义的观点。在文学作品中，意象不断出现就与象征有关，一般分为两种情况 (1) 同一意象反复出现，(2) 不同意象组合形成一种象征。

意象与母题关系：若干意象聚合在一起可能构成一个母题，母题由若干意象构成，而不同意象组合出现和同一意象反复出现可能构成象征，那么，母题和象征之间有比较密切的关系，荣格认为"母题是单一的象征"。原型批评比较注重母题的象征，弗莱在《批评的剖析》中论述道："象征的文辞的构成单元也就是原型，母题就是文学作品中作为文辞单元的象征。"

四、母题与主题

主题学中的主题由作品中个别人物和事件作为代表，通过这些人物和事件来显示内在含意。母题是由意象构成。

(1) 母题与主题侧重点不同，母题是意象的显现，主题是符号的显现。

(2) 母题与主题的从属关系：主题>母题，母题是构成主题的单元，一个主题往往由若干母题构成。

五、主题学研究的运用

运用上可分为两步：

(1) 了解、掌握、调查一个相同主题的作品在形态上的演变状况，即叙事文学作品的形态学研究（西方文学传统）或文献学工作（东方文学传统）。

(2) 在了解掌握变化的基础上，挖掘探索不同处理之后的文化根源，了解关于文化批评的基本原理。

第二节 文化批评

一、文学作品具备的教化精神

东西方对文学社会功能的认识都有此一面，并受到普遍重视。这一认识有正、负两方面影响：

正面：体现了文学的教育功能。通过文学作品给人启迪、教育，让读者接受某一道德倾向。对叙事文学来说，这种教化又主要通过："寓教于乐"的文式来实现的，是形象的而非直接的。对叙事文学的考察应注重不同作家在"寓教于乐"这一点上有什么不同，考虑主题演变的牵制因素。

负面：文学的教化功能掌握不好，可能变为简单的说教及束缚和阻碍文学发展的力量，容易导致以下问题：(1) 教化功能有可能造成人物形象的类型化。从世界各国小说艺术发展过程来看，从类型化向性格化过渡是正常的，但类型化的人物形象同作家对小说教化功能的简单认识分不开的。许多类型化人物是某种道德的化身，图解某一概念，缺乏个性。(2) 从情节上看，容易造成公式化、概念化情节，如才子佳人小说的"千人一面，万人一枪"的情节雷同，与作者的教化认识有关。

二、文学作品体现的道德观念

从叙事文学作品来看，道德观表现的作用和目的：

(1) 通过形象塑造，使作品富于社会感染力和批判力，肯定正面，批判负面。

(2) 通过道德观念的冲突，为新的道德开辟道路，揭示新道德观念代替旧道德观念的必然和可能。如《碾玉观音》可见市民的新婚姻道德观如何取代旧婚姻道德观。

(3) 通过情节和人物的塑造，来揭示新道德，为新道德的出现做舆论准备。如《儒林外史》。

在注意作品中道德观念描写时，应注意不同时代、不同地域道德观念的差异性。如中国的道德观念往往具有很强的社会属性，往往归结为人的权利和义务；而西方更注意道德的个人属性。又如同是英雄豪侠作品，《水浒传》与骑士文学所体现的道德观也有很大差异：《水浒》提倡勇武强悍的人格精神，排斥女性；骑士文学都服务于一个女人，都有一个崇拜的女性，为其付出一切。同样，不同历史时期的道德观念也会有很大差异。

三、文学作品中的历史意识

在文学批评中，用历史意识衡量历史价值，是一个重要方面。历史，指一个事物的发展过程，包括自然史、社会史；意识是人类持有的对客观现实的反映，意识范围较广，包括感性、理性阶段，（思维是纯粹哲学概念，只包括理性阶段），是一个历史概念。

历史是一个符号的世界（卡西尔），人类对历史的认识与反应多种多样，也是一个符号的过程。对历史最准确、直接的反映是叙事文学作品。

用历史意识角度审视文学作品，可以看出人们对历史的一些独持认识和看法。

叙事文学作品历史意识的作用：

(1) 重现历史：用叙事文学方式重现历史，是艺术再现历史，一般有三种情况：真人真事、真人假事、假人假事（历史影子基础上的虚构）。这种重现历史，从文学角度上不能仅仅看到事实，现象的真实性，更应注意本质的真实性。真人真事未必符合历史真实，假人假事或许更符合历史本质的真实。不同作家在处理作品时哪些人更接近于历史本质。

超越历史的能动意识：即看作者是否在较高层次上正视历史和挖掘历史。

(2) 古今关系：借古喻今，是绝大部分中国历史题材文学作品的一个普遍特征。分几种情况：其一，从共性上看，很多叙事文学作品往往反映一个时代的人们的共同意识，如元杂剧《单刀会》中着力描写的关明形象大智大勇，与元代社会人们对英雄的呼唤有关。《三国志》以魏为正统，以蜀、吴为在野党与民间拥刘反曹不同，这与当时人们"重实不重名"，玄学中谈的"名实不符"有关。从唐代开始，三国故事开始出现了拥刘反曹倾向，反映了一个时代人们的共同看法。其二，从个性上看，历史意识往往是作家独持的个性和意识在作品中不同程度的反映，作家借历史题材表现反映个人独持经历。

(3) 超越历史：相当多历史题材作品具有超越历史的价值和意义，有许多历史题材作品和原有历史发生错位，具有相对独立性。几种情况：其一，与历史的错位已成为多数人心中真实的历史，已经很难扭转与改变，应该注意这种历史错位与真实历史有多大差异，这种出入有助于了解作家好恶，如：何晏作为玄学大师、高雅洒脱的名士进入《世说新语》，但在《晋书》中则是

115

一个揭发同伙的叛徒。其二，通过历史题材昭示人生哲理与社会经验，将之总结升华为艺术，已从历史事件本身的含义上升到哲理高度。其三，与历史题材相关的人文地理景观与历史有联系，两种情况，其一为真实景观，有实地可考；其二为据小说生造的地理景点。

四、文学作品中的人生价值

从文学本质来看，文学是社会现象、文化现象、生命现象的综合体，小说对以上三方面的表现比较充分的，特别是对生命现象的表现是其他文学体裁难以企及的，对生命现象的表现分两方面：

1.从自然生理方面来看，叙事文学作品往往直接表现人的生理需求，即衣、食、住、行。

2.人自我的劳动价值：叙事文学作品中往往自觉或不自觉地表现人赖以生存的物质条件，如"三言二拍"表现明代商品经济萌芽。

3.人对自我精神价值的追求和反映，这种精神层面描写与自然生理相对，更注重人的精神需求与精神境界。小说在描写人生价值时可能涉及对人生负面价值的贬斥、批评。如《金瓶梅》对淫秽的描写，实际上要通过对其否定来肯定正面人生价值。对人生负面价值的反映，与文学作品中的"化丑为美"的艺术境界追求是一致的，但是否能达到这一目的则要看作家的艺术初衷与艺术功力。

4.从社会方面来看，叙事文学作品往往涉及对社会风俗的反映，种种风俗都是人生的侧面表现，通过侧面可以把握作家的鉴别能力与表现能力。风俗往往是透视文化的窗口，时代精神的解释。

2004年硕士课堂笔记节选

李 波

第二章 叙事文化学的研究对象

需要着重做两个方面工作来把故事层面的脉络搞清楚，并从历史文化学的角度，来谈文化变异性（差异）的原因所在。

第一方面，要做带有考据性的材料收集、整理工作；第二方面，要做梳理第一方面材料的工作。第一方面工作是涉及文献学的东西及相关的资料学的工作，其意义更多、更大一些。

第一节 文本在文化学方面的作用

参照西方成果，对中国整体的文本有综合地把握。对中国古代叙事文学，也像西方民间故事一样，以对号入座的方式进行研究。用代号方式来分别指代各故事类型，这种类别划分的方法具有科学性、规范性。

而西方研究中类目的划分不一定完全适合中国叙事文学。所以，不要照搬，可以借鉴。

一、关于主题类型的界定

西方有代表性的世界民间故事分类法，AT分类法，它将民间故事分为5类。

1.动物故事；

2.一般故事；

3.笑话故事；

4.程式故事；

5.难以分类的故事。（前四者针对对象为民间文学故事）

古代类书有类型分类，但不属于文学的分类，没有体现出叙事文学固有的情节的性质，即情节主题的方式。所以我们在其基础上要借鉴两个框架。

金荣华在20世纪七八十年代作《六朝志怪小说情节单元分类索引》（硕士学位论文）时，仍采用古代类书的方法。没有体现出叙事文学固有的情节的性质，即情节主题的方式。

我们以AT分类法为基本框架，参考古代类书，再针对中国叙事文学的具体情况来做划分研究。

老师的划分，有6个类别：

1.自然方面（非人工化的天然现象）。主要反映天、地、日、月的自然现象变化的故事。

2.怪异类（处于自然现象和人之间的事物）。志怪及神话中非现实的、鬼魂、动物言行等非现实事件。

3.人物类。具体的现实的人及其所扮演的具体故事，而与人有关，但属于怪异的，放在第2类中。生活活动带有真实性。

4.器物类。故事围绕器物来展开，例如，《桃花扇》的始末，围绕道具，来展开情节变化。

5.动物类。神话或笔记小说中，以动物为主展开故事，不是器物，不是人物。

6.综合类（前几部分的交叉）。例如，女娲补天故事是属人，还是属自然？有交叉出现的。

老师的项目，从六朝开始，再往后，唐、宋……一直做下去。

现在分类老师基本做好了，下面扫尾工作一起来做。课下复印上的列举的资料来看，汤普森、丁乃通等。

二、如何运用文献学的手段来整理和归纳故事

（老师：对材料尽量竭泽而渔，找到并阅读。）

（一）目录

从书名入手来判断，通过查找古代书目来确定我们所研究的对象目标。

看看都有哪些书名记载了同一个类型的故事，有两种情况：其一，名字完全一样，例如《西厢记》。其二，内容与类型相同，但名字不一样了。后一种情况就需要下功夫查找了，而且，不只是目录书，凡具有目录学意义的书都要参考。

具体来说，一般的目录学，要看：

1.正史类的艺文志和经籍志

我们研究的小说、戏曲，有可能被归入哪几个门类，文言小说一般被录入其中，而白话小说和戏曲，就少被录入了。所以，我们要找文言作品，就可以依靠正史类的艺文志、经籍志了。

四部中，多列入子部和史部。

子部的杂家的收录数量仅次于小说家。其他的几家，例如儒家等，也都有收录，例如，刘向的《新序》《说苑》，虽在宣扬儒家，但在列举故事上，很有小说方面的价值。故事本身很可能是小说方面的源流。

史部的情况与子部略为不同，相关门类有：杂史、野史、杂传的部分，也有正史的部分（正史中很少体现在题目上，就多从内容上来关注）。

2.正史类的补充

例如《郡斋读书志》《直斋书录解题》《国史经籍志》《千顷堂书目》。

作为正史类的补充，这些都很重要，课下找来翻读，关注样式、体例等。

3.非正史的书目，带有目录学意义的书目

(1) 非专门型目录著作

a.《醉翁谈录》

不是纯粹的目录书，但其中收录了众多宋代说话艺人的话本名录（其中相当一部分没有传本），现在的主题研究者主要依据此书。

从我们主题学研究的角度，注意它的著录名目。例，有一著录名录为《莺莺六幺》已不存，但应与《西厢记》有关；还有《赤壁鏖兵》也不存，但应为赤壁之战故事。还要关注目录书的成书年代问题。《醉翁谈录》前认为宋人所作，南宋人所作，后由日本史料，认为可能为元代所作（较晚一些）。

b.陶宗仪《辍耕录》

大约作于元末明初，多收录笔记，但也有一些说唱文学，例如，院本、杂剧等的名目。例，院本杂剧中收录有一部《我来也》，在后代作品中却体现了，是一侠客作案的留名，所以，这也是一个类型故事的发展演变。在陶宗仪时期，就已经有这一故事了。

两书的区别：《醉翁谈录》多收录话本目录，《辍耕录》多收录院本、杂剧目录。

c.《万历野狄编》沈德符，笔记。收小说、话本、杂剧。

此书为明代后期，要晚于陶宗仪《辍耕录》，也多收笔记，但也收了不少的院本、杂剧。

《辍耕录》《万历野狄编》是戏曲学研究者关注的重要文献，以上三种是一个类型。

(2) 专门型目录著作

下面，介绍另一类型的目录著作，是比较专门的，记录了白话小说作品的目录书，分两部分。

先看古代，尤其明清时期的书目。

明代有：

a. [明] 晁瑮《宝文堂书目》

私人书目，在明代罕见，所以珍贵。《宝文堂书目》第三卷全部都是白话小说书目。

b. [明] 高儒《百川书志》，私人藏书书目，但规模很大，有20多卷，也收录了明代的传奇作品。

c. [明] 赵琦美《脉望馆书目》，私人藏书书目，但与前两书不同，其收录以戏曲作品为主，其价值仅次于《录鬼簿》。

d. 白话小说戏曲《永乐大典》，虽不是书目，但也收录了很多小说和戏曲的目录。

清代有：

a. 钱曾《也是园书目》(四库本)

钱锺书有《也是集》，认钱曾为老本家，因此命名。其中白话小说、戏曲作品很多，第10卷专门列出了戏曲小说部，其中，列出了16种已经失传的词话作品。(此词话为小说意义上的作品，非批评学。)

b. 钱曾《也是园古今杂剧考》，专收戏曲的作品，并有精到的考证。

近现代到当代的书目，戏曲部分有：

a. 《曲海总目提要》民国初期 (只有补编)

收录了较常见的戏曲作品，有故事梗概，并简单评价，大约600种，数量不多。(属较早期的)

120

b.傅惜华 一套5本：《戏曲全目》

包括：《元杂剧全目》《明传奇全目》《明杂剧全目》《清传奇全目》《清杂剧全目》（仅能找到该本）

c.庄一拂《古典戏曲存目汇考》上海古籍出版社

特点：把古代戏曲各类型都收录殆尽。

查找古代戏曲的最有用的一本书，一定要看。

d.北师大郭英德《明清传奇综录》河北教育出版社

特点：主要集中在传奇方面，不收录杂剧，内容上比前人前进一大步，考证更详尽，还收录了前人未见到的珍贵传本。

e.北师大李修生主编《古典戏曲剧目提要》文化艺术出版社

特点：收录的都是现存的作品，它是根据剧本来做提要，但有缺憾，没有对作品的源流等做介绍。所以，定位不在学术层面上。

f.《中国剧目辞典》河北人民出版社

特点：很全。对庄一拂《古典戏曲存目汇考》的扩展、补充，数量大于庄一拂，庄一拂收古代戏曲，但此书古今都收，大全式的。

g.陶君起《京剧剧目初探》

讲述京剧源流，可从中看到哪些作品被改编成京剧作品了。

近现代到当代的书目，文言小说方面有：

a.程毅中《古小说简目》

b.北大袁行霈、侯忠义《中国文言小说书目》

c.宁稼雨老师《中国文言小说总目提要》

d.李剑国《唐五代志怪传奇》《宋代志怪传奇》

近现代到当代的书目，白话小说方面：

a.孙楷第《中国通俗小说书目》

b.《通俗小说总目提要》江苏文联出版公司

c.陈桂声《话本叙录》

近现代到当代的书目，综合性方面有《中国小说百科全书》，还有一些小说类的辞典：

a.《中国历代小说辞典》云南人民出版社，一套四本，有学术价值、意义。

b.《中国小说百科辞典》学苑出版社，有小说书名、作者、研究者的词条。

c.《中国古代小说大辞典》河北人民出版社，刘叶秋主编，朱一玄等参与，在以前两书的基础上有扩展，不仅有作品，还有小说的流派、术语等相关领域，综合性好。

d.《中国古代小说鉴赏辞典》分上、下两册，上海图书出版社。

e.新近出版，社科院主编《中国古代小说总目》，调动海外力量，分三卷，文言、白话和索引三卷。既有梗概，也有考证性的内容。

f.朱一玄、宁稼雨老师、陈桂声《中国古代小说总目提要》。

g.日本的大冢秀高《中国通俗小说提要补编》，把孙楷第《中国通俗小说总目》所提的作品中他能见到的版本都列出来了。（版本介绍）

（二）索引

五四运动之后，才引进"Index"，初译为"引得"，后渐变，是借助西方的文献方法进行中国古代研究，很有效率。

类型（以名词索引为主）：人名索引、地名索引、书名索引、综合性索引（使用价值最高）。

例如，《二十四史人名传记索引》，只有为单人做传的传主的索引，不够，所以要用综合性索引。《二十五史人名索引》（加《清史稿》则只要涉及传记都有，传主区别标记）

今，各历史时期，断代的人名索引，20世纪七八十年代开始做。

现在已经编出来的有：《隋唐五代人名索引》《宋人名索引》《明人名索引》《清人名索引》。

对电脑索引，不轻信，有遗漏。

今天，对我们研究有价值的索引有：

1.类书的索引

对我们主题学有特殊的价值，利用类目、主题词、人名、器物名，来找到我们所需的材料。（举例：今年的博士面试考题，要查《唐五代人物传记资料综合索引》20世纪80年代，即可。）

涉及于此，则自己来研究、找材料，而非借助于文学家传记等今人所作。

古代类书类似于西方的百科全书，不完全相同，是在文体独立后，为人们写作提供大量词藻的作用。今天见到的类书，多有索引。

唐代有：

a.《初学记》中华书局

b.《艺文类聚》上海古籍出版社

这两本书都带有索引。

一种是引书的索引，大量散佚的文献资料，从辑佚的角度来说，类书是重要的参考。例，鲁迅编《中国小说史略》，就参考类书，也有校刊的作用，是必须要用的对照资料。

一种是词目的索引，是从什么角度来命名的，在类书中不同的条目：人名、器物、官制名、社会制度等，可以从主题学的分类，来找我们有用的材料。

由此，后一种词目的索引对我们更重要，包括引书的作者的索引。

c.[隋]虞世南《北堂书钞》，影印本没有索引，排印本有索引。

日本学者在20世纪80年代编过《北堂书钞引书索引》，且把书名与作者人名合在一起，他所用版本，是乾隆年间王先谦刊刻本，此本是手写的复印的本子（不是铅印本），文学院资料室有。

d.[唐]白居易[宋]孔传《白孔六帖》

无排印本，影印本没有索引，使用时，是个盲点。现用全文版《四库全书》来解决查找。

宋代有：

a.《太平御览》

b.《燕京引得处》有包括《太平御览》的引书和篇名索引。缺点：年代太老，没有新的标点本。

c.《太平广记》索引（对我们用处更大。有新的标点本，王绍明校点。）

在引书、篇名基础上，又加了人名索引。

明代有：

a.《永乐大典》现见残缺本，有学者做了索引：引书、篇名、人名都有，可用。

b.《古今图书集成》有索引，但只能检索到篇名，没办法全文式检索。

2.史传的索引

分两部分：正史索引/非正史索引

正史索引两代：

a.《二十四史纪传人名索引》20世纪80年代初

b.《二十五史人名索引》人民出版社，合订本，使用频率很高。

非正史索引范围漫无边际，目标模糊。例如：

a.《宋代人物传记资料索引》

b.《明代人物传记资料索引》用89种材料

c.《清代人物传记资料索引》用33种材料

c.傅璇琮、张忱石、许逸民编《唐五代人物传记资料综合索引》，收录二三十种材料。

e.昌彼得、王德毅等《宋人传记资料索引》中华书局再版，6册，32开，人物传记前都有一个简单的介绍，收集了所传人物的碑铭、传记等。

f.《元人传纪资料索引》（图书馆有，工具书新馆）五本，32开。

g.《明人传纪资料索引》一卷本，16开（很厚）。

这些书的索引范围，远远超过了燕京引得处的传记资料。

3.方志的人物索引

只有宋元，之前之后都有空缺。

a.《宋元方志传记索引》收录方志，多为府志，而没有县志。且每一朝代都有变动，嘉靖与万历不同，所以此书的材料远远不够。

b.《宋代人物资料索引》四川辞书出版社编，4册，32开，有分量。

4.集部的索引

其作用有两个角度，一般的角度上直接从诗文集中去查找，但很困难，因为集部的索引工作最滞后，却最有用；另一个角度是，查找文章中的撰文引用。

现出的集部索引有：

a.《元人文集篇目分类索引》散文方面，其词条以文章题目为单位，但以内容来分类；

b.《清人文集篇目分类索引》体例与《元人文集篇目分类索引》基本一致。

c.《宋人文集篇目分类索引》36开，小本；

d.《唐人文集篇目分类索引》中华书局出版，体例大致仿元代。

现缺明代及前代的。

这些书的词目单元都是只到题目上，但我们需要的是全文的索引，即任何一个名词都有索引，但工作量巨大。现也有，介绍如下：

a.《文选》的索引两部：《文选索引》编，很薄，1册；《文选》（李善翻译）的索引。

b.复旦大学侨居日本学者李庆，新编的任何一个名词都可查找的索引，3册。

c.《世说新语》的索引

燕京引得处的引子中，已包括这一索引了，具体到字词这一细节，所以浩大，《世说新语》仅6万字，而索引是16开，6厘米厚。有电子版及文字版索引。

（三）各种文献中的序、跋和相应的笔记

1.各种文献中的序、跋

确定一个故事类型，围绕其查找材料时，怎么确定其传承的过程呢？注意必须有词出现，才可。但后代文字中有可能变成了一种意象，而不再用词了。所以，注意有的序、跋中主动交代了我们是用了某一书的典故、渊源等。例如，《牡丹亭》序跋中简述了故事从何而来，所以，序跋有线索的价值。

2.笔记

尤其学术、考据性的笔记。例如胡应麟的《少室山房笔丛》等，对故事性的传承的归纳。《国学宝典》中的笔记类约有四五百种，较可观了。

（四）文献使用的注意事项

上述所有的索引，该如何运用？

不是仅用所讲的方法，阅读叙事作品的原著是最主要的方式。

要求我们：

a.要熟悉作品的体例、特点、性质。例如，五史目录，统一而稳定；私人目录有随意性，例如，《宝文堂书目》有目录学的意义，但不等于说是目录学的著作。

b.使用目录时，注意作用的多重性，即要穿插综合使用各索引，善于合理地参考借鉴目录的综合作用，例如，类书的门类名目，要马上反映出，在哪书哪类中去查找。如数家珍，科学又不遗漏。例如：查"王魁负心"至少要从宋代开始查。

c.目录索引等材料的相互关系的歧义或变化，要注意。

某一原型，不同书目著录门类不一样，所以，不能只查一部书目。

例如，人名、服饰、器物等分别收录，如《桃花扇》。

特别注意，一些单篇的传奇小说或话本小说，常常容易遗漏，没有文集收录，但确实存在。很有可能收在作者的文集中，而不是通常的诗文集中。

此外，还有年谱、家谱、别号（明清时期）等。

三、与故事类型相关的作品总集的情况（规模大的叙事文学作品）

（一）小说方面

1.《绀珠集》宋代文言小说选集，朱胜非（南北宋之交）。

现有三种版本：宋代绍兴刊本；明刊本；《四库全书》本（最常见的一种）。

其内容为：摘录一本书中的一部分故事，且在文字上做了改动。其范围很广，包括笔记、文言小说、史传等，但大部分以叙事性的作品为主。收133种书，附3种，共136种，绝大部分为文言笔记小说。现今没有标点本、丛书本等，只有在《四库全书》中找。

其作用：

a.保存了大量已经散佚的文学作品，例如，《异闻录》《丽情集》两书。

b.对考证有关书的学术问题，很有价值。例如，唐代裴铏《传奇》，但《虬髯客传》作者长期不知，而《绀珠集》中的《传奇》这一作品，其小标题《红拂妓》，两文同，其作者同为裴铏。这对今天的《虬髯客传》的作者考证有帮助作用，例如，以往《传奇》署名作者为杜光庭，那两人孰是孰非？再例如，《绀珠集》中收录《摭遗》中有一作品《乌衣国》（王谢），而《青琐高议》中也收录了这一作品，作者王谢，这起到了纠正错误的作用。

c.《绀珠集》在使用时，要注意编写者的本意。其典故读书得其精华之义。所以《绀珠集》汇集一些词语的精华，做了删节，全文要与其他版本相对照，作品原貌不确定。（新版《四库全书》中可见）

2.《类说》宋代曾慥作。

《直斋书录解题》记60卷，《郡斋读书志》记50卷，但60卷中的序却说是50卷，所以卷数有争议。

现今可查：

《四库全书》本、上海古籍有影印本、北京有宋版的影印本，性质与《绀珠集》相似。

以书名为单位，来摘录旧题，名字确定的排在前面，名字不确定的排在后面，其中，部分作品采自《绀珠集》，收录了252种作品，自称"收百家之说"，农、医、诗书话、文论等，茶酒花、文房四宝等，时间自先秦至北宋。

《太平广记》之后又一部文言小说的重要典籍。

收录大量已散佚的作品，其252中有一半的作品原书已经不存了。

具有考证价值、辑佚价值、校刊价值。

存在问题：

a.在引书时，文字上有删改。b.而且在每本书之后，没有署作者名。c.有失误，例如，有文章只有5条为真实，其余则错误。

3.《绿窗新话》署名：皇都风月主人，古典文学出版社1957年版。

传奇小说总集，但未有著录，但罗烨《醉》中提及，且讲在宋代说书人的必备素材。

其流传，以前基本以抄本来流传，到1957年上海古籍出排印本，作者至今未考。

其收集的作品比前两部文学性强。基本为唐宋传奇小说和少量笔记，共154篇，且都注明出处，每篇拟了7字标题，作品的文学性很精彩，多数为爱情故事。

例如，《刘阮遇天台仙女》《裴航蓝桥遇玄英》，有些故事为宋代已失传作品，也可参考，例如，《王子高遇芙蓉仙》没有注明出处，《芙蓉城传》很有可能即此篇。

4.《青琐高议》刘斧，宋代文言小说总集

《郡斋》著其为18卷，但没作者；《宋史·艺文志》有署名；《文献通考》写为前后集各10卷，共20卷。

现今有抄本和明万历刻本，这与以前版本不同，前后集各10卷，别集7卷，共27卷。程毅中整理36条为27卷本所没有的。

《青琐高议·序》称书共有数百条，但现存版本不到200条，所以未全。检索可查遗漏条目。

别集7卷因没有著录，鲁迅有异议。他认为别集可能为《青琐掘遗》，后人混淆，称别集。

《类说》中将《青琐高议》《续青琐高议》《青琐高议别集》三书并列。所以，鲁说是否成立，仍需考证。

作品为前代流传，部分为刘斧加工。

特点：将文言小说按照题材来分类，有志怪、传奇等，在后集中表现明显。作品中有价值高的宋代代表作，是爱情题材的名篇，例如《谭意歌记》《王幼玉记》《流红记》等。此外，还涉及神怪、佛教、侠义等。

体例上：作品有正题、副题两个标题。鲁迅像元杂剧的题目正名，可作为文言小说受说话影响的实例，但这只是猜测；

叙述上，骈散相间。

行文方式上，与明代一批作品（介于文白之间）相似，从主题学、故事源流演变角度来看，有价值。例如，《诗话总龟》书中曾引过与文人、诗人相关的小说故事。许多故事在《青琐高议》中有中介、过渡作用，所以是个枢纽。例如韩湘子、流红记、隋炀帝故事、李白故事。

5.此外，总集有：

(1)《清平山堂话本》20世纪50年代、80年代影印本。

(2)《京本通俗小说》。

(3)《三言二拍》。

(4)《古本小说丛刊》中华书局影印原书，且该书多版本。

(5)《古本小说集成》上海古籍出版社，主要收白话小说。

(6)《明清善本小说丛刊》台湾天一出版社，对稀有、罕见的作品收录多，例如，《绿窗女史》收录其中。

(7)《思无邪汇宝》，收录明清两代狭邪小说，法国及中国台湾学者合作出版。例如，《姑妄言》第一次被收入此书中。

(8)《古艳稀品丛刊》。

(9)《明清珍稀本小说丛刊》春风文艺出版社，分正编10册，续编2册。

(10)《明代小说辑刊》巴蜀书社，已出3集，每集4大本。

(11)《话本小说大系》江苏古籍出版社，也收有罕见作品。

(12)《全唐小说》有两种版本。20世纪80年代山东文艺出版社出版版本，其问题是此版都没有对所收作品版本作说明交代，大部分从《太平御览》摘录。20世纪90年代末，上海师大李时人编的版本，学术价值高。

(13)现今，学界计划编《全古小说》，由侯忠义担任主编，分朝代来编。

(二) 戏曲方面

1.《古本戏曲丛刊》中华书局，主要收经典、优秀的作品。

2.《元明杂剧》顾学颉。

3.《古名家杂剧》收40种作品（元、明代）；《续古名家杂剧》收60种，明人编。原书没有影印本和排印本。

4.《孤本元明杂剧》中华书局，文献价值高，收孤本。

5.《元刊杂剧三十种》作品收录上是可以肯定的，为元代人所作，元代刊本作品。

6.《杂剧选》，全称《脉望馆抄校本杂剧选》，绝大部分为抄本，极少为刻本，收录200种。

7.《古今名剧合选》孟称舜，收录约30种。

8.《古今名剧选》吴梅编。

9.《元曲选》。

10.《元曲选续编》。

11.《全元戏曲》王季思，中山大学。

12.《全元曲》河北教育出版社，其中还包括了散曲。

13.《六十种曲》毛晋，中华书局影印本，收传奇作品。

14.《盛明杂剧》收明代杂剧作品。

15.《清人杂剧》《清人杂剧二集》《清人杂剧三集》郑振铎。

(下略)

学位论文

以学位论文探索
中国叙事文化学体系下的研究程序

李春燕

一、个案研究学位论文概述

1994 年到 2004 年的十一年间，是中国叙事文化学个案研究的起步、探索阶段，共完成个案故事研究论文二十余篇。这些论文成果集中出现于 1999 到 2004 年间，以宁稼雨教授指导的 17 篇中国叙事文化学学位论文为主要构成，其中硕士学位论文 10 篇、学士学位论文 7 篇，从学生的年级跨度可见，这些论文是本时段中国叙事文化学理论探索、课程建设、课堂教学与实践指导成果最直观、最有力的体现。论文题目、作者及完成时间等情况见下表：

表 1　1994—2004 年间中国叙事文化学研究硕士学位论文一览

论文题目	作者	完成时间
《杨妃故事嬗变研究》	南开大学 1997 级中国小说史方向硕士研究生张文	2000 年
《西施故事流变及其文化探源》	南开大学 1998 级中国小说史方向硕士研究生梁晓萍	2001 年
《"山中方七日，世上已千年"——中国古代时差故事源流考析兼论中国古代道教相对时间观》	南开大学 1998 级中国小说史方向硕士研究生牛景丽	2001 年
《卓文君私奔司马相如故事流变》	南开大学 1998 级中国小说史方向硕士研究生芦茜	2001 年

论文题目	作者	完成时间
《略论妒妇故事演变及其文化意蕴》	南开大学1999级传统文化与文学方向硕士研究生章剑	2002年
《木兰故事演变及其文化观照》	南开大学1999级传统文化与文学方向硕士研究生杨奉勤	2002年
《聂隐娘形象嬗变及其文化心理透视》	南开大学1999级中国小说史方向硕士研究生李承禧	2002年
《韩湘子故事演变及其文化意蕴》	南开大学2000级传统文化与文学方向硕士研究生任正君	2003年
《绿珠故事的演变及其文化意蕴》	南开大学2001级中国小说史方向硕士研究生夏习英	2004年
《李慧娘故事情节演变及其文化意蕴》	南开大学2001级传统文化与文学方向硕士研究生胡宝未	2004年

表2　1994—2004年间中国叙事文化学研究学士学位论文一览

论文题目	作者	完成时间
《西王母故事的演变》	南开大学1994级汉语言文学许迎春、南开大学1995级汉语言文学唐敏	1998年
《刘晨、阮肇遇仙故事的演变及其文化意蕴》	南开大学1996级汉语言文学王佳斌	2000年
《九天玄女形象演变及其文化意蕴》	南开大学1997级汉语言文学胡宝未	2001年
《湘妃故事嬗变研究》	南开大学1997级汉语言文学朱恩贞	2001年
《玄女形象的产生及其文化内涵》	南开大学1997级汉语言文学李麟（法学双学位）	2001年
《刘晨阮肇遇仙故事演变及其文化底蕴》	南开大学1999级汉语言文学王毓钧	2003年

　　1997级到2001级10名硕士研究生，以及1994级到1999级7名本科生的17篇学位论文，集中代表了这一时段中国叙事文化学个案故事研究推进的实绩。此外，宁稼雨教授还以中国叙事文化学方法指导本科生的学年论文。

表3　1994—2004年间中国叙事文化学研究本科学年论文一览

论文题目	作者	完成时间
《精卫故事的演变》	南开大学1998级汉语言文学李东锋	2000年
《月老红线故事的演变》	南开大学1999级汉语言文学王毓钧	2001年
《钗头凤故事的演变》	南开大学1999级汉语言文学李春燕	2001年
《精卫填海故事的演变》	南开大学2001级汉语言文学任聪	2003年

综上可见，1994至2004年这一时段，至少有上述21篇论文是在中国叙事文化学研究方法的指导下完成，它们在选题、写作模式方面体现了中国叙事文化学个案研究的特点。因处于起步探索期，论文或许还有不成熟之处，但已初具规模，如雏莺初啼、乳虎啸谷，昭示着这一全新研究方法鲜活的学术生命力。

二、个案研究学位论文选题分析

（一）个案研究学位论文选题的内容与入类情况分析

这一时段的个案研究学位论文均属于文学研究范畴，从内容看，选题以文学价值为考量，集中在神话传说故事、历史人物故事、文学人物故事三大类，以爱情与仙道故事主题最为突出，传奇色彩浓郁，且富于香艳或玄幻意味。

因处于起步摸索阶段，故事主题索引分类体系尚未形成，这一时段个案研究学位论文的选题相对自由，这给选题入类情况分析带来一定难度。宁稼雨教授在《先唐叙事文学故事主题类型索引》（南开大学出版社，2011年）中，将中国叙事文学故事主题分为天地、神怪、人物、器物、动物和事件六类。按照这一分类标准分析上述21篇论文的17个选题，涉及神异类的有时差故事、韩湘子故事、西王母故事、玄女故事、湘妃故事、刘阮遇仙故事、精卫故事、月老红线故事共计8个，涉及人物类的有杨妃、西施、文君、妒妇、木兰、聂隐娘、韩湘子、绿珠、李慧娘、西王母、刘晨阮肇、玄女、湘妃、月老故事共计14个，涉及器物类的有钗头凤故事（钗头凤故事从字面看是器物类，实际研究内容是从文学典故"钗头凤"切入，研究陆游与唐婉悲剧婚姻爱情故事的历代文本演变，属于人物类，也可归入事件类），动物类的是精卫故事，事件类的则有卓文君私奔相如故事、刘阮遇仙故事、月老红线故事共计3个。

个案故事有类型上的交叉，总体而言，论文选题中人物类占比最高，研究对象又可细分为历史人物和文学人物两大类。因这一时段处于叙事文化学的理论建构与操作实践的摸索阶段，论文选题要求尚未形成统一的标准，硕士学位论文选题中，牛景丽的时差故事和章剑的妒妇故事，是包含若干个案故事在内的意象故事类型研究，按严格标准是无法入类的。因此，这一时段完成的21篇论文中，19篇属于个案故事研究，减去一题两做的4篇，共计有15个个案研究故事选题。

（二）个案研究学位论文选题特点分析

具体而言，这一时段个案故事研究学位论文选题具有以下特点：

第一，个案故事富于传奇性，涉及的文学作品知名度高，文献资料丰富，故事演变流传都有一定的时代跨度，亟待进行文学与文化的整体研究。杨妃故事、西施故事、木兰替父从军故事、八仙故事可谓家喻户晓，以中国叙事文化学这种新方法进行知名个案故事主题的研究，不仅有利于将个案研究深化，也利于新研究方法的实践和探索。

张文的《杨妃故事嬗变研究》（硕士，2000年）是第一篇用中国叙事文化学方法写成的硕士学位论文。现就杨妃故事这一选题进行分析。杨玉环作为古代四大美人之一，天宝年间宠冠后宫，却在安史之乱中惨死，盛世倾颓、江山美人，爱情与死亡主题纠缠，引得无数文人为之唏嘘赞叹，诗歌、小说、戏曲、说唱文学中均有重要文本传世。杨妃故事文献资料极为丰厚，《长恨歌》《梧桐雨》《长生殿》《贵妃醉酒》即其中的经典名作。当时学界也不乏对杨妃题材经典单篇作品或几部作品的研究。1994年，卞孝萱先生连续发表《唐玄宗杨贵妃五题》[《烟台师范学院学报（哲学社会科学版）》，1994年第1期]和《唐玄宗杨贵妃形魂故事的演进》（《社会科学战线》，1994年第2期）两篇论文，以此为契机，杨妃故事嬗变研究可以说是在前辈学人已有研究的基础上，对杨妃故事嬗变梳理的进一步深化。

这也是对于中国叙事文化学研究方法的一次绝佳实践。

第二，个案故事文化意蕴深厚，有待在梳理中国古代叙事文学相关文本的基础上做纵深层次的挖掘。上述学位论文选题中，有60%的选题在题目中标举"文化"，具体提法无论是文化探源、文化观照、文化心理透视，还是文化意蕴、文化底蕴，无一例外表明个案研究选题在文献具有一定规模、演变跨越一定历史年代的基础上，都有着深厚而复杂的文化内涵等待挖掘。从叙事文学文本的演变轨迹梳理中发现异同，并给这种异同寻找合理的文化阐释，这是中国叙事文化学个案研究的一个原则，也是重要的操作标准。

上述个案故事的学位论文选题，都可以从两个以上的文化主题切入进行内涵分析，如杨妃故事嬗变中表现出的帝妃爱情与美人祸国主题；木兰故事的演变受儒家文化和市民文化的影响；聂隐娘形象嬗变中，可以从市民化与文人化、理想化与现实化的两组二元互动分析侠女文化与中国传统文化之间的关系。

比如西施故事这一选题，从研究背景看，1995年有西施题材的小说《浣纱王后》问世，黄梅戏《西施》、越剧《西施》相继推出，1996年古装20集电视剧《西施》剧组全国选角，引起了不小的轰动。针对旅游经济引发的西施文化热，顾希传有论文《西施的传说、史实及其他》（《民间文学论坛》，1998年第1期）。梁晓萍在述及西施故事研究现状时说："20世纪80年代以来围绕旅游经济开发，出现了一股'西施文化热'，引发了'西施出生地''历史上有无西施'的争论。虽然西施故事由于这样或那样的原因引起了人们的广泛关注，但目前已有的研究成果多属于史实考辨之类，较少涉及民俗学、文化学等相关领域，与四大传说故事的研究相比，仅可以说是处在一个起步阶段。"[①]在系统整理与西施故事有关的文献材料基础上，《西施故事流变及其文化探源》一文分析了吴越文化的异质性与华夏文化的趋同性对西施故事流变的制约和影响作用，并从历史意识、美女祸水、生命情绪、美人幻梦等多个文化主题切入，对西施故事的文化内涵进行了深

---

① 梁晓萍：《西施故事流变及其文化探源》，南开大学硕士学位论文，2001年。

入的剖析，可谓别开生面。

第三，个案故事选题时代有先有后，规模有大有小，但都有创新性，富于研究意义，研究潜力巨大，后续研究接连不断。

关注个案故事选题及其产生年代可见，有产生于先秦时期的玄女、湘妃、精卫故事，有春秋战国时期的西施故事，有汉代的文君相如故事，也有魏晋南北朝产生的绿珠、木兰、刘阮遇仙故事，杨妃、聂隐娘、月老红线、韩湘子故事产生于唐代，李慧娘和钗头凤故事则产生于宋代。在故事主题的文献规模、演变时间段及文化内涵分析的难度方面，学位论文都有一定考量。个案选题虽产生时代不一，但不出知名历史人物、经典文学人物和文学典故三类，用中国叙事文化学的方法研究这些故事主题，角度新颖，有的放矢，便于开掘其深层的文化内涵，开拓学术增长点。正如杨奉勤《木兰故事演变及其文化观照》开篇所说："木兰女扮男装、代父从军是我国家喻户晓的一个故事，但这并不意味着人们对该故事在各个历史时期的流传演变情况及其文化内涵已经有了深入地了解和把握。"①

选择有知名度的故事主题，进行新研究方法实践探索，是中国叙事文化学在起步和探索期的选题策略。循着这一思路，个案故事学位论文写作发现了不少有研究价值的选题，由此开拓了新的主题研究领域。比如侠女聂隐娘形象研究这一选题，在2001年李承禧选题之前，研究资料不多，仅卞孝萱《〈红线〉〈聂隐娘〉新探》[《扬州大学学报（人文社会科学版）》1997年第2期]，王立《重读剑仙聂隐娘——互文性、道教与通俗小说题材母题》（《商丘师范学院学报》，2001年第3期）等有限的几篇论文。而在2002年李承禧《聂隐娘形象嬗变及其文化心理透视》论文完成之后的十多年间，聂隐娘故事被拍成影视剧，研究论文层出不穷，仅硕士学位论文就有刘佳宁的《聂隐娘研究》（2014年辽宁大学），郭可可的《唐至清代聂隐娘故事流变及文化意蕴研究》（2018年扬州大学），郭丁菡的《聂隐娘形象嬗变研究》（2019年西藏大学）等，热度持续至今。杨妃故事研究、木兰故事研究、文君相如故事研究等，情况也是如此。

---

① 杨奉勤：《木兰故事演变及其文化观照》，南开大学硕士学位论文，2002年。

三、个案研究学位论文写作模式分析

在中国叙事文学化方法指导下完成的个案研究学位论文，在论文写作模式方面有章可循，其基本模式是围绕一个个案故事主题，进行打破文体、跨越时代的文献搜集与整理，由此归纳故事的演变轨迹，进一步比较个案故事的历代文本在主题、情节、人物形象等方面的异同，从上述几个方面的变与不变，进行文化主题方面的阐释。故事、文献、演变、文化分析是其中的关键词。

这一写作模式，首先在学位论文题目的命名中有直观体现，如最早的两篇论文《西王母故事的演变》（学士，1999年）、《杨妃故事嬗变研究》（硕士，2000年），已旗帜鲜明地突出个案故事主题和演变研究，随着中国叙事文化学个案选题不断地探索与完善，越后出的题目，越能全面体现上述写作模式，如《刘晨阮肇遇仙故事演变及其文化底蕴》（学士，2000年、2003年）、《韩湘子故事演变及其文化意蕴》（硕士，2003年）、《绿珠故事的演变及其文化意蕴》（硕士，2004年）、《李慧娘故事情节演变及其文化意蕴》（硕士，2001年）等。由此可见，"个案故事+演变+文化意蕴"已经逐步成为中国叙事文化学个案研究论文命题的标准形式。

其次，在每篇学位论文的摘要或前言中，有对这一写作模式程度不同的表述，如《杨妃故事嬗变研究》（硕士，2000年）的摘要中说："本文由三部分组成：其一是引言，介绍杨妃故事的研究现状及拟写本文的目的、意义。其二是正文，分三部分：1.杨妃故事的文献叙录，分别介绍历史典籍和文学典籍中的杨妃故事；2.杨妃故事的主题思想演变，以时代为纲，研究此故事，并揭示发生嬗变的缘由；3.杨妃故事的情节演变，透过故事情节演变，分析故事嬗变的文化内涵。"①

《卓文君私奔司马相如故事流变》（硕士，2001年）的前言中说："在这篇论文中，我们将追寻卓文君与司马相如的故事流变，并主要探究这流变所折射出的中国封建社会人们的婚姻观念（主要是贞节的观念，不仅涉及

---

① 张文：《杨妃故事嬗变研究》，南开大学硕士学位论文，2000年。

到婚前的贞节，也涉及再嫁问题）、婚姻形式、择偶标准、男子负心等婚姻问题，兼及其他一些时代因素。"①

《湘妃故事嬗变研究》（学士，2001年）的摘要中说："本文由四部分组成：其一是引言，介绍湘妃故事研究现状及拟写本文的目的、意义。其二是列表，列出湘妃故事有关的文献叙录。其三是正文，湘妃故事的情节演变。透过故事情节演变，分析此故事嬗变的缘由与文化内涵。其四是结语，时间的不同，审美距离发生了变化，使湘妃故事由单薄向丰满发展。"②

由此可见，即便论文标题中没有明写"文化探源""文化观照""文化意蕴"之类的字样，文化分析也是中国叙事文化学学位论文写作的题中应有之义。

最后，从个案故事学位论文的整体结构安排看，作为文献综录、演变轨迹梳理与文化主题分析这一基本写作模式的结构呈现，这一时段有两种论文结构模式初见端倪：第一种是按时代顺序综述文献、梳理演变轨迹后，选择若干文化主题进行故事演变原因分析，简称为文化分析主导型，文献材料梳理和文化主题分析都按时代的顺序展开；第二种是故事演变阶段主导型，即论文主体构成是个案故事演变的几个时段，每个时段先列故事文本文献，再做文化内涵分析。

纵观1999—2004年学位论文的结构安排可见，绝大多数论文采取了文化分析主导型的结构模式，如《西施故事流变及其文化探源》《木兰故事演变及其文化观照》《绿珠故事的演变及其文化意蕴》《韩湘子故事演变及其文化意蕴》等，文化主题分析的章节占到了全文50%以上的篇幅，有的甚至达到80%以上。仅《卓文君私奔司马相如故事流变》采用了第二种结构模式。文化分析部分是叙事文化学个案故事类型学位论文写作的主体，无论是在文化主题中分时代梳理的"先横后纵"，还是在故事演变阶段中分析文化侧面的"先纵后横"，其首要任务都是把该故事类型在不同时间和文学载体中所发生的形态变异情况梳理清楚。

---

① 卢茜：《卓文君私奔司马相如故事流变》，南开大学硕士学位论文，2001年。
② 朱恩贞：《湘妃故事嬗变研究》，南开大学学士学位论文，2001年。

在不断的实践探索中，"文学文献+文化分析"的论文结构模式在这一时段基本稳定、成型，现就其中的文献综录、演变轨迹梳理与文化主题分析三个方面，对这一模式具体分析如下：

在个案研究学位论文写作模式的探索期，有的论文将文献单列为一部分，如《杨妃故事嬗变研究》（硕士，2000年）中第一部分为杨妃故事的文献叙录，《湘妃故事嬗变研究》（学士，2001年）中第二部分通过列表梳理了湘妃故事的历代流传文本及故事细节演变情况。

随着实践探索的深入，在梳理故事生成演变时列举文献成为论文写作的一种惯常处理方法，如《西施故事流变及其文化探源》（硕士，2001年）的第一章"西施故事的生成"，通过划分演变时段、梳理历代流传文本，概括出"西施故事的情节是一个不断增生、附会的过程。它滥觞于先秦西汉，定型于东汉六朝，繁荣发展于唐后（沿着四条主线演进），呈现出金字塔形的结构"①。《木兰故事演变及其文化观照》（硕士，2002年）第一章为木兰故事的流传概况，下分三个部分：1.早期木兰故事产生及广泛流传，2.金元时期木兰故事的发展变异，3.明清时期木兰故事的繁荣鼎盛，以此为框架，勾勒出历代流传文本的规模。《绿珠故事的演变及其文化意蕴》（硕士，2004年）第一章为绿珠故事的文本流传情况，下分四节，将绿珠故事分为初步流传期（魏至南北朝）、发展期（唐代）、成型期（宋元）和繁荣期（明清），每节下按文学体裁先雅文学、后俗文学的顺序，列举绿珠故事文献资料，对故事内容进行分析，最后有小结。

在此基础上，还有的论文在列举文献、划分主题故事历代流变分期后，从人物形象等方面归纳故事的演变轨迹。如《聂隐娘形象嬗变及其文化心理透视》（硕士，2002年）第一章"文本流传情况及时代特征"按时代顺序，将聂隐娘形象分为形成期、沿袭期、发展期和集大成期四个时期，四节中每节第一部分为作品介绍，第二章为聂隐娘形象演变轨迹，分四节，分析不同时代文学作品中聂隐娘形象的演变。《韩湘子故事演变及其文化意蕴》（硕士，2003年）第一章先总括后分述，梳理韩湘子故事演变情况，以

---

① 梁晓萍：《西施故事流变及其文化探源》，南开大学硕士学位论文，2001年。

时代为顺序，分为初步流传、形成、发展、繁荣四期；第二章分析韩湘子人物形象的演变，分析神异化与世俗化的走向。《刘晨阮肇遇仙故事演变及其文化底蕴》（学士，2003年）第一部分为文本流传情况和时代背景特征，将故事演变分为形成期、发展期、沿袭期与没落期，第二部分分析人物形象流变轨迹。

故事演变的文化分析见于这一时段的所有论文中，但重视程度和挖掘深度等不一。从论文主体构成看，《西施故事流变及其文化探源》（硕士，2001年）、《木兰故事演变及其文化观照》（硕士，2002年）、《聂隐娘形象嬗变及其文化心理透视》（硕士，2002年）、《韩湘子故事演变及其文化意蕴》（硕士，2003年）、《刘晨阮肇遇仙故事演变及其文化底蕴》（学士，2003年）、《绿珠故事的演变及其文化意蕴》（硕士，2004年）等，在文章目录的一级标题中，都有单列的文化主题单元，可见文化分析在这一写作模式中的核心位置和不可或缺性。

表现尤其突出的是《西施故事流变及其文化探源》，其文化主题分析共五章，分别是第二章"西施故事与吴越文化"、第三章"西施故事与历史意识"、第四章"西施故事与美女祸水"、第五章"西施故事与生命情绪"、第六章"西施故事与美人幻梦"，文化探源有广度、有深度，充分彰显了中国叙事文化学研究方法的价值。《木兰故事演变及其文化观照》从孝文化、贞烈观念和两性平等观念切入，分析了儒家文化、市民文化对木兰故事的改造与重新审视。《绿珠故事的演变及其文化意蕴》从殉情、报恩和美女祸水三个文化主题切入，《韩湘子故事演变及其文化意蕴》从修道主题和济世主题切入文化分析，《刘晨阮肇遇仙故事演变及其文化底蕴》从"信仰天命"与"修神练道"观念的矛盾切入文化分析，都进行了有益的尝试。

概括而言，"文学文献+文化分析"的学位论文写作模式具有如下特点：

第一，注重个案故事研究的文献基础。基础不牢，地动山摇。无论是演变轨迹的归纳，还是文化分析的深入，都离不开故事载体——文本。中国叙事文化学以故事个案主题为研究中心，打通文体，贯穿时代，务求"竭泽而渔"，收集到所研究故事主题的所有文献材料，体裁上包括史志文献及诗文等雅文学、小说戏曲民间说唱等俗文学等。这一时段的学位论文，每篇都至少有一章在梳理文献，充分体现了中国叙事文化学研究对文献基础的重视，在学位论文写作过程中，为学生打下了坚实的文献学功底。

第二，强调演变轨迹梳理时的动态视角。这需要文学研究观念的转换。传统的文学研究模式，以文体史和作家作品研究为主，关注同一故事主题在不同时代、不同作家手中的处理，从中抽丝剥茧，提炼出隐含其中的思想文化动因。这一时段的个案研究学位论文，关注故事情节演变、人物形象演变、故事主题演变，就是动态视角的体现。

第三，个案故事演变的文化内涵分析，是学位论文的重点，文字篇幅占到全文的50%以上，也是论文中最为出彩的部分。文化分析注重在宏观文化视野中把握个案故事的演变动因，在具体分析的把握上，已完成论文关注到了地域文化与华夏文化、儒家文化与市民文化、大传统与小传统以及道教文化的相关内容。

第四，研究成果思路清晰，表述简洁，一目了然，这得益于论文写作模式的基本定型，也与论文中使用图表有关。这一时段的学位论文，在文献叙录、故事演变及路径、人物形象流变轨迹等的梳理上使用了图表，如《西施故事流变及其文化探源》有西施故里与古迹一览表、西施故事流变轨迹图，《聂隐娘形象嬗变及其文化心理透视》有聂隐娘形象流变轨迹图、聂隐娘形象嬗变模式图，《卓文君私奔司马相如故事流变》有文君私奔相如故事情节流变一览表，《木兰故事演变及其文化观照》中有木兰故事中的"烈"统计表，《李慧娘故事情节演变及其文化意蕴》有贾似道任职表、文人笔记中的贾似道生平事迹统计表等。图表的使用，将资料收集结果与各部分之间的逻辑关系具体化，可见作者在学位论文写作上的态度之认真，也可见这一论文写作模式的效率和可操作性。

四、学位论文写作模式展望

中国叙事文化学研究方法是一种立足文学文本、注重文献基础、并在此基础上向纵深文化方向探寻，具有极强可操作性的研究方法。它以解决问题为追求，从中国小说史研究领域孕育，逐渐向传统文化与文学方向延展。此期个案故事学位论文写作的实绩，证实了这一研究方法在转换学术研究范式、开拓学术增长点方面的创新价值。

20世纪八九十年代以来，古代文学研究成绩斐然，也存在一些问题和不足。孙逊教授曾在《期待突破：新时期古代小说研究的问题与思考》一文中指出：

> 改革开放以来的三十年间，学术研究的突出问题是文学文本研究的缺失和文学研究对象的不均衡，体现为四个"不少"和"不多"，即：一、重复劳动不少，原创成果不多；二、"八卦"研究不少，实证研究不多；三、已有资料汇编不少，新材料发现不多；四、文学以外的研究不少，文学本体的研究不多。

关于文本研究的缺失，孙教授说："古代小说研究呈现了一种两头大、中间小的哑铃式结构：一方面，以作者家世生平考证、目录版本研究和社会历史史料征引为代表的文献学研究依然盛行，与此同时，运用诸如神话原型批评、符号学、叙事学、心理学、接受美学、女权主义、结构主义、解构主义、后殖民主义等西方文化理论和方法进行古代小说研究也十分风行……"，这使得文学研究脱离文学文本而走向文化学研究，"传统文献、现代理论方法和文学文本都是古代小说研究不可或缺的重要组成部分，它们缺一不可，缺一不成其'学'"①。研究对象发展不均衡的问题，则表现为扎堆研究经典作品，在发现新材料、涉足新领域上勇气不足。

1997年，梅新林教授在《拓展红学研究的文化视界》中曾提出《红楼梦》研究应将"文献、文本、文化研究三者融为有机的整体，相互沟通，相互促进"②，孙逊教授将这一原则概括为古代小说研究的理想境界，提出达此目标，需要研究者多方面的学识和素养。中国叙事文化学个案故事学位论文写作体现了研究者在将"文献、文本、文化研究三者融为有机的整体"方面的孜孜以求和不断进取。

---

① 孙逊：《期待突破：新时期古代小说研究的问题与思考》，《文学遗产》2008年第4期。
② 梅新林：《拓展红学研究的文化视界》，《红楼梦学刊》1997年S1期。

中国叙事文化学个案故事研究学位论文写作模式及其意义可描述为：它以一个故事主题为中心，将各种文学体裁中的很多点连成一个面，并放置到有一定跨度的历史阶段中，进行纵深的流传演变研究和文化内涵揭示，这样必然能够拓展对于经典作品前、后文本的研究，以经典帮带不知名作品，从而推动一般作品在文字整理、文献考证、文学意味、文化内涵阐发方面的发展；此外，在梳理文献的同时，从文本出发，归纳故事的演变、流传的文化内涵，在形式上，能够涵盖文献、文本、文化研究三者，加上研究者知识的积累和方法的沉淀，最大化地发挥这一研究方法的优长，则指日可待。

因处在探索初期，1994—2004年这一时段的学位论文成果虽可圈可点，但也不乏可提升之处。筚路蓝缕，以启山林，展望学位论文写作模式，我们有理由相信，经过长期不懈的努力，中国叙事文化学研究正在走向一条康庄大道。

第一，"文学文献+文化分析"的论文写作模式持续完善，两种论文结构方式基本形成，有待于更多的写作实践。分析两种论文结构方式的特点，以便使每一个个案故事选题都能找到适合它的学位论文结构方式，从而形成多样化、较工整而又不机械的论文写作模式，实现两条腿走路的奋斗目标。

这一时段，以文化主题为纲的论文结构方式日趋成型，并得到充分演练，成绩斐然。以时代为总纲，分析每一时段故事文本和文化内涵的论文结构方式也已出现，但需要更多的写作实践。后者在故事演变时段的宏观把握上，需要更多用力，难度较大，操作不当或把控能力不足，极易陷入研究分析上的面面俱到、浅尝辄止，抓不到故事演变或人物形象演变的主线，从而无法获得文化分析的关注焦点。在未来的学位论文选题和写作探索中，这是需要突破的一个问题。今后的学位论文写作，在思索论文框架时，应有一个考量，那就是这一选题从文本文献资料的时代特征和体现的文化内涵看，是否适合以时代为纲，进行更为细致的文献叙录、文本梳理和文化内涵分析。

第二，全面落实"竭泽而渔"式的文献挖掘与梳理，力求在个案故事文本文献的"全"上有所突破，发现尚未被纳入文学研究领域的新材料，在促进文学研究对象平衡上有所贡献。

这一时段的硕士论文，研究方向是中国古代文学专业下的中国小说史或传统文化与文学，扎实的古代文学研究论文需要有良好的文献功底。从小说研究起步，关注到小说中的故事主题在包括诗歌、小说、戏曲在内的叙事文学作品中的演变流传，进而分析传承与变异的历史文化动因，这是中国叙事文学化研究方法产生的过程，无论是文学文本的演变研究，还是文化内涵的分析，都离不开古代文学专业的看家本领——文献研究法。

文献研究法在中国叙事文化学个案研究论文写作中的具体是，要跨越时代、突破和超越文体和单篇作品范围的界限，对相关文本文献材料搜集要做到"竭泽而渔"。在这一思想的指导下，此期学位论文中的文献叙录整体成规模，体现出对文献的重视，基础都比较扎实。新文献的发现和使用方面，是一个学术增长点。比如杨妃故事的流传文本，除知名的《长恨歌》《唐明皇秋夜梧桐雨》《长生殿》之外，小说尚有明代谢肇淛的《江妃传》，戏曲则有明末邓志谟的《花鸟争奇》之《唐苑鼓催花》。此外，杨妃形象在明末清初钮格的《磨尘鉴》中有一大转变，导引清代地方戏中形成贵妃醉酒故事，在子弟书中也多有传本，这是京剧经典《贵妃醉酒》横空出世的文学背景与文化渊源，在梳理杨妃故事演变时不容忽视。

第三，演变轨迹梳理和文化内涵分析上，要全面贯彻动态的研究视角。个案故事有前文本、后文本，文化主题有形成演变过程，文学与文化是密不可分的。

探索初期的个案故事学位论文写作，对故事演变轨迹的梳理有所重视，但立足文本，以动态的眼光，梳理个案故事的情节演变轨迹、人物形象嬗变过程的工作还有待进一步加强。文学研究不能脱离文本，而且对文本的理解要深、要细，甚至要划分故事的情节单元。这将形成一种固定模式，只有在深入阅读文学文本的基础上，才有可能将个案研究的文学研究价值凸显出来、文化价值挖掘出来。

文化内涵分析方面，要立足个案故事，提炼相应的文化主题。在分析时，要对文化主题进行溯源，标出个案故事在相应文化主题演变中所处的位置。文化主题在不同时代也有演变，动态的研究视角不仅体现在故事演变轨迹梳理上，也要体现在文化主题的分析。

第四，学位论文的绪论、致谢、表格及附录等部分，涉及对研究方法的理解与使用，以及文献材料的有效整理等，在今后的写作实践中，必将进一步完善。

尤其是绪论部分，综述选题的研究现状，介绍研究方法，提出研究目标。选题的研究现状综述，是个案故事研究的起点，发现问题、分析问题，是为了更好地解决问题，从而彰显研究方法的有效性。此期学位论文限于规模，对研究现状综述较为简略，所做的基本都是拓荒性的研究。中国叙事文化学的主要任务是将主题学中国化，做到研究方法贴合中国文学的实际。在后续的个案故事研究中，对选题研究现状的重视将和对研究方法的介绍联系起来，共同勾勒出个案故事的研究空间。随着中国叙事文化学理论探索的推进，理论框架的不断形成与完善，此期学位论文中介绍研究方法时多标举主题学、文学人类学、接受美学等西方理论的现状会得到改变，"中体西用"的方法论意识必将深入人心，并被充分实践，从而结出更多学术研究的硕果。

学位论文目录

1998 年

南开大学本科学年论文
1.许迎春、唐敏:《西王母故事的演变》
2.侯晓琴:《魏晋士人的人格魅力》
3.李承禧:《魏晋士人文化人格浅论》

2000 年

南开大学本科学年论文
李东锋:《精卫故事的演变》
南开大学学士学位论文
1.王佳斌:《刘晨、阮肇遇仙故事的演变及其文化意蕴》
2.李洪生:《古代士人的自我优越情结》
南开大学硕士学位论文
张文:《杨妃故事嬗变研究》

2001 年

南开大学本科学年论文
1.洪进、杨丽花、杨黎明:《冥府冤魂故事及其文化蕴涵》
2.王毓钧:《月老红线故事的演变》
3.李春燕:《钗头凤故事的演变》
南开大学学士学位论文
1.胡宝未:《九天玄女形象演变及其文化意蕴》

2. 朱恩贞：《湘妃故事嬗变研究》

3. 李麟：《玄女形象的产生及其文化内涵》

南开大学硕士学位论文

1. 芦茜：《卓文君私奔司马相如故事流变》

2. 梁晓萍：《西施故事流变及其文化探源》

3. 牛景丽：《中国古代时差故事源流考析》

2002 年

南开大学本科学年论文

张春霞、张静斐：《人神相恋故事及其文化蕴涵》

南开大学硕士学位论文

1. 章剑：《略论妒妇故事演变及其文化意蕴》

2. 杨奉勤：《木兰故事演变及其文化观照》

3. 李承禧：《聂隐娘形象嬗变及其文化心理透视》

2003 年

南开大学本科学年论文

1. 黄柳慧、屈宗英：《叙事文学故事的主题演变及其文化意蕴》

2. 任聪：《精卫填海故事的演变》

南开大学学士学位论文

王毓钧：《刘晨阮肇遇仙故事演变及其文化底蕴》

南开大学硕士学位论文

任正君：《韩湘子故事的演变及其文化内涵》

2004 年

南开大学本科学年论文

胡福星、韩帅、端华倩：《中国文学中的鬼魂故事及其文化蕴涵》

南开大学硕士学位论文

1.夏习英：《绿珠故事的演变及其文化意蕴》

2.胡宝未：《李慧娘故事演变及其文化意蕴》

中国古代时差故事源流考析

2001年南开大学硕士学位论文　牛景丽

南北朝及隋唐时期涌现出大量的时差故事，形成了"天上一天，人间一年"的仙话时间模式，唐代道教信徒把仙话时差故事与丹经理论融合起来，二者都是基于对人类生命的积极探索。之后，时差故事又扩展到冥界，形成了"人间一天，阴间一年"的时间模式。时差故事既是生命观，又是时空观。《关尹子》标志着这种古代相对时间观的成熟，体现了特有的中国传统思维方式下对生命与时间的探索。

妒妇故事的演变及其文化意蕴

2002年南开大学硕士学位论文　章剑

妒妇故事作为一个故事类型，在古代文献中广泛存在。本文对各类叙事文本中的妒妇故事进行了整理分析，试图梳理出其演变轨迹：文本形态上，从前期主要集中于史传笔记向后期主要集中于小说戏曲演变；内容主旨上，从前期的国家本位向后期的家庭本位演变，而宋代是妒妇故事演变过程中的一个分水岭。前期史传笔记中的妒妇故事反映了妒风盛行的社会现实，表现了士大夫在"大传统"笼罩下的家国意识；后期小说戏曲中的妒妇故事则体现了民间生活的真实风貌，充满了"小传统"熏染下的世俗情怀。而宋代社会文化"大传统"出现新发展和"小传统"迎来新契机，都为妒妇故事演变提供了推动力。妒妇故事去"国"还"家"的演变轨迹，揭示了古代社会主流文化由大传统的"雅正"向大、小传统融合的"雅俗共赏"转变的发展趋势。

木兰故事演变及其文化观照

2002年南开大学硕士学位论文　杨奉勤

木兰女扮男装、代父从军是我国家喻户晓的一个故事，但经过一千多年的流传演变，与《木兰诗》对其最初的描述相比，故事本身发生了较大变化。为深入了解和把握木兰故事的内涵，本文首先对其流传情况进行了梳理。从文本文献资料的整理发现：作为一个独特的故事类型，木兰故事大体经历了唐宋广泛流传期、金元发展变异期和明清繁荣鼎盛期三个演变阶段。总体看来，明清之前木兰故事主要是通过诗文、笔记等雅文学样式在文人阶层流传，因之较多受占据社会主导地位的儒家文化影响，被强加入了"孝""烈"的文化内涵；明清之后，随着戏曲、小说等文学样式的兴起，木兰故事在通俗文学中的迅速传播，又使之带有浓厚的市民文化色彩。

本论文共分六个部分：绪言部分简要介绍了木兰故事的研究现状及本文所要讨论的问题，指出：木兰故事由民间走入社会上层又复归民间的传播历程，最终使其文化内涵表现出复杂多样的倾向性，这使本文从儒家文化、市民文化角度对之进行观照成为可能。

正文第一章主要考述了木兰故事的定型及其年代，并对唐以后见诸文本的各类木兰故事进行了广泛搜集和系统梳理。第二、三章则分别从忠孝观念和贞烈观念两个层面考察了儒家文化对木兰故事的改造，指出：对木兰故事中，"孝"内核的确认与强化，是儒家忠孝观念长期作用的结果，而元代之后对木兰，"烈"的褒扬则体现了程朱理学贞烈观的巨大影响。第四章则从市民文化角度对木兰故事进行重新审视，着重探讨两性平等观念在故事流传中的消长。指出：随着明代中后期市民阶层的壮大，《木兰诗》中朴素的两性平等意识在经过长时间的沉潜后得以集中突显。

结语部分再次申明本文论点，指出：儒家文化对木兰故事的扭曲，使它的内涵完全背离了下层民众的基本意愿；但市民文化对木兰故事的重新审视，使其完成了对《木兰诗》精神的回归，故事因而日益显示出其不衰的生命力。

聂隐娘形象嬗变及其文化心理透视

2002年南开大学硕士学位论文　李承禧

聂隐娘是中国古代小说中有名的侠女形象。自唐代传奇《聂隐娘》始，直至清代《黑白卫》《仙侠五花剑》等作品，聂隐娘形象在外形、性格、行为方式以及人物内核和叙事功能等方面都经历了一个漫长的嬗变过程，并发生了深刻的变异。而与此同时，聂隐娘作为艺高难及、神秘莫测的"侠女"的代名词，也随着中国侠义小说产生、发展和成熟的过程，在中国传统文化的沃壤中敷衍出"侠女艺高"的母题。这一母题作为人物形象中相对稳定的因素，在相当大的程度上支配并影响了侠义小说中侠客形象的塑造，乃至主题思想的确立和叙述模式的运用。

这种变异和稳定都并非偶然，聂隐娘形象丰富多彩而又影响深广的原因之一就在于其核心契合了中国观众的审美心理结构，并在一定程度上再现了中国读者的审美梦幻。本文主要运用了主题学的研究方法，并结合接受美学和神话母题的研究思路，以时代为线索，条分缕析地阐明了不同时代背景下的聂隐娘形象特征，并由此深入剖析了中国文人和市民阶层独特的文化心理。从聂隐娘这一特定人物形象生发开去，由点及面，探讨特定文化背景和时代背景下人们在人物形象的创作和接受中的心理机制，揭示中国侠文化，尤其是女侠文化与中国传统文化心理的同步发展关系。

本文共包括六个方面的内容，简要概述如下：

序言简要分析和回顾了中国侠义小说中以聂隐娘形象为代表的"女侠"形象的创作和研究状况，提出了有待解决的几个问题，并介绍本文将采用的几种研究方法。

一至二章从纵向着眼，以聂隐娘形象的时代嬗变为中心，分别以"形成期：唐""沿袭期：宋元""发展期：明""集大成期：清"等四节展开论述。第一章结合时代特征谈聂隐娘故事的概貌，有关聂隐娘故事的文本流传情况、作家情况以及各作品的文体和艺术特色。第二章谈聂隐娘形象的流变轨迹，着重论述、比较不同时代背景下，不同文本中聂隐娘形象的不同特征。

三至四章从横向着眼，着重分析聂隐娘形象嬗变中的两组二元互动的倾向及其蕴含的深层文化心理。第三章分析聂隐娘形象的真实化和理想化倾向。通过对"侠女艺高"母题以及不断重复的"老尼授术"模式的阐释，揭示出聂隐娘形象在漫长的创作与再创作、接受与再接受过程中，所反映出的潜藏于人类深层心理机制中的神话原型思维。第四章从接受和创作心理角度入手，谈聂隐娘形象的文人化特征与市民化倾向。通过文人和市民阶层在社会地位、文化修养、心理欲求等方面的差异，剖析其投射于人物形象上的不同特质，并指出聂隐娘形象在嬗变过程中的由雅及俗的倾向。

结语总结并简述了各部分主要论点，解答了序言中所提出的几个问题，并最终得出全文结论：聂隐娘形象嬗变过程中存在着很明显的由雅及俗的倾向，而这一嬗变过程正与中国传统文化的发展相对应。另外结语还补充说明了女性豪杰（女侠）的审美魅力。同时在主题学的视野下，强调了通俗小说之于雅文学的独特意义所在。

韩湘子故事的演变及其文化内涵

2003年南开大学硕士学位论文　任正君

　　韩湘子是深为民间熟悉的"八仙"之一，其人物形象及度化韩愈的故事广为人知。但是在漫长的流传演变过程中，人物形象和故事本身发生了很大变化。为深入了解和把握韩湘子故事的内涵，本文运用主题学的研究方法，以时代为线索，主要围绕"修道"和"济世"两个主题对韩湘子故事进行研究。并从韩湘子这一人物形象生发开去，探讨仙话创作的历史发展过程，剖析中国道教文化与中国传统文化整体的同步发展关系。本文认为，韩湘子故事突出的演化特点就是人物来历渐趋神异化，精神境界渐趋世俗化，这二者相辅相成，同步进行。而这一演变过程正与中国传统文化尤其是道教文化的世俗化发展过程相对应。

　　本论文共分为六个部分，简要概述如下：

　　序言简要介绍了韩湘子故事的源流演变及本文的研究方法，指出本文的写作目的是系统整理与韩湘子故事有关的文献材料并剖析其文化内涵，同时试图揭示中国道教文化尤其是神仙信仰与中国传统文化心理的同步发展关系。

　　第一章 从纵向着眼，结合时代特征论述及比较不同时代背景下、不同文本中韩湘子故事的内容主旨及其人物形象的不同特征，以及仙话创作的历史发展过程。

　　第二章 研究了韩湘子故事中人物形象的基本走向，即来历渐趋神异化和精神境界渐趋世俗化。

　　第三章 就修道主题的发展演变观之，修炼思想经历了一个从出世到入世、救世的过程而逐渐世俗化，而为了吸引人们入道修行，人物形象被逐渐神异化。

　　第四章 就济世主题的发展演变观之，在神仙的精神境界中世俗伦理道德逐步得到强化，而出于济世的需要，人物形象越发神异化。

结语部分再次对韩湘子故事的演变轨迹进行了梳理，指出其演变特征就是明显的世俗化倾向；人物来历的日趋神异化与精神境界的日趋世俗化，构成了这一演化过程中相辅相成的两个方面。而这一演化趋势是与道教乃至中国整体文化的发展过程同步进行的。

李慧娘的主题原型及发展探究

2004年南开大学硕士学位论文　胡宝未

本文以李慧娘故事情节为研究对象，共分为三大部分。

第一部分为绪言。李慧娘故事情节在不同时期不同作家的不同创作中表现出各异的文学风貌，历史情节、爱情情节及李慧娘的鬼魂形象是支撑该故事情节发展演变的三大要素。该故事情节发展过程中文本的多样性和三大情节鲜明的时代性发展，决定了本文以主题学方法研究李慧娘故事情节的时代演变轨迹，并阐释其深刻社会文化内涵。

第二部分为文章主要内容，共分四章。第一章梳理整合李慧娘故事情节的流传演变情况：该故事情节大致经历了一个呈"Y"字母形状的演变轨迹，即以宋元时期关于贾似道的史料笔记和宋话本小说《金彦游春遇会娘》为两条情节分支，逐渐演化为"历史情节"和"爱情情节"相互交结，并在不同时期表现出此消彼长的发展特征。第二章深入分析"历史情节"，"历史情节"在整个故事发展过程中表现为前期不断强化，后期出现弱化的发展态势。强化表现为借昔演人，借古讽今主题的不断加强，弱化表现为历史陌生化和审美符号化。第三章着重阐释"爱情情节"，该情节表现出不断加强的发展趋势。其前期服从于"历史情节"，反映出至情不渝，以情反势的审美特征，后期则有了主题化的明显特征。第四章深入论述李慧娘的鬼魂形象，李慧娘在个体形象不断丰富的同时，表达出相对稳定的文化内涵，即对黑暗混乱现实社会生活的揭露批判和对美好幸福生活的执着追求。

156

最后是结语，李慧娘故事情节的推演发展，渗透了传统文人作家集抒情性、讽喻性、虚构性及物我合一性于一体的创作情怀，而这四大创作特征表现出浓厚的道德伦理评判标准。这恰恰展现出重"德"、重"道"的中国传统人文思想风貌。而中国古代历时几千年的王权政治正是这种思想滋生并发展的文化土壤。但文学的发展不是一成不变的，随着社会各主要因素的时代变迁，同一创作题材也会出现时代性的差异。

总之，文学是一个动态的发展过程，必然带有其深刻的时代烙印，而且在不同的时代表现出不同的审美特征。

杨妃故事嬗变研究

2000年南开大学硕士学位论文　张文

摘要：杨妃故事，由唐至清，流传甚久，流布颇广，创作者、研究者较多。无论在创作上，还是在研究上，可谓百花齐放、百家争鸣。本文运用主题学研究方法，通过对有关杨妃故事的文献的整理，追本溯源，理清脉络，揭示该故事嬗变的内涵及原因。

本文由三部分组成：其一是引言，介绍杨妃故事的研究现状及写作本文的目的、意义。其二是正文，分三部分：一、杨妃故事的文献叙录，分别介绍历史典籍和文学典籍中的杨妃故事；二、杨妃故事的主题思想演变，以时代为纲，研究此故事，并揭示发生嬗变的缘由；三、杨妃故事的情节演变，透过故事情节演变，分析故事嬗变的文化内涵。其三是结语，随着时间的推移，审美距离发生了变化，杨妃故事由单薄向丰满发展。

关键词：主题学；文献整理；嬗变；审美距离

---

*本部分选录论文为该时段较具代表性的学位论文作品。为全面展示中国叙事文化学发展脉络，依据时间顺序和作者所属院校情况进行排序。

引　言

爱情与死亡，是文学作品永恒的主题。杨妃故事，集爱情与死亡于一身，历来为文人所咏诵。诗歌、小说、戏曲等异彩纷呈的文学形式，赋予杨妃故事以神奇的旖旎色彩——富贵之极的惊变，欢娱之巅的惨别。

杨妃故事内蕴着唐王朝的兴衰史。文人们捕捉着杨妃故事，并以自己的体悟来展现，使它缤纷多姿，炫人眼目。无论是正史野史，还是诗歌、小说、戏曲等，都以极大的热情关注着杨妃这个悲剧的女主人公。他们或讽刺、或同情、或歌颂，使这一故事不断地发展、变化，丰富了中国文学殿堂。

那么，为什么同一故事，在不同的时代，不同的作家，甚至同一作家在不同时期，会有不同的写法？其奥妙又是什么呢？

尽管杨妃是历史上的真实人物，但是在文学创作中，她被加以整理、加工，脱离了史学上"不虚美，不隐恶"[①]的实录原则。从唐至清，其故事情节不断地增删，使我们看到了一个悠远绵长的故事，得到了一个远较正史饱满的美丽传说。郑樵《通志·乐略》说："稗官之流，其理只在唇舌间，而其事亦有记载。虞舜之父，杞梁之妻，于经传有言者不过数十耳，彼则演成千万……顾彼亦岂欲为此诬罔之事乎？正为彼之意向如此，不说无以畅其胸也。"这段话，指出了传说在民众中的发展，文人借故事在"畅其胸也"的同时，加工改造了故事，使故事不断地完善。杨妃故事亦然。

虽然关于杨妃故事的研究颇多，但是多数研究者的视线都集中于主题思想的争议上[②]，而忽视了太真遗事主题思想及情节演变的线索和内涵。基于此状，本文以文献为根据，借鉴主题学研究方法，在前人的研究基础上，

---

① 班固撰，颜师古注：《汉书·司马迁传赞》，中华书局1962年版，第2738页。

② 学术界大致有如下看法（主要着眼于《长恨歌》《梧桐雨》《长生殿》）：a 政治说：认为作品批判了明皇重色误国，具有讽谏意义。b 爱情说：认为作品描写了帝妃的真挚的爱情。c 双重主题说：认为作品是政治讽刺与描写爱情相结合，批判明皇荒淫误国，同情帝妃爱情。d 感伤说：认为作品感伤盛世衰亡，繁荣不再，是时代的悲哀。e 隐事说：认为《长恨歌》记叙了隐事：马嵬兵变，宫女替妃死，帝妃生离。白托陈传以示其隐曲。f 主混乱说：认为《梧桐雨》没有统一的主题，比较混乱。

针对杨妃故事，理顺演变线索，追本溯源，考察其变化发展，使这个故事更真切地呈现于人们面前，进而更深入地了解这一文学故事所展示的美丽的传说，揭示从历史到文艺的深刻内涵。

　　杨妃故事经历了由单薄至丰满，由现实世界到理想境界的演化过程。造成演变的原因，从审美的角度说明了时间的推移，距离的不同，影响着文人审美心理和艺术创作。恰如朱光潜先生所说："艺术家在创作中的种种剪裁都可以说是制造适宜的'距离'，使人能够欣赏而进入美感世界……艺术家的剪裁以外，空间和时间也是'距离'的两个要素。愈古愈远的东西愈易引起美感……艺术是有时间性和空间性的。同是一个作品，在某一时代，因为'距离'太近，看起来是写实的，过了一个时代因为'距离'较远，实际的牵绊被人遗忘了，所留的全是一幅图画，就变成富于浪漫色彩的作品……"①杨妃故事就是这种状况下的产物。此外，明皇一朝，盛衰兴乱，足令后人借鉴；文人本就有咏美女的传统，而杨妃故事本就多姿多彩，扑朔迷离，更投合文人搜奇探胜的创作心理。两种动机叠加，于是，杜甫开其端，白居易畅其流，洪升达顶峰，使这一故事向正面理想化、艺术审美化发展，使这一凄迷动人的故事更加完整系列，散发出迷人的艺术魅力。

第一章　杨妃故事的文献叙录

第一节　史籍中的杨妃故事

有关杨妃的资料在正史上有记载。

《旧唐书》卷五十一载：

　　玄宗杨贵妃，高祖令本，金州刺史。父玄琰，蜀州司户。妃早孤，养于叔父河南府士曹玄。……或奏玄琰女姿色冠代，宜蒙召见。时妃衣道士服，号曰太真。不既进见，玄宗大悦。不期岁，礼遇如惠妃。太真姿质丰艳，善歌舞，通音律，智算过人。每倩盼承迎，动移上意。

---

　　① 朱光潜著，童学潜改编：《文艺心理学》，香港万源图书公司1978年版。

宫中呼为"娘子",礼数实同皇后。有姊三人,皆有才貌,玄宗并封国夫人之号……天宝初,进册贵妃……

五载七月,贵妃以微谴送归杨宅。比至亭午,上思之不食……力士伏奏请迎贵妃归院。是夜……妃伏地谢罪,上欢笑慰抚……自是宠遇愈隆……玄宗凡有游幸,贵妃无不随侍……

天宝九载,贵妃复忤旨,送归外第。时吉温与中贵人善,温入奏……上即令中使张韬光赐御馔,妃附韬光泣奏……乃引刀剪发一缭附献。玄宗见之惊惋,即使力士召还……

天宝中,……安禄山大立边功,上深宠之……禄山母视贵妃……及禄山叛,露檄国忠之罪……诸杨聚哭。贵妃衔土陈请,帝遂不行内禅。及潼关失守,从幸至马嵬,禁军大将陈玄礼密启太子,诛国忠父子。既而四军不散,玄宗遣力士宣问,对曰"贼本尚在",盖指贵妃也。力士复奏,帝不获已,与妃诀,遂缢死于佛堂。时年三十八,瘗于驿西道侧。

上皇自蜀还,……密令中使改葬于它所。初时以紫褥裹之,肌肤已坏,而香囊仍在。内官以献,上皇视之凄惋,乃令图其形于别殿,朝夕视之。

《新唐书·列传第一·后妃上》载:

……妃嗜荔支,必欲生致之,乃置骑传送,走数千里,味未变已至京师。

《资治通鉴》在两唐书及一些杂史、琐谈的基础上,加以记载:

……自是禄山出入宫掖不禁,或与贵妃对食,或通宵不出,颇有丑声闻于外……

从上面的材料,我们可以知道历史上的杨妃的出身、家庭、以及一些相关的事迹。杨妃，幼孤，养于叔父家，后由于明皇圣意，乞为女官，号"太真"。其人不但美丽，而且聪明，多才多艺，①与通晓音律的明皇有着共同的音乐爱好，故宠遇非常，杨氏一族也倍受恩泽。后禄山谋反，以诛国忠为名。明皇等西幸，至马嵬，六军杀国忠及诸杨，迫明皇赐妃死。

纵览史籍，历史上的杨妃没有实际参政的行为。唯一一次有参政倾向的是衔土请命，这只能体现出她在杨氏家族中的至关重要的地位。而为了杨氏一族的利益，她也只能如此。她没有吕雉、武则天、慈禧等人的政治野心，也没有谋害于谁的残酷行为，可以说，她是一场政治斗争的牺牲品。这使她的死蒙上了一层灰暗的悲剧色彩，也为文人的创作准备了广阔的想象空间。

第二节　文学典籍中的杨妃故事

杨妃故事，自老杜之后，在白乐天的推动下，有关杨妃故事的创作浩浩荡荡，不胜枚举。

唐高彦休《阙史》云："马嵬佛事，杨妃缢所，尔后才士文人，经过赋咏，以导幽怨者，不可胜数。"可见，文人对杨妃事歌咏之盛。

有关杨妃故事之文学作品，体裁各异，篇章众多。

存而可见的有：

诗歌：

杜甫②《哀江头》《骊山》《虢国》《北征》《丽人行》《解闷》十二首之

---

①杨太真曾作《阿那曲》："罗袖动香香不已，红蕖裊裊秋烟里。轻云岭上乍摇风，嫩柳池塘初拂水。"唐汝询云："读此知明皇宠妃，不独以色。"（张璋，黄畲编：《全唐五代词》，上海古籍出版社1986版）。

②杜甫六首依次载于：曹寅等编：《全唐诗》卷二一六，上海古籍出版社1986年版，第513页中；卷二三〇，第570页下；卷二三四，第582页中；卷二一七，第515页上；卷二一六，第511页中；卷二三〇，第569页下。

九；白居易^①《长恨歌》《胡旋女》；元稹^②《连昌宫词》《法曲》；李商隐^③《龙池》《骊山有感》《华清宫》《马嵬二首》；刘禹锡《马嵬行》^④；王建^⑤《温泉宫行》《老人歌》《华清宫感旧》；徐夤^⑥《开元即事》《马嵬》；郑嵎《津阳门诗》^⑦；韦应物^⑧《温泉行》《骊山行》；温庭筠^⑨《马嵬驿》《过华清宫二十二韵》《马嵬佛寺》；赵嘏《华清宫和杜舍人》^⑩；杜牧^⑪《过华清宫三绝句》《华清宫三十韵》；张祜^⑫《华清宫四首》《集灵台二首》《马嵬归》《马嵬坡》《太真香囊子》《散花楼》《连昌宫》《南宫叹》《春莺啭》《宁哥来》《雨淋铃》；崔橹《华清宫三首》^⑬；许浑《骊山》^⑭；崔道融《马嵬》^⑮；贾岛《马嵬》^⑯；罗隐^⑰《题马嵬驿》《华清宫》；黄滔^⑱《马嵬》《马

---

① 白居易两首依次载于：《全唐诗》卷四三五，第1074页中；卷四二六，第1045页中。

② 元稹两首依次载于：《全唐诗》卷四一九，第1023页下；卷四一九，第1025页上。

③ 李商隐四首依次载于：《全唐诗》卷五四〇，第1371页上；卷五四〇，第1371页上；卷五三九，第1361页上；卷五三九，第1367页上。

④ 《全唐诗》卷三五四，第877页下。

⑤ 王建三首依次载于：《全唐诗》卷二九八，第747页中；卷三〇一，第760页上；卷三〇〇，第753页上。

⑥ 徐夤两首依次载于：《全唐诗》卷七一〇，第1793页上；卷七一一，第1796页下。

⑦ 《全唐诗》卷五六七，第1446页下。

⑧ 韦应物两首依次载于：《全唐诗》卷一九四，第455页上；卷一九五，第456页上。

⑨ 温庭筠三首依次载于：《全唐诗》卷五七八，第1479页中；卷五八〇，第1482页下；卷五八三，第1486页中。

⑩ 《全唐诗》卷五五〇，第1406页中。

⑪ 杜牧两首依次载于：《全唐诗》卷五二一，第1320页下；卷五二一，第1319页下。

⑫ 张祜十一首分别载于：《全唐诗》卷五一一，第1296页下；卷五一一，第1297页中；卷五一一，第1297页下；卷五一一，第1297页中；卷五一一，第1297页中；卷五一一，第1298页下；卷五一一，第1296页上；卷五一〇，第1291页中；卷二七，第106页中；卷五一一，第1296页中；卷二七，第106页中。

⑬ 《全唐诗》卷五六七，第1448页上。

⑭ 《全唐诗》卷五三三，第1346页下。

⑮ 《全唐诗》卷七一四，第1800页中。

⑯ 《全唐诗》卷五七四，第1472页下。

⑰ 罗隐两首依次载于：《全唐诗》卷六八八，第1736页中；卷六六四，第1671页下。

⑱ 黄滔两首依次载于：《全唐诗》卷七〇六，第1782页中；卷七〇六，第1782页下。

嵬二首》；李益《过马嵬三首》①；于濆《马嵬驿》②；康骈《广谪仙怨》③；顾瑛《天宝宫词十二首寓感》④；萨都剌⑤《杨妃病齿图》《明皇击桐图》；杨维桢⑥《明皇按乐图》《题杨妃春睡图》《杨妃袜》《女史咏十八首》；张宪《太真明皇并笛图》⑦；虞集《题秦虢二夫人承诏游华清宫》⑧；丁鹤年《戏题明皇照夜白图》⑨；马祖常⑩《杨妃墓》《骊山二首》；岑安卿⑪《明皇太真避暑安乐图》《题太真春睡图》。

笔记小说、杂史：

姚汝能《安禄山事迹》⑫；刘肃《大唐新语》⑬；赵璘《因话录》⑭；陈鸿《长恨歌传》⑮；郑处海《明皇杂录》；郑綮《开天传信记》；郭湜《高力士外传》；王仁裕《开元天宝遗事》；乐史《杨太真外传》；无名氏《梅妃传》；张俞《骊山记》《温泉记》⑯；杜光庭《杨通幽》⑰；伊世珍《嫏嬛记》⑱；褚人获《隋唐演义》⑲。

① 《全唐诗》卷二八三，第716页下、第718页上。

② 《全唐诗》卷五九九，第1521页下。

③ 张璋、黄畲编：《全唐五代词》，上海古籍出版社1986年版，第345页。

④ 顾嗣立编辑：《元诗选》（初集）辛集，中华书局1987年版，第2327页。

⑤ 萨都剌两首依次载于：《元诗选》（初集）戊集，第1200页；戊集，第1208页。

⑥ 杨维桢四首依次载于：《元诗选》（初集）辛集，第2028页；辛集，第2045页。辛集，第2033页。辛集，第2004页。

⑦ 《元诗选》（初集）庚集，第1946页。

⑧ 《元诗选》（初集）丁集，第904页。

⑨ 《元诗选》（初集）辛集，第2316页。

⑩ 马祖常两首依次载于：《元诗选》（初集）丙集，第709页；丙集，第709页。

⑪ 岑安卿两首依次载于：《元诗选》（初集）已集，第1708页；已集，第1685页。

⑫ 姚汝能：《安禄山事迹》，上海古籍出版社1983年版。

⑬ 刘肃：《大唐新语》，中华书局1984年版。

⑭ 赵璘：《因话录》，上海古籍出版社1979年版。

⑮ 此处所引陈鸿《长恨歌传》至无名氏《梅妃传》均见于王仁裕：《开元天宝遗事》王仁裕等撰，丁如明辑校：《开元天宝遗事十种》，上海古籍出版社1985年版。

⑯ 刘斧撰辑：《青琐高议》，上海古籍出版社1983年版。

⑰ 李昉等：《太平广记》卷二十，上海古籍出版社1990年版。

⑱ 陶宗仪等编：《说郛三种》，上海古籍出版社1988年版。

⑲ 褚人获：《隋唐演义》，上海古籍出版社1981年版。

散曲：

李齐贤《【人月圆】马嵬效吴彦高》①；汤式《【小梁州】太真》②；张养浩《【双调】清江引·咏秋日海棠》③；薛昂夫《【中吕】朝天曲》④；马致远《【南吕】四块玉》⑤；卢挚《【双调】蟾宫曲》⑥；王恽《【双鸳鸯】乐府合欢图》⑦。

诸宫调：

王伯成《天宝遗事诸宫调》⑧。

戏曲：

白朴《唐明皇秋夜梧桐雨》⑨；屠隆《彩毫记》⑩；吴世美《惊鸿记》⑪；孙郁《天宝曲史》⑫；洪升《长生殿》⑬。

散佚之作有：

《宦门子弟错立身》⑭；陶宗仪《南村辍耕录》⑮中记载有《洗儿会》《击梧桐》《广寒宫》《张与孟梦杨妃》《夜半乐打明皇》《梅妃》等院本名目；元无名氏《明皇村院会佳期》⑯；李直夫《念奴教乐府》⑰；关汉卿

---

① 隋树森编：《全元散曲》，中华书局1964年版第1076页。

② 《全元散曲》，第1575页。

③ 《全元散曲》，第408页。

④ 《全元散曲》，第704页。

⑤ 《全元散曲》，第233页。

⑥ 《全元散曲》，第114页。

⑦ 《全元散曲》，第94页。

⑧ 王伯成：《天宝遗事诸宫调》，天津古籍出版社1986年版。

⑨ 白朴著，王文才校注：《白朴戏曲集校注》，人民文学出版社1984年版。

⑩ 屠隆：《彩毫记》，《古本戏曲丛刊》初集，国家图书馆出版社2016年版。

⑪ 吴世美：《惊鸿记》，《古本戏曲丛刊》二集，国家图书馆出版社2016年版。

⑫ 孙郁：《天宝曲史》，《古本戏曲丛刊》三集，国家图书馆出版社2016年版。

⑬ 洪升著，徐朔方校注：《长生殿》，人民文学出版社1958年版。

⑭ 钱南扬校注：《永乐大典戏文三种校注》，中华书局1979年版中《哪吒令》述五种传奇，末本为《马践杨妃》，所演为马嵬事。

⑮ 陶宗仪：《南村辍耕录》，中华书局1959年版。

⑯ 《太和正音谱》著录此剧正名；《元曲选目》《今乐考证》《曲录》均著录此剧。

⑰ 曹本《录鬼簿》《今乐考证》《曲录》，著录此剧正名；贾本《录鬼簿》《太和正音谱》《元曲选目》，皆作"念奴教乐"。

《唐明皇启瘗哭香囊》^①；白朴《唐明皇游月宫》^②；庾吉甫《杨太真浴罢华清宫》^③《杨太真霓裳怨》^④；岳伯川《罗公远梦断杨贵妃》^⑤；王湘《梧桐雨》^⑥；汪道昆《唐明皇七夕长生殿》^⑦；徐复祚《梧桐雨》^⑧；无名氏《明皇望长安》^⑨；戴应鳌《钿盒记》^⑩；戴子晋《青莲》^⑪；无名氏《舞翠盘》^⑫；无名氏《合钗记》^⑬；吾邱瑞《合钗记》^⑭；洪升《沉香亭》《舞霓裳》^⑮；无名氏《沉香亭》^⑯。

由上所述，太真遗事，历时虽久，传唱却弥久不衰，令人不免深思。

---

① 贾本《录鬼簿》著录此剧正名；曹本《录鬼簿》《今乐考证》《曲录》，略作《唐明皇哭香囊》；《太和正音谱》《元曲选目》均简作"哭香囊"。

② 曹本《录鬼簿》《今乐考证》《曲录》，著录此剧正名；贾本《录鬼簿》《太和正音谱》《元曲选目》，简作"幸月宫"。

③ 贾本《录鬼簿》著录此剧正名；曹本《录鬼簿》《今乐考证》《曲录》，作"杨太真华清宫"；《太和正音谱》《元曲选目》简名"华清宫"。

④ 曹本《录鬼簿》《今乐考证》《曲录》，著录此剧正名；贾本《录鬼簿》《太和正音谱》《元曲选目》，简作"霓裳怨"。

⑤ 贾本《录鬼簿》著录此剧正名；曹本《录鬼簿》《今乐考证》《曲录》，正名作"罗光远梦断杨贵妃"；《太和正音谱》《元曲选目》，略作"梦断杨贵妃"。

⑥ 王湘：《梧桐雨》，祁彪佳：《远山堂剧品·雅品》，中国戏剧出版社1959年版，《中国古典戏曲论著集成》第六集。

⑦ 汪道昆：《唐明皇七夕长生殿》，姚燮：《今乐考证·明杂剧》，中国戏剧出版社1959年版，《中国古典戏曲论著集成》第十集。

⑧ 徐复祚：《梧桐雨》，姚燮：《今乐考证·明杂剧》及《明传奇》，中国戏剧出版社1959年版，《中国古典戏曲论著集成》第十集。

⑨ 此剧未见著录；凌濛初校注本《西厢记》评语中载此剧略名，其题目正名已不可考。

⑩ 戴应鳌：《钿盒记》，祁彪佳：《远山堂剧品·雅品》，中国戏剧出版社1959年版，《中国古典戏曲论著集成》第六集。

⑪ 《今乐考录》著录；吕天成《曲品》《传奇品》《曲考》《曲海目》《曲录》并见著录。

⑫ 此剧未见著录；凌濛初校注本《西厢记》之《五剧解证》引此剧篇名，题目正名已不可考。

⑬ 《今乐考录》著录；吴天成《曲品》《曲考》《曲海目》《曲录》并见著录。

⑭ 《今乐考录》著录；吴天成《曲品》《传奇品》《曲海目》《曲录》并见著录；《曲品》《曲海目》《曲录》均误作邱瑞吾。

⑮ 《沉香亭》和《舞霓裳》为《长生殿》的前两稿，见洪升《长生殿·例言》。

⑯ 此剧未见著录；《传奇汇考标目》别本著录之。

第二章　杨妃故事的主题思想演变

尽管历史上的杨妃给人的印象是个美丽聪慧、多才多艺的明皇宠妃，其形象也不过是个很单薄的历史人物。然而，由于马嵬之变的惨死，给这个美女又增加了悲剧色彩。历代文人，有感而发，抒己胸臆，在杨妃故事的描写上，不断地发生变化。他们站在不同历史距离的立足点上，抒发时代感受，表现不同主题，再现自己体悟。故此，杨妃故事不断地得以改造。

第一节　唐代

唐代大诗人杜甫《哀江头》是最早直接涉及杨妃故事的作品。诗中写道："少陵野老吞声哭，春日潜行曲江曲。江头宫殿锁千门，细柳新蒲为谁绿？忆惜霓旌下南苑，苑中万物生颜色……，翻身向天仰射云，一笑正坠双飞翼。明眸皓齿今尚在，血污游魂归不得……"该诗作于安史之乱爆发后的第二年春，当时杜甫身陷于被安史叛军所占领的长安。在一个春日，诗人沿长安城东南的曲江行走，感慨万千，哀恸欲绝，《哀江头》即诗人心情的真实写照。"哀"是这首诗的核心。诗人亲历了开元盛世，又身经了安史之乱，是社会变迁的目击者。故而，在诗中，诗人由哀及乐，由乐及哀，用现实到回忆再到现实的写法，将玄宗的荒淫误国，抒写得淋漓尽致。"一笑"句是传神之笔，把贵妃的得宠及得意，全盘托出。可惜这精湛的技艺不是用来维护国家的安危，而是为了博得贵妃的欣然一笑。他们怎会想到，这种奢侈放纵的生活，是他们亲手种下的祸乱的种子。"明眸皓齿""血污游魂"写出杨妃惨死的"罪有应得"，与前面的帝妃游曲江结成因果。在这首诗中，诗人既有爱国激情，又有哀悼愤慨之意。全篇表现的是国破家亡的沉痛悲情，唱出了国势衰微的挽歌。

杜甫身历了繁荣与衰乱，故此在诗文创作中以现实的笔调进行创作，对杨妃故事的描述以国家现实为依据，政治为背景，真实地再现社会风貌，具有时代的真实感。杜甫写杨妃故事，不是着眼于他们的爱情悲剧，而是着眼于帝妃身份的政治影响所造成的国家悲剧。"一笑"句体现出杜甫把杨妃与褒姒列入同一类——覆国之祸水。对杨妃，他是批判的，不带有同情色彩。看到引发的动乱所造成的民不聊生的社会状况，诗人的内心是痛苦的，对杨妃是痛斥的，诋薄的，对其故事是否定的、谴责的。

杜甫的生活环境、个人经历、耳闻目睹的一切，与杨妃故事有着密切的关系。因此，直接影响了他对杨妃故事的基本态度和看法。作为一个深受儒家思想熏陶的诗人，他怀恋天宝盛世的"小邑犹藏万家室。稻米流脂粟米白，公私仓廪俱丰实"（《忆昔》）的生活，对杨妃则是"不闻夏商衰，中自诛褒妲"（《北征》）的态度。

事隔多年，历史的车轮又迈进了新的里程。宪宗元和元年（806）冬，白居易与友人陈鸿、王质夫同游仙游寺，谈古论今，语及杨妃故事，思绪万千，在王质夫的倡议下，白居易作《长恨歌》，陈鸿作《长恨歌传》，于是诗传一体，相映生辉，造成巨大社会反响。至此，杨妃故事便名扬天下，屡写不衰。

在白居易的笔下，明皇与杨妃这两个历史上的真实人物，被描写成一对对爱情忠贞不渝的亲密伴侣，他们像许多文学作品中的人物一样生死相恋。从全诗来看，诗人所叹的是长恨、同情。诗歌按"钿盒情缘"的发展，由杨妃入宫专宠，一门生辉，明皇纵于声色，荒于朝政，乐极生哀，爆发安史之乱。帝妃幸蜀途中，军士哗变，明皇被迫赐杨妃死。妃死后，明皇日夜思念。回京后，让道士施法术觅妃。妃寄语明皇，记住密誓。诗中，"杨家有女初长成，养在深闺人未识"将宫闱秽事——杨妃本为寿王妃的事实——轻描淡写地抹去，摇身而变成为纯洁的美女。"回眸一笑百媚生，六宫粉黛无颜色""后宫佳丽三千人，三千宠爱在一身"，明皇的恋爱是专一的。白居易把明皇写成了用情专一的情郎。在"渔阳鼙鼓动地来"之前，诗人浓墨重彩地渲染了帝妃热恋之情。马嵬之变，只是作为情缘巨变的背景。诗人创作的着眼点是描写一个爱情悲剧，而不是去追究历史责任。诗人对杨妃是同情的态度，而不是谴责。在写马嵬之变时，诗人着重突出了帝妃的死别之痛。一句"六军不发没奈何"，将明皇的复杂心情无遗地展露出来。"花钿委地无人收……君王掩面看不得，回看血泪相和流"，诗人以同情之笔点染了杨妃惨死的凄恻情景。妃死后，诗人又用大篇幅写明皇的相思，以及帝妃的挚情。"蜀江水碧蜀山青，圣主朝朝暮暮情。行宫见月伤心色，夜雨闻铃肠断声……春风桃李花开日，秋雨梧桐叶落时……"明皇对杨妃的思念是刻骨铭心的。失去杨妃后，明皇是空虚的、孤寂的，这更加增加了明皇的哀痛的回忆。诗歌的后半部分，诗人着意塑造了忠于爱情的帝妃形象。诗人凭借生花妙笔，采用超现实的手法，借助丰富的想象，创造出明皇派方士觅妃及两人不忘七夕密誓的动人情节。他们对未来的爱情充满了信心——"但教心似金钿坚，天上人间会相见""在天愿为比翼鸟，在地愿为连理枝。天长地久有时尽，此恨绵绵无绝期"，使人们情不自禁地为他们精诚不绝的爱情洒下了同情之泪。可以说，杨妃故事在白居易笔下，被染上了浓浓的理想化、传奇化的色彩。

同《长恨歌》相映，陈鸿《长恨歌传》也对杨妃故事进行了大量描写。其大致情节唯杨妃取自寿邸《传》有而《歌》无，是《歌》《传》的唯一区别。尽管陈鸿指出写此传的目的是让"意者不但感其事，亦欲惩尤物，窒乱阶，垂于将来者也"。但从全文来看，对杨妃的谴责色彩已经远远淡于杜甫，同情性增强。文中对杨妃的"殊艳之态"进行了细致描写，对帝妃之情也加以叙述。马嵬兵变，六军要求明皇杀杨妃以平天下人的怨恨，"上知不免，而不忍见其死，反袂其面，使牵之去。仓皇展转，竟就死于尺组之下。"明皇虽事出无奈，但不得不牺牲宠妃来保存自己——尽管明皇对杨妃的爱是真挚的，他们之间的确有着深厚的感情。回京后，明皇思妃之念三载而不衰，求助道术，访妃神魂，终于于"玉妃太真院"找到。从已成为神仙的杨妃依然关心天宝十四年以后的事情可以看出杨妃对明皇之爱依旧存在。后道士回京，报说遇玉妃事，已成为太上皇的明皇内心既震惊又悲伤，不久薨于兴庆宫。

白居易则不同。他生活在中唐时期，杨妃已死了半个世纪，杨妃的故事在社会上也经过了长期的流传。由于中唐社会面临着许多政治危机，如宦官专权、藩镇割据等，各种现实问题日益严重。中唐人民越来越怀念开元天宝时代的繁盛、强大和统一，探讨由盛转衰的原因，杨妃故事就顺其自然地成为他们津津乐道的话题。杨妃故事逐渐失真，传奇性色彩愈加浓厚。白居易正是在这样的怀恋开元盛世，不满现实的社会基础上，再加上自身的婚恋经历唱出了那首凄恻、感伤的《长恨歌》。白居易没有亲临帝妃爱恋的时代，只能在前人的传说和自己的想象中去创作。而事过境迁，只有自己内心有所感、有所动，才会创出这样一篇感人的诗篇。白居易的诗情也正是来自他所处的现实世界。可以说，《长恨歌》有对美人不幸的同情，对美好爱情的憧憬，对美的毁灭、逝去的感伤。中唐世风，如陈寅恪先生《读莺莺传》所云："舍弃寒女，而别婚高门，当日社会所公认之正常行为也。"①白居易与自己不爱的杨氏成婚，而与自己深爱的湘灵结合成空，诗人的感情领域激起了巨大的波澜。白居易写了不少怀念早年恋人、恋爱的诗，如《冬至夜怀湘灵》云："艳质无由见，寒衾不可亲。何堪最长夜，俱做独眠人。"抒发无可奈何的离别情怀。毕竟攀附高门，抛弃为自己所爱之寒女，是一件难以忘怀的事。这在20世纪80年代学者研究白居易早年恋爱经历已有揭示。②可以说，白居易之所以能创造出不朽的《长恨歌》，和他自身的早年恋爱中断的经历是密不可分的。与湘灵永远的生离，是他终生的遗憾，是挥不去的愁丝、斩不断的情结，故在游《仙游寺》时，帝妃故事爱和死的激触，使他的压抑很久的感情喷发出来，书出帝妃故事背后所代表的令人神往心慕的时代和帝妃的遭际。

晚唐则是唐帝国的衰退时期，社会矛盾激化，形势严峻。在风雨飘摇中，人们预感到大唐帝国的末日即将来临，在作家的创作中也不知不觉地以突出悲剧来点染杨妃故事，进而抒发自己的感受和对现实生活的认识。在对历史思索的同时，晚唐的文人们不禁发问：为什么诛杀了祸国的杨妃，大唐王朝却依旧混乱、衰落呢？痛定思痛，他们或讽刺，或同情，或翻案……以咏史形式剪裁这一题材，叙说这个故事，以达到针砭时弊，借昔喻今的目的。

李益《过马嵬三首》写杨妃事。其中"血染马蹄尽朱阁……世人莫重霓裳曲，曾致干戈是此中""南内真人悲帐殿，东溟方士问蓬莱""托君莫洗莲花血，留寄千年妾泪痕"，片段式地从某一角度写马嵬赐死，道士寻妃

　　① 陈寅恪：《元白诗笺证稿》，中华书局1963年版。
　　② 参见顾学颉：《白居易和他的夫人》，《江汉论坛》1980年第6期。

等故事。他对杨妃不是批判，而是充满了同情与遗憾。

　　从上述作品，我们可以看出其中的变化。首先，在形象的塑造上，在杜甫笔下，杨妃是现实生活的真实人物；而李益则把她作为历史人物来写，增加了悲剧色彩、同情语调；白居易笔下，杨妃带有传奇色彩，是一个艺术形象；陈鸿笔下，虽把杨妃当作历史人物来写，但其文学色彩已很浓厚。其次，在对待杨妃的态度上，杜甫着眼于政治，突出了帝妃的安逸享乐所造成的严重的社会动乱的后果。杜甫对杨妃是谴责的、批判的。李益虽稍有"干戈由享乐导致"的批判意识，但也指出了"血染马蹄"的悲剧性，明皇不能保护杨妃更衬出了对杨妃的同情。陈鸿则虽欲"惩尤物"，可是在创作中却不自觉地将杨妃的无辜写入笔端，对杨妃的谴责色彩淡化，同情色彩增强。白居易则抱着同情的惋惜态度，歌颂帝妃的忠贞的爱情，按自己的理想塑造了帝妃形象，美化了杨妃故事。可以说，从杜甫到李益、白居易、陈鸿等人，实现了文学创作上由现实主义到浪漫主义的演化。

　　《长恨歌》问世以后，流布颇广，稗官野史，一时蜂起。《明皇杂录》记明皇与杨妃张乐勤政楼、幸华清宫，明皇幸蜀、思妃等有关事迹。郑綮《开天传信记》明皇梦游月宫、得宝符、上宠安禄山、妃因妒归家、献发等事迹。郭湜《高力士外传》有国忠被诛、太真连坐之记载。姚汝能《安禄山事迹》记禄山谄媚、为妃养儿、洗儿、赐物、禄山以讨国忠为名反等。刘肃《唐新语》记禄山反事。段成式《酉阳杂俎》有禄山恩宠莫比、妃善承上意事。赵璘《因话录》有禄山为妃子事。李肇《唐国史补》有马嵬妃死、妃好荔枝、百钱玩锦之载。杜光庭《仙传拾遗》有明皇令杨什伍寻妃事。冯贽《记事珠》有马嵬锦袜之载。

　　这些笔记野史，都很琐碎地记载了有关杨妃的故事。作者在写作时，已经能较为客观地记录这些琐闻逸事，为之后的小说、戏曲、诗歌创作提供了很好的素材。他们没有杜甫的愤激，也没有陈、白等的同情，他们只是投合当时人们喜谈开天遗事的风气，将杨妃故事书于笔下。

　　随着时代的推移，杨妃已完全成为历史上的传奇人物。到了晚唐，诗人们多就太真遗事进行创作。由于篇幅所限，他们选取某一角度进行吟诵。当然，这与晚唐社会有着密切的关系。晚唐已是唐王朝衰亡没落之时，藩镇割据、宦官专权、朋党之争，朝政日非，人民饥寒交迫。盛唐那种充满英雄情调、浪漫色彩的奋发有为之歌已然消逝，中唐那种对儿女情长的描写、闲情逸致的追求也荡然无存。在风雨飘摇中，诗人们意识到大唐帝国的覆亡即将来临，而安史之乱作为唐王朝由盛转衰的转折点，又促使他们关心这一事件，在回味中品尝这一苦果。因此，杨妃故事亦自然地成为他们歌咏之事，进而抒发自己的感受和对现实生活的认识。在对历史思索的同时，不禁发问：为什么诛杀了祸国的杨妃，大唐王朝却依旧混乱、衰落呢？痛定思痛，他们或讽刺，或同情，或翻案……以咏史形式剪裁这一题材，叙说这个故事，以达到针砭时弊，借昔喻今的目的。

晚唐咏杨妃故事的诗歌，可谓炫人眼目。李商隐《马嵬二首》曰："海外徒闻更九州，他生未卜此生休。……此日六军同驻马，当时七夕笑牵牛。如何四纪为天子，不及卢家有莫愁？"诗以"马嵬"为题，重点写明皇为六军所迫，在马嵬赐杨妃死，把批判的矛头对准了明皇。先用"海外更九州"的故实概括了方士在海外仙山寻见杨妃的传说，后用"徒闻"加以否定。明皇听说杨妃在仙山还记得"愿世世为夫妇"的密约，十分震撼，但这又于事何补呢？他生之事，渺茫未卜；而此生的夫妇关系，却已然明明白白地完结了。那么，为什么会发生马嵬之变呢？诗人用对比的手法，使昔乐今苦，昔安今危的不同处境和心境，跃然纸上。"六军同驻马"与"七夕笑牵牛"对照，颇具讽刺意味。当日的密约，在生死攸关之际，显得那么可笑、无力。如果没有当日的荒淫，又哪会有今日的离散呢？当了四十多年皇帝的明皇，连自己的宠妃都保不住，又是为什么呢？诗人对杨妃的惨死不无痛心之意。其一"……君王若道能倾国，玉辇何由过马嵬？"这首诗从马嵬之变、贵妃赐死写起，找寻原因，把矛头指向明皇——正是由于他的腐化，才有这样严重的后果。这是对历史的总结，也是对当政者的警告。《龙池》有"……夜半宴归宫漏来，薛王沉醉寿王醒"。兴庆宫龙池边明皇大宴群臣，杨妃在声乐中出现。宴罢归来，薛王沉醉而寿王却难眠。显然，是因为看到了自己从前的妃子。《骊山有感》"……平明每幸长生殿，不从金舆唯寿王"。这两首诗，都揭露了明皇强占儿媳的丑行。而《华清宫》"华清恩幸古无伦，犹恐娥眉不胜人"，抨击了明皇的荒淫好色。

172

张祜亦有许多咏史诗咏太真事。《集灵台二首》"昨夜上皇新授箓，太真含笑入帘来"，揭开了明皇先度杨妃为女道士，后入宫的宫闱丑事。其二"虢国夫人承主恩，平明骑马入宫门。却嫌脂粉污颜色，淡扫蛾眉朝至尊。"通过虢国夫人朝见明皇的描写，讥讽他们之间的暧昧关系及杨氏专宠的气焰。"承主恩"，虢国夫人非嫔妃却承主恩，实为不正常之事。"平明"之时非朝见之时，却可朝见并在禁地骑马，非特宠特准，哪能如此？无情地拆穿了他们之间的荒唐。最后两句，更是耐人寻味，"却嫌脂粉""淡扫蛾眉"，含蓄地勾画出虢国夫人的风骚轻佻的形象，与"至尊"相连，更让人感到讽刺之辛辣。《南宫叹》明皇追恨太真之死，"何劳却睡草，不验返魂香""徒悲旧行迹，一夜玉阶霜"写出了明皇忆杨妃的绵绵怅恨。而《马嵬坡》中，"旌旗不整奈君何……尘土已残香粉艳，荔枝犹到马嵬坡"，明皇是无奈的，诗人对杨妃充满了同情与惋惜。"荔枝"句虽有些许讽刺，但同情的意味远胜于讽刺，咏史性增强。

杜牧《过华清宫绝句三首》"一骑红尘妃子笑，无人知是荔枝来"，通过送荔枝，鞭笞了宫廷生活的奢侈骄纵。其二"数骑渔阳探使回"明白地写出了禄山的狡猾，明皇的糊涂。而"霓裳一曲千峰上，舞破中原始下来"，将明皇的耽于享乐、执迷不悟揭露得淋漓尽致。"万国笙歌醉太平""云中乱拍禄山舞"亦写出了明皇的安逸侈糜。

郑畋《马嵬坡》"玄宗回马杨妃死，云雨难忘日月新。终是圣明天子事，景阳宫井又何人。"明皇的重返长安，是以牺牲杨妃为代价而换来的。一存一亡，意味深长。明皇赐死杨妃固然保存了自己，但内心的痛苦贯穿余生。尽管山河重归，但对杨妃的思念是难以抹杀的。喜恨交加写出了明皇矛盾的心理。全诗对明皇有婉讽，亦有体谅，不失为咏史之作，"出之意"的同时又"用意隐然"，耐人寻味。

于濆《马嵬驿》"生女愁倾国""当时嫁匹夫，不妨得头白"，对贵妃的同情跃然纸上。罗隐（一作狄归昌）《题马嵬驿》曰"……泉下阿蛮应有语，这回休更怨杨妃"杨妃已死，却又有亡国命运，这回怨谁呢？黄滔亦有"天意从来知幸蜀，不关祸胎自蛾眉"的诗句，即使没有杨妃，也有幸蜀的丑剧。徐夤有"未必蛾眉能倾国，千秋休恨马嵬坡"。到了晚唐，这些为杨妃辩解的、翻案的诗越来越多。

晚唐诗歌，对杨妃的同情色彩愈来愈浓，对明皇的误国、无情、荒淫的揭露也越加强烈。晚唐诗人之所以能够跳出"红颜祸水"的局限，是由于残酷的现实使他们识破了"女色误国"的为统治者推卸责任的可信性。随着国势的衰微，晚唐诗人创作也必然与前人不同。就杨妃故事来说，他们不再抨击杨妃，不再歌颂杨妃，他们把批判的靶子对准了明皇，借古讽今，以达到抒胸臆、警世人的目的。

从唐代创作，我们可以看出，艺术创作与时间条件是有关的。随着距离的久远，杨妃故事传说性、历史性愈加强烈，可用性愈加随意，这也正是体现出距离对文学创作的巨大影响。

第二节　五代、宋

经过多年的战乱，唐王朝终于覆亡。中国历史上又出现了一个新的分裂时期——五代十国时期。这个时期有关杨妃故事的创作很少，但尽管少，仍能透露出一些新的气息。五代王仁裕撰《开元天宝遗事》载许多有关杨妃的故事。由于作为笔记遗事而书，作者不带任何感情色彩。可以说，五代时，杨妃祸国观念已经淡化。吴康骈《广谪仙怨》道"晴山碍目横天，绿叠君王马前。……龙颜东望长安……长笛此时吹罢，何言独为婵娟。"首先，通过"东望"来表达对杨妃的思念之情；其次，"何言"句与思念相映，挑明明皇复杂的心绪，含蓄蕴藉。可以说，在兵荒马乱的五代十国时期，人们渴望统一。于是在追忆开天繁盛的情绪感召下，对杨妃这个历史人物的谴责性日益减少，恰如唐末人们认识到将动乱原因强加于女人身上的可笑性的清醒一样。

到了宋代，杨妃故事在文人笔下更加发展。文人们展开自己的想象，侃侃而谈，勾勒出自己心中的杨妃故事，在时间的变化中奋笔疾书。

宋初史官乐史《杨太真外传》两卷，综合了唐及五代创作，加以润饰而成，可谓有关太真遗事的集大成之作。《杨太真外传》叙述了杨妃家世、由寿邸度为道士而后入宫的过程、杨安的暧昧关系、妃两次被遣（一因悍妒，一因窃宁王玉笛）、妃好荔枝等故事，文笔流畅，描写细腻。同杜甫相比，在时间的推移下，已失去了对杨妃的义愤填膺的痛斥。

《青琐高议》中《骊山记》载野鹿游宫、金诃遮伤，谓杨安暧昧关系。《温泉记》载遇妃事，可谓古代无聊的黄色小说。郑仅《调笑转踏》十二首第十首诵太真诗曲，皆有对杨妃容颜、舞姿的赞美。苏轼《骊山》三绝句云"可叹前王恃太平""上皇不念前车戒，却怨骊山是祸胎"。陆游《题明皇幸蜀图》有"阿瞒手自裂纲纪"，直指明皇。刘克庄《明皇安乐图》"辇边贵人亦何罪，祸胎似在偃乐堂"，把动乱的原因归于李林甫。宋诗长于说理，喜作翻案诗。安史之乱距宋以远，经过系列反思，宋人深刻地认识到女人并非治乱的根本原因，是皇帝、是丞相，他们才是最终的原因。因此，在对杨妃的态度上，慰藉之意冲淡了怨怒之气。

然而，由于文学创作想象力是一个很重要的因素。因此，在唐人材料基础上，文人们展开想象的翅膀，去塑造自己文中的人物形象、情节，在禄山任杨妃为母的基础上，增添了他们的暧昧关系。而在明皇与杨妃的感情历程上，又加进了梅妃这个形象的塑造。或许，这亦是文人们对明皇专宠杨妃数年质疑的写照！

《梅妃传》作者是无名氏，据鲁迅考证是叶梦得的一个朋友。[1]同杨妃是历史上真实人物不同，梅妃纯粹是文人的虚构人物。梅妃形象的出现，丰富了杨妃故事，为杨妃故事发展的一大里程碑。甚至一般读者会非常相信当年宫中的确有一位与杨妃争宠的梅妃。可见，梅妃出现影响之大。

梅妃姓江，名采苹，是力士选入宫中的。她色艺俱佳，曾得明皇深宠。但与杨妃不同，她带有强烈的诗人气质。杨妃入宫时，明皇对梅妃仍无疏意。而由于"太真忌而智，妃性柔缓，无以胜。后竟为杨氏迁于上阳宫"。

---

① 《梅妃传》出《说郛》三十八，亦见于《顾氏文房小说》，取以相校，《说郛》为长。二本皆不云何人作，《唐人说荟》取之，题曹邺者，妄也。唐宋史志亦未见著录。后有无名氏跋，言"得于万卷朱遵度家，大中二年七月所书"。又云"唯叶少蕴与余得之"。朱遵度好读书，人目为"朱万卷"。子昂称"小万卷"，由周入宋，为衡州录事参军，累仕至水部郎中。景德四年卒，年八十三。《宋史》卷四三九《文苑》有传。少蕴则叶梦得之字，梦得为绍圣四年进士，高宗时终于知福州，是南北宋间人。年代远不相及，何从同得朱遵度家书。盖并跋亦伪，非真识石林者之所作也。今即次之宋人著作中。（《唐宋传奇集·稗边小缀》，鲁迅：《鲁迅全集》卷十，人民文学出版社1981年版。）

明皇思梅妃，与梅妃幽会，被太真搅得不可开交。面对软弱的明皇，梅妃作《楼东赋》，抒发自己的寂寞与怨恨，以及对往昔两情相悦的怀念。后明皇密赐妃一斛珠，妃赋诗谢绝，更有无限幽怨与辛酸。如此诗人气质的梅妃，又怎能斗得过工于心计的杨妃呢？安史之乱，梅妃死于乱军之中。乱后明皇寻梅妃，不得，梦妃，寻到尸，以妃礼葬。文中的梅妃是以正面人物形象出现的。可以说，《梅妃传》是《长恨歌》的"反对"，是对异端文化的礼赞。杨肥梅瘦，杨邪梅正，杨俗梅雅。梅妃是宋明文化的代表。史书上虽然没有载杨妃对别人的迫害、压制，可是在《梅妃传》上，却完全成了一个刁悍的坏女人。传尾杨妃之死，在作者笔下，完全不值得同情，是理所当然。梅妃呢，则以妃礼葬，平反昭雪。寥寥几字"上西幸，太真死"，是春秋笔法的运用，把杨妃当成了褒姒、妲己。在文学史上，从终点又回到了起点——杜甫的正统，到白居易的异端，又回到了《梅妃传》的正统。

宋代是理学进一步发展的时代。《梅妃传》应了宋人喜见翻案的口味，一改中晚唐人对杨妃的语调，树立了一个新的温柔敦厚的梅妃形象，与杨妃形成鲜明对比，暗讽了杨妃。在理学盛行的宋代，儒生大多受到比较严格的儒家传统文化的教育和熏陶，君臣关系、家国观念在精神上的维系都比较牢固。理念意识增强，是宋代文学思想发展中的突出现象。君主的形象不可能有什么损坏，只能在其他人身上下手，杨妃自然而然成为被抨击的对象。《梅妃传》说理、思辨色彩较浓，道学气较重，正是理学在南宋的日趋完善和流行，使这种以道德性理为万物根本的伦理哲学成为支配作家创作的一种价值观念。宋代作家具有较强的社会责任感和义务感。且宋代史学发达，文人小说观受史家影响较大，司马光《资治通鉴》杨妃秽乱的罪名，更增添了其形象在文人心中的鄙薄成分。无名氏以补史的方式，创作了《梅妃传》，一方面迎合了宋代理学说教的潮流，另一方面，也是总结历史兴亡的表现。

艺术是有时间性的。随着时间的转换，距离的不同，文人们的审美心理不断地发生变化。有些表象，随着时光的流逝逐渐遗忘了，有些则愈加清晰。南宋理学思想逐渐浸入人们头脑之中，对于前人对安史之乱的评述，认为不能以理评判，故他们要拨乱反正。《梅妃传》的作者通过塑造梅妃——正统思想的典范与杨妃对抗，从而使杨妃的形象再次严重失真。这也是艺术创作受时间限制的作用，文人们距开天时代愈远，与天宝时代的现实的联系愈薄弱，所受的束缚就愈少，就愈加可以驰骋想象，以自己心中的模式来创作。

第三节　金元

宋金对峙时期，在勾栏瓦舍之地，太真遗事是说话人讲说的话题之一。与此同时，诸宫调、戏曲、院本也有不少以太真遗事为题材的作品。以王伯成《天宝遗事诸宫调》（残）、白朴《唐明皇秋夜梧桐雨》（下简称《梧桐雨》）为现存可见。还有不少诗歌、散曲亦涉及太真遗事。

丹丘先生王伯成创作的《天宝遗事诸宫调》，可惜未能全部保存。这部作品中，作者同情杨妃，以至杨安私通一事上，他设计了安用酒灌醉杨后加以侮辱的情节，使杨成为受害者；对杨妃之死，进行了多方面描写，创造了浓郁的悲剧气氛；对明皇，则暴露了他把女性当作玩物的本质：他对杨妃，开始宠幸，继而略感厌倦，进而有所冷落，最终竟弃之不顾，同以往我们见到的有关杨妃故事的作品完全不同。这也是由于元朝这个特殊的时代，少数民族当政，遏制文化，知识分子胸中有不平之气要抒出，只好述之于纸笔，以隐曲方式来表达自己的感伤情怀。在《天宝遗事诸宫调》中，王伯成正是通过对明皇享乐的揭露，来表达"哀其不幸，怒其不争"的思想感情。

白朴《梧桐雨》写边关败将安禄山失机当斩，押解京师，竟得明皇宠爱，赐为杨妃养子，并与杨妃私通。安为抱与国忠不睦之仇，在渔阳起兵，发动叛乱，直抵长安。明皇被迫西幸，至马嵬，兵士哗变，赐杨妃死。后，平叛，归京，思妃。一日，梦妃，却被雨打梧桐声惊醒，追忆旧情，惆怅万千。《梧桐雨》全剧以李杨爱情为线索，反映了安史之乱这一重大历史事件。剧中尽管有安杨私通的描写，但写作的重点自始至终着眼于李杨情深意笃，相亲相爱。作者对女人误国的传统观念加以否定，对李杨爱情加以肯定，对人间真情给予珍惜。全剧弥布着一重无可奈何的悲凉情绪和感伤氛围，剧中不但写出了明皇失去江山美人的痛苦，而且隐曲地写出了高压政策下的民族自尊受到的伤害及无力反抗的深深的悲哀。爱情成为白朴理想的寄托，李杨爱情悲剧启发作者真切地体味人生。

伊世珍《嫏嬛记》载杨妃袜事，妃死后，明皇请道士见妃事。其中妃泣对道士说明皇不保护妃的怨词，可以说对杨妃的同情加深，对明皇的谴责加重。

元诗多以题画、怀古、咏史形式述杨妃事。同唐诗相比，元诗较多用笔于对杨妃的同情，愤激色彩磨淡得几近苍白。元诗多离亡兴叹之哀伤，人世沧桑之感悟。散曲则各抒胸臆，各领风骚，纷纷以自己的感想来述说太真遗事。

元代是异族统治的王朝，文人们为宋因羸弱而亡国感到伤悲。面对少数民族统治的强大，他们只能为宋王朝统治者的无能而痛心。因此，在元人笔下（特别是戏曲中），君王多为软弱无能的形象。明皇亦然。在杨妃故事的描述上，杨妃更加让人同情，明皇越加让人心痛。这与时间的推移，社会的变迁，从而导致作家审美心理和艺术创作发生变化是密不可分的。《天宝遗事诸宫调》的作者王伯成，生平事迹不详。然《录鬼簿续编》里有【凌波仙】颂其曰："伯成涿鹿俊丰标，公末文词善解嘲。《天宝遗事诸宫调》，世间无，天下少，《贬夜郎》关目风骚。马致远忘年友，张仁卿莫逆交，超群英一代英豪。"从这可知，他与马致远生活在同一个时代。马致远有《汉宫秋》，写明妃与汉元帝的爱情故事。王伯成与马致远均有写帝妃爱情的作品，皆揭露了帝王的昏庸、无能，朝臣的腐败、懦弱，外族的凌人、野蛮。我们由此可以推断，在文学创作和世界观上，他们是很相近的。

元为外族入主的朝代，少数民族压制汉族知识分子，文人身上的民族意识无疑较为强烈。《梧桐雨》中有所爱逝去的沧桑，这正是饱尝人世冷暖艰辛、苦辣酸甜，耳闻目睹风云变幻、世事变迁而产生的发自内心地对人生无常的感慨，亦是对美好事物转瞬即逝且无法复得的失望、寂寞和怅伤。由于白朴的经历，他在创作时充满了缅怀故国之情，这也是社会文人普遍的心态。王博文《天籁集序》中云："然自幼经丧乱，仓皇失母，便有山川满目之叹。逮亡国，恒郁郁不乐，以故放浪形骸，期于适意。中统初，开府史公将以所业力荐于朝，再三逊谢，迟衡门，视荣利篾如也。"白朴生活在金元之际，幼经丧乱，随元好问北上。后，父白华投降蒙古，但终未被录用。白家由金代显宦，宋朝郡臣，一变而为亡国流民，托命新廷，寄人篱下。白华事三朝变节之为，为时人不齿，这使白朴身上有巨大的压力和沉重的创伤。白朴一生不仕，与其身世有关，虽后来为张德辉举荐，然他已无意于禄位。但他并未忘却世事，他感到生不逢时，正如其散曲中所表现的世事沧桑的空幻感。他借寄情山水、沉迷诗酒来麻醉自己。这种矛盾的思想心态，在《梧桐雨》中有所折射：帝妃的爱情遭际、帝对妃的思念、悔恨。通过杨妃故事来传达、宣泄元代人民缅怀故国，渴望和平的感伤情绪。全剧凝聚着沉重的悲剧意蕴，爱情是美好理想的象征，是白朴思想感情的寄托。

整个元代，蒙古贵族重武轻文，崇尚军事人才。虽到忽必烈改变政策，吸收士人加入政权，但终未被重用。在这种统治下，普遍具有拯世济世观念的文人，感到怀才不遇的悲哀。无论是出仕，还是入仕，皆感有道不行的痛苦。多数文人在感到现实没有出路，未来无法把握，而自身又难以释然的情况下，对功名、荣誉，常发出貌似旷达而实际上愤激郁怀的议论：他们或借古喻今，或借题发挥，运用手中妙笔来抒发自己的情怀。可以说，这亦是王伯成和白朴创作的社会根源和基础。

第四节　明代

明代敷演太真遗事的作品尽管很多，但可惜现存者不多，唯《彩毫记》《惊鸿记》可见。

《彩毫记》上下两卷，共四十二出。该剧中心人物是李白，有关杨妃关目是为李白故事服务的。"脱靴捧砚""禄山谋逆""宫禁生谗""渔阳鼙鼓""罗袜争奇""蓬莱传信""仙官列奏"均与杨妃故事有关。剧中不仅写出了杨妃的娇宠，而且叙述了她的挺身赴死。她对明皇的思念，忏悔前罪等非常感人。在屠隆的笔下，女人祸水观念益发淡薄。他以一种较为通达的态度来看待人世间的悲欢离合，渗透出一种更为理智的情怀。在写杨妃义无反顾的牺牲时，对杨妃有所宽容和体谅，使杨妃这个形象有无怨无悔地去承受命运的安排的意味，有一种道德化的象征。

吴世美《惊鸿记》共三十九出，以梅妃得明皇所赐白玉笛作惊鸿舞而得名。全剧主要写明皇、杨妃、梅妃之间的三角恋爱。剧中，明皇对二妃皆有真情。剧中既有杨妃的得宠、梅妃的失宠，也有明皇与二者的生离死别。作者对杨妃的慨然赴死，给予了肯定。对明皇则明确地有所批判——在本传提纲中，直率地指出"唐天子嬖宠宫闱忘社稷"。

从上述明代两部作品，我们可以看出，明人在承前几代立意基础上，对杨妃故事修正较大。由女人误国至赞美爱情，由对杨妃的谴责至同情，直到明代的无悔地牺牲，使这个故事的主人公杨妃的说教色彩变浓。也就是说，明人心中的杨妃，怨而不怒，取义成仁，是宋明理学教化下的理想形象和载体。

明朝不仅建立了强大统一的封建帝国，相比宋元来说，又进一步加强了封建专制统治。君臣们非常重视程朱理学。到了明成祖永乐年间，在朱棣的御临下，以程朱为标准，汇辑经传、集注，编成《五经大全》《四书大全》和《性理大全》，诏颁天下，统一思想，使程朱理学取得了独尊的地位。理学在整个明代始终是束缚人们思想的传统力量。屠隆（1541—1605），为万历前后活动之人。吴世美，虽生平事迹不详，但他的《惊鸿记》有万历十八年刻本，故可断为万历之前或左右的人。可以说，他们均生活在晚明时期，这是"一个动荡时代，是一个斑驳陆离的过渡时代"[1]。这时，程朱理学受王守仁致良知学说一些冲击，以至王学发展到李贽的"异端"思想，肯定人欲、人们"好货好色"的本性。这使得生活在这个阶段的一些文人思想比较矛盾：一方面，旧的思想深浸着内心；另一方面，新的进步意识冲击着精神深处。屠隆、吴世美在铺叙杨妃故事时，对贰臣逆子做了批判，对至高无上的君王明皇有所回护，对杨妃则加重了同情，从而美化了帝王宠妃，塑造出一个怨而不怒的贤妃。于是，他们在赞扬贤妃时，肯定帝妃的爱情。杨妃之死，既是为理献身，也是为情牺牲，是情与理的结合；既是温柔敦厚的载体，也是为情无怨无悔的奉献。他们既受

---

① 嵇文甫：《晚明思想史论》，东方出版社1996版，第1页。

理学影响，也受新学熏陶。

第五节　清代

在前代创作的基础上，杨妃故事到了清代发展至高潮。这归功于洪升《长生殿》的完成，从而使杨妃故事得到更加丰满的发展。

在《长生殿》之前，清代孙郁作《天宝曲史》说太真遗事较为有名；之后人获《隋唐演义》较为出色。

《天宝曲史》共二十八出。剧中点明了杨妃原为寿王妃，安杨私通，杨梅争宠，李杨密誓，泣梦，寻真等情节。总体来说，作者歌颂了情，这亦可从序中得以证明，"夫人论情耳！情可以欢，亦可以悲，可以生，亦可以死"，又讽刺了明皇"色荒昵恶"，显见对杨妃的反感已然近于无存。

洪升的《长生殿》在"尽删秽事"的基础上，利用了一切可能利用的材料，可谓太真遗事的总结式的巨作。为此他三易其稿。第一稿是因为感慨李白的身世，遂以李白得遇唐玄宗作《清平调》三章为主要关目，大致与屠隆的《彩毫记》相类，取名《沉香亭》。其用意不过是借李白的遭遇来抒发自己怀才不遇的愤慨。可以推测，此本中李杨情缘会得到描写，但不会占主要地位；第二稿名叫《舞霓裳》。因为他的朋友毛玉斯批评《沉香亭》剧本的排场过于俗套，他就删去了李白的情节，增加了李泌辅助唐肃宗中兴的内容。在此稿中李杨的情缘已经占据主要地位，但作者显然持否定态度。说明洪昇已经把对这段历史的认识，从个人的身世感怀上升到对国家命运和历史兴亡的思索。而在第三稿《长生殿》中，杨妃故事，以及李、杨艺术形象，已达到了更典型、更理想的境地。全剧共五十出，以《埋玉》（第二十五出）为界限，前后取材、风格、创作手法迥然不同。前半部以史实为主，揭示了宫廷生活的腐败，真实地反映了安史之乱前的社会背景。后半部则主要运用浪漫主义的幻想，吸收了从唐代起就流行于民间的具有神话色彩的美丽的传说，对太真遗事加以美化，从而歌颂了李杨至死不渝的爱情，深切而真挚地描绘了他们之间的相思与忠贞，同时也叙述了他们为情爱而付出的代价。剧中，洪升对杨妃加以了礼赞，既描写了她的色艺双全，又涉及了她的温柔、软弱及她的骄纵、嫉妒，使这个人物形象更为丰满、充实。尤其是她对平等、专一的爱情的强烈向往，更增添了她自身的魅力。全剧的基调是沉郁的，表达的感情是沧桑的，既有得到爱的欣喜，也有失去爱的苦痛，表达了洪升对于理想的执着，对挚爱的向往。

洪升生活于清初顺治、康熙年间。同元朝类似，清亦是少数民族靠武力入侵中原取得的政权，这对唯我独尊的汉人来说是一种不可忍受的莫大耻辱。再加上对民族文化的压制、践踏，广大文人们的民族感情和民族自尊受到横加伤害，故此借古寄情在当时是抒己心志的普遍表达方式。洪升出生于清兵攻陷杭州的顺治三年（1646），兵荒马乱的逃难，使他触目惊心。未成年时，清统治者严酷镇压、戕杀汉族反抗者，使他童年的心灵与清政府有着不可逾越的隔阂。他的老师们，如毛先舒、陆繁弨等，均为气节饱学之士，他们的教育自然对洪升的思想有莫大的影响。而其自身在科场中吃尽了苦头，深切体会到现实的不合理和人情世态的冷暖炎凉。故而，他对现实生活同清初许多知识分子一样，从幻想到幻灭。恰如《长生殿》中纵使帝妃双双携手同赴月宫"大团圆"，他的背后依然是一个永恒的遗憾，是一个难以挽回的悲剧。另外，清初，理学家配合清统治者压抑市民经济发展势头的需要，遏制异端思想，王学左派的重视人情、人性，注意到人的良知，正是他们攻击的对象。在《长生殿》中，洪升借杨妃故事寄托了潜在的民族意识。另外，受明中叶以来的浪漫主义思潮尤其是汤显祖的重情思想影响，洪升欲"借太真外传谱新词，情而已"，引导人"直情而径行"。可以说，洪升借杨妃故事释放自身沉重的感情，歌颂生死不渝的崇高的爱情，感激妻子多年的无私帮助与关怀（洪升之妻为其舅父之女黄兰次）。尽管剧中有对清廷的潜在嫌怨。但其创作主流，还是把主要笔墨投到情感领域里——看准这"帝王家罕有的情"，杂糅着诸种传说，"经十余年"，三易其稿，写出了惊天动地的千古绝唱。正是出于对社会上的"无情"的感慨，他热烈地呼唤人世间纯情的回复，颂扬情的伟大力量。这也是李贽、汤显祖等人思想的延伸与发展，是明末重情思潮的继续。

《长生殿》之后，褚人获《隋唐演义》用五分之一多的篇幅，敷演了杨妃故事。全书十卷，共一百回。从卷八第七十九回起，直至最后，围绕着太真遗事展开。由于《隋唐演义》是一部历史演义小说，且出现较晚，故此对杨妃故事描写得也较为详尽完整。

对于同一审美对象，由于人们处于不同的时代，有着不同的审美距离，因此就会有不同的印象，进而出现不同的创作心理感受。清代是个异族当政的时代，文人们在创作时，情不自禁地要将自己的抑郁喷发出来。在太真遗事的书写中，亦不例外。故事中，有一种挥之不去的感伤情怀和盛世不再的凄楚。其透视点，不再是单纯的个人悲剧，而是时代的悲哀。

艺术之源在于生活，然而艺术又高于生活，是生活基础上的再加工再创造。杨妃是历史人物，有关杨妃故事的文学作品，既取材于历史又进行了艺术加工，故不可能完全局限、受制于历史，而往往与史实发生或多或少的冲突。太真遗事即是在这种状态下经过文人们的润饰而不断地流布下来的。这正是"若即若离"——审美观照和审美欣赏之间保持一定距离的作用结果。即既不完全陷入审美对象之中，又能对审美对象有深入了解。回顾唐宋元明清作家们描写太真遗事的主题演变过程，有力地证实时间距离对作家创作的重大影响。

丹纳在《艺术哲学》中说："有一种'精神的气候'，就是风俗习惯与时代精神……。时代的趋向，始终站着统治地位，企图向别方面发展的才干会发觉此路不通……。"杨妃故事在历代作家的笔下经历了一个由现实世界到理想境界的演变过程。这是一切艺术创作必然屈服于时代条件的结果，也正说明了"艺术是有时间性"的。

第三章　杨妃故事的情节演进

从《哀江头》到《隋唐演义》，杨妃故事经历了由写真逐渐发展到失真的过程。作为一个后宫的妃子，若不是有马嵬之变的惨死，杨妃或许不会成为文学人物（因为历代帝王皆有宠妃）。那么，究竟我们对杨妃故事有多少了解呢？下面，我就其情节发展，考察重要脉络。

第一节　杨安关系

提起安禄山，现在人们一般皆有他与杨妃私通的印象。究竟他们之间到底有没有暧昧的关系？文献中又是怎样记载的呢？

文献中，杨安关系有三种说法：含蓄地点出二人之间或许有不清白的关系的，如白居易《胡旋女》，李肇《国史补》，张祜诗句，王仁裕《开元天宝遗事》，乐史《杨太真外传》；直接写出二人之间的秽乱关系的，如张俞《骊山记》，王伯成《天宝遗事诸宫调》，白朴《梧桐雨》；二人清清白白、无任何暧昧关系的，如屠隆《彩毫记》，洪升《长生殿》。

关于杨安秽乱之说新旧唐书并未有载。可是，到了司马光《资治通鉴》，却有所载。于是，铁证如山，千古以来，杨安二人秽乱宫闱几为定案。但是，司马光的依据，是在小说家街谈巷语的基础上，而这些街谈巷语，本身并不是可靠的材料。又宋代理学思想抬头，史家深痛天宝乱事。故有捕风捉影之嫌。这也可说是司马光的一大失误。

细察有关杨妃故事的作品，杨安秽乱之说，有其滋长的土壤。

白居易《胡旋女》云："中有太真外禄山，二人最道能胡旋。梨花园中册作妃，金鸡帐下养为儿。禄山胡旋迷君眼，兵国黄河疑未返。贵妃胡旋惑君心，死弃马嵬念更深。……"将杨安并提，不得不令人深疑：是不是二人有更密切的关系呢？何以给人里应外合之觉？

李肇《国史补》载："安禄山恩宠浸深，上前应对，杂以谐谑，而贵妃常在坐。诏令杨氏三夫人约为兄弟，由是心动。及闻马嵬之死，数日叹惋。虽林甫养育之，国忠激怒之，然其他肠，有所自也。"隐曲地述说了对于贵妃死，禄山的态度和表现。作者是不是亦有他指呢？

张祜有诗句云："血埋妃子貌，刃断禄儿肠"。又将安杨并提，让人有由于杨安才有安史之乱的感觉。王仁裕《开元天宝遗事》有："安禄山受帝爱，常与妃子同食，无所不至。"令人遐想万千。《杨太真外传》广集资料，中亦载："……上赐妃十枚。妃私发明使，持三枚遗禄山。妃又常遗禄山金平脱装具、玉合、金平脱铁面"，"私"字，即透露出乐史的怀疑态度：为什么杨妃如此器重、宠爱禄山呢？

到了元代王伯成《天宝遗事诸宫调》，亦有安杨私通的描写，前面已经说过是安灌醉杨而加以侮辱，而非杨主动。

白朴《梧桐雨》第一折通过贵妃之口道出了两人私通之事："……安禄

山……出入宫掖。不期我哥哥杨国忠看出破绽……"《彩毫记》第十四出则借禄山之口道出："贵妃异宠，锦褓赐洗儿之钱。中外虽传，丑声宫闱，实未及乱……"

《长生殿》则更是洗净贵妃沉冤，将杨安关系写得清清白白。

洪迈《容斋随笔》卷第一《浅妄书》云："俗间所传浅妄之书，如所谓……开元天宝遗事之属，皆绝可笑。然士大夫或信之……此皆可言者，因鄙浅不足功，然颇能疑误后生也。"司马光正犯了这个错误。试想，就杜甫这个现实主义诗人来说，如果安杨果真秽乱宫闱，他会秉笔直书的，因为这更可为女人祸水论提供有力的证据。就唐代官修史书来说，如却有安杨私通之事，也是会记载下来的——杨妃曾为寿王妃事，在正史中都直载，何况安杨秽事呢？

如果说白居易的《胡旋女》已微露文人虚构安杨秽乱的端倪，那么，司马光则为二人的暧昧关系的存在起了确定的作用。

安史之乱使大唐帝国江河日下，一落千丈。从此盛唐气象成为永久的回忆，一去不复返。在唐代，许多人接受不了这个事实。因此有许多怨责之气。杜甫生活在与杨妃相近的年代，事实上由于没有安杨秽闻，所以，这个大诗人尽管对杨妃有冲天的愤恨，也不能去捏造故事。时过境迁，杨妃故事已渐渐成为过去。人们寻求变乱原因时，记起了马嵬惨死的杨妃——如果没有这个女人，或许明皇不会堕落呢！女人祸水的观念，在唐代的相关的琐闻中有所体现，这亦使杨妃有了背负了秽乱的罪名的苗头。宋代是儒学真正复兴的时代，世风注重言志、明道，强调发挥有用于物的精神。适应加强中央集权的需要，宋朝增强了思想控制，注重正统思想。司马光论正统，称"立法度，班号令，而天下莫敢违者谓之王"（《资治通鉴》魏纪黄初二年），强调统一思想。故在琐闻基础上定下杨安秽乱宫闱的关系。宋人在温公的影响下，再加上理学"饿死事小，失节事大"的观念浸染，妇女地位更加低下，安杨秽事更是无可辩驳的定论。元人在回顾唐王朝盛衰史时，历史沧桑感油然而生。受宋人安杨秽乱已成定案的影响，文人们在创题画诗时，借画赋诗，写出了大量有关安杨私通关系的诗。与此同时，王伯成《天宝遗事诸宫调》、白朴《梧桐雨》中亦有安杨暧昧关系的描述。不过，在王伯成笔下，杨妃非自愿、主动的私通，是由于禄山设计灌醉杨妃才私通的，这就在杨安关系上为杨妃减轻了罪责。《梧桐雨》中本身白朴对杨妃的感情就是复杂的：一方面，他依前闻写出杨安私通的关系；另一方面，他又同情李杨之情、杨妃之死。写安杨私通，有为安造反寻找一条合理的原因，同时，也有为迎合人们对别人隐私窥刺的嗜好，适应俗文学广大市民的口味的需要。明代理学盛行，道德约束力很强，由于杨妃没有做过什么实质性的误国之事，而随着时代的绵远，人们能够跳出来以一种比较通达的态度对待她，故此《彩毫记》中通过禄山之口道出了人言可畏施于安杨私通的传闻而"实未及乱"的事实。《长生殿》由于洪升欲歌颂精诚之爱，故在对待安杨关系上并未涉及所谓秽闻。

第二节　安反原因

关于安禄山造反的原因，亦是仁者见仁，智者见智，基本上有两种看法：与杨妃无关，如《新唐书》《旧唐书》《彩毫记》《长生殿》；与杨妃有关，如《骊山记》《天宝遗事诸宫调》《梧桐雨》。

司马光之前，杨安秽事虽有意指或朦胧痕迹，但并未铁证如山，为人承认。因此，在安禄山造反的原因上，文人们多依史实——杨国忠与安禄山不睦，导致禄山以讨国忠、清君侧为名起兵造反。自从有了《资治通鉴》这部正史，杨妃罪名昭然，因此，后来的创作也就有了夺妃之说。

宋代刘斧撰辑的《青琐高议》中《骊山记》载：

> 禄山至渔阳，多求珍异物，并私书上贵妃，尽为国忠抑而不达。顷之，禄山怨国忠，益有反意，乃兴兵向阙，言于左右，"吾之此行，非敢觊觎大宝，但欲杀国忠及大臣数人，并见贵妃叙我别后数年之离索，得回住三五日，便死亦快乐也。

《梧桐雨》中，安禄山造反的原因是：

> 我今只以讨贼为名，起兵到长安，抢了贵妃，夺了唐朝天下，才

是我平生愿足。

《天宝遗事诸宫调》中《禄山谋反》有：

　　驱兵早晚到骊山，若夺了娘娘，教唐天子登时两分散……

　　元代作品中国忠之因颇少，贵妃则成了安反的导火线。而明清时代则又回到了安禄山以反杨国忠为名造反上。

　　从与杨妃有无关系而造反一事，可看出时间距离对文学创作的影响。唐代，由于杨妃与禄山无甚不清白的关系，故纵有杜甫的万般愤慨，也不能编次出安造反是为了杨妃，最高程度也不过是含糊地让人联想一下。而宋代，随着正统观念的逐步发展，女人祸水论的传统思想的冲击，再加上积贫积弱的现状使士人忧虑国家的前途、命运，自然要为安反找出一个让人相信的借口，为了杨妃，禄山才起兵造反——这也为明皇做了极大的开脱。元代，少数民族当政，汉人倍受排挤，抑郁之气郁结于胸。文人们对前代皇帝的羸弱非常痛恨：对宋王朝皇帝如此，对曾创造了开元盛世而又制造了安史之乱的唐明皇亦然。在元代文人笔下的皇帝，多是软弱、无能的形象，而外族人多为嚣张凌人、不可一世的样子。因此，在杨妃故事上，安杨私通导致的禄山造反更是有其存在的合理性。安杨私通是对明皇的莫大的讽刺——一个皇帝无能到自己的宠妃与别人秽乱宫闱，是多么的懦弱啊！明代理学当政，忠君意识更强（这与明代前期政权变换的争夺与厮杀有关），更加需要为君王献身的忠臣贤士，故杨妃被赋予一定的参政意识，这就是忠于君王（还有丈夫）。因此，她就不可能与禄山有什么暧昧关系。禄山造反也就与她无关。洪升本着赞颂爱情的目的，适应重情思潮，亦是不能写禄山为她而造反了。

　　距离拉远，文人们想象力的驰骋，文学创作也异彩纷呈。禄山反因一事亦可验证：从讨国忠，至抢贵妃，再至讨国忠。在岁月的流逝中，观念逐步发生了变化，牵绊逐渐被遗忘，创作越加游刃有余。

第三节　七夕密誓

在爱情故事中，男女双方情投意合之际，总是情不自禁地希望能够终生厮守，于是，就有了海誓山盟作为坚贞其心的展示。杨妃故事亦然。杜甫诗中未有密誓之说；白《歌》陈《传》、《杨太真外传》《梧桐雨》《惊鸿记》《长生殿》中均有密誓之说。

密誓的存在，反映了李杨对爱情的肯定，对美好情感的不懈的向往，以及对生命中的永恒的憧憬和追求。白《歌》陈《传》，皆有七夕密誓之说，写出二人情意之笃，让人对二人的生死不渝的爱情有所理解。通观全文，弥布着一种强烈的感伤气氛，这更为故事的发展奠定了良好的基础。也许密誓是陈白将故事文学化的一种手段，但是它出现的本身足以说明李杨二人并非那种纯粹肉欲的结合，他们是有着深厚的感情的。

乐史《杨太真外传》，杂采旧书逸闻，排比润饰。有关杨妃故事，亦略备于此。在白歌陈传的影响下，也有李杨七夕密誓于长生殿之载。白朴《梧桐雨》中有李杨七夕盟誓之情节，不过，与前有所不同。白《歌》陈《传》、《杨太真外传》皆只载密誓，而《梧桐雨》则写了杨妃的主动性，是杨妃主动要求明皇示约以坚二人之情的。文中有关记载如下：

（旦云）今夕牛郎织女相会之期，一年只是得见一遭，怎生便又分离也？

（旦云）他是天宫星宿，经年不见，不知也曾相遇否？（正末云）他可怎生不想来！

（旦云）今夕牛郎织女相会之期，一年只是得见一遭，怎生便又分离也？

（旦云）他是天宫星宿，经年不见，不知也曾相遇否？（正末云）他可怎生不想来！

（旦云）妾想牛郎织女，年年相见，天长地久，只是如此，世上怎得似他情长也。

（旦云）妾蒙主上恩宠无比，但恐春老花残，主上恩移宠衰，使妾有龙阳泣鱼之悲，班姬题扇之怨，奈何！（正末云）妃子，你话说那里！（旦云）陛下，请示私约，以坚终始。（正末云）咱们和你去那处说话去。

（云）妃子，朕与卿尽今生偕老，百年以后，世世永为夫妇。神明鉴护者！……

《梧桐雨》中，杨妃步步为营，使明皇一步一步地向盟誓靠近。是杨妃的主动进攻才使明皇有了誓言。尽管《梧桐雨》写出了李杨深切的爱情，但由于笔下的明皇比较软弱，故即使是私盟，也很被动，也受别人（在这里当然指杨妃）牵引。

《惊鸿记》亦有七夕盟誓一事。在这里，明皇很主动，有关记载如下：

……（生抱旦云）朕得妃子，就如牛郎得织女，只恐易尽今生，未结来生，各坠迷途，遂指诚念。待朕今夕与汝对天私誓。……（生唱）……天呵，我李隆基不愿为天子，只愿做一个编户之民得美丽的杨玉环世世为妇。……（帖）……天呵，我杨玉环不愿为后妃，只愿做一个江村之妇，得风流的李三郎世世为夫。

多么真实而真挚的誓言啊！真是不慕荣华、不慕富贵，只求两情的天长地久！

《长生殿》密誓一事，是借织女与牛郎观望的角度来写的，文中有关记载是这样的：

（生）内侍，是那里这般笑语？……（内）是杨娘娘到长生殿去乞巧哩。……（生）内侍每不要传报，待朕悄悄前去。……妾身杨玉环，虔爇心香，拜告双星，伏祈鉴佑。愿钗盒情缘长久订，（拜介）莫使做秋风扇冷。

在二人盟誓时，文中写道：

（生上香揖同旦福介）双星在上，我李隆基与杨玉环，（旦合）情重恩深，愿世世生生，共为夫妇，永不相离。有渝此盟，双星鉴之。……

白《歌》陈《传》，写出帝妃真挚的不渝之情，借杨妃之口说出誓约，强调了爱情的相互性。《梧桐雨》中杨妃处于主动位置，明皇则有些被动，这亦是结合剧中明皇无能的形象而塑造的——甚至在爱情上，他都不能有英姿逼人的一面。《惊鸿记》虽写三角恋爱，但在李杨感情上，明皇仍是很深切的、热烈的。《长生殿》则主要强调二人的心心相印，将其情升华到至情。

杜甫诗中没有七夕密誓之说，白《歌》陈《传》为了表述二人的爱情，用七夕密誓来点染。在这里，帝妃爱情的平民化、传奇化色彩较浓，他们不再是人们想象中的那样凌然踞上，而是以常人的姿态出现于读者面前。杜甫是不会对李杨爱情有什么美好的赞美的，他是痛恨这件事的。可以理解，经历了那么多磨难的现实主义诗人杜甫，如此否定杨妃，当然不会花费笔墨去描摹帝妃的爱情了！陈白则不同，他们生活的时代距安史之乱已远，在游玩时话及此事，颇有咏古事来感怀的意味。由于他们自身没有经历战争，尽管战乱给人民留下了阴影，对他们来说，感触已不如身历了盛衰的杜甫那样深。因为，他们的一生皆是在动荡与衰落中度过，所以对他们而言，开天时代是历史，杨妃故事是故事，这个惨死的妃子很可怜。故而，在作诗赋文之时，同情语调较多，笼罩着一种得到爱而又失去爱的浓浓的感伤。白居易写《长恨歌》以李杨两人爱情悲剧为立足点，歌颂了他们"在天愿为比翼鸟，在地愿为连理枝。天长地久有时尽，此恨绵绵无绝期"的感人的爱情，从生命角度写出了爱情的经久持续，赞美了一个缠绵凄怆的美丽故事。李杨二人已不再是历史上的帝妃，而是两个爱情故事的男女主人公，他们身上浸染着传说的色彩。密誓为下文之爱恋、深情、离别之痛苦，相思之巨创打下基础。白居易创作《长恨歌》既抓住了典型的帝妃素材，又结合了自身的情感、心理需要。七夕密誓，就是在创作的需要下产生了。元代对杨妃的同情加强，而对明皇的谴责增强了：是明皇的软弱葬送了江山与美人。正是这种软弱的性格，在《梧桐雨》中才出现密誓一事杨妃的主动和明皇的被动的场景。由于明人对杨妃的宽容和理解，杨妃在他们眼中是一个怨而不怒的封建女子的典范，所以，在《惊鸿记》中密誓是用来表现二人的情深意笃，缠绵依恋。到了清代，《长生殿》中，洪升运用自己的想象，将自己的帝妃的相识写于偶然的宫中邂逅，有平民意识。明皇见宫女（后来的杨妃）产生心动的感觉，然后恋爱，这也正是洪升的爱情模式——平等。这种爱情观在《四婵娟》中亦有所表现。夫妇人格的平等使明皇杨妃的爱情更贴近人生，使观众从帝妃情缘中感悟爱情道路的崎岖，在不平中找到平等的归宿，密誓是二人爱情发展的必不可少的环节。

一个密誓，在不同文人手中有不同侧面、不同程度的描写。可见，随着时代的各异，距离的变化，传说性增强，创造性与虚构色彩就愈加厚重。恰如苏轼所说："横看成岭侧成峰，远近高低各不同"，无论是白居易、陈鸿，还是白朴、吴世美、洪升等，他们处于不同的时间的审美距离，有着不同的审美感受，所以产生不同的创作心理，对七夕密誓这同一事件，就采取了不同的写作方式。

第四节　马嵬惊变

安史之乱，明皇西幸，至马嵬，六军哗变，明皇无奈处死宠妃杨妃。妃死前的情状，作家们处理各异：有的未写杨妃言语，如白歌陈传；有的尽管描写杨妃的言语，但表现不同，如，《杨太真外传》杨妃并没有哀求明皇救命；《玄宗遗录》《天宝遗事诸宫调》《梧桐雨》中杨妃求助明皇救命，最后怀着怨气而死；《惊鸿记》《长生殿》则有献身精神，是为顾全大局而牺牲的。

《长恨歌》中云："六军不发没奈何，宛转蛾眉马前死。花钿委地无人收，翠翘金雀玉搔头。君王掩面救不得，回看血泪相和流。"虽然没有正面写出杨妃的话语和表情，但诗中的悲凉、凄楚、哀绝的语调已足可让人感受到明皇的不忍、无奈与杨妃的对生的留恋。

《长恨歌传》写道："上知不免，而不忍见其死，反袂掩面，使牵之而去。仓皇展转，竟就死于尺组之下。"短短几句，亦达到了《长恨歌》的效果。

《杨太真外传》中："……上回入驿，驿门内旁有小巷，上不忍归行宫，于巷中倚仗欹首而立。圣情昏默，久而不进。……逡巡，上入行宫。抚妃子出于厅门，至马道北墙口而别之，使力士赐死。妃泣涕呜咽，语不胜情，乃曰：'愿大家好住。妾诚负国恩，死无恨矣。乞容礼佛。'帝曰：'愿妃子善地受生。'力士遂缢于佛堂前之梨树下。……"写出了杨妃不愿去死，又不得不去死；明皇不想让她死，又不得不处死她的难分难舍的矛盾。杨妃在此，是无奈又无怨的。

《翰府名谈》的佚文《玄宗遗录》，见于无名氏的《樊川诗集夹注》（北图藏朝鲜刻本，卷二）较生动地把当时的情形栩栩如生地表现出来：

> ……贵妃泣曰："吾一门富贵倾天下，今以死谢之，又何恨也！"遽索朝服见帝曰："夫上帝之尊，其势岂不能庇一妇人使之生乎？一门俱族而及臣妾，得无甚乎？且妾居处深宫，事陛下未尝有过失，外家事妾则不知也。"帝曰："万口一辞，牢不可破，国忠等虽死，军师犹未发，备子死以塞天下之谤。"妃子曰："愿得帝送妾数步，妾死无憾（原作感）。"左右引妃子去，帝起立送之，如不可步而九反顾，帝涕下交颐。左右拥妃子行，速由军中过至古寺，妃子用拥项罗掩面大恸，以其付力士曰："将此进帝。"左右以帛缢之，陈其尸于寺门，乃解其帛。俄而气复来，其喘绵绵，遽用帛缢之，乃绝……

《玄宗遗录》中，无论是对话，还是描写，都很具体、详尽，对妃死前的情状做了不少艺术加工，把杨妃的怨责、绝望、无助、凄然，书写得淋漓尽致，感人心脾，使读者不由得洒下一掬同情之泪。这时的杨妃，对明皇充满了希望，她根本就没有意识到当时的明皇自身难保、岌岌可危的现状。如此一个没有清醒的政治头脑的女子却不幸成了政治斗争的牺牲品，又怎会不让人怜惜呢？

《梧桐雨》第三折有关描写是这样的：

> 【搅筝琶】……须不是周褒姒举火取笑，纣妲己敲胫觑人。早间把

他个哥哥坏了，纵便有万千不是，看寡人也合饶过他……（旦云）妾死不足惜，但主上之恩，不曾报得。数年恩爱，教妾怎生割舍？（正末云）妃子，不济事了！六军心变，寡人自不能保。……（旦云）陛下，怎生救妾一救！（正末云）寡人怎生是好！……（旦回望科，云）陛下好下的也！（正末云）卿休怨寡人！

明皇也曾为杨妃辩护，但尽管杨妃是无辜的，在形势的压力下，明皇只能以牺牲杨妃这一手段来保存自己。杨妃死时是带着希望后的无限的失望而产生的怨气和悲情去死的。多年的恩情，在生死攸关之际被无情地抛弃，明皇显得有些自私，甚至令人生厌。

《天宝遗事诸宫调》亦有相关套数对此加以描述，《杨妃上马嵬坡》写道："朝内君王没奈何，间外将军管甚么？"对朝政的腐败和君臣的无能有所讽刺和揭露。

《明皇哀告陈玄礼》《明皇告代杨妃死》中明皇也努力试图去解救杨妃免于一死，但是毫无作用。

杨妃述恨时，杨妃怨责说："早忘了长生殿夜参差，悄悄无人私语时，枕边誓约中甚使？……把我生勒死，不知为何事？若施行了之后，却休教死骨头上揣与我个罪名儿！"杨妃的怨言为她的无罪做了很好的解释，侧面暴露了明皇的冷酷、虚伪，使人们对杨妃无辜之死感到愤慨。

《惊鸿记》第二十七出马嵬杀妃，对妃死前场面的描述同前大异：

（生）贵妃深居官中，安知国忠反状……（贴向生作悲，跪了）陛下顷远计宗社，何恋一妃？妾诚负国，死而无所恨！（生）今日之事，是朕累妃子耳，妃子何负于国家！（相抱作悲了）……（贴）愿大家好自珍爱，遂置诚念。（生）愿妃子善地托生，相结后缘。（贴）贱妾从此拜别。（向生作拜了）

正统之气较浓。明皇明言了是自己拖累杨妃，有自责之意；杨妃亦深明大义、无怨无悔、心甘情愿地赴死，是礼教下的贤明女子。某种程度上，让人敬仰、钦慕。

《长生殿》中《埋玉》中描述道：

> （旦跪介）臣妾受皇上深恩，杀身难报。今事势危急，望赐自尽，以定军心。陛下得安稳至蜀，妾虽死犹生也。……（生）妃子说那里话！你若捐生，朕虽有九重之尊，四海之富，要他则甚！宁可国破家亡，绝不肯抛舍你也！……（旦）陛下虽则恩深，但事已至此，无路求生。若再留恋，倘玉石俱焚，益增妾罪。望陛下舍妾之身，以保宗社。……（旦）高力士，圣上春秋已高，我死之后，只有你是旧人，能体圣意，须索小心奉侍。再为我转奏圣上，今后休要念我了。

自始至终，杨妃对明皇没有丝毫怨言，有的是彼此的深情与难舍。危急之时，杨妃挺身而出，为国捐躯，既有大义凛然的英雄气概，又有义烈刚清的无畏情怀。杨妃得到了至高无上的赞美，人们不由得对杨妃加以深深地崇敬。

不同的时间距离给文人创作提供了不同的前提条件。生活在天宝年代的杜甫把杨妃视为祸水，认为杨妃的死是咎由自取，感到大快人心。而中唐时代的陈鸿与白居易，则是在想象中，凭借自己对生活的体悟和生活经验而将太真遗事加工、改造、整理，创造出来的歌传。他们笔下的杨妃是不同于杜甫的新的艺术形象，具有传奇色彩。他们对杨妃的死带有同情的味道。随着距离的拉远，晚唐时许多人对杨妃还进行了辩解及翻案。死了杨妃，仍有奔蜀的丑剧出现，这又怨谁呢？到了《杨太真外传》出现时期，冷静的人们开始逐渐对杨妃减轻了怨怒。《玄宗遗录》明确地对明皇进行了批判。而《梧桐雨》《天宝遗事诸宫调》则继承这种意识，辛辣地谴责了明皇。我在前文讲过，元代文人由于受排挤，在高压的少数民族统治下又无法反抗，充满了怨怒交加而又不敢言说的复杂情绪。他们只好在笔下塑造出一个个无能的汉族皇帝形象来。如《汉宫秋》中的元帝，《梧桐雨》中的明皇。明人亦是在前人的基础上叙太真遗事，可以说也是在传说中写。《惊鸿记》中杨妃死前情状同样是生活基础上主观想象力的发挥，是明人理学

194

思想与历史故事的结合的产物。经历了几次朝代的更迭,明人已经能够较为达观地看待这些起起落落。事隔多年,人们已淡忘了天宝政治、安史之乱,理学亦要求尊君,这就需要有能够为君牺牲的精神。吴世美适应这种时潮,不但体谅、理解杨妃,而且按忠君的要求使杨妃成为明人心中的淑妃,他笔下的杨妃有一种义无反顾的精神。洪升受清初重情思潮影响,创造了一部感人的《长生殿》。上面我已分析,《埋玉》中,洪升重点写的是帝妃之间的心有灵犀,和相互之间的理解与支持。杨妃虽然有对生留恋的一面,但她是主动为国捐躯的,没有一句使明皇为难的话语,有的只是关心、牵挂。在这里,杨妃保国家安宁,树自己青名,实现了终身的价值,洗尽了红颜祸水的残余。这里的杨妃,是一个有主见、有个性的强者,赋予杨妃故事以新的亮点。

第五节 马践杨妃

杨妃死则死矣,还要让万马践其尸,是不是太过残忍了呢?《新唐书》《旧唐书》《资治通鉴》中记载没有这个情节,然而文学作品中却出现了,并且绘声绘色地进行了描画与渲染,这又是为什么呢?

文学作品中,杜甫诗歌、白《歌》陈《传》,《杨太真外传》《惊鸿记》《长生殿》中没有马践杨妃的描述;《宦门子弟错立身》中《哪吒令》述五种传奇,末本为《马践杨妃》,所演即为马嵬事。《天宝遗事诸宫调》《梧桐雨》中有马践杨妃情节。

杜甫诗中,未提马践杨妃一事。同前论一致,如果真有马践杨妃一事,以杜甫生活的时代来说,他一定会知道的,而且会拍手称快的——因为他始终认为杨妃是祸国的魁首。他会高兴地把这件事写在诗中。可是,在老杜的诗中,没有任何有关马践杨妃的端倪可寻。是啊,本无其事,生活在相仿时代的杜甫又怎会胡乱造谣呢?

白《歌》陈《传》中,只是说"宛转蛾眉马前死""仓皇展转,竟就死于尺组之下"。也许,人们误读了"马前死"吧。李益《过马嵬三首》又"血染马蹄尽朱阁"句,贾岛《马嵬》有"至今来往马蹄腥"句。这些更易增加人们的想象。为什么马与血总结合在一起呢?其实,当时,六军不发,

195

处死杨妃后继续西进，而军队的兵士又是骑马前进，当然要马踏马嵬坡了。后来的文人驰骋想象，以为众军愤然之际，也许要马践杨妃尸以泄恨吧。《杨太真外传》可谓唐五代时期太真遗事的集大成者，其中没有马践杨妃的情节。《宦门子弟错立身》中《哪吒令》述五种传奇，末本为《马践杨妃》，所演即为马嵬事。从这，我们可知，马践杨妃在宋人的想象中就已存在了。这可真是随着时空的推移，文人所受的束缚就越来越少，主观创造性就越来越强，以至虚构出一个马践杨妃的情节。由于对杨妃的同情逐渐加强，《梧桐雨》《天宝遗事诸宫调》中虽有马践杨妃的场面，但这也相应地进一步加强了对杨妃的悲惨结局的同情。明代，《惊鸿记》中杨妃是一个符合明人观念的贤妃，是明人的理想载体——无怨无悔承受一切道德教化的典范，所以根本就没有马践杨妃的情节的创造。这样的好女子怎能让万马齐践呢？万马齐践的悲凉和残酷又怎忍让贤妃去承受呢！洪升《长生殿》，把杨妃故事推向了完美的巅峰，同样，这样一个纯洁、刚毅、重情而又深明大义的为国捐躯的妃子，又怎会让万马齐践呢！

马践杨妃，其实是文人的虚构，由于不同时代、不同文人，因此，就会有不同的感慨，于是，出现同一情节的不同处理——取与舍。由于实际上未有其事，所以，在唐五代没有马践杨妃这一情节。宋人虚构了这一情节，也许受司马光影响——祸国的淫妇死不足惜，受马践也不能泄愤。这也可说是对妇女敲响的警钟，是守节思想熏染的产物。元代，少数民族当政，文人不满其专政而又无可反抗。只好对前代的汉族皇帝的赢弱表示痛惜。于是，无论是《梧桐雨》，还是《天宝遗事诸宫调》，安排马践杨妃的场面更加说明了皇帝的无能——作为上帝之尊，不但不能庇护由于自己过错而导致替自己去受罪的无辜的妃子，而且还有让万马去践其尸，这是多么悲哀！皇帝又是多么无能！马践杨妃在这里是一种爱莫能助的哀伤。是士人出于对黑暗社会的欲改造而无力回天的知其不可为之的深深的痛苦。明代，汉人重新执政，理学思想又促使文人创作时不自觉地对皇帝形象加以美化，明皇也不再是元人笔下的无助、懦弱形象。适应形势需要而为君牺牲的淑妃又怎会为马所践呢？洪升由于要创造出感天动地的太真遗事，将有关杨妃故事各种加工，从而完成了《长生殿》这一部巨作。杨妃在这里是为国捐躯的闪闪发光的光辉形象，某种程度上，可以说是洪升理想爱情中的人物，是被赞美和歌颂的。可想而知，是不会存在马践杨妃的情节的。

时代愈久，距离愈远，杨妃故事就愈带传奇色彩。文人们就是在不同的主观需要下，进行了不同意义的创作。

结　　语

杨妃马嵬之死，是明皇由于耽于享乐，荒于朝政，致使安史之乱爆发。时人由于传统的女人祸水观念，将发生动乱的原因归于杨妃。在马嵬，兵士迫明皇赐杨妃死——是缓冲、平息愤激的一个必要手段，也是舍车保帅，摆脱政治困境的交易。杨妃故事之所以存在及流行，很大部分是马嵬惨变的因素。杨妃故事的主角，可以说有两个：一为风流倜傥、多才多艺的唐明皇；一为国色天香、色艳艺绝的杨贵妃。杨妃故事，是在开元、天宝的历史时期发展的。而开元盛世，是中国封建社会发展到鼎盛的时期，安史之乱又导致了唐王朝的由盛转衰。这对于那些"先天下之忧而忧，后天下之乐而乐"的具有强烈忧患情怀的文人志士来说是万万不能忘却的。千百年来，无论是出于对唐帝国的怀恋，还是出于对宫闱故事的好奇，文人们对杨妃故事的创作不绝如缕，经久不衰。正如清人赵翼（《瓯北诗话》卷四）所说："其事本易传，以易传之事，为绝妙之词，有声有情，可歌可泣，文人学士既叹为不可及，妇人女子亦喜闻而乐诵之，是以不胫而走，传遍天下。"道出了太真遗事能够向完整系列化、正面理想化、艺术审美化等方面发展、演进的原因。

在发展演进过程中，时间越远，实际的牵绊、束缚就愈来愈少，故事就愈富传奇色彩。文人们可以按照自己心中的构想，去创造杨妃故事，从而赋予杨妃故事以理想色彩，推动杨妃故事的演进。从这一故事的演变，我们可以进一步理解时间距离对创作的重大影响。正如布洛所说："距离成为'美感'的一种显著特征。"人们与审美对象的距离越近，所受束缚越多，写实性越强，就不易欣赏和把握。反之，距离越远，所受束缚就越少，理想性越强，就越容易欣赏和把握。从杨妃故事的发展、演进中我们同样能够体会到这个道理。

在中国文学史上，杨妃故事的嬗变是一个很普遍的现象。有许多故事，如西施、昭君、孟姜、梁祝、嫦娥等故事，都是由一个简单事件而逐步演化成为情节感人、内容丰富的故事。不同时代的文人，在创作中表现了不同的思想感情，从而赋予故事以不同的意义。这亦正体现了艺术创作的时间性，证明了距离对文学创作的巨大影响。

参考文献

[1]曹寅等编：《全唐诗》，上海古籍出版社 1986 年版。

[2]班固著：《汉书》，中华书局 1962 年版。

[3]刘昫等撰：《旧唐书》中华书局 1975 年版。

[4]欧阳修、宋祁等编：《新唐书》，中华书局 1975 年版。

[5]司马光：《资治通鉴》，中华书局 1956 年版。

[6]李肇撰：《唐国史补》，上海古籍出版社 1979 年版。

[7]赵璘璘撰：《因话录》，上海古籍出版社 1979 年版。

[8]姚汝能：《安禄山事迹》，上海古籍出版社 1983 年版。

[9]王仁裕等撰，丁如明辑校：《开元天宝遗事十种》，上海古籍出版社 1985 年版。

[10]洪迈：《容斋随笔》，上海古籍出版社 1978 年版。

[11]张璋、黄畬编：《全唐五代词》，上海古籍出版社 1986 年版。

[12]王伯元著，朱禧辑：《天宝遗事诸宫调》，天津古籍出版社 1986 年版。

[13]顾嗣立撰：《元诗选》（初集），中华书局 1987 年版。

[14]隋树森编：《全元散曲》，中华书局 1964 年版。

[15]白朴，王文才校注：《白朴戏曲集校注》，人民文学出版社 1984 年版。

[16]陶宗仪等编：《说郛三种》，上海古籍出版社 1988 年版。

[17]屠隆：《彩毫记》，《古本戏曲丛刊》初集，古本戏曲丛刊编刊委员会编，古本戏曲丛刊编刊委员会景印本。

[18]吴世美:《惊鸿记》,《古本戏曲丛刊》二集,古本戏曲丛刊编刊委员会编,古本戏曲丛刊编刊委员会景印本。

[19]洪升著,徐朔方校注:《长生殿》,人民文学出版社1958年版。

[20]孙郁:《天宝曲史》,《古本戏曲丛刊》三集,古本戏曲丛刊编刊委员会编,古本戏曲丛刊编刊委员会景印本。

[21]陈寅恪:《元白诗笺证稿》,上海古籍出版社1988年版。

[22]朱光潜著,童学潜改编:《文艺心理学》,香港万源图书公司1978年版。

[23]段熙仲:《〈长恨歌〉〈梧桐雨〉〈长生殿〉》,《江苏戏剧》1980年11月。

[24]中山大学中文系编:《长生殿讨论集》,文化艺术出版社1989年版。

[25]〔日〕柳田国南著,连湘译,紫晨校:《传说论》,中国民间文艺出版社1985年版。

[26]李泽厚:《中国古代思想史论》,人民出版社1985年版。

[27]余英时:《士与中国文化》,上海人民出版社1987年版。

[28]李剑国:《唐五代志怪传奇叙录》,南开大学出版社1993年版。

[29]王立:《中国文学主题学》,中州古籍出版社1995年版。

[30]陈鹏翔主编:《主题学研究论文集》,东大图书有限公司1983年版。

[31]张毅:《宋代文学思想史》中华书局1995年版。

[32]程国赋:《唐代小说嬗变研究》,广东人民出版社1997年版。

[33]鲁迅:《鲁迅全集》,人民文学出版社1981年版。

[34]庄一拂编著:《古典戏曲存目汇考》(上、中、下),上海古籍出版社1982年版。

[35]郭英德编著:《明清传奇综录》(上、下),河北教育出版社1997年版。

[36]张庚、郭汉城主编:《中国戏曲通史》,中国戏剧出版社1980年版。

[37]傅惜华:《元代杂剧全目》作家出版社1957年版。

[38] Chen, FenPen Li Ph.D.Columbia University:*Yang Kuei-Fei: changing imagines of a historical beauty in Chinese Literature*,北京图书馆藏1984年版。

西施故事流变及其文化探源

2001年南开大学硕士学位论文　梁晓萍

　　摘要：西施故事是中国著名的美女故事之一，主要讲述春秋时期吴越争霸，处于劣势的越国利用美女西施施美人计迷惑吴王，终于报仇雪恨；后来又加入了范蠡与西施相爱、舍小爱全大爱的故事情节。这一故事流传极广，影响亦较大。本文采用主题学和文学人类学的研究方法，追溯西施故事的源流及演变，并对不同时代文人如何利用西施故事来抒发积愫及反映时代做深入的探讨。通过对西施故事流变轨迹的详细剖析，本文认为吴越文化的异质性与华夏文化的趋同性共同制约和影响着西施故事发展演进的方向，表现出深刻的文化内涵。

　　本文共分为八个部分：

　　绪言简要介绍了西施故事的研究现状、本文的研究方法及材料来源，指出本文的写作目的是系统整理与西施故事有关的文献材料并剖析其文化内涵。

　　第一章"西施故事的生成"考述了西施故事的渊源、演变及结局，发现西施故事的情节是一个不断衍生、附会的过程。它滥觞于先秦西汉，定型于东汉六朝，繁荣发展于唐后（沿着四条主线演进），呈现出金字塔形的结构。其结局的多样性反映出故事所包蕴文化内涵的复杂性。

　　第二章"西施故事与吴越文化"从吴越文化的角度分析

西施故事，发现吴越地区的尚武风俗、鬼神信仰是西施故事复仇情节、神异成分滋生的大背景，赋予了故事独特的个性化色彩。而随着全国经济重心和文化重心的南移，吴越风俗转向尚文，吴越人的雅好著述不仅扩大了西施故事的传承范围，而且在他们不断进行再创作的过程中，华夏文化的趋同性也渐渐丰富了故事的情节单元。第三章至第六章具体阐述了华夏文化的趋同性对西施故事的影响。

第三章"西施故事与历史意识"认为中国人浓重的历史意识对西施故事至少有两大方面影响，一方面求实与尊古、托古之风造成了记载西施事迹的史料、方志在唐以后蔚为大观，关于西施故里、遗迹及风物传说的文献不胜枚举；另一方面历史意识注重明德、以人伦道德为中心的精神实质又使后世文人吟咏西施往往出于以古讽今或借古喻今的目的，带有时代思潮和文人心态的印记。

第四章"西施故事与美女祸水"对千古文人热衷于探讨西施魅力与功罪的现象进行解读，发现对西施的不同评价——兴越女杰或亡吴祸水，虽立场不同，都是对美女祸水论的认同，源自对女性的恐惧与对历史经验的片面总结，实为女性作为性别群体屈服于男性的观念世界和语言文化的明证。

第五章"西施故事与生命情绪"指出屈原开创的"香草美人"兴象传统、宗法社会中文人与女性在人身依附关系上的相似性，使得文人好借西施自况以抒发生命情绪。由于西施地位、荣辱的变迁与文人的求仕过程具有不谋而合的相似性，她传奇性的人生际遇恰恰涵盖了士人各种可能的人生追求，因此西施意象形成了较为固定的主题含义——生命思辨。

第六章"西施故事与美人幻梦"论述了中华民族英雄美女、才子佳人的心理模式使西施故事在流传过程中引入了美人幻梦的成分，且分化为两路：对情的渴望使越相范蠡这一才子逐渐上升为故事的第二主角，与西施发生了缠绵悱恻的爱情；对欲的追求使风流自许的文人幻想艳遇西施的魂魄，引为知己并共赴巫山。凡此种种，其用意皆在于补偿现世人生中的种种不如意。

结语部分再次勾勒了西施故事的流变轨迹，简述了本文的结论，补充说明在西施故事的演变过程中，各种文化心理和意识不是截然分开而是参差互见的，它们的相互融合才使西施故事呈现出自己独特的风貌。

关键词：西施；主题学；文学人类学；社会性别；吴越文化；华夏文化；历史意识；美女祸水

绪　言

一、西施故事的研究现状、写作目的

西施故事是中国七个著名的美女故事之一（另外六个是昭君、杨妃、孟姜、梁祝、织女、白蛇），流传较广、影响也较大。自20世纪20年代以来，已有许多前辈学者对这些故事进行了梳理，形成了以顾颉刚先生的孟姜女故事研究为代表的一系列研究成果。但是已有的故事研究并非全方位的，大多偏重于民俗方面，或是仅就故事来源做探索与考证，这就留下了许多尚未填补的研究空白。西施故事的研究也是如此。

西施是春秋末年的著名美人，她"朝仍越溪女，暮作吴宫妃"①，在吴越争霸的过程中，扮演着惑吴兴越的重要角色。她拥有倾国倾城的美貌，又卷入了政治争斗的漩涡之中，从一个乡间的浣纱贫女一跃成为炙手可热的宫闱宠妃，其人生际遇有殊多可感可叹之处，历代文人雅士以西施为题材创作的诗词、戏曲、小说蔚为大观。20世纪80年代以来围绕旅游经济开发，出现了一股"西施文化热"，引发了"西施出生地""历史上有无西施"的争论。虽然西施故事由于这样或那样的原因引起了人们的广泛关注，但目前已有的研究成果多属于史实考辨之类，较少涉及民俗学、文化学等相关领域，与四大传说故事的研究相比，仅可以说是处在一个起步阶段。

西施故事的材料，散见于各个历史时期的经、史、子、集之中，而我们知道文人的赋咏议论，一般并不拘囿于史实的真伪，常是有感而发，有意无意之间便加入了许多附会和夸饰，这就大大丰富了西施故事的内容（这几乎是一种模式，昭君、杨妃、孟姜女等故事莫不如此）。而文人在这一"再创作"的过程中，下笔又多多少少会受时代意识、社会思潮与个人情感的左右，郑樵《通志·乐略》对此现象有精辟的论述：

> 稗官之流，其理只在唇舌间，而其事亦有记载。虞舜之父、杞梁

---

① 王维：《西施咏》，见曹寅等编：《全唐诗》卷一二五，上海古籍出版社1986年版，288页中。

之妻，于经传有言者不过数十言耳，彼则成万千言……。顾彼亦岂欲为此诬罔之事乎？正为彼之意向如此，不说无以畅其胸中也。[1]

这里，郑樵直接指出文人多有利用民间故事来"畅其胸中"的"意向"。也正因为如此，我们可以从文学与文化的角度入手系统地研究西施故事，通过它的不断"成长"来管窥时代思潮，了解文人心态，并探讨其文化内涵。

二、本文的应用观点与方法及资料来源

本文采用主题学和文学人类学的研究方法，从文学、文化的角度研究西施故事的产生、发展、流变并分析其文化内涵。

"主题学"（thematics or thematology[2]）最早源于19世纪德国学者例如F.史雷格尔（F.Schlegel）、格林兄弟（Jacob Grimm and Wilhelm）等人对民间传说和神话故事的研究。1968年前后，弗伦泽尔（E.Frenzel）、莱蒙·特鲁松（R.Trousson）、哈利·列文（Harry Levin）、威斯坦因（Ulrich Weisstein）、弗朗索瓦·约斯特（F.Jost）开始将其引入比较文学的研究范畴[3]，它集中在对个别主题、母题，尤其是神话（广义）人物主题做追溯探源的工作，并对不同时代作家（包括无名氏作者）如何利用同一个主题或母题来抒发积愫以及反映时代，做深入的探讨[4]。也就是说，主题学的研究范围是"打破时空的界线来处理共同的主题，或者将类似的文学类型采纳为表达规范"[5]，而某一传说、故事、人物典型在某一民族文学内的流传和演变

---

① 出自郑樵：《通志》卷二十五，中华书局1987年版。

② 主题学一词相当于德文中的 stoffkunde 和法文中的 thématologie，至于在英文中用 thematics 还是 thematology，则是见仁见智的问题，并无定论。

③ 早期主题学研究由于是纯粹的题材积累，曾广受非难和怀疑。德国学者弗伦泽尔的《题材与主题史》、比利时学者莱蒙·特鲁松在法国发表的《比较文学中的主题研究和方法论》、美国学者列文的《主题学和文学批评》和威斯坦因的《比较文学与文学理论》使主题学研究在比较文学界站住了脚，确立了明确的方法论：题材与主题和文学虚构是全然不同的两回事。

④ 参见陈鹏翔：《主题学研究与中国文学》，《主题学研究论文集》，东大图书有限公司1983年版，第5页。

⑤ 这是美国学者弗列特里契（W.P.Friedéch）和马龙（D.H.Malone）对主题学所下的界定，转引自李达三：《比较文学研究之新方向》，台湾联经出版社1981年版，第190页。

正是进行"跨国或跨民族界限"的主题学研究的基础。这一研究方法在20世纪二三十年代为前辈学者顾颉刚、钱南扬、钟敬文、赵景深等应用于民间故事的研究，形成了《孟姜女故事研究集》《祝英台故事集》《中国与欧洲民间故事之相似》《中西童话之比较》等研究成果，20世纪80年代中国台湾的一些学者沿袭这一方法出版了一本《主题学研究论文集》，本文对西施故事的研究可以说是这一方式的推进。

在运用主题学进行研究的基础上，本文还试图吸收20世纪文学人类学（literary anthropology）的相关成果，从更广阔的视角对西施故事进行文化阐释。我们知道一个民族或社会的文化，也就是一个民族或一个社会的共同意念与心声、共同的思想与感情，它们大都存在于很深的层次，而文学则常常用象征的手法将其表达或勾勒出来。文学自诞生以来，就以人情、人性为核心，在形象、丰富、深刻的艺术世界中展现人情、人性，从这种意义上来说，文学可以说是本原的、全息的、特殊的人类学范本，二者的关系，正如王岳川在《艺术本体论》中所说是同源、同体、同构的：

> 人类文化发展史表明，艺术与人之间存在着一种非此不可的本体关系，因此只有进入人类本体反思之中，只有在人类本体和艺术本体的关系中，在艺术意义求索的路途上，我们才能去与艺术本体谋面，才能揭示和敞亮艺术本体的终极价值和意义。因为，就终极意义而言，艺术与人类生活密切相关，对艺术的揭示，就是对人的根本存在方式或最高存在方式的揭示。[1]

由于文学与人类学都具有"人"这一内在相通的本体指向，文学人类

---

[1] 王岳川：《艺术本体论》，三联书店上海分店1994年版，第3页。

学也就应运而生了。①具体到西施故事而言，在两千多年的流传过程中它不断增生和繁衍，这已充分说明了它具有独特的艺术生命力，而养育它的土壤就是民族心理和社会文化。因此我们从文学人类学的角度来分析西施故事流变过程及其原因不仅是可行的，而且是有必要的。如果说主题学的研究方法帮助我们量化处理材料，注意其中的不同之处；那么文学人类学的方法则有助于我们从宏观上认识材料，把握其文化内核。因此，对于本文来说，这两种研究方法是缺一不可、相辅相成的。

由于尚未见到有人对西施故事进行过系统的整理②，故在论文写作过程中如何对浩如烟海的文献进行清理便成为至关重要的基础。本文的资料来源以叙事形态的文字作品为主，包括诗词、文赋、散曲、杂剧、传奇、小说、史料笔记、方志等，基本上不包括口承性文学。也就是说，本文的资料来源是见诸文本的与西施有关的故事（下限至清末为止），此外还吸收了一些相关的民俗学及考古学的成果，本文对西施故事及其文化内涵的探讨，就在此基础上展开。

第一章　西施故事的生成

第一节　西施故事的渊源——先秦西汉

20世纪80年代以来，学术界出现了"历史上真有西施吗？"③和有关

---

① 文学人类学的产生，叶舒宪认为在今日西方理论界，可以大致分为由文学理论批评家所提出的文学人类学和由人类学家所提出的文学人类学这两大潮流。前者源于风格20世纪初英国的剑桥学派，大成于加拿大文学批评家诺斯洛普·弗莱的《批评的解剖》（1957）；后者则在20世纪70年代萌生，于第11届国际人类学与民族科学大会上（1988）形成一定声势，会议主题为"文学人类学"。详见《文化与文本》一书导论《文学人类学研究的世纪性潮流》，中央编译出版社1998年版，第17—37页。

② 虽然明崇祯年间、清康熙年间均出版过《苎萝志》，但所收资料以诗文词赋为主，未及小说、戏曲，且收录并不完备。叶仲容虽有《西施故事源流考述》（台湾政治大学中国文学研究所硕士论文）一文，惜未见。

③ 龚维英：《历史上真有西施吗？》，《安徽史学》1986年第6期，认为历史上并无西施其人。林华东、郭浴阳《再论西施其人》（西施旅游文化研讨会论文），认为历史上实有西施其人。

"西施出生地"①的争论。本文重在从主题学角度研究与西施故事有关的文学与文化现象，本无纠缠此问题之必要，然而这种种疑问正说明了西施故事的最早渊源，仍有阐明之必要。

关于历史上是否确有西施其人的争论，主要的疑问在于《左传》《国语》《史记》等主要史籍上从未提及过西施，而越王勾践向吴王夫差敬献美女的记载倒是有的。《国语·越语上》记云：

> 越人饰美女八人纳之太宰嚭，曰："子苟赦越国之罪，又有美于此者将进之。"②

《史记·越王勾践世家》则记曰：

> ……种（文种）止勾践曰："夫吴太宰嚭贪，可诱以利，请间行言之。"于是勾践乃以美女、宝器令种间献吴太宰嚭。嚭受，乃见大夫种於吴王。③

这里，仅提及勾践献美女八人，并无其名，因而也并不一定是西施，而且献给的对象也是伯嚭，而非夫差。这显然与后来的故事大有出入了，但毋庸置疑的是，这就是西施故事的最早生发点。

至于西施是否真有其人，则令人难以妄断。旧题春秋管仲所撰的《管子·小称第三十二》曰：

> 毛嫱、西施，天下之美人也，盛怨气于面，不能以为可好。④

---

① 西施出生地素有出诸暨和出萧山两种说法，杨钧、王炜常《西施故里考辨》（《杭州师院学报》社科版1985年第4期）和王炜常《西施籍贯再考》（《浙江学刊》，1985年第6期）皆主西施出萧山说，但为陈侃章、陈华英、劳伯敏等学者驳斥。关于这一论争的详细情况参见《浙江学刊》1985年第1—6期及《绍兴师专学报》1986年第4期上刊载的题为"西施故里笔谈"的一组文章。

② 左丘明：《国语·越语上》，上海古籍出版社1978年版，第634页。

③ 司马迁著，顾颉刚等整理：《史记》卷四十一，中华书局1959年版，第1740页。

④ 见《管子》卷十一，上海古籍出版社编：《二十二子》，上海古籍出版社1986年版，第136页中。

这是迄今可见的最早记载西施且把她称作美人的资料。但管仲约卒于公元前645年，距越灭吴尚有二百多年，他不可能说及二百年后的西施。此外，《管子》一书，今多数学者认为属战国中后期伪托之作，可信程度亦值得怀疑。①然而，先秦诸子的其他典籍中亦屡言西施其名：

> 西子蒙不洁，则人掩鼻而过之。（《孟子·离娄下》）
>
> 故为是举莛与楹，厉与西施，恢恑憰怪，道通为一。（《庄子·齐物论》）
>
> 故西施病心而膑其里，其里之丑人见之而美之，归亦捧心而膑其里。其里之富人见之，紧闭门而不出；贫人见之，挈妻子而去走。彼知膑美而不知膑之所以美，惜乎！（《庄子·天运》）
>
> 是故比干之殪，其抗也；孟贲之杀，其勇也；西施之沉，其美也；吴起之裂，其事也。（《墨子·亲士》）
>
> 毛嫱、西施，天下之姣也。衣之以皮裘，则见者皆走；易之以玄锡，则行者皆止。（《慎子·威德》）②
>
> 虽有西施之美容兮，谗妒入以自代。（《九章·惜往日》）
>
> 徙靡澹淡，随波音蔼；东西施翼，猗狔丰沛。（《高唐赋》）
>
> 楚襄王与宋玉游于云梦之野，将使宋玉赋高唐之事……对曰："昔者先王游于高唐，怠而画寝，梦一妇人，暖乎若云，焕乎若星，将行未至，如浮如停；详而视之，西施之形。……"（《高唐对》）
>
> 其象无双，其美无极，毛嫱鄣袂，不足程式；西施掩面，比之无色。（《神女赋》）
>
> 譬之，是犹以人之情为欲富贵而不欲货也，好美而恶西施也。（《荀子·正论第十八》）

---

① 认为《管子》非一时之笔、亦非一时之书的看法由来已久，可参见《管子》一书前的《管子文评》。

② 扫叶山房辑：《百子全书》，浙江人民出版社1984年版。《文选》卷十九《神女赋》李善注引作"先施"，下又注："先施、西施，一也。"

故善毛嫱、西施之美，无益吾面；用脂泽粉黛，则倍其初。(《韩非子·显学》)

人之欲见毛嫱、西施，美其面也。(《尸子·下》)

西施自窥于井，不恃其美。(《阚子》)①

上述文字有些语意含糊，似乎西施只是美人的泛称而已，《庄子·齐物论》更将西施与传说中最丑的厉相提并论，使人难以判断她是神话中的美人还是真人。但毕竟有几则文字足以说明西施是实有其人的，其中尤以《墨子》所述最为有力。墨翟生活年代大约为公元前480—前420年（一说为前468—前376年），距吴越争霸的年代（前494—前474年）最近，几乎可以说是西施的同时代人，他的说法自然也就最具权威性了。《墨子》的"西施之沉"与《庄子》的"东施效颦"从行文分析，当是指具体的人而非泛指美人。值得注意的是，《墨子》中这段文字所提到的比干、孟贲、吴起皆实有其人其事，由此推断西施亦实有其人其事亦不为过。②对于这种现象，我们是否可以从传说学的角度做如下理解：先秦时期，"西施"所指代的形象有一个逐渐发展的过程，"西施"其名本泛指美人，后渐变为某一特定人物的专名；"西施"其人本为传说中的人物，后渐变为具体的真人。

先秦诸子之后，刘向辑《战国策》，书中鲁仲连、唐且、王斗都提及西施：

后宫十妃，皆衣缟、纻，食粱、肉，岂有毛嫱、西施哉？(《战国策·齐策四·鲁仲连谓孟尝》)

世无毛嫱、西施，王宫已充矣。(《战国策·齐策四·先生王斗造门而欲见齐宣王》)

臣闻之，贲（孟贲）、诸（专诸）怀锥、刃而天下为勇，西施衣褐

---

① 马国翰辑：《玉函山房辑佚书》，上海古籍出版社1990年版。

② 王焕镳《墨子校释》认为孟贲一句为后人所加。因为吴起、孟贲为秦武王时人，约生活在公元前310—307年之间，而此时墨翟逝世已久当不可能记后世之事。然这并不影响此句之真实性。

而天下称美。（《战国策·楚策三·唐且见春申君》）①

《战国策》所辑史料多有所本，鲁仲连、唐且都大约相当于秦国昭襄王（公元前306—前251年）时人，因而大约是可信的。

西汉时除《战国策》外，记载有西施的还有贾谊《新书·劝学》、刘向《说苑·尊贤》、陆贾《新语》、刘安《淮南子》、桓宽《盐铁论》（《遵道》《殊路》《大论》三篇）、枚乘《七发》、东方朔《沉江》、刘向《愍命》、王褒《四子讲德论》、张衡《思玄赋》《章华台赋》《七辩》、赵壹《非草书》、杨修《答临淄侯笺》等。这些文献中，凡记西施之文字，或西施毛嫱并称，或西施嫫母并举，皆盛夸其美，重在借此阐明某一道理，而少有描述性文字，仅《淮南子·修务训》以少许笔墨勾勒了西施之形貌：

> 曼颊皓齿，形夸骨佳，不待脂粉芳泽而性可说者，西施、阳文也；嘳哆噅，籧篨戚施，虽粉白黛黑弗能为美者，嫫母、仳倠也。夫上不及尧、舜，下不及商均，美不及西施，恶不若嫫母，此教训之所喻也，而芳泽之所施。②

尽管先秦、西汉记载西施的资料多为丛残小语，文字十分简单，与吴越政事无涉，但正是西施故事的最早源头。这一时期的西施故事，已经具有了两个基本的情节单元：

1.西施是天下之美人，美貌无比。

2.西施有心病，捧心亦无损其美。

这样一来，西施成了天下美人的典型。由于她的生平并无具体资料，人们不免展开想象的翅膀，将她与《国语》《史记》提到的越献美于吴之事相关联，这样无名的美人便逐渐为有名的西施所取代了。此后，吴越之间的争霸与复仇，又成为上演美人计的最好题材，西施也就应运成为美人计

---

① 以上三则引文皆出自何建章注释：《战国策注释》，中华书局1990年版，分见于第393页、第405页、第564页。

② 张双棣：《淮南子校释》卷十九，北京大学出版社1997年版，第1965页。

的主角，这样一来，西施故事也就逐渐被纳入吴越争霸故事的大框架之下了。

二、西施故事的定型——东汉六朝

西施故事到了东汉，开始与吴越争霸事有了确切的关联，故事的情节单元有了新发展：勾践施美人计献西施于吴，使夫差贪恋美色而亡国。而坐实此事、言之凿凿的即为《越绝书》与《吴越春秋》。

《越绝书》二十五卷（今存十卷）一般认为是东汉初年会稽（今浙江绍兴）人袁康、吴平所撰，也有人认为此书是战国人所作，袁、吴二人只是加以辑录增删①，但后一说尚有待考证。《越绝书》专门记载春秋末年吴、越争霸情形，有两处提及西施：

> 美人宫，周五百九十步，陆门二，水门一。今北坛利里丘土城，勾践所习教美女西施、郑旦宫台也。女出于苎萝山，欲献于吴，自谓东垂僻陋，恐女朴鄙，故近大道居。去县五里。（卷八《越绝外传记地传第十》）
>
> 越乃饰美女西施、郑旦，使大夫种献之于吴王，曰："昔者，越王勾践窃有天之遗西施、郑旦，越邦涝下贫穷，不敢当，使下臣种再拜献之大王。"吴王大悦。（卷十二《越绝内经九术第十四》）②

《越绝书》之后，东汉末年会稽人赵晔作《吴越春秋》③十二卷（今存十卷），亦载吴、越遗事，所记西施事更为详细：

---

① 参见陈桥驿：《点校本越绝书序》，乐祖谋点校：《越绝书》，上海古籍出版社1985年版。

② 以上两则引文分别出自乐祖谋点校：《越绝书》，上海古籍出版社1985年版，第59页、第84页。本文中《越绝书》引文皆出自此。

③ 事实上，对于今本《吴越春秋》的作者、版本尚有争议。周生春认为今本《吴越春秋》非赵晔原作，而是渊源于赵晔《吴越春秋》，晋时经杨方刊削，后由皇甫遵改写编定，最终由元徐天祜音注刊成，参见《吴越春秋辑校汇考绪论》。周生春撰：《吴越春秋辑校汇考》，上海古籍出版社1997年版。

（越王）乃使相工索国中，得苎萝山鬻薪之女，曰西施、郑旦，饰以罗谷，教以容步，习于土城，临于都巷，三年学服，而献于吴。乃使相国范蠡进曰："越王勾践窃有二遗女。越国洿下困迫，不敢稽留，谨使臣蠡献之大王，不以鄙陋寝容，愿纳以供箕箒之用。"吴王大悦。（《勾践阴谋外传第九》）[①]

这段文字明显可见是综合了《越绝书》的两段文字又加以润色而成，不同之处在于献美女之人由文种换成了范蠡，为后世范蠡西施爱情故事的产生埋下了伏笔。此外，《琱玉集》卷十四《美人篇》引《吴越春秋》及《史说》，有一段文字为今本所无：

西施，周时越之美女也。越王勾践以献吴王，吴王夫差甚爱幸之。西施曾在市，人欲见者乃输金钱一文，方始得见。[②]

《越绝书》与《吴越春秋》二书介于史书与杂记之间，均不拘于史实，亦有取材于民间传说之处。它们首次记载了西施复国故事。由于西汉之前的典籍，尤其是《史记》均不载西施之事，疑西汉时尚无西施复国传说。我们之所以可以做出这一大胆猜测，是因为司马迁作《史记》取材于民间传说处亦有（如《吕不韦传》中的"不韦献姬"及荐嫪毒于太后事），且对吴越相争之事记载详尽，甚至有勾践"尝胆"之细节，那么独独不提西施以美人计惑吴兴越之功就令人费解，合理的解释只能是当时并没有西施复国故事。也就是说，西施故事在东汉时才开始与吴越复仇之事相关，增添了西施复国的情节。

自此，西施便成为美人计之代表，西施复国故事也由此生发和固定下来。至六朝时期，后秦王嘉《拾遗记》及南朝梁任昉《述异记》所记西施

---

① 周生春：《吴越春秋辑校汇考》，上海古籍出版社1997年版，第147页。本文中《吴越春秋》引文皆出自此。

② 佚名：《琱玉集》，《丛书集成初编》，中华书局1985年版，第67页。此段文字《孟子·离娄篇》孙奭疏亦引，出处为《史记》，今本《史记》无。

事皆有复国之情节，且更为详备：

> 越谋灭吴，畜天下奇宝、美人、异味进于吴。得阴峰之瑶、古皇之骥、湘沅之鳢。杀三牲以祈天地，杀龙蛇以祠山岳。矫以江南亿万户民，输吴为佣保。越又有美女二人，一名夷光，二名修明（即西施、郑旦之别名），以贡于吴。吴处以椒华之房，贯细珠为帘幌，朝下以蔽景，夕卷以待月。二人当轩并坐，理镜靓妆于珠幌之内，窃窥者莫不动心惊魂，谓之神人。若双鸾之在轻雾，沚水之漾秋渠。吴王妖惑忘政，及越兵入国，乃抱二女以逃吴苑。越军乱入，见二女在树下，皆言神女，望而不敢侵。今吴城蛇门内有朽株，尚为祠神女之处。初，越王入吴国，有丹乌夹王而飞，故勾践之霸也，起望乌台，言丹乌之异也。[1]
>
> 吴王夫差筑姑苏之台，三年乃成，周旋诘屈，横亘五里，崇饰土木，殚耗人力，宫妓数千人，上别立春宵宫，为长夜之饮。造千石酒钟，夫差作天池，池中造青龙舟，舟中陈妓乐，日与西施为水嬉。吴王于官中作海灵馆、馆娃阁，铜沟玉槛，珠玉饰之。又：吴故宫亦有香水溪。俗云西施浴处，人呼为脂粉塘。吴王宫人濯妆于此溪上源，至今馨香。[2]

上述文字中，除点出西施使吴王"妖惑忘政"的"神女"功绩之外，行文之中又出现了姑苏台、海灵馆、馆娃宫、香水溪等西施遗迹。虽然带有一定的幻想色彩，但是与今人耳熟能详的西施故事已相距不远，具备了以下几个情节单元：

---

① 王嘉撰，萧绮录，齐治平校注：《拾遗记》卷三《周灵王》，中华书局1981年版，第87页。此段引文亦参照李剑国《唐前志怪小说辑释》。《拾遗记》所载西施事为后人广泛征引，皇都风月主人《绿窗新话》卷下《越国美人如神仙》条、王世贞辑，汤显祖批选《艳异编》卷五宫掖部《越王》条、赤心子汇辑《绣谷春容》卷五下层《新话摭粹·越国美人如神仙》、冯梦龙《情史》卷五情豪类《吴王夫差》条、吴震元《奇女子传》卷一《西施》条都转引《拾遗记》此段文字。

② 出自任昉《述异记》卷上，据《稗海》本录之。

1.越向吴复仇，觅美女西施、郑旦加以教习献于吴王，以使其耽于逸乐。

2.吴王夫差中美人计，宠幸西施，奢华无度，忘其百姓。

3.吴亡越兴。

这说明西施故事在东汉六朝时期已基本定型，越国故地绍兴出土的汉代"吴越人物画像铜镜"[①]上，便围绕吴越两国主要人物表现这一故事情节：镜背以四分法分布人物，分别是吴王、伍子胥、越王、范蠡、越女二人（下有小字注明），其中吴王义愤填膺，侧目怒视子胥；伍子胥慷慨激昂，拔剑自刎；越女二人宽袖长裙，立于宝器之旁；越王与范蠡则踌躇满志，自鸣得意。

三、西施故事的流变轨迹

综上所述，西施故事经过了先秦的滥觞期，东汉六朝之后情节基本固定下来，将美女传奇与国仇家恨穿插融合起来，具有了一定的故事性和传奇性。这一时期的西施故事在形成过程中多受到吴越文化的影响，故事中的复仇情节、神异成分与吴越尚武风俗、鬼神信仰有着密切关系。唐代之后，西施故事进入了繁荣发展期，文人以此为基本素材，从时代变迁及创作需要出发而有所取舍，竞相敷衍和搬演西施故事，而南北方经济和文化的交流，也为西施故事注入了更为丰富的文化内涵，突破了地域限制，表现出中华民族共同的华夏文化心理。这一时期的西施故事，大致上沿着四条主线演进：

1.将西施视为真实的历史存在，唐之后出现了许多关于西施遗迹的记载与西施风物传说，此种现象的出现或多或少与中华民族的历史意识相关。

2.文人们对西施的历史功绩有着不同的理解，赞之者称其为兴越女杰，责之者视其为亡吴祸水，虽立场不同，实乃同出一源，那就是对美女祸水论的认同。流弊所及，使西施魅力与功罪的讨论成为西施故事流传中的一大分支，也影响了西施故事的结局。

---

① 王士伦：《浙江出土铜镜选集》，中国古典艺术出版社1957年版。

3.随着西施故事的定型，西施奇特的人生经历也引起了文人们的关注，西施地位、荣辱的变迁与文人的求仕过程具有不谋而合的相似性，因此文人常借对西施人生际遇的感慨抒发种种复杂的、难以言说的生命情绪。这可以说是屈原开创的"香草美人"兴象传统的具体表现。

4.英雄美女、才子佳人的心理模式使西施故事在流传过程中引入了美人幻梦的成分，且分化为两路：对情的渴望使越相范蠡这一才子逐渐上升为故事的第二主角，与西施发生了缠绵悱恻的爱情；对欲的追求使风流自许的文人幻想艳遇西施的魂魄，引为知己并共赴巫山。凡此种种，其用意皆在于补偿现世人生中的种种不如意。

总体说来，西施故事的流变轨迹大致如图所示：

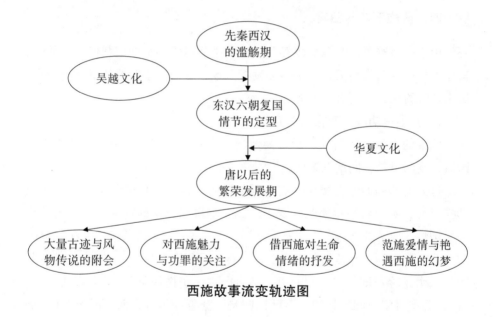

西施故事流变轨迹图

需要说明的是，在西施故事的流变过程中，各种文化心理和意识不是截然分开而是参差互见的，它们的相互融合才使西施故事呈现出自己独特的风貌。

人们对西施的评价往往带有时代思潮和文人心态的印记。在歌舞升平的年代里，人们往往歌咏西施的倾国倾城之色，或者感叹她红颜薄命的命运，寄托个人对人生和命运的种种思考。这种认识自明末以来发生了很大的变化。明末内忧外患的局势，促使士大夫、知识分子重新认识西施，出现了许多论述西施的文字，如海瑞的《西子叙》、李长华的《西子》、钱人楷的《西子记》、李清的《西子郑旦合论》、王章的《浣纱石记》、李清的《游浣纱记》、王思任的《游苎萝山记》、唐显悦的《苎萝记》、路迈的《苎萝碑记》等，并且出现了专门记述西施事迹的《苎萝志》。在这些著述中，西施的"忠君报国之大节"（海瑞《西子叙》）被广为传诵，她被定位为以身许国、沼吴兴越的巾帼女杰。西施故事在流变过程中的这种改变，充分说明时代思潮与社会心理对文学艺术具有巨大影响力。

四、西施下落与归宿

由于《越绝书》和《吴越春秋》对吴亡后西施归宿的记载仅寥寥数字，言之不详。这就给后人留下了许多发挥余地，故而关于西施的下落与归宿，历来众说纷纭，主要有以下五种：

（一）沼吴功成，西施归于范蠡

此说的根据是南唐陆广微《吴地记》引《越绝书》的记载"西施亡吴国后，复归范蠡，同泛五湖而去"①。

世人对西施归于范蠡说亦有不同的理解，流传较广的说法是范蠡西施情投意合，吴亡后终得团圆，隐于江湖。刘禹锡《馆娃宫赋二章》的"艳倾吴国烬，笑入楚王家"（《全唐诗》卷三六五），苏轼《戏书吴江三贤画像·范蠡》诗的"却遣姑苏有麋鹿，更怜夫子得西施"（《全宋诗》卷七九四）、《水龙吟》词的"五湖闻道，扁舟归去，仍携西子"（《全宋词》278页），秦观《望海潮》词的"天际识归舟，泛五湖烟月，西子同游"（《全宋词》455页），赵明道《范蠡归湖》杂剧、梁辰鱼《浣纱记》传奇的结局都属此类。其中《浣纱记》的结局处理：范蠡携挽西施，捧着定情信物——一缕苎纱，扁舟五湖，"任飘摇天南海西"，意味隽永，可谓是此种

---

① 出自《吴地记》"语儿亭"条下，江苏古籍出版社1999年版，第47页。

西施归于范蠡说的最佳代言。

除此之外，罗大经《鹤林玉露》解释范蠡携西施归去的意图说道：

> 蠡非悦其色也，盖惧其复以蛊吴者而蛊越，则越不可保矣。于是挟之以行，以绝越之祸基。①

元人吴莱《范蠡宅》诗（《苎萝志》卷三）的"大夫已赐平吴剑，西子还随去越船"句，明高启《三高祠三首》（《高青丘集》卷十八）的"载去西施岂无意，恐留倾国更误君"皆是此意。胡应麟《少室山房笔丛》也说："蠡亡吴之后，成名畏祸，而载丽冶以适他邦，固其计所必出也。"这种解释显见是受了美女祸水论的影响。

（二）吴亡后，西施沉江而死

沉江说来源很早，其鼻祖是《墨子·亲士》"西施之沉，其美也"的记载，并未言明西施沉江发生在何时，但大多数人认为若真有其事的话，应该是灭吴以后的事。

明杨慎《升庵集》卷六十八、《丽情集》《丹铅总录》卷十三及清刘献廷《广阳杂记》卷五、《古今闺媛逸事》卷八都有关于西施沉江说的考证，文字相类，估计同出于一源，其中杨慎所考最常为人引用，其中又以《丽情集》所记最为完整：

> 世传西施随范蠡去，不见所出，只因杜牧"西子下姑苏，一舸逐鸱夷"之句而附会也②。予窃疑之，未有可证，以析其是非。一日读《墨子》曰："吴起之裂，其功也；西施之沉，其美也。"喜曰，此吴亡之后，西施亦死于水，不从范蠡去之一证。墨子去吴之世甚近，所书得其真，然恐牧之别有所见。后检《修文御览》③引《吴越春秋》逸篇

---

① 罗大经：《鹤林玉露》卷四，中华书局1983年版，第186页。

② 此非杨慎一家之言。《朱子语类》卷第一三四亦有："范蠡载西施以往。王铚性之言，历考文书无此事。其原出杜牧之诗云：'西子下吴会，一舸随鸱夷。'王解此意又不然。"

③ 祖珽等：《修文御览》，北齐书，今残存一卷，无《吴越春秋》此条逸文。

云："吴王亡后，越浮西施于水，令随鸱夷以终。"乃笑曰，此事正与墨子合，杜牧未精审，一时趁笔之过也。盖吴既灭，即沉西施于江。浮，沉也，反言耳。"随鸱夷"者，子胥之谮死，西施有力焉，子胥死盛以鸱夷，今沉西施，所以报子胥之忠也，故云"随鸱夷以终"。范蠡去越亦号鸱夷子，杜牧遂以子胥鸱夷为范蠡之鸱夷，乃影撰此事，以堕后人于疑网也。既又自笑曰，范蠡不幸遇杜牧，受诬千载，又何幸遇余而雪之，亦快哉。①

这段考证文字将重点放在"鸱夷"一词的解释上，点明了杜牧"一舸逐鸱夷"之误，言而有据，可与诗文作品的有关记载相互参证。唐王炎《葬西施挽歌》有"连江起珠帐，择地葬金钗"（《全唐诗》卷八六八），李商隐《景阳井》诗有"肠断吴王宫外水，浊泥犹得葬西施"（《全唐诗》卷五四一），晚唐皮日休《馆娃宫怀古五章》有"不知水葬归何处，溪月弯弯欲效颦"（《全唐诗》卷六一三），明文翼德《苎萝山》有"贱者老苎萝，贵者逐浮胥"（《苎萝西施志》卷五），俞昌龄《声声慢》词有"勋以容湮，报伍相千年，下人共怜"（《苎萝志》卷七），清鲁曾煜《自杭州入诸暨过苎萝村》有"江头一怨报鸱夷"（《苎萝西施志》卷五），许瑶光《西子祠十绝句》有"沉江水葬谢鸱夷"（《苎萝西施志》卷五），曹雪芹的"一代倾城逐浪花"（《红楼梦》第四十六回）都说明西施最后沉江而死的结局。

在沉江说当中，又大概分成被沉与自沉两种情况，其中被沉说的"元凶"又有范蠡和越王夫人这两种分歧。

1.范蠡沉西施

此说主要保存在宋元之后通俗文学作品之中，宋元佚名《范蠡沉西施》戏文，元吴昌龄《陶朱公范蠡沉西施》杂剧，明清佚名《倒浣纱》传奇，清徐石麟《浮西施》杂剧，皆演范蠡沉西施事，其中以《倒浣纱》所写西施结局最具代表性，该剧《沉施》一出中，西施怒骂范蠡背信忘义，但范蠡反责之有三大罪：

---

① 杨慎：《丽情集》，《丛书集成初编》，中华书局1985年版，第1页。

218

既为吴国夫人，当谏吴王远佞亲贤，修治国政，每进谗谮之言，杀害大臣，其罪一也；引诱吴王，荒淫无度，劳民伤财，其罪二也；忘宠幸之恩情，为反间之柔奸，致令国破家亡，其罪三也。①

　　这里的范蠡实有"欲加之罪，何患无辞"之嫌，而作者却恣意想象，必欲西施沉江而死，反映出的是一部分文人迂腐的道德观念。《豆棚闲话》收有话本《范少伯水葬西施》亦写范蠡沉西施事，但较之《倒浣纱》就"合理"许多，这则话本将西施写成爱慕虚荣、不守妇德的女子，认为她先许身于范蠡，后负恩于吴王。归于范蠡后，知道许多范蠡发迹的"暧昧心肠"，又不知收敛行迹：

　　西子未免妆妖作势，逞吴国娘娘旧时气质，笼络着他。那范大夫心肠却又与向日不同了，与其日后泄露，被越王追寻起来，不若依旧放出那谋国的手段，只说请西子起观月色。西子晚妆才罢，正待出来举杯问月，凭吊千秋，不料范大夫有心算计，觑着冷处，出其不意，当胸一推，扑的一声，直往水晶宫里去了。②

　　除此之外，明余邵鱼编集、余象斗评的《列国志传评林》也采用此一结局，卷六《范蠡扁舟归五湖》写道：

　　越王灭吴，掳其宝器及美女而归。时西子亦在囚中，范蠡陈曰："色倾人国自古有之，吴王因耽西施之色，大王所以得灭其国，王何不鉴而蹈前车之覆乎？"越王不从，遂令大军出吴都，范蠡退而叹曰："……然不除西子，吾越复有覆亡之患。"乃设一计。及大驾至石湖，密令左右取轻舟于湖口，又令王之宦者密诱令西子出于帐外。蠡令左

---

① 引自《倒浣纱·沉施》，《古本戏曲丛刊》三集，上海古籍出版社1957年版。
② 艾纳居士编，张道勤校点：《豆棚闲话》第二则，江苏古籍出版社1993年版，第19页。

右以轻舟载于烟浪之中，曰："此倾城之物，不可少留。"遂溺西子于湖心。①

我们不难发现，以上三篇文字对西施结局的处理皆不但深受理学影响，以妇德观、贞节观去衡量西施所作所为，而且还坚信美女实乃祸水和不祥之物，因此在他们笔下，西施的结局只能用咎由自取来形容。

2.越王夫人沉西施

这个说法保存在章回体通俗小说《东周列国志》当中。《东周列国志》是清人蔡元放根据冯梦龙《新列国志》略加增删润色并作评点而成，其第八十一回"美人计吴宫宠西施，言语科子贡说列国"至第八十三回"诛芈胜叶公定楚，灭夫差越王称霸"即为西施演义。在这部小说中，西施的结局是越灭吴后：

> 过数日，勾践班师回朝，携西施以归。越夫人潜使人引出，负以大石，沉于江中，曰："此亡国之物，留之何为？"②

这里除了女祸论的流弊之外，还加入了妇人争宠的成分，亦为合理之想象。

3.西施自沉江

此说保存在佚名《西施艳史》③之中。这部艳史演义驳斥诸家说法，将西施描写成有情有义、忠君爱国之女中豪杰。吴亡之后，范蠡邀西施共同隐遁，西施不允，且述死志，范蠡以吴王之名诱其登舟，入于五湖。西施知吴王死信，大哭道：

---

① 见余邵鱼编《列国志传评林》，明万历三十四年（1606）三台馆余象斗刊本，《古本小说丛刊》第六辑，中华书局1991年版，第1114页。

② 冯梦龙、蔡元放编：《东周列国志》八十三回，北京十月文艺出版社1996年版，第806页。

③ 《西施艳史》一书见于彭诗琅主编《中国古代艳史大系》，题为佚名著，阿英《晚清小说目》、欧阳健、萧相恺《晚清小说目补编》、〔日〕樽本照雄《新编清末民初小说目录》皆未著录此书，无下落交代，存疑待考。

"妾舍身入吴，所以报国仇，雪国耻也。今国仇虽报，国耻虽雪，而身受吴王加剧厚恩，一毫未报，何以对吴王乎？况从一而终，女子之义。虽蒙相国爱妾，妾何面目立于天地之间！当追随吴王于地下，以酬其生前之恩情。使后世知妾之亡吴，乃报国家之耻辱，并非忘恩负义也。"言讫，举袂蒙面，投江而死。①

从上文可见，西施的投江，是为了以死明志，向世人证明自己的忠义两全。这里的西施，可以说是烈女的典范、士大夫的化身了。

（三）吴亡后，西施被缢
被缢说主要保存在宋董颖《道宫薄媚·西子词》第六歇拍中：

哀诚屡吐，甬东分赐。垂暮日，置荒隅，心知愧。宝锷红委。鸾存凤去，辜负恩怜，情不似虞姬。尚望论功，荣归故里。降令曰，吴亡赦汝，越与吴何异。吴正怨，越方疑，从公论，合去妖类。娥眉宛转，竟陨鲛绡，香骨委尘泥。渺渺姑苏，荒芜鹿戏。②

可见，佳人倾国，越人见吴亡于西施，为防患于未然，因此将西施处死。西施的这个结局正是"飞鸟尽，良弓藏"的最佳注解，与被沉说是一脉相承的。

（四）西施在吴亡后回到了故乡
此说来源于宋之问《浣纱篇赠陆上人》诗：

越女颜如花，越王闻浣纱。国微不自宠，献作吴宫娃。山薮半潜匿，苎萝更蒙遮。一行霸勾践，再顾倾夫差。颜色夺人目，效颦亦相

---

① 彭诗琅主编：《中国古代艳史大系·四大美人艳史演义》，大众文艺出版社1999年版，第2894页。
② 曾慥著，陆三强校点：《乐府雅词》卷上，辽宁教育出版社1997年版，第12页。

夸。一朝还旧都，靓妆寻若耶。鸟惊入公网，鱼畏沉荷花。始觉冶容妄，方悟群心邪。①

姚宽《西溪丛语》论西子归宿，肯定此诗的复还会稽说，将之与《吴越春秋》的"吴国亡，西子被杀"、杜牧诗的"一舸逐鸱夷"列为西施下落三说。②民间的西施传说也说西施得胜归来，不恋荣华富贵，回家侍奉双亲，终老于山林，后在浣纱时失足落水而死，反映出劳动人民的美好愿望，他们不愿心目中的女英雄死于当权者手中，宁可相信她死于意外。

（五）"西施封神"说

清人梁绍任《两般秋雨庵随笔》记有"西施封神"之说，《俚俗集》卷三十七除引用此条记载外，还附了另外一则材料，现录于下：

《两般秋雨庵随笔》萧山土地祠为西施，阎百诗有诗纪之，见《潜邱剳记》。又毛西河《九怀词》载："宋淳熙中，敕封西施为土谷神，曰苎萝村土地先施娘娘。"又常德蠡山庙祀越相，蠡山畔有武陵娘子祠，土人云以祀西施也。③

此处，将西施神化，把她与土谷神与土地娘娘联系起来，反映出百姓对西施的崇敬与怀念。

以上五种西施下落说之中，笔者以为沉江说的可能性最大。从现实因素考量，史载勾践为人"长颈鸟喙，可与共患难，不可与共乐"（《史记·越王勾践世家》）。吴亡之后他既然能赐死功臣文种，对西施也当不留情面，此其一。其二，既然越人相信美女具有颠覆社稷的强大力量，并且施行美人计又果真亡吴。为避免自身重蹈覆辙，只有西施一死他们方能安心。其三，春秋时，诸侯争霸，兼并战争频繁，献俘祭社（或庙）的人祭习俗

---

① 曹寅等编：《全唐诗》卷五一，上海古籍出版社1986年版，第154页下。

② 详见姚宽著，孔凡礼点校：《西溪丛语》卷上，中华书局1993年版，第33页。此处所引《吴越春秋》，今本无，疑为佚文。

③ 福申辑：《俚俗集》卷三十七，书目文献出版社1993年版，第920页。

虽常遭非议，但仍流行。①从吴越地区实际来看，人殉制还在盛行，如《群书治要》引《尹子》曰："吴越之国，以臣妾为殉"，《吴越春秋·阖闾内传》亦载吴王女胜玉死，"使男女与鹤俱入羡门，因发机以掩之"。其四，《史记·孝武本纪》曰："越人俗信鬼"，保持着"春祭三江，秋祭五湖"（《越绝书·越绝德序外传记》）的原始祭祀礼仪，并且他们也相信子胥死后成为水仙或涛神。②在这种"万物有灵"的原始宗教思想支配下，笃信鬼神的越人在灭吴之后，为笼络人心和讨好想象中的鬼神，以西施沉江祭忠臣子胥，不仅极有可能，而且也符合当时仍流行的人祭风俗。

第二章　西施故事与吴越文化

第一节　华夏文化与地域文化

中华民族独特的历史，孕育出独特的民族文化，而作为涵盖民族物质文明和精神文明的文化，又精心哺育出自己民族的文学。

地大物博，一向是中华民族生存环境的形象概括，与此相应的中华民族的特有文化——华夏文化，与世界其他地区的古老文化相比，也是一个更为庞大复杂的文化体系。"华"字同花，"夏"指诸夏，即夏朝所属各部落。"华夏"连称，始于春秋，代指包括郑、蔡、沈等诸侯国的中原地区。所谓的"华夏文化"，在春秋以前也仅仅是中原文化的别名。然而，随着社会历史的变迁、分化与组合，华夏文化逐步发展成为以中原文化为主体，包含诸如齐鲁、关陇、巴蜀、荆楚、吴越、燕赵等亚文化层次而构成的庞大文化体系，其主体中原文化影响各地域文化经过相互辐射、撞击、认同、融汇朝着同质性方向发展。也就是说，华夏文化是各地域文化趋同性的表现。

由于文学的创作主体无不是生活于某一地域之中，受某一地域自然地

①《左传》记载人祭情况有三条，详见黄展岳：《中国古代的人牲人殉问题》（《考古》1987年第2期）和蔡葵：《古代祖先崇拜、人祭和猎首习俗述论》（《思想战线》1989年第1期）。

②见《越绝书·越绝德序外传记第十八》及《吴越春秋·勾践伐吴外传第十》的相关记载。（明）田汝成《西湖游览志余》卷二十一亦记有子胥为涛神，后人祠之极为灵验之事。

理环境与人文环境的影响，因此文学一般都具有地域风格。然而，文学在流传过程中又常常突破地域的限制，不同地域文化的碰撞和交流又对文学的地域差异起着一定的消融作用，使它表现出华夏文化的趋同性来。

以西施故事为例，它本是一个产生于吴越地区的故事，在流传过程中它逐渐为各地域民众耳熟能详，成为中华民族共同的精神财富。这一现象说明西施故事在流变过程中所体现的文化内涵逐渐扩大了，不仅表现出吴越文化的异质性，而且表现出华夏文化的趋同性（从第三章开始我们将从历史意识、美女祸水、生命情绪、美人幻梦四个角度对西施故事流变所体现出的华夏文化的趋同性进行分析）。正是由于这种华夏文化与吴越文化的交融，西施故事才得以在漫长的历史进程之中保存下来，成为中国文学中七个流传较广、影响较大的美女故事之一。必须指出的是，承认华夏文化趋同性对西施故事的影响，并不意味着故事本身地域特征的完全消解。事实上，吴越文化的异质性，正是西施故事生成与发育的土壤，赋予了它独特的个性化色彩，使西施故事表现出不同于其他美女故事的风貌。本章试从吴越文化的角度入手分析西施故事，明确吴越文化的异质性对故事之影响。

第二节　吴越文化的界定

"吴越"既是族名，又是地名，亦是国名。近代学者卫聚贤曾在《吴越释名》中说："于越即虞越，亦即吴越，吴越原系一个民族，后越人发明钺而独立"[1]。史籍亦有记载，《荀子·劝学篇》说："于越，夷貊之子生而同声，长而异俗者，教使之然也"，杨琼注曰："于越，犹言吴越也"；《淮南子·原道训》："于越生葛絺"，高诱注曰："于，吴也"。这些文献资料表明，"于越"即"吴越"是越族，吴、越两国同属一族。[2]吴、越分别立国

---

　　[1] 卫聚贤：《吴越释名》，《江苏研究》1937年第6期。

　　[2] 关于吴、越两国族属的问题，不少学者进行过研究和讨论，并有各自的见解。吴国有属于荆蛮族、苗族、东夷族和越族等不同看法，越国亦有夏人说、楚人说、徐人说、三苗说甚至有南洋马来人说，但从吴国和越国一些主要的文化特点来看，吴越两国似是同为越族为主体的国家，实属同族。详见董楚平：《吴越相同的文化特征》，《吴越文化新探》，浙江人民出版社1988年版，第172—178页。及王文清：《论吴、越同族》，《江海学刊》1983年第4期。

之后，可能在统一部族之内分成了吴、越两个支系，"于越"似又成为越国的别称，《春秋·定公五年》载"于越入吴"即是一例。由于中原文化对吴、越两国影响程度不同，两国文化在春秋之前有些差异，吴人较越人更接受中原的礼乐，但春秋时代二者已出现了融合为一的趋势，吴与越的区别很小，《吕氏春秋·知化篇》说："吴之与越也，接土邻境，交通属，习俗同，语言通"；《越绝书·越绝外传》云："吴越两邦，同气共俗""吴越为邻，同俗并土"；《吴越春秋·夫差内传》亦曰："吴与越同音共律，上合星宿，下共一理"。

至于"吴越文化"的名称，则是二十世纪三十年代卫聚贤等历史学者首先提出来的，他们根据当时在南京、苏州、上海、杭州、湖州等地发现的一些新石器、印纹陶、玉器等上古遗物，提出"中国文化起源于东南"的新说，并把这种上古时代的江南文化称为"吴越文化"。现在考古学界使用的"吴越文化"，是指吴、越建国以后的青铜文化，刘建国对此下的定义较为明确，可资借鉴：

> 所谓吴越文化，是指主要活动在太湖及宁绍平原，以吴越（于越）民族为主体的一种青铜时代的地方文化，吴国、越国是其发展阶段的产物，并是吴越文化重要的组成部分。[1]

可见，考古学界所指的吴越文化是一种历史地域概念，吴、越两国是吴越文化的国家主体。从这个意义上来说，记载有吴、越两国争霸事的西施故事，带有吴越文化的个性特征也就不言而喻了。然而，文化的意义绝不是如此狭隘的，对于生活在同一地域环境（自然环境和人文环境）之中的民众来说，文化其实是有一定历史延续轨迹的"遗传基因"，类似于荣格所说的"集体无意识"。从这种文化心理"遗传"的角度考虑，有必要对吴越文化作一宽泛的界定，将它理解为长江中下游地区的文化，也就是说吴越文化是以吴、越两国命名的、囊括古今的江南文化。

---

① 刘建国：《吴越文化二论》，《浙江学刊》1990年第6期。

一般说来，在地域文化的各个子系统中，风俗有着特殊的地位，起着特殊的作用。地域文化中的政治、经济、自然生态、种族沿革、宗教神话等，都影响于风俗。风俗既消融着其他子系统，又接纳着其他子系统，将它们吸收、沉淀下来。此外，风俗既是历史的积淀，又是心理的积淀，它不容易随着文化的消亡而消亡，具有古老持久的历史传承性。由于风俗与"人"最为贴近，影响着人的深层意识，因此它与文学特别是与小说结缘最深。具体到吴越文化来说亦是如此，吴越地区的风俗信仰对西施故事的内容和流传都产生了重要影响。

第三节 尚武风俗与西施故事的复仇情节

在诸多的文献方志中，都记录了吴越民族好勇轻死、尚武剽悍的性格，如《史记·汲黯列传》："越人相攻，固其俗然"，《汉书·高帝纪》："越人之俗，好相攻击"，《汉书·地理志》："吴粤（越）之民皆尚勇，故其民至今好用剑，轻死易发"，《刘子》："楚越之风好勇，其俗赴死而不顾"。越王勾践曾对"越性"做过简洁清晰的概括：

> 夫越性脆而愚，水行而山处，以船为车，以楫为马，往若飘然，去则难从，锐兵任死（《吴越春秋》为"悦兵敢死"），越之常性也。①

这段话不仅是对吴越民族好勇轻死性格极为凝练的概括，而且指出尚武风俗的形成与水环境有不可分割的关系。

吴越地处东南沿海，"迫于江海，三川循环之，处于五湖之间"（《盐铁论·西域第四十六》），"地深昧而多水险"（《汉书·严助传》），交通工具以舟为主，"胡人便于马，越人便于舟"（《淮南子·齐俗训》）的记载也说明了这一点。水给吴越人带来了便利，也带来了难以根治的水灾、水患。吴越人"断发文身"习俗与龙蛇崇拜都是他们对水的神秘感与恐惧

---

①《越绝书·越绝外传记地传》和《吴越春秋·勾践伐吴外传》都记有此语，当时孔子想用"五帝三王之道"启迪勾践，勾践喟然答以此言。

感的一种折射。①吴越人在长期征服水、与水拼博的过程中，养成了冷静、机敏、富于冒险的勇武性格。春秋后期，先后出现的专诸、要离、椒丘、庆忌等勇猛豪侠之士多为吴越之民，就是这种好勇尚武之风的具体表现。尚武风俗还可以从出土文物中得到证明，吴戈越剑素负盛名，历年来出土的吴、越两国青铜器中，亦多青铜剑而少见钟鼎礼彝；战国时代的瓯越、南越等古越族墓中，每墓普遍都有一两把青铜剑。②吴越民族的善制青铜兵器正是尚武风俗的外化。吴越尚武风俗并未随着吴、越两国的灭亡消失，而是作为一种地域文化心理积淀下来，《金华府志》的"民朴而勤，勇决而尚气"、《嘉靖宁波府志》的"民多刚劲质直"、《诸暨县志》的"民性质直而近古，好斗而易解"足为明证。

与这种尚武风俗相关联的，是吴越人浓烈的复仇意识，也可以说是形成这种风俗的内在心理机制。吴越之民，"子而思报父母之仇，臣而思报君之仇"③，无有敢不尽力者。春秋战国吴越之间以及与其他邻国的战争，其中有许多是由宿怨或血亲复仇所引发的，伍子胥投吴，为的是日后的掘墓鞭尸以报父仇；勾践的"十年生聚""十年教训"，为的是灭吴一雪前耻。国君大臣如此，平民百姓亦如此，《左传·襄公二十九年》记载的"越阍弑吴王馀祭"事以及《史记·吴太伯世家》记载的吴楚"处女争桑"事，都是复仇精神的凸现。南宋王十朋在《会稽风俗赋》中将越人这种刚勇、炽烈的复仇意识精辟概括为"故其俗，至今能慷慨以复仇，隐忍以成事"。

尚武风俗与复仇意识表现在西施故事之中，就是西施复国情节的增生与固定。在第一章论及西施故事的渊源时曾提到是先有了越为复仇献美人于吴的历史记载，然后才出现了美人就是西施的附会，西施复国情节继之产生了。其后衍生的情节，如吴王宠溺西施以及范施爱情，都未与复仇核

---

①《庄子·逍遥游》《左传·哀公七年》《史记·吴太伯世家》《战国策·越策》《淮南子·泰族训》《淮南子·齐俗训》《论衡·四讳篇》都有吴越人剪发文身的记载，其目的据《说苑·奉使篇》与《汉书·地理志》所言是"以避蛟龙之害"，所纹图形也多龙蛇之形。关于吴越龙蛇崇拜，见《说文·虫部》"蛮"条释与《国语·吴语》《吴越春秋·阖闾内传》的有关记载。

②参见沈作霖：《吴越出土的越国青铜器》，《百越民族史第六次年会论文》。及夏星南《浙江长兴县发现吴、越、楚青铜剑》，《考古》1989年第1期。

③见左丘明：《国语·越语下》，上海古籍出版社1978年版。

心脱离，《浣纱记》中西施范蠡之所以能割舍爱情也是基于复仇这一共识之上的，并且不计代价。显而易见，西施故事若从宏观上来把握，吴越血仇是故事展开的时代大背景，施美人计复仇是故事发展的线索，这种情节结构实与吴越尚武风俗有密不可分之关系。

第四节　吴越鬼神信仰与西施故事的神异成分

关于吴、越两国所处的社会阶段——原始社会后期，奴隶社会，抑或已过渡到封建社会，学术界尚在探讨中。但是，关于吴越社会不同于中原各国，存在许多氏族社会之孑遗这一事实，却众所公认。这种原始社会的遗留表现在精神信仰方面，就是浓郁的鬼神信仰。

不同于华夏族的重实意识，吴越人"信鬼神，好淫祀"（《隋书·地理志》）。这方面的史料记载极多，《吕氏春秋·异宝篇》有"荆人畏鬼，越人信禨"，《史记·孝武本纪》有"越人俗信鬼"，《淮南子·人间训》有"荆人鬼，越人"（《说文》释之为鬼俗），《风俗通义·怪神》有"会稽俗多淫祀"，陆龟蒙《野庙碑》有"瓯越间好事鬼，山椒水滨多淫祀"，都说明吴越人敬鬼畏神，勾践伐吴，文种献上的"九术"，第一术便是"尊天地，事鬼神"，可见鬼神信仰在吴越君臣心目中占有重要地位。此外，吴越地区还有专司祭祀的"越巫"，盛行鸡卜，"知名度"之高就连汉武帝也尤信之，令越巫祠天神上帝百鬼。[1]

深受这种敬鬼畏神、淫祀习俗的熏染，吴越民族自有灵魂不死、来生转世的观念。悬棺葬即为此一明证。越地葬俗，《太平御览》卷六〇七引萧子开《建安记》及卷七八〇引沈莹《临海水土志》都记为悬著高山岩石而葬，且已为近年考古发现所证实。[2]究其原因，即"山峰的高大耸天，常被古代的人们看成通往天上的道路而受崇拜；山峰的雄伟和难以接近，则常被幻想为神灵的住所而受崇拜"[3]，其中包含的就是灵魂不灭观。《吴越春

---

① 汉武帝迷于鬼神，尤信越巫的记载见《风俗通义·怪神》《史记·孝武本纪》及《史记·封禅书》。

② 详见程应林，刘诗中：《江西贵溪县崖墓发掘简报》，《文物》1980年第11期。

③ 朱天顺：《原始宗教》，上海人民出版社1978年版，第34页。

秋》对子胥"城门显圣"的详细叙述，以及《越绝书》记载的夫差临死惭见伍子胥、公孙圣，要求用帛蒙面的情节，也都说明了这一点。

吴越民族的鬼神信仰，还反映在万物有灵的自然崇拜上。这种信仰表现出泛神化的特点，几乎是一物一神，包括了动物信仰、植物信仰、图腾崇拜等，在今天的吴语地区仍有残留。[1]大多数的事物神没有具体所指，近乎一种事物的精灵，有些在后世发展中会与历史人物、地方传说相结合。

西施故事中的神异成分，一般带有吴越鬼神信仰的痕迹，以《拾遗记》的记载为例：

> 越谋灭吴，畜天下奇宝、美人、异味进于吴。得阴峰之瑶、古皇之骥、湘沅之鳢。杀三牲以祈天地，杀龙蛇以祠山岳。矫以江南亿万户民，输吴为佣保。越又有美女二人，一名夷光，二名修明（即西施、郑旦之别名），以贡于吴。吴处以椒华之房，贯细珠为帘幌，朝下以蔽景，夕卷以待月。二人当轩并坐，理镜靓妆于珠幌之内，窃窥者莫不动心惊魂，谓之神人。若双鸾之在轻雾，沚水之漾秋渠。吴王妖惑忘政，及越兵入国，乃抱二女以逃吴苑。越军乱入，见二女在树下，皆言神女，望而不敢侵。今吴城蛇门内有朽株，尚为祠神女之处。初，越王入吴国，有丹乌夹王而飞，故勾践之霸也，起望乌台，言丹乌之异也。[2]

这段文字至少反映了以下几种鬼神信仰的内容：

1. "杀三牲以祈天地，杀龙蛇以祠山岳"，是由自然崇拜、万物有灵发展出来的一种祭祀礼仪。以龙神祭之，应是吴越蛇图腾崇拜的一种反映（参见本章第五条注）。

2. 越军"见二女在树下，皆言神女，望而不敢侵"及"今吴城蛇门内

---

[1] 详见姜彬主编：《吴越民间信仰民俗》，上海文艺出版社1992年版，第13—44页。

[2] 出自王嘉撰，萧绮录，齐治平校注：《拾遗记》卷三《周灵王》，中华书局1981年版，第87页。此段引文亦参照李剑国《唐前志怪小说辑释》。《拾遗记》所载西施事为后人广泛征引，《绿窗新话》《艳异编》《绣古春容》《情史》《奇女子传》都转引《拾遗记》此段文字。

有朽株，尚为祠神女之处"的记载，表露出大树崇拜的遗留。詹·乔·弗雷泽在《金枝》一书中详细地描述过树神信仰在全世界都存在的事实，指出它是人类从万物有灵论发展出来的一种极为古老的信仰，每个民族都有自身的地域特点，如信仰的树种和树神功能的宽狭度都有不同。具体说到吴越地区的大树崇拜，不仅保留了古代树神信仰的基本思想，还掺杂了风水信仰、祖宗崇拜和神道信仰等，如给大树立庙和拜树为爹娘等。西施故事中以朽株祭祀神女，主要表现出树神信仰与神道信仰的结合，越人笃信鬼神，认为西施为神人，故西施等立在树下之后，他们便把二者结合起来，不仅不敢侵犯，还祭祀之。

3.越王起望乌台，是越民族鸟图腾崇拜的反映。《越绝书》卷八有上天为表彰大禹治水的美德"教民鸟田"的记载，《博物志·异鸟》云："鸟为越祝之祖"，《吴越备史》亦云："鸟主越人祸福，敬则福，慢则祸，于是民间悉图其形以祷之"，可见，越民族崇拜鸟图腾，河姆渡遗址发现的"双鸟朝阳"纹牙雕、鸟首形牙匕和双鸟纹骨匕等文物，也证实了这一点。[①]这种鸟图腾崇拜，使勾践认为丹乌夹道欢迎是称霸的祥瑞之兆，故筑台纪念。

以上情节文字成为后世西施故事的袭用情节，充分说明吴越鬼神信仰对西施故事不可忽视的影响力。西施故事中的其他神异成分也多少都与吴越鬼神信仰有关，如西施下落中沉江而死的结局就符合由鬼神信仰衍生出的人祭风俗（详见第一章），西施封为土谷神的记载是越民族祭田神风俗与西施故事结合的产物，表现出吴越人祈求丰收的社会文化心理。吴越民族以种植水稻为主，从万物有神的观念出发他们相信种田需要田神的保佑，1973年江苏六合县和仁春秋战国时期墓葬中出土的一件铜匜残器所刻的春耕祭祀图上，就有手持禾苗跪拜田神的图形。[②]

第五节　尚文风俗的嬗变与西施故事的流传

吴、越相继失国之后，吴越人的尚武精神受压抑，但并未消逝，例如

---

①　参见林华东：《试论河姆渡文化与古越族的关系》，《百越民族史论集》，中国社会科学出版社1982年版。

②　参见吴天菁：《江苏六合县和仁东周墓》，《考古》1977年第5期。

秦统一全国之时就曾遭到东瓯（今温州一带）、闽越（福州一带）越人后裔的反抗；秦末反秦队伍中也有不少江南人士，如项羽、刘邦、萧何、樊哙等人，无不勇猛善战；三国时期孙吴政权能隔处于江东，亦多得力于轻死易发的尚武民风。然而，随着三国鼎立局面的消失，尤其是东晋以降北方人士的东渡，特别是文人学士的南迁，中原文化猛烈冲击着吴越地区，尚武风俗开始向尚文嬗变，形成了深远的影响。

吴越尚文风气其由也渐。史有吴泰伯、仲雍南奔"荆蛮""以治周礼"的记载，开启了学习中原礼仪之风。到吴王寿梦之子季札出使中原，观周礼，听鲁乐，讽评时政，就表现出了高深的文化素养。此外，先秦时孔子弟子吴人言偃也以文学著称，被推崇为东南学术之祖。秦汉时代，吴越两地文化已有了一定发展，出现了严助、朱买臣等著名文臣。王莽篡权时，北方的战乱使得大批士人流亡南下，一时吴越学文之风颇炽，《后汉书·张霸传》称"（会稽）郡中争励志节，习经者以千数，道路但闻诵声"。

从东汉末年开始，中原动荡，战乱纷纷，中原人民四处流徙，"避乱江左者十六七"（《晋书·王导传》）。北人南来，对吴越地区形成了两方面重要的影响：一方面，他们带来了中原先进的生产技术，促进了江南的开发。而随着经济的飞速发展与生活水平的提高，使社会结构发生了变化——大家族逐渐为个体家庭所取代，这样人们之间的利害关系逐渐超过了宗族血亲的关系，血亲复仇心理也为相安无事心理所取代。另一方面，北人南来，特别是晋室南渡之后，大批文人学士荟萃江南，带来了北方的先进文化，涵化、改变了吴越人的性格。杜佑《通典》说道：

> 永嘉之后，帝室东迁，衣冠避难，多所萃止，艺文儒术，斯之为盛。今虽闾阎贱品，处力役之际，吟咏不缀，盖因颜、谢、徐、庾之风扇焉。①

《晋书》《世说新语》等书中还记载了许多侨姓名士如王导、谢安等人

---

① 杜佑，颜品忠等校点：《通典》卷一八二州郡十二古扬州下，岳麓书社1995年版，第2541页。

细如服饰用具、琐至音容笑貌的言语做派受南人模仿效拟的事例。这样，吴越文化必然渐为中原文化所同化，失却自己原先独有的面貌。与此同时，世家大族受玄学之风影响，专务清谈，遗弃世务，鄙视武将，乐于归隐自然、交友习文，这些都与吴越传统的勇武好战之风形成了鲜明的对照。因而，吴越尚武风俗为中原文化的尚礼逐步软化，崇文重才之风兴起。

隋唐以来日益盛行的科举选士制度，进一步刺激了习文风气的浓厚，而有宋一代重文轻武的统治政策遂使尚武精神销声匿迹了，"重文轻武"成为吴越文化的一大特点，关于吴越人笃学业、博学善属文、论撰甚多的记载开始不绝于书。①经济的繁荣更为文化的繁荣提供了坚实的基础，沿至明清吴越遂成人文渊薮，不仅名人学士、状元卿相不断涌现，而且书院林立，刻书业兴盛，藏书蔚然成风。明代吴越地区还出现了不少文化家族，如著名书画家文徵明的家族，竟可在文艺界中经八代而不衰。文化教育事业的鼎盛，使吴越居于全国文化的领导地位。

综上所述，吴越地区这种由尚武到尚文的风俗嬗变，是与全国经济重心和文化重心的南移同步进行的，是吴越文化为中原文化同化，纳入华夏文化大范畴的表现。而且自从文化重心南移之后，江南人士对当地文化发展十分重视，尤其注重地方历史文化研究，民间私人写史成风，现存明清之际野史著名的几乎均为江浙人士所著。吴越文人学士的雅好著述，不仅扩大了西施故事的传承范围，丰富了故事情节单元，而且在他们不断进行再创作的过程中，华夏文化的趋同性也渐渐影响了故事的流变轨迹。这样，吴越文化的异质性与华夏文化的趋同性就同时纳入了西施故事之中了，使它既具有了鲜明的地域文化色彩，也涵盖了华夏民族共同的文化心理和意识，下面几章中我们将从历史意识、美女祸水、生命情绪、美人幻梦的角度详述这一点。

---

① 参见胡朴安：《中华全国风俗志》所引《苏州府志》《太平寰宇记》《金陵记》。

第三章　西施故事与历史意识

第一节　历史意识与史官文化

大陆性文化及其主要生产方式、思维习惯，使人偏重于既往，习惯于对往事的思索和探究。中华民族生活于黄河流域，天然的地理环境造就了以农为主的生产方式。春秋代序，春种秋获，周而复始的四季耕作，逐渐使得民族文化心理转为内向、务实和更加看重经验，宗族血缘关系、敬天法祖又使人的意识愈发执着于对逝去的历史经验的总结，《周易·系辞》的"神以知来，知以藏往"和《尚书·召诰》的"我不可不监于有夏，亦不可不监于有殷"都表明了中华民族对保存历史经验、鉴借垂训的重视。而《周易·异卦》的"用史巫纷若"和《国语·楚语下》的"家为巫史，无有要质"，都可为巫史记事的明证，说明中华民族较早形成了用文字记载历史的传统，先民原始的历史意识已经走向了自觉。此后，先秦史官开始逐渐从巫官中分离出来[1]，承担记事之责，《隋书·经籍志》就曰：

> 古者天子诸侯，必有国史，以记言行，后世多务，其道弥繁。夏、殷已上，左史记言，右史记事，周则大史、小史、内史、外史、御史，分掌其事，而诸侯之国，亦置史官。[2]

史官的过早设置，以及典籍中以"立德、立功、立言"为人生三大追求的提法（《左传》），都说明了中国人历史意识的过早觉醒。

中国人这种强调继承、以史为鉴的态度，促进了史官文化的形成。"史

---

[1] 关于史出于巫的论断，前人多有所考，已成公论，如章太炎《訄书·清儒》就说"古史多出神官，中外一也"。

[2] 见魏徵等：《隋书》卷三三，中华书局1973年版，第956页。关于我国古代史官的分工情况，尚有不同说法，《礼记·玉藻》云："动则左史书之，言则右史书之。"

官文化"一词，是从比较文化史的角度而言的①，特指先秦时期以史官为代表的早期知识人士所创造出来的那种文化形态，它的基本特点是"求实"和"明德"，而其主要精神则在于对民族历史文化遗产的自觉承传②。这就使得中国人早期模糊和朦胧的历史意识逐渐发展成为完整而系统的史学观念，形成了中华民族"事莫明于有效，论莫定于有证"（《论衡·薄葬》）的文化心理结构，神话历史化正是受这一心理所驱动。当古希腊人还在举行酒神祭祀，虔诚奉神的时候，中国已完成尊神的巫术文化向尊礼的人文文化的转变，以实用主义的历史眼光去解释神话。神话被当作真实存在的史实重新加以解释和编排，用以构筑古史系统，故虚构的神成为古帝，"夔一足"和"黄帝四面"也有了新说法。③究其原因，就是神话只有在经过历史意识的淬砺之后，才能有效、有证地在"史官文化"中保存下来。

史官文化渊源于原始时代的巫术文化，它虽然在分化过程中逐渐剥离了巫术文化的外在形式和某些内容，但一直保留了它的宗教本质，即对人间生死和人生终极价值等种种"人事"世界的关注。由于传统知识分子深受儒家思想的影响，以治国平天下为人生的终极追求目标，那么在"人事"世界的所有历史经验中，记述帝王事迹以供后世"稽考"也就至为重要了。也就是说，史官文化是一种以帝王为中心、以人伦日用为目标的王道文化哲学，它留意最多的是王朝的命运，而不是社会个体的人生沉浮。对"王官之学"的重视使修史成为历朝历代的经国大典，并以汇天下之学为一家之学、汇天下之书于一书为宗旨。由于史官文化在历史发展进程中一直占

---

① 史官文化是从比较文化史的角度概括出来的中国文化史上的一种独特现象。古代印度人的历史观念极为淡泊，这与他们把世界视为"虚幻"是分不开的。古代以色列的"先知运动"一方面突出了"超越的创造主"的观念，另一方面又将耶和华从一位民族神转化为全人类的上帝，这样以色列一族一地的历史自然不能在其教义中具有任何意义。至于古希腊人，由于他们追求的是宇宙间的普遍性规律和永恒性的理念，故而古希腊的思想中具有一种"反历史的倾向"。详见余英时：《士与中国文化》，上海人民出版社1987年版，第48页。

② 史官文化的概念参照王东：《史官文化的演进》，《历史研究》1993年第4期，第16页。

③ 见《韩非子·处储说左下》与《太平御览》卷七十九，"夔一足"不是指夔只有一条腿，而是说有像夔这样杰出的人一个就足够了；"黄帝四面"也并非指黄帝有四张面孔，而是说黄帝靠四个臣子管理四方。

有统治地位，它的这种完美主义倾向也就扩展到了政治、经济、文化等领域，造成"信古""尊古""法古""托古"之风大盛①。例如，在史官文化滋哺下成长起来的先秦诸子，虽然思想要义、学术指归各自有异，但在承传民族历史文化遗产上却是共同的，并由此形成了援引历史先例，以历史的眼光来审视现实的学术风格。孔子立论多抬出周公，孟子言必称尧、舜，道家搬出上古的"清静"与"无为"，墨家引证往昔的"兼爱"与"非攻"，即使是主张"法后王"的法家，也毫无例外地搬出了一大堆历史材料，以作为论证说理的依据。凡此种种，正如《淮南子·务修篇》所说："世俗之人，多尊古而贱今，故为道者必托之于神农、黄帝而后能入说"，这也正是史官文化"求实"特征的突出表现。

史官文化的"求实"，使它注重史书的著述，黜玄想重实际，"道听途说"之言由于杂以虚构而受到轻视。具体到西施故事这类民间传说来说，如果要在典籍中得以保存，就必须剔除其中的虚构成分，这种"史官"意识驱使西施从先秦诸子的片言只语中"活"过来，成为一个言之凿凿的历史人物——美女参政的典型。而定型之后的西施故事由于与春秋时代吴越争霸史实密切相关，涉及了"王霸"之学，与史官文化也就更为契合，传承价值也大大提高了。因此，唐代之后在各种方志——地方史的编撰中，西施都占有了一席之地，也出现了各种对西施古迹的记载。到了明清，更有多人为其作传，甚至出现了专门记载西施生平事迹的《苎萝志》。

第二节　西施生平、故里及古迹

东汉之后，西施复国传说广为流传，西施成为历史名人，围绕西施故事人们做出了大量想象和附会，产生了许多遗迹。中国人尤好考察名人生平以便凭吊，关于她的出生地向来有"出诸暨"与"出萧山"两种说法，

---

① 此处是就其主导倾向而言的，并非说历史上说没有"疑古"者，刘知几的"疑古""惑经"就是最好的例子。

近年来学者多持"西施出诸暨"说①。西施生平，明蒋一震《西子传》综合前代片言只语言之甚详，康熙《诸暨县志》卷十一、乾隆《诸暨县志》卷三十三、光绪《诸暨县志》卷三十六所记西施生平都落此窠臼，特录于下：

> 西子，姓施氏，名夷光，世居诸暨县之苎萝山下。山离县五里，今在城南门外。施有东西两村，光居西，故称西施。父鬻薪，母浣纱。今山边有方石，传是西施浣纱石也。（此段出《诸暨县志》《舆地志》《十道志》）母尝浴帛于溪，有明珠射体，感而孕。又梦有翠鸡五色，自空而下，久之，化为鹨飞去。遂生焉。（此段出《翰府名谈》）有殊色，尝病心而矉于里。兰麝芬芳，人皆美之。邻女慕焉，人皆憎之。其娇艳如此。（此段出《庄子》《列子》《抱朴子》）……越王归自吴，卧薪尝胆，谋其所以灭吴者，……乃使相者，得苎萝山鬻薪之女，曰西施、郑旦。越王饰以罗縠，教以容步，谓东垂僻陋，恐女朴鄙，因近大道居，筑土城，周五百九十步，陆门二，水门一，内建美女宫，以教习之。三年学服，而献于吴。使范蠡进曰："越王勾践，窃有二遗女。越国湴下困迫，不敢稽留，谨使臣蠡，献之大王。大王不以鄙陋寝容，愿纳以供箕帚之用。"（此段出《吴越春秋》《越绝书》）……处于椒花之房，实细珠以为帘幌。朝下以蔽景，夕卷以待月。二人当轩并坐，理镜靓妆于珠幌之内。窃观者莫不动心惊魂，谓之神人。吴王目之，若双鸾之在轻雾，泚水之漾秋蕖（此段出《拾遗记》），而宠媚西施尤甚。择虞山北麓，以石甓城。为游乐之所。（此段出《吴地记》）又筑姑苏之台，三年聚材，五年乃成；周旋诘屈，横亘五里，高见二百里，崇饰土木，殚耗人力。宫妓数千人，上别立春宵宫。为长夜之饮，造千石酒钟，又作天池，池中造青龙舟，舟中盛陈妓乐，日与西施行乐、歌舞、为水嬉。（此段出《吴越春秋》《越绝书》《拾遗

① "西施出诸暨"由来已久，支持者众。主张"西施出萧山"的有明代来斯行、清代毛奇龄、朱彝尊、西吴悔堂老人、今人杨钧、王炜常等人，主要依据为南朝梁刘昭为《后汉书·郡国志》所作的一条注，由于论据不足，遭到多数学者的驳斥。这一论争的详细情况参见《绍兴师专学报》1986年第4期名为"西施故里笔谈"的一组文章。

记》）又于灵岩山作馆娃宫，以消夏。西施洞，响屣廊、香水溪皆在
焉。（此段出《姑苏志》）西施尝浴于香水溪，人呼为脂粉塘。故溪上
源，至今馨香。（此段出《稗海》）又开百花洲、锦帆泾。或鼓棹而
游，或采莲为乐。（此段出《杂记》）妖蛊既深，荒于国政……遂灭
吴。施与旦乃逃吴苑。越军既入，见二女在树下，皆言神女，望而不
侵。（此段出《拾遗记》）蠡知之，独取西施反至五湖，乘轻舟浮五湖
而不返，蠡自号鸱夷子皮，浮海出齐，三徙成名，而西施不知所终云。
（此段出《国语》《史记》《杂记》）①

　　蒋文记西施生平博采众书，行文无臆测之词，表现出一种"史官"笔
法。而这也并非蒋一震所独创，事实上各朝各代方志所载西施故事，多是如
此且言语相类，显见同出一源。此亦是史官文化影响西施故事流变之一证。
　　历代记载西施故里和古迹的史料众多，为明晰起见，特择其要者制成
下表：

表1　西施故里与古迹一览表

古迹	时代	著录书籍	所在地与事迹	今地
美人宫	东汉	袁康、吴平《越绝书》	勾践所习教美女西施、郑旦宫合也	绍兴
土城山	东汉	赵晔《吴越春秋》	苎萝山鬻薪之女西施、郑旦习于土城	绍兴
土城山	南北朝宋	孔灵符《会稽记》	县东北六十里，有土城山	绍兴
罗山	南北朝宋	孔灵符《会稽记》	诸暨县北界，今名苎萝山，山下有方石	诸暨
	唐	《艺文类聚》卷八引《越绝书》	诸暨罗山卖薪女西施、郑旦	
	北宋	李昉《太平御览》卷四七		

---

　　① 蒋一震：《西子传》，张夫等纂：《苎萝志》卷七，影印明崇祯六年刊本，中国方志丛书华中
地方556号，成文出版社有限公司1983年版，第275—284页。

古迹	时代	著录书籍	所在地与事迹	今地
苎萝山	南北朝陈	顾野王《舆地志》	诸暨县，西施郑旦所居	诸暨
	唐	梁载言《十道志》	诸暨，山下有浣纱石	
	北宋	乐史《太平寰宇记·诸暨》卷九六	本是西施浣纱之所，浣纱石犹在	
	南宋	祝穆《方舆胜览》卷六	苎萝山在诸暨县南五里	
	南宋	王十朋《会稽三赋》卷一	苎萝盖西子之闾	
	南宋	王象之《舆地纪胜·两浙东路》	诸暨县南五里，勾践索美女以献吴王，得苎萝卖薪女西施、郑旦	
	明	胡守恒《西子志叙》，明《苎萝志》卷四	暨阳苎萝山，其下有浣纱石。云相传范少行春，而遇夷光于此。	
	明	张夜光《苎萝枕浣石》，上书卷五	苎萝枕浣石，石上青苔鲜	
	明	王思任《游苎萝山记》，清《诸暨县志》卷八	苎萝山，石壁数千尺，题"浣纱"二字，斗许大，笔势飞搴，位置安然，云是右军笔	
	清	蘅塘退士《西施咏》注，《唐诗三百首》	在诸暨县，下有浣纱江。西施、郑旦居此	
	清	《清一统志》	在浙江诸暨县南五里	
姑苏台（姑苏山）	南北朝梁	任昉《述异记》	吴王夫差筑，三年乃成，上立春宵宫	苏州
	唐	陆广微《吴地记》佚文，《吴郡志》引	吴王春夏游姑苏台，秋冬游馆娃宫，兴乐华池南城之宫，又猎于长洲之苑	
	南宋	祝穆《方舆胜览》卷二	吴县西三十里，史记吴破越，越进西施请退军，吴王许之，王得西施多游姑苏	
天池	南北朝梁	任昉《述异记》，《吴郡志》引，但曰出自《洞冥记》，疑有误	造天池、青龙舟，日与西施为水嬉	苏州
香水溪			俗云西施浴处，人呼为脂粉塘	
馆娃阁馆娃宫	同上	任昉《述异记》	作海灵馆、馆娃阁，铜沟玉槛，珠玉饰之	灵岩山灵岩寺

古迹	时代	著录书籍	所在地与事迹	今地
	唐	陆广微《吴地记》	花山东二里，吴人呼西施作娃，夫差置	
	北宋	朱长文《吴郡经图续记》卷下	山上有馆娃宫，山顶有日月池、砚池、玩华池。山上旧传有琴台，下有响屧廊（鸣屐廊）	
	南宋	范成大《吴郡志》	吴有馆娃宫，今灵岩寺即其地也。山有琴台、西施洞、砚池、玩花池，山前有采香径，皆馆娃宫之故迹	
	南宋	祝穆《方舆胜览》卷二	城西二十四里，吴王之别苑在焉，有馆娃宫、琴台、响屧廊、西施洞、采香径	
语儿亭	唐	陆广微《吴地记》	勾践令范蠡取西施以献夫差，西施与路与范蠡潜通……遂生一子至此亭，其子一岁能言	嘉兴
	北宋	朱长文《吴郡经图续记》	俚俗范蠡献西子于吴，道中生子，至此能语	
石城	北宋	朱长文《吴郡经图续记》卷下	吴县东北，故为离宫，越王献西子于此	苏州
	南宋	范成大《吴郡志》引《吴地记》	吴王离宫，越王献西施于此城	
浣纱石	唐	李白《送祝八之江东赋得浣纱石》，《全》卷176	西施越溪女，……未入吴王宫殿时，浣纱古石今犹在	诸暨
	唐	胡幽贞《题西施浣纱石》，《全》卷786	徘徊浣纱石，想象浣纱人。……一朝入紫宫，万古遗芳尘。至今溪边花，不敢骄青春	
	明	王章《浣纱石记》，明《苧萝志》卷四	施氏居苧萝山，其下盖有浣纱石，云相传是女浣纱溪上……而"浣纱"两字，千载如新	
	明	郑钦《浣纱石》，上书卷三	浣纱石在浣江滨，不见当时绝艳人	
	明	李清《游浣纱记》，上书卷四	暨邑内有西施浣纱故迹焉……"浣纱"两字，点画如新	

古迹	时代	著录书籍	所在地与事迹	今地
浣浦 (浣江) (浣渚)	唐	元稹《浣浦诗》，《嘉泰会稽志·诸暨县》卷十	浣浦逢新艳，兰亭诧旧题	诸暨 浣江
	明	《明一统志》	浣浦，在诸暨县治东南，一名浣江，俗传西子浣纱于此	
	南宋	施宿《嘉泰会稽志·诸暨县》卷十	浣江在县东南一里，俗传西子浣纱之所，又名浣浦、浣渚	
	清	顾祖禹《读史方舆纪要》	浣江又名浣浦，江侧有浣纱石，传为西施浣纱处	
	清	《雍正浙江通志》	浣江在诸暨县南一里，又曰浣渚，俗传西子浣纱之川流不息	
浣纱庙	唐	鱼玄机《浣纱庙》，《全》卷804	只今诸暨长江畔，空有青山号苎萝	诸暨
浣纱津	唐	楼颖《西施昔日浣纱津》，《全》卷203	西施昔日浣纱津，石上青苔思杀人	
西施滩	唐	崔道融《西施滩》，《全》卷714	浣纱春水急，似有不平声	浣江
巫里	北宋	乐史《太平寰宇记》卷九六诸暨	勾践得西施之所，今有东施家、西施家	诸暨
东西施家	元	杨维桢《东维子文集》	吾州诸暨东西施家，西家之秀钟于苎萝美人，而东家无闻矣	诸暨
西子祠	明	张夬《西子祠记》，明《苎萝志》卷四	谒选得暨阳令……相与谈夷光事	诸暨
	清	许瑶光《西子祠》诗	春生姿媚碧苔纹，石上书题王右军。千古苎萝明月色，美人名士各平分	
苎萝村	明	杨肇泰《苎萝志跋》，上书卷八	昔夷光之所居之地也。苎萝去县治二里许	诸暨

注：①本表格中为简便起购见，《全唐诗》一律简称为《全》，卷数用阿拉伯数字表示。
②诸暨县治唐以前曾在苎萝山以南勾乘山一带，唐以后在苎萝山之北。

西施古迹，遍及吴越，上表仅所列举西施遗迹乃其中尤著者。吴越各地府、县志中所记载的西施遗迹，还有诸暨的四眼井（施郑媲美）、相见桥（范施相会）、白鱼潭（沉鱼之美）、陶朱山；绍兴的容山、西施山、西施里；萧山的西施庙、红粉石、浴美施闸、妆亭、起埠庙；德清的西施故里、嘉兴的西施妆台、月波楼等。之所以有如此众多的西施遗迹，明代紫岩外史解释说：

> 西施从麻溪入越，今麻溪有浴美施闸，相传西施将见越王，沐浴于此，故名焉。则凡所谓苎萝乡、红粉石、西施庙，皆因西施经历而得名，亦犹越王还自吴，越人喜而迎之，遂呼其途畔之山为王还山之类。[①]

一句"皆因西施经历而得名"概括了中国人历史意识泛滥之情况。我们可以发现，这些古迹分布在西施入吴的路线之上，即习礼于会稽，沿途栖息于萧山、杭州、德清、嘉兴，最终抵达吴都苏州。这些古迹一方面反映出后人对西施的景仰，另一方面古迹的不同风貌也反映出她人生际遇的巨大变化：

1.古迹最多的诸暨，遗迹以朴实无华为特色，古朴的"苎萝山"、天然的"浣纱石"与"浣溪"，都与文献所载西施作为"鬻薪之女"（《吴越春秋》）或"卖薪女"（孔灵符《会稽记》）的身份、地位相符，保持着贫家女朴素勤劳的本色；

2.绍兴、萧山等西施路经之地的古迹，以反映西施整容妆扮的为多，如红粉石"相传是西施妆罢后，将胭脂水泼于石上，日久积红"[②]而来，具有浓郁的脂粉气和富贵气，说明这时的西施，已经被越国选中，沾染上了贵妇人习气；

3.至于苏州一地的西施古迹，不仅数量众多，脂粉气和富贵气也更为浓郁，响屐廊、玩月池、馆娃宫等更说明了她受宠于吴王的程度，类似于沼吴之"罪证"。

---

① 张夫等纂：《苎萝志》卷七，影印明崇祯六年刊本，中国方志丛书华中地方556号，成文出版社有限公司1987年版，第286页。《国朝三修诸暨县志》卷三十八亦引之。

② 王炜常：《西施故里地名浅介》，见《萧山东南经济开发中心西施资料之一》。

第三节　西施风物传说

西施风物传说是指将西施的某个生活片段和吴越两地风物结合形成故事，用以解说山、水、桥、墓、村的得名及某些物产的由来等。西施风物传说众多，有西施浣纱、施荡桥、两笑半、山上十八景、山下十八影、西施鱼、西施舌、西施乳、西施藕、西施豆腐、西施面、西施花、西施银芽、苎麻等。①这些风物传说以某个"史实"解释事物由来，反映一定的社会风俗，是历史意识与想象虚构的完美结合，体现出中国人浓重的"尊古""托古"之风。此处，仅择其中三例论之。

（一）西施与斗百草风俗

明人郎瑛《七修续稿》卷四辩证类记载：

> 风俗斗百草之戏，独盛于吴，故《荆楚记》有端午四民斗百草之言，未知其始也。昨读刘禹锡诗曰："若共吴王斗百草，不如应是欠西施。"则知起于吴王与西施也。②

这条记载虽无其他材料相印证，但是作为传说来看待则不必追求是否确实，因为"传说在根据一定的历史事实反映社会生活的本质时，是经过取舍、剪裁、虚构、夸张、渲染、幻想等艺术加工的"③，亦足见中国人历史意识浓厚之一斑。

（二）西施与沉水

任昉《述异记》载有吴故宫有香水溪的故实，本不过寥寥数语，记的也不过是宫妃涤妆的奢华之事，但后人却由此生发出西施体有异香的传说：

> 西施举体有异香，每沐浴竟，宫人争取其水，积之罂瓮，用松枝

---

① 参见浙江文艺出版社汇编：《西施的故事》，浙江文艺出版社1983年版。

② 郎瑛著，马学强、李宝奇等整理：《七修续稿》卷四，《传世藏书》子库杂记类，海南国际新闻出版中心1996年版，第277页。

③ 钟敬文：《民间文学概论》，上海文艺出版社1980年版，第183页。

洒于帷幄，满室俱香。罂瓮中积久，下有浊滓，凝结如膏，宫人取以晒干，香逾于水，谓之沉水。制锦囊盛之，佩于宝袜，交趾蜜香树木。[①]

此处神化西施，并以此为沉水释名。或与此相关，美人体有异香的记载亦屡见于书，如《妆楼记》有昭君香溪之事，清代有个出名的香妃，事迹相类。

（三）西施与苧麻

苧麻，是诸暨的特产，北宋《越州图经》载："诸暨出如丝之苧"。苧与西施都给人娇美之印象，又有西施浣纱之故事，故二者发生了千丝万缕的关系。宋《嘉泰会稽志》卷十七《布帛》云：

> 苧之精者出苧萝山（属诸暨），下有西施浣纱石，盖俗所谓苧纱者于此浣之。以故，越苧最为得名。夏侯开国，《吴都赋》曰："纤絺细越，青筏白苧"，而乐府因是有白苧歌词。今外诸邑独暨阳尤能以苧为布，虽不逮旧，盖苧萝遗俗。[②]

清《绍兴府志》卷十八物产志用物属引志亦载：

> 《弘志治》（苧布）唯诸暨最精，相传以为西子遗习。《万历志》今八邑皆有苧，然尤以暨阳为盛，谚诸暨三如，有如丝之苧。[③]

苧麻的美名，随西施广为流布，元张宪《白苧舞词》曰：

---

① 引自《琅嬛记》卷中所录《采兰杂志》，《学津讨原》，江苏广陵古籍刻印社1990年影印版，第23页上。《古今图书集成》明伦汇编闺媛典三百五十卷闺艳部、《女聊斋志异》卷一都辑有《琅嬛记》此条。《琅嬛记》此书旧本题元伊士珍撰，钱希言《戏瑕》以为明桑怿所伪托，详见胡玉缙《四库提要补正》及宁稼雨《中国文言小说总目提要》）。

② 施宿等纂：《会稽志》，《景印文渊阁四库全书》第486册，第387页。

③ 李亨特、平恕等修：《绍兴府志》，影印乾隆五十七年刊本，中国方志丛书华中地方221号，成文出版社有限公司1957年版，第481页。

吴宫美人青犊刀，自裁白苎制舞袍。青云冉冉白胜雪，激楚一曲回风高。①

苎麻织布这种"苎萝遗俗"历久不衰，至今仍为诸暨特产之一。

（四）西施与河豚

所有风物传说中，最值得深思的是西施与河豚这二者之间的关联。看似相差甚远的二者，在许多骚人墨客笔下，却有着密不可分的关系。

唐李商隐《寄成都高苗二从事》诗中提到河豚因为肉质细嫩鲜美又名"西施"②，诗曰：

　　家居红蕖曲水滨，全家罗袜起秋尘。莫将越客千丝网，网得西施别赠人。③

西施与河豚发生关联，殆始于此，而这可能与西施沉江的传闻有关。中国多有某物沉江化为鱼的传说，宋周承勋《食河豚》诗就曾咏及此种现象：

　　君不见楚王渡江萍如日，剖而食之甜似蜜，河鲀本自食杨花，花结浮萍萍结实。又不见越王食鲙遗其余，中流化作王余鱼。河鲀本是当年物，尚带西子胸前酥。④

后来又有将河豚腹中膏腴称为"西施乳"的，宋洪刍《咏河豚西施乳》、周紫芝《河豚之美唯西施乳得名旧矣而未作诗者戏作此诗》、薛季宣

---

　　① 转引自陈侃章、何德康主编：《苎萝西施志》卷六，杭州大学出版社1991年版，第193页。

　　② 苏轼《东坡异物志》中又把美人鱼称为"西施"："鱼有名西施者，美人鱼也。出广中大海，食之令人善媚。"

　　③ 曹寅等编：《全唐诗》卷五三九，上海古籍出版社1986年版，第1363页下。

　　④ 北大古文献研究所编：《全宋诗》卷二四四二，北京大学出版社1991—1998年版，第28274页。

《河豚》①、明徐渭《河豚》②都以西施肌肤之洁白丰满来形容河豚脂膏甘美。

这种西施与河豚的譬喻看似简单，其实还有更深一层的文化意蕴在内。河豚这种生物，据《云麓漫钞》卷五所言：

> 河豚腹胀而斑，状甚丑。腹中有白曰讷，有肝曰脂。讷最甘肥，吴人甚珍之，目为"西施乳"，东坡云"腹腴"者是也。东坡在资善堂尝与人谈河鲀之美，云："也直一死。"其美可知。其间子最毒，能杀人，次即眼与血。③

《五杂俎》卷九亦曰：

> 河豚最毒，能杀人。……而三吴之人，以为珍品，其脂名西施乳，乃其肝尤美，所忌血与子耳。④

可见，河豚与西施的皮相绝不相类，一为极丑一为极美相差甚远；二者唯一的共通处似在于毒——"能杀人"（古人素有"色字头上一把刀""红颜祸水"的说法，第四章将详论之），如薛季宣《河豚》诗就说：

> 不知深入恣游泳，极情性命独为戕。腊毒厚味能人亡，何须西子齐文姜。甚美由来必甚恶，直它一死言为长。⑤

元陶宗仪《辍耕录》卷九"食品有名"条也说：

---

① 分见北大古文献研究所编：《全宋诗》卷一二八二、卷一五二九、卷二四七四，北京大学出版社1991—1998年版，第14505、17074、28686页。

② 《徐渭集》所收《徐文长三集》卷六，中华书局1983年版，第191页。

③ 赵彦卫著，张国星校点：《云麓漫钞》，辽宁教育出版社1998年版，第55页。

④ 谢肇淛著，陈正青整理、熊月之审阅：《五杂俎》，《传世藏书》子库杂记类，海南国际新闻出版中心1996年版，第89页。

⑤ 北大古文献研究所编：《全宋诗》卷二四七四，北京大学出版社1991—1998年版，第28686页。

245

河豚……，形殊弗雅，然味极佳。……腹中之脾，曰西施乳。夫西施，一美妇耳，岂乳亦异于人耶？顾千载而下，乃使人道之不置如此，则夫差之亡国非偶然矣！①

这两处引文都指出河豚与西施的共通在于表里不一、甚美与甚恶的对立统一：河豚貌丑但味美，西施貌美但能祸国，对待此二者一不留心都有性命之忧。这种美与丑的对立共存才是将河豚与西施发生联想的根本原因，反映出古代人朴素的辩证思想。

第四节　历史意识的精神内核与西施故事

上文我们从"求实"和"尊古""托古"这两个角度分析了历史意识对西施故事的影响，然而这仅是事物较为直观的一面。我们曾经提到中华民族重视历史记载是出于鉴借垂训、以史鉴今的需要，这种思想起于西周初年《尚书·召诰》的"殷鉴"之说，西汉司马迁将其大大向前推进为"原始察终，见盛观衰""考之行事，稽其成败兴坏之理"（《史记·太史公自序》及《报任安书》），成为中国古代的修史宗旨。影响所及，使记述兴亡之事以供借鉴成为千百年来中国文人自觉的精神追求。那么，评判历史的标准，即这种历史意识的精神内核是什么呢？

众所周知，中国传统社会是宗法制社会，血亲意识构成了社会意识的轴心。因而，在中华文化系统内，"孝亲"这一宗法意识笼罩全社会，形成了"亲亲""尊尊"的伦常规范，并且思想家们还借助天道自然大大加强了伦理体系的说服力，如为了强化人伦关系中尊卑观念的不可置疑性，《易传·系辞上》称："天尊地卑，乾坤定矣；卑高以陈，贵贱位矣"，《老子》亦称："人法地，地法天，天法道，道法自然"，将人类宗法社会的等级秩序归源于宇宙法则，似乎人伦道德是在效法自然。与此同时，自然又被人伦化，天人之间也攀上血亲关系，"君王"即为"天子"，从而形成天人合

---

① 陶宗仪著，王雪玲校点：《南村辍耕录》，辽宁教育出版社1998年版，第114页。

一的局面。这种经由天道自然证明的伦理道德观念，深刻影响着中华文化的各个方面，具体到史学来说，史家在存史之外，也以"寓褒贬，别善恶""惩恶扬善"为宗旨。这种史家旨趣进一步强化了中国人的历史意识，使人们在认识历史时离不开由宗法制度衍生出来的伦理道德，充满崇高的历史使命感和以天下为己任的情怀，从孔子的"博施于民而能济众"到顾炎武的"天下兴亡，匹夫有责"莫不如此。这种以人伦道德为中心、以明德为取向的历史评判标准正是中国人历史意识的精神内核，它对西施故事有着更为深远的影响。

由于中国人的历史意识以人伦道德为中心，以明德为取向，这就使不同时代的人在对待西施故事时往往带有时代思潮和文人心态的印记。他们记载西施事，常常出于以古讽今或以古喻今的目的，借旧瓶以装新酒。比如在封建统治隆盛的唐代，人们往往歌咏西施的倾国倾城之色，或者感叹她红颜薄命的命运，寄托个人对人生和命运的种种思考。而在安史之乱引发封建统治潜藏已久的种种危机、封建统治由盛而衰之后，内忧外患的局势促使士大夫、知识分子重新认识西施，西施作为兴越功臣被一再吟咏，更有人在深刻反思历史之后，大力批驳了"美女祸水论"。明末国权凌夷、国难当头之后，文人甚至为西施编纂了专门的人物志，且四年之内两度增补（崇祯六年至崇祯十年），专"揭其忠君报国之心"（《苎萝志》杨肇泰跋），其用心昭然若揭。可见，西施故事的演变深受历史意识精神内核的制约，劝善惩恶的伦理道德取向使不同时代的文人记载西施故事时皆别有怀抱，使西施故事呈现出不同的时代风貌（关于此点可参见下面几章对西施故事的分析）。

第四章　西施故事与美女祸水

风华绝代的佳人，倘若命运与兴亡治乱之事有所牵连，那么，她便有成为一种特殊类型的历史人物被骚人墨客吟咏不辍的荣幸，西施便是其中的一位"幸运者"。东汉之后，她卷入吴越政治争斗漩涡的故事情节已成定局，她也因此受到后世文人的垂青。美女祸水论的流弊，使人们议论的焦点集中在她到底是亡吴祸水还是兴越女杰上。但亦有别具卓见灼识者，对此有不同的评价。这一现象的产生，与中国人的女性观念有不可分割的关系，有必要先对美女祸水论（简称女祸论）的缘起做一探讨。

第一节　美女祸水论的缘起

在古今中外的文学作品中，美女都是一种特殊的社会存在，她们成为大多数文学作品的女主角，名垂青史的女性也以美女为多。这些都说明欣赏美、追求美是全人类的共性。同样，美女祸水论亦非中国所独有，东西方文学话语中都有美女与祸的话语联结，如"希腊最古诗歌早指名艳女为'美丽之祸殃'（the beautiful evil）……倾城倾国之说亦习见古希腊诗文中"①，文学主题中也都有美女与蛇的联想，最著名的是西方基督教文明中人类的始祖被逐出伊甸园便是由于夏娃受不了蛇的引诱，成为全人类的罪人。②然而东西方文明中美女祸水论的心理根源并不完全相同：西方多出于一种女性恐惧，东方则除此之外还多源于伦理道德学说与历史意识。

在世界各地的早期文明中，似乎都存在着视女性为不祥之物的倾向，文化人类学家认为这种倾向的起因是原始人对女子特有生理现象，诸如经血、怀孕、分娩等的恐惧，认为这是出于神鬼使之或具有超自然的魔力，中华民族来说亦是如此。这种女性禁忌在形成初期（原始社会阶段），并不带有歧视妇女的内容，但是随着人类进入阶级社会，它产生了质变，掺入了男尊女卑的成分，《诗经·瞻卬》就云：

> 哲夫成城，哲妇倾城。懿厥哲妇，为枭为鸱。妇有长舌，维厉之阶。乱匪降自天，生自妇人。③

这里把女人比作不祥的鸱鸮；《左传》《汉书》也有不少关于女性的禁忌，如不可与女子同舟、同车，军中不可有女子等，这些就是滋生美女祸

---

① 引自钱锺书：《管锥编·左传正义》，中华书局1986年版，第215页。

② 参见张错：《蛇蝎女人——复仇与囚禁的女性形象》，《批评的约会——文学与文化论集》，上海三联书店1999年版，第177页。

③ 陈子展：《诗经直解》卷二十五，复旦大学出版社1983年版，第1046页。

水论的土壤，是形成"女祸"观念的思想基础。但是具体说来，中国的美女祸水论的直接肇因却是对孔孟等先儒阐述色与德关系文字的误读。

在早期的儒家著作中，认为"好色"乃人的本性是普遍可见的看法，比较常见的就有：

> 好色，人之所欲。（《孟子·万章上》）
> 食色，性也。（《孟子·告子上》）
> 饮食男女，人之大欲存焉。（《礼记·礼运》）

这里的"色"显然还不是与"德"水火不容的邪恶之物，孟子甚至认为推行"王道"的这种"大德"，还可以与"好色"并行不悖，在《梁惠王下》中他劝诱齐宣王推行"王道"就有"王如好色，与百姓同之"之语。将"色"与"德"简单对立起来，是后学对孔、孟学说的误读，他们以《论语·子罕》篇与《论语·卫灵公》篇中孔子两次感叹"吾未见好德如好色者也"为据，认为孔子是反对好色的（事实上，孔子之语实际上是感叹人们"好德"不能如"好色"那样发乎本性）。流弊所及，正统儒家鄙视"好色"，在他们看来，"色"与"德"是两个对立的范畴，人一旦好色，便无心于事业功名，自然也就无所成。无独有偶，在佛教与道教的典籍中也不乏拒色故事，虽然出发点有所不同——佛教因禁欲而拒色，道教因拒暂时之色求永久之色而拒色，但与儒家学说在为成道而反对好色这一点上是共通的。因此，"万恶淫为首"成为几千年来未曾改易的明训。这种"色"与"德"的对立，直接导致了美女祸水论的产生。

"美女祸水"的偏见在上古神话中便已初现端倪，如后羿勇猛无敌，却因妻子的美貌被塞浞暗算身亡；塞浞之子耽于淫乐，后来也身首异处（见屈原《离骚》）。先秦时期的祸水论还将自然灾害与女人联系在一起，如《逸周书·时训》称：

> （春）虹不见，妇人苞乱，雉不入水，国多淫妇，……天气不上

腾，地气不下降，母后淫佚。①

但美女祸水论最为明确的证据则来自古代史家对夏、商、周三代灭亡的历史经验的片面总结。三代开国明君，是后代统治者奉若神明的榜样，同样，三代灭亡之由也是最值得引以为戒的教训。中国古代掠夺婚的遗留②，使"美色"成为男性权势者的劫夺对象，《列女传》《左传》中都记载了不少抢夺美女的故事，而夏之妹喜、商之妲己、周之褒姒都是统治者掠夺来的：

> 昔夏桀伐有施，有施人以妹喜女焉。妹喜有宠，于是乎与伊尹比而亡夏。殷辛伐有苏，有苏氏以妲己女焉。妲己有宠，于是乎与胶鬲比而亡殷。周幽王伐有褒，褒人以褒姒女焉，褒姒有宠，生伯服，于是与虢石甫比，逐太子宜臼而立伯服。太子出奔申，申人、鄫人召西戎以伐周，周于是乎亡。③

由于抢夺美女，常常引起国家之间的战争、内乱或家族内部祸乱，影响统治者的长治久安。同时，劫夺来的女性，不但"迷惑"主上，还可能干政、参政，为男权统治带来危险。因而关于女性"德"与"色"的矛盾，亦即女性内在美与外在美的矛盾便愈加突显出来。这个矛盾，实际上就是美学史上美与善的矛盾的具体表现，"就中国美学史来说，这个矛盾反复地表现为对'声色之美'的追求同社会伦理道德要求的矛盾"。④《尚书·夏书》中就警告帝王不要"内作色荒"，《商书》中则劝告"惟王不迩声色"，都要求统治者不要过度迷恋女色，以免遭亡家灭国的结局。到了周代，武王成为"女祸论"的积极倡导者和制造者，他伐纣之时将"惟妇言是用"

---

① 黄怀信等撰：《逸周书汇校集注》五十二篇，上海古籍出版社1995年版。

② 关于我国古代是否经过掠夺婚阶段，参见董家遵：《中国古代婚姻史研究》，广东人民出版社1995年版，第218页。

③ 左丘明：《国语·晋语一》，上海古籍出版社1978年版，第255页。

④ 李泽厚、刘纲纪等主编：《中国美学史》卷一，中国社会科学出版社1984年版，第137页。

（《尚书·周书·牧誓》）列为纣王的一条罪状，灭商后他又"致天之罚，斩妲己头，悬于小白旗，以为亡纣者，是女也"（《列女传·孽嬖·殷纣妲己》）。从此，"美女祸水论"成为毋庸置疑的真理，开始在周贵族上层流行起来。周末幽王宠褒姒，废王后和太子，王后之父联结外援灭之，周人便说"赫赫宗周，褒姒灭之！"（《诗经·小雅·正月》）。

由于夏、商、周三代的灭亡多多少少都与美女有关，后人由此提出了"甚美必有甚恶"的说法，认为：

> 且三代之亡，共子之废，皆是物也。……夫有尤物，足以移人。苟非德义，则必有祸。[1]

把亡国的根源归于美女作祟。此后，卫宣公夫人宣姜、鲁桓公夫人文姜、鲁庄公夫人哀姜、晋献公夫人骊姬等，又相继成为祸国亡家的"女祸"典型。到汉代王充，他在《论衡·言毒篇》中称：

> 妖气生美好，故美好之人多邪恶。……美色之人怀毒螫也。……生妖怪者，常由好色；为祸难者，常发勇力；为毒害也，皆在好色。美酒为毒，酒难多饮；蜂液为蜜，蜜难多食；勇夫强国，勇夫难近；好女悦心，好女难畜；辩士快意，辩士难信。故美味腐腹，好色惑心，勇夫招祸，辩口致殃。四者，世之毒也。[2]

这里竟把美色列为四毒之一，美女祸水论也越演越烈了。

至于"女祸论"正式写入正史，则始自司马迁《史记·外戚世家》：

> 自古受命帝王及继礼守文之君，非独内德茂也，盖亦有外戚之助焉。夏之兴也以涂山，而桀之放也以末喜。殷之兴也以有娀，纣之杀也嬖妲己。周之兴也以姜原及大任，而幽王之禽也淫于褒姒。[3]

---

① 左丘明著，杨伯峻注：《春秋左传注》，中华书局1981年版，第1493页。
② 王充著，黄晖校释：《论衡校释》卷二十三，中华书局1990年版，第958页。
③ 出自司马迁：《史记》卷四十九，中华书局1959年版，第1967页。

从此，"女祸论"扩大了影响，后代史书亦多持是论：

> 然而三代之政，莫不以贤妃开国，嬖宠倾邦。……历观前古邦家丧败之由，多基于子弟招祸；子弟之乱，必始于宫闱不正。(《旧唐书·后妃列传》) ①
>
> 夫以三代之隆，历世数十，及其亡也，皆败于妇人。(《南史·陈本纪》) ②

久而久之，美女和祸水画上了等号，美女们不仅成为政治斗争的工具，而且背上"女祸"之名，成为某一朝代灭亡的代罪羔羊。

第二节　千秋功罪论西施

西施故事的主要情节单元，是越王勾践运用美人计达到灭吴的政治目的，因此基本上即"女祸"的隐喻，即利用"美女祸国""女性不得干政"的性禁忌与性别禁忌，达到兴己灭敌与巩固政权的目的。因此，西施成为热衷于探究兴亡之理的文人最好的题材，她传奇性的一生与吴越两国政治兴衰密切相关，关于她的功与罪也历来有不同说法——有人说她是亡吴之祸水，也有人说她是兴越之女杰，其中又尤以诗文作品中最为集中。故本章以有代表性的作品来剖析之。

西施入吴之后，备受吴王宠爱，《述异记》记载吴王为之"崇饰土木，殚耗人力"，筑姑苏之台，造天池、馆娃宫、春宵宫、海灵馆，"铜沟玉槛，珠玉饰之"，又造青龙舟与千石酒钟，日与西施为水嬉，夜为长夜之饮。《吴郡志》《姑苏志》又记有"响屧廊"：

> 响屧廊，在灵岩山寺。相传吴王令西施辈步屧，廊虚则响，故名。

---

① 出自刘昫等撰：《旧唐书》卷五十一，中华书局1975年版，第2162页。
② 出自李延寿撰：《南史》卷十，中华书局1975年版，第311页。

今寺中以圆照塔前小斜廊为之，白乐天亦名鸣屧廊。[1]

这些吴王宠爱西施之举，在吴亡之后都成为西施亡吴之罪证，西施也成为"美女祸水论"的又一典型。

唐宋诗对西施功罪的评述多表现出吴越两国立足点的不同，或论其沼吴之罪，或论其霸越之功，各持其说。唐人皮日休《馆娃宫怀古》（七绝五首，七律一首）、杜光庭《咏西施》、刘瑶《阖闾城怀古》、宋人王禹偁《响屧廊》、赵抃《次韵程给事书院浣纱石二首》、张伯玉《虎丘》、刘敞《吴宫》、丁宝臣《过苎萝村》、真桂芳《避暑宫》、孔平仲《西施》、释居简《夫差避暑宫》、柴望《西施》、真山民《吴王夜宴图》、宋无《姑苏台》、林景熙《馆娃宫》皆深受美女祸水论的影响，谴责西施为媚惑吴王的祸水，故而诗中论西施多不离"妖""艳"二字，如"素面已云妖，更着花钿饰。脸横一寸波，浸破吴王国"（杜光庭《咏西施》，《全唐诗》卷八五四）、"君王莫道六宫丑，一个西施已坏吴"（柴望《西施》，《全宋诗》卷三三四〇）、"妖艳分明构祸胎，黄金环丽更危台"（宋无《姑苏台》，《全宋诗》卷三七二三）；刘敞《吴宫》诗可谓其中的成功之作：

> 吴儿歈，郑女舞，彩衣姣服垂楚楚。姑苏台高春日迟，急节新声闹钟鼓。美人欢醉捧瑶爵，君王万寿长如许。吴宫四面尽山川，越兵那得到城下。[2]

吴亡越霸本为事物的一体两面，唐人李白《西施》、刘禹锡《馆娃宫赋二章》、崔道融《西施》、鱼玄机《浣纱庙》、卢注《西施》、宋代杜衍《题苎萝村》、胡宿《馆娃宫》、赵崇嶓《西施捧心图》、华镇《咏西施》、王阮《馆娃宫》等诗意识到了这一点，称赞西施为越国女杰，但他们又多过分夸大女色在国家治乱中所起的作用，最典型的莫过于："吴越相谋计策多，浣

---

① 范成大著，陆振岳点校：《吴郡志》卷八，江苏古籍出版社1999年版，第106页。
② 北大古文献研究所编：《全宋诗》卷四七六，北京大学出版社1991—1998年版，第5763页。

纱神女去相和。一双笑靥才回首，十万精兵尽倒戈"（鱼玄机《浣纱庙》，《全唐诗》卷八〇四）、"一笑不能忘故国，五湖何处有功臣"（崔道融《西施》，《全唐诗》卷七一四）、"越王解破夫差国，一个西施已是多"（卢注《西施》，《全唐诗》卷七六八）、"范蠡无西施，胡以破吴国。吴王轻社稷，为惑倾城色。夫差强便弱，勾践雌成雄。岂惟陶朱策，实赖西施容"（释智圆《雪西施》，《全宋诗》卷一二九）、"君王不得西施去，万户哪能住甬东"（胡宿《馆娃宫》，《全宋诗》卷一八四）、"若论破吴功第一，黄金只合铸西施"（郑獬《嘲范蠡》，《全宋诗》卷五八五）。

此外，这些文人中又有人受天命观影响，对吴越兴亡作出了别出心裁的解释，认为西施之美、吴国之衰、越国之霸皆是不可逆转的天意，充满了宿命论色彩，如苏拯《西施》诗就说：

> 吴王从骄佚，天产西施出。岂独伐一人，所希救群物。良由天上意，恶盈戒奢侈。不独破吴国，不独生越水。在周名褒姒，在纣名妲己。变化本多涂，生杀亦如此。君王政不修，立地生西子。[1]

汪遵《越女》（《全唐诗》卷六〇二）也说"玉貌何曾为浣纱，只图勾践献夫差"，宋代何云《西施吟》（《全宋诗》卷三五一九）虽贬西施为狐，但也道："狐到亡吴日，天留霸越功。"

元明清三代咏西施诗若谈及兴亡之事，多蹈袭前人之作，此处不再赘述。值得一提的是，从元代开始咏西施作品多侧重于西施之功而少涉及西施之罪，如元代黄溍《步浣溪》、吴莱《苎萝山》、赵俶《西施》、郑贺《咏西子》诗皆都把西施视为正面人物来对待，张可久《双调·水仙子·怀古》散曲更一反元代散曲作家对政治的疏离，热情歌颂西施：

> 秋风远塞皂雕旗，明月高台金凤杯。红妆肯为苍生计，女妖娆能

---

① 曹寅等编：《全唐诗》卷七一八，上海古籍出版社1986年版缩印本，第1808页下。

有几？两蛾眉千古光辉：汉和番昭君去，越吞吴西子归，战马空肥！①

这里把西施与昭君相提并论，说她们都是为国家利益牺牲个人幸福的"千古光辉"的"蛾眉"，并责备亡国之臣"战马空肥"之举，充满了报国热忱。至明代，西施更被完全定义为越之功臣，文人在作品中多有意勾勒她忍辱负重、舍生取义的精神，如袁宏道《西施山》：

> 西施山，一片土，不惜金作城，贮此如花女。越王跪进衣，夫人亲蹋鼓。买死倾城心，教出迷天舞。一舞金阊崩，再舞苏台坼。槌山作馆娃，舞袖犹嫌窄。舞到夫差愁别时，越兵潜度越来溪。②

这种认识与当时积贫积弱的政治局势相关③，时势呼唤保家卫国的英杰。在此种情势下，文人们多从越之女杰的角度认识西施，肯定"女祸"的正面功用，将西施与历史上的"祸水"典型——妲己、褒姒之流区别对待。戴冠《次韵唐之淳诗》就说：

> 山灵欲亡吴，生此佳冶色。地非涂莘里，人岂褒妲匹。誓雪吾君耻，甘心事仇国。笑剑倾吴城，女戎戚疆域。④

陈性学《苎萝怀古》（《苎萝西施志》卷五）也说"莫道倾城颦笑里，漫同己姒负商周"，王章《西施二首》（《苎萝志》卷四）更有"尤物移人咸欲唾，谁如收得艳冶功"之句，歌颂名主的知人善用，陈嘉谋《苎萝村》（《苎萝志》卷三）则名西施为"西家女侠"。这种认识，逐渐成为全社会的共识，明清两代的通俗演义小说，无不正面肯定西施的功绩，大部头作品《东周列国志》且不论，清代吕抚辑的《廿四史通俗演义》于西施事只

---

① 洪柏昭、谢伯阳选注：《元明清散曲选》，人民文学出版社1998年版，第101页。
② 出自袁宏道著，钱伯城笺校：《袁宏道集笺校》卷八，上海古籍出版社1981年版，第363页。
③ 参见《西施故事与生命情绪》一章中第二部分的相关论述。
④ 转引自陈侃章、何德康主编：《苎萝西施志》卷五，杭州大学出版社1991年版，第155页。

是寥寥数语，亦不忘肯定西施"事仇"之用心：

> 勾践反国，劳身焦思，卧薪尝胆，养士爱民，与范蠡文种谋吴，
> 以古今绝色、如花似玉、国色天香之美女西施馈吴。西施得宠，教之
> 荒淫失政。吴内荒于色，外荒于兵，而国日危矣。①

以上这些文人作品中，唾骂西施的也好，讴歌西施的也罢，我们不难
发现他们的出发点是一致的，即尤物实乃不祥之物，"女色"实具翻天覆地
的莫大功用，实际上都是"美女祸水论"的同道，无非立足点有所不同。
宋代阮阅《诗话总龟》后集卷四十七引葛常之《韵语阳秋》卷一九就总
结道：

> 人君不能制欲于妇人，以至溺惑废政，未有不亡乱者。桀奔南巢，
> 祸阶妹喜；鲁桓亡国，惑始齐姜。妲己、褒姒以至杨妃、张孔之徒，
> 皆是也。吴于西施，王之耽惑不减于诸后，一夕，越兵至，而王不知
> 也。郑毅夫诗云："十重越甲夜城围，燕罢君王醉不知。若论破吴功第
> 一，黄金只合铸西施。"谓非西施则吴不亡，吴不亡，则安得以黄金而
> 铸［范蠡］之容哉！②

第三节　美女祸水论的反悖

美女作为一种特殊的社会存在，与芸芸众生相比仅有"色"之不同，
她是否就具有扭转乾坤的神奇魅力？这个问题引起了一部分文人的注意，
他们较为客观和辩证地探究了吴越兴亡之理，对"美女祸水论"给予了有
力的否定，荡涤了泼在西施身上的污水，堪称"美女"们的真正知音。
唐代陆龟蒙《吴宫怀古》是反悖美女祸水论的开山之作，诗曰：

---

① 出自吕抚：《廿四史通俗演义》卷三第八回"齐桓公晋重耳五霸称尊"，影印光绪上海广百
宋斋石印本，浙江人民出版社1985年版，第17页。

② 阮阅著，周本淳校点：《诗话总龟》后集丽人门，人民文学出版社1987年版，第292页。

香径长洲尽棘丛，奢云艳雨只悲风。吴王事事堪亡国，未必西施胜六官。①

诗作犀利地指出吴亡的根源实乃吴王之昏昧，西施只不过是吴王的替罪羊罢了。他的这种看法得到了罗隐的共鸣。罗隐在《西施》诗中进一步论究了这一问题：

家国兴亡自有时，吴人何苦怨西施。西施若解倾吴国，越国亡来又是谁？②

此诗首联即见解不凡，指明国家兴亡实乃时势发展的必然，接着提出"女祸"论者无从置喙的反诘：西施果有亡吴的神通，那么越国灭亡又该归罪于谁呢？这样真理也就不辨自明了。

如果说这两首诗仅是启发时人去思索"女祸"论的荒谬的话，唐崔道融《西施滩》、宋张咏《夫差庙》、王安石《宰嚭》、朱长文《次韵司封使君和程给事越来溪三章》、王十朋《吴王夫差》、张镃《姑苏怀古》、周密《姑苏台》、吕江《姑苏怀古》、陈普《夫差伍员》、清余铨《姑苏》等诗则不约而同地具体分析了吴国败亡之由，将矛头指向了真正祸首宰嚭的身上，以下四首是其中的代表之作：

宰嚭亡吴国，西施陷恶名。浣纱春水急，似有不平声。（崔道融《西施滩》）③

由来邪正是安危，不信忠臣信伯嚭。自古家家有容冶，何须亡国殡西施。（宋代张咏《夫差庙》）④

---

① 曹寅等编：《全唐诗》卷六二九，上海古籍出版社1986年版缩印本，第1586页上。
② 曹寅等编：《全唐诗》卷六五六，上海古籍出版社1986年版缩印本，第1658页下。
③ 曹寅等编：《全唐诗》卷七一四，上海古籍出版社1986年版，第1799页下。
④ 北大古文献研究所编：《全宋诗》卷五一，北京大学出版社1991—1998年版，第545页。

谋臣本自系安危，贱妾何能作祸基。但愿君王诛宰嚭，不愁宫里有西施。（王安石《宰嚭》）[1]

西施未必解亡吴，只为谗臣害霸图。早使夫差诛宰嚭，不应麋鹿到姑苏。（王十朋《吴王夫差》）[2]

这些作品针对美女祸水这一传统认识，别具真知灼见地提出了佞臣误国这一比较符合社会实际的见解，指出西施惑主所起的政治性破坏作用远不如佞臣宰嚭外结敌国、内媚昏君、嫉贤妒能的种种动摇国基的行径为大，他才是亡国的真正"祸基"。周密《姑苏台》（《全宋诗》卷三五五七）进一步发挥说"定霸已成尝胆日，倾城不在捧心时"，阐明了吴亡越霸的历史必然性。

这些为西施翻案的文章是文人客观审视历史的产物，他们从现实生活中注意到了历史发展的必然规律，从而认识到了美女祸水论的不合理。笔者以为，文人们重新审视历史，除了出于别有怀抱的"孤愤"用意之外，与西施故事的美学意义也不无相关。

第四节　西施故事的美学考察：兼及美女祸水论的美学观照

前面第一章在论及西施故事的渊源时，我们曾经提到西施在先秦典籍中是作为美人的代名词出现的，这一点在西施故事的后续发展中得到了保留，西施作为女性美的理想得到了社会各阶层的关注和认可。然而从西施故事的后续发展来看，先秦时期作为单纯的美人存在的西施，到了东汉逐渐与吴越之争有了关联，卷入政治争斗的漩涡之中，成为难以盖棺定论的人物。这种美女与兴亡治乱之事的牵连，在中国历史与文学中并不是一种偶然现象，西施之前已有妹喜、妲己、褒姒等，西施之后亦有飞燕、合德、杨妃、陈圆圆等，美女=祸水几乎成为一种必然逻辑，为何会形成这样一种心理定式呢？

---

① 引自王安石著，宁波等校点：《王安石全集》卷三四，吉林人民出版社1996年版，第352页。
② 北大古文献研究所编：《全宋诗》卷二〇二四，北京大学出版社1991—1998年版，第22690页。

不难发现的是，故事的主角都具有令人赏心悦目的美貌，本来都是作为单纯的审美客体存在的，而当她们与政治有所牵涉之后，她们的美在人们眼中也就不单纯为美，甚至成为祸水（丑），这意味着在进行审美观照的过程中，伦理道德成为更为重要的标准。以西施故事为例，秦汉之际西施只是以美貌闻名，东汉之后她的复国为人广为传颂，但还是一个比较公式化的"英雄"，明代《浣纱记》大力铺演西施的舍弃爱情、忍辱事仇，她开始成为"先天下之忧而忧"的最佳注脚，至佚名的《西施艳史》，西施在吴亡之后为了不负夫差宠爱的厚恩自沉江而死的行为更酷似忠义两全的"义士"；而在人们对西施千秋功罪的评述中，西施作为功臣的地位也逐渐受到肯定。可见，西施伦理性格的逐渐加强，以及力求摆脱"美女祸水论"的阴影是西施故事演进的大方向。这种外在美与内在美的完美结合，正是中国美女故事演变的共性特征之一：如韩凭夫妇故事演变中，韩凭妻的貌美并不引人注目，历代文人着重显现的是她的文才与贞行；秋胡故事演变中，除赞美秋胡妻的美貌之外，被一再着重讴歌的是她的妇德与烈举。[1]换句话说，在中国人的观念中，凡值得歌颂的美女必具美德，才行须得相配方可，反之便是不美。这种二者的融合甚至追加，其目的无非是为了符合儒家的礼乐文化精神。

"仁是道德，乐是艺术。孔子把艺术的尽美，和道德的尽善（仁），融合在一起"[2]，将仁与乐融合的中和之美视为艺术追求的最高境界：

> 大乐与天地同和，大礼与天地同节。……礼者，殊事合敬者也。乐者，异文合爱者也。礼乐之情同，故明王以相沿也。[3]

因此，儒家所强调的艺术的美，就涉及了人格的善，美与善的统一是审美的基本标准，这也成为中国古典美学的基本特征之一。强调美与善的

---

① 参见梁晓萍：《秋胡故事解析——兼论中国古代妇女在婚姻中的自主地位》，《天津大学学报（社科版）》2001年第2期。

② 徐复观：《中国艺术精神》，春风文艺出版社1987年版，第13页。

③ 陈澔注：《礼记·乐记》，上海古籍出版社1987年版，第207页。

统一，也就是强调艺术的政治教化作用，使审美和艺术同社会道德情操的提高，同个体精神境界的开拓，同一个时代社会风气的净化紧密联系在一起。与此相应，在情与理的表达上，在高度重视情感抒发的同时，又十分强调理（礼）对情的节制和规范，极端注重情理二者的和谐统一。

这种美学精神，落实到文章写作上，就是要文以载道，王充在《论衡·佚文篇》中说：

> 载人之行，传人之名也。善人愿载，思勉为善；邪人恶载，力自禁裁。然则文人之笔，劝善惩恶也。①

具体到西施故事的流传也是如此。历代记西施事者，对西施这样一个美的化身，希望赋予她人格上的善，使她内外兼美，以"劝善惩恶"。然而，唐以后西施一生的主要事迹是沼吴兴越，她或是极恶（吴人眼中亡国之祸水）或是极善（越人眼中霸越之功臣），善与恶、美与丑在她身上都是鲜明的、不可调和的。华夏美善一统、情理一统的美学精神使历代文人在记载西施故事时都力求对她的功罪作一评说，赋予故事更为合理的情理内核，使她摆脱美女祸水论的影响，成为美和善的化身。

第五节　西施故事与性别政治——祸水论的再认识

前面已经提到西施故事的主要情节单元是运用美人计惑吴，并利用它达到自己的政治目的，影射的是美女乃是祸水。在整个西施故事演进的过程中，从《越绝书》到《浣纱记》再到《东周列国志》，身为美人计主角的西施，作为"交换"的物品或象征都是相当明显的，欠缺主体性，表现在两个方面：入吴之举出于被动，实乃情势所逼、不得不然之举；灭吴之后，亦身不由己承担"祸水"的骂名。也就是说，美人计本身就意味着女性处于"男—女—男"的性别关系模式中，完全丧失了掌握自身命运的权力，沦为男性的政治工具与替罪羔羊。而作为政治主体的男性，在获得了既得

---

① 引自王充著，黄晖校释：《论衡校释》卷二十，中华书局1990年版，第869页。

利益与豁免特权之后，对待自己的政治诱饵，是可惑人而决不可惑己，必除"祸根"而后快。这正是古代社会政治亦有性别的鲜明诠释。

从性别政治的意义上来认识祸水论，不难发现"美女祸水"的说法是父权社会中男性压抑和控制女性的产物，是他们禁锢女性的手段。对此，钱锺书先生曾有一个戏谑性的说法：

"女祸"之说亦所谓"使周姥制礼，决无此论"；盖男尊女卑之世，口诛笔伐之权为丈夫所专也。寓言述一人与狮友昵，偶同观名画勇士搏狮，狮曰："画出人手故而，倘狮操笔作图，必不如是。"①

指出男尊女卑观念是女祸论确立的动因与理论依据。

在世界各国，漫长的历史岁月早已无可辩驳地把男权至上观念植入了世人心中，并随时光推移积淀成为一种不可抗拒也难以摆脱的"集体无意识"。诚然，相对于母系氏族社会的蒙昧和原始而言，父权制是划时代的历史进步，但这进步又是以人类的一半——女性作为一个性别群体从此臣服于父权统治为沉重代价的。在父权社会中，"男人是基本原则，女人则是这一原则所排斥的对立面；只要这一特征固定不变，整个体系就可有效的发挥功能"②，女性因此也就不可能不"屈服于男性的观念世界和语言文化"③。

具体到中国古代社会，《周礼》的制定，意味着父权上扬、宗法完备的等级社会在华夏大地的确立，从此之后以"妇德""妇言""妇容""妇功"为内核的"妇学"登上了历史舞台。《周易》的阴阳学说，定男人为阳性而居上，与天、君、父并列；定女人为阴性而居下，与地、臣、子同行，又替以男权为中心的社会模式论证和完善了不合理的人伦秩序。而《周易》的"冶容诲淫"之语，将女人容貌之美视为引起男人淫乱之源，更为早已存在的女祸说寻找到了天然合法的哲学理论依据，原始的女性禁忌从此杂糅进了女性歧视的内容。及董仲舒抛出"三纲五常"的整套说教，男尊女卑更成为放之四海而皆准的"真理"。自此之后，在中国这个超稳态的宗法

①　引自钱锺书：《管锥编·左传正义》，中华书局1986年版，第215页。

②　[英]特里·伊格尔顿：《文学原理引论》，刘峰等译，文化艺术出版社1987年版，第157页。

③　[德]E.M.温德尔：《女性主义神学景观》，刁承俊译，三联书店1995年版，第72页。

制农业社会中，从孔孟之道至程朱理学，"男先乎女""妇人，从人者也"（《礼记·郊特牲》）都是官定伦理的主流，《女诫》《内训》《闺范》《女儿经》等女书，施加给中国妇女的道德指令也从来都是顺从男性，膜拜男权，而女性自身权利则始终都处于被剥夺的状态。

男尊女卑意识和伦理道德规范使得女性成为男性的陪衬，成为一个异于男性的下等存在遭受排斥和压迫。有鉴于此，西蒙娜·德·波伏娃超越了女性天然的"生物性别"（sex），深刻地指出："女人不是天生的，她是被变为女人的"（《第二性》），意即父权制社会的性别统治、性别压抑及其一整套意识形态历史性地铸造了女性的"社会性别"（gender），使女性以男性的价值期待标准来塑造自身，心安理得地扮演着社会为她派定的角色，变成了所谓的"女人"，即人类的"第二性"或曰"次性"。将这种见解应用于西施故事的分析，我们便不难发现西施作为祸水论的一种模式——美人计范型具有如下特征：

首先，为了适应美人计这一核心情节，西施的身份从鬻薪贫女逐渐变为色艺双全的美人。在这一转变中，尤值得注意的是西施"艺"的变化，《越绝书》及《吴越春秋》所记西施仅是一技艺高超的舞女，到唐代"王轩遇西施"时就已成为出口成章的才女了。此种改变无非是将不同时代男性的价值标准加诸西施身上，以使之更具有惑敌乱亡的魅力。

其次，美人计中的西施不具有自身的情感。这一方面与中国小说艺术发展的特性相关，另一方面也是将西施"道具"化的表现。文言小说且不论，在《东周列国志》《廿四史演义》这些历史演义小说中，只提西施惑政，不采纳西施、范蠡的爱情故事，将西施彻底物化了，也免除了美人变节倒戈的疑虑。

最后，美人计中即使有爱情，浪漫的爱情成分也成为胁迫其服从父权秩序的重要来源。西施故事流变中，铺演范施爱情最有力的是《浣纱记》，在这本传奇中，男女之情服从爱国之情，范蠡在劝西施入吴也以必先"全国"才能"全家"为由，动之以"爱情"（参见第六章相关部分），同时坚决摒弃以"语儿亭"记载为代表的范施先有私情的说法，"净化"范施之间的关系，以使之合乎礼法。之所以这样说，实有艾纳居士《豆棚闲话》与董说《西游补》中的评说西施的两个佐证。《西游补》第五回有西施、虞美人（孙行者变化）、绿珠、丝丝等人喝酒行令的情节，借西施之口对其不贞多有讽喻，有"故人羞人，难道不晓得我是有两个丈夫的"①之语；《豆棚闲话》的《范少伯水葬西施》更是对西施极尽嘲讽之能事，说她未嫁之前即不守妇道，随便与陌生男子交谈还赠送表记，举止轻浮②。两相对照，《浣纱记》中父权秩序对爱情的"格式化"历历在目。《浣纱记》对范施爱情的处理符合男性中心社会的种种意识形态，故格外为人称道，直至今天的西施戏仍在沿用。

第五章　西施故事与生命情绪

西施故事定型之后，获得了充分的发展。唐之后有关西施故事的文字记载中，有相当部分作品围绕西施在复国前后命运和地位的变化，借西施以自况，抒发作者自身种种难以言说的生命情绪。此种现象与中国文学中美人意象的象征含义密切相关。

第一节　香草美人——文人失意时的求美与寄托

在进行论述之前，首先要明确的是生命情绪这一概念。本文所谓的生命情绪，是指表现于文学作品当中的与生老病死、穷通得失等生命过程相关的种种情绪。中国素有"发愤以抒情"（屈原《惜诵》）的传统，故文学作品中表现得最多的生命情绪是悲秋式的——处在人生"衰老"期对生命的反思、对生命体验的总结，这在咏史作品中表现得尤为明显。

严格说来，表现生命情绪的作品，应该以抒情文学作品为主，而文人抒发个人情怀是从屈原开始的。屈原之前的《诗经》虽有"知我者，谓我心忧；不知我者，谓我何求"③之类的文人幽怨之音，但这是无名氏之作。

---

① 引自董说著，倪文杰校点：《西游补》第五回《镂青镜心猿入古，绿珠楼行者攒眉》，中国国际广播出版社1988年版，第35页。

② 见艾纳居士编，张道勤校点：《豆棚闲话》第二则，江苏古籍出版社1993年版，第17页。

③ 出自《诗经·王风·黍离》，见陈子展：《诗经直解》，复旦大学出版社1983年版，第202页。

孔子虽在周游列国时曾发出"道不行，乘桴浮于海"①的感慨，但仅是片言只语，未形成整篇的抒情作品。到了战国后期屈原生活的时代，抒情文学开始成为时代的主流，屈原道德价值生命观与现实政治之间的冲突使他将复杂的心态、满腔的悲情宣泄在"楚辞"创作之中。他在《离骚》中创造的"香草美人"兴象，一方面继承了《诗经》以草木为兴象的传统，"依《诗》取兴，引类譬喻，故善鸟香草，以配忠贞；恶禽臭物，以比谗佞；灵修美人，以媲于君"（王逸《〈离骚〉序》）；另一方面又深受楚国巫风的影响，使其内在情感与自然的物性相契合，直接抒发"惟草木之零落兮，恐美人之迟暮"的生命情绪。从此，这种以香草美人喻品德修养，以男女之情来描摹君臣之义、出处之节的手法为后世文人所广泛运用。

这种以自然物性观照人的精神本质的方法并非屈原所首创，孔子"比德"说——"岁寒，然后知松柏之后凋也"②——的建立已使物性与人的情感间的联系以比较稳定的形式固定下来，屈原"香草美人"的自喻手法进一步赋予了"比德"说强烈的个性化色彩。自从太史公在《屈原列传》中指出屈原"信而见疑，忠而被谤"以后，千古文人几乎都联系自己的身世，对屈原不幸遭遇同声感叹。这是因为在漫长的封建宗法制社会中，文人们的命运是极为相似的。他们都处在一个"普天之下，莫非王土；率土之滨，莫非王臣"的家国一体的宗法制社会中，他们都受儒家积极用世思想的影响，怀有匡世济民之志。然而，文人们虽有满腔济苍生、安社稷的抱负，但社会给他们提供的机会却极其有限，几乎只有科举入仕一途，而其中的仕与不仕、得势与失势，又不完全取决于个人才德，能否为君王所喜亦是至关重要的一环。这种命运上的相似性使得历代文人都深有怀才不遇、不被赏识的焦虑。从这个意义上来讲，屈原所执着追求的理想也恰是他们的理想，屈原在现实生活中的哀怨也恰是他们在幻想破灭后的共同情绪。而儒家温柔敦厚诗教的影响和君主的绝对权威，使文人们在失意之时一般不愿或不敢直接抒发内心不满，而总是要寻求一种比较隐晦、比较曲折的表

---

① 《论语·公冶长》，见来可泓：《论语直解》，复旦大学出版社1996年版，第114页。
② 《论语·子罕》，见来可泓：《论语直解》，复旦大学出版社1996年版，第254页。

现形式。这样，屈原的求美不遇之感与中国文人的失意之情便一拍即合，因此他以"香草美人"抒发个人强烈生命情绪的做法很容易引起后世文人的共鸣。如曹植《美女篇》的"佳人慕高义，求贤良独难。……盛年处房室，中夜起长叹"和李商隐《残题枢言阁三十二韵》的"青楼有美人……所谓无良媒"，是以美人的盛年不嫁喻志士的壮志难酬；章碣《东都望幸》的"纵使东巡也无益，君王自领美人来"，是以美女能否取悦于人问卜仕途通塞；王安石《千秋岁引·秋景》的"当初漫留华表语，而今误我秦楼约"和辛弃疾《摸鱼儿》的"长门事，准是佳期又误"，是以男女情变隐道君臣关系的变化。凡此种种出于同一机杼之作，可以说是不胜枚举。他们都"以好色托喻人类于人生之竞求""托好色之不成喻好修之不成而敷陈其悲观主义"[1]，可谓千古一也。

虽然，随着许多文学母题的不断强化，文人失意情感的表达开始借助宇宙万物来抒发，不再局限于香草美人的兴象。但是，文化传统与时代风尚的制约，形成了一种集体无意识，自屈原以香草美人托物言志、以个人的不幸抒写文人骚动不安的灵魂后，历代文人失意之时都好以屈原后继者自居，也好假托美人来议论和发牢骚。西施以美貌闻名，自然也不脱此窠臼。

需要补充说明的是，在文人的诸种生命情绪中，其中也不乏对知音的渴求与对爱情的向往，这种情绪反映到西施故事中就表现为范施爱情这一情节的增生与文人艳遇西施的故事。由于这一部分故事分量不少，故将辟专章论之。本章专论及西施故事中以"香草美人"这一传统兴象寄托生命情绪的作品。

第二节　诗词散曲中的西施——文人自况之作

文人以西施自况之作甚多，并不限于诗、词、散曲当中，但是由于这三种体裁皆以抒情为主，篇幅亦较小说与戏曲来得短小，因此文人在这些

---

① 参见逯钦立：《〈洛神赋〉与〈闲情赋〉》，《汉魏六朝文学论集》，陕西人民出版社1984年版，第447—460页。

作品之中，记载西施事多以抒发个人感慨为主，而不重情节的描绘，可以说是文人以西施自况之作的典型，故着重论之。

南朝梁庾肩吾的《咏美人看画诗》是较早以西施抒发生命情绪的作品：

> 绛树及西施，俱是好容仪。非关能结束，本自细腰肢。镜前难并照，相将映渌池。看妆畏水动，敛袖避风吹。转手齐裾乱，横簪历鬟垂。曲中人未取，谁堪白日移？不分他相识，唯听使君知。①

这首诗以西施丽质天生喻自身才高八斗，文末以"不分他相识，唯听使君知"表达作者期盼伯乐、能为当权者赏识的心情。后世咏西施亦不乏类似之作，如李白《鸣皋歌送岑使君》（《全唐诗》卷一七一九）就以"嫫母衣锦，西施负薪"对举，抒发才士不遇的愤慨之情。这种象征手法可以说是屈《骚》传统的直接传承，并非西施意象所独有，故下文不特论之。

唐代宋之问《浣纱篇赠陆上人》、王维《西施咏》、李白《送祝八之江东赋得浣纱石》、楼颖《西施石》、施肩吾《越溪怀古》、于濆《越溪女》、刘驾《吴中怀古》、胡幽贞《题西施浣纱石》在题咏之时多从物是人非的立意出发，将西施视为红颜薄命的美女，以她传奇的命运抒发人生短促、穷达皆命的困惑。其中施肩吾《越溪怀古》、胡幽贞《题西施浣纱石》对照西施社会地位的变化，寄托自己建功立业的强烈愿望：

> 忆昔西施人未求，浣纱曾向此溪头。一朝得侍君王侧，不见玉颜空水流。②
>
> 徘徊浣纱石，想象浣纱人。碧水澄不流，红颜照之频。自惜绝世姿，岂与众女邻？一朝入紫宫，万古遗芳尘。至今溪边花，不敢骄青春。③

---

① 逯钦立辑校：《先秦汉魏晋南北朝诗·梁诗卷二十三》，中华书局1983年版，第1993页。
② 出自曹寅等编：《全唐诗》卷四九四，上海古籍出版社1986年版，第1251页中。
③ 出自曹寅等编：《全唐诗》卷七六八，上海古籍出版社1986年版，第1907页中。

王维《西施咏》虽亦就她贵贱殊异的境遇变化发议论，但别有机杼：

> 艳色天下重，西施宁久微？朝仍越溪女，暮作吴宫妃。贱日岂殊众，贵来方悟稀。邀人傅香粉，不自着罗衣。君宠益娇态，君怜无是非。当时浣纱伴，莫得同车归。持谢邻家子，效颦安可希。①

王维咏西施，文如其人，似乎有意同政治保持一定距离，将西施从古今兴亡的是是非非中超脱出来，单单描写西施进入吴宫之后，丧失自己的本色，以粉饰为美，以显贵为荣、恃宠而骄的种种情态，侧重揭示并嘲讽"贱日岂殊众，贵来方悟稀"的炎凉世态和冷暖人情。

五代薛绍蕴《浣溪沙》词与孙光宪《思越人》词咏西施事都以萧瑟之笔吊古，写尽昔日繁华地的今日苍凉：

> 倾国倾城恨有余，几多红泪泣姑苏江，倚风凝睇雪肌肤。吴主山河空落日，越王宫殿半平吴，藕花菱蔓满重湖。（《浣溪沙》）
> 渚莲枯，宫树老，长洲废苑萧条。想像玉人空处所，月明独上溪桥。经春初败秋风起，红兰绿蕙愁死。一片风流伤心地，魂销目断西子。（《思越人》）②

词中着重表现的是随着世异时移，霸主雄图、美人韵事都成了陈迹，透露出对人生今是而昨非的无限感喟，这也成为后代多数吊西施词所表达生命情绪的基调，如宋代苏轼《减字木兰花·云鬟倾倒》、元代倪瓒《人月圆·伤心莫问前朝事》、明代徐有贞《水龙吟慢·佳丽地》、沈周《唐多令·江尽正分吴》、张鈇《念奴娇·浙江东岸》、吴易《满江红·姑苏怀古》皆是如此：

---

① 出自曹寅等编：《全唐诗》卷一二五，上海古籍出版社 1986 年版，第 288 页中。
② 以上二词皆引自史双元编著：《唐五代词纪事会评》，黄山书社 1995 年版，分见第 772 页、957 页。

连天蓑草，下走湖南西去道。一舸姑苏，更逐鸱夷去得无？（苏轼《减字木兰花》[1]）

伤心莫问前朝事，重上越王台。鹧鸪啼处，东风草绿，残照花开。（倪瓒《人月圆》[2]）

眼前事，几多堪吊。香泾踪销，屧廊声杳，麋鹿还游未了。　　也莫管、吴越兴亡，为他烦恼。是非颠倒，古与今一般难料。（徐有贞《水龙吟慢》）

遥指废台孤，论兴亡一轨。迄如今，仍似姑苏。剩与后人传作画，王孙曾，有伤无。（沈周《唐多令》）

浙江东岸，是越王勾践，旧时封国。尝胆卧薪成底事，唯有芜苔凝碧。万壑争流，千岩竞秀，宛宛无今昔。兔葵燕麦，中间多少遗迹。（张鈇《念奴娇》）

斗大江山，经几度，兴亡事业。……吴越旧春秋，伤心切。……花月烟横西子黛，鱼龙水喷鸱夷血。到而今、薪胆向谁论，冲冠发。（吴易《满江红》[3]）

吊西施词之所以基调感伤，多表风流悲壮、不堪回首之意，似与词这种文学体裁的特性相关。词细腻婉转更适于表达内心世界，另外与诗相比它较少受到正统思想的影响和束缚，这都使文人爱用词来抒发隐晦曲折的心绪，在以西施自比之时也就自然而然多伤逝之感、少昂扬之调了。

宋代以西施自比的作品一方面继承了前代文人红颜薄命的生命哀叹，如杨备《姑苏台》《响屧廊》、释智圆《西施篇》、叶茵《洗妆池》、萧立之《姑苏台》五首之四、陈羽《姑苏台览古》、秦观《望海潮·越州怀古》词等，其中释智圆诗与王维诗一脉相承，以西施地位之变迁表现世态炎凉的感伤：

---

①引自苏轼：《苏东坡全集》卷三〇，北京燕山出版社1998年版，第1629页。

②引自钟陵编著：《金元词纪事会评》，黄山书社1995年版，第429页。

③以上四词皆引自尤振中、尤以中编著：《明词纪事会评》，黄山书社1995年版，分见第103页、122页、124页、347页。

采莲越溪上，皆谓寻常女。正位吴中宫，众口方传美。视听猒歌舞，衣裳贱罗绮。贤哉邻家人，昔年知学嚬。①

另一方面也表现出注重内心、不求功业、内敛平和的心态。如梅尧臣的《西施》诗在肯定西施功业的同时，感叹说：

层宫有麋鹿，朱颜为土灰。水边同时伴，贫贱犹摘梅。食梅莫厌酸，福祸不我猜。②

这里透露出作者安贫乐道的思想。卢襄《姑苏台歌》更进一步，指出"当年霸业几英雄，转首都归血刃中"，得出"西施空似桃花美"的论断。③苏舜钦《馆娃宫》、周紫芝《晓发吴江晚上姑苏台》、王镃《姑苏述古》、汪元量《苏台怀古》、陆文圭《姑苏怀古和鲜于伯机韵》也都从"百年气数花开落，一代兴亡潮长平"（王镃《姑苏述古》，《全宋诗》卷三六〇九）的角度，表现繁华若梦的生命情绪。艾性夫《浣纱曲》将这种情绪表述得更为彻底：

浣纱如妾心，皎然照冰雪。秋声入络纬，炯炯织霜月。裁衣嫁作梁鸿妇，白发相看如此布。不学西施矜媚妩，妆成欲觅君王顾。忘却土城山下路，贪向铜龙溪边住。明朝吴骑猛如虎，献入娃宫作俘虏。含羞短制衣楚楚，忍学翩翩鹤翎舞。④

这里，借浣纱女之口将西施塑造成一个爱慕虚荣的女子，以浣纱女的婚姻理想揭示平凡才是幸福的人生理念。宋人这种生命情绪的产生与当时

---

① 北大古文献研究所：《全宋诗》卷一三一，北京大学出版社1991—1998年版，第1507页。
② 北大古文献研究所：《全宋诗》卷二五四，北京大学出版社1991—1998年版，第3092页。
③ 北大古文献研究所：《全宋诗》卷一四〇八，北京大学出版社1991—1998年版，第16214页。
④ 北大古文献研究所：《全宋诗》卷三六九九，北京大学出版社1991—1998年版，第44392页。

士大夫文人的生存状态有密功关系。有宋一代，重文轻武、优待士人的基本国策使知识分子充满了报国热忱，但是高度集权的专制政治与对外的妥协退让又使他们难以有所作为，饱受宦海沉浮、屡遭磨难。于是他们只能在内省之中追求生命的淡泊宁静，表现出超脱世俗的一面。①

元代异族入主中原，文人多有"亡天下"之痛，此外，元蒙统治者的民族歧视政策和对科举制度的轻忽使他们失去优越的社会地位和政治前途，由世变沧桑所带来的空幻感和凄凉感成为他们共同的生命情绪，"王图霸业成何用"（马致远《拨不断·无题》）、"盖世功名总是空"（白朴《双调·乔木查·对景》）是他们"叹世"的基调。在他们的人生坐标上，值得钦慕的不再是屈原式的人生道路，而是陶潜式的生活方式。与此相应，西施故事中能引起他们共鸣的也不再是作为美人兴象化身的西施，而是范蠡功成身退的"自适"与达观。因而元代作品中咏西施之作的数量远不及范蠡，有的作品中西施甚至是作为范蠡的"道具"出现的，如无名氏《越调·柳营曲·范蠡》的"进西施一捻风流，起吴越两处冤仇。趁西风闲袖手，重整理钓鱼钩"②，抒发的是隐逸式生命情绪。杨维桢的散曲套数《双调·夜行船·吴宫吊古》是咏西施较为完备的作品：

> 霸业艰危，叹吴王端为、苎罗西子。倾城处，装出捧心娇媚。奢侈，玉液金茎，宝凤雕龙，银鱼丝鲙。游戏，沉溺在翠红乡，忘却卧薪滋味。
>
> ……
>
> 【斗蛤】堪悲，身国俱亡，把烟花山水，等闲无主。叹高台百尺，顿遭烈炬。休觑，珠翠总劫灰，繁华只废基。动情的，时耐范蠡扁舟，一片太湖烟水。
>
> 【前腔】听启，檇李亭荒，更夫椒树老，浣花池废。问铜沟明月，

---

① 宋代士人心态极为复杂，他们入世而超世，深刻而平淡，敏心善感，深于哀乐，可又能自我排遣，无所系念。参见张毅：《宋代文学思想史》，中华书局1995年版，第320—324页。

② 引自龙华、张铁燕辑校：《全金元散曲》，《传世藏书》集库总集类，海南国际新闻出版中心1996年版，第490页。

美人何处？春去，杨柳水殿攲，芙蓉池馆摧。恼人意，只见绿树黄鹂，寂寂怨谁无语。

……

【浆水令】采莲泾红芳尽死，越来溪吴歌惨凄，宫中鹿走草萋萋。黍离故墟，过客伤悲。离宫废，谁避暑？琼姬墓冷苍烟蔽。空园滴，空园滴，梧桐秋雨。台城上，台城上，夜乌啼。

【尾声】越王百计吞吴地，归去层台高起，只今亦是鹧鸪飞处。[①]

杨作与元代其他咏西施之作，如张可久《黄钟人月圆·会稽怀古》、汤式《双调沉醉东风·姑苏怀古》、徐再思《双调·折桂令·姑苏台》等一样，充斥着人去楼空的慨叹和对"功名"、"荣辱"的疏离，徐再思的小令更极力摹写了争权夺利的丑态与恶果：

荒台谁唤姑苏？兵渡西兴，祸起东吴。切齿仇冤，捧心钩饵，尝胆权谋。三千尺侵云粪土，十万家泣血膏腴。日月居诸，台殿丘墟；何似灵岩，山色如初。[②]

末尾一句"何似灵岩，山色如初"意味深长，为弄权者敲响了警钟。

明清两代文人比及前代尤好著述之事，借西施言志之作甚多，所蕴含的生命情绪亦纷繁芜杂。明代郑钦《浣纱石》、徐渭《浣纱石上窥明月》、邢侗《苎萝山下女》、王思任《西施行》、文德翼《苎萝山》、清代鲁曾煜《自杭州入诸暨过苎萝村》、清代赵式《念奴娇》皆发红颜薄命之叹，与前代不同之处在于他们多从女性命运的角度去认识这一问题。如邢侗《苎萝山下女》（《苎萝志》卷三）感叹"貌妍命应贱，年及谁为家？"；王思任《西施行》（《苎萝西施志》卷五）想象西施归宁以高姿态怜悯东施"胡然老未行"，未料东施却说"姊貌不如人，守女且得真。酌之以溪水，欢然道

---

① 洪柏昭、谢伯阳选注：《元明清散曲选》，人民文学出版社1998年版，第182页。
② 洪柏昭、谢伯阳选注：《元明清散曲选》，人民文学出版社1998年版，第161页。

平生。妹出谨楗户，但闻车绩声”，反遭讥讽；文德翼《苎萝山》（《苎萝西施志》卷五）对比东、西施的归宿——“蓬户留”与“金屋贮”，得出“贱者老苎萝，贵者逐浮胥”的结论。这些作品中都显露出女子德行重于美貌的思想倾向，鲁曾煜《自杭州入诸暨过苎萝村》（《苎萝西施志》卷五）更直言“难煞红颜成大事，当初悔不住东村”，这无疑与明清两代理学倡导贞节与女性在社会生活中的微贱地位息息相关。因而曹雪芹在《红楼梦》中就假借黛玉之口咏西施曰：

一代倾城逐浪花，吴宫空自忆儿家。效颦莫笑东施女，头白溪边尚浣纱。①

流露的是自感“红颜薄命”的林黛玉为摆脱自身的悲剧命运转而羡慕东施因丑反而得以终其天年的无可奈何的隐微心曲。

明清两代中国封建王朝的统治已逐渐走向穷途末路，内忧外患不断，在这样的形势下，人们已经无暇去议论西施的倾国倾城之色，而必须揭示她的忠君报国之心。故明末首度为西施专修《苎萝志》，且短短四年两度增补，其用意正如路迈跋崇祯十年（1637）《苎萝志》时所言：

而今长才伟略足固金汤者，岂乏其人？倘其取《西子》一再诵之，有不中夜彷徨，闻鸡起舞者，非夫也。②

与时势的要求相应，明代朱元璋《西施》、高启《馆娃宫》、张夜光《西施》、陈洪绶《浣纱溪怀古》、许直《西施》、郑天鹏《浣纱女》、骆问礼《苎萝山》、吴伟业《戏题士女图十二首·一舸》、胡学《苎萝山》、陈士聪《满庭芳》、俞昌龄《声声慢》、清代许瑶光《西子祠十绝句》、寿侨《游西子祠三首》都将西施定位为“功臣”和“忠臣”，夸赞她是忠义两全的巾帼

① 见《红楼梦》第六十四回“幽淑女悲题五美吟”，人民文学出版社1991年版，第539页。

② 转引自陈桥驿：《苎萝西施志序》，陈侃章、何德康主编：《苎萝西施志》，杭州大学出版社1991年版，第5页。

英雄：

> 天生两奇绝，越地多群山。万古垂青史，西施世美颜。窈窕精神缓，悠然体态闲。笑拥丹唇脸，皓齿出其间。一召起闾里，勾践扼雄关。伐谋应得志，西浙径亲攀。铁甲乘潮渡，黄池兵未还。[①]

但是忠臣和功臣却未必能有好结局，于是郑天鹏《浣纱女》和胡学《苎萝山》都发出西施功成后"归不得"故乡的感谓，骆问礼《苎萝山》（《苎萝西施志》卷五）从帝王寡情的角度说"战败力求倾国色，功成谁问卖薪家"，俞昌龄《声声慢》（《苎萝志》卷三）中西施的"勋以容湮，报伍相千年，下人共怜"与吴伟业《戏题士女图十二首·一舸》（《吴梅村全集》卷二十）中的"霸越亡吴计已成，论功何物赏倾城？西施亦有弓藏惧，不独鸱夷变姓名"，更像是功高震主者的真实写照。这种种对西施命运的思考其实是文人们自身仕宦生涯的一种投影。

第三节　西施意象的主题含义与生命思辨

上文我们考察了南北朝以来对诗、词、散曲中的咏西施之作，不难发现这些作品中借西施抒发的生命情绪不外以下几种：

1. 红颜薄命的感伤，人生短促的哀叹；
2. 贵贱殊异的人生际遇，世态炎凉的喟叹；
3. 人去楼空的陈迹，繁华若梦的醒悟；
4. 世事沧桑的空幻，安贫乐道、超脱世俗的追求；
5. 巾帼女杰的归宿，忠臣义士的写照。

细论之，这种种生命情绪又皆是围绕着对人生意义的考察而展开的。换句话说，历代文人在借西施这个"酒杯"浇胸中块垒之时，并不关注故事中的男女之情，都集中在人生际遇（显达与穷隐）和生命意义的思索上，

[①] 朱元璋：《题西施》，章培恒等编：《全明诗》卷三，上海古籍出版社1990—1993年版，第1册，第18页。

形成了较为固定的主题含义。之所以如此，一方面可能与西施故事中情爱情节的后起有关，另一方面则是由于西施成为文人自身审美观照的客体和对象化。

在本章的第一部分我们谈到了由于在封建宗法制社会中历代文人在命运上的相似性，使得历代诗家词人广泛运用屈原开创的香草美人兴象来抒发己身的失意之情。而这只是问题的一个方面，作家之所以用美人兴象抒怀还由于宗法社会中男性与女性在人身依附关系上的相似性。中国古代社会的根本特征是"宗法与政治结合的社会，在宗法伦理关系的基础上建立了政治体制，家国一体，修身齐家与治国平天下一致，由孝而忠，忠臣孝子一体"①，这不仅可以从"国家"一词上得到验证，还可以从"君君，臣臣，父父，子子""父子有亲，君臣有义，夫妇有别，长幼有序，朋友有信"等各种关于伦理道德观念中君臣与父子关系的相互映照和参析中看到。因此用家庭中的人际关系来形容国家政权机构中的人际关系便具有贴切的可比性。而君主的至高权力与尊卑上下的伦理纲常，决定了臣民与君主的关系是主仆和臣属，这就使士人们在名义上从属于君主，在观念上失去了人格上的独立，正如清人黄宗羲所总结的：

三代以下，天下之是非一出于朝廷。天子荣之，则群趋以为是；天子辱之，则群擿以为非。②

君主本身的意志成为是非的标准。这种对君主的无限敬畏与绝对服从，与家庭中处于伦理纲常重压下女性的人生地位、人生依赖关系极为相似。在宗法社会中，女性的人生大事唯有结婚生子而已，对她们来说婚姻正好比士人入仕，婚姻的优劣完全取决于父母之命和媒妁之言，而非本身的意愿。其中，男性家长——祖父、父亲等尊亲又有着绝对权力。这种强迫性、包办性与仕途中用人之道的御用性几乎完全相同。同时，女性恪守"三从四德"，屈从政权、族权、神权与夫权的状况，特别是对族权和夫权的从属和依附，又与士人对君主的依附服从相类似。这种人际关系上的相类是美

① 刘泽华：《士人与社会·秦汉魏晋南北朝卷》，天津人民出版社1988年版，第145页。
② 出自黄宗羲、吴光编：《明夷待访录·学校》，《黄宗羲全集》第一册，浙江古籍出版社1985年版，第10页。

人兴象的象征含义产生的沃土。

具体到西施意象来说，这种人际关系上的比附就更为明显。西施故事定型之后，众人眼中的西施人生际遇极为传奇，她具有绝世美颜，从鬻薪贫女一跃成为吴王宠妃，享尽荣宠；她忠于越国，身负复国之志，舍身入吴；她功成名就，不知所踪①。从意象比附来看，西施的美貌就好比士人的济世之才，她的享尽荣宠就好比士人的为君王所用，她的复国之志就好比士人的"经世"抱负，而她不知生死的下落就象征着"入世"和"出世"两种人生态度的不同结局。可以说，西施的人生际遇恰恰涵盖了宗法社会中士人各种可能的人生追求，好似文人的化身，那么由此引发他们的种种生命思辨也就不足为奇了。

在西施意象所引起的各种生命思辨中，总的看来蕴含着这样一种倾向：未遇文人多咏其芳颜得赏的渴望，得意文人多咏其建功立业，失意文人多咏其因美见妒与悲剧结局，诸如归不得故乡、沉江而死、有情人难得团圆之类，这充分说明中国士人在人生方向上的相似性。汉代之后，儒家取得独尊地位，儒者成为知识阶层的泛称，而由孔子确立的儒学"入世——经世"的价值取向，也从此成为知识阶层普遍的人生方向。他们"居庙堂之高，则忧其民；处江湖之远，则忧其君。是进亦忧，退亦忧"（范仲淹《岳阳楼记》），以治国平天下为人生价值的最高取向，文人的"立言"亦以"立德"、"立功"为终极目标。也就是说，所有的知识、学问，必须而且只能附丽于政治，最终唯有通过"经世"的政治实践来验证它们的价值，正如陈独秀所说：

> 学者自身不知学术独立之神圣。譬如文学自有其独立价值也，而文学家自身不承认之，必欲攀附《六经》，妄称"文以载道"，"代圣贤立言"，以自贬抑。②

---

① 关于西施的下落和归宿，参见第一章。
② 陈独秀：《随感录·学术独立》，《陈独秀著作选》卷一，上海人民出版社1984年版，第389页。

故而，有才必称"匡济"，由士而仕、为民请命成为中国古代士人最为规范的自我角色认同。得官则得意，失官则失意，入仕成为他们追求的主要目标。求仕不得之时，"归隐"就成为他们的后路，"人生在世不称意，明朝散发弄扁舟"①"自顾无长策，空知返旧林"②都是这种出路的生动写照。这种儒与道互补、仕与隐相随、兼济与独善交替，共同维持着中国士人的精神平衡，也因此他们常在失意时表现出一种内省与反思，面临两种道路的抉择。这种士人在生命体验、生命思辨上的相似性才是抒情作品中西施意象形成较为固定的主题含义的重要原因。

第六章　西施故事与美人幻梦

第一节　西施故事中的幻梦成分

长久以来，在许多民族约定俗成的语汇中，"美人"与"女人"几近同义。这一现象引起了世界学人的广泛关注，他们从文化人类学的角度对此做了很多研究，形成了以下几点共识：

1.艺术中的女性形象，"是置于男子和社会之间的一种情感调节器。女性处于主客体的连接处，是个人和社会的交叉点"③。也就是说，在父权社会中，女人依附于男人，其人格和个性，也具体地融化在对"这一个"男人（父亲或丈夫）的依附中，成为为男性主体服务或观照的对象，既是审美的主体又是客体。在审美活动中将女性对象化为美人，剥夺其主体身份而强化其客体身份，才能使男女之间主奴对应的社会地位，在审美主体（男人）和观照对象（女人）的相互补充中达到和谐。

2.正如美神是父权神话的产物④，美女其实是父权文化的造物，与美神

---

①李白：《宣州谢脁楼饯别校书叔云》，《全唐诗》卷一七七，上海古籍出版社1986年版，第413页中。

②王维：《酬张少府》，《全唐诗》卷一二六，上海古籍出版社1986年版，第292页上。

③［日］浜田正秀：《艺术学概论》，中国戏剧出版社1985年版，第73页。

④各民族的原始创世神话和母权神话中根本没有美神，美神是和男性主神一同诞生的，详见李小江：《女性审美意识探微》，河南人民出版社1989年版，第34—40、63页。

相比，她更直接迎合男性世俗生活的需要：他既能实实在在地占有她，使她成为他的一部分，又能通过她去超越自我，寻求解脱。

3.美神的女性替身和美神向女人的转化，反映了男性主体身份的成熟和对女性客体身份的确认。叶舒宪在对爱神和美神的研究中发现，"把爱欲和美的主题对象化到女性身上，构想成主管爱和美的女神，这绝不只是个别文化中的个别现象，而是一种相当普遍的人类现象。大凡发展到父权制文明早期的民族国家，都在不同程度上具有产生类似观念与信仰的现实条件"①，即说"美"开始成为一种教化，男人用创造美人去教化妇人。

有鉴于这种父权制文化中男性的无意识和心理需要，文学作品中出现了众多活色生香的美人。一方面，男性视其为尤物或妖魔，对她们严加提防和限制，制造出一系列性别歧视的伦理规章，另一方面，又希望在现实和梦幻两方面尽情地满足自己对"声色"的需求，文学成为满足这一需求的强有力的方式。在文学世界中，帝王、士大夫甚至贩夫走卒都有机会和可能与自己倾慕的美人来上一段恋爱或是艳遇，文学作品中的美人若与情爱脱节，恐怕作品也就失去了"市场"。这是中国的美人幻梦文学形成的心理肇因。

所谓"美人幻梦"，叶舒宪认为是"指用幻境或梦境表达情思与性爱主题的创作类型"②，笔者以为对"美人幻梦"的理解若能从"幻"与"梦"两个因素扩展为"非现实"因素，从广义上去认识就更为完整。简单地说，"美人幻梦"应泛指非现实的表达情思与性爱主题的创作。

体现到西施故事的流变上，"美人幻梦"指西施故事大致上经历了一种由写实到幻想的过程。早期的西施故事多多少少与吴越史实相关，可以说是"言而有据"，但以魏晋为肇端，开始逐渐走向幻梦。这表现为两条线索：一是范蠡西施爱情这一情节单元的出现；二是文人艳遇西施故事的产生。后一种情形也许更为符合叶舒宪对幻梦文学所下的定义，但不可讳言的是所谓范施爱情，完全是后人创作，其心理根源与文人艳遇故事相同，

---

① 叶舒宪：《高唐神女与维纳斯》，中国社会科学出版社1997年版，第312页。
② 叶舒宪：《高唐神女与维纳斯》，中国社会科学出版社1997年版，第409页。

故不妨笼统言之。值得注意的是，这两种西施幻梦故事表现的主题并不完全相同，前者更为注重表达的是文人情思，对爱的渴求；后者更倾向于表达文人的性爱理想。

第二节　范施爱情——乱世情爱美梦

西施故事中的范施爱情滥觞于《越绝书》"西施亡吴国后，复归范蠡，同泛五湖而去"[①]的记载，但并未提及范蠡西施之间的爱情，至唐陆广微《吴地记》则坐实之，嘉兴县"语儿亭"条记曰：

> 县南一百里，有语儿亭。勾践令范蠡取西施以献夫差。西施于路与范蠡潜通，三年始达于吴，遂生一子，至此亭，其子一岁能言，因名语儿亭。[②]

此处所记可信度太低，多被后人斥为无稽之谈，明王世贞《艺苑卮言》就曰：

> 蠡为越成大事，岂肯作此无赖事？未有奉使进女三年，于数百里间而不露，露而越王不怒蠡，吴王而不怒越者也？[③]

冯梦龙《情史》引语儿亭事，也怀疑道：

> 所谓"三年始达于吴"者，疑即此学服之三年耳。若在路复三年，则六年矣，施齿不稍长乎！且吴越邻壤密迩，其贡书必有岁月，迁延

[①] 今本《越绝书》未见，而为后人广泛征引，疑为佚文。此处引文出自《吴地记》"语儿亭"条下，江苏古籍出版社1999年版，第47页。

[②] 陆广微著，曹林娣校注：《吴地记》，江苏古籍出版社1999年版，第47页。吴震元《奇女子传》卷一、《古今闺媛逸事》卷八都记有女儿亭事。

[③] 转引自陆广微著，曹林娣校注：《吴地记》，江苏古籍出版社1999年版，第50页。

三岁，使人乌得无罪！吴王亦安得无言也！^①

清吴景旭《历代诗话》亦云：

蠡沉鸷善决策，必不潜通于未献之前，或载泛于既亡之后。^②

此外，考语儿亭之由来，典籍另有说法：

女阳亭者，勾践入官于吴，夫人从，道产女于亭，养于李乡，勾践胜吴，更名女阳，更就李为语儿乡。（《越绝书》卷八《越绝外传记地传第十》）^③

御儿，今嘉兴县御儿乡，亦曰语儿。勾践伐吴，用御儿人涉江袭吴，胜之。（《西湖游览志余·委巷丛谈》）^④

吴黄武六年，由拳西乡，产儿能语，因诏为语儿乡。（清·谭吉《鸳鸯湖棹歌》注引《万善历》）^⑤

又《太平寰宇记》："按吴越分境，越国西北置御儿与吴分界，通典注云：'在嘉兴县南有地名御儿'，《国语》曰：'吾用御儿临之'，今俗作'语'字。"《至元嘉禾志》："御儿之名，见《左传》《国语》《吴越春秋》等书皆然，逮西汉则易为'语'，表又作'藃'字，后人疑之，因附会其说，窃意汉人以其名言之匪顺类曾子回车之嫌，故取其音之相近者易之耳。"徐凝《语儿见新月诗》："几处天边见新月，经过草市忆西施。娟娟水宿初三夜，曾伴愁娥到语儿。"

---

① 冯梦龙编撰，周方、胡慧斌校点：《冯梦龙全集·情史》卷三情私类《范蠡》条，江苏古籍出版社1993年版，第86页。

② 转引自陆广微著，曹林娣校注：《吴地记》，江苏古籍出版社1999年版，第50页。

③ 乐祖谋点校：《越绝书》卷八，上海古籍出版社1985年版，第64页。

④ 田汝成辑撰，刘雄、尹晓宁点校：《西湖游览志余》卷二十一，上海古籍出版社1980年版，第373页。

⑤ 转引自顾希佳：《西施的传说、史实及其他》，《民间文学论坛》1998年第1期，第37页。

谨按：语儿之名，当以乐史、徐硕所述为正。若朱长文《续吴郡图经》云范蠡献西施于吴道中，生子至此能语，盖祖陆广微《吴地记》之言，不足信也。徐凝诗亦承其讹，故附辨于此。（《浙江通志》卷十一山川三）①

以上记载，以《浙江通志》所记最为翔实，足以证明范蠡与西施有私乃是讹传。然而，传说的产生并不完全依照史实，更多是出于某种社会文化心理的需要，因此虽"语儿亭"的记载虽不足采信，但范施爱情纠葛却从此格外受人青睐。

唐代刘禹锡《馆娃宫赋二章》（《全唐诗》卷三六四）有"艳倾吴国烬，笑入楚王家"之句，李远《吴越怀古》（《全唐诗》卷五一九）也咏道"姑苏一败云无色，范蠡长远水自波"，暗示了范施之间的爱情。

宋代苏轼《戏书吴江三贤画像·范蠡》诗云：

> 谁将射御教吴儿，长笑申公为夏姬。却遣姑苏有麋鹿，更怜夫子得西施。②

《诗话总龟》后集卷四十七引《韵语阳秋》卷一九释之曰：

> 言楚申公欲弱楚而强吴者，以夏姬之故，曾不如范蠡灭吴霸越而坐得西施也。③

显见，东坡诗仅提及范蠡得西施，而未及二人情爱。到陈师道《陶朱公庙》将"得"字改为"换"字——"名下难居身可辱，却将湖海换西

---

① 出自嵇曾筠、李卫等修，沈翼机、傅玉露等纂：《浙江通志》嘉兴府石门县条，上海古籍出版社1991年版，第422页。

② 北大古文献研究所编：《全宋诗》卷七九四，北京大学出版社1991—1998年版，第9200页。

③ 阮阅著，周本淳校点：《诗话总龟》后集丽人门，人民文学出版社1987年版，第292页。

施"①，诗意便有了明显不同，在范施有情的前提下，才能有"湖海换西施"之举，正所谓不爱江山爱美人。此后，姚宽《苎萝山》的"丝网珠玑迷云路，鸱夷风月倍多情"②，杨万里《题吴江三高祠·范蠡》的"风云长颈无遗恨，雪月扁舟更施尘。还了君王采香径，须饶老子苎萝人"③，萧立之《范蠡祠二首》(其二)的"载得蛾眉共五湖，风流应是阿甄如。越王不作曹瞒语，杀贼今年正为渠"④，姚勉《题西施捧心图》的"越宫选进吴王侧，光照姑苏夺春色。鸱夷心痛痛更深，亦自颦眉但忧国⑤"等诗句都相继肯定了范蠡西施之间有情。可见，至少是在宋代，范施爱情便已成为西施故事的一个后起情节单元，广泛流传开来。金靖天民《西子放瓢图》⑥的"风流输与五湖舟"与元刘致小令《双调·水仙操·寓意武昌无贞》的"锦鸳鸯为伴侣"⑦都持此说，且从后者"得一舸鸱夷去，载苎萝山下女，便改姓陶朱"的词意来看，范蠡与西施后来结为夫妇。然而这时对范施爱情的记载多语焉不详，更类似才子佳人之间的私情或风流韵事，缺少打动人心的力量。

宋代董颖大曲《道宫薄媚·西子词》，为演西施故事最早之戏曲，对范蠡西施关系的描写进了一层，其第十遍有词云：

种陈谋，谓吴兵正炽。越勇难施，破吴策，惟妖姬。在倾城妙丽，名称西子岁方笄。算夫差惑此，须致颠危。范蠡微行，珠贝为香饵，苎萝不钓钓深闺。吞饵果殊姿。⑧

① 北大古文献研究所编：《全宋诗》卷一一一六，北京大学出版社1991—1998年版，第12678页。
② 北大古文献研究所编：《全宋诗》卷一九六九，北京大学出版社1991—1998年版，第22065页。
③ 北大古文献研究所编：《全宋诗》卷二三〇三，北京大学出版社1991—1998年版，第26462页。
④ 北大古文献研究所编：《全宋诗》卷三二八六，北京大学出版社1991—1998年版，第39167页。
⑤ 北大古文献研究所编：《全宋诗》卷三四〇八，北京大学出版社1991—1998年版，第40518页。
⑥ 薛瑞兆、郭明志编纂：《全金诗》卷八〇，南开大学出版社1995年版，第72页。
⑦ 龙华、张铁燕辑校：《全金元散曲》，《传世藏书》集库总集类，海南国际新闻出版中心1996年版，第287页。
⑧ 见曾慥：《乐府雅词》卷上，陆三强校点本，辽宁教育出版社1997年版，第11页。

据此，西施是范蠡寻得的。这就比《越绝书》"乃使相工索国中，得苎萝山鬻薪之女"的记载更为合理，提供了双方邂逅之由，为后代剧作者广泛采用。

元陶宗仪《南村辍耕录》卷二十五著录有金院本拴搐艳段《范蠡》①，剧本已佚。冯沅君认为：

> （所以我们相信）范蠡这个院本所依据的材料绝不限于正史，甚且与此相距甚远。……以元人写剧的常例推想，作者于范蠡的亡吴兴越的功勋外，必兼写他与西施的悲欢离合。②

元代关汉卿有杂剧《姑苏台范蠡进西施》，似据董颖大曲而作，记西施前半生事。关汉卿对范施关系的处理虽因剧本已亡佚而不得见，但从他的另一本杂剧《包待制智斩鲁斋郎》的唱词臆测，应该是夫妇关系：

> 【梁州第七】你、你、你做了个别霸王自刎虞姬，我、我、我做了个进西施归湖范蠡，来、来、来，浑一似嫁单于出塞明妃。③

这段唱词是张珪被迫送妻子到恶霸鲁斋郎家时所唱，送妻时所唱曲用的典故——霸王与虞姬、元帝与明妃又都有夫妇的关系，由此推测西施与范蠡的关系可能也类似夫妇。

元代赵明道有杂剧《陶朱公范蠡归湖》（又名《灭吴王范蠡归湖》），类似关剧续篇，记西施后半生事。佚文见《雍熙乐府》卷十一，其中有几支曲子值得揣摩：

---

① 陶宗仪著，王雪玲校点：《南村辍耕录》，辽宁教育出版社1998年版，第299页。所载院本名目，王国维先生《宋元戏曲史》曾加以诠释。"拴搐艳段"——"案《梦梁录》（卷二十）云：'杂剧先做寻常熟事一段，名曰艳段；次做正杂剧。'……艳段，《辍耕录》又谓之焰段。曰：'焰段，亦院本之意，但差简耳。取其如火焰，易明而易灭也。'其所以不得为正杂剧者，当以此；但不知所谓冲撞、拴搐，作何解耳。"

② 冯沅君：《古剧说汇》，作家出版社1956年版，第324—327页。

③ 引自徐征等编：《全元曲》卷一，河北教育出版社1998年版，第477页。

【庆东原】铸我做黄金像，供养我在白玉楼。你不合信谗言便准了西施奏。往常我便谈天，我今日个闭口。往常我便拿云，今日袖手。往常我便辅国，今日抽头。……【得胜令】道童才你与我便轻拨转钓鱼舟，看了这霜降水痕收。一任教越国西施唤，再休想搬回壮士头。休休，尽教那梦非熊文王侯。不如我垂钩，钓西风渭水秋。……【太平令】亡家国自作自受，趁风波东谏东流。贪酒色怜新弃旧，听谗言光前绝后。呀，如今在渡口，岸头，报仇，正遇着过海天阴船漏。……【梅花酒】西施你如今岁数有，减尽风流。人老花羞，叶落归秋。往常吃衣食在裙带头，今日你分破俺帝王忧。我可甚为国愁？俺心去意难留。您有国再难投，俺轻拨转钓鱼舟，趁风波荡中流。①

这里，范蠡功成身退的原因之一是由于西施向越王进谗言，君王寡恩和美人薄情使他去越归湖时愤慨满怀。《范蠡归湖》所写西施范蠡关系与前人皆有明显不同，实乃西施负心于范蠡，此说疑受宋元佚名戏文《范蠡沉西施》②影响而来。

明代《雍熙乐府》卷十九杂曲《小桃红·知机》有一阙载范蠡功成身退，携西施泛舟五湖事：

五湖高兴动扁舟，一举平吴后。盖世功名得成就，去来休，眼中西子浑依旧。风帆挂起，飘摇载酒，明月五湖秋。③

---

① 见郭勋编集，张撝之整理，陈明洁审阅：《雍熙乐府》卷十一，《传世藏书》集库总集类，海南国际新闻出版中心1996年版，第303页。

② 《范蠡沉西施》，《寒山堂曲谱》《九宫十三摄南曲谱》征引。《传奇汇考标目》别本尚著录有元吴昌龄《陶朱公范蠡沉西施》，过去多以为不可信。王森然则认为："但此目所载之元人作家和作品名称，有些实非清人所能捏造，因此仍将该剧定为吴氏所作。此剧因今未见存本，也不知系杂剧抑或戏文。《寒山堂曲本》云有元戏文《范蠡沉西施》，或即此本。"（《中国剧目辞典》）

③ 见郭勋编集，张撝之整理，陈明洁审阅：《雍熙乐府》卷十一，《传世藏书》集库总集类，海南国际新闻出版中心1996年版，第544页。

由于未注明作者，无从判断该曲为元人或明人作品。无独有偶，明代汪道昆有杂剧《陶朱公五湖泛舟》（简名《五湖游》），亦演此段范施相携舟游、求鲈鱼酌酒诸事。剧中独白叙事始末曰：

爱姬西子，曾侍吴宫。杯杓不胜，黄金屋犹衔半边日影；腰肢无力，白玉床独占万古风流。淡妆浓抹，意态由来画不成；妍笑工颦，入眼平生未曾有。平吴之后，越王赐我为姬，真个强如粉黛三千，何用金钗十二！①

剧中还有诗曰："我爱鸱夷子，迷花不事君。红颜弃轩冕，白首卧烟云。"唱词中也有"盈盈事故侯""只这个鸾凤偶，争胜似鸳鸯俦"之句，说明了范施之间实有旧情。

敷演范施爱情故事最为详尽而且生动的是明梁辰鱼编写的《浣纱记》传奇。此剧综合诸说，以范蠡、西施的悲欢离合叙吴越兴亡之事，剧中先写范蠡、西施的一见钟情——越国上大夫范蠡微服出游，巧遇美貌而又痴情的浣纱女西施，才子佳人一见倾心，以一缕"溪水之纱"定下百年之好。二人别后，范蠡与越王夫妇滞留吴国，杳无音信，西施转生离怨，"害得彻夜心疼，做出一腔春病"。越王归国之后卧薪尝胆，欲使美人计间吴，范蠡以"为天下者不顾家"主动举荐西施。西施在范蠡的极力劝说下，经过情感与理智的痛苦较量，毅然割舍私情，强颜欢笑，舍身入吴。入吴前，先在土城习舞，入吴之后，果动吴王荒淫之志，奸佞乘机用事，忠臣见逐，越王终于灭吴。范蠡淡泊功名，不忘旧盟，从吴宫中迎回西施，泛舟太湖而去。《浣纱记》中，范蠡、西施深于情却不重于情，在国家兴亡之际能将国家利益置于个人爱情幸福之上，而在功成名就之时又淡泊利禄。这实际上表达出的是当时官宦文人的爱情婚姻理想与人生追求。在《浣纱记》编演的明代中叶，内有严嵩父子专权误国，外有倭寇侵扰东南沿海，文人学子空有报国之志而无投效之机，故梁辰鱼对范施爱情的处理亦别有怀抱，

①出自沈泰：《盛明杂剧》，黄山书社1993年版，第12页下。

突出表现在第二十三出《聘施》的范蠡言辞之中。范蠡忍痛劝西施入吴：

> 但社稷废兴，全赖此举。若能飘然一往，则国既可存，我身亦可保，后会有期，未可知也。若执意不行，则国将遂灭，我身亦旋亡；那时节，虽节姻亲，小娘子，我和你必作沟渠之鬼，又何暇求百年之欢乎？①

这里充斥的是"覆巢之下无完卵"的隐忧，可见，《浣纱记》实际上是借范施爱情纠葛抒发兴亡之感，反映的是明中后期文人的情爱幻梦，范蠡正是他们的化身。所以剧中范蠡身上也不乏矛盾之处：他一方面深爱西施，抛弃世俗贞节观，不因西施入吴而另眼相看，表现出反封建的民主倾向；另一方面又笃信美色实有翻天覆地之能，坚信"社稷废兴，全赖此举"，完全是迂腐文人的口吻，这就让人很难相信他能有急流勇退的远见卓识。这也许正是乱世文人矛盾心态的一种显现。故而《浣纱记》之后，出现了一本《倒浣纱》传奇，该剧结尾写范蠡要把西施抛入太湖。西施大骂范蠡背弃海誓山盟，范蠡却反唇相讥，要她对吴王屠戮功臣、荒淫无度和国破家亡负责。尽管西施激愤辩驳，却还是被范蠡沉入湖中。

《浣纱记》所写范施爱情影响极大，它的一些优秀折出，如《回营》《转马》《打围》《进施》《游湖》都一直是昆曲舞台的著名折子戏。后世编演范施爱情的各种戏曲作品，如京剧《西施》《吴越春秋》、秦腔《访西施》、川剧《吴越春秋》也多取材于《浣纱记》。

由于西施下落多有不同说法（见第一章），因此范施爱情的结局也有不同版本，清代鲁曾煜《自杭州入诸暨过苎萝村》诗曰：

> 湖上扁舟谢勾践，江头一怨报鸱夷。可怜鸟尽弓藏日，未是同归白首时。②

---

① 张忱石等：《浣纱记校注》，中华书局1994年版，第129页。
② 转引自陈侃章、何德康主编：《苎萝西施志》卷五，杭州大学出版社1991年版，第173页。

与其他范施爱情故事了却凤缘的结局有明显不同，可以看作是爱情美梦的幻灭，更具现实性。

第三节　艳遇西施——文人性爱理想

西施故事中有相当一部分是文人艳遇故事，这些故事大都描写后世某文人逸士，游西施遗迹，与西施的鬼魂或仙魄幽会，引出一段遇合之事。

最早的文人艳遇西施故事记载于南北朝《穷怪录》：

> 刘昇，字仁成，沛国人，梁真简先生瓛三从侄，父謇，梁左卫率。昇好学笃志，专勤经籍，慕晋关康，曾隐京口。与同志李士炯同宴。于时秦江初霁，共叹金陵，皆伤兴废。

> 俄闻松间数女子笑声，乃见一青衣女童，立昇之前曰："馆娃宫路经此，闻君志道高闲，欲冀少留，愿垂顾眄。"语讫，二女已至，容质甚异，皆如仙者，衣红紫绢縠，馨香袭人，俱年二十余。昇与士炯不觉起拜，谓曰："人间下俗，何降神仙？"二女相视而笑曰："住尔轻言，愿从容以陈幽抱。"昇揖就席，谓曰："尘浊酒不可以进。"二女笑曰："既来叙会，敢不同觞。"衣红绢者，西施也，谓昇曰："适自广陵渡江而至，殆不可堪，深愿思饮焉。"衣紫绢者，夷光也。谓昇曰："同官三妹，久旷深幽，与妾此行，盖谓君子。"昇谓夷光曰："夫人这姊，固为昇匹。"乃指士炯曰："此夫人之偶也。"夷光大笑而熟视之。西施曰："李郎风仪，亦足相匹。"夷光曰："阿妇夫容貌，岂得动人！"合座喧笑。俱起就寝。

> 临晓请去，尚未天明。西施谓昇曰："妾本浣纱之女，吴王之姬，君固知之矣。为越所迁，妾落他人之手。吴王殂后，复居故国。今吴王已薨，不任妾等。夷光是越王之女，越昔贡吴王者。妾与夷光相爱，坐则同席，出则同车。今者之行，亦因缘会。"言讫悯然。昇与士炯深感恨。闻京口晓钟，各执手曰："后会无期。"西施以宝钿一双，留与昇；夷光拆裙珠一双，亦赠士炯。言讫，共乘宝车，去如风雨，音犹

在耳，顷刻无见。时梁武帝天监十一年七月也。①

唐人亦记有艳遇西施事，《太平广记》卷三二七引唐林登《续博物志》曰：

> 　　萧思遇，梁武帝从侄孙，父愨，为侯景所杀。思遇以父遭害，不乐仕进。常慕道，有冀神人，故名思遇，而字望明，言望遇神明也。居虎丘东山。性简静，爱琴书。每松风之夜，罢琴长啸，一山楼宇皆惊。常雨中坐石酣歌，忽闻扣柴门者。思遇心疑有异，令侍者遥问，乃应曰："不须问，但言雨中从浣溪来。"及侍童开户，见一美女，二青衣女奴从之，并神仙之容。思遇加山人之服，以礼见之，曰："适闻夫人云从浣溪来，雨中道远，不知所乘何车耶？"女曰："闻先生心怀异道，以简洁为心，不用车舆，乘风而至。"思遇曰："若浣纱来，得非西施乎？"女回顾二童而笑。复问："先生何以知之？"思遇曰："不必虑怀，应就寝耳。"及天晓将别，女以金钏子一双留诀。思遇称无物叙情，又曰："但有此心不忘。"夫人曰："此最珍奇。"思遇曰："夫人此去何时来？"女乃掩涕曰："未敢有期，罕劳情意。"思遇亦怆然。言讫，遂乘风而去，须臾不见，唯闻香气犹在寝室。时陈文帝天嘉元年二月二日也。②

　　这两则艳遇西施故事行文上明显有相似之处，《萧思遇》当脱胎于《刘导》，但在情节上、文字上都更为简洁。

　　文人艳遇西施故事中影响最大的是王轩遇西施故事。这则故事最早见于唐代范摅《云溪友议》卷上《苎萝遇》，宋代刘斧《翰府名谈》增饰之，

---

① 出自李剑国：《唐前志坚小说辑释》，上海古籍出版社1986年版，第693页，辑自《太平广记》卷三二六。此外，旧题常沂《灵鬼志》、王世贞编集、汤显祖批选《艳异编》卷三十六、冯梦龙《情史》卷二十亦引《穷怪录》此条佚文。

② 出自李昉等编：《太平广记》卷三二七，中华书局1961年版，第2595—2596页。《虎丘山志》亦引之。

成为较为通行的本子，为《异闻总录》卷三、《诗话总龟》前集卷四十八、《绿窗新话》卷上、《绣谷春容》卷四下层《新话摭粹》、李卓吾《筼窗笔记》、冯梦龙《情史》卷二十所转载，但文字详略皆有所不同。周夷校补本《绿窗新话》有异文对照，现录于下：

　　唐王轩，字公远，少为诗，寓物皆题咏，颇闻淇澳之篇。游西小江，泊舟苎罗山际，以上各句原作"唐王公远轩，因游苎罗山，闻西施遗迹"感国色埋尘，怆然题诗西施石曰：原作"题诗石上曰""岭上千峰秀，江边细草春，今逢浣纱石，不见浣纱人。"题诗毕，俄见一女郎，原作"回顾见一女子"振琼珰，扶石笋，原作"素衣琼佩"朱唇半笑，素手轻招，此二句据筼窗笔记补低回而谢曰："妾自吴宫还越国，素衣千载无人识，当时心比金石坚，今日为君坚不得。"轩知其异，又贻诗曰："佳人去千载，溪山久寂寞，野水浮白烟，岩花自开落。猿鹤旧清音，风月闲楼阁，无语立斜阳，幽情入天幕。"西子曰："子之诗美矣，未尽妾之所寄也。"乃答诗曰："高花岩外晓相怜，幽鸟雨中啼不歇，红云飞过大江西，从此人间怨风月。"既暮，乃散，期来日会于水滨。翌日轩往，则西子已在焉，"轩知其异"下一段据侍儿小名录补，云溪友议作"既为鸳鸯之会，仍为恨别之词。" 筼窗笔记更于"恨别之词"下加"以饯之"三字又相与饮。轩诗曰："当时计拙笑将军，何事安邦赖美人？一自鲜花入吴国，从兹越国更无春。"西子见之，怨慕久之。又曰："云霞出入群峰外，鸥鸟浮沉一水间，一自越兵齐振地，梦魂不到虎丘山。"既夜，乃散。异日，以上十六句原无，据翰府名谈补又相遇而留者逾月，乃归焉。原作"自是留逾月，乃归。"后有萧山郭凝"凝"字原无，据云溪友议补素者，闻王轩之遇，原作"闻其事"，据云溪友议改亦步其故辙，日适溪边，长吟短啸。此数句原无，据筼窗笔记补。云溪友议作"每适于浣溪，日夕长吟。"屡题诗于其石上，寂尔无人，乃郁怏而返。原作"留诗泉石间，莫知其数，卒无遇。"进士朱泽嘲之曰：原作"无名子嘲之曰："三春桃李苦无言，却被残阳鸟雀喧，借问东邻效西子，何如郭素学王轩？"闻者莫不

288

嗤笑。凝素内耻，无复斯游。此二句原无，据云溪友议补。①

王轩遇西施成为唐代以后艳遇西施故事的主流，为人耳熟能详，宋姚宽《苎萝山》诗有"千古人传浣纱地，王轩何事得逢迎"之句，明话本《西湖二集·邢君瑞五载幽期》中也以文人谈论掌故的形式讲述了王轩遇西施事。②但文人艳遇西施的幻想并未停止，仍有异辞出现，如明代《艳异编》卷三十九《莲塘二姬》条所记不同于前此诸书：

> 政和改元，七月之望，士人杨彦采、陆升之，载酒出游莲域，舟回日夕，夜泊横桥下。月色明霁，酒各半醒。闻邻船有琵琶声，意其歌姬舟也，蹑而窥之。见灯下一姬，自弄弦索。二人径往见之，询其所由。答曰："妾大都乐籍供奉女也。从人来游江南，值彼往云间收布，妾独处此候之，尚未回也。"二人命取舟中馂余、肴核，就灯下同酌。姬举止闲雅，姿色娟丽。二人情动于中，稍挑谑之。姬亦不以为嫌。求其歌以侑觞，则曰："妾近夕冒风，喉咽失音，不能奉命。"二人强之，乃曰："近日游访西子陈迹，得古歌数首，敢奉清尘，不讶为荷。"凡一歌，侑饮一觞。歌曰："风动荷花水殿香，姑苏台上宴吴王。西施醉舞娇无力，笑倚东窗白玉床。"再歌曰："吴王旧国水烟空，香径无人兰叶红。春色似怜歌舞地，年年先发馆娃宫。"又曰："馆娃宫外似苏台，郁郁芊芊草不开。无风自偃君知否，西子裙裾拂过来。"又曰："半夜娃宫作战场，血腥犹杂宴时香。西施不及烧残蜡，尤为君王泣数行。"又曰："春入长洲草又生，鹧鸪飞起少人行。年深不辨娃宫处，夜夜苏台空月明。"又曰："几多云树倚青冥，越焰烧来一片平。此地最应沾恨血，至今青草不匀生。"又曰："旧苑荒台杨柳新，菱歌清唱不胜春。只今惟有西江月，曾照吴王宫里人。"彦采曰："歌韵悠柔。含悲耸怆，固云美矣。第西施乃亡人家国，妖艳之流，不足道也。

---

① 皇都风月主人编，周夷校补：《绿窗新话》卷上《王轩苎萝逢西子》，古典文学出版社1957年版，第27页。

② 见周楫纂：《西湖二集》，陈美林校点本，江苏古籍出版社1994年版，第245—246页。

愿更他曲，以涤尘抱，何幸如之！"姬更歌曰："家国兴亡来有以，吴人何苦怨西施？西施若解亡吴国，越国亡来又是谁？"彦采曰："此言固是，然皆古人陈言，素所厌闻者。大都才人，四山五岳，精灵间气之所聚会，有何新声，倾耳一听。"又歌曰："家是红罗亭上仙，谪来尘世已多年。君心既逐东流水，错把无缘当有缘。"歌竟，掀篷揽衣跃入水中。彦采大惊，汗背而觉，一梦境也。寻升之共话，醉眠脚后，不能寤也。翌日，事传吴下。[①]

这则艳遇故事与其他故事的明显不同在于主角乃是附庸风雅的无行文人，故所谓"艳遇"也是无疾而终，充满嘲讽之意。

冯梦龙《情史》卷二十情鬼类《西施》条综合前人记载，将刘导、王轩、杨陆艳遇西施事熔为一炉，可称为艳遇西施故事的集大成之作。

此外，值得一提的是清陈栋的杂剧《苎萝梦》，此剧演西施死后提举蕊珠宫，管领司花天女，然情思未断，奉御旨至浣纱溪，与吴王夫差转世之书生王轩暗结丝罗，补完前恨。郭凝素羡慕王轩艳遇，亦泊舟浣纱石畔，不料未遇西施，却遭东施鬼魂前来纠缠。此剧对王轩遇西施事进行了改编，以王轩为夫差转世，艳遇是为了了却前缘，这样就赋予了故事宿命论的内核，反映的是一饮一啄莫非前定的因果报应思想，是戏曲通俗化、大众化的结果。

我们不难发现，这些艳遇西施故事的男主角几乎都是无意功名的落魄"才"子，都无意于现实生活中的功名富贵，追求精神世界的满足：如刘导的"慕晋关康"、萧思遇的"慕道"、王轩的"淇澳"之趣。他们饱读诗书却不思仕进，人生价值观念不见容于世俗社会。美国精神分析学家卡伦·霍尔奈曾经指出的，为补偿软弱感、无价值感和缺陷感，人生中的不得意者往往会借助想象的翅膀创造出"理想化"的自我，认为自己具有极高的天赋和无限的力量，"这个理想化的自我比他真实的自我更加真实，这主要

[①] 王世贞辑，汤显祖批选，平襟亚主校：《艳异编》卷三十九，鬼部四，江苏广陵古籍刻印社1998年版，第213页。《绿窗女史》卷八妖艳部幻妄门亦收录有莲塘二姬事，诗文较简，题为元徐观作。

不是因为它有吸引力，而是因为它能满足他的全部迫切需要……理想化的自我成了他观察自己的视角，成了他衡量自己的尺度"①。而对"王轩"们来说，美女的自荐枕席就是他们补偿自己的方式，他们以此向俗人们证明自己的存在价值。之所以如此，是因为无论俗人还是雅士对美女的爱好都是共通的，正如先贤们所说的"饮食男女，人之大欲存焉"（《礼记·礼运》）、"食色，性也"（《孟子·告子上》）。而在他们的美人梦中，西施这样可遇而不可求的绝色美女不仅理解"王轩"们的人生追求，还主动伴寝，这足以令俗人们艳羡不已，这就从另一层意义上成就了他们在世人们眼中的人生价值。

此外，"王轩"们选择西施作为"治疗"自己在现世人生中不如意的手段，还有更深一层的含义。西施曾是吴王的宠妃，以她作为幻梦的对象，意味着平民百姓均能享有昔日帝王的美梦。《云溪友议》卷一中关于李德裕的一段佳话可以说是这种心理的最佳佐证。李德裕镇渚宫时曾作诗云："自从一梦高唐后，可是无人胜楚王"，句中取楚王而代之的潜意识已经呼之欲出，故而他在段成式点破他的用心后顿觉"大惭"。西施的自荐枕席是文人这种性爱心理的一种反应。叶舒宪认为"由于礼教纲常的现实压迫已经在相当程度上改变了女性的人格，驱使她们走向'贞'和'烈'的病态趋向，所以男人们特别需要在梦幻中期遇与现实中不同的女性形象，希望她们体现出那种未经礼教摧残和扭曲的自然天性，尤其是在性和情感方面的主动与奔放"②。艳遇西施故事可以说恰好满足了文人们的这种性爱理想。

结语

本文运用主题学和文学人类学的研究方法对西施故事的流变进行考述，并分析其文化内涵，得出以下结论：

1.西施故事渊源于先秦典籍对"西施"片言只语的记载，"西施"其名从泛指美人渐变为某一特定人物的专名，从传说中的人物渐变为具体的

---

① ［美］卡伦·霍尔奈：《神经症与人的成长》，张承漠、贾海虹译，上海文艺出版社1996年版，第8页。

② 叶舒宪：《高唐神女与维纳斯》，中国社会科学出版社1997年版，444页。

真人。

2.经过后人生发，东汉六朝时期西施开始与吴越争霸的史实相关，成为美人计复国典型，故事情节基本定型。西施故事在定型过程中多受到吴越文化的影响，故事中的复仇情节、神异成分与吴越尚武风俗、鬼神信仰有着密切关系。

3.唐代之后西施故事进入繁荣发展期，故事的大框架基本得以保持，美女传奇与兴亡治乱的交叉引起后世文人的高度兴趣。南北方经济和文化的交流，也为西施故事注入了更为丰富的文化内涵，使之表现出中华民族共同的华夏文化心理。这一时期的西施故事，大致集中在四个方面：

①附会出大量古迹与风物传说；

②热衷于西施魅力与功罪的论说；

③借西施自况，抒发自身种种难以言说的生命情绪；

④增饰出范施相爱的故事情节与艳遇西施故事。

需要补充说明的是，上述仅是西施故事大致的流变轨迹，其时代的上下限并不是严格的。我们所研究的西施故事以见诸文本的叙事形态为主，并未包括口承性文学。以范施爱情为例，民间传说中范蠡与西施之间的爱情是毋庸置疑的，产生也可能很早，而在各种古籍之中，关于范施关系的最早记载是"语儿亭产子"之事，但已经可以证明实乃讹传。在本文第六章曾对范施关系进行梳理，发现见诸文本的范施爱情应是唐后之事。又如文人艳遇西施故事，最早的文字记载是在南北朝时期，但是引起广泛关注则是唐后，且以王轩遇西施事最为著名，因而也将其划入唐后的繁荣发展期。

本文发现吴越文化与华夏文化的交融对西施故事演变起着共同的制约作用，吴越文化的尚武风俗、鬼神信仰赋予了西施故事独特的个性化色彩，对其定型起着较大的影响，复仇情节、神异成分都足以证明。永嘉之乱后，全国经济重心和文化重心的逐渐南移，吴越文化渐渐为中原文化同化，风俗由尚武向尚文嬗变，纳入了华夏文化的大范畴。吴越文人学士的雅好著述，不仅扩大了西施故事的传承范围，丰富了故事情节单元，而且在他们不断进行再创作的过程中，华夏文化的趋同性也渐渐影响了故事的流变轨迹。这样，吴越文化的异质性与华夏文化的趋同性就同时纳入了西施故事的演变当中了，使它既具有了鲜明的地域文化色彩，也涵盖了华夏民族共同的文化心理和意识，共同影响了唐代之后西施故事的发展方向，集中表现在历史意识、美女祸水、生命情绪、美人幻梦四个文化侧面。

本文共分五章剖析了西施故事流变的文化内涵，但这并不意味着这五种文化心理和意识在西施故事的演变中所起的作用是截然分开的，事实上它们是相互渗透、相互影响的。例如美女祸水论本就是对夏商周三代兴亡的历史经验的一种片面总结，是中国人历史意识泛滥的一种表现，而在文人借西施人生际遇抒发的种种生命情绪之中，也包含了西施幻梦这种对情思和性爱的渴求。"洞房花烛夜，金榜题名时"，是中国传统文人的两大人生梦想，当他们仕途失意之时，便不免在"洞房花烛"上寻求补偿，然而现实人生之中随着仕途失意而来的必然是婚姻美梦的难圆，艳遇西施故事因此应运而生了。吴越文化与华夏文化在宋代偏安杭州之后，几乎更是难以区分的。故而，本文认为吴越文化的异质性与华夏文化的趋同性在潜移默化之中共同作用于西施故事的流变，正是二者的碰撞、消融才使西施故事得以在漫长的历史进程之中保存下来并形成自己的独特故事面貌。

参考文献

一、文献资料

[1]陈澔注：《礼记》，上海古籍出版社1987年版。

[2]陈子展：《诗经直解》，复旦大学出版社1983年版。

[3]来可泓：《论语直解》，复旦大学出版社1996年版。

[4]杨伯峻：《春秋左传注》，中华书局1981年版。

[5]黄怀信等撰：《逸周书汇校集注》，上海古籍出版社1995年版。

[6]左丘明：《国语》，上海古籍出版社1978年版。

[7]〔汉〕刘向编，何建章：《战国策注释》，中华书局1990年版。

[8]〔汉〕刘向著，刘晓东校点：《列女传》，辽宁教育出版社1998年版。

[9]〔汉〕司马迁撰：《史记》，中华书局1959年版。

[10]［汉］班固撰，颜师古注：《汉书》，中华书局1962年版。

[11]［唐］魏征、令狐德棻撰：《隋书》，中华书局1973年版。

[12]［唐］李延寿撰：《南史》，中华书局1975年版。

[13]［后晋］刘昫等撰：《旧唐书》，中华书局1975年版。

[14]［东汉］袁康、吴平辑录，乐祖谋点校：《越绝书》，上海古籍出版社1985年版。

[15]周生春：《吴越春秋辑校汇考》，上海古籍出版社1997年版。

[16]［唐］杜佑著，颜品忠等校点：《通典》，岳麓书社1995年版。

[17]［宋］郑樵：《通志》卷二五，中华书局1987年版。

[18]［宋］祝穆编、祝洙补订：《宋本方舆胜览》，上海古籍出版社1991年版。

[19]［宋］乐史：《太平寰宇记》，《景印文渊阁四库全书》，台湾商务印书股份有限公司1986年版，第469册。

[20]［清］穆彰阿／潘锡恩 等纂修《嘉庆重修一统志》，中华书局1986年版。

[21]［清］顾祖禹撰：《读史方舆纪要》，上海书店出版社1998年版。

[22]［清］嵇曾筠、李卫等修，沈翼机、傅玉露等纂：《浙江通志》，上海古籍出版社1991年版。

[23]［唐］陆广微著，曹林娣校注：《吴地记》，江苏古籍出版社1999年版。

[24]［宋］范成大著，陆振岳校点：《吴郡志》，江苏古籍出版社1999年版。

[25]［宋］朱长文著，金菊林校点：《吴郡图经续记》，江苏古籍出版社1999年版。

[26]［明］林世远、王鏊等纂修：《正德姑苏志》，北京图书馆古籍珍本丛刊，书目文献出版社1998年版，第26—27册。

[27]［明］牛若麟修：《崇祯吴县志》，天一阁明代方志选刊续编，上海书店1990年版，第15—19册。

[28]［清］李铭皖、谭钧培修，［清］冯桂芬纂：《同治苏州府志》，中

国地方志集成江苏府县志辑，江苏古籍出版社1991年版，第7—10册。

[29]〔宋〕王十朋：《会稽三赋》，《景印文渊阁四库全书》，台湾商务印书股份有限公司1986年版，第589册。

[30]〔宋〕施宿等纂：《会稽志》；〔宋〕张淏：《会稽续志》，《景印文渊阁四库全书》486册，台湾商务印书股份有限公司1986年版。

[31]〔明〕杨维新修：《万历会稽县志》，天一阁明代方志选刊续编，上海书店1990年版，第28册。

[32]〔明〕林策修、魏堂增修：《嘉靖萧山县志》，天一阁明代方志选刊续编，上海书店1990年版，第29册。

[33]〔明〕田汝成辑撰：《西湖游览志余》，上海古籍出版社1980年版。

[34]〔清〕李亨特、平恕等修：《绍兴府志》，影印乾隆五十七年刊本，中国方志丛书华中地方221号，成文出版社有限公司1957年版。

[35]〔清〕沈涛龄修、楼卜瀍纂：《诸暨县志》，影印乾隆三十八年刊本，中国方志丛书华中地方598号，成文出版社有限公司1983年版。

[36]〔清〕悔堂老人：《越中杂识》，浙江人民出版社1983年版。

[37]〔明〕张夫等纂：《苎萝志》，影印明崇祯六年刊本，中国方志丛书华中地方556号，成文出版社有限公司1983年版。

[38]陈侃章、何德康主编：《苎萝西施志》，杭州大学出版社1991年版。

[39]鲁迅辑：《会稽郡故书杂集》，《鲁迅辑录古籍丛编》卷三，人民文学出版社1999年版。

[40]刘纬毅辑：《汉唐方志辑佚》，北京图书馆出版社1997年版。

[41]《二十二子》，上海古籍出版社1986年版。

[42]《百子全书》，扫叶山房1919年石印本，浙江人民出版社1984年版。

[43]《四库类书丛刊》，上海古籍出版社1991年版。

[44]〔唐〕欧阳询编：《艺文类聚》，汪绍楹校点本，上海古籍出版社1998年版。

[45]〔宋〕李昉等编：《太平广记》，中华书局1961年版。

[46]〔宋〕李昉等编：《太平御览》，中华书局1963年版。

[47]〔明〕解缙等编:《永乐大典》,中华书局1986年版。

[48]〔清〕张廷玉等编:《佩文韵府》,上海古籍书店1983年版。

[49]〔清〕张廷玉等编:《骈字类编》,北京中国书店1984年版。

[50]〔清〕陈梦雷编纂:《古今图书集成》,蒋廷锡校订本,中华书局、巴蜀书社1985年版。

[51]〔战国〕吕不韦编、陈奇猷校释:《吕氏春秋校释》,学林出版社1984年版。

[52]〔汉〕刘安撰,张双棣校释:《淮南子校释》,北京大学出版社1997年版。

[53]〔汉〕王充撰,黄晖校释:《论衡校释》,中华书局1990年版。

[54]〔汉〕应邵撰,吴树平校释:《风俗通义校释》,天津人民出版社1980年版。

[55]〔后秦〕王嘉撰,〔梁〕萧绮录:《拾遗记》,齐治平校注本,中华书局1981年版。

[56]〔梁〕任昉:《述异记》,《稗海》本。

[57]〔唐〕范摅:《云溪友议》,《丛书集成初编》,中华书局1985年版。

[58]〔唐〕佚名:《琱玉集》,《丛书集成初编》,中华书局1985年版。

[59]〔宋〕皇都风月主人著,周夷校补:《绿窗新话》,古典文学出版社1957年版。

[60]〔宋〕撰人不详:《异闻总录》,《丛书集成初编》,中华书局1985年版。

[61]〔宋〕罗大经:《鹤林玉露》,中华书局1983年版。

[62]〔宋〕姚宽著,孔凡礼点校:《西溪丛语》,中华书局1993年版。

[63]〔宋〕岳珂著,吴企明点校:《桯史》,中华书局1981年版。

[64]〔宋〕黎靖德编:《朱子语类》,王星贤点校本,中华书局1986年版。

[65]〔宋〕赵彦卫:《云麓漫钞》,张国星校点本,辽宁教育出版社1998年版。

[66]〔元〕陶宗仪:《南村辍耕录》,王雪玲校点本,辽宁教育出版社

1998年版。

[67]〔明〕沈德符：《万历野获编》，中华书局1997年版。

[68]〔明〕谢肇淛：《五杂俎》，陈正青整理、熊月之审阅本，《传世藏书》子库杂记类，海南国际新闻出版中心1996年版。

[69]〔明〕郎瑛著，马学强、李宝奇等整理，熊月之、承载审阅：《七修类稿》《七修续稿》《传世藏书》子库杂记类，海南国际新闻出版中心1996年版。

[70]〔明〕王世贞辑、汤显祖批选，平襟亚主校：《艳异编》，江苏广陵古籍刻印社1998年版。

[71]秦淮寓客：《绿窗女史》，《明清善本小说丛刊初编》第2辑，台北天一出版社1985年影印版。

[72]吴震元：《奇女子传》，《明清善本小说丛刊初编》第2辑，台北天一出版社1985年影印版。

[73]《琅嬛记》，《学津讨原》本，江苏广陵古籍刻印社1990年影印版。

[74]〔清〕福申辑：《俚俗集》，书目文献出版社1993年版。

[75]古吴靓芬女史贾茗辑：《女聊斋志异》，齐鲁书社1985年版。

[76]佚名编：《古今闺媛逸事》，北京燕山出版社1992年版。

[77]进步书局编：《古今宫闱秘记》，上海文艺出版社1990年版影印本。

[78]曹绣君编：《古今情海》，上海文艺出版社1991年版影印本。

[79]〔清〕严可均：《全上古三代秦汉六朝文》，中华书局1958年版。

[80]〔清〕马国翰辑：《玉函山房辑佚书》，上海古籍出版社1990年版。

[81]逯钦立辑校：《先秦汉魏晋南北朝诗》，中华书局1983年版。

[82]《全唐诗》，上海古籍出版社1986年版缩印本。

[83]《全宋诗》，北京大学出版社1991—1998年版。

[84]薛瑞兆、郭明志编纂：《全金诗》，南开大学出版社1995年版。

[85]《全明诗》，上海古籍出版社1990—1993年版。

[86]〔清〕陈邦彦选编：《历代题画诗》，北京古籍出版社1996年版。

[87]〔宋〕阮阅著，周本淳校点：《诗话总龟》，人民文学出版社1987年版。

[88]〔宋〕曾慥著，陆三强校点：《乐府雅词》，辽宁教育出版社1997年版。

[89]史双元编著：《唐五代词纪事会评》，黄山书社1995年版。

[90]钟陵编著：《金元词纪事会评》，黄山书社1995年版。

[91]唐圭璋编：《全宋词》，中华书局1965年版。

[92]尤振中、尤以中编著：《明词纪事会评》，黄山书社1995年版。

[93]尤振中、尤以中编著：《清词纪事会评》，黄山书社1995年版。

[94]徐征、张月允、张圣洁、奚海主编：《全元曲》，河北教育出版社1998年版。

[95]龙华、张铁燕辑校：《全金元散曲》，《传世藏书》集库总集类，海南国际新闻出版中心1996年版。

[96]洪柏昭、谢伯阳选注：《元明清散曲选》，人民文学出版社1998年版。

[97]〔明〕郭勋编集，张撝之整理、陈明洁审阅：《雍熙乐府》《传世藏书》集库总集类，海南国际新闻出版中心1996年版。

[98]〔明〕沈泰编：《盛明杂剧》，黄山书社1993年版。

[99]〔明〕梁辰鱼撰，张忱石等校注：《浣纱记校注》，中华书局1994年版。

[100]〔宋〕苏轼：《苏东坡全集》，北京燕山出版社1998年版。

[101]〔宋〕王安石：《王安石全集》，宁波等校点本，吉林人民出版社1996年版。

[102]〔明〕高启著、〔清〕金檀辑注，徐澄宇、沈北宗校点：《高青丘集》，上海古籍出版社1985年版。

[103]〔明〕徐渭：《徐渭集》，中华书局1983年版。

[104]〔明〕袁宏道著，钱伯城笺校：《袁宏道集笺校》，上海古籍出版社1981年版。

[105]〔明〕吴梅村著，李学颖集评点校：《吴梅村全集》，上海古籍出版社1990年版。

[106]〔清〕黄宗羲：《黄宗羲全集》，浙江古籍出版社1985年版。

[107]〔明〕周楫纂，陈美林校点：《西湖二集》，江苏古籍出版社1994年版。

[108]〔明〕赤心子汇辑，俞为民校点：《绣古春容》，江苏古籍出版社1994年版。

[109]〔明〕冯梦龙编著，周方、胡慧斌校点：《冯梦龙全集·情史》，江苏古籍出版社1993年版。

[110]〔明〕杨慎：《丽情集》，《丛书集成初编》，中华书局1985年版。

[111]〔清〕刘献廷：《广阳杂记》，《丛书集成初编》，中华书局1985年版。

[112]〔清〕艾纳居士编，张道勤校点：《豆棚闲话》，江苏古籍出版社1993年版。

[113]〔明〕余邵鱼编集、余象斗评：《列国志传评林》，明万历三十四年（1606）三台馆余象斗刊本，《古本小说丛刊》第六辑，中华书局1991年版。

[114]冯梦龙、蔡元放编：《东周列国志》，北京十月文艺出版社1996年版。

[115]〔明〕董说著，倪文杰标点、校勘：《西游补》，中国国际广播出版社1988年版。

[116]〔清〕吕抚辑：《廿四史通俗演义》，影印光绪上海广百宋斋石印本，浙江人民出版社1985年版。

[117]彭诗琅主编：《中国古代艳史大系·四大美人艳史演义》，大众文艺出版社1999年版。

[118]〔清〕曹雪芹、高鹗著：《红楼梦》，人民文学出版社1991年版。

[119]浙江文艺出版社汇编：《西施的故事》，浙江文艺出版社1983年版。

二、研究专著

[1]钱锺书：《管锥编》，中华书局1986年版。
[2]陈独秀：《陈独秀著作选》，上海人民出版社1984年版。

[3]茅盾：《关于历史和历史剧》，作家出版社1962年版。

[4]刘泽华：《士人与社会：秦汉魏晋南北朝卷》，天津人民出版社1988年版。

[5]余英时：《士与中国文化》，上海人民出版社1987年版。

[6]宁稼雨：《中国文言小说总目提要》，齐鲁书社1996年版。

[7]李剑国：《唐前志怪小说辑释》，上海古籍出版社1986年版。

[8]张毅：《宋代文学思想史》，中华书局1995年版。

[9]冯沅君：《古剧说汇》，作家出版社1956年版。

[10]董家遵：《中国古代婚姻史研究》，广东人民出版社1995年版。

[11]〔法〕西蒙娜.德.波伏娃（Simone de Beauvior）著，陶铁柱译：《第二性》，中国书籍出版社1998年版。

[12]〔德〕E.M.温德尔（Elisabrth Moltmann Wendel）著，刁承俊译：《女性主义神学景观》，生活·读书·新知三联书店1995年版。

[13]康正果：《女权主义与文学》，中国社会科学出版社1994年。

[14]李小江：《女性审美意识探微》，河南人民出版社1989年版。

[15]刘成纪：《欲望的倾向：叙事中的女性及其文化》，河南人民出版社1999年版。

[16]郭洪纪：《颠覆：爱欲与文明》，中国社会出版社2000年版。

[17]叶舒宪：《高唐神女与维纳斯》，中国社会科学出版社1997年版。

[18]叶舒宪主编：《性别诗学》，社会科学文献出版社1999年版。

[19]李庆著：《中国文化中人的观念》，学林出版社1996年版。

[20]冯天瑜、何晓明、周积明：《中华文化史》，上海人民出版社1990年版。

[21]龚红月等编著：《智圆行方的世界——中国传统文化新论》，暨南大学出版社1994年版。

[22]李振纲：《文化忧思录——中国文化的历史走向》，河北大学出版社1994年版。

[23]陈其泰：《史学与中国文化传统》，学苑出版社1999年版。

[24]陈其泰：《史学与民族精神》，学苑出版社1999年版。

[25]吴怀祺：《中国史学思想史》，安徽人民出版社1990年版。

[26]陈桐生：《中国史官文化与〈史记〉》，汕头大学出版社1993年版。

[27]郭丹著：《史传文学》，广西师范大学出版社1999年版。

[28]钱志熙：《唐前生命观和文学生命主题》，东方出版社1997年版。

[29]张错：《批评的约会——文学与文化论集》，上海三联书店1999年版。

[30]李达三：《比较文学研究之新方向》，台湾联经出版社1981年版。

[31]李泽厚、刘纲纪等主编：《中国美学史》，中国社会科学出版社1984年版。

[32]刘巨才：《选美史》，上海文艺出版社1997年版。

[33]王岳川：《艺术本体论》，三联书店上海分店1994年版。

[34]徐复观：《中国艺术精神》，春风文艺出版社1987年版。

[35]韩林德：《境生象外：华夏审美与艺术特征考察》，生活·读书·新知三联书店1995年版。

[36]〔日〕浜田正秀：《艺术学概论》，中国戏剧出版社1985年版。

[37]〔英〕特里·伊格尔顿著，刘峰等译：《文学原理引论》，文化艺术出版社1987年版。

[38]叶舒宪主编：《文化与文本》，中央编译出版社1998年版。

[39]周蔚、徐克谦译著：《人类文化启示录》，学林出版社1999年版。

[40]钟敬文：《民间文学概论》，上海文艺出版社1980年版。

[41]〔英〕詹·乔·弗雷泽著，刘魁立编：《金枝精要——巫术与宗教之研究》，上海文艺出版社2001年版。

[42]〔美〕卡伦·霍尔奈著，张承漠、贾海虹译：《神经症与人的成长》，上海文艺出版社1996年版。

[43]陈鹏翔主编：《主题学研究论文集》，东大图书有限公司1983年版。

[44]逯钦立遗著、吴云整理：《汉魏六朝文学论集》，陕西人民出版社1984年版。

[45]朱天顺：《原始宗教》，上海人民出版社1978年版。

[46]姜彬主编：《吴越民间信仰民俗》，上海文艺出版社1992年版。

[47]张荷：《吴越文化》，辽宁教育出版社1991年版。

[48]董楚平：《吴越文化新探》，浙江人民出版社1988年版。

[49]董楚平、金永平等撰：《吴越文化志》，《中国文化通志·地域文化典》，上海人民出版社1998年版。

[50]梁白泉主编：《吴越文化——中国的灵秀与水乡》，上海远东出版社、商务印书馆（香港）有限公司1998年版。

[51]周振鹤主著：《中国历史文化区域研究》，复旦大学出版社1997年版。

[52]《百越民族史论集》，中国社会科学出版社1982年版。

[53]王士伦：《浙江出土铜镜选集》，中国古典艺术出版社1957年版。

三、期刊论文

[1]龚维英：《历史上真有西施吗？》，《安徽史学》，1986年第6期。

[2]林华东、郭浴阳《再论西施其人》，西施旅游文化研讨会论文。

[3]赵宇：《西施"出生地"和"下落"小考》，《绍兴师专学报（社科版）》，1983年第3期。

[4]朱因：《西施籍贯考》，《绍兴师专学报（社科版）》，1985年第4期。

[5]林华东：《再论西施故里》，《绍兴师专学报（社科版）》，1986年第4期。

[6]黄裳：《西施的故乡》，《绍兴师专学报（社科版）》，1986年第4期。

[7]叶孟明：《对"西施故里争论"的一些看法》，《绍兴师专学报（社科版）》，1986年第4期。

[8]刘毓璜：《也谈西施的籍里与下落》，《绍兴师专学报（社科版）》，1986年第4期。

[9]何时章：《西施故乡在诸暨无可置疑》，《绍兴师专学报（社科版）》，1986年第4期。

[10]劳伯敏：《谈西施故里及其有关古迹》，《绍兴师专学报（社科版）》，1986年第4期。

[11]劳伯敏：《从句吴和"勾践之航"的方位看西施故里的归属》，《杭

州师院学报（社科版）》，1986年第3期。

[12]杨钧、王炜常：《西施故里考辨》，《杭州师院学报（社科版）》，1985年第4期。

[13]林华东、方志良：《西施考》，《浙江学刊》，1985年第1期。

[14]陈华英：《西施下落探》，《浙江学刊》，1985年第3期。

[15]王炜常：《西施籍贯再考》，《浙江学刊》，1985年第6期。

[16]陈侃章：《西施故里辨析》，《浙江学刊》，1985年第6期。

[17]顾德融：《蠡湖和范蠡、西施》，《江海学刊（文史哲版）》，1985年第2期。

[18]白耀天：《西施考辨》，《中央民族学院学报》，1986年第4期。

[19]杜景华：《"西施"杂考》，《社会科学战线》，1988年第3期。

[20]刘斌：《千秋功罪论西施》，《文史知识》，1986年第9期。

[21]张仁健：《西施的魅力与功罪：对读几首咏西施的诗》，《名作欣赏》，1985年第5期。

[22]田素义：《西施与范蠡考》，《齐鲁学刊》，1993年第5期。

[23]陈宰：《蠡与西施的传说》，《历史知识》，1982年第4期。

[24]孙肃：《"西施"故事的发展和演变》，《江苏教育学院学报（社科版）》，1988年第2期。

[25]顾希佳：《西施的史实、传说及其他》，《民间文学论坛》，1998年第1期。

[26]魏子云：《西施其人之由来及其形象演变》，《历史月刊》122期（卷），1998年3月。

[27]姜龙昭：《阖闾、干将、西施——探索吴越部分史实真相》，台湾《古今艺文》24：2期（卷），1998年2月。

[28]洪淑苓：《美人计的叙事模式与性别政治——从西施故事谈起》，台湾《妇女与两性学刊》8期（卷），1997年4月。

[29]黄展岳：《中国古代的人牲人殉问题》，《考古》，1987年第2期。

[30]蔡葵：《古代祖先崇拜、人祭和猎首习俗述论》，《思想战线》，1989年第1期。

[31]王东:《史官文化的演进》,《历史研究》,1993年第4期。

[32]王东:《中国史学的深层意识》,《中国文化月刊》,1991年第10期。

[33]王东:《历史意识——中国智慧的源头活水》,《社会科学报》,1990年第4期。

[34]丁松泉:《历史意识初探》,《内蒙古社会科学》,1991年第6期。

[35]瞿林东:《历史意识与史学意识》,《文史知识》,1992年第8期。

[36]秦瘦鸥:《论"女祸"》,《艺丛》,1982年第2期。

[37]周蜀荣:《试探中国"女祸"之源》,《史学月刊》,1991年第4期。

[38]莫伟:《论中国古典文学中的"红颜祸水"现象》,《暨南学报(哲社版)》,1993年第1期。

[39]施国良:《中国古诗词"为美人以怨王孙"文学现象成因探析》,《浙江社会科学》,1997年第6期。

[40]谭学纯:《芳草美人和女扮男装——性别的文化转移》,《修辞学习》,1994年第4期。

[41]李立功、武玉平:《环境、历史和社会文化心态》,《中州学刊》,1991年第4期。

[42]陈永宏、张碧波:《中国文学与中国文化的科际整合》,《东北师大学报(哲社版)》,1992年第1期。

[43]卫聚贤:《吴越释名》,《江苏研究》,1937年6月。

[44]徐吉军:《五十年来吴越文化研究综述》,《浙江学刊》,1986年第5期。

[45]陈剩勇:《吴越文化特征初探》,《浙江学刊》,1985年第2期。

[46]王士伦:《越国鸟图腾和鸟崇拜的若干问题》,《浙江学刊》,1990年第6期。

[47]刘建国:《吴越文化二论》,《浙江学刊》,1990年第6期。

[48]徐杰舜:《越民族风俗述略》,《浙江学刊》,1990年第6期。

[49]辛土成:《论吴越的民俗》,《浙江学刊》,1987年第2期。

[50]陈桥驿:《越文化与水环境》,《浙江学刊》,1994年第2期。

[51]陈桥驿:《论吴越文化研究》,《杭州师范学院学报》,1997年

第 1 期。

[52]金永平：《吴越民族性格述略》，《杭州师范学院学报》，1990 年第 4 期。

[53]王文清：《论吴、越同族》，《江海学刊》，1983 年第 4 期。

[54]陈克伦：《吴越风俗考》，《复旦学报》（社科版），1989 年第 1 期。

[55]杨成鉴：《吴越文化的分野》，《宁波大学学报（人文科学版）》，1995 年第 4 期。

[56]孙香兰：《从吴越战争看春秋时期的血亲复仇遗存》，《南开学报（哲社版）》，1984 年第 3 期。

[57]万九河：《春秋时代的吴越及其文化》，《天津师大学报》，1988 年第 3 期。

[58]《江西贵溪县崖墓发掘简报》，《文物》，1980 年第 11 期。

[59]夏星南：《浙江长兴县发现吴、越、楚青铜剑》，《考古》，1989 年第 1 期。

[60]吴天菁：《江苏六合县和仁东周墓》，《考古》，1977 年第 5 期。

绿珠故事的演变及其文化意蕴

2004年南开大学硕士学位论文　夏习英

　　摘要：绿珠故事是中国著名的美女故事之一，绿珠故事的文本形态也比较多样化，包括史传笔记、诗词等雅文学样式，也包括小说、戏曲等通俗文学。为了对绿珠故事在各个历史时期的流传演变情况及其文化内涵进行深入研究和探索，我们除了使用传统的文学研究的方法外，还采用了国外主题学以及接受美学的研究方法。

　　我们发现赞扬绿珠坠楼殉情、赞扬绿珠知恩图报和贬斥绿珠是祸水这三种论调，是纷繁复杂的绿珠故事的基调，也是绿珠故事据以演变的内核。在儒家思想的指导下，在诗文史传等雅文学样式中，绿珠通常以知恩图报，无比贞烈的形象出现在读者面前。随着商品经济的空前繁荣和市民阶层的急剧壮大，小说、戏曲等文学样式的兴起，绿珠故事在通俗文学中广泛传播，并带有浓郁的市民文化色彩。市民阶层以无比美慕的口吻感叹石崇的豪富，石崇和绿珠变成了发迹变泰的市民夫妇，或者是郎才女貌的才子佳人。他们的爱情之花遭到邪恶的权豪势要的粗暴践踏，绿珠为了捍卫爱情，以死进行抗争。绿珠故事在通俗文学作品中，更多地向市民阶层的欣赏情趣审美标准靠拢。但是，无论在雅文学样式，还是俗文学中，男人们为了一个美女争得你死我活，都有可能威胁封建统治的长治久安，所以不少人将祸水这盆脏水无情地泼在无辜的绿珠身上。

历史上的绿珠只有一个，而在不同时代不同作家都对绿珠故事作出了"各种解释"，都是根据自身的利益和经验对绿珠故事做出的"自己的解释"。

后人无论是斥责绿珠为造成石崇亡家的祸水妖姬，还是极力讴歌绿珠宁为玉碎不为瓦全的殉情之烈举，还是褒扬绿珠知恩图报以死报恩的壮举，都反映了现实生活中男性对女性的希冀、评价与控制，都来自现实生活中男权中心社会对女性的控制，直接服务于男性中心文化，是传统男权的女性价值尺度的折射。

关键词：绿珠；石崇；主题学；母题；殉难；知恩图报；美女祸比水

绪　论

我们翻开晋代以后的史传、诗文、笔记，可以看到很多关于绿珠或贬或褒的评价，以绿珠故事为题材的小说和戏曲作品也不少。如宋代乐史的传奇小说《绿珠传》、元代关汉卿的杂剧《绿珠坠楼记》（已散佚）、宋元时期佚名的话本小说《绿珠坠楼记》、明末作家毕魏的传奇剧《竹叶舟》、清末曼陀居士的传奇《三斛珠》、京剧有《绿珠坠楼记》。历史只有一个绿珠，而后世的作家们写了又写，这一现象与儒家"述而不作"这一创作观念有非常紧密的联系。取材上沿袭前人的现象相当普遍。周贻白曾针对小说、戏曲等通俗文学创作领域在《中国戏曲史长编》中指出"甚至同一故事，作而又作，不惜重翻旧案，蹈袭前人"。这种现象可以说非常准确地阐释了儒家"述而不作"这一创作观念。这种在题材上蹈袭前人的现象在不单单局限于小说、戏曲这种文学体裁，而是在所有的文学体裁的创作中都表现得非常突出。绿珠坠楼故事就是在我国文学创作中被各种文本所辗转沿袭。

通过对不同时期有关绿珠的材料进行了系统地梳理和归纳，我们发现从历史上的绿珠到诗词、小说、戏曲等文学体裁中的绿珠，不同时期的作家对同一个绿珠的认识和理解不尽相同。在不同的社会现实及文化背景下，作家通过对同一绿珠发表不同的看法、见解，来抒发自己内心中的积愫和感触。我们发现赞扬绿珠坠楼殉情、知恩图报和贬斥绿珠是祸水这三种论调，是纷繁复杂的绿珠故事的基调，也是绿珠故事据以演变的内核。为了对绿珠故事在各个历史时期的流传演变情况及其文化内涵进行深入研究和探索，我们除了使用传统的文学研究的方法外，还采用了国外主题学的研究方法以及接受美学的研究方法。从接受美学的观点来看，文学的创作的完成仅仅是文学活动的一个环节，而文学接受才是文学活动的终结。文学创作是不同的读者与具体作品相沟通相契合的双向互动过程。所以，绿珠故事的演变不单单是取决于个别作家给定的文本意义和内涵，更主要的是在作品的流传传播过程中，众多读者的接受和再创造。

主题学源于19世纪德国学者对民间文学和神话故事的研究。主题学在其早期，还主要是纯粹的材料的积累和搜集整理上，在1968年前后，才由德国的弗伦泽尔，美国的哈利列文等人将其引入比较文学的研究范畴中去。此时，主题学的研究方法才逐步成熟，并得到广泛使用，并开始集中于对个别主题、母题，特别是神话人物的源流的梳理上，并对不同时期的作家（包括无名氏作家）如何利用同一主题或母题来抒发积愫以及反映时代做深入探讨。①笔者对晋以后的诗文，笔记，小说，戏曲等各种文学体裁中见诸文本的有关绿珠故事的材料进行尽可能地搜集。结合现实背景，对作品本身进行解析，从而了解不同朝代的作家对其认识和理解，了解他们各自不同的创作心态；梳理出绿珠故事的演变轨迹，挖掘出据以演变的社会现实及文化背景，并从中探求其深刻的社会文化内涵和意义。正如西方逻辑实证主义哲学家卡尔·包勃尔在论及历史研究时指出的那样："不可能有一部'真正如实表现过去'的历史；只能有各种历史的解释，而且没有一种解释是最后的解释；因此每一代人有权利去作出自己的解释……因为的确有迫切的需要等着解决。"②由此可见，切身利益、实际价值、现实需要，这是历史研究的起点和归宿，是历史研究的动力和标准，也是历史研究的定位和导向，具有至关重要的意义。它从根本上调节着人们观照历史的内容和方式，进而人们观照历史所取得的见解和结论，它在历史与现实之间贯穿着一个明显的价值联系，历史因这种价值联系而得到有机整合，也因这种价值联系而获得新的生命。同样，历史上的绿珠只有一个，而在不同时代不同作家笔下的绿珠都是对绿珠故事"各种解释"，都是根据自身的利益和经验对绿珠故事做出的"自己的解释"。有情者讴歌绿珠痴情，感恩者赞扬绿珠知恩图报，对女性又爱又畏惧者把祸水的脏水无情地泼在无辜的绿珠身上。当然无论以上那种解释都不是最终的解释，这也是绿珠故事拥有长盛不衰的魅力的原因所在。

在不同审美标准和欣赏趣味的读者的接受过程中，绿珠故事随时代发展而逐渐演变。在提倡"贞女不事二夫，忠臣不事而主"的儒家思想的指

---

① 参见陈鹏翔：《主题学研究与中国文学》，《主题学研究论文集》，东大图书有限公司1983年版，第5页。

② 参见［英］卡尔·包勃尔：《历史有意义吗？》，田汝康、金重远选编：《现代西方史学流派文选》，上海人民出版社1982版，第155页。

导下，在诗文史传等雅文学样式中，绿珠通常以知恩图报，无比贞烈的形象出现在读者面前。在石崇遇难之际，以死来报答石崇，为石崇尽忠，让孙秀的淫欲没有等逞，宁为玉碎不为瓦全，保全了自己的贞节。随着商品经济的空前繁荣和市民阶层的急剧壮大，小说、戏曲等文学样式的兴起，在世俗情怀的熏染之下，绿珠故事在通俗文学中广泛传播，并带有浓郁的市民文化的色彩。市民阶层以无比羡慕的口吻感叹石崇的豪富，石崇和绿珠变成了发迹变泰的市民夫妇，或者是郎才女貌的才子佳人。他们的爱情之花遭到邪恶的权豪势要的粗暴践踏，绿珠为了捍卫爱情，以死进行抗争。绿珠故事在通俗文学作品中，更多地向市民阶层的欣赏情趣审美标准靠拢。但是，无论雅正文学样式，还是俗文学中，男人们为了一个美女争得你死我活，都有可能威胁封建统治的长治久安，所以不少人将祸水这盆脏水无情地泼在无辜的绿珠身上。

后人无论是斥责绿珠为石崇亡家的祸水妖姬，还是极力讴歌绿珠宁为玉碎不为瓦全的殉情之烈举，还是褒扬绿珠知恩图报以死报恩的壮举，都反映了现实生活中男性对女性的评价与控制，都来自现实生活中男权中心社会对女性的控制，直接服务于男性中心文化，是传统男权的女性价值尺度的折射。

第一章　绿珠故事的文本流传情况

第一节　晋至南北朝——绿珠故事的初步流传

绿珠故事在晋至南北朝阶段经过了初步流传。就文本形式来说，绿珠故事文本分布数量和范围和中国古典文学各体裁的文学发展轨迹相吻合。在史传、诗文等雅文学中，绿珠故事关照的基点还是绿珠故事的原始面貌，集中在对绿珠美若天仙的容貌、音乐舞蹈方面高超的造诣等方面的描绘，很少涉及道德方面的评判。

一、晋代史传

石崇，《晋书》有传，渤海南皮人，字季伦，生于青州，故小名齐奴。

少敏惠，勇而有谋。父石苞为西晋开国元勋之一，苞临终，分财物与诸子，独不及崇。其母以为言，苞曰："此儿虽小，后自能得。"年二十余，为修武令，有能名。入为散骑郎，迁城阳太守。伐吴有功，封安阳乡侯。在郡虽有职务，好学不倦，以疾自解。顷之，拜黄门郎，累迁散骑常侍、侍中，历任南中郎将、荆州刺史、太仆、征虏将军、卫尉等。八王乱起，被赵王伦、孙秀所杀。石崇是著名的恶行官僚"在荆州，劫远使商客，致富不赀"，身为一州最高长官刺史，却率部劫掠远使客商。石崇为西晋最著名富豪之一，"财产丰积，室宇宏丽。后房百数，皆曳纨绣，珥金翠。丝竹尽当时之选，庖膳穷水陆之珍。与贵戚王恺、羊琇之徒以奢靡相尚。"历史上石崇的人品也是非常卑贱，惠帝时贾后专权，贾后的外甥贾谧炙手可热，石崇又与潘岳等谄事贾谧，广城君每出，崇降车路左，望尘而拜，其卑佞如此。"

绿珠是中国历史著名的美女之一，她是西晋石崇的一个家妓，孙秀向石崇强行索要绿珠，石崇不予，最后坠楼身亡。距这一历史事件时间较近的史学家，如由西晋入东晋的干宝在东晋太宁三年（325年）所著的《晋纪》以及另一位史学家徐广所著的《晋记》里，都记载了绿珠的故事。这两部书现已亡佚，分别在《艺文类聚》和《太平御览》还保存一些片段。原文如下：

> 干宝《晋纪》曰：石崇有妓人曰绿珠，美而工舞，孙秀乃使人求焉，崇方登凉观，临清水，妇人侍侧使者以告崇，崇出妓妾数十人，皆蕴兰麝而被罗縠，曰：在所择，使者曰：君侯服御，丽则丽矣，然本受旨索绿珠，崇勃然曰：绿珠吾所爱重，不可得也，使者还，以告，故秀劝赵王伦杀之。[①]

> 徐广《晋记》曰：石季伦甚富侈，衣服妓乐夸于许史。有妓人曰绿珠，美，孙秀欲之，使人求焉。崇尽出其婢妾数十人，皆蕴兰麝而

---

① ［唐］欧阳询编，汪绍楹校点：《艺文类聚》卷一八，上海古籍出版社1982年版，第325页。

被罗縠。[1]

以上材料，是绿珠同朝代的史学家留下的，是绿珠故事现存的较早的记载.此外，《太平御览》卷五百另外还有一则材料：

> 《晋书》曰：石崇有苍头八百余。又崇有婢"绿珠"，美而艳，善吹笛。孙秀使人求之。崇时在金谷别馆，方登凉台，临清流，妇人侍侧。使者以告。崇尽出婢妾数十人以示之，皆蕴兰麝，被罗縠，曰："在所择。"使者曰："君侯服御丽矣，然本受命止索绿珠，不识孰是？"崇勃然曰："绿珠吾所爱，不可得也。"秀遂诛崇。[2]

虽然原书已亡佚，但是保存下来的这些材料，还能窥见绿珠故事比较原始的面貌。材料中都点明了绿珠的身份，有两种说法，一是石崇的妓人，一是石崇的婢，由此可知绿珠的身份地位是十分卑贱的；绿珠不但光彩照人，美丽非凡，而且才艺出众，一说擅长舞蹈，一说擅长吹笛；并且非常逼真地再现了孙秀向石崇索要绿珠的情景，石崇先是"出妓妾数十人，皆蕴兰麝而被罗縠"，读到此时，我们会以为孙秀会就此罢休，可是来者不善，"君侯服御，丽则丽矣，然本受旨索绿珠"，此处寥寥数语更衬托出绿珠之美。徐广《晋记》的就此戛然而止，干宝的《晋纪》接着写双方矛盾进一步激化，"崇勃然曰：绿珠吾所爱重，不可得也，使者还，以告，故秀劝赵王伦杀之。"以上材料只是提到孙秀派人强行索要绿珠，石崇不予，孙秀劝赵王伦杀石崇，关键人物绿珠一直没有出场，材料中也没有提到绿珠的最后结局如何。

由唐太宗李世民下诏撰修，房玄龄等分头执笔的《晋书》，详细地记载了绿珠故事，并逐渐变得丰满起来，补充交代了绿珠故事发生的政治大背景以及人物之间的仇隙，"及贾谧诛，崇以党与免官。时赵王伦专权，崇甥

---

① [宋]李昉等编：《太平御览》卷四七一，中华书局1963年版，第2165页。
② [宋]李昉等编：《太平御览》卷五〇〇，中华书局1963年版，第2165页。

欧阳建与伦有隙"，情节也较干宝和徐广的记录更加跌宕起伏，孙秀索要绿珠，石崇不予，"使者曰：'君侯博古通今，察远照迩，愿加三思。'①崇曰：'不然。'使者出而又反，崇竟不许。"孙秀派来索要绿珠的使者，劝石崇三思而后行，并且是出而又返，这在干宝和徐广的《晋纪》中没有提到。唐修《晋书》不但继承了干宝、徐广关于孙秀索要绿珠，石崇不予的这些故事的主干，而且关键人物绿珠第一次正式出场，"'崇正宴于楼上，介士到门。崇谓绿珠曰：'我今为尔得罪。'绿珠泣曰：'当效死于官前。'因自投于楼下而死。崇曰：'吾不过流徙交、广耳。'"增添了绿珠临坠楼前的言语，以及效死于石崇面前，自行坠楼而死的命运结局。这些描写让人们觉得好像《晋书》的撰者们就在绿珠坠楼时的现场，这是因为唐代所修的《晋书》，主要以臧荣绪的《晋书》为依据，又采择诸家旧史和晋代文集中的材料，而且还吸收了《十六国春秋》《世说新语》《搜神记》等杂书，所以刘知几《史通》曾对唐修《晋书》取材于晋代，不符合圣贤之道，记述一些诙谐和神怪的故事传说，论赞的文体和内容不求笃实，仿效南朝徐庾体，失于轻浮，颇表不满。虽然唐修的《晋书》严格说来不符合修史的标准，但是却为我们留下了关于绿珠坠楼故事逼真的一幕。

二、晋至南北朝时期的诗文、文言笔记

（一）诗文类

绿珠坠楼之事发生之后，她的悲惨命运以及绝世美貌和多才多艺历来被人们吟咏不绝。关于绿珠的才艺，后人的印象中绿珠是一个擅长吹笛的绝色女子，而实际上，在早期的诗文中，绿珠是多才多艺的美女，她在音乐上的才艺也不单单限于吹笛，而且擅长弹琴，并且在舞蹈方面还有很高的造诣。

南朝齐"竟陵八友"之一的谢朓在《赠王主薄诗二首》其二写道："清吹要碧玉，调弦命绿珠。"②南北朝文学家庾信《春赋》以及《对酒歌》中

---

① ［唐］房玄龄等《晋书》卷三三，中华书局1996年版，第1008页。
② 逯钦立辑校：《先秦汉魏晋南北朝诗·齐诗》卷四，中华书局1983年版，第1447页。

分别写道："绿珠捧琴至，文君送酒来。"①以上诗人都是把绿珠当作弹琴的高手，绿珠的所弹之琴也变成了非常名贵的琴。除此之外，也有诗人称赞绿珠的吹笛技艺之高超。除了以上几条材料明确指出绿珠在音乐方面的具体的造诣之外，更多的时候是把绿珠当作在音乐上修养很高的音乐家来记载的，如南朝梁简文帝《筝赋》："故乃宋伟绿珠之好声，文君慎女之清角。"②南朝梁元帝《玄览赋》："乃有青琴碧玉，绛树绿珠。西河王豹，东野绵驹；兰缸夕然，合璧斜天。"③梁代阙名作家的《七召》："绿珠绛树，宋猎韩娥，青春婉娩，上客经过。"④陈后主"池侧鸳鸯春日莺绛树相逢迎"⑤绛树，汉末著名舞妓、歌唱家，相传绛树可以两歌，一声在喉，一声在鼻；韩娥，战国时代的民间女歌唱家，歌声美妙而婉转，余音绕梁三日不绝；绵驹、王豹，都是咸歌之圣者，以上几条材料里把绿珠和绛树、绵驹、王豹等古代音乐造诣极高的人物相提并论。由此可见绿珠在音乐史上可以和这些著名的音乐家并驾齐驱，而丝毫不逊色。

绿珠不但在音乐上出类拔萃，而且舞技超群。如梁庾肩吾《石崇金谷妓诗》"自作明君辞，还教绿珠舞"⑥；尤其值得注意的是南朝陈诗人江总《洛阳道二首》"绿珠含泪舞，孙秀强相邀"⑦。在晋至南北朝吟咏绿珠的诗中大多数是称赞绿珠舞伎以及音乐方面的造诣之高超，而江总的这首诗却首次描绘了一个孙秀强相邀，泪而舞的绿珠。从而也开启了文学中绿珠含泪而舞，哀怨动人、凄楚可怜的形象。这和江总的这首诗的怀古诗之题材相映衬，同时也和江总的经历有密切的联系。江总是陈代亡国宰相，后宫

①［清］严可均辑：《全上古三代秦汉三国六朝文·全后周文》卷八，中华书局1987年版，第3920页。

②［清］严可均辑：《全上古三代秦汉三国六朝文·全梁文》卷八，中华书局1987年版，第2996页。

③［清］严可均辑：《全上古三代秦汉三国六朝文·全梁文》卷一五，中华书局1987年版，第3037页。

④［清］严可均辑：《全上古三代秦汉三国六朝文·全梁文》卷六九，中华书局1987年版，第3365页。

⑤逯钦立辑校：《先秦汉魏晋南北朝诗·陈诗》，中华书局1983年版，第2512页。

⑥逯钦立辑校：《先秦汉魏晋南北朝诗·梁诗》，中华书局1983年版，第2002页。

⑦逯钦立辑校：《先秦汉魏晋南北朝诗·陈诗》，中华书局1983年版，第2569页。

"狎客"，宫体艳诗的代表诗人之一，在历史上声名不佳。但随着国家兴亡和个人际遇的变化，他的诗也渐渐洗去浮艳之色，而时有悲凉之音。

绿珠最擅长舞《明君曲》，《古今乐录》"《明君》歌舞者，晋太康中季伦所作也。王明君本名昭君……晋、宋以来，《明君》止以弦隶少许为上舞而已"①。《明君》早在汉朝时就已经有此曲了，石崇制新歌，以昭君的口吻，抒发远嫁之难情，哀郁低回，婉转动人，对后世的咏昭君诗词影响很大。石崇以《明君曲》教绿珠，聪颖伶俐、美丽端庄的绿珠以跳"昭君舞"为最出色。正如宋代乐史的《绿珠传》中所说："其后诗人题歌舞妓者，皆以绿珠为名。"并且绿珠故乡的人们传说，绿珠歌时引得百鸟争鸣，舞时引得满天飞虹。

后世流传下来绿珠制作的一首《懊侬歌》。距绿珠时代较近的南朝陈代释智匠所撰的《古今乐录》记载："《懊侬歌》者，晋石崇绿珠所作，唯'丝布涩难缝'一曲而已。后皆隆安初民间讹谣之曲。"②《晋书》卷二三志第一三乐志下也记载了这一条材料。《懊侬歌》原本是隆安初俗间讹谣之曲，又作《懊恼歌》《懊垄歌》。《懊侬歌》是流传下来的绿珠唯一的一首作品，但是也有人认为是石崇为绿珠作，如《初学记》卷十五乐部上录为"懊恼歌。（晋石崇为绿珠作。）"；《太平御览》卷五百七十三录为"《懊恼歌》，崇安初，人间讹谣之曲。又云石崇为绿珠作。"绿珠所作的《懊侬歌》，原文如下："丝布涩难缝，令侬十指穿。黄牛细犊车，游戏出孟津。"③只有短短的四句，并且该诗所表达的含义非常模糊不清。

从以上材料可以看出，绿珠不单单擅长吹笛，而且是能歌善舞，弹琴的技艺也非常高超，为什么善吹笛子的绿珠的形象在后世广为人们接受呢，可能是凄楚哀怨悲凉的笛音和绿珠坠楼而死的悲惨命运的故事格调相吻合，绿珠的形象逐渐定位为擅长吹笛的美女。

---

① ［宋］郭茂倩编：《乐府诗集·相和歌辞》卷二九，中华书局1979年版，第425页。
② 逯钦立辑校：《先秦汉魏晋南北朝诗·晋诗》，中华书局1983年版。
③ ［宋］李昉等编：《太平御览》卷五七三卷，中华书局1963年版，第2589页。

三、笔记小说类

在笔记小说类中，南朝宋刘义庆所撰《世说新语》，在《仇隙第三十六》中只是简单提到"孙秀既恨石崇不与绿珠"①，而并没有写到绿珠坠楼的事情，这与《世说新语》记述汉末至魏晋时士大夫言行的宗旨有关，所以绿珠坠楼之事不见与《世说新语》。

这期间的其他笔记类著作中，更多的是涉及绿珠的一些古迹风物传说。诸如绿珠所生活的金谷园，以及绿珠楼等古迹。北魏郦道元《水经注》卷十六《谷水》："金谷水出太白原，东南流历金谷，谓之金谷水。东南流，迳晋卫尉卿石崇之故居也。"②石崇任荆州刺史聚敛了大量财富广造宅园，晚年辞官后，退居洛阳城西北郊金谷涧畔之"河阳别业"，世称"金谷园"。《晋书》卷三三："崇有别馆在河阳之金谷，一名梓泽，送者倾都，帐饮于此焉。"③据他自著《金谷诗诗序》：

> 有别庐在河南县界金谷涧中，或高或下，有清泉茂林，众果松柏、药草之属，莫不必备。又有水碓、鱼池、土窟，其为娱目欢心之物备矣。时征西大将军祭酒王诩当还长安，余与众贤共送往涧中，昼夜游宴。④

石崇因山形水势，筑园建馆，挖湖开塘，把金谷涧的水引来，形成园中水系，河涧可行游船，人坐岸边又可垂钓。每当阳春三月，风和日暖的时候，桃花灼灼、柳丝袅袅，楼阁亭树交辉掩映，蝴蝶翩跃飞舞于花间；小鸟啁啾，对语枝头。所以人们把"金谷春晴"誉为洛阳八大景之一，金谷园的景色一直被人们传诵。因为相去的时代已是很遥远了，如今的金谷园很难有人说清楚其范围所在。今天，在这里已经看不到一丝当年富丽豪华的金谷园的景色了。

---

① 余嘉锡撰：《世说新语笺疏》，中华书局1983年版，第924页。
② ［北魏］郦道元著，杨守敬、熊会贞疏：《水经注疏》，江苏古籍出版社1989版，第1384页。
③ ［唐］房玄龄等撰：《晋书·石崇传》卷三三，中华书局1996年版，第1006页。
④ ［魏］杨衒之撰，周祖谟校释：《洛阳伽蓝记校释》，上海书店出版社2000年版，第59页。

绿珠死后，人们为了纪念她，就把绿珠从楼上坠下来的楼命名叫绿珠楼，据北魏郦道元《水经注》和北魏杨炫之《洛阳伽蓝记》中记载："昭仪寺有池，京师学徒谓之翟泉也。衒之按杜预注春秋云："翟泉在晋太仓西南。"按晋太仓在建春门内，今太仓在东阳门内，此地今在太仓西南，明非翟泉也。后隐士赵逸云：'此地是晋侍中石崇家池，池南有绿珠楼。'于是学徒始寤，经过者想见绿珠之容也。"[1]绿珠楼在昭仪寺内一池塘的南面。该池塘后来被误称作翟泉。

与此同时，绿珠的容貌也进入了画家的视野，后世还流传下来绿珠的画像，北宋蔡绦《铁围山丛谈》卷四：

> 又御府所秘古来丹青，其最高远者，以曹不兴《元女授黄帝兵符图》为第一，曹髦《卞庄子刺虎图》第二，谢雉《烈女贞节图》第三，自余始数顾、陆、僧繇而下。不兴者，吴孙权时人。曹髦，乃高贵乡公也。谢雉亦西晋人，烈女谓绿珠。实当时笔。[2]

北宋艺学十分昌盛，内府所藏古代名迹，要算曹弗兴作品第一，曹髦次之，谢雉《烈女贞节图》为第三，其余方数到顾恺之，并点明西晋人谢雉的《烈女贞图》"烈女谓绿珠"。谢雉是西晋人，离绿珠生活的时期非常近，他所画的《烈女贞节图》中烈女的含义和宋元以降的贞节烈女的含义是有区别的，是指烈女最原始最基本的含义，既刚烈的女子。这是第一次把绿珠和烈女联系起来。

总之，从晋至南北朝的诗文中，吟咏绿珠多着眼于歌颂绿珠美貌，以及绿珠的才艺，很少从道德评判的标准去褒贬绿珠。这和当时的社会状况有密切的关系。魏晋南北朝除西晋五十年短暂统一外，其间充满着分裂和动乱。在这一漫长的年代里，以皇权为中枢的国家统一局面已呈瓦解崩溃之势。社会政治秩序的解体，社会各阶层、各集团都经受了不同程度的冲

---

① ［魏］杨衒之撰，周祖谟校释：《洛阳伽蓝记校释》，上海书店出版社2000年版，第59页。
② 史仲文主编：《中国文言小说百部经典》，北京出版社2000年版，第6657页。

击，而魏晋时期的知识分子阶层，作为文化的主要载体、在精神上受到的冲击尤为剧烈。他们否弃儒家道德人性论而把目光投向了道家的自然主义和个人主义，人的主体性得到空前的提升，人生的自由和解放成为这个时期跳动着的主旋律。人的觉醒伴随而来的应是个性的张扬和情感的勃发。他们高呼"越名教而任自然"，大胆地展示了他们的纵情任性，卓尔不群的精神风貌，并把目光从社会转向了内省，投向了山林。文人雅士以玄静、超脱的审美旨趣在对自然的观照中发现了山水的独特审美价值，心神得到了解脱，达到了天人合一的境界。在这种时代氛围下，人们接受绿珠故事的时候，还主要是着眼于绿珠的美貌和才艺。

第二节　唐代——绿珠故事的发展期

美女绿珠她坠楼而过早的夭折使人为之感到痛惜，晋代以后，绿珠成为众多诗人墨客歌咏的对象。在晋至南北朝时期，诗人们大多着眼于歌颂绿珠的美貌和才艺，尚未上升到道德评判的层面。到唐代以后，也不乏赞叹绿珠的美貌和才艺的作品，如王勃《采莲赋》"命妖侣于石城，啸娱朋于金谷。乃使绿珠捧棹，青琴理舳"①，但是人们逐渐从道德角度来审视绿珠故事，或褒或贬，唐人所接受和再创造的绿珠故事，已经具有了特殊的深刻含义。

唐代与晋至南北朝相比，绿珠故事的文本呈现出多样性，除了史传、诗歌等传统样式之外，绿珠故事在笔记、小说等文学样式中的数量明显增多。下面我们逐一进行梳理。

一、诗文

（一）一旦红颜为君尽——绿珠以死殉贞情

绿珠不惜坠楼明志，被传为千古佳话。时隔半个世纪，在绿珠坠楼之烈举的直接感召下，唐代也发生了一个与绿珠坠楼惊人相似的窈娘殉情报乔知之的事情。《旧唐书》卷一百九十记载了乔知之有侍婢曰窈娘，美丽善

---

① ［清］董浩、阮元等编：《全唐文》卷一七七，中华书局1983年版，第1804页。

歌舞，为武承嗣所夺，因作《绿珠篇》以寄情，密送与婢，婢感愤自杀。承嗣大怒，因讽酷吏罗织诛之。①值得注意的是宋代志人小说集《续世说》卷九著录此事的时候，一反前人对这一爱情悲剧的同情惋惜、唏嘘感叹，而把此事收录"惑溺"条下，带有明显的贬斥色彩。

《太平广记》卷一七七记载了崔郊秀才与其姑一婢私通，姑贫鬻婢于连帅，连帅爱之，崔郊思慕无已，候婢寒食节外出之时誓若山河。并赠诗曰："公子王孙逐后尘，绿珠垂泪滴罗巾。侯门一入深如海，从此萧郎是路人。"后来连帅命婢与崔郊同归。并且"帏幌奁匣，悉为增饰之，小阜崔生矣"。②崔郊继承了江总"绿珠含泪舞"的哀怨凄楚形象，勾勒了一个用罗巾拭泪的泪美人的形象。由此，绿珠哀怨的形象在唐代已广为人们接受。唐代诗人刘商《绿珠怨》、权德舆《送张将军归东都旧业》或以绿珠怨为题，或描绘一个凄冷哀怨的氛围。绿珠的哀怨是人间美好的爱情之花被恶势力摧折的凄美。因此，唐代诗人对绿珠在石崇遇难之时以死殉情流露出同情惋惜，高度赞美绿珠的刚烈之举，如汪遵《绿珠》"从来几许如君貌，不肯如君坠玉楼"。

（二）绿珠犹得石崇怜——盼君臣知遇锐意进取

"初唐四杰"之一的骆宾王在《艳情代郭氏答卢照邻》中写道："莫言贫贱无人重，莫言富贵应须种。绿珠犹得石崇怜，飞燕曾经汉皇宠。良人何处醉纵横，直如循默守空名。"③初唐四杰是诗坛上逐渐崛起了一批锐意变革的新进诗人，这些出自他们笔下的诗句，表现了社会中下层人物长期以来被压抑的自我意识和自我期待，以及渴望匡时济世、建功立业的人生理想和热情。美丽善歌舞的绿珠和飞艳尚且能得到主人的宠爱，才华横溢的初唐四杰对以自身为代表的落拓文人的终能显达充满了自信。绿珠作为一个歌妓，她的命运掌握在石崇的手里，幸福与否，能否得宠也是由石崇一人决定，这种男女之间的关系和封建社会中君臣遇合的关系极其相似，臣子的地位和婚姻关系中妻妾奴婢的地位和命运极其相似。由此，以绿珠

---

①参见［五代］刘昫等撰：《旧唐书·文苑传中·乔知之传》一九○，第5012页。

②参见［宋］李昉等编：《太平广记》卷一百七十七，哈尔滨出版社1995年版，第1379页。

③陈贻焮主编：《增订注释全唐诗》卷六六，文化艺术出版社2001年版，第529页。

受石崇宠爱来比喻君臣遇合，后世已经被经常当作典故来使用。

（三）昔时歌舞台，今成狐兔穴——抒发怀古感伤情绪

唐代诗人们看到当年铺锦列绣、花奇草异的金谷园，如今已是秋草迎风败叶委地荒草映月一片凄凉；富可敌国的石崇最终落了个人亡财空，连心爱的姬妾也无从保全的可悲下场。绿珠如花似玉然而又像春花难常开，虽技压群芳深受石崇的宠爱，但是世事无常，好花易落，就像唐代诗人苏拯《金谷园》中写道："积金累作山，山高小于址。栽花比绿珠，花落还相似。"①更是让人觉得繁华富贵如过眼烟云，世事之难料。如刘希夷《洛川怀古》：

> 晋家都洛滨，朝廷多近臣。词赋归潘岳，繁华称季伦。梓泽春草菲，河阳乱华飞。绿珠不可夺，白首同所归。高楼倏冥灭，茂林久摧折。昔时歌舞台，今成狐兔穴。人事互消亡，世路多悲伤。北邙是吾宅，东岳为吾乡。君看北邙道，髑髅萦蔓草。②

刘希夷面对"繁华事散"的金谷，从萋萋春草、白头翁坐泣、高楼倏冥灭、髑髅萦蔓草中感受到衰败以后的沉寂与凄清；金谷园的昔日繁华歌舞台，今成荒凉狐兔穴这一鲜明的盛衰巨变，让诗人愁绪郁结、悲不能抑。桀骜不驯的李白在《古风》中写道：

> 天津三月时，千门桃与李。朝为断肠花，暮逐东流水……功成身不退，自古多愆尤。黄犬空叹息，绿珠成衅仇。何如鸱夷子，散发棹扁舟。③

洛阳的天津桥见过昔日的繁华，也领略过王公贵戚今天耀武扬威，明天就会身首异处，它成了人事盛衰的见证，也自然地成了人事盛衰的象征，

---

① 陈贻焮主编：《增订注释全唐诗》卷七一二，文化艺术出版社2001年版，第1446页。
② 陈贻焮主编：《增订注释全唐诗》卷七一，文化艺术出版社2001年版，第572页。
③ 陈贻焮主编：《增订注释全唐诗》卷一六一，文化艺术出版社2001年版，第129页。

李白慨叹自古以来功成应该及时全身而退，否则世事无常，祸福难料，不如散发弄扁舟。在《鲁郡尧祠送窦明府薄华还西京（时久病初起作）》中李白也同样流露出这种人生慨叹和感悟：

> 君不见绿珠潭水流东海，绿珠红粉沉光彩。绿珠楼下花满园，今日曾无一枝在。[1]

政治的复杂、竞争的重压以及个人理想与社会意识的尖锐冲突，是李白面临着一种选择，也就是入世与出世这两种不同生活态度和价值取向的选择。由于社会地位、生活方式和人格形成上的诸多原因，这些人总是处于怀才不遇或抑郁难伸的境地，他们的用世之心常常受到严重挫伤，从而处于心理失衡的痛苦无望状态。于是投身田园，怡情山水，在大自然中求得一种慰藉和解脱。

绿珠在金谷园中享尽了荣华富贵，但最终也逃脱不了坠楼而死的悲惨结局，绿珠和她生活过的金谷成了笃信佛教的人们阐释空无思想最好的例证。如唐朝著名诗僧天台寒山《诗三百三首·传语诸公子》"伸头临白刃，痴心为绿珠"[2]，在他们看来万法皆空，所以劝诫人们不要对原本空无的财色执迷不悟。唐代另一位诗僧贯休也在吟咏绿珠的诗中表达佛教空无的思想。他在《偶作五首》《洛阳尘》中分别写道：

> 君不见金陵风台月榭烟霞光，如今五里十里野火烧茫茫。君不见西施绿珠颜色可倾国，乐极悲来留不得。君不见汉王力尽得乾坤，如何秋雨洒庙门。[3]（《偶作五首》）
>
> 昔时昔时洛城人，今作茫茫洛城尘。我闻富有石季伦，楼台五色干星辰。……伊水削行路，冢石花磷磷。苍茫金谷园，牛羊龁荆榛。

---

① 陈贻焮主编：《增订注释全唐诗》卷一六一，文化艺术出版社2001年版，第1395页。

② 陈贻焮主编：《增订注释全唐诗》卷八〇一，文化艺术出版社2001年版，第400页。

③ 陈贻焮主编：《增订注释全唐诗》卷八二三，文化艺术出版社2001年版，第564页。

飞鸟好羽毛，疑是绿珠身。①（《洛阳尘》）

诗中先是浓墨重彩极力渲染金谷之繁华，来反衬如今金谷之荒凉。以乐写哀，而倍增其哀，以盛用写衰，倍增其衰，想以此来告诫人们，财色以及世间诸相，都不过是虚幻之像，不要滞于虚幻之像。

（四）不羡绿珠歌——抒发渴慕隐逸的思想

石崇虽然有敌国之富，但是最终却因财招祸，绿珠虽有绝世之美丽，可最终却成了政治斗争的牺牲品，坠楼而死，如苏拯《金谷园》中写道："徒有敌国富，不能买东市。徒有绝世容，不能楼上死。只此上高楼，何如在平地。"②所以孟浩然在《同张明府碧溪赠答》借绿珠之事感慨世事无常，好花易落，抒发对无官无禄自由平淡的生活的向往之情。在封建社会里，即使有些人平步青云，得到当权者的赏识，可以呼风唤雨，叱咤风云，但是，伴君如伴虎，每天必须小心谨慎，稍有差错，不但自己项上人头不保，重者有可能是满门抄斩，虽然绿珠一时得到石崇的恩宠，但是，也难免会有人老珠黄的一天，所以后世人们不再羡慕绿珠，"还看碧溪答，不羡绿珠歌"③，而是渴望过一种平淡的生活。

（五）唯与石家生祸胎——贬斥绿珠为祸水

历史上石崇和孙秀因为政治上的仇隙，再加上石崇炫耀自己的财宝，又因孙秀索要绿珠，石崇不予，因而矛盾一触即发，其实，绿珠只是石崇速祸的导火索，并不是石崇招致杀身之祸的最根本的原因。最无辜的还是绿珠，她没有掌握自己命运的权利，虽然得到了石崇的宠爱，也只是一个会唱歌的玩物而已，她是政治斗争的牺牲品。孙秀夺绿珠，石崇因坚决拒绝而速祸。所以唐代在有关诗文中，常把绿珠视为导致石崇家破人亡的罪魁祸首。如徐凝《金谷览古》在"绿珠歌舞天下绝，唯与石家生祸胎"④中认为虽然绿珠歌舞天下无双，但只会给石崇带来杀身之祸。《全唐文》卷七

---

① 陈贻焮主编：《增订注释全唐诗》卷八二一，文化艺术出版社2001年版，第545页。
② 陈贻焮主编：《增订注释全唐诗》卷七一二，文化艺术出版社2001年版，第1446页。
③ 陈贻焮主编：《增订注释全唐诗》卷一四九，文化艺术出版社2001年版，第1264页。
④ 陈贻焮主编：《增订注释全唐诗》卷四百六十三，文化艺术出版社2001年版，第773页。

百十引李德裕的《穷愁志·祥瑞论》："绿珠、窈娘，皆为家妖，以灾乔、石"①，更是从政治历史的视角将绿珠等同于褒姒和妲己。还有人用明哲保身的眼光，批评石崇不予绿珠不识时务的做法。如曹邺《古莫买妾行》："若遣绿珠丑，石家应尚存"。通过梳理材料我们发现贬斥绿珠为亡家祸水的论调多出于中晚唐时期的文人之口，如在文宗、武宗朝两任宰相的李德裕，"白头游子白身归"的徐凝，曾屡举不第沦落长安十年的曹邺等。这种美女祸水的思想源于人们对安史之乱的深刻反省。

唐代绿珠坠楼故事流传范围已经非常广泛，可以说是妇孺皆知了。唐朝诗人李翰《蒙求》："伯道无儿，嵇绍不孤。绿珠坠楼，文君当垆。"②《蒙求》是用四言韵文介绍掌故和各科知识为主要内容的儿童识字课本，其中对历史人物的褒贬大致比较客观，其中许多成为后来《三字经》《幼学》等取材的来源，并且四字成言，读起来朗朗上口。绿珠故事借助这种普及性的启蒙读物流传范围越来越广，产生的影响也愈深远。除此之外，在唐代一些咏物诗和纯粹的技巧诗中，绿珠已经作为一个典故，被诗人们多次引用。如权德舆的《八音诗》、元稹咏物诗《山枇杷》、唐彦谦咏葡萄等。

二、唐代文言小说、笔记类

唐代传奇小说《周秦行记》以第一人称的口吻叙述了牛僧孺贞元间进士落第，返回故乡途中迷路，误入汉文帝之母薄后庙，戚夫人、潘妃、绿珠都推辞，最后由失身的昭君来伴寝，天明众夫人送别，旋失所在。③除了在晋代书画领域出现了有关烈女绿珠，在文学领域中《周秦行记》还是第一个塑造坚守贞节的绿珠形象。

唐代广州司马刘恂在专门记载岭南异物奇事的《岭表录》（又名《岭表录异》）中首次记载了绿珠故乡有关绿珠的古迹风物，原书久已失传，《太平御览》卷一百七十二、《太平广记》中保存了一些片段。如《太平广记》

---

① ［清］董诰等纂修：《全唐文》卷七百一十，1983年中华书局影印嘉庆本，第7288页。
② ［宋］徐之光著，颜伟才等著释：《蒙求注释》，山西人民出版社1987年版，第5页。
③ 宋代张泊在《贾氏谈录》中认为此文为李德裕门人韦瓘所撰，伪托牛僧孺，以毁其名。学者多从此说。

卷三九九：

> 绿珠井在白州双角山下。昔梁氏之女有容貌……梁氏之居，旧井存焉。耆老传云，汲饮此水者，诞女必多美丽。里闾有识者，以美色无益于时，遂以巨石填之。迩后虽时有产女端严，则七窍四肢多不完全。异哉（州界有一流水，出自双角山，合容州畔为绿珠江。亦犹归州有昭君村，村盖取美人生当名矣）！（出《岭表录异》）①

以上这些关于绿珠古迹风物的记载首次见于《岭表录异》，在此之前的文献中，从未有人提及。因为《岭表录异》作者刘恂，曾任广州司马，他的记载应该是在绿珠故里民间口头广泛流传的，然后由他记录下来的，所以也是比较可信的。这些关于绿珠故里的记载，对后世影响很深远，从此以后，凡涉及绿珠的故里，几乎都是援引《岭表录异》里的这些材料，如宋代乐史的传奇小说《绿珠传》以及《广西通志》《广东新语》等。为了从源头上杜绝美女的出现，就用巨大的石块把井填上，因为在见多识广的耆老们看来，美色是祸水，是可怕的洪水猛兽。

金谷园中美女众多，为什么石崇单单对绿珠情有独钟，并宠爱到无以复加的程度？后人对此展开了丰富的联想。为了达到两性长期在一起的目的，总要想一些办法去加以人工促进。因为绿珠的故乡岭南"媚术"层出不穷，出产的媚药也是不胜枚举，由此给人们提供了想象的基础。据《太平广记》卷四百四十引《岭表录异》称："红飞鼠多出交趾及广、管、泷州，皆有深毛，茸茸然，惟肉翼浅黑色，多双伏红蕉花间，采捕者若获一，则其一不去，南中妇人买而带之，以为媚药。"②出自交趾（越南）和广西的"红飞鼠"据说能让男人一生只爱一人，人们就联想到绿珠的故乡广西玉林是此媚药的主要产地，绿珠就极有可能自己服了红飞鼠，所以绿珠才能得到石崇格外的宠爱。"红飞鼠成双成对，在生死存亡关头也忠贞不渝，

---

① 《笔记小说大观》三编，台湾新兴书局1981年版，第1014页。
② ［宋］李昉等编：《太平广记》卷四四〇，哈尔滨出版社1995年版，第3917页。

给了人类相思情种们极大的感召作用。因而期求佩戴它，以增加自身对心上人吸引的魅力。这当然不外乎是一种'接触巫术'。"①其实这种做法的心理还是男尊女卑的婚姻制度酿成的。在封建社会中，男子可以妻妾成群，为了能够得到丈夫的宠幸，女人们绞尽了脑汁。红颜虽美可容易衰老，由此设想用媚药来长期霸占丈夫的宠幸。而这无疑是男尊女卑的社会现实对女性身心的极度扭曲。

第三节　宋元——绿珠故事的成型期

经过唐代的初步流传，绿珠故事在宋元时期已经成型，并且随着市民阶层的崛起，熏染了浓郁的市民文学的气息。但是在以"载道""言志"为旨归的雅正文学中，这种变化就没有小说、话本等通俗文学中表现得突出。

一、雅正文学中绿珠故事的沿袭

在宋元时代的诗文中，几乎是沿袭唐人对绿珠的描写和评价，多集中在绿珠的容貌和才艺描写以及从道德的角度来褒贬绿珠。在后世人眼中，绿珠在音乐上造诣很高，尤其是在吹笛方面。在绿珠的容貌方面的描写，绿珠由先前哀怨、楚楚可怜的美女，变成一个娇小的美女，这在宋词和元曲中多次出现。如苏轼《水龙吟·赠赵晦之吹笛侍儿》中有："闻道岭南太守，后堂深、绿珠娇小。"②

在宋元时期的作品中继承了唐代富贵繁华只是南柯一梦的这种论调，但不同的是唐代文人们处在中国封建社会盛世，他们在盛世中居安思危的慨叹，和处在积贫积弱的宋代和异族统治的元代文人的感伤而又无可奈何悲叹，其心理出发点是迥然不同的。《全宋词》佚名作品："君不见当年金谷事，绿珠弄笛椒涂屋。到而今、富贵一场空，终非福。"宋代吕南公《延陵行》、宋代陈襄《洛阳曲》、元代周霆震《犬鸡叹》，在诗人看来石崇纵有敌国之富，还不如自己过平淡隐逸的生活。其中的代表性作品如元代张昱

---

① 王立：《古代相思文学中的相思鸟、连理树意象寻秘》，《华南师范大学学报（社会科学版）》2000 年第 6 期。

② 唐圭璋主编：《全宋词》，中华书局 1965 年版，第 277 页。

《明州倪师园观猿》"富贵岂能长汝役，绿珠还有坠楼时"[①]表达富贵难长久，不如自甘平淡的思想。

宋代邹浩《绿珠井》"玉容捐委画楼尘，一死甘酬石氏恩。古庙有碑旌节义，西风无主逐香魂。"[②]这是首次提到早在宋代古庙中就已经有专门旌表绿珠节义的碑。《南村辍耕录》卷十五绿珠是一个在主人遭遇患难贫病时，肯守志不贰者，是绝无仅有的奇女子。[③]

元代杨奂《七古金谷行》、元代侯克中《石崇》："绿珠一死无遗恨，白首同归有故人，到此岂如居瓮牖，从前可惜拜车尘，吾侪只合遵名教，阳虎从他自不仁。"都是提倡人们遵守儒家的名教规范，宣扬儒家的"君君、臣臣、父父、子子"等封建伦理道德。

二、金元小说戏曲等通俗文学中绿珠故事的兴盛

（一）文言小说、笔记

宋代乐史的传奇小说《绿珠传》可以说是绿珠故事的集大成者，传写西晋初，达官、富豪石崇（曾官荆州刺史、卫尉）在京城洛阳附近建有金谷别墅，姬妾成群，其最宠爱者名叫绿珠，是在交趾采访使任上，以三斛珍珠购得的。当时宗室赵王司马伦专擅于朝，其同党、权奸孙秀欲索取绿珠，石崇断然拒绝。孙秀便矫诏收捕石崇，绿珠被迫坠楼自尽。石崇也被杀，家产为孙秀等所占有，这一故事大体与《晋书》石崇本传所写相符，但多又增节，主要有两个方面：1.汉王昭君（《西京杂记》等书）、晋愍怀太子妃王进贤及侍儿田六出（《真诰》卷三十、《太平御览》卷六百六十四引《南岳魏夫人内传》），唐乔知之的爱姬窈娘（张的《朝野金载》卷二）等人忠于旧主、从一而终的"贞烈"事迹；2.西晋上层统治者集团中的一些人凶狠残暴、侮弄妇女、掠夺民财，生活糜烂、互相争斗杀戮等罪恶行径。作者对前者予以表彰，对后者则表示谴责。全篇除揭露了封建统治集

---

①［元］张昱：《可闲老人集》卷三，文渊阁四库全书本，第584页。

②［清］谢启昆监修：《广西通志》卷一一六，《中国边疆丛书》，台湾文海出版社影印版，第5764页。

③参见上海古籍出版社编：《宋元笔记小说大观》，上海古籍出版社2001年版，第6323页。

团的某些罪行外，还在客观上反映了在男性为中心的封建时代，妇女没有独立的人格、任人摆布的悲惨命运。它是第一部以绿珠名篇的小说，在此之前，大多是文人在诗文中吟咏绿珠的故事，即使在笔记小说中也有叙述绿珠故事的，但只是零星的片言只语，不成系统。它是在排比前代有关记载而成。作为一篇独立的传奇小说来看，它显得有些博而寡要，漫无中心，喜考证和议论。乐史的传奇具有明确的伦理目的："今为此传，非徒述美丽，窒祸源，且欲惩戒辜恩背义之类也。"①乐史之所以赞颂绿珠对石崇的爱情的忠贞，是要借此批判那些享高位、盗厚禄的辜恩背义之类。在古代，文人作品中对爱情的表现常常和道德评价联系在一起，乐史的《绿珠传》从道德角度观察绿珠对石崇的爱情，给她对爱情的忠贞以很高的道德评价，从而使绿珠具有特殊的光彩，也使绿珠故事有深刻的含义。

继唐代武承嗣夺乔知之的爱婢之后，棒打鸳鸯、仗势强行夺爱的事情在宋代也时有发生，如一向被视为宋代家族规范的重要史料的袁采《袁氏世范》就记载道："绿珠之事，在古所鉴，近世亦多之。"②又如宋代张唐英《蜀梼杌》卷上记载："炕字疑梦……然嬖于美妾解愁，遂风恙成疾……建尝至炕第，见之，谓曰：'朕宫无如此人。'意欲取之。炕曰：'此臣下贱人，不敢以荐于君。'其实勒之。弟峭谓曰：'绿珠之祸，可不戒邪'"③既然家有美丽的婢妾容易被别人萌生抢夺之心，从而带来杀身之祸，所以南宋袁采在《袁氏世范》中告诫子孙蓄置婢妾，不要蓄姿貌黠慧过人的美女，以防发生孙秀抢夺绿珠的惨剧。在他看来，美丽的婢妾是带来灾难的祸水。

（二）宋元话本、戏曲

绿珠故事由来已久，话本、戏曲早已采写入篇，元代关汉卿有《金谷园绿珠坠楼》杂剧，已佚。绿珠故事到了宋元时期有了新的发展，宋元时的市民对这个故事进行了创造性的改造，呈现出新的时代特色。

---

① 史仲文主编：《中国文言小说百部经典》，北京出版社2000年版，第6912页。

② ［宋］袁采：《袁氏世范》卷三，文渊阁四库全书本，第630页。

③ ［宋］张唐英：《蜀梼杌》，《笔记小说大观》六编，台湾新兴书局1981年版，第1481页。

宋元时期的话本《绿珠坠楼记》①，内容与干宝《晋记》和乐史的《绿珠传》不同。话本写石崇家贫，在江上以打渔为生，上江老龙王因年老不敌下江小龙王，石崇因受老龙王之请，射死小龙王。老龙王感恩，凡石崇所求珍宝，尽其所求。故石崇致敌国之富，筑金谷园，用六斛大明珠，买一妾名绿珠，国舅王恺赴石崇宴，见绿珠，遂生奸淫之念，思慕日深，并妒其珍宝，在皇帝面前屡进谗言，后口传圣旨，捉拿石崇入狱，欲强夺绿珠，绿珠不从，于金谷园坠楼而死，石崇亦遭斩。小说旨在表彰绿珠之贞烈，宁死于非命而不受辱，清名可标千古。宋元话本《绿珠坠楼记》中的石崇，不是晋代那个勋臣之后的富豪官僚，而是一个贫穷渔民发迹而成的大富翁。话本以欣赏的笔调表现了石崇的敌国之富，是市民对自己力量的肯定。石崇的身份的变动体现出市民文学的特征，市民要占领文学这个领域，要在文学上表现他们自己。

　　虽然话本《绿珠坠楼记》的故事框架源于《晋书·石崇传》，但是已经发生了显著的变化。话本中石崇和绿珠是市民阶层创造出来的具有市民阶层特点的新的人物形象。话本通过石崇的活动反映了市民阶层的发家史，市民阶层和封建阶级相互勾结又相互矛盾的关系，又通过绿珠对爱情的忠贞，表现了逐步壮大的市民阶层对封建阶级迫害的反抗。这种变动使话本具有了丰富而深刻的社会内涵、鲜明的时代特色，表现了宋元时的市民阶层的反封建意识。《绿珠坠楼记》是绿珠的系列爱情故事中最富有光彩的作品。

　　元代的讲史《宣和遗事》："风流丧命甘心处，恰似楼前坠绿珠。"②对绿珠的贬斥之意非常明显。这也是势单力薄的市民阶层惧祸思想的反映。

---

　　① 关于话本《绿珠坠楼记》的写作时间的归属问题，本文采用了胡士莹《话本小说概论》中提出的话本《绿珠坠楼记》产生于宋元时期这一观点。

　　②《宣和遗事》卷上，《笔记小说大观》第十四编，台北新兴书局1981年版，第249页。

金元时期的《四美图》①是迄今发现的最早的、最完整的一幅年画实物，出自平阳（今临汾）刻坊，绘的是汉代的赵飞燕、王昭君、班姬和晋代的绿珠四人。其上方刻有"平阳姬家彩印"字样。图中四位不同时代的佳人徐步漫游于昌宫后苑。上题"隋朝窈窕呈倾国之芳容"宋体横批。前排左者为赵飞燕，右为绿珠，后排左者班姬，右为王昭君。四人菱形站列，昭君抱着琴，绿珠纤手拈花，这与其身为西晋巨富石崇之爱妾的身份相符。班姬手执绘有墨竹的长柄团扇，看似戏曲中的文旦。戏曲舞台上，不论何种场合、季节，团扇常作为道具使用。显然，这是受到了金元时期晋南地区发达的戏曲文化之影响。昭君、班姬在历史上功不可没，飞燕为成帝后，善舞，而绿珠，一民间无名分女子的入画，其出发点大概是因为绿珠是一个刚烈女子的缘故，这种排列，地地道道也来自民间。②

第四节　明清时期——绿珠故事的繁荣时期

产生与宋代的理学思想在明清时期成为社会中占主导地位的统治思想。统治阶级对忠孝等儒家伦理观念的大力宣扬，所以这一时期，讴歌绿珠知恩图报，对爱情忠贞、刚烈不屈的诗文笔记也纷纷涌现。

一、雅文学中绿珠故事的持续兴盛

（一）地方志以及地理类笔记中烈女绿珠的定型

虽然西晋谢雉《烈女贞节图》以刚烈女子绿珠入画，但是这种刚烈女子的含义和明清以保全性器官为唯一标准的贞节死烈的含义有实质上的差别。在宋代邹浩《绿珠井》也提到早在宋代古庙中已经有专门旌表绿珠节

---

① 清光绪三十四年（公元1908年），沙俄柯兹洛夫上校潜入我国甘肃黑水城（今内蒙古额济纳旗）一古塔内盗掘西夏文物时，偷携走了《四美图》，1915年，日本东京帝国大学的狩野直喜博士游历欧洲时，发现此图在俄罗斯亚历山大三世博物馆中陈列（现藏东方博物馆），于是设法将复制品带回日本，并撰文介绍。1929年，日本的另一位学者那玻利贞又写了一篇评论文章，对此画加以评介，由此引起了东西方各国对我国民间木版年画的重视，著名学者郑振铎对这幅画有极高的评价，认为它们是中国版画艺术由佛像到人像的一大转折，也开了我国人像版画的先声。参见介子平：《〈四美图〉衣饰考》，《新闻出版交流》1997年第2期。

② 参见介子平：《〈四美图〉衣饰考》，《新闻出版交流》1997年第2期。

义的碑文。在贞节崇拜达到酷烈的明清时期，绿珠遇暴自行坠楼而死，保全了自己的贞节，她的这一做法，恰好是明清统治阶级所大肆提倡的女子贞烈之举的范本。绿珠死烈的壮举被极大地拔高和彰显，绿珠成了烈女的范本和楷模。清代《嘉庆重修一统志·郁林州志·列女》已经著录晋石崇妾绿珠，并在绿珠的故乡修绿珠祠供奉绿珠。据道光年所修的《博白县志》卷五建置坛庙类记载："西一平山堡庙宇：绿珠祠，在绿萝村，康熙四十七年知县程镰重修。绿珠堡庙宇：绿珠祠，康熙元年建。龙潭堡庙宇，绿珠堡，绿珠祠，道光二年汤文照、蔡润成……等五十余人倡捐置祠田。"[1]生于明崇祯三年，卒于清康熙三十五年，广东番禺人屈大均在《广东新语》中记载道："今双角山下及梧州，皆有绿珠祠，妇女多陈俎豆，其女巫亦辄歌乔知之绿珠篇，以乐神听。"[2]屈大均学博识广，并遍游各地，随行随记，证以书史。

明清时期，中央政府亲自主持下表彰节烈妇女已经成了国家头等大事，而且把上报贞烈妇女的多少当作一项考绩。贞妇烈女众多，当地的官员一般很容易升迁获赏。贞妇烈女多的州县，入学生员和录取秀才的名额也可适当增加。刚烈之女绿珠恰好是统治阶级宣扬弘播封建贞节观念绝好的范本和楷模。地方官或士人学子更加卖力地宣传标榜烈女绿珠，试图制造更多的节妇烈女。清代康熙四十七年，广西知县程镰在西乡绿萝村重修绿珠祠，祀晋梁氏女绿珠。并亲自写下《绿珠祠记》。因为有绿珠这样的烈女，绿珠的故乡的"绿萝之山，珠江之水"也因此而"千秋万古，山辉川媚"。[3]

但是也有人认为绿珠仅仅是以死成名，明代谢肇淛《文海披沙摘录》也表达了类似的见解：

> 造物之所最忌者，名也。岩穴之士，槁死衡门，人不及知，史不及载，身名湮灭，与草木同腐者众矣。唯美姝名妓，一附笔端，千古

① 任士谦修，朱德华纂：《博白县志·建置坛庙》卷五，环玉书院藏道光十二年刻本。

② [清] 屈大均撰：《广东新语》卷四，中华书局1983年版，第157页。

③ [清] 谢启昆监修：《广西通志》卷一四六，载《中国边疆丛书》，台湾文海出版社1965年影印版，第7234页。

不朽，如西施、王嫱、文君、绿珠、真娘、苏小、莺莺、燕燕之类，不可胜纪。非独士人善谈乐道，即村氓闺女，无不知有若人者。至于亡客孤臣，流离节妇，若孔子之所接轸，伍员之所辍餐，田横两客，鲁国二生，失其名者，往往而是。人之幸不幸如此。①

清代嘉善闺秀魏于云撰《重集烈女传例》中更是把绿珠排除在烈女之外，对尊封绿珠为烈女提出了反对意见：

> 女子立身固以贞烈为主，然必须继之以学问，始为全才，如平日全无学问，及变起，一朝始捐躯以殉，此特匿于平日枕席之私耳，即如季伦之骄奢妄，实有取败之道，而绿珠平日曾无一言匡救，惟以艳色冶容追欢卖笑，即因孙秀之难坠粉楼前，亦不足以赎其平日蛊惑之罪，使其遭逢人主必与太真丽华之倾国者同科，其得以一死成名幸也，凡古今烈女如此类者，亦并置不录。②

魏于云这种理想之女性除了美德之外还须具有诗才的思想是明清才女观影响下的产物。"明末清初，以李贽为首的思想家大力批判'女子无才便是德'的传统道德观，以钱谦益为首的文坛领袖也极力褒扬女子之才，还特在《列朝诗集》中设'香奁'一门，这些都使得明末清初形成了一股才女崇拜风气。"③在这种才女观的影响下，绿珠在作品中多次被赞扬为才艺双绝的才女。

屈大均在《广东新语》中写道："绿珠能诗，以才藻为石季伦所重，不仅颜色之美，所制懊侬曲甚可诵。东粤女子能诗者，自绿珠始。"④"越女

---

① 张宇澄编：《香艳丛书七集》卷二，上海书店1991年版，第105页。

② [清]张潮等编纂：《昭代丛书·重集烈女传例》丁集新编，上海古籍出版社1988年版，第706页。

③ 梁晓萍：《韩凭夫妇故事流变中的文人旨趣》，《盐城师范学院学报（人文社会科学版）》2001年第3期。

④ [清]屈大均撰：《广东新语》卷四，中华书局1983年版，第157页。

以能诗知名者自绿珠始……予诗云：'绿珠艳曲先南越，争似仙灵更有才。"①近代潘飞声著《粤词雅》："吾粤地镇尚离，人文炳焕，代出异才。声诗之道，始于晋绿珠，逮唐而盛于张曲江。"

从以上材料可以看出，在诗歌以及地方志一些雅文学中力主绿珠为烈女。总之，绿珠之烈由刚烈之烈演化为贞烈之烈，最后定格为烈女的楷模，这一演化轨迹与中国封建社会贞节观念的发展轨迹是相吻合的。

（二）诗歌类

明代邱濬《绿珠行》、明代凌云翰《二美人图》、明代杨慎《升庵诗话》等对绿珠知恩图报大为赞叹，称赞绿珠是一个有义的女子。

明代胡奎的《绿珠曲》、文徵明《绿珠》、清代黄之隽《竹枝词》"一点芳心为君死，会被东风暗折看"②讴歌绿珠宁为玉碎，不为瓦全，感叹绿珠怀抱一片痴心坠楼而死。其中代表性的作品如明代何景明《无题》，对绿珠殉情不无惋惜怜悯之情。"艳舞娇歌出绛纱，黄金不惜教琵琶，鸳鸯本是双栖鸟，菡萏元开并蒂花，紫玉岂忘韩重侣，绿珠宁负季伦家，多情自古还多恨，肠断春风巷柳斜。"③绿珠和石崇本应该像鸳鸯那样双栖双飞，像菡萏一样并蒂开花，但是权豪势要却生生把绿珠和石崇这对鸳鸯活活拆散，最终绿珠坠楼以殉贞情，爱情之花就这样被践踏摧残，自古以来痴情之人"终成眷属"的又有几人呢？怎能不令诗人为之扼腕叹息！

由许多吟咏绿珠的诗歌中，不少篇章流露出荣华富贵如南柯一梦消极思想。明代胡奎《金谷园》、明代王世贞《坐有石季伦金谷图，事因与于鳞共赋新体一章》先是极力铺排金谷的繁华，然后与今日的衰败荒凉形成鲜明的对比；明代于慎行《卖珠行》："卖珠老妇发半白……自言本是绿珠俦，夫婿先朝万户侯。锦衣夜直铜龙阁，画栋朝开碧玉楼。……只言华屋长如海，不道沧溟亦作尘。当时世事一朝变，郿坞黄金实内殿。剑履三千帐下空，鸳鸯七十池边散。前年曾向酒门过，新主承恩骤玉珂。今年又望门前

---

① ［清］屈大均撰：《广东新语》卷三，中华书局1983年版，第110页。
② ［清］黄之隽撰：《香屑集》卷四，文渊阁四库全书本，第410页。
③ ［明］何景明撰：《大复集》卷二五，文渊阁四库全书本，第213页。

道，行马半残生绿草。繁华憔悴看如昨，覆雨翻云何闪烁。"①诗中生动凝练地概括了卖珠老妇人一生，把她昔日年轻貌美时得宠时的光华荣耀和今夕年老色衰的荒凉落寞相对照。这种繁华总是像流水一样一去不复返，在宦海中沉浮已久的人们，心力交瘁，于是产生了功成身退，渴望隐逸的思想。如明代刘基《渔父词》、杨升庵《题渔娃图》：都表达了这种思想，胡虚白《题绿珠坠楼》是其中的典范之作："花飞金谷彩云空，玉笛吹残步障风；枉费明珠三百斛，荆钗那及嫁梁鸿。"②诗人认为石崇枉费了三百斛明珠买得绿珠，绿珠虽然跟着石崇在金谷园过着豪华奢侈的生活，但是最终还是难逃坠楼的悲剧结局，还不如梁鸿夫妇，虽然粗茶淡饭，但是却能过着"举案齐眉"的平安幸福的婚姻生活，表达了不慕富贵，自甘清贫的思想。

二、通俗文学中痴情女子绿珠

绿珠是才艺双全的美貌绝伦的女子，而石崇也是风流倜傥的才子，才子佳人，原本是一对称心如意的伴侣，而孙秀之流却仗势强行抢夺，爱情之花被无情地践踏，明代谢肇淛《五杂俎》卷八也为绿珠唏嘘不已。在他看来绿珠和石崇原本是"才色俱侔，天作之合"，可是仍然逃脱不了红颜薄命的厄运，即使是千古之后，也令人为之扼腕叹息。

（一）文言小说

绿珠的悲剧是男尊女卑男权统治下的女性悲剧的典型代表。这种夺人妻妾的悲剧一代代不断上演。那些亲自遭受生离死别的痴情男女才更能深深体会绿珠殉情的悲壮和无奈。明代《剪灯新话·翠翠传》"肠虽已断情难断，生不相从死亦从……绿珠碧玉心中事，今日谁知也到侬。"市民阶层青年男女的爱情之花遭到摧折时她们就会想起和她们同样悲剧命运的绿珠，并以绿珠坠楼殉情来激励自己，为了捍卫爱情，宁肯玉碎不肯瓦全。当爱妾被人强行索要时，因为舍不得将爱妾拱手送给别人，因此而致祸。此时

---

① ［明］于慎行撰：《穀城山馆诗集》，文渊阁四库全书本，第52页。
② ［明］郎瑛撰：《七修类稿·诗文类》卷三三，传世藏书本，海南国际新闻出版中心1996年版。

人们往往就会想起绿珠坠楼的惨剧。

随着明代晚期个性解放思潮的风起云涌，在"借男女之真情，发名教之伪药"大旗下，绿珠坠楼殉情正是有情之人的范本，可谓是对爱情忠贞不渝的楷模。明代的冯梦龙在《情史》情贞类收录了绿珠坠楼殉情的壮举，内容没有多少变化，全抄录宋代乐史的《绿珠传》。在其他类的评语中，也不乏对绿珠的高度赞扬，如《情报类》"荥阳郑生"一条下的评语："叛臣辱妇，每出于名门世族，而伶工贱女，乃有洁白坚贞之行……观夫项羽悲歌，虞姬刎；石崇赤族，绿珠坠；建封卒官，盼盼死……若是者，诚出天性之所安，固非激以干名也。"①评论者以情、义为标准，对李娃和绿珠等痴情女子给予了热情的毫无保留的赞美，为情呐喊，成为晚明要求思想解放，个性自由的时代潮流的最强音。

清代吴雷发《香天谈薮》："李夏宁枚（煜）著《海外游草》有绿茉莉说云：岭南多茉莉，色白，独琼地色绿，绰约鲜妍，土人呼为多情花……又云绿珠博白人，花所以变色为绿，琼种亦自博移来者。语非无征，附记于此以俟解人。"②博白的茉莉花也因为痴情女绿珠所以变为绿色，虽然是封建迷信，但是也反映出在人们心目中，绿珠是一个多么痴情的女子。

（二）通俗小说

随着通俗小说、戏曲文学样式的兴起，绿珠故事在通俗文学中迅速传播，带着浓厚的市民文化色彩。因为封建社会的文人们意识不到男尊女卑的男权统治才是女性命运悲剧的根本原因。只会落入自古红颜多薄命、从来物巧遭天忌的迷信论调里。如明末清初的冒襄在《影梅庵忆语》、清代了缘子在《醋说》中感慨情意相投感情笃厚的才子佳人，却往往多生乱世，爱情之花也常常难逃邪恶势力的摧残。

绿珠坠楼殉情在小说、戏曲中广为传播。到了清代后期，城市商业化的程度更高，娼妓业也随之更为发达。尤其像上海这样在半殖民地化的过程中高度繁荣的城市，汇聚了大量的金钱和各式人物，也汇聚了无数沦落

---

① ［明］冯梦龙：《情史》卷十六，北京大众文艺出版社2001年版，第538页。
② 张宇澄编：《香艳丛书一集》卷二，上海书店1991年版，第94页。

334

的女子。一些经常出入于青楼的文人，遂把这里面所发生的种种所谓"艳情"，写成市民阶层所喜爱的小说。来掩饰其内心失意和焦灼的自我安慰。在小说中放荡不羁，恣意纵情声色，从而打破了程朱理学"存天理、灭人欲"的传统道德。如狭邪小说《品花宝鉴》："玉林道：'如今静宜又添了四种是《金谷园绿珠投楼》……这四本戏更觉热闹，差不多要全部出场。'仲清道：'这四种更妙，为普天下才子佳人吐气。'"①"情"是近代狭邪小说《花月痕》《青楼梦》等书的中心观念之一。作者借书中的人物之口为绿珠也为普天下有情的才子佳人们吐气。陈少海《红楼复梦》对石崇绿珠之间相知相属的爱情大为赞叹，并且绿珠死后为花神引去②，这一神化的结局还是首次出现。民间有一种传说，说绿珠是桂花的花神。而这些都充分说明了这一结局符合下层劳动人民的欣赏情趣，下层人民对绿珠充满了同情，并由衷地赞美绿珠为捍卫爱情不惜坠楼而死。同样大力讴歌绿珠坠楼殉情的通俗小说还有许多。如清代梁溪司香旧尉《海上尘天影》、佚名《青楼梦》也认为绿珠是有情之人。

美女祸水论的陈词滥调在通俗小说中也不少。其中比较有代表性的是《水浒传》："古贤遗训太叮咛，气酒财花少纵情。李白沉江真鉴识，绿珠累主更分明。"③认为绿珠是连累主人的祸水。持这种美女祸水论的还有《恨冢铭》等。而《续金瓶梅》则从"天地间事，原是有盛衰聚散，在世为苦乐相循，在天为轮回相转"盛衰循环的理论，看待绿珠的命运悲剧，"繁华声色一过，即变凄凉寂寞，清真久住，反生趣味。那绿珠绝代风流，终不免坠楼之祸"④

在明清白话小说中绿珠故事得到了极为广泛地流传和传播，并且浸染了浓厚的世俗化色彩。在明清的拟话本的或者用绿珠故事入话，或者在文中多次提及绿珠。如《喻世明言·宋四公大闹禁魂张》就用石崇因救老龙王而意外发家致敌国之富入话，内容全本宋元话本《绿珠坠楼记》，批判石

① 〔清〕陈森：《品花宝鉴》第二十四回，上海古籍出版社1990年版，第340页。

② 参见〔清〕陈少海：《红楼复梦》第二十二回，北京大学出版社1988年版，第242页。

③ 施耐庵：《水浒传》，人民文学出版社1983年版，第642页。

④ 〔清〕丁耀亢，陆合等校点：《续金瓶梅》，齐鲁书社1988年版，第347页。

崇夸财炫色，最后因富致祸，宣扬钱如流水去还来，劝诫人们不要过于吝啬不肯周济他人。周清源《西湖二集》卷九《韩晋公人殓两赠》也用石崇绿珠故事入话，内容采自宋代乐史的《绿珠传》，写石崇夸财斗富，炫耀美姜绿珠，最终招来杀身之祸，语言更为通俗易懂。《拍案惊奇》卷二十四、明代《梼杌闲评》第四十四回①、晚明张应俞《杜骗新书·牙行骗》、董说《西游补》等也多次提及绿珠。

除此之外，清代郭则《红楼真梦》第六十四回、兰皋主人《绮楼重梦》第二十五回书中人物用美人名字猜字谜时其中就多次用绿珠之名做谜底。《女聊斋志异》《潮嘉风月记》《乔复生王再来二姬合传》《温柔乡记》《艳异编》等也多次提及绿珠。

随着程朱理学贞节观念的下延，"饿死事小、失节事大"已经深深渗透到普通的下层百姓观念中。刚烈女子绿珠正是以死抗暴保全贞节的典范。清代丁绍仪的《听秋声馆词话》卷四记载了郝湘娥抗暴殉情之事。另外，清初《女才子书》卷八又专门演绎才女郝湘娥的故事，明显受到石崇和绿珠故事的影响。郝湘娥的悲剧其实就是绿珠悲剧的重演。《看花述异记》更是让绿珠跳出来标榜自己的贞烈之举。身事二夫的阿妃在以死捍卫了自己的贞节的烈女绿珠面前，也只有自惭形秽的份。

（三）戏曲

在明清戏曲中，明末清初苏州派戏曲作家毕魏传奇《竹叶舟》较为奇特，将传奇小说与话本小说两个不同的故事糅合在一起重新创作。②故事写石崇之父以石崇日后必富贵，故临终时未分家产与石崇，石崇流落东剡以打渔为生。早在元代范康就创作的《陈季卿悟道竹叶舟》，该剧写陈季卿乘竹叶归家之事，反映人生如梦，功名无益，不如入道成仙的思想。毕魏的传奇《竹叶舟》在内容上明显受此剧的影响。此外又将民间传说和话本小说系统中石崇因救龙王而意外暴富的故事和史传系统中石崇绿珠故事相结合，将二者镶嵌在竹叶幻化成舟的故事中。剧中石崇靠打鱼为生，整日辛

---

① 光绪二十年（1894）上海石印本将《梼杌闲评》易名为《明珠缘》，这种易名固然出于书商的招徕顾客的花样，但与是书中引人注目的言情成分大有关联。

② 载《古本戏曲丛刊二集》，古本戏曲丛刊编刊委员会编，文学古籍刊行社影印1955年版。

苦劳作仅能解决温饱，所以渴望意外暴富，剧中石崇虽名为官宦子弟，但实质就是一个渴望发迹变泰的小市民。通过石崇由渔民到敌国之富的大官僚大富翁，享尽荣华富贵，最后却因财富和美妾招人嫉妒，引来杀身之祸，集中表现了石崇无比豪富都如过眼烟云黄粱美梦，财宝、美色都是虚幻的假象，因而使封建文人生发出富贵如梦，人生无常之感慨。在剧中"竹叶舟"已成为宦海风波的象征，反映了明末一些文人对封建政治的厌恶情绪。

清代曼陀居士曾作《三斛珠》[①]传奇，铺演绿珠坠楼故事。主要取材于宋乐史《绿珠传》，兼采《晋书·石崇传》，孙秀向石崇强索其爱妾绿珠，被石崇拒绝，时赵王伦专权，孙秀矫诏收石崇，绿珠坠楼自杀。首冠"提纲"以【蝶恋花】略述全剧梗概："富贵繁华真一梦，金谷园中，愁听春禽弄。三斛明珠求爱宠，可怜命向楼头送。自古佳人情本重。费尽千金，难买多情种。春去春来谁与共？落花封了娥眉冢。""自古佳人情本重"来赞扬绿珠坠楼殉情也是一重情的多情种。

在近代京剧史上，《绿珠坠楼》是京剧中非常著名的一出戏，也是毕谷云先生京剧演出的代表作。[②]在《京剧汇编》第一〇五集，收录了毕谷云先生的藏本。写贫家女绿珠，丧父，无计谋生，和老母欲往洛阳投奔父生前的故交。晋散骑常侍石崇，使交趾归。路过丛林山间，恰巧碰到群盗打劫绿珠母女。崇命士兵杀散群盗，救得绿珠，见绿珠貌美，并量明珠一斛强行为聘，载绿珠归洛阳。司马伦用孙秀之计杀司马允，孙修复借机进谗杀石崇、潘岳，并围金谷园，搜寻绿珠。绿珠被逼，坠楼而死。成都王司马颖与齐王司马 起兵擒司马伦，并趋金谷园，将孙秀拿获斩首。剧中绿珠乃贫家女，以石崇救美人开场。设想绿珠遭强盗打劫时，是何等孤苦无助，石崇犹如从天而降的英雄。京剧《绿珠坠楼》情节更加曲折跌宕。人物形象也更加丰满。可以说是绿珠故事的集大成者。

明清时期，随着程朱理学统治地位的确立，在提倡"贞女不事二夫，忠臣不事二主"的儒家思想的指导下，在诗文史传等雅文学样式中，绿珠

---

① [清] 曼陀居士：《三斛珠》，《春声》杂志第六集，1916年。

② 参见北京戏曲研究所编辑：《京剧汇编》一〇五集，北京出版社1964年版。

通常以知恩图报，无比贞烈的形象出现在读者面前。在石崇遇难之际，以死来报答石崇，为石崇尽忠，让孙秀的淫欲没有得逞，宁为玉碎不为瓦全，保全了自己的贞节。随着商品经济的空前繁荣和市民阶层的急剧壮大，小说、戏曲等文学样式的兴起，在世俗情怀的熏染之下，绿珠故事在通俗文学中广泛传播，并带有浓郁的市民文化的色彩。市民阶层以无比羡慕的口吻感叹石崇的豪富，石崇和绿珠变成了发迹变泰的市民夫妇，或者是郎才女貌的才子佳人。他们的爱情之花遭到邪恶的权豪势要的粗暴践踏，绿珠为了捍卫爱情，以死进行抗争。绿珠故事在通俗文学作品中，更多地向市民阶层的欣赏情趣审美标准靠拢。并在当时的社会生活中产生了深远的影响。

小结：男尊女卑制度下绿珠的悲惨命运

绿珠坠楼是男尊女卑制度下的悲剧。恩格斯说："母权制的被推翻，乃是女性的具有世界历史意义的失败。丈夫在家中也掌握了权柄，而妻子则被贬低，被奴役，变成丈夫淫欲的奴隶，变成生孩子的简单工具了。"[①]人类进入父权社会后，随着生产力的发展和现代文明的兴起，妇女在家庭和社会中的地位骤然下降。文明社会以后的各种人类文化无一例外地都将男尊女卑作为当然的社会观念和道德规范。

在封建社会中，女性的地位非常低下，对于处在社会最底层的歌姬们来说，她们的命运更是悲惨。所谓家妓，是指私养在家中的妓女，是没有人身自由的、从属于主人的歌女、舞女。起源于古代的家内奴隶。家妓最早见于史籍记载的，当是周灵王十年（前562）晋悼公赐给魏绛的八名女乐。两汉三国时期，贵族、官僚蓄养家妓已蔚然成风。到了魏晋南北朝，家妓的发展进入兴盛时期，有些大贵族、大官僚蓄家妓成百上千，其规模与宫廷女乐相比毫不逊色。历史进入隋、唐以后，家妓的发展仍然保持这个势头，不仅是大贵族、大官僚广蓄妓妾，而且进一步在士大夫中普遍盛行。

---

① 恩格斯：《家庭、私有制和国家的起源》，中共中央马克思恩格斯列宁斯大林著作编译局编译：《马克思恩格斯选集》第四卷，人民出版社1972年版，第52页。

各个封建王朝对于蓄妓的资格和数量都有规定，也有人因为违反了这些规定而被惩处的，如《南齐书·王诩传》："晏弟诩，永明中为少府卿。六年，敕位未登黄门郎，不得畜女妓。诩与射声校尉阴玄智坐畜妓免官，禁锢十年。"但是，受到惩处的只是几个别的官员。而实际上，地主豪富们只要有钱，就可以纳妾养妓。王公贵族的家妓多至数百人。《晋书·谢安传》："安虽放情丘壑，然每游赏，必以妓女从。"《宋书·沈勃传》沈勃曾经："比奢淫过度，妓女数十，声酣放纵，无复剂限。"《宋书·沈庆之传》："妓妾数十人，并美容工艺。庆之优游无事，尽意欢愉，非朝贺不出门。"《宋书·恩幸传·阮佃夫传》："妓女数十，艺貌冠绝当时，金玉锦绣之饰，宫掖不逮也。"《梁书·夏侯宣传》："晚年颇好音乐，有妓妾十数人。"《魏书·薛真度传》："真度有女妓数十人。"隋代贵族、官僚中拥有家妓最多的是宇文述和杨素。宇文述深得隋炀帝的宠信，他掠人婢女，以致家有妓妾百余人，家僮千余人。杨素"家僮数千，后庭妓妾曳罗縠者以千数，第宅华侈，制拟宫禁。"

贵族官僚蓄养家妓是由于奢豪享乐生活的需要，这些用钱买来的少女，以其青春美貌与所学的歌舞技艺，侍奉主人和娱乐宾客，以供主人娱乐玩赏，是私家主人的财产。家妓多半出身于娼妓或优伶。家妓大多是能歌善舞，擅长音乐杂艺，她们除了以色艺侍奉主人之外，通常还被迫以身事主。妾是专备侍寝的，虽然妾的地位和妻相比较为卑贱，例如唐代就严格区分妻妾。称买妾而不是娶妾。家中有妾仍称未婚。不准以妾为妻，但是至少妾在婚姻中尚有一个名分，但而家妓们的地位远远低于妻、妾。家妓只有生了儿子，方能升为妾。家妓的地位，介于婢和妾之间。例如后魏高聪有妓十余人，有子无子，皆注籍为妾，以悦其情，家妓是贱民，是主人的财产，生了儿子也不被家庭正式成员看待。但另一方面，也是更重要方面，身份低贱，任人糟蹋，命如蝼蚁，真正的爱情、美满的婚姻与她们无缘，即使从良，由于她们的贱民地位，也不当人看待。在主子的心目中，妻妾的职责是治内管家，生儿育女；婢女的职责是侍候主子的衣食住行；而家妓的职责是供主子玩乐——提供文化娱乐、精神享受和性欲满足。有些士大夫宦游在外、四海为家时，往往不带妻眷，而只有家妓伴随而行，这些女子实际上担任了妻妾、家妓和婢女的多重角色。家妓又是当时社交场中不可缺少的角色，家妓的数量、素质、伎艺往往还是主人的地位尊严、经济实力、人品高雅的一种体现，所以有些人常以自己所得意的家妓在客人面前侍酒、表演歌舞，以此炫耀于人。反之，如果家妓少而素质差，就会显得寒酸。

家妓是锁在家庭这个笼子里供主人玩弄的性奴隶，她们不是人，而只是工具。据五代王仁裕的《开元天宝遗事》"妓围"一条记载："申王每至冬月，有风雪苦寒之际，使宫妓密围于坐侧，以御寒气，自呼为妓围。"①《新五代史·孙晟传》"（孙）晟事李升父子二十余年，官至司空，家益富骄，每食不设几案，使各妓各执一起环立而侍，号肉台盘，时人多效之。"家妓只不过是专门侍候主人的工具而已，当然也是发泄性欲的工具。

中国家庭是父权家长制占主导地位，家长在家庭中拥有绝对的权威，其他家庭成员被要求对家长需要绝对服从。因此，具有贱民身份的家妓在家庭中对家长更是无条件服从。吕思勉：妇女"既属于人，则无人格，则与物等。"②家妓多数是主人花钱买来的，因而在主人眼里只不过是一件物件而已，她们常被主人当作礼物拿去送人，或者就像主人家的牲口一样可以买卖，或者拿妓妾换物。家妓更多的时候是被作为储备礼金，她们是古人裙带政治的重要组成部分。因为供奉美人是低级官吏贿赂高级官吏的重要手段。女妓们通常就像马牛黄金珍宝珠玉一样被主人用来贿赂高级官吏。《晋书·刘曜载记》："茂惧，果遣使称藩，献马一千五百匹，牛三千头，……女妓二十人，及诸珍宝珠玉、方域美货不可胜纪。"家妓更多是担当文官们交通时的润滑剂，很多家妓最终被送入更高的门第，但是她们无一例外是在把自己赔送进政治漩涡中，结局亦无一例外地悲惨。妓妾被主子玩腻了，就被当作东西进行交换，如三国魏时任城王曹彰以妾换骏马白鹊，严续赌输后，将歌妓当作赌品送给了别人。③据钟惺《名媛诗归》卷八十记载苏轼被贬黄州后，临行蒋运使为之饯行，愿以白马换其婢春娘，东

① ［五代］王仁裕著，丁如明辑校：《开元天宝遗事》，上海古籍出版社1985年版，第79页。
② 吕思勉：《中国制度史》，上海教育出版社1985年版，第384页。
③ 参见 ［唐］朱揆撰：《钗小志》，《香艳丛书三集》卷一，人民文学出版社1994年版，第70页。

坡允诺，春娘激愤"敛衽而前曰：'妾闻景公斩厩吏，而晏子谏之。夫子厩焚而不问马，皆贵人贱畜也。学士以人换马，则贵畜贱人矣！'遂口占一绝《辞谢苏公口号》：'为人莫作妇人身，百年苦乐由他人。今日始知人贱畜，此身苟活怨谁嗔。'下阶，触槐而死"。妓妾的社会地位非常低下，她们没有独立的人格，主子把妓妾玩腻了就可以任意换物买卖，把她们抛弃。封建的法律维护主子对奴婢妓妾的绝对统治，维护着尊卑等级制度的特权。

家妓在封建社会可以被主人当作东西一样送人，无论主人是出于何种目的，通常是自愿将歌妓送人的。但是在封建社会中也有许多权豪势要们，凭借自己手中的特权和强权，为了满足自己的淫欲，强行索要别人心爱的妻妾奴婢，有时主人舍不得把自己的妻妾奴婢送予别人，并因此得罪了权豪势要，最终难逃厄运。《后汉书·光武十王传·济南安王康传》："错为太子时，爱康鼓吹妓女宋闰，使医张尊招之不得，错怒，自以剑刺杀尊。国相举奏，有诏勿案。永元十一年，封错弟七人为列侯。"《南齐书·到撝传》："爱妓陈玉珠，明帝遣求，不与，逼夺之，撝颇怨望。帝令有司诬奏撝罪，付廷尉，将杀之。撝入狱，数宿须鬓皆白。免死，系尚方，夺封与弟贲。撝由是屏斥声玩，更以贬素自立。"《南史·萧惠开传》："后拜益州刺史，路经江陵。时吉翰子在荆州，共惠开有旧，为设女乐。乐人有美者，惠开就求不得，又欲以四女妓易之，不许。惠开怒，收吉斩之，即纳其妓。"《南史·恩幸传·阮佃夫传》："又庐江何恢有妓张耀华美而有宠，为广州刺史将发，要佃夫饮，设乐，见张氏，悦之，频求。恢曰："恢可得，此人不可得也。"佃夫拂衣出户，曰："惜指失掌邪？"遂讽有司以公事弹恢。"

有些色艺俱佳的家妓成为权贵们争夺的对象和牺牲品。如果反抗，结果是和石崇一样的结局：《旧五代史·唐书·任圜传》"（任圜）尝与重诲会于私第，有妓善歌，重诲求之不得，罅隙自兹而深矣"。后来重诲诬以反而杀之。妓妾奴婢们在达官贵人的眼里，只不过是一个能歌善舞的高级的玩物而已，她们的命运掌握在别人的手心里，可以被他们随便争来夺去，丝毫没有独立的人格和尊严。

以家妓为代表的妓妾奴婢，她们的命运非常悲惨。她们不但在主子生前被玩弄占有，而且就是主子死的时候也不会放过她们，为了保证自己死后作为玩物的歌妓侍妾们不被其他男人占有，有的歌妓甚至被殉葬，或者被杀死。《唐书·孟汉琼传》："潞王行及陕州，乃悉召诸妓妾诀别，欲手刃之，众知其心，率皆藏窜。"

在历史上，绿珠的身份是石崇所宠爱的家妓，当时富豪之家的妓不仅要以艺事主，而且还得被迫以身事主。在魏晋南北朝时，她们的地位非常低贱，《晋书·王敦》记载："时王恺、石崇以豪侈相尚，恺尝置酒，敦与导俱在坐，有女伎吹笛小失声韵，恺便驱杀之，一坐改容，敦神色自若。他日，又造恺，恺使美人行酒，以客饮不尽，辄杀之。酒至敦、导所，敦故不肯持，美人悲惧失色，而敦傲然不视。导素不能饮，恐行酒者得罪，遂勉强尽觞。"《北齐书·卢文伟传》："怀道弟宗道，性粗率，重任侠。……尝于晋阳置酒，宾游满坐。中书舍人马士达目其弹箜篌女妓云：'手甚纤素。'宗道即以此婢遗士达，士达固辞，宗道便命家人将解其腕，士达不得已而受之。"以上这两条材料说明，女妓对于广蓄声妓的贵族来说，是并不被看重的玩物。不过是可以随意处置的有特长的女奴而已。绿珠作为石崇的家妓，尽管她美而艳，善吹笛，能歌善舞，绿珠尽管有比较好的生活待遇，但是她的地位和命运也和其他的女妓一样，被男子统治，并沦为男子的工具和玩物，少不了要给权豪势要们取乐。以美色事人的绿珠在男性强权话语支配下命运悲剧，被卷入男权政治漩涡中，而且实际上只是充当了男权政治交易中的牺牲品。在当时来说。绿珠之死并不是我们所说的爱情，因为石崇和绿珠之间并不存在着真正的爱情，他们之间的关系只不过是主子对于视作玩物的美而艳、善吹笛的女奴的宠爱，历史上绿珠和石崇的关系以及绿珠坠楼之事，这样解释才比较符合历史实际。

后世的人们在接受绿珠故事的时候，存在一个对历史上绿珠原型的如何认识问题。人们往往会结合自身的生活体验对历史上的绿珠故事加以改造，根据自己的主观需要截取不同的侧面，赋予不同的意义，更多时候是用历史事件和历史人物来说明自己的主张，抒写自己在形势中的认识和感受。所以文人骚客们笔下的绿珠已经变成了寄托着自己的感情和思想的绿珠。绿珠故事的原本形态也给后世对绿珠褒贬不一提供了文本上阐释的可能因子。一方面石崇生活荒淫腐败，一味显财斗富招致杀身之祸，孙秀索要美妓绿珠，石崇舍不得把绿珠送于孙秀，因而速祸，这是后世贬斥绿珠是祸水，是石崇亡家的罪魁祸首的依据和出发点；另一方面石崇对绿珠有宠爱知遇之恩，甚至不肯把绿珠送给孙秀因而速祸，绿珠没有辜负石崇，临难毅然坠楼而死，绿珠之死是由于赵王伦、孙秀这些权豪势要们的罪恶造成的，她的死又可以被看成美被邪恶势力所摧残，因此，人们为她的死，也为美的毁灭而痛惜，认为绿珠是为了殉爱情而坠楼，把绿珠之死看成对爱情的忠贞专一的表现。但是，无论人们视绿珠为坠楼以殉真情的痴情女子，矢志钟情的"情痴"，或标榜绿珠以死来报答石崇的宠爱和知遇之恩，还是视绿珠导致石崇亡家，给石崇带来杀身之祸的妖姬尤物，都是以男性话语为中心，以男性审美为主流意识形态的社会体系中，反映了现实生活中男性对女性的评价与控制，都来自现实生活中男权中心社会对女性的控制，直接服务于男性中心文化，都是在男权为中心的女性价值尺度下来衡量绿珠坠楼故事。所有这些都离不开封建社会的男尊女卑的大背景。

第二章 绿珠坠楼殉贞情

第一节 殉情文学溯源

殉情故事早在先秦时代就已经初具雏形。相传帝尧之女娥皇、女英听说舜死于苍梧，葬于九嶷，二人追悔不已，泪沾翠竹，二人泪尽投湘水而死，遂为湘妃。民间四大传说中，梁山伯、祝英台相爱而不得相聚，牛郎、织女，白蛇、许仙（一作许宣），孟姜女、范喜良（又作万喜良、杞梁）相爱、相聚却不得其终，每个传说都在讲述一个爱情悲剧故事。"织女的爱情，是打破门当户对的尊卑观念的爱情；孟姜女的爱情是不畏强暴、忠贞不渝的爱情；祝英台的爱情，是追求自由、自主的爱情；白素贞的爱情，则是被污辱、被损害者不顾世俗偏见，追求两心相知、两情相悦的爱情。"①我们民族最负盛名的四大传说都以悲剧告终。汉乐府《孔雀东南飞》由于焦母对刘兰芝不满，将焦仲卿与刘兰芝一对恩爱夫妇强行拆散，刘兰芝"举身赴清池"，焦仲卿"自挂东南枝"，双双殉情而死。东晋干宝《搜神记》中韩凭夫妇也是一个无比凄美的殉情故事。"宋康王舍人韩凭，娶妻何氏，美，康王夺之。凭怨，王囚之，沦为城旦"②。在强权势力康王的淫威面前，他们无法保全自己的爱情，韩凭妻誓死不屈，并托人秘密传信给韩凭，私下相约以死来捍卫爱情。双双殉情而死。康王大怒，即使他们二人死后也不放过，令两家相望。"宿夕之间，便有大梓木，生于二家之端，旬日而大盈抱。屈体相就，根交于下，枝错于上，又有鸳鸯雌雄各一，恒栖树上，晨夕不去，交颈悲鸣，音声感人。宋人哀之，遂号其木曰相思树。相思之名，起于此也。南人谓此禽即韩凭夫妇之精魂"③。唐代蒋防的传奇小说《霍小玉传》门族清华的文人李益，入长安攫取功名，结识了风尘女子霍小玉，因为郎才女貌，曾经度过一段男欢女洽的幸福生活。后来李生回到家里因迫于母命，同一贵族小姐成了婚，便将霍小玉抛弃了，痴情而又刚烈的女子霍小玉，最后终于含恨逝去。元代传奇小说《娇红记》写官宦子女王娇娘与申纯两相爱慕私订终身，后来双双殉情的故事。明冯梦龙《警世通言》第三十二卷"杜十娘怒沉百宝箱"，写李布政使之子李甲在妓院里遇见了名姬杜十娘，两人情投意合，杜十娘拿出私蓄，由李甲将她赎出。回李甲家途中，舟行至潞河中，对父亲心存顾忌的李甲将十娘千金卖给了盐商孙富。杜十娘在李甲面前，将私蓄的价值万金的珍宝投入江中，然后自沉而死。明冯梦龙《警世通言》第三十四卷"王娇鸾百年长恨"临安卫指挥王忠的长女王娇鸾与周廷章情投意合，并写下婚书誓约，可当周父为周廷章聘得才貌双全的魏女时，周廷章"遂忘前盟"，将"罗帕婚书送还"给王娇鸾，使得王绝望自杀。

这种殉情的爱情悲剧模式在不同时期不同文学样式中反复大量涌现，按照荣格的原型分析美学来看，"它显现在反复出现的某种意象、故事和想

---

① 张舟子：《略论"四大传说"的悲剧模式》，《新乡师范高等专科学校学报》2003年第3期。

② 史仲文主编：《中国文言小说百部经典》，北京出版社2000年版，第511页。

③ 史仲文主编：《中国文言小说百部经典》，北京出版社2000年版，第512页。

象之中。伟大艺术之所以有力量，全在于它发现了集体潜意识的原型并把它表现出来，从而唤起隐藏在人们头脑中同类意象，形成顿悟，产生美感。艺术的本质是发现人类终深藏的原型意象并把它化为具有可感艺术形象。艺术的社会作用在于它能揭示集体潜意识的原型，使个体性与社会性、个人意识与集体意识得以和谐，从而使人与人心灵沟通而结合成一个整体。"①所谓集体潜意识是一种代代相传的无数同类经验在某一种族全体人员心理上的积淀物，每当遇到这种带有集体潜意识的原型时，能使读者突然感到特别淋漓酣畅，甚至欣喜若狂，像被一种巨大的力量向前推动着。这种具有深层意蕴、触及民族乃至人类灵魂的原始意象，具有普遍而永恒的魅力。在各种文学体裁中反复涌现的殉情故事同样具有这种长盛不衰的魅力。

无论是书面文学作品还是在民间广泛流传的传说故事，根据导致爱情悲剧的原因来看，殉情故事大致可以划分成棒打鸳鸯和始乱终弃这两种类型。诸如梁山伯祝英台、牛郎织女、白蛇、孟姜女这四大民间传说以及焦仲卿与刘兰芝、韩凭夫妇、王娇娘与申纯都可以划归入棒打鸳鸯这种类型；而霍小玉、杜十娘、王娇鸾的殉情悲剧则属于始乱终弃殉情故事模式。但是始乱终弃这种殉情悲剧也不单单是因为男子负心，其中外在的"棒"也是酿成悲剧的一种主要的因素。通过以上殉情模式的划分，我们可以看出"棒打鸳鸯"这种殉情模式十分常见。这类故事都是情人（鸳鸯）被外力——"棒"所拆散。而这种打杀鸳鸯的大棒可以细分成以下几种类型，一种是封建伦理观念的代表人物诸如父母兄长等。如牛郎和织女，焦仲卿与刘兰芝、梁山伯与祝英台的爱情悲剧，男女主人公虽情深意笃、真挚相爱，可是由于"在整个古代，婚姻都是由父母包办的，当事人则安心顺从。古代所仅有的那一点夫妇之爱，并不是主观的爱好，而是客观的义务；不是婚姻的基础，而是婚姻的附加物"②。"在封建家长们看来结婚是一种政治的行为，是一种借新的联姻来扩大自己势力的机会；起决定作用的是家

---

① 吴世常等主编：《新编美学百科辞典》，河南人民出版社1987年版。

② 恩格斯：《家庭、私有制及国家的起源》，中共中央马克思恩格斯列宁斯大林著作编译局编译：《马克思恩格斯选集》第四卷，人民出版社1972年版，第72—73页。

世的利益，而决不是个人的意愿。"①所以青年男女要追求自由的生活、幸福美满的爱情必然会触犯封建家庭及封建社会的利益而遭到迫害乃至镇压，从而酿成悲剧，悲剧主人公承受的苦难是来自外力的干预。

殉情悲剧是封建礼教扼杀的结果。从文化上看，"儒家思想是建立在农业社会血缘宗法制上的以伦理为中心的人生理想，它要实现的是君君、臣臣、父父、子子的家庭伦理秩序和政治伦理秩序"②。中国文化的主导思想是重入世的儒家思想，在解决个体与国家的矛盾冲突时，占统治地位的政治思想和道德伦理学说，无不以强调个体对国家或集体的单纯义务、无条件服从为特征。这种礼治伦理秩序以人伦关系为基础，把尊卑等规范强制性灌注入这种礼治伦理秩序中，从而确定在人伦关系中处于不同位置的个体的责任义务。在这种大环境下，作为男女的爱情婚姻这样的有关种族繁衍的大事，就更不例外地要纳入礼治秩序中进行处理。包办买卖婚姻的法律制度是人物悲剧命运的必然。我国长期的封建婚姻，不是基于男女双方爱情的自愿结合，而是"父母之命，媒妁之言"。所谓"父母之命"就是家长的主婚权，家长对子女的婚姻有绝对的支配权，封建法律对父母之命给以保护，如果子女违抗父母之命，就要受到封建礼法的处罚。法律授家长以权力，家长也必须按封建礼法规定的内容去执行，否则也要受法律制裁。婚姻的目的，如《礼记·昏仪》说："婚姻者，合二笥之好，上以事宗庙，下以继后世。"在"礼"制约下的中国古代婚姻是一种无视爱情、以传宗接代、成家立业为目的、重视伦理实践的功利主义婚姻观。它以强制包办为手段和方式，根本不顾及当事人的心理情感需要和相互之间的爱慕。除此之外，社会舆论也不自觉地充当了封建礼教的维护者，还会内化为当事人心中的伦理道德。伦理道德本来是历代统治者及其维护者制定的，对于大多数人而言是一种异己力量。道德一旦内化，当事人会不由自主地掐断爱情而维护伦理道德。历史文化的规定性和社会势力外在的逼迫，共同形成了一股强大的合力，不可避免地将情侣们推向殉情的绝路。

①　恩格斯：《家庭、私有制及国家的起源》，中共中央马克思恩格斯列宁斯大林著作编译局编译：《马克思恩格斯选集》第四卷，人民出版社1972年版，第74页。
②　张法：《中国文化与悲剧意识》，中国人民大学出版社1989年版，第15页。

为了保持社会稳定，"礼"还规定婚姻必须门当户对。如《唐律·户婚》就明文规定："诸与奴娶良人女为妻者，徒一年半。女家减一等。离之。其奴自取者，亦如之；主知情者，杖一百；因而上籍为婢者，流三千里。""诸杂户不得与良人为婚，违者，杖一百。富户娶良人女者，亦如之。良人娶官户女者，加二等级。"再次，"礼"还规定了妇女必须"从一而终"，这样规定的目的还是为了社会稳定。因为礼教的制定者认为，妇女只能从一而终，那她们就不会心生异心了，这样可以防淫佚，从而有利于社会稳定。这样，在强大的封建礼教的清规戒律下，爱情悲剧的出现也就不可避免了。

此外，殉情悲剧又是强权意志摧残的结果。自从阶级产生、国家出现以来，王（国君）或皇帝就成了统治的中心，他可以把自己的强权意志施加于人，"君要臣死，臣不得不死"，因为"溥天之下，莫非王土；率土之滨，莫非王臣"。正是国君等强权意志把可能的爱情悲剧变成了现实。除此之外，社会恶势力的强夺强抢也是导致爱情悲剧的主要因素。宋康王为了满足自己的淫欲，把何氏据为己有，并将心中有怨的韩凭定罪及罚做苦力。二人殉情后，宋康王更是一怒之下令二冢相望，让一对恩爱夫妻生难乡谊，死难同穴。绿珠和石崇在金谷园中过着琴瑟相谐的美满生活，而得志便猖狂的孙秀却强行抢夺；活生生地将两人拆散；宋康王和孙秀他们代表的是一种强大的社会力量，争取爱情的一方往往是弱小的，因为"以两方的相互爱情高于其他一切考虑作为结婚依据的事情，在统治阶级的实践上是从所未闻的事情"。

在这善与恶力量悬殊的冲突中，毁灭的往往是美好的爱情。这些以生命为代价去追求崇高爱情的故事都有着美丽浪漫的结局，使这种至爱升华到崇高的理想境界，这种伟大的情感力量能给人悲剧特有的崇高与悲壮的审美感受，从而使心灵和道德情感得到净化和升华。一方面表现作者对伟大爱情的礼赞，为美的被践踏和毁灭而哀痛惋惜，另一方面鞭挞了邪恶势力和人身上假丑恶的一面，促使人们为避免美的毁灭和悲剧的重演而不懈地努力，从而使作品成为"激发、净化、释放全民族生机的伟大力量"①。同时也通过这种方式对读者进行一种感情上的补偿，更为符合本民族的审美心理定势。

这种殉情模式的历史沿革还反映了民族文化中两性文明的演化进程。先秦时代的娥皇、女英、孟姜女的殉情，只是女性单方面为情而死，还或多或少有殉夫的因素。在后来的殉情文学中，虽然也有女性单方面为情而死，但是更多的是一种男女双方为爱情而死。焦仲卿与刘兰芝双双殉情，梁山伯、祝英台三载朝夕相处，由金兰之契发展成为两情相悦的爱侣。因为这种爱情是一种两情相属的、男女平等的爱情。男女双方在难以抗拒的现实面前同样为爱情献出宝贵的生命，它不只是妇女单方面为男子牺牲，同时也让男子用生命酬答女子的一份真情，这在男权社会真是石破天惊。尽管殉情在社会中并不是一种普遍现象，但它表现了两性关系中情的主导地位的上升，也标志着人类两性文明向前迈出了很大的一步。

在殉情文学中，我们发现它并不是一成不变的，无论是打杀鸳鸯的大棒还是殉情的主人公，也都随着时代的发展而显示出一些新的特色。就阻挠爱情的因素来说，封建家长包办婚姻和邪恶势力是导致爱情悲剧发生的主要原因。这在各个历史时期的殉情文学中都表现得十分突出，贯穿了殉情文学的始终。随着封建等级制、封建礼法的日益完善和僵化，越来越扼杀人的自然情欲，因封建礼教直接或间接打杀鸳鸯的悲剧也急剧增多。在等级森严的门阀制度下，不同阶级的男女是不许通婚的，法、礼中的门阀观念，是导致作品中家庭婚姻悲剧的主要原因。在唐代以前门第观念尚且集中在中上层阶级，但是到了宋元以后，这种门第观念下延到了普通的市民百姓。门第观念使婚姻爱情失去了社会基础，失去了法律基础，站在了封建礼法的对立面，这就注定了她们婚姻爱情的悲剧命运。所以因门当户对的门第观念所导致的爱情悲剧也明显增多。就殉情的主人公来说，也呈现出了由女子单方面殉情到男女相互以死来酬答彼此的真情的演变轨迹；

---

① 尼采：《尼采美学文选·悲剧的诞生》，周国平译，生活·读书·新知三联书店1986年版，第90页。

当遇到强大的爱情阻力时，他们的反抗行动也越来越大胆越来越激烈。在悲剧面前，坚强勇敢，不屈不挠，与邪恶进行殊死的斗争，有崇高的反抗精神，意志坚强。①

在强大的恶势力面前，石崇宁肯倾家荡产也不愿意拱手把绿珠送给孙秀。可见绿珠和石崇之间是多么情深意笃，而绿珠的爱情悲剧也是因为孙秀的强行抢夺导致的，可以说绿珠抗暴殉情的爱情悲剧是一个典型的棒打鸳鸯的殉情悲剧。绿珠的抗暴殉情与其他殉情悲剧不尽相同。首先，绿珠作为巨富官僚石崇的一个才貌双全的家妓，身份地位更为卑下，却能在摧残爱情的恶势力面前，表现出宁为玉碎不为瓦全的凛然气节。绿珠在金谷园坠楼殉情而死，是一个彻头彻尾的悲剧。而其他"棒打鸳鸯"型悲剧的结局往往有一个光明的尾巴，如牛郎织女传说没想到天帝竟然会发善心，终于被感动，"许其一年一度于七月七的鹊桥相会"。韩凭夫妇之结成连理枝、变成鸳鸯；焦仲卿与刘兰芝之变成双飞鸟；梁祝故事中的梁祝不仅合葬一穴，而且双双化蝶。总之，男女主人公最终又以幻化的方式结合了。王国维《红楼梦评论》第三章中说："吾国人之精神，世间的也，乐天的也。故代表其精神之戏曲小说，无往而不着此乐天之色彩。始于悲者终于欢，始于离者终于合，非是而欲餍阅者之心难矣。"②更有着中国古典悲剧所特有的"大团圆"之趣，这是"中国人民传统的审美心理与情趣的必然要求：追求心理满足的完整性；强调和谐的中正和平；求得思想慰藉的阴柔；充满乐观向上精神的完美性；善恶终须有报的目的性"③。虽然绿珠和石崇没有通过幻化再次团圆，是一个彻底的悲剧，但是为了扬善惩恶，谴责、鞭挞破坏爱情的恶势力，许多作品的结尾也通常交代了孙秀最后因叛乱而被斩首的恶报结局。

第二节　绿珠抗暴殉贞情

绿珠色艺俱佳，既有仪态万方的风度，还有婉转动听的歌喉，曼妙轻

---

①　参见岑玲：《从〈韩凭夫妇〉看古代殉情的原型意蕴》，《遵义师范学院学报》1999年4期。

②　王国维：《王国维文集》卷一，中国文史出版社1997年版，第10页。

③　焦文彬：《中国古典悲剧论》，西北大学出版社1990年版，第205页。

盈的舞姿，甚至有吟诗的才能，石崇是一个才华横溢的官僚文人，当时文坛上的"二十四友"之一，石崇还为绿珠制作了《明君曲》，石崇知音擅律，绿珠本身就有较高的文化修养，于是石崇与绿珠以艺术为媒介走向感情的结合。家有美妓，闲适之余可以与家妓诗酒相乐，来客时，则可以使其歌舞助兴。她们的存在本身并非仅仅满足于性的直接要求，更重要的是，她们提供了精神上的文化娱乐，对男性文人石崇而言，在亲密的接触中就可能对绿珠产生情感上的依恋，而从单纯的肉欲上升为精神审美道德的层面。由此可见两人是郎才女貌，并且还有共同的爱好。在相互交往中，双方了解的越深入透彻，就越能超越一般交往的关系而达到一种心灵相通的状态。这就为后人认为绿珠和石崇之间有真挚的爱情的历史基点。

在封建社会中她们的地位甚低，以婢送人在当时的王孙贵人看来并不算一回事，所以孙秀派人来索取绿珠时，石崇可以出其婢妾数十人任使者择取。只是因为绿珠是石崇所宠爱的女伎，他才拒不与孙秀。石崇出于对绿珠的宠爱，不舍得以绿珠赠人，因而速祸，这件事是石崇被杀的导火索。这不能不使绿珠感动，绿珠从这件事看到石崇不把她当作奴婢看待，而获得一种人的尊严的满足，出于酬答石崇对自己的尊重和知遇和宠爱，绿珠才在金谷园自投楼下而死，绿珠之死是由于赵王伦、孙秀的罪恶造成的，她的死可以看成美被邪恶势力所摧残，因此后人根据石崇和绿珠的这种关系，又基于自己对生活的体验和对绿珠之死中包含的美被毁灭的痛惜，而对历史上绿珠坠楼进行改造，把石崇对绿珠的宠爱看成爱情，把绿珠之死看成对爱情的忠贞的表现。唐人一些诗歌和小说中对绿珠爱情的表现就是后人对这一历史事件改造的产物。

绿珠不惜坠楼报石崇知遇之恩，传为千古佳话。唐代窈娘殉情报乔知之的事情是在绿珠坠楼之烈举的直接感召下发生的。《旧唐书》记载：

> 乔知之，同州冯翊人也。父师望，尚高祖女庐陵公主，拜驸马都尉，官至同州刺史。知之与弟侃、备，并以文词知名。知之尤称俊才，所作篇咏，时人多讽诵之。则天时，累除右补阙，迁左司郎中。知之有侍婢曰窈娘，美丽善歌舞，为武承嗣所夺。知之怨惜，因作

《绿珠篇》以寄情，密送与婢，婢感愤自杀。承嗣大怒，因讽酷吏罗织诛之。①

乔知之和窈娘的爱情悲剧，几乎是绿珠故事的再一次上演。所以，身处其中的主人公更是能亲身体会到一对鸳鸯被横行霸道的权贵们打杀的痛苦。乔知之用血泪之笔写下了《绿珠篇》："石家金谷重新声，明珠十斛买娉婷。此日可怜偏自许，此时歌舞得人情。君家闺阁不曾观，好将歌舞借人看。意气雄豪非分理，骄矜势力横相干。辞君去君终不忍，徒劳掩袂伤铅粉。百年离恨在高楼，一代容颜为君尽。"元和间秀才崔郊因爱人被夺，感慨绿珠被孙秀所夺之事，写下了："公子王孙逐后尘，绿珠垂泪滴罗巾。侯门一入深如海，从此萧郎是路人。"

在善和恶的力量悬殊的斗争中，被毁灭的往往是美好的爱情。瓦西列夫《情爱论》："爱情的悲剧是感情冲突和社会冲突的一种特殊形式，是一个人的高尚追求同反对这种追求的外部力量、某种重大客观障碍之间深刻冲突的一种特殊形式。"②绿珠和石崇，乔知之和窈娘之间美好的爱情在现实中受到摧折并最终走向毁灭，爱情之花被邪恶势力践踏。他们在面临是保全爱情还是保全生命的两难抉择中，依然选择了不惜以生命为代价，来成全现实中无法实现的真情。"爱史的最后一页是血写的，爱的歌曲的最后一阕是失望的呼声。"③他们在爱情和生命面前选择了宁为玉碎不为瓦全。他们的爱情可谓感天动地。

唐代诗人刘商《绿珠怨》："从来上台榭，不敢倚阑干。零落知成血，高楼直下看。"④权德舆《送张将军归东都旧业》："摧残宝剑折，羸病绿珠愁。日暮寒风起，犹疑大漠秋。"⑤《唐才子传》："涣工诗，情极婉丽。尝为《惆怅诗》十三首，悉古佳人才子深怀感怨者，以崔氏莺莺……绿

---

① [后晋] 沈昫：《旧唐书·乔知之传》卷一九〇，第5012页。

② [保] 瓦西列夫：《情爱论》，赵永穆等译，三联书店1984年版，第377页。

③ [保] 瓦西列夫：《情爱论》，赵永穆等译，三联书店1984年版，第376页。

④ 陈贻焮主编：《增订注释全唐诗》卷六六，文化艺术出版社2001年版，第1076页。

⑤ 陈贻焮主编：《增订注释全唐诗》卷六六，文化艺术出版社2001年版，第1224页。

珠……哀伤媚妩，……皆绝唱，喧炙士林。"①或以绿珠怨为题，或描绘一个凄冷哀怨的氛围。绿珠的哀怨是人间美好的爱情之花被恶势力摧残的凄美。因此，唐代诗人对绿珠在石崇遇难之时以死殉情流露出同情惋惜，高度赞美绿珠的刚烈之举，如汪遵的《绿珠》"大抵花颜最怕秋，南家歌歇北家愁。从来几许如君貌，不肯如君坠玉楼。"其间亦渗透着绿珠石崇爱情毁灭的浓厚感伤。杜牧的《题桃花夫人庙》："细腰宫里露桃新，脉脉无言几度春。至竟息亡缘底事，可怜金谷坠楼人。息亡身入楚王家，回看春风一面花；感旧不言常掩泪，只应翻恨有荣华。"②桃花夫人即春秋时息侯的夫人。据《左传·庄公十四年》记载，楚文王"遂灭息，以息妫归，生堵敖及成王焉，未言。楚子问之，对曰：'吾一妇人，而事二夫，纵弗能死，其又奚言。"杜牧在这首诗中将绿珠与息夫人相比，认为绿珠高于曾事二夫的息夫人，歌颂绿珠以死殉情远远胜过息夫人含垢忍辱。

西晋至南北朝主要从容貌才艺方面品评绿珠，到了唐代，人们观察和接受绿珠故事的角度发生了显著的变化。人们大力讴歌绿珠和石崇之间的真挚的爱情，高度褒扬绿珠对爱情的忠贞。唐代人们观察和接受绿珠故事的角度之所以会发生如此显著的变化，这和当时处在封建社会的全盛时期唐人的心态是分不开的。

在经过了将近四百年分裂、动乱的痛苦之后，唐代社会出现了一个经济、文化都相当繁荣的社会局面。强大而具有恢宏气度的唐代社会，唐作为一个强大的统一王朝，始终没有建立起强有力的单一的思想统治，唐代的主流思想中既有很受统治者推崇的儒家思想，而道家思想也有广泛影响，佛教思想亦大量传播，使得文化呈现出生气勃勃、丰富多彩、新异多变的面貌。

唐代对于中外文化交流，也表现出高度的自信心和开放性。唐代是一个汉族"胡化"、民族融合的时代，中原地区受少数民族影响很重，李唐皇族本身就有北方的少数民族的血统，唐统一天下后，就将这些北方少数民

---

① ［元］辛文房著，王大安校订：《唐才子传》卷十，黑龙江人民出版社1988年版，第250页。
② 陈贻焮主编：《增订注释全唐诗》卷五一六，文化艺术出版社2001年版，第1283页。

族的习俗带到中原。宋朝的朱熹曾攻击唐朝"闺门不肃","礼教不兴",说:"唐源流出于夷狄,故闺门失礼之事不以为异。"许多少数民族的婚姻关系还比较原始,女性地位较高,性生活比较自由,这些文化习俗对唐代社会的影响十分强烈,渗透到了社会生活的各个领域,有力地冲击了中原汉族的礼教观念。唐代是整个中国封建历史进程中妇女地位凸现的时代。唐代妇女的婚姻结构呈现开放之势,社会风气奢靡,宫廷贵族妇女纵欲放荡,淫滥乱伦,在一定程度和一定范围内形成了礼教松弛、"闺门不肃"的社会风气,贞节观念减弱。女子离婚或丧夫后再嫁,也是唐代的普遍风气,不受社会舆论谴责。另外,唐人传奇、笔记,闺阁少女或女仙、女鬼"自荐枕席"的事俯拾皆是,这正是社会现实的真实反映唐代的许多传奇小说都描写了这一类男女追求爱情、自由结合的故事。在这种非常开放的社会环境中,大力讴歌绿珠对爱情的忠贞的诗文小说显著增多。

到了宋金元时期,继承了唐代赞扬绿珠忠于爱情,守志不贰。宋代邹浩《绿珠井》:"玉容捐委画楼尘,一死甘酬石氏恩。古庙有碑旌节义,西风无主逐香魂。孤村夜静鸣归鹤,双岭云寒里唳断。试向绿萝寻旧迹,断碑遗井见清源。"①就是从儒家传统的礼教思想上,对绿珠坠楼的烈举给予高度赞扬。宋代连文凤《绿珠》:"忍将死别季伦家,百丈楼前日色斜。一片香魂随笛散,却疑吹落玉梅花。"②诗人从绿珠死后展开联想,想象着绿珠殉情的一片香魂随着哀怨悲凉的笛声飘散,就像被风吹落的玉梅花一样。虽然意义较为蕴藉,还是赞美绿珠以死殉情。生于宋末入元不仕的黄庚在《绿珠》中写道:

> 娉婷石家姝,荣显晋朝使,斛珠不论赀,得备巾栉侍,一笑金谷春,粉黛敛避,岂知步障中,乃复为愁地,念主爱妾深,因妾为主累,楼头风月愁,残花抱春坠。③

---

① 〔清〕谢启昆监修:《广西通志》卷一一六,载《中国边疆丛书》,台湾文海出版社影印版,第5764页。

② 〔宋〕连文凤:《百正集》卷中,文渊阁四库全书本,第480页。

③ 〔宋〕黄庚:《月屋漫稿》,四库全书本,第780页。

极言绿珠的美丽，光彩照人和受到的宠爱，就在歌舞笑声里，孙秀仗势索要绿珠，介士到门，绿珠惨死，石崇弃东市，作者在诗中表达了深深的怜惜和无限的同情。元代乔梦符《水仙子·客楼即事石氏所居》："绿珠不作朝云梦。似阳台十二峰，隔愁痕龟背帘栊。花钿小金毛褪，柳腰细罗带松，寂寞春风"极言绿珠的美丽，光彩照人和受到的宠爱。

以色事人者，通常跟着主人享受荣华富贵时，被主人百般宠爱，视为掌上明珠，可是当主人遭遇患难贫病时，树倒猢狲散，原来的山盟海誓早已被忘到九霄云外了，必然会挖空心思寻找脱身之计，趁早另攀高枝。《南村辍耕录》卷十五：

> 妓妾之以色艺取怜，妒宠于主家者，亦曰我之富与贵有以感动其中耳。设遇患难贫病，彼必戚戚然求为脱身之计，又肯守志不贰者哉。如金谷园绿珠、燕子楼盼盼、韩香之于叶氏、爱爱之于张逞者，真绝无而仅有也。大元混一以来，得三人焉。①

像绿珠这样在主人遇难之时肯以死来报答石崇的宠爱之情，肯受志不贰，以死殉爱情，让后人为之赞叹，为之折服。

我国文学史上最杰出的爱国主义词人辛弃疾《浣溪沙》有云："酒面低迷翠被重。黄昏院落月朦胧。堕髻啼妆孙寿醉，泥秦宫。试问花留春几日，略无人管雨和风。瞥向绿珠楼下见，坠残红。"②这首从字面上的意思看是写美被摧折的怨恨；对美好事物逝去的叹惋，是写美人殉情的情怀，而实际上，是写词人对国势衰颓的伤感；抒发爱国志士遭受小人陷害、君王疏远而至于报国无门的悲愤。春是南宋朝廷的象征；"雨和风"更是象征着宋王室在风雨中摇摇欲坠。辛弃疾一生志在抗敌报国，以抗金复国为己任，而始终不能受到重用。报国无路，最终只能在愤激中失望，在愤激中感慨

---

① 上海古籍出版社编：《宋元笔记小说大观》，上海古籍出版社2001年版，第6323页。
② 唐圭璋主编：《全宋词》，中华书局1965年版，第1925页。

流年似水，壮志难酬，便把夙愿未酬的一腔悲愤寄托在词作之中，把自己的精神慰藉寄托到了历史或传说人物的身上。以"绿珠"来比爱国志士和作者自己；以绿珠坠楼殉情来比爱国志士受到主和派小人的陷害、打击；对国事危殆的忧虑，对群小进谗误国的痛恨和词人壮志难酬的悲愤，以委婉、隐曲的形式来表现重大的政治内容，借儿女之情写君臣之事。

另一方面随着市民阶层的崛起，也为绿珠故事增添了不少新鲜气息，注入了市民阶层的新鲜血液。绿珠故事到了宋元时期有了新的发展，宋元时的市民对这个故事进行了创造性的改造，呈现出新的时代特色。宋元话本《绿珠坠楼记》写石崇的发家是由于偶然的机遇，相助老龙王，射死小龙王，而得到老龙王的无数珍宝相酬。话本中石崇的发家是一个典型的发迹变泰类型的故事。其实在此之前的稗官野史中，就有很多记载遇神、遇仙、遇怪之类的奇事，到了宋元时期，发迹变泰更是成了宋元说话技艺"小说"中的一个题材类型。南宋灌园耐得翁的《都城纪胜》最先在"说话"的"小说"一家中提到了发迹变泰的类目："说话有四家：一者小说，谓之银字儿，如烟粉、灵怪、传奇、说公案，皆是朴刀赶棒、及发迹变泰之事。""发迹"一方面指"由隐微而得志通显""立身扬名"，另一方面指"由穷困而发财致富"。所以，"发迹变泰"用以指人生境况的转变，由贫贱而富贵。在这里富与贵是不可或缺的。[1]话本中石崇发家史属于由贫贱变富贵的故事类型。

这类故事的结撰者及其所面对的读者群大多来自社会底层，他们在现实生活中倍受压抑，尝尽了世态炎凉，才会有如此强烈的发迹梦幻。只因为无意中给了人一点恩惠，就得到飞来巨富，泼天横财，这正是市民们梦寐以求的幻想。此类作品所反复咏叹的神异的命运和机遇，其实是为这些处于底层的人们在炎凉的世态中建构了一种生活的信心。说话是一种直接服务于市井细民的娱乐性商业活动，所以它需要迎合市井细民的文化心理和审美口味，以赢得他们的广泛喜爱和支持。这样，它也就免不了要对历史素材进行一番市井化的审美处理，尽量用市井细民的声音来诠释历史，

---

[1] 参见张日英：《论"发迹变泰"小说》，《天津社会科学》1999年第1期。

重构一个浸染市井细民意识色彩和审美情趣的历史世界。

《绿珠坠楼记》取材于历史上的绿珠坠楼之事，《绿珠坠楼记》是怎样用市民的声音来处理和解读历史的呢？首先是话本中石崇的身份发生了根本性的变动。话本中的石崇，已经不是晋代那个勋臣之后的富豪官僚，而是一个贫穷渔民发迹而成的大富翁石崇，石崇的身份的变动体现出市民文学的特征，市民要占领文学这个领域，要在文学上表现他们自己。石崇的发家史说明，贫苦的市民，要靠自己的劳动是很难积累起巨大财富的，他们多是靠偶然的机遇，凭借外力才成为富翁的。谚语说："人无横财不富"。话本中石崇发迹变泰的故事正与一般的市民心理吻合，正如马克思所说，弱者总是靠相信奇迹求得解放，以为只要他能在自己的想象中驱逐了敌人就算打败了敌人。传统天命观带有浓厚的宿命论色彩，是对人生命运的无奈接受；而在发迹变泰题材中，文本的主观意图和客观意蕴显示出一种与传统命运观迥然有别的内涵，那就是，拒绝认同悲剧性命运，坚信命运会给他们带来一切欲望的满足，而欲望的满足则完全来自神秘的机遇。

话本以欣赏的笔调表现了石崇的敌国之富，是市民对自己力量的肯定。宋元时期，市民阶层的力量已比较强大，在社会上有相当的影响。发了家的市民石崇以其巨大的财富去结识国戚朝臣，勾结官僚，从而获得政治力量来扩大财富，保护自己，因为社会地位低下的市民在生活中不但要终日操劳，而且还有天灾人祸的风险，还要应付官府的压榨，歹徒的骚扰，于是不可避免会有一种寻求保护的心理，而能"保护"的则主要是居于统治地位的官僚。

这种心态出现的最根本原因是传统社会中的"官本位"思想，中国封建社会政治结构的特点是权力至上，官僚的意志就是一切。一朝时来运转，爬上官僚宝座，便可荣身荫族。同时，市民由金钱带来的地位具有不稳固性，统治阶级随时可以利用手中的权力调整政策来剥夺市民已有的利益，制约市民的发展，市民则只能被动地接受，唯一可以主动的就是附趋世风，依附官府。因此，在社会充斥着崇官心理，进身仕途是最高人生追求的文化氛围中，与官本位的社会价值观相一致的市民个体人生观也表现为对高官厚禄、光宗耀祖的膜拜。同时，封建官吏也需要依靠发了家的市民，利

356

用它们谋求财源，所以发了家的市民和封建官府之间就互相勾结。封建社会是一个权力统治财产的社会，皇权高于一切，封建正统思想具有绝对的中心话语主宰权，并且等级森严。而市民暴富之后手中的巨额财富冲击了封建的统治秩序，石崇斗富打破了封建的等级观念，否定了封建皇权的唯我独尊的威严，同时也危害封建士大夫推崇的伦理规范，显示出金钱对传统尊卑观念等级观念的巨大的冲击。石崇也最终因财力过大而使皇帝感到他对政权的威胁，因敌国之富而引起封建阶级对他的迫害，最终致死。传统的皇权专制社会要求仕与民的一切行为都要在不危及皇权的前提下进行，金钱再神通广大，终究大不过政权。发了家的市民和封建阶级的关系既相互勾结又相互矛盾。绿珠坠楼正是在这种社会矛盾中产生的。

《绿珠坠楼记》话本故事框架来源于《晋书·石崇传》，但话本中石崇和绿珠却是市民阶层创造出来的具有市民阶层特点的新的人物形象。话本通过石崇的活动反映了市民阶层的发家史，市民阶层和封建阶级相互勾结又相互矛盾的关系，又通过绿珠对爱情的忠贞，表现市民阶层对封建阶级迫害的反抗。话本虽然没有着重写石崇和绿珠的爱情，但是突出了她对爱情的忠贞。小说表彰了绿珠宁死于非命而不受辱，宁为玉碎不为瓦全的贞烈，绿珠清名可标千古。当石崇被王恺陷害入狱，家产全部入官，绿珠将被王恺所夺时，她自思道："丈夫被他诬害性命，不知存亡。如何今日强要夺我，怎肯随他，虽死不受其辱。"于是坠楼而死。绿珠之死，主要原因不是她的美丽，而是石崇的敌国之富引起王恺的嫉妒之心和国君认为是不测之祸的起因，也即封建统治阶级从巩固封建秩序，维护封建阶级的利益而对市民阶层压制迫害而造成的。这样就使这个话本具有丰富而深刻的社会内容。

正如鲁迅在《中国小说的历史的变迁》中所说的那样，宋元话本"实在是小说史上的一大变迁"。诞生于市井的宋元话本，其作者多为市井细民及下层文人，听众也多是平民，"为市井细民写心"，带来了宋元话本思想内容的平民化，重在反映市井细民的愿望和情趣。话本《绿珠坠楼记》写绿珠不肯随顺王恺，自行坠楼而死，当爱情受到权豪的干涉后，以死反抗，这种追求爱情的反叛精神是可歌可泣的。话本赞颂了绿珠的贞烈，认为她的清名可以标于千古，绿珠这种宁死不受其辱的行为，不仅是对石崇的爱情的忠贞的表现，而且象征着市民阶层的反抗封建阶级迫害的宁死不屈的精神，含有市民阶层反抗封建阶级对他们的压制迫害的意义，表现了宋元时初步壮大的市民阶层的反封建意识。

话本《绿珠坠楼记》和《晋书·石崇传》有极大的不同，《绿珠坠楼记》话本具有了鲜明的时代特色和社会内涵。绿珠石崇之间的爱情具有鲜明的市民阶层的特色，这种变动使话本《绿珠坠楼记》成为绿珠爱情故事中最富有光彩的作品。并且《绿珠坠楼记》话本采用的是接近普通百姓口语的白话，形成了绿珠故事"俗"的特色。

随着城市经济的繁荣，市民阶层的兴起，绿珠坠楼故事也在民间广为流传。金代有"平阳姬家"店样的"隋朝窈窕呈倾国之芳容"的《四美图》，刻的是昭君、班姬、飞燕、绿珠。年画艺术，是中国社会的历史、生活、信仰和风俗的反映，同时也最能反映人民朴素的风俗和信仰，寄托着他们对未来的希望。所以当时的市井细民把绿珠也刻入年画中，就是从自己的爱憎角度出发，从其所处的时代出发来理解、评价历史人事的。绿珠宁死不受其辱，在恶势力面前勇敢的用死来捍卫爱情。绿珠这种遇暴宁死不受其辱的刚烈之举，赢得了市民们的高度称赞和无限的同情怜惜。年画中的绿珠成了市井细民思想意识的载体，是以市井细民作为模子塑造出来的，同时反映了市民们朴素的感情。

到了明代后期，随着商业发展和市民阶层的扩大，在崛起了尊情的思潮下影响下冯梦龙把绿珠收入《情史》情贞类。在这一历史时期，人们在接受绿珠故事时，转向从情的角度来考察这一故事。

为了维护封建专制的政体，明朝政府在思想文化领域大力提倡程朱理学，推崇孔孟之说。明万历中期以后，统治集团荒淫残暴，特务横行，腐朽不堪。明中叶以后，随着城市繁荣、商品经济的发达，人们追求奢华，追求炫人耳目的新鲜刺激，注重享乐，渴望感性欲求的强烈满足，封建统治者的生活也更加腐朽和糜烂，于是上行下效，"淫佚"之风弥漫社会。整个社会弥漫着纵情声色、及时行乐的气氛。世间不以纵谈闺闱方药之事为耻，文人亦不以涉足色情之事为羞。情欲的满足成为公开的追求。尊情尚情的思潮也随之崛起了，要求个性解放，反对封建传统观念的束缚成了时代的呼声。

　　明中叶著名思想家王守仁继承并发展了陆象山的"心学"，动摇了程朱理学的教条统治。嘉靖、万历年间，以王艮为代表的王学左派高举反道学大旗，提出"百姓日用即圣人之道"的观点，极富叛逆精神。王学左派后期代表人物李贽猛烈抨击在中国古代思想界占据统治地位的儒学，大力宣扬人欲合理。李贽反复阐述"人必有私"，"私者人之心也"①又说"虽大圣人不能无势利之心"，"知势利之心亦吾人秉赋之自然矣"②。肯定人的私心、利欲之心为自然的合理的事情，把主要矛头对准了儒学的"理"和"礼"。他自称"多情欢喜如来"，并立志为情作史。

　　冯梦龙生活在王阳明的"心学"和李贽的"童心说"已深入人心时代。作为尊情思想的集大成者。他提出的"情教说""借男女之真情，发名教之伪药"冯梦龙的情教思想是以男女性爱为起点的，并扩展为一般的人情，认为"情"是高于天地万物而存在的，没有"情"就没有一切。在《情偈》中写道："天地若无情，不生一切物；一切物无情，不能相环生。生生而不灭，由情不灭故。四大皆幻设，惟情不虚假。有情疏者亲，无情亲者疏。无情与有情，相去不可量。"冯梦龙已经将"情"视为宇宙万物的本原，视为维系世界万物和人与人之间关系的重要线索和纽带，"万物如散线，一情为线索。散线就索穿，天涯成眷属"③。不仅如此，它还有陶冶人性，转移世风的巨大功用。"情"作用于个人身上，体现为"有情则勇，无情则怯"（《情史序》），如果"情"作用于人类社会，认为情能使盗贼不作，奸宄不起，佛与圣的慈悲与仁义也在"情"的面前黯然失色。靠"情"的力量可以造成良好的风俗习惯和社会风气，建立有情的社会。反之，"倒却情种子，天地亦混沌"（《情史序》）。

　　冯梦龙的"情教"充分肯定了人的自然人性。正是这方面的内容，给予了封建礼教以极大的冲击。"饮食男女，人之大欲"，男女亲合是自然之

---

① ［明］李贽：《藏书》卷三二，中华书局1974年版，第544页。

② ［明］李贽：《李贽文集》，社会科学文献出版社2000年版，第358页。

③ ［明］冯梦龙：《情史类略》，岳麓书社1983年版，第1页。

理，是自然界生命运动的必然趋势，是造物主赋予人的本能。因此，追求爱情是任何人都具备的权利。冯梦龙认为"情"必须是真情、至情。所谓"四大皆幻设，唯情不虚假。有情疏者亲，无情亲者疏。无情与有情，相去不可量"（《情史序》）。"自来忠孝节烈之事，从道理上作者必勉强，从至情上出者必真切。夫妇，其最近者也，无情之夫，必不能为义夫；无情之妇，必不能为节妇。世儒但知理为情之范，孰知情为理之维乎？"①冯梦龙把绿珠收入《情史》的情贞类，绿珠之所以在孙秀强夺之时毅然坠楼而死，是因为绿珠是有情之人。绿珠坠楼是出于至情、真情，所以此情也真，此举也烈。冯梦龙认为言情小说的地位与史书相同。《情史》把八百余篇言情小说依类编排，冠以"史"名而出之，认为言情小说可以如同史书将有价值的东西固定起来，流传下去一样，使之永恒。使那些从不见经传的匹夫匹妇、娼妓优伶可以因"情之美"而进史，并与英雄豪杰，帝王将相并列，与史书相同的借鉴功用。

在尚情的滚滚时代思潮下，绿珠以死殉爱情的刚烈之举鼓舞和感召了多少痴心男女。如《二刻拍案惊奇》卷六："翠翠将来细读……哭一声道：'我的亲夫呵！你怎知我心事来？'噙着眼泪，慢慢把布袍洗补好，也做一诗缝在衣领内了。仍叫小竖拿出来，付与金生。……金生拭泪读其诗道：'一自乡关动战锋，旧愁新恨几重重。肠虽已断情难断，生不相从死亦从！长使德言藏破镜，终教子建赋游龙。绿珠碧玉心中事，今日谁知也到侬。'金生读罢其诗，才晓得翠翠出于不得已，其情已见。又想他把死来相许，料道今生无有完聚的指望了。感切伤心，终日郁闷涕泣，茶饭懒进，遂成痞疾之疾。"②《剪灯新话》《女聊斋志异》卷一都引有此事，情节大致相同，只是语言的通俗方面略有差异。翠翠在战乱中被人掳为姬妾，而作者对她的"失身"毫无谴责，仍然赞颂她和金定之间的爱情，也表现出宽豁的、重人情而轻礼义的态度。描写爱情故事时，往往更为重视双方的感情真挚与否，而忽视传统礼教规定。反映市井民众生活和他们的思想感情。

---

① ［明］冯梦龙：《情史类略》，岳麓书社1983年版，第36页。
② ［明］凌濛初：《二刻拍案惊奇》卷六，青海人民出版社1981年版，第143页。

情意相投，感情笃厚的才子佳人却往往多生乱世，爱情之花也常常难逃邪恶势力的摧残。明代谢肇淛著杂俎类《五杂俎》卷八：

> 美妇人多矣，然或流离颠沛，或匹偶非类，果红颜之薄命耶？抑造物之见妒也？妹喜、夏姬之伦无论已。西子失身吴宫，王嫱芜绝异域，昭阳姊妹，终为祸水，虢国兄弟，尺组绝命，不如意者不可胜数。惟文君之于长卿，绿珠之事季伦，可谓才色俱佳，天作之合矣，而一以琴心点玉于初年，一以行露碎璧于末路，令千古之下，扼腕陨涕，欲问天而无从也。①

作者认为美夫人虽然多，但是在女子没有婚姻自主权的封建社会中，在男尊女卑的封建社会中，往往逃脱不了流离颠沛，或匹偶非类的悲惨结局。有的还被视作红颜祸水，洪水猛兽。

而美女绿珠和石崇是天作之合，郎才女貌，原本再美满幸福不过，可是却生生被拆散。怎能不令千古之下的人，为之扼腕叹息。在明末清初的文学家冒襄在《影梅庵忆语》中也发出了同样感慨："杜茶村曰：才子佳人，多生乱世。如王嫱文姬绿珠，莫可缕数。姬生斯时宜矣。奔驰患难，终保玉颜无姜。首邱绣闼，复得夫君五色彩毫，以垂不朽。孰谓其不幸欤？"②

清了缘子《醋说》：

> 且夫五百冤家，最难得者，浓投鹣鲽。万千佛钵，最难释者，拆散鸳鸯。向使待聘绿珠，早归石氏，多情碧玉，已属乔郎。而赵王伦故意强求，武承嗣忍心篡取，则当弯弓而窥德裕，怀刃而俟燕公，宁为美人复仇，何作懦夫蓄怨。③

---

① 《传世藏书》，子库杂记类，海南国际新闻出版中心1996年版。
② 张宇澄编：《香艳丛书三集》卷一，上海书店1991年版，第48页。
③ 张宇澄编：《香艳丛书六集》卷三，上海书店1991年版，第496页。

绿珠和石崇这样一对鸳鸯也活活被豪强恶霸仗势打杀。这种棒打鸳鸯的恶行，是万千佛钵中最难令人释然者。《海上尘天影》第五十五回："伯乐相逢便寄身，绿珠高占万山春。麒麟入梦花开罢，羡煞文君第一人。"①

慕真山人《青楼梦》第一回称赞绿珠是有情而沦落的佳丽：

> 把香道："兄差矣！夫秦楼楚馆，虽属无情，然金校玉叶，士族官商，有情者沦落非乏其人。第须具青眼而择之，其中岂无佳丽？况歌衫舞扇，前代有贵为后妃者，他如绿珠奋报主之身，红拂具识人之眼，梁夫人勋垂史册，柳如是志夺须眉，固无论矣。……樊素风流，过虎阜而吊真娘，寓钱塘而怀苏小，胥属文人墨士眷恋多情之事也。只何轻视若斯耶？"仲英语塞。②

自唐代以来，关于文人狎妓生活的小说及笔记就延续不断。到了清代后期，城市商业化的程度更高，娼妓业也随之更为发达。尤其像上海这样在半殖民地化的过程中高度繁荣的城市，汇聚了大量的金钱和各式人物，也汇聚了无数沦落的女子。一些经常出入于青楼的文人，遂把这里面所发生的种种所谓"艳情"，写成市民阶层所喜爱的小说。在买笑追欢的无情之地，但是也有许多像绿珠一样有情痴情者沦落其间。

《红楼梦》中的林黛玉写了一组咏史的《五美吟》，分别是西施、虞姬、昭君、绿珠、红拂。其中吟绿珠道："瓦砾明珠一例抛，何曾石尉重妖娆，都缘顽福前生造，更有同归慰寂寥。"在展示这五首诗前，薛宝钗就女子与文学的问题发了一通议论，她老调重弹，再次搬弄"女子无才便是德"，认为写诗填词只"不过是闺中的游戏"，像她们这样人家的姑娘，尤其无需追求文学才华。其核心是宣扬恪守传统的女性价值观。这种价值观，在明末已经受到了否定。张岱就在《公祭祁夫人文》中对"女子无才便是德"持明确否定态度："此语殊为未确。"但是，清儒石成金在《家训钞》中又将

---

① [清]邹弢著，方兴便等点校：《海上尘天影》第五十五章，北京民族出版社1994年版，第739页。

② 慕真山人：《青楼梦》第一回，岳麓书社1988年版，第4页。

其搬了出来，大加吹嘘，奉为"玉言"。薛宝钗则步石成金之后尘，用以教训林黛玉。但林黛玉全然反其道而行之，偏借古代几位"古史有才色的女子，终身遭际，令人可欣可羡，可悲可叹者"①的女子吟成组诗，赞美她们的才华。可见这组诗现实针对性是很强的，是有感而发的。贾宝玉看了这五首诗"赞不绝口"了。组诗是从女性视角入题的，女子越是美丽，命运就越不幸。男权中心主义是女性美的扼杀者。她写这五首诗借用某个历史人物的姓名或某一事迹的框架作素材，完全由林黛玉取其所需，使之各尽其能。既是根据历史上的人物，又根据后人对绿珠坠楼的认识。是历史人物、传说人物和文学人物的复合虚构体。"真作假时假亦真，无为有处有还无。"这也是林黛玉借绿珠的爱情写自己的爱情。林黛玉也在这组诗中咏叹"红颜薄命古今同""瓦砾明珠一例抛，何曾石尉重妖娆"诗人使用倒装句式将"瓦砾"提到开头，强调绿珠不为石崇所重，她本是一颗"明珠"，但石崇却只把她当作女伎，视之如"瓦砾"。在石崇的心目中，女人的生命是毫无价值的。"顽福都缘前生造，更有同归慰寂寥。"由于石崇前生有福，虽然石崇不看中绿珠，但绿珠却深深爱着石崇，而且以死殉情，在寂寞的黄泉下给石崇以安慰。

京剧《绿珠坠楼》是毕谷云先生京剧演出的代表作。绿珠和石崇同归金谷园后，石崇百般宠爱绿珠，在第十二场绿珠念白道："奴家、绿珠。自归石尉，宠爱偏怜，在这罗绮丛中，享尽风流情趣。"②第十五场绿珠唱道："在名园只觉得恩情缱绻，整歌衫和舞袖共度华年。"③还有绿珠和翔风所唱的《牧羊关》："我只在这温柔乡里度韶光，纵有神仙眷属都难比。春日凝装伴使君，笙歌缭绕动香尘。阶前蝴蝶双双戏，比翼鸳鸯逐水滨。情脉脉，乐沉沉，劝君共醉玉壶春。"④绿珠和石崇在金谷园就像蝴蝶一样双飞双栖，

①［清］曹雪芹、高鹗：《红楼梦》六四回，人民文学出版社1996年版，第890页。

②北京戏曲研究所编：《京剧汇编》第一〇五集，北京出版社1964年版，第35页。

③北京戏曲研究所编：《京剧汇编·绿珠坠楼》（毕谷云藏本）一〇五集，北京出版社1964年版，第40页。

④北京戏曲研究所编：《京剧汇编·绿珠坠楼》（毕谷云藏本）一〇五集，北京出版社1964年版，第43页。

像鸳鸯一样在水中无忧无虑的戏耍，连神仙眷侣也自惭形秽，两人恩情缱绻，可是好景不长，潘岳属下孙秀见绿珠貌美，竟忘形叫绝。潘、石怒斥之。孙秀恼羞成怒，径投靠赵王司马伦，得任中书令，并伺机报复，欲得绿珠为快。孙秀隔墙听绿珠和翔风两人演习明妃曲，更是神魂颠倒，急切想把美女绿珠抢到手。向石崇强夺绿珠被拒绝，绿珠在石崇生死不明时，心情十分忧伤："这几日闷恹恹愁怀难展，卸钗钿慵对镜懒整云鬟。看小栏花溅泪容光惨淡，痛残红他与我共带愁颜。"①想到两人生死前途未卜，山盟海誓犹在耳边，悲欢离合无情之间就已变幻，心中十分伤感："往日里列笙歌痛敲檀板，蒙使君情缱绻密誓河山。怕只怕他那里萍飘梗散，怕只怕我这里絮惹泥沾。这也是奴命薄劳燕飞散，好鸳鸯拆比翼孤影形单。"②当绿珠听到石崇法场丧命的消息时，顿时昏死过去。当众歌女听到石崇丧命的消息，只顾各自逃命："将这金谷园团团围住，你我趁此机会，各自逃命去吧！"③孙秀围金谷园，搜寻绿珠。"古来烈女柏舟上，岂肯随鸦误凤凰！"④临坠楼前在"思来想去添惆怅，阵阵凄凉无主张。银牙咬碎肝肠断，不如一死永流芳"⑤。绿珠下定决心以死殉情，也不让孙秀阴谋得逞。绿珠坠楼在历来的小说戏曲中都写得非常简略，匆匆带过，都没有京剧中的《绿珠坠楼》写得逼真，生动。京剧中写绿珠和石崇的爱情，情节更加曲折，人物形象也更加丰满。可以说是绿珠故事的集大成者。

绿珠对石崇爱情的忠贞，令后人为之钦佩。不同时期的人们常常把历史上的绿珠殉情故事进行加工改造，让她体现人们的思想、感情、意愿。

---

① 北京戏曲研究所编：《京剧汇编·绿珠坠楼》（毕谷云藏本）一〇五集，北京出版社1964年版，第47页。

② 北京戏曲研究所编：《京剧汇编·绿珠坠楼》（毕谷云藏本）一〇五集，北京出版社1964年版，第48页。

③ 北京戏曲研究所编：《京剧汇编·绿珠坠楼》（毕谷云藏本）一〇五集，北京出版社1964年版，第49页。

④ 北京戏曲研究所编：《京剧汇编·绿珠坠楼》（毕谷云藏本）一〇五集，北京出版社1964年版，第48页。

⑤北京戏曲研究所编：《京剧汇编·绿珠坠楼》（毕谷云藏本）一〇五集，北京出版社1964年版，第51页。

第三章　绿珠故事与恩报观念

第一节　知遇情结概述

　　早在战国时期，屈原就已经开启了以香草美人喻美德，以男女之情来比喻君臣之义的手法。"惟草木之零落兮，恐美人之迟暮""众女妒余之蛾眉兮，谣诼余以善淫"，屈赋中以男女而喻君臣，在后世诗文中影响很大，如曹植的大多篇什，自拟为妾，抒发着怀才不遇的哀怨。《美女篇》先用大量篇幅描写美女的光彩靓丽，优雅妩媚。结尾却说"佳人慕高义，求贤良独难"即以女子"盛年"处于房室而希望有所托命，来表达企盼其兄曹丕进用的苦心。如曹植在《求通亲亲表》中他将"君王—臣妾"之喻巧妙地置换成"太阳—葵藿"之比。葵藿倾太阳是单方面的无条件的，好比弃妇之思君，无论夫君如何朝三暮四、始乱终弃，妾之痴心与依恋是不会改变的。身为王侯者的曹植尚且如此，更况他人。

　　大唐盛世给文人们提供了比以往朝代更多的施展才华的机会。但是即使是生逢盛世，但是封建社会不合理的用人制度仍然导致许多饱学之士沉沦下僚。所以唐诗中以宫怨闺怨而含身世君国之思者也随处可见，如李白《玉阶怨》："玉阶生白露，夜久侵罗袜。却下水精帘，玲珑望秋月。"[①]诗中宫女之怨望期盼与李白希求进用之思合二为一。白居易《宫词》："泪尽罗巾梦不成，夜深前殿按歌声。红颜未老恩先断，斜倚薰笼望到明。"[②]写宫女之被遗弃、悲怨孤独之思，与士大夫仕途失意连在一起。至于朱庆馀《近试上张水部》："洞房昨夜停红烛，待晓堂前拜舅姑。妆罢低声问夫婿，画眉深浅入时无。"[③]则以新嫁娘自喻而感激张籍的知遇之恩。

　　文人在封建统治集团里的命运与妇女在封建家庭里的命运也非常相似，最根本也最突出之点在于士大夫之对皇权、女子之对族权和夫权，都存在着"依附性"。他们都没有自主性。"士为知己者用，女为悦己者容"，女子

---

　　① 李白著，瞿蜕园等校注：《李白集校注》，上海古籍出版社1980版，第374页。

　　② 蘅塘退士编，陈婉俊补注：《唐诗三百首》，中华书局1959年版。

　　③ 陈贻焮主编：《增订注释全唐诗》卷五〇八，文化艺术出版社2001年版，第1209页。

的美色在被人赏爱中实现自己人生价值，因而乐意为之容饰打扮；而臣妾的荣辱兴衰维系于君主一人，视人脸面行事的臣妾们自古就没有独立人格，其得幸与见弃完全掌握在高高在上的为君或为夫者手中，士大夫在被理解重用中实现自己的人生价值，因而愿意为之竭尽其才。女子想要取悦于所爱之男子的一份爱意与深情，可以在文化传统上引起一份"士为知己者死"的才志之士欲求知用的感情心态的共鸣。女子寻求悦己者而不得引起士大夫知己难遇之感慨。特别是当他们在政治上无端失宠而成为"放臣逐子"的时候，更会意识到自己"闺中怨妇"似的地位。不仅没有自我辩解和自我保护的权力，而且在被逐和见弃之后，仍然要保持忠贞。所以，当士大夫抒写这种悲怨而又忠爱缠绵的政治情思时，拟托于弃妇贱妾表达对夫主（夫君）的忠敬之情便是自然而然的事了。

虽然历史上流传了许多君臣遇合的佳话，但是封建社会里不合理的用人制度最终导致君臣遇合的希望非常渺茫。正因为如此，文人学士虽然知道希望非常渺茫，但是仍然不灰心，只能津津乐道历史上一些君臣遇合之事来聊作安慰。既然知遇如此难得，那么被知遇者一定要报答别人的这种恩惠。知恩图报是中国人的传统美德，绿珠作为一个歌妓，在美女如云的金谷园中，却能得到石崇的宠爱和赏识，哪怕得势的权贵孙秀带人来强行抢夺，石崇也不肯把绿珠送给他人。石崇对绿珠可谓有知遇之恩、赏识之恩，而绿珠也没有辜负石崇，在石崇遇难之时，坠楼而死来报答石崇的赏识宠爱之恩。在渴望知遇的文人看来，绿珠是知恩图报的楷模和典范。

除绿珠报答石崇的宠爱之恩，知遇之恩外，还有忠仆报答主子的主恩。就绿珠作为家妓的身份来说，可以说是石崇奴婢仆人。而在家与国被高度一体化的中国封建社会里，专制时代的男子，他们既须为人子又须为人臣，无论是身份地位，还是命运，封建社会中文人都和绿珠非常相似。在国家君臣关系中的臣子的地位和绿珠在封建家庭中的歌妓奴婢的地位非常相似。臣对君的忠诚和仆对主的忠诚，内涵是同一的。忠臣尽忠报国君之恩与义仆尽忠报主恩紧紧联系在了一起。实际上是把忠这一道德准则推广于全社会，使之成为社会中人的普遍的行为准则。绿珠作为一个以身事石崇、没有名分的家妓，在石崇遇难之时，能够自行坠楼而死，而不是苟且偷生，另攀高枝。就是这样一个身份十分卑贱的女子，能够以死来报答主人对自己的宠爱之恩、知遇之恩。绿珠的这一报恩的做法正是符合了封建社会中义仆忠仆的观念；绿珠为主死节，也恰恰符合了封建社会儒家思想中所提倡的忠臣死节报君恩的伦理观念，接近古代人们对忠臣良将的期望和要求。所以往往把绿珠视为女中忠臣的楷模而极力褒扬。

第二节　绿珠报恩文化内涵演变

绿珠作为一个歌妓，她的命运掌握在石崇的手里，幸福与否，能否得宠也是由石崇一人决定，这种男女之间的关系和封建社会中君臣遇合的关系极其相似，臣子的地位和婚姻关系中妻妾奴婢的地位和命运极其相似。由此，以绿珠受石崇宠爱来比喻君臣遇合，后世已经被经常当作典故来使用。

1.大唐盛世——绿珠以死报石崇知遇之恩

"初唐四杰"之一的骆宾王在《艳情代郭氏答卢照邻》高歌道："莫言贫贱无人重，莫言富贵应须种。绿珠犹得石崇怜，飞燕曾经汉皇宠。良人何处醉纵横，直如循默守空名。"绿珠作为一个歌妓，在美女如云的金谷园中，却得到了石崇的知遇和宠爱，甚至为了绿珠而速祸。美丽善歌舞的绿珠尚且能得到主人的宠爱，才华横溢的初唐四杰对自身为代表的落拓文人的终能显达充满了自信。他们这种自信和抱负源于唐代当时的盛况。开国君主的唐太宗李世民，是中国历史上一位心胸开阔、具有雄才大略的皇帝，其后经过高宗、武则天时代直到玄宗前期，唐立国一百多年的时间内，大体保持着上升的势头。太宗时期的"贞观之治"、玄宗时期的"开元之治"，成为史家的美谈。经济实力的增长，支撑了雄厚的军事力量，唐朝的疆域大幅度向外开拓，国力日渐强大，为士人展开了一条宽阔的人生道路。唐代士人普遍有开阔的胸怀、恢宏的气度、积极进取的精神，对人生普遍持一种积极的、进取的态度。

唐太宗执政不久，即下令修《氏族志》，经唐太宗授意，皇族和外戚被列于《氏族志》的最高地位，打击和削弱了原来那些世家大族的势力。为了强调皇家的尊严高贵，并扩大了政权的基础，同时还把原先非士族的功臣以及其他一些新起的族姓列入谱内。高宗时代武则天执政，又改《氏族志》为《姓氏录》，使"皇朝得五品官者，皆升士流"（《旧唐书·李义府传》），进一步以朝廷"功名"破坏士族制度，士庶的界限不断淡化。唐代社会既有一定的贵族化色彩，同时对社会中下层具有一定的开放性，能够容纳他们之中的优异人物。至于像马周受唐太宗的欣赏，由布衣直接拔擢为宰相，这在南北朝士族社会里更是不大可能发生的。唐人入仕，较之前代有更多途径。开科取士，唐沿隋旧，而更加发展成熟。科举之外，尚有多种入仕途径，如入地方节镇幕府等。虽然存在士族占优势的情况，但毕竟为许多普通读书人提供了更多机会。这使得许多中小地主家庭出身的文人，对于个人前途抱有更大的信心，对参与社会的政治与文化活动表现出更多的热情。

初唐四杰都是年少就享有盛名。他们有非凡的锐气和勇气，渴望能建功立业，卢照邻说："圣人方士之行，亦各异时而并宜；讴歌玉帛之书，何必同条而共贯？"①（《南阳公集序》）他们敢作敢为的热情和强烈的自信心，完全是受到时代的激发。他们看到"虞、李、岑、许之俦，以文章进；王、魏、来、褚之辈，以才术显；咸能起自布衣，蔚为卿相"②（卢照邻《南阳公集序》），"莫言贫贱无人重，莫言富贵应须种"③（骆宾王《艳情代郭氏答卢照邻》），这些出自他们笔下的诗句，以寒士的不平批判上层的贵族社会，否定了贵族社会秩序的永恒价值，表现了社会中下层人物长期以来被压抑的自我意识和自我期待，以及渴望匡时济世、建功立业的人生理想和热情。④

但初唐四杰在仕途上，又都是坎坷不遇的。在初唐四杰中，仅杨炯官至县令。初唐四杰空有匡时济世、建功立业的人生理想和热情，却无用武之地。封建社会不合理的用人制度，导致许多优秀的人才沉沦下僚，终身都没有得到当权者的赏识和重用。所以后人对绿珠被石崇知遇羡慕之情溢

---

① 董浩、阮元等编：《全唐文》卷一六六，1983年中华书局影印嘉庆本，第1692页。
② 董浩、阮元等编：《全唐文》卷一六六，1983年中华书局影印嘉庆本，第1692页。
③ 陈贻焮主编：《增订注释全唐诗》卷六六，文化艺术出版社2001年版，第529页。
④ 参见章培恒等著《中国文学史》，复旦大学出版社2012年版。

于言表，常常慨叹不已。明王世贞在《坐有石季伦金谷图，事因与于鳞共赋新体一章》就极力描绘了绿珠被宠的盛况：绿珠来到金谷园后，美女翔风只好黯然独自退入房内，独自饮泣；绿珠"回眸一盼光彩生，八百蛾眉尽如扫。"作者以无比羡慕的口吻极力描绘绿珠得到石崇的宠爱，其实也是对能想赏识绿珠那样器重人才的贤君圣主的期盼。千里马常有，而伯乐不常有，因此如果一个人受到他人精神上的赏识、看重，这就是一种恩，赏识者即成为被赏识者的"知己"，被赏识者对"知己"之恩也要重报。受人滴水之恩尚且还需要涌泉相报，更何况石崇对绿珠的这种知遇之恩，宠爱知恩。绿珠以死来报答石崇的知遇之恩，和历来被人们提倡的"士为知己者死"这一知恩图报的观念正好吻合。所以绿珠这种报恩的烈举，历来为诗人们歌颂。元人宋子虚《咏绿珠》"红粉捐躯为主家，明珠一斛委泥沙。年年金谷园中燕，衔取香泥葬落花。"诗人认为即使绿珠以死相报，也难以报答石崇的知遇之恩。

2.理学初渐的宋元时期——楼头小妇感恩死

宋代统治者吸取了五代政权不断频繁更迭的历史教训，加强了中央集权，削弱藩镇武将的势力，而优待文臣学士，尹洙曾说："状元登第，虽将兵数十万，恢复幽蓟，逐强番于穷漠，凯歌劳还，献捷太庙，其荣不可及也"宋太祖曾说宰相须用读书人，其实大小官员几乎都是文人但任，文人执掌政权是宋代政治鲜明的特色。宋代的科举制度，有效吸引了当时的士子走向读书应举的道路，巩固了北宋王朝的统治，也促进了当时封建文化的发展。然而另一方面，它也使更多士子"一经皓首，十上干名"，少数贫寒的士子，"一举成名，六亲不认"，一些文臣，则给他们优厚的俸禄和虚职、闲职。从中唐到北宋，由于封建经济的进一步发展，农民对地主的人身依赖关系有所减弱；农村土地的兼并又加深了农民与地主之间以及大地主和中小地主之间的阶级矛盾。为了巩固封建地主阶级的统治，不仅需要在政治经济上采取种种措施，同时需要在思想意识上建立他们的理论体系，而最有效的办法则是利用儒家的传统学说，给予新的解释，以适应当时统治阶级的要求。北宋初期的理学家看到晚唐五代的长期纷乱，要求重新建立儒家思想的统治地位，以巩固国家的统治和稳定封建社会的秩序，有一定的积极意义。

在这种时代背景下，这种时代变化必然也反映在文学创作上。在文学创作上强调文学的教化功能。宋代乐史的传奇小说《绿珠传》，就是在这种时代背景下创作出来的，具有明确的伦理目的。"其后诗人题歌舞妓者，皆以绿珠为名。……其故何者？盖一婢子，不知书，而能感主恩，奋不顾身，志烈懔懔，诚足使后人仰慕歌咏也。至有享厚禄，盗高位，亡仁义之性，怀反复之情，暮四朝三，唯利是务，节操反不若一妇人，岂不愧哉？今为此传，非徒述美丽，窒祸源，且欲惩戒辜恩背义之类也。"①乐史之所以赞颂绿珠作为不知书、地位低下的一个婢子，却能在主人遇难时为报答主任知遇之恩坠楼而死，就是要借此批判那些未有无德而据高爵，无功而食厚禄，非其人而受美名，非其才而在显位者享高位、盗厚禄的辜恩背义之类。

乐史的《绿珠传》从道德角度对绿珠坠楼报恩给以很高的道德评价，其实这和宋代的小说观念有着密切的联系。宋代的小说观念应该说是与唐代人一脉相承的，但也不尽相同。唐人刘知几强调史料的真实性，把《世说新语》《语林》等志人小说和《搜神记》《幽明录》等志怪作品与史部的杂传作品都称作"偏记小说"，作为史书的一个分支。唐末五代是一个乱世，"五代，干戈贼乱之世也，礼乐崩坏，三纲五常之道绝，而先王之制度文章扫地而尽于是矣"②。封建伦理纲常遭到空前的破坏和践踏，而随着宋代商业经济的逐步繁盛，导致了违背伦理纲常异端思想暗流的涌动，动摇了传统的政治制度和纲常伦理的统治地位，因此宋人把整顿引导人心、改变风俗视为治国的根本方针。正人心，必须重新尊崇儒学，宋人的这种思考融入了传统的经史为鉴的思想，使得本已在唐代有所减弱的小说评价和创作中的历史意识在宋代反而得到了进一步强化和张扬。宋代人一般都把小说当作史传的一支，所以，史学家作史传讲究质实可信，这种观念反映到小说创作上，则多以纪实为取向，通常掇拾史料，崇尚纪实，意存劝诫，文学性不强。在文采上都不如唐人作品。宋初史官乐史作的《绿珠传》《杨

---

① 史仲文主编：《中国文言小说百部经典》，北京出版社2000年版，第6912页。
② 欧阳修等撰：《新五代史·晋家人传》卷一七，中华书局1974年版，第188页。

太真外传》，《郡斋读书志》都著录在史部传记类中，并不把它当作小说。《绿珠传》体例和写法上也取法于史书，以"传"名篇，开篇即介绍人物姓名、籍贯、家世。他除了运用《晋书·石崇传》的资料外，还引述王昭君、六出、窈娘等忠于旧主的事迹，甚至引用了《周秦行纪》里完全出于虚构的绿珠鬼魂赋诗言志和拒绝伴寝的情节。这种兼容并纳的写法，当然算不上严格意义上的史传。但是，把它当作传奇小说，又由于过于拘守史料，崇尚纪实。并偏重于议论，借以劝善惩恶，对情节结构和人物描写反而忽视了。乐史的《绿珠传》，也未能彻底脱离史传文学的母胎，仍能看出作者创作时带有浓厚的历史意识。

作为以孔孟儒学道统正宗自命的程朱理学，在宋代应时而生，却未被世所用，《宋史·道学传》"道学盛于宋，宋弗究于用，甚至有厉禁焉。后之时君世主，欲复天德王道之治，必来此取法矣。"由入主中原的蒙古贵族为扩大并巩固其统治而大力张扬理学。元世祖忽必烈即位之前便"尽收亡金诸儒之士，及一时豪杰知经术者，而顾问焉。"仁宗之时，恢复科举考试，在元代科举考试的内容和标准方面，程朱理学取得了科举考试的正统地位。元代规定，考生答题时，除《诗》《书》《易》三经允许兼用古注疏，《春秋》许用三传，《礼记》用古疏外，其他儒家经典一律以程朱理学的阐发为主。朱学由南宋的私学身份一跃而成为占统治地位的官学。从元代起，程朱理学在我国思想文化界确定了绝对统治地位。理学的独尊地位，对元人的文学思想和诗文创作都产生了非常深刻的影响。

在统治者的提倡下，民间的理学讲习和传播渗透日盛，传统的夫为妻纲也发生了新变化。先秦儒家主张"夫妇有义"，也就是丈夫要使妻以道，做到夫义妇听。但是此时是要求夫妻双方都应该各尽义务。汉儒又提出"夫为妻纲"，认为丈夫支配妻子符合义，即符合天意、天道，更注重强调的是丈夫对妻子的支配占有权。到了理学下渐的元代，"夫妇有义""夫为妻纲"伦理纲常的天平更是向男性倾斜。《元史·列女传》中"模范妇女"认定"义"与"不义"的标准是：免辱为义、守节为义，再嫁、忘故夫为不义之举。可见，元代模范妇女，已把守节、殉夫、死烈视为对丈夫的应有之义。元代还盛行妇女遇兵乱匪盗等突发暴力侵扰时为夫死烈的风气，这与理学经过倡导，日益深入人心和战乱频仍的末世感有关。

更为重要的是，元代统治者一直把齐家与治国视为一体，越是要求男人为国为君尽忠，就越要求女人对男人尽义，所谓"忠臣不二君，烈女不二夫"，"丈夫死国，妇人死夫，义也"成为当时流行的观念。元代统治者特别注重表彰"丈夫死国，妇人死夫"的"双烈"典型，至元十七年守漳州的阚文兴死于兵乱，其妻王氏从敌人那里负夫尸还，以火葬后自焚，为此元成宗、文宗、顺帝时三次封谥、立庙表彰，阚封英毅侯，王氏谥贞烈夫人，庙为"双节庙"这种表彰的导向作用使得男人公然要求妻女为自己殉烈，《元史·忠义传》中载柏帖穆尔（蒙古人）于至正二十七年明军攻城城陷在即时，引妻妾坐楼上，以"丈夫死国，妇人死夫，义也"为号召，要众妻妾从己而死，当场缢死者6人。殉烈的较前普遍除了认为妇人为丈夫死国需做出补偿原因之外，还有更深层的对妇女身体的观念在起作用。到了元代，妇女的身体特别是性器官完全属于丈夫，所谓受辱，就是被丈夫以外的男人占有，这将视为丈夫和家族的奇耻大辱。不但辱夫家，也辱及父母兄弟，妇女的身体已成为与丈夫和家庭利益荣辱攸关的大事。妇女的"勇敢"正是社会和家庭要求她们效忠丈夫与夫权家庭必须具备的品德。

绿珠以死免辱死烈之举无疑是程朱理学的所推崇的烈女的楷模。在这种理学思想的熏染下，金、元时代的杨奂在《七古·金谷行》一诗中高度褒扬绿珠：

> 洛阳园池天下无，金谷近在西城隅，晋时花草不复见，野人犹解谈齐奴，齐奴豪奢谁比数，酒酣爱击珊瑚株，后堂春风满桃李，中有一枝名绿珠，千金买步障，百金买氍毹，时时吹笛替郎语，云窗雾户长欢娱，层阶欲下须人扶，岂料一日能捐躯，红飞玉碎顷刻里，空使行客悲踟蹰，楼头小妇感恩死，君臣大义当何如。①

---

① ［元］杨奂：《还山遗稿》卷下，《北京图书馆古籍珍本丛刊》集部元别集类，书目文献出版社1988年版，第93册，第800页。

杨奂是金、元时代最重要的理学家。元初理学北传的第一人赵复，他对杨奂十分欣赏，称："君子之学，至于王道而已；学不至于王道，未有不受变于流俗也。……其逮于今，惟秦君子杨氏。其志其学，粹然一出于正。……晚居洛阳，著书数十万言，沉浸庄、骚，出入迁、固，然后折衷于吾孔孟之六经，其言精约粹莹而条理肤敏。"①杨奂任河南路征收课税所长官兼廉访使时，史称杨奂"不治生产，不取非义"，"与人言，每依名教为言。"理学思想浓厚的杨奂感叹绿珠作为一个妇人，尚且在遭遇孙秀强夺时坠楼而死保全贞节，以报石崇之恩，而那些道貌岸然，饱读圣贤书的堂堂七尺男儿，却国家危急之时，君主遇难之时，只顾自己的安危，把君臣大义忘得一干二净，可以说，绿珠感恩坠楼这一烈举令那些臣子们自惭形秽，自愧不如。

　　元代另一位理学家郝经作《绿珠词》："石郎痴騃夸多财，三斛明珠买祸胎，坠楼独有一绿珠，绿珠不负三斛珠。"②绿珠忠于石崇的节烈之举，恰恰符合了郝经所终生笃信的儒家的伦理规范和原则。这些人生的信条都和郝经的家世渊源有密切的联系。程颢作晋城令时，曾选择当地出类拔萃的可造之才亲自传授，郝氏家学的开创人郝元即郝经六世祖在此之列，曾叔祖父郝震（号东川）以程氏之学教授乡里，金儒元好问即出于其祖父郝天挺之门。郝经青年时立志"不学无用学，不读非圣书，不为忧患移，不为利欲拘，不务边幅事，不作章句儒"③。忽必烈即帝位，以郝经为翰林侍读学士，佩金虎符，出使南宋议和。平章王文统素忌郝经才德，秘令李强率兵侵宋，使宋怀疑郝和不诚，将其拘禁十六年，贾似道派重兵把守郝经所居仪真馆，以消磨郝经的意志，劝他投降。虽被拘却坚韧不屈，当他销兵无期又思归不得时，他还用"惟道是从，服仁佩义，完节为荣，之死靡它"（《停云》）的观念来鼓舞自己。他曾在雁足上系诗，希望出现苏武那样的奇迹，获得拯救。他是首屈一指的志士，被称为"元朝文天祥"。郝经

　　①赵复：《杨紫阳先生文集序》，见《还山遗稿》附录，载《北京图书馆古籍珍本丛刊》集部元别集类，书目文献出版社1988年版，第93册，第800页。

　　②［元］郝经：《陵川集》卷八，文渊阁四库全书本。

　　③［元］郝经：《陵川集·志箴》卷二一，文渊阁四库全书本。

平生最注重节义之士的道德修养和大节操守，并自觉用儒家的道德原则规范自己的行为。

在他看来绿珠作为一个弱女子，尚且在孙秀强行抢夺之时，自行坠楼而死。是一个知恩图报的节义女子。石崇富可敌国并拥有美妓侍妾无数，据《晋书》记载"石崇有苍头八百馀""孙秀使人求之。崇时在金谷别馆，方登凉台，临清流，妇人侍侧。使者以告。崇尽出婢妾数十人以示之，皆蕴兰麝，被罗縠，曰：'在所择。'"但是，在石崇遭到杀身之祸时，却只有绿珠一人坠楼来报答石崇的知遇之恩，绿珠没有辜负石崇的三斛大明珠。明代凌云翰《二美人图》："黄金买妾身，何曾买妾心，妾身岂愿死，义重千黄金。"①与郝经的《绿珠词》有异曲同工之妙。在郝经看来绿珠是一位有气节、知恩图报的女子。

3.贞节酷烈的明清时期——女中忠臣烈女绿珠

随着封建专制制度的日益强化和程朱理学的兴盛发达，社会上对妇女的贞节极为看重，贞节崇拜之风愈益浓盛起来。宋代以后，贞节崇拜达到了疯狂的程度，对节妇烈女的旌表也更加制度化，甚至有些病态化了。贞节观念经由程朱理学的鼓吹和倡导，已经在理论上登峰造极了，但二程和朱熹的贞节神圣说，在宋代的实际影响还是有限的。宋代的贞节崇拜气势，应当说还是较明清两代衰微一些的。早在洪武元年，明太祖就下诏指示说民间寡妇，三十以前亡夫守制，五十以后不改节者，可以旌表门闾，除免本家差役。这就是说，寡妇守节，不但本身得旌表的光荣，本家的差役，转可藉以除免，那么哪个寡妇能不守节、哪个本家能不希望寡妇守节呢？因此即使未亡人不愿守，本家也会劝她守节，逼她守节，明代对于节烈妇女的表彰，已是官方一项固定制度。中央政府亲抓节烈妇女表彰之事，大力提倡修建贞节牌坊；《明史·烈女传序》记载：地方官也必须"岁上其事，大者赐祠礼，次亦树坊表，乌头绰楔，照耀井间，乃至于僻壤下户之女，亦能以贞白自砥"，把表彰节烈妇女看成国家头等大事，像明朝这样广建贞节祠堂，特树贞节妇女，大立贞节牌坊，在前代则是绝无仅有的，朱

---

① ［明］凌云翰：《柘轩集》，文渊阁四库全书本，第824页。

元璋不仅把"岁上其事"定为地方官的正常大事，而且把上报贞烈妇女的多少当作一项考绩。贞妇烈女众多，就意味着官员们宣扬朝廷的德政成绩显著。贞妇烈女多的州县，不但官员很容易升官，而且入学生员和录取秀才的名额也可适当增多。这一做法促使地方官或士人学子更加卖力地宣扬封建贞节观念，制造更多的节妇烈女。由于明朝官方的极力推崇提倡，贞节观念更加深入人心。据董家遵《历代节妇烈女的统计》一文统计，宋以前节烈妇女总人数不过187人，宋金时期一下增至302人，元代742人，明代突飞猛进，总数高达35829人，清初也有12323人。这表明唐宋以后，贞节观念有了突破性的发展。①《明史·高烈妇列传》公然宣称："妇殉夫为得正"，《明史·张烈妇列传》"有子则守志奉主，妻道也。无子则洁身殉夫，妇节也。"从宋元明清各史《列女传》中搜罗的妇女事迹来看，除孝女外，节烈事迹大量增加，甚至出现了令人不忍目睹的殉节悲剧。由此可见，殉夫和守节已经成为明代妇女处世的行为准则。

在明清时代，按照程朱理学的贞节观念来观照绿珠坠楼之事，那么绿珠无疑是程朱理学所提倡的烈女的范本和楷模。地方官或士人学子更加卖力地宣传标榜烈女绿珠，试图制造更多的节妇烈女。清代康熙四十七年，广西知县程镶在西乡绿萝村重修绿珠祠，祀晋梁氏女绿珠。并亲自写下《绿珠祠记》：

> 礼魂兮春兰秋菊，荒凉圣女之祠，怀古兮白月清风，冷落香心之寺……题锦字于碑前，铭曰：绿萝之山，珠江之水，千秋万古，山辉川媚，平乐府重建三贤祠记。②

广西知县程镶高度赞扬绿珠坠楼保全贞节的刚烈之举，并且连绿珠故乡的山山水水也会因为绿珠的贞烈之举而山川永媚。在故乡的人们看来，绿珠其实就是一位地地道道遇暴以死保全自己贞节的烈女。绿珠在

---

① 参见董家遵著，卞恩才整理：《中国古代婚姻史研究》，广东人民出版社1995年版，第246页。

② ［清］谢启昆监修：《广西通志》卷一四六，《中国边疆丛书》，台湾文海出版社影印版，第7234页。

石崇遇难之时，没有苟且偷生，以死来报答石崇，保全了自己的贞节，表现了大无畏的气概。就这点来说，同是美人，就有许多人赞美绿珠远远胜过西施诸美女。屈大均在《广东新语》中云："'绿珠之死，粤人千载艳之。爱其人并及其井，使西子当时能殉夫差，则浣纱溪与此井，岂非同为天下之至清者哉。'……'一自绿珠留此井，风流不道浣纱溪'。"①绿珠虽然红颜薄命，命运极为不幸，但是烈女绿珠却可以流芳百世，令万古人们敬仰。清代统治者比以往任何朝代都更看重臣子的臣节，并把家中的烈女和国家的忠臣等而视之，绿珠坠楼之举被视作忠义之举。如《御定内则衍义》殉节条下"谨按此皆妾之以死殉夫者，绿珠之坠楼不屈于凶暴……其妾殆亦忠义所感若石崇之侈毋乃有愧于姜妇乎。"在标榜忠臣死节的正统思想指导下，绿珠坠楼这一悲剧中的忠义成分被空前地提升和凸现出来。

除此之外，在小说笔记中讴歌烈女绿珠以死保全自己的贞节的立意显得非常明显和突出。如清代《听秋声馆词话》卷四记载了康熙初，有豪家某强行抢夺保定窦鸿妾郝湘娥，不得，遂嗾盗诬窦鸿至死。湘娥赋绝命词后投缳以殉。后来某昼见湘娥披颊，暴卒。在《女才子书》卷八也专门铺陈此事。绿珠和湘娥在强大的恶势力面前，宁为玉碎不为瓦全，不愿苟且偷生，都是以死来保全自己的贞节。但是湘娥比绿珠还富有反抗精神，即使死后也不忘记报仇雪恨。在当时的人们看来，湘娥和绿珠都堪称是烈女的典范。

在清代王晫所撰的传奇小说《看花述异记》更是标榜绿珠不惜坠楼而死来保全自己的贞节：

别一女子，短发丽服，貌甚美而媚，横吹玉笛，极要眇可听。夫人曰："谁人私弄笛？"诸女辈报曰："石家儿绿珠。"夫人命亟出见客，女伴数促不肯前。中一女亦具国色，乃曰："儿亦善笛，何必尔也？"绿珠闻之，怒曰："阿妃敢与我较短长耶？我终身事季伦，不似汝谢仁

① ［清］屈大均撰：《广东新语》卷四，中华书局1983年版，第158页。

祖殁，遂嫁郗昙。不以汗颜，翻以逞微技。"是女羞愤无一言。夫人不怿，命止乐。①

阿妃是东晋谢仁祖的妾，有国色，善吹笛。谢仁祖死，阿妃誓不嫁。郗昙时为北中郎，设权计，遂得阿妃为妾。阿妃终身不与昙言。虽然阿妃也忠于谢仁祖，终身不与郗昙言，但是按照程朱理学的贞烈观来看，妇女的身体特别是性器官完全属于丈夫，不得被丈夫以外的男人占有，否则妇女失节将会视为丈夫和家族的奇耻大辱。身事二夫的阿妃只不过是失节为人所不齿的女子。在以死捍卫了自己的贞节的烈女绿珠面前，阿妃羞愤无一言，也只有自惭形秽的份。在贞节观念日益炙烈的清代，正是当时贞烈观念的真切反映。

到了明清时期之所以对烈女绿珠大加赞扬，甚至在康熙年间还建造了祠堂，供乡人瞻仰拜祭，其实是有意嘉许绿珠遇暴凌辱而能以死相拒，保全了自己的贞节的烈举，使之具有和忠、孝具有同等的道德意义，还和当时士人们的忠君思想，以及臣节的观念分不开。要求人臣对君主恪守忠贞大节，这是封建纲常伦理的基本原则。"忠臣不事二主，烈女不事二夫"，封建统治者将"烈女"与"忠臣"相提并论，旨在通过宣扬妻子对丈夫忠贞不贰、舍身取义，以此激励臣子对国家赤胆忠心、死而后已，从而形成家和国定、民安国泰的局面。

历代帝王都十分重视臣下对君主的忠诚，而国破家亡之时也是国君最能考验臣子操守和气节的时刻。作为臣子的历代贤哲们也都视名节、气节如泰山。儒学创始人孔子提倡"临大节而不苟""见危致命"，他认为生命固然足惜，但并不高于一切，有比生命更值得珍惜和热爱的东西，这就是道义。孟子进一步突出了道德人格价值，倡导"大丈夫"气概："富贵不能淫，贫贱不能移，威武不能屈，此之谓大丈夫"②，推崇至大至刚的浩然正气。在生命和道义发生冲突时，孟子主张"舍生取义"。"生，亦我所欲也，

———————
① 张宇澄编：《香艳丛书三集》卷三，上海书店1991年版，第159页。
② 朱熹：《四书章句集注·孟子集注》卷十一，中华书局1983年版，第332页。

义，亦我所欲也，二者不可兼得，舍生而取义者也"①，所以，"志士仁人，无求生以害仁，有杀身以成仁"②。当人身处危境或关键时刻，应坚守其志而不屈，不苟且偷生，而是慷慨赴死，成仁取义。在儒家思想的伦理观念中，只有那些宁死也不可夺其大节的人，才是真正有道德的人，也才能真正称之为"君子"。在封建社会，国家之忠臣们以名节为安身立命，而理学教化酷烈下的烈妇视贞节胜过生命，由此可见忠臣和烈妇的在封建社会中的地位和命运惊人地相似。据《史记·田单列传》记载，早在战国时期就已经"忠臣不事二君，贞女不更二夫"说教，把妇女的"从一之贞"与臣子对国家的赤胆忠心相提并论。正如妇人遇到强暴的凌辱时必须以死来保全自己的贞节一样，国破家亡最能考验臣子操守的时刻，臣子只有抗争至死，才算保全大节。

无论臣对君、妻对夫都必须绝对地服从效忠。中国封建社会的社会结构是家国一体，治国和治家一个道理。中国传统政治之所以是家国一体的伦理政治则是由我国由原始社会进入文明社会的具体历史特点所决定的，我国先民跨入阶级社会的门槛的途径是由氏族首领直接转化为奴隶主贵族，以后又由家族奴隶制发展成为宗族奴隶制，并建立起"家邦"式的国家，而不是西方式的"城邦"。这二者的根本区别是，前者打碎了血缘家族的关系，"家"和"国"之间不存在内在必然的联系，而后者则与此相反，血缘家族不仅始终未打破，相反的它还是国家所赖以存在的基础，国家混合在家族里面，家和国是不分的，正是此种家和国的奇异的结合，因而产生了存在于中国社会几千年且相当顽固的封建宗法等级制度和伦理政治、家天下，家长制的政治运作机制。臣称主为"国君"，子称父为"家君"，妻称夫为"夫君"，三者在实质上是相通的，妻妾对夫主的"忠敬"之情可以比拟寄寓人臣对君主的"忠爱"。在封建统治阶级看来，如果国家中的臣子能像家庭中妇女恪守贞节那样恪守作为忠臣的节操，国家就能长治久安。颜元《习斋记余》更是公然宣称："使天下之妇女闻烈妇之风，而生皆尽妇

---

① 朱熹：《四书章句集注·孟子集注》卷六，中华书局1983年版，第266页。
② 朱熹：《四书章句集注·论语集注》卷八，中华书局1983年版，第163页。

道，死不负夫，则闺门皆虞夏矣，使天下之臣子闻烈妇之风，则生皆尽臣子之道，死不负君父，则朝野皆虞夏矣。"在恪守儒家思想的人士看来，女人保持贞节竟然具有如此重大的意义。家中的烈女节妇就相当于国家中的忠臣，从而把妇女的节烈提高到和男子的忠、孝一样的道德伦理的高度。而绿珠所表现出坠楼而死保全贞节以报石崇的贞烈精神和忠臣尽忠报国、国难死国的精神是一致的。

第四章　美女祸水论与绿珠故事

有情者从绿珠故事中看到了绿珠殉情，知恩图报者看到了绿珠是一个有情有义的女子。而认为女人是"不妖于人，必妖于身""甚美必甚恶"者眼里的绿珠，逃脱不了被诬为祸水的命运。

第一节　美女祸水论溯源

迷人的美色不可接近，接近了会有生命危险，这种观点的被广泛接受，是因为有一定生理上的基础。因为原始人类不懂科学，对女性的月经，妊娠，分娩等女性特有的生理现象不理解，一方面认为它们是有灵的，神圣不可侵犯的，一方面认为它们是不洁的。不可接触的。而在人类早期的意识中，血就是生命。他们从生活中得出这样的结论：血不仅是生命所必需的，同时更是生命的本质。在诞生时有血，在死亡的时刻也经常有血，女性的月经在很多方面使初民大惑不解，使它成为令人恐惧的对象。

而在原始人的经验中，死亡是世界上最不可逾越、最可怕的事情，那么因死亡而产生的恐惧也就成为人类最大的恐惧，美国人类学家、社会学家贝克尔在《反抗死亡》一书中说：死亡恐惧是"与生俱来，人皆有之的，它是一种根本性的恐惧，影响着其他各种恐惧。不管这种恐惧具有什么样的伪装，却无人能为之幸免"[1]。在先民的原始思维中，死亡被解释为重返大地的子宫，"这一阶段，圆形女性不仅养育和指引着整体生命，特别是自

---

① ［美］E.贝克尔：《反抗死亡》，林和生译，贵州人民出版社1988年版，第30页。

我，而且把它所产生的一切带回其起源的子宫和死亡"①。女人的子宫具有了洞穴、坟墓之类的吞噬力。所以在人类发展的幼年时期，在先民的思维中女性神具有正极和负极两个方向的功能。正极代表着生命和成长的方面，负极则代表着危险和死亡的方面。虽然女性神可以释放生命和光明，但是另一方面，她又具有紧握（拒绝释放渴望独立与自由的生命）诱陷，拒弃，剥夺等功能。这个女性原型是母神、贞洁女神和女巫的矛盾统一体。由于先民的原始思维方式，他们常常将死亡和死亡有关的都看作是恶的表现。因此，对于早期的人类来说，对于死亡的恐惧引起了对邪恶的恐惧。最早的邪恶是与自然有联系的，如：暴风雨，地震，饥饿，疾病等都是自然性的。而道德的邪恶则是在文明程度提高后才逐渐得到强化的。人们认为，道德方面的邪恶会引起自然邪恶的降临，反映在原始神话或原始记载中，这一类的邪恶常常是由女性的邪恶引起的。禁忌在人类社会的发展过程中，起过不可忽略的作用。卡西尔《人论》一书中说："社会体系中没有那一个方面不是靠特殊的禁忌来调节和管理。统治者和臣民的关系，政治生活，性生活，家庭生活，无不具有神圣的契约。禁忌体系尽管有一切明显的缺点，但确是人迄今所发现的唯一的社会约束和义务的体系。它是整个社会秩序的基础。"②在以后漫长的历史岁月中，女性禁忌发生了巨大的历史变化，并在原始女性禁忌中加进了封建伦理的内容，封建礼教过分强调了两性之间的禁忌，力图把情欲的成分降低到最小的限度，致使原始女性禁忌中女性神圣的色彩几乎荡然无存，歧视女性则上升为女性禁忌的主要内容，并将这种禁忌扩大到女性一生，认为污秽、邪恶、奸毒、危险是女性与生俱来，是至死不变的本性。

原始的女性禁忌是女人祸水论形成的社会基础。女性禁忌的生理性和暂时性被肆意歪曲扩大，由女性特定时期的生理现象扩大到女性一生中所有的行为规范，其目的也与原始人类保护自己免受神灵的危害的初衷南辕北辙。如果说这些关于女性的禁忌在原始社会形成初期并不带有歧视妇女

---

① ［德］埃利希·诺伊曼：《大母神——原型分析》，李以洪译，东方出版社1998年版，第30页。
② ［德］恩斯特·卡西尔：《人论》，甘阳译，上海译文出版社1985年版，第138页。

的内容，但是随着男权统治的阶级社会的到来，这种女性禁忌就被熏染上了男尊女卑的色彩，完全成为为了控制女性一切的思想行为，使其符合封建伦理道德的要求。

世界历史的发展是大体同步的，在这种男尊女卑的思想指导下，古今中外的文学作品中，"美女祸水"的论调可以说是随处可见。《旧约·创世纪》中人类的女性始祖夏娃受到蛇的蛊惑之后，吃下上帝不许人吃的果子，又让人类的男性始祖亚当也吃下这智慧之果，使得人类最终被逐出伊甸园，并且世代背负原罪。这个故事中，女性是惹是生非的灾星。通过这故事，我们被告知女人是使人类永远失宠于上帝、永远无法再返回天堂乐园的肇事者，女人是使男人背叛上帝犯下罪孽滑入道德泥坑的诱导者。她不但自身容易受到撒旦的蛊惑，容易走上邪恶之路；而且她对男性富有影响力，能够使得无辜的男人走入歧途。实际上，夏娃这一个女性形象的设置，表达的是男性对人性自身某些破坏性因素的恐惧，同时也表达了男性将这种令人恐惧的破坏性力量归罪于女性的思路。除此之外，荷马史诗中历时十年、血流成河的特洛伊战争就是由争夺美女海伦所引发，而古老的特洛伊城也因此最终毁于一旦。

所有这些女子，不分国籍时代，都是擅以美色为饵，使得男人们不仅沉溺其中，还往往为之家破人亡。同样在中国文学作品中，"美女祸水论"的观念与世界其他地区的相比，丝毫也不逊色。早在《尚书·牧誓》就已经有："牝鸡无晨，牝鸡之晨，惟家之索。"[1]《诗经·瞻卬》更是直接赤裸地表示："妇有长舌，维厉之阶，乱匪降自天，生自妇人。"[2]在封建社会中女性地位非常低下，不仅要求对男性言听计从，屏除于社会事务之外，甚至还被认为是不吉利。后发展成"女人祸水"。《汉书·外戚传下·班婕妤传》卷九十七"成帝游于后庭，尝欲与婕妤同辇载，婕妤辞曰：'观古图画，圣贤之君皆有名臣在侧，三代末王乃有嬖女，今欲同辇，得无近似之乎？'上善其言而止太后闻之，喜曰：'古有樊姬，今有班婕妤！'"少有才

---

① 皮锡瑞撰：《今文尚书考证》，中华书局1989年版，第235页。
② 陈子展：《诗经直解》卷二五，复旦大学出版社1983年版，第1046页。

学而被选为婕妤的班姬，认为君王与自己同辇不吉利，是亡国之兆，而她的辞辇被称赞为贤淑守礼，有后妃之德，可见在当时女人祸水的观点已广为人们接受和顶礼膜拜了。

年轻貌美的美女之所以被斥为祸水，是因为她们使男人迷惑、痴狂。《汉书·孝武李夫人传》："北方有佳人，绝世而独立，一顾倾人城，再顾倾人国，宁不知倾城与倾国，佳人难再得。"女性所激发的男性的欲望是如此强烈，以至男性为得到她不惜毁城毁国。女性的神秘和美所引起的男性欲望的破坏性使男性感到极大的恐惧，因此，绝色美女总是和灾祸联系在一起。所以古代文人总结历史教训时，总是无限制地夸大女色误国的危害。欧阳修《新唐书·玄宗皇帝纪》中写道："呜呼，女子之祸于人者甚矣！自高祖至于中宗，数十年间，在罹女祸，唐祚既绝而复续，中宗不免其身，韦氏遂以灭族。玄宗亲平其乱，可以鉴矣，而又败于女子。"认为杨贵妃是安史之乱和盛世衰落的祸根。宋代诗人卓田《眼儿媚·题苏小楼》写道："丈夫只手把吴钩，欲斩万人头，如何铁石打成心性，却为花柔？君看项籍并刘季，一似使人愁；因撞着虞姬、戚氏，豪杰都休。"而且《金瓶梅》就以卓田的这首《眼儿媚·题苏小楼》开篇。这里宣扬女人是祸水，女性祸国败家，把亡国的责任一概推到女性身上。

第二节　美女祸水论调下的绿珠故事

历史上石崇和孙秀因为政治上的仇隙，再加上石崇炫耀自己的财宝，又因孙秀索要绿珠，石崇不予，因而矛盾一触即发，其实，绿珠只是石崇速祸的导火索，并不是石崇招致杀身之祸的最根本的原因。但是在美女祸水论思想的熏染下，唐代在有关诗文中常常把绿珠视为导致石崇亡家的罪魁祸首。如徐凝《金谷览古》："金谷园中数尺土，问人知是绿珠台。绿珠歌舞天下绝，唯与石家生祸胎。"[①]徐凝认为绿珠是导致石崇家破人亡的祸水。

《全唐文》卷七百十引李德裕的《穷愁志·祥瑞论》：

---

① 陈贻焮主编：《增订注释全唐诗》卷四六三，文化艺术出版社2001年版，第773页。

夫天地万物，异于常者，虽至美至丽，无不为妖，睹之宜先戒惧，不可以为祯祥。何以言之？……又徐姚守卢君在郡时（卢君名从），有芝草生于督邮屋梁上，五彩相鲜，若楼台之状，其岁卢君为叛将栗煌所害，置遗骸于屋梁之下。并耳目所验，非自传闻。由是而言，则褒姒、骊姬，皆为国妖，以祸周、晋，绿珠、窈娘，皆为家妖，以灾乔、石，不可不察也。[1]

明代的《说郛》也收录了此条材料，谓绿珠为祸水。这是从政治历史的视角将绿珠视为祸水。

这种思想和唐代的历史是分不开的。开元后期，曾经进行过一些改革的唐玄宗，开始不愿过问政事，只想安逸享乐。他纳杨太真为贵妃后，更是专以声色自娱，大肆挥霍，生活糜烂，终于在玄宗天宝十四载发生了"安史之乱"。安史之乱使唐帝国发生了由盛转衰的剧变，社会遭到了巨大的破坏。安史之乱结束以后，虽然有过宪宗时的"中兴"，中央政权有所加强，但这种局面并未从根本上得到改变，一直延续到唐亡。饱经战乱创伤的人们，叹恨时世变迁，流露出对一去不复返的'开天盛世'的悼惜之情。生活在中晚唐的文人，他们在反省天宝年间战乱之由时，通常把唐王朝的衰落归罪于杨玉环迷惑唐明皇。美女杨玉环使一代圣君沉迷于酒色不过问朝政，结果发生了安史之乱，导致唐王朝由强盛走向了衰败。而石崇因为不舍把一个歌妓绿珠送给孙秀，结果导致石崇家破人亡。在他们看来，杨玉环是导致国家衰败的祸水，而绿珠是石崇家破人亡的祸水。诗人们把这两件事联系在一起，还有人用明哲保身的眼光，批评石崇不予绿珠不识时务的做法。李清《咏石季伦》："金谷繁华石季伦，只能谋富不谋身。当时纵与绿珠去，犹有无穷歌舞人。"[2]曹邺《古莫买妾行》："千扉不当路，未似开一门。若遣绿珠丑，石家应尚存。"[3]当时纵然把绿珠给了孙秀，还有

---

① 董诰等编：《全唐文》卷七一○，中华书局影印1982年版，第7288页。
② 陈贻焮主编：《增订注释全唐诗》卷一九三，文化艺术出版社2001年版，第1685页。
③ 陈贻焮主编：《增订注释全唐诗》卷五八七，文化艺术出版社2001年版，第318页。

无数歌女舞女可以享用。为一个歌女而丢了自己的身家性命，在他们看来非常不值得。在他们眼中，绿珠不过一会唱歌的玩物而已。他们吟咏绿珠的诗歌无不浸染着浓厚的特定时代的色彩。衰败的政治局面和混乱的社会秩序，虽然消灭了诗人们的拯世救国的政治热情，但是自身的屡试不第（如"白头游子白身归"的徐凝，又如沦落长安十年的曹邺）沉沦下僚的经历和遭遇，又不能不引起他们对国事人生深沉忧虑，包含着深沉的忧患意识。

在美女祸水论者看来，女人越是美丽绝伦，她对国家、社会、家庭的危害也就越大。美女能令肩负治国平天下重任的男子丧失德行，难以自持。《太平广记》卷二三七记载唐代元载"善歌舞，仙姿玉质，肌香体轻"的宠姬薛瑶英，"善为巧媚，载惑之，怠于相务"，并且薛瑶英的父兄"以构贿赂，号为关节"。无论他们求元载何事"载未尝不从之。天下赍货求官职者，无不恃载雄势"，及载死"论者以元载丧令德，自一妇人致也"。①男子所以一定要想方设法扼杀美女的出现。《太平广记》卷三九九引《岭表录异》："梁氏之居，旧井存焉。耆老传云，汲饮此水者，诞女必多美丽。里间有识者，以美色无益于时，遂以巨石填之。迄后虽时有产女端严，则七窍四肢多不完全。"②（出《岭表录异》）宋代邵博《邵氏见闻录》、周去非《岭外代答》也都有大致类似的论调。在他们看来"美色无益于时"，把绿珠的悲剧归结为红颜薄命。

所以南宋袁采在《袁氏世范》中告诫子孙蓄置婢妾，不要蓄姿貌黠慧过人的美女，以防发生孙秀抢夺绿珠的惨剧：

> 夫置婢妾教之歌舞，或使侑樽以为宾客置欢，切不可蓄姿貌黠慧过人者，虑有恶客起觊觎之心，彼见美丽心欲得之，逐兽则不见泰山，苟势可以临我，则无不至，绿珠之事，在古所鉴，近世亦多之。③

---

① 参见《太平广记》卷二三七，哈尔滨出版社1995年版，第1994页。
② 参见《太平广记》卷三九九，哈尔滨出版社1995年版，第1994页。
③ ［宋］袁采：《袁氏世范》卷三，文渊阁四库全书本，第630页。

《袁氏世范》是袁采在任职乐清县令时所撰写的家训作品,一向被视为宋代家族规范的重要史料,在他看来,美丽的婢、妾是带来灾难的祸水。

元代郝经《绿珠词》:"石郎痴骏夸多财,三斛明珠买祸胎,坠楼独有一绿珠,绿珠不负三斛珠。"[1]虽然赞扬绿珠没有辜负石崇,但还是认为绿珠是石崇三斛明珠买来的"祸胎"。明李晔《二乔观兵书歌》:"古来尤物多娇美,家国倾危始于此,绿珠楼前红粉空,马嵬坡下花钿委。"[2]贬斥绿珠为使家国倾危的尤物,终不免命丧楼下的下场;明代刘基《题金谷园图》:"君不见石家名园拟黄屋,蜀锦作围金作谷,暖香烘日浮紫霄,冰纨火布鲛人绡……楼上佳人碎琼雪,空将遗恨寄丹青,留作千年后车辙。"[3]先是极力铺张金谷之豪华,石崇的奢侈,最后绿珠只是成为后人引以为戒的前车之鉴。瞿佑《剪灯新话》以及李祯《至正妓人行》:"妓人听我相宽慰:美貌多为姿质累。仓皇明镜乐昌分,缥缈层楼绿珠坠。虽云茕独困贫乏,赢得娇娆到憔悴。世上浮名不直钱,杯中醇酎休辞醉。"[4]也是认为美貌只能给人招来厄运。

在通俗小说中,也不乏认为绿珠是亡家祸水。如《水浒传》(一百二十回本)第四十六回:"古贤遗训太叮咛,气酒财花少纵情。李白沉江真鉴识,绿珠累主更分明。"这一观点和《水浒传》的女性观是倒退的女性观有密切的联系。《水浒传》是一部英雄传奇,英雄好汉是作品描写的中心人物,女人是祸水,不恋女人的男人才是豪杰。书中的女性,都只不过是英雄好汉的反衬和附庸,是男人的烘托,是随意脱换的衣服。在《水浒传》中,作者下力塑造的只有三类女性:淫荡的青年女性、恶俗狡猾阴险的市井老妇和狰狞的巾帼女性。在《水浒传》中大部分的女性几乎都是按照邪恶、丑恶、罪恶的尺寸进行彻底加工和创造的。《水浒传》以"女人是祸水"为主旨,并以淫乱、庸俗、粗野为突出特点丑化女性的形象,加以不同程度的贬低甚至歪曲。在这种女性祸水的女性观的指导下,绿珠就被视

① [元] 郝经:《陵川集》卷八,文渊阁四库全书本,第81页。
② [明] 李晔:《草阁诗集》卷二,文渊阁四库全书本,第20页。
③ [明] 刘基:《诚意伯文集》卷四,文渊阁四库全书本,第95页。
④ 张宇澄编:《香艳丛书九集》卷一,上海书店1991年版,第32页。

为累主的祸水。

梁国正的《温柔乡记》更是设置了一个勾人魂魄的温柔乡，在作者看来温柔乡中美女绿珠也是令石崇招来杀身之祸的尤物：

> 温柔乡土物风俗……别有天地非人间，靡不心旷神怡，相思不置，溺而忘返，则亡国破家败名丧身相随属。古今人蒙其祸者，指不胜屈……未几渔阳变起……卒至杀身。其他阿房、辱井、金谷……道之不胜道，然总不离温柔乡。此物此志也，世贪温柔乡窈窕，甘其媚惑，卿怜我，我怜卿，必相将浪游华胥，辗转而归於蒿里。其乡谣曰："倾国倾城，一见勾魂"，可为寒心也。[1]

此外也有从讽刺石崇豪华奢侈的角度入手，认为绿珠是祸水的。如《恨冢铭》：

> 倘得裂缯之褒姒，恃美而奢；自将爱璧之虞公，因贪成败。饣舌之以古井，困之以香城，十二迷楼，层层设伏，三千色界，处处需财。既为含饵之鱼，定作入笼之鸟。绿珠既到，金谷旋衰，此为倚翠之恒规，亦泄彼苍之积愤。[2]

嘉善闺秀魏于云《重集烈女传例》：

> 如平日全无学问，及变起，一朝始捐躯以殉，此特匿于平日枕席之私耳……而绿珠平日曾无一言匡救，惟以艳色冶容追欢卖笑，即因孙秀之难坠粉楼前，亦不足以赎其平日蛊惑之罪，使其遭逢人主必与太真丽华之倾国者同科，其得以一死成名幸也，凡古今烈女如此类者，亦并置不录。[3]

---

① 张宇澄编：《香艳丛书九集》卷一，上海书店1991年版，第45页。
② ［清］陆伯周撰，《笔记小说大观》五编，台北新兴书局1981年版，第3974页。
③ ［清］张潮等编纂：《昭代丛书·重集烈女传例》丁集新编，上海古籍出版社1988年版，第706页。

认为绿珠"艳色冶容追欢卖笑",虽"捐躯以殉",但是也难以逃脱平日对石崇的"蛊惑之罪",并且假设说"使其遭逢人主必与太真丽华之倾国者同科",认为绿珠是蛊惑石崇亡家的祸水,没有资格收入《烈女传》。

第三节　从强权夺美人故事看男性对美女的爱惧矛盾心理

绿珠是美貌绝伦的美女,是才艺双全的美女。孙秀一心要夺绿珠,而石崇为保全绿珠即使丧命也在所不惜。因为得志便猖狂的孙秀强夺而石崇不予最终速祸。而这种强权夺美的悲剧不仅仅是绿珠一人的悲惨遭遇,而是在男权统治下,在男尊女卑的文化大背景下许多女性的悲惨命运的折射。南朝何恢有妓张耀华,阮佃夫频求之不得,"遂讽有司以公事弹恢,此亦与绿珠事相类。唐代武承嗣夺知之有侍婢,"知之怨惜,因作《绿珠篇》以寄情,密送与婢,婢感愤自杀。承嗣大怒,因讽酷吏罗织诛之。"强权夺人爱妾之事层出不穷,当爱妾被人强行索要时,因为舍不得将爱妾拱手送给别人,因此而致祸。"清代《听秋声馆词话》卷四写康熙初,保定窦鸿妾郝湘娥,时有豪家某,力索湘娥不得,遂嗾盗诬鸿至死。

在男尊女卑封建社会中,婢妾在男人们看来就像一个玩物一样可以争来夺去,根本就不把她们当作人来对待,也全然不顾她们的感受。以上强权夺人婢妾的惨剧其实只不过是绿珠悲剧的重演。那些年轻漂亮、妩媚迷人的女人,令男性心甘情愿地拜倒在她的脚下。男性对美丽的女人,怀有一种难以衰减的痴迷和狂热。美丽迷人的女人之所以能吸引男性的爱怜,是人生来就有的异性相互吸引、两性相悦的天性本能。封建伦理道德的束缚尽管相当严密,但毕竟锁不住人类情欲的本能。然而,越美丽的女人越是难以驯服的"稀缺资源",为了能独自享有倾国倾城的美女佳丽的肉体占有权,男人们之间经常会争得你死我活。而中国封建社会是极其重视尊卑有序的社会秩序、人际关系的等级社会,要求社会各色人等各安其位,这种稳定的状态与封建等级制大厦的安危关系极大。由于美女具有男子不可抗拒的神秘的性吸引力,而美丽的女人男人们都想据为己有,于是美丽的女人引起了男人之间无休止的争战,扰乱了封建等级制度的稳定和统治阶级的长治久安,所以美丽的女人被视为蛊惑男性的妖孽和千万不能靠近的充满诱惑的陷阱。美女祸水论正是男权主义流露出来的一种对女性的极度恐慌心理，体现了男子对性爱畏惧的一面。正因男权社会对这种异己充满了戒备和敌视，所以利用话语霸权给她们扣上了"祸水""邪恶"的帽子。男人因为畏惧，所以要丑化她的形象，通过对女人的贬低和丑化，张扬自己的权威，因为畏惧，要对她保持警惕。祸水的形象不仅是用来防范女性，更重要的是警告男性。

但是，历史并不是区区几个无权无位的女性可以翻云覆雨的，历史变迁的罪魁祸首是凌驾于女性头上的居于社会统治地位的男性。也有不少文人以客观辩证的眼光反驳绿珠祸水说。如清末陈森的"狭邪小说"《品花宝鉴》第二十四回：

> 玉林道："如今静宜又添了四种是：《金谷园绿珠投楼》《马嵬驿杨妃随驾》《李谪仙夜郎奉诏》《杜拾遗金殿承恩》，这四本戏更觉热闹，差不多要全部出场。"仲清道："这四种更妙，为普天下才子佳人吐气。马嵬赐缳之事，千古伤心。且羯胡之叛，祸在国忠，于玉妃何罪？那些丛书稗史，尽系道听途说，遂玷污宫闱。即洗儿一事，新旧《唐书》皆所不载，就见元微之轻薄之词有'金鸡帐下洗儿时'一句，后人遂以为确据，甚属可恨。且奸相伏诛，六军可发，是件顺情合理之事。这陈元礼上无忧国之心，下无束师之律，罪应摒弃。若要将这些事翻转来，此外尚多呢。①

虽然此处只是替杨玉环洗去祸水的罪名，并没有详细提及绿珠，但是从文中"这四种更妙，为普天下才子佳人吐气"可推知，作者借书中人物之口有力地反驳了美女祸水论。

---

① ［清］陈森：《品花宝鉴》二十四回，《中国古典小说研究资料丛书》，上海古籍出版社1990年版，第340页。

结　语

纵观古今中外作品，人们都不难发现，在所有男性作家的笔下，女人不是被描写为温柔、美丽、顺从的"贞女"形象，就是描写为淫乱、风骚、凶狠的"荡妇"形象。人们仅仅根据他们对于性欲的态度加以分类。这种分类同样出于男性的价值观念，"关于妇女的从属地位的最意味深长的证据之一，是要么认为她们比男人更好要么比男人更坏这样一种倾向，因为这种倾向暗示着：只有男人才是正常的，才有适度的人性。结果，女人或者被拔高为女神、贞女或母亲，成为纯洁、仁慈和爱的象征；或者被谴责为娼妓、巫婆、诱惑者，成为变节、恶毒和淫荡的象征"①。

在漫长的奴隶制和封建制社会中，妇女的地位始终卑下而微不足道，受尽侮辱和损害。在男性话语为中心，男性审美为主流意识形态的社会体系中，女性尤其是貌美的女性曾经无数次被蔑称为亡国败家的"祸水"；后人斥责绿珠为石崇亡家的祸水妖姬，源于美女祸水论。无论是西方文学还是中国文学都不约而同地诅咒"女色"，都认为建功立业是男人所为，国破家亡的原因全在女人。"女色祸水"之所以为祸水在于它可以唤起男人的生理上的本能的情欲。尽管对性爱的向往和追求是人之本能使然，在封建社会中男子嫖妓纳妾是风流和才能的炫耀，但是女色又往往容易让"治国平天下"的男子沉溺其中无法自拔，于是原本作为男性事业成功的点缀和陪衬的女色如今转眼又被权力话语定位成了伤风败俗、误国误身的"妖孽""祸水"。美女红颜祸水，表现了男性在女性魅力面前一方面不能自已，另一方面又无限恐惧的矛盾心态。一旦好色与维护既定的封建秩序之间发生矛盾，男人就轻而易举地把责任推卸到女人身上，使之成为标准的诱惑者和祸水形象。而这些解释和评价，无不显示了男权对女性这一异己力量的恐惧、贬斥、戒备。

视绿珠为亡家祸水者，认为孙秀索要绿珠，石崇就应该把绿珠拱手让于孙秀，这样才是识时务者的俊杰，才是明哲保身的良策，绿珠只不过是

---

① ［美］邓尼斯·卡莫迪：《妇女与世界宗教》，徐均尧等译，四川人民出版社1989年版，第9页。

一歌妓而已，即使是把绿珠忍痛送给孙秀，石崇还有无数美丽的歌妓舞妓。在他们看来，绿珠只不过是一个能歌善舞的高级的玩物而已，可以随便被权豪势要们争来夺去，石崇因为一个歌妓而招来杀身之祸，非常不值得。绿珠是给石崇带来杀身之祸的罪魁祸首，是亡家的祸水。

而贞节烈女则满足了男权文化机制对女性的期待，美貌、忠贞与温驯，是男权文化为了解除对自身的威胁而给异己群体强加的规定性。正如恩格斯所反复指出的那样，贞操观念的制约仅仅是男性将女性私有化所制造出来的一副精神重轭。宗法制社会颇重子嗣，君位、爵位乃至财产都是世袭。"子必己出"的继嗣观念必须使妇女严守贞操，从一而终。贞节对于妇女而言，有时甚至比生命更为重要。贞节成了妇女的第一生命，作为人的女性的生存权利和生存欲望都被抹煞和掠夺了。贞节的价值大于生命的价值，失去了贞节生命的价值也就黯然失色，保住了贞节则虽死犹荣。贞节观念源于男女不平等和男性自私的占有欲，与男性利己的性要求和病态嗜好密不可分。女子附属于男子，女子是男子的私有财产，由他们任意支配，要求对其绝对服从。贞节道德从萌生那一天起，就是倾斜的不平等的，是男人强迫女人遵守的奴隶道德。女人守节保证了男子对女子性的私有权，女人守节，与其说是保护自己的名节，不如说是替男人保护他对自己的私有权。随着中央集权专制主义的加强，对妇女的束缚和限制则日益严苛。使女性永远处于被玩赏，被使用的第二性的地位。绿珠为石崇保全了贞节不惜坠楼而死，没有被孙秀玷污，保证了石崇对绿珠的性的独占权，但石崇却是妻妾成群。石崇宠幸绿珠，是石崇对绿珠施加的恩惠，绿珠为此要不惜用生命来报答。

所以后人无论是斥责绿珠为石崇亡家的祸水妖姬，极力讴歌绿珠宁为玉碎不为瓦全的殉情之烈举，还是褒扬绿珠知恩图报以死报恩的壮举，都反映了现实生活中男性对女性的评价与控制，直接服务于男性中心文化，是传统男权的女性价值尺度的折射。

参考文献

古籍：

[1]〔汉〕刘向著，刘晓东校点：《列女传》，辽宁教育出版社1998年版。

[2]〔后晋〕刘昫等撰：《旧唐书》，中华书局1975年版。

[3]〔唐〕欧阳询编，汪绍楹校点：《艺文类聚》，上海古籍出版社1998年版。

[4]〔宋〕李昉等编：《太平广记》，哈尔滨出版社1995年版。

[5]〔宋〕李昉等编：《太平御览》，中华书局1963年版。

[6]〔元〕陶宗仪撰，王雪玲校点：《南村辍耕录》，辽宁教育出版社1998年版。

[7]〔明〕谢肇淛撰，陈正青整理，熊月之审阅：《五杂俎》，《传世藏书》子库杂记类，海南国际新闻出版中心1996年版。

[8]〔明〕王世贞辑，汤显族批选，平襟亚校：《艳异编》，江苏广陵古籍刻印社1998年版。

[9]〔明〕毕魏：《竹叶舟》，《古本戏曲丛刊二集》，国家图书馆出版社1955年版。

[10]〔清〕顾族禹撰：《读史方舆纪要》，上海书店出版社1998年版。

[11]〔清〕陈梦雷编纂，蒋廷锡校订：《古今图书集成》，中华书局、巴蜀书社1985年版。

[12]〔清〕严可均校辑：《全上古三代秦汉六朝文》，中华书局1987年版。

[13]逯钦立辑校：《先秦汉魏晋南北朝诗》，中华书局1983年版。

[14]〔清〕慕真山人撰：《青楼梦》，岳麓书社1988年版。

[15]〔清〕董诰等纂修：《全唐文》，中华书局1983年版。

[16]〔清〕谢启昆监修：《广西通志》，载《中国边疆丛书》，台湾文海出版社影印版。

[17]任士谦修，朱德华纂：《博白县志》，环玉书院藏道光十二年刻本。

[18]《嘉庆重修一统志·河南府志》，中华书局1986年版。

[19]曹绣君编：《古今情海》，上海文艺出版社1990年影印本。

[20]古吴靓芬女史贾茗辑：《女聊斋志异》，齐鲁书社1985年版。

[21]余嘉锡撰：《世说新语笺疏》，中华书局1983年版。

[22]陈贻焮主编：《增订注释全唐诗》，文化艺术出版社2001年版。

[23]《二十五史》，中华书局校点本。

[24]庄一拂编著：《古典戏曲存目汇考》，上海古籍出版社1982年版。

[25]王森然主编：《中国剧目辞典》，河北教育出版社1997年版。

[26]宁稼雨编著：《中国文言小说总目提要》，齐鲁书社1996年。

[27]郭英德编著：《明清传奇综录》，河北教育出版社1997年版。

[28]董康辑录：《曲海总目提要》，人民文学出版社1959年版。

[29]《笔记小说大观》，台北新兴书局1981年版。

[30]《中国通俗小说总目提要》，中国文联出版公司1990年版。

[31]孙楷第：《中国通俗小说书目》，作家出版社1957年版。

研究专著：

[1] ［德］恩斯特·卡西尔：《人论》，甘阳译，上海译文出版社1985年版。

[2] ［保］瓦西列夫：《情爱论》，赵永穆等译，生活·读书·新知三联书店1984年版。

[3]胡士莹：《话本小说概论》，中华书局1980年版。

[4]陈桂声：《话本叙录》，珠海出版社2001年版。

[5]陶毅、明欣：《中国婚姻家庭制度史》，东方出版社1994年版。

[6]李欣灿：《女性主义关照下的他者世界》，中国社会科学出版社2001年版。

[7]邵伏先：《中国婚姻与家庭》，人民出版社1989年版。

[8]董家遵：《中国古代婚姻史研究》，广东人民出版社1995年版。

[9]程毅中：《宋元小说研究》，江苏古籍出版社1998年版。

[10]吴志达：《中国文言小说史》，齐鲁书社1994年版。

[11]陈东原：《中国妇女生活史》，上海书店1984年版。

[12]陈顾远：《中国婚姻史》，岳麓书社1998年版。

[13]戴伟：《中国婚姻性爱史稿》，东方出版社1992年版。

[14]陈鹏：《中国婚姻史稿》，中华书局1990年版。

[15]陶慕宁：《青楼文学与文化》，东方出版社1993年版。

[16]陶毅、明欣：《中国婚姻家庭制度史》，东方出版社1994年版。

[17]王叔奴：《中国娼妓史》：岳麓书社1998年版。

[18]余英时：《士与中国文化》，上海人民出版社1987年版。

期刊论文：

[1]袁行霈：《百年徘徊——初唐诗歌的创作趋势》，《北京大学学报（哲学社会科学版）》，1994年第6期。

[2]王小青：《小说的诗化　诗化的小说——〈红楼梦〉艺术风格管窥》，《河北师范大学学报（哲学社会科学版）》，1994年第4期。

[3]陈信凌：《庾信"乡关之思"新论——兼谈庾信的人格评价》，《南昌大学学报（社会科学版）》，1994年第1期。

[4]吴寿林：《试析吴梅村的〈圆圆曲〉》，《上海海运学院学报》，1994年第2期。

[5]梁丰：《博白旧县志所载诗文亦云杨玉环是容县人》，《文史春秋》1994年第4期。

[6]赵谦：《柳永歌妓词三题》，《文学遗产》，1994年第4期。

[7]吴功正：《六朝乐舞美学（上篇）》，《中国文化研究》，1994年第3期。

[8]黄育馥：《京剧——观察中国女性地位变化的窗口（1790－1937）》，《妇女研究论丛》，1995年第3期。

[9]王畅：《叛逆与桎梏——简论〈女才子书〉的思想艺术》，《河北师范大学学报（哲学社会科学版）》，1995年第3期。

[10]胡明：《关于中国古代的妇女文学》，《文学评论》，1995年第3期。

[11]刘书成：《论中国古代小说的时空模糊叙事构架》，《西北师大学报（社会科学版）》，1995年第5期。

[12]陈文新：《论笔记体与传奇体的品格差异》，《学术研究》，1995年第1期。

[13]王庆云：《文学至宋——世俗之美的选择》，《烟台师范学院学报（哲学社会科学版）》，1995年第2期。

[14]宋德金：《辽金妇女的社会地位》，《中国史研究》，1995年第3期。

[15]夏保连、刘文芳：《西晋的腐败风气与门阀制度》，《晋阳学刊》1996年第1期。

[16]邓魁英：《辛稼轩的咏花词》，《文学遗产》1996年第3期。

[17]陈坤、李纯明、孙军：《中国古典诗词中的伤春意识》，《阴山学刊（社会科学版）》，1996年第3期。

[18]康式昭：《菊坛盛会、异彩纷呈——首届中国京剧艺术节述评》，《中国京剧》，1996年第1期。

[19]陈平原：《中国小说中的文人叙事——明清章回小说研究（上）》，《郑州大学学报（哲学社会科学版）》，1996年第5期。

[20]王宏晓：《洛阳八景话沧桑》，《中州统战》，1996年第1期。

[21]刘辉煌：《中国插图史述略》，《装饰》，1996年第6期。

[22]王启忠：《试论中国古代小说物化载量的文化价值》，《明清小说研究》，1996年第2期。

[23]任小燕：《我国最早的木版年画四美图》，《沧桑》，1997年第5期。

[24]李乃龙：《论唐代艳情游仙诗》，《广西师范大学学报（哲学社会科学版）》，1997年第3期。

[25]季学原：《〈五美吟〉——林黛玉的历史指向》，《红楼梦学刊》，1997年第3期。

[26]曲文军：《绛珠"还泪"的文化意蕴初探》，《南都学坛》，1997年第5期。

[27]陶维彬：《水：一个原型的分析——兼论水与女性的相关意义》，《辽宁大学学报（哲学社会科学版）》，1997年第5期。

[28]伏俊连：《敦煌赋研究八十年》，《文学遗产》，1997年第1期。

[29]王晓骊：《逐弦管之音，为侧艳之词——试论冶游之风对晚唐五代北宋词的影响》，《文学遗产》，1997年第3期。

[30]查洪德：《郝经的学术与文艺》，《文学遗产》，1997年第6期。

[31]介子平：《〈四美图〉衣饰考》，《新闻出版交流》，1997年第2期。

[32]白化文：《中国古代版画溯源（上）》，《中国典籍与文化》，1998年第4期。

[33]彭会资：《论岭南民俗文化圈的古代文艺学》，《学术论坛》，1997年第3期。

[34]肖钢：《性感的、文化的——关于中国舞蹈》，《南方文坛》，1997年第6期。

[35]齐红伟：《桃花意象与阿妮玛原型》，《江苏社会科学》，1997年第3期。

[36]康来新：《始有意治之——宋人在小说学的开展意义》，《明清小说研究》，1997第4期。

[37]郭英德：《雅与俗的扭结——明清传奇戏曲语言风格的变迁》，《北京师范大学学报（社会科学版）》，1998年第2期。

[38]任晓勇：《简析李白的功成身退思想》，《内江师范学院学报》，1998年第3期。

[39]杨子怡：《屈大均诗歌的文化精神与美学品格》，《汕头大学学报（人文科学版）》，1998年第4期。

[40]王克芬：《荟萃交流异彩纷呈——论魏晋南北朝文化·乐舞》，《文艺研究》1998年第5期。

[41]成贻顺：《从红楼复梦看清代镇江的戏曲、曲艺活动》，《艺术百家》，1998年第1期。

[42]钱学烈：《试论寒山诗中的儒家与道家思想》，《中国文化研究》，1998年第2期。

[43]李光富：《论石崇的纵情享乐及其社会环境》，《成都师范高等专科学校学报》，1998年第4期。

[44]陈松青：《唐代咏史诗论三题》，《松辽学刊（社会科学版）》，1999年第5期。

[45]陶应昌：《论云南古代女作家》，《云南师范大学学报（哲学社会科学版）》，1999年第2期。

[46]王建华：《中国古代文人和妓女》，《大理师专学报》，2000年第3期。

[47]周国林：《论杜牧的女性观》，《长沙电力学院学报（社会科学版）》，2000年第2期。

[48]汪泰陵：《论明末清初的遗民词》，《贵州师范大学学报（社会科学版）》，2000年第4期。

[49]莫砺锋：《论晚唐的咏史组诗》，《社会科学战线》，2000第4期。

[50]李根万：《中国笛子艺术探微》，《新疆艺术（汉文版）》，2000年第3期。

[51]沈金浩：《论"三言""二拍"的钱财观》，《广州大学学报（社会科学版）》，2001年第1期。

[52]李旭：《妓女与词》，《海南师范学院学报（人文社会科学版）》，2001年第4期。

[53]张喜贵：《庾信作品中的女性题材论略》，《学术交流》，2001年6期。

[54]汤蓓蕾：《对庾信"失节"的分析及其评价》，《丽水师范专科学校学报》，2002年第1期。

[55]何满子：《中国古代笛史札记》，《南京师范大学文学院学报》，2002年第3期。

[56]张琼：《也说杨维桢的咏史诗》，《内蒙古社会科学（汉文版）》，2002年第5期。

[57]鲍震培：《清代"女中丈夫"风尚与弹词小说女豪杰形象》，《山西师大学报（社会科学版）》，2003年第1期。

[58]杜志军：《论近代狭邪小说对"情"的表现》，《河北学刊》，2003年第1期。

[59]许军：《论宋元小说的道德劝惩观念》，《广西社会科学》，2003年第11期。

[60]赵望秦：《汪遵咏史诗考论》，《南京师范大学文学院学报》，2003年第3期。

[61]许军：《论宋代文言小说中女性形象演变的文学史意义》，《云南社会科学》2004第1期。

[62]岑玲：《从〈韩凭夫妇〉看古代殉情模式的原型意蕴》，《遵义师范学院学报》，1999年第4期。

[63]王立：《古代动物悼亡殉死传说的文化内蕴》，《荆州师范学院学报》，2000年第1期。

[64]陈桂华：《千古殉情第一男——试析〈孔雀东南飞〉中焦仲卿的人物形象》，《辽宁商务职业学院学报》，2000年第2期。

[65]马瑞芳：《女性意识在三国水浒中的空前失落》，《东方论坛》，1994年第4期。

[66]孟庆茹：《评〈水浒传〉的妇女形象塑造》，《北华大学学报（社会科学版）》，1994年第2期。

[67]杨莉馨：《父权文化对女性的期待——试论西方文学中的"家庭天使"》，《南京师大学报（社会科学版）》，1996年第2期。

[68]韩学君、钟学丽：《灵魂的畸变，人性的异化——〈水浒传〉女性透视》，《湖南教育学院学报》，1998年第3期。

[69]李祥林：《他者目光中的"妖魔"——中国戏曲的女权文化解读之二》，《民族艺术》，1999年第2期。

[70]蒋清凤：《"女色祸水"中"荡妇"的非真实镜像》，《衡阳师范学院学报》，2001年第2期。

[71]吴坚、闫丽杰：《论中国古代文学中的"女性崇拜"与"女人祸水"观》，《沈阳教育学院学报》，2001年第4期。

[72]苏雅勤：《略论明清"性沟"文学作品中的妇女地位》，《社科纵横》，2002年第4期。

[73]龚浩群、熊和平：《娶得龙女 事事如愿——"龙女"故事解析》，

《湖北民族学院学报（哲学社会科学版）》，2001年第1期。

[74]顾希佳：《蜈蚣报恩型故事的类型解析》，《广西民族学院学报（哲学社会科学版）》，2002年第5期。

[75]徐兴菊：《由〈柳毅传〉看古代的恩报伦理》，《乐山师范学院学报》，2003年第7期。

[76]魏良弢：《忠节的历史考察：先秦时期》，《南京大学学报（哲学社会科学版）》，1994年第1期。

[77]李颖科、符均：《孔子与忠孝节义的史学思潮》，《陕西师范大学学报（哲学社会科学版）》，1995年第2期。

[78]王立：《忠奸斗争与古代复仇文学主题二论》，《东北师大学报（哲学社会科学版）》，1996年第5期。

[79]方介：《说"忠"与"不忠"》，《史学集刊》，1997年第4期。

[80]张新斌：《殷比干三论》，《殷都学刊》，1998年第4期。

[81]徐玉如、隋长虹：《试论中国古典悲剧中的忠臣义士》，《景德镇高专学报》，2001年第3期。

[82]晋文：《论经学与汉代忠孝观的整合》，《江海学刊》，2001年第5期。

[83]郭玉坤：《放浪纵逸之情 磊落不平之气——再谈元散曲思想特色》，《辽宁师专学报（社会科学版）》，2001年第2期。

[84]路育松：《试论宋太祖时期的忠节观建设》，《中州学刊》，2001年第6期。

[85]刘伟航、陶贤都：《从嵇绍之死看中国古代的忠孝观》，《四川师范学院学报（哲学社会科学版）》，2002年第4期。

[86]胡小伟：《唐代社会转型与唐人小说的忠义观念——兼论唐代的关羽崇拜》，《文学遗产》，2003年第2期。

[87]王立：《古代悼妓姬文学题材的情感指向——悼祭主题中的人伦关怀漫谈》，《文史杂志》，1997年第1期。

[88]陈劲：《"士为知己者死"说》，《渝州大学学报（社会科学版）》，1999年第2期。

[89]常昭、常青：《"士为知己者死"辨》，《济南大学学报（社会科学版）》，2001年第4期。

[90]李家欣：《中国士人的屈原情结与人生困惑》，《云梦学刊》，2001年第1期。

[91]黄芸珠：《论〈浮生六记〉陈芸形象的文化底蕴》，《明清小说研究》，2002年第4期。

[92]王正：《文人的书香情结——"神仙考验"母题与"红袖添香"意象别解》，《浙江学刊》，2004年第1期。

[93]杨海明：《"妙在得于妇人"——论歌妓对唐宋词的作用》，《中国典籍与文化》，1995年第2期。

[94]陈辽：《中国文学中的别一景观——谈"写妓女"的文学和妓女写的文学》，《江苏社会科学》1999年第3期。

[95]张衬：《浅议歌妓在元曲发展中的作用》，《河南社会科学》，2000年第2期。

[96]权应相：《唐代歌妓与文人交感及诗风变迁》，《南京师大学报（社会科学版）》，2001年第5期。

[97]时东明、田全金：《柳永的情词与"恋妓情结"》，《临沂师范学院学报》，2003年第1期。

[98]黄敏、程箐：《以歌妓为参照的词人身份——兼谈苏轼、柳永的自我选择》，《湖北社会科学》2003年第12期。

[99]彭洁莹：《"流连光景惜朱颜"——宋词中的人生况味及其与歌妓的关系》，《湛江海洋大学学报》，2003年第5期。

[100]张涛：《被肯定的否定——从〈清史稿·列女传〉中的妇女自杀现象看清代妇女境遇》，《清史研究》，2001年第3期。

[101]周晓琳：《男权话语的产物——〈三国演义〉女性形象论》，《四川师范学院学报（哲学社会科学版）》，2002年第6期。

[102]周中明：《姚鼐的妇女观和他笔下的妇女形象》，《安徽大学学报（哲学社会科学版）》，2003年第5期。

[103]周致元：《明代徽州的教化措施及其影响》，《安徽大学学报（哲学

社会科学版）》，1996年第2期。

[104]杜芳琴：《明清贞节的特点及其原因》，《山西师大学报（社会科学版）》，1997年第4期。

[105]阎广芬：《简论古代女子的伦理道德观》，《中华女子学院学报》，1998年第4期。

[106]余峀：《元代爱情剧和中国传统婚姻观》，《济宁师专学报》，1999年第1期。

[107]毛阳光：《从墓志看唐代妇女的贞节观》《宝鸡文理学院学报（社会科学版）》，2000年第2期。

[108]孙顺华：《唐朝妇女观之嬗变与社会政治》，《文史哲》，2000年第2期。

[109]陈筱芳：《春秋时期的贞节观》，《西南民族学院学报（哲学社会科学版）》，2000年第1期。

[110]舒红霞：《宋代理学贞节观及其影响》，《西北大学学报（哲学社会科学版）》，2000年第1期。

[111]曾凡安：《明末拟话本小说中的贞节与情爱》，《四川大学学报（哲学社会科学版）》，2001年第4期。

[112]宁稼雨、梁晓萍：《秋胡故事解析——兼论中国古代女性在婚姻中的自主地位》，《天津大学学报（社会科学版）》，2001年第2期。

[113]陈家桢：《"理"对"情"的窒息与扼杀——兼谈〈金瓶梅〉中的贞节现象》，《学术交流》，2001年第6期。

[114]郭玉峰：《中国古代贞节的结构、演变及其实质》，《天津社会科学》，2002年第5期。

[115]郭玉峰、王贞：《中国古代的贞节：并非仅对女性的规范》，《天津师范大学学报（社会科学版）》，2002年第5期。

[116]焦杰：《〈列女传〉与周秦汉唐妇德标准》，《陕西师范大学学报（哲学社会科学版）》，2003年第6期。

[117]刘长江：《明清贞节观嬗变述论》，《西南民族大学学报（人文社科版）》，2003年第12期。

[118]董倩：《试论明代贞节观的嬗变》，《中华女子学院学报》，2003年第6期。

[119]詹丹：《冯梦龙的情学观——冯梦龙启蒙主义思想片论之一》，《上海师范大学学报（哲学社会科学版）》，1994年第2期。

[120]曹萌：《再论明末言情小说观及其发展段落》，《南开学报（哲学社会科学版）》，1997年第2期。

[121]李敏星：《〈娇红记〉悲剧意义试探》，《怀化师专学报》，2001年第3期。

[122]王立：《古代相思文学中的相思鸟、连理树意象寻秘》，《华南师范大学学报（社会科学版）》，2000年第6期。

[123]王立：《明清江南的富民阶层及其社会影响》，《中国社会经济史研究》，2003年第1期。

[124]毛德富：《从明代市民小说看市民阶层的世俗情怀》，《郑州大学学报（哲学社会科学版）》，1998年第4期。

[125]毛德富：《宋元南戏中的士人婚恋主题》，《内蒙古工业大学学报（社会科学版）》，1999年第2期。

[126]焦杰：《古代爱情故事中化蝶结局的由来》，《中国典籍与文化》，1995年第3期。

[127]王立年：《古代悼妓姬文学的情感指向试探——悼祭主题角色人伦关怀片论》，《河池师范高等专科学校学报》，1998第1期。

[128]关四平：《封建帝王与士人关系的优化模式——〈三国志演义〉中刘氏父子与诸葛亮关系的文化透视》，《北方论丛》，1994年第5期。

[129]方星移：《歌妓角色与词人身份——词人笔下的歌妓形象》，《惠州学院学报》，2003年第2期。

[130]周芳芸：《红颜薄命 人生长恨——中国文学古今妓女形象比较》，《天府新论》，1999年第4期。

理论建设

课堂教学和学位论文中蕴含的
中国叙事文化学理论要素

李万营

一、课堂教学内容中蕴含的理论体系雏形

宁稼雨教授对中国叙事文化学理论的积极思考，在课堂教学中得到系统阐述与不断丰富、发展。1994年，宁稼雨教授为文学院研究生开设"叙事文化学概论"课程，旨在通过课程的学习，使学生初步了解和掌握主题学、文化学的研究方法，用以分析中国叙事文化学中的各类主题。本课程系统阐述了叙事文化学的范畴、对象和方法，并以相关研究作为主题研究和题材研究的示例。

在课程开设之初，宁稼雨教授对叙事文化学的内容、目的和研究方法已经有了明确的认识，即以文献考据学方法，解决叙事文学作品的文献、文本自身形态演变的过程问题；在此基础上，以文本对象为基本视点完成对源和流的解释和阐释工作，分析、挖掘、解释文本形态的面貌、动因。以此为中心，宁稼雨教授解释了叙事、叙事文学、叙事文化等概念，详细介绍了收集研究对象的文献途径以及对主题学、文化批评等研究方法的吸收与利用。

中国叙事文化学的基本框架至此已具雏形，而对相关问题的认识，则在课堂教学中不断得到深化。

一是在对主题学的吸收与利用方面，逐渐形成适用于中国古代叙事文学的主题研究路径、主题类型，并将故事类型索引编制确定为中国叙事文

化学的整体构架的三个部分之一，在研究方面也进行了成功实践。

叙事文化学是吸收主题学的合理内核建立起来的。主题学研究始于19世纪德国格林兄弟对民间文学的研究，侧重分析民间故事的演变，主要思路是以主题、母题（以及意象、套语等）等为关注对象，研究不同时代、地域的作者对某一相同主题、母题的利用和改编等情况。宁稼雨教授敏锐地发现，主题学的研究对象民间故事与中国古代叙事文学在个案故事形态上具有很大相似性，即同一故事具有多种不同演绎形态，这一点也是主题学研究方法成立的基本根据。这个根本点上的相似为中国叙事文化学对于主题学研究的借用提供了基础和可能。关注同一故事在不同文体、不同文本之间的流动与演变，就是在借鉴主题学理论的基础上形成的叙事文化学的基本研究思路。

在对主题学的认识方面，"叙事文化学"课程开设之初（1994），主要向学生介绍主题、母题、意象、主题学、主题类型等概念，并指导分析如何辩证地加以利用。1998年前后，宁稼雨教授在授课中开始深入分析主题类型的界定，在对《六朝小说情节类型索引》以及国际通行的"AT分类法"进行分析、介绍的基础上，思考中国古代叙事文学主题类型的特殊性，初步提出以人物、题材、具体事件、器物物件为对象的分类设想。2004年前后，宁稼雨教授已经形成了中国古代叙事文学主题类型的成熟的分类标准，即自然类（非人工化的天然现象）、怪异类、人物类、器物类、动物类、综合类六大类型，并提出将编制中国古代叙事文学主题类型索引作为中国叙事文化学研究的三大目标之一。

与课堂教学所反映出的理论探索相对应的是，宁稼雨教授于1999年以"六朝叙事文学的主题类型研究"为题申请并获得了国家社科基金项目（项目编号：99BZW014），该项目于2005年结项，编制了《先唐叙事文学故事主题类型索引》并获得资助出版（南开大学出版社，2011年）。该成果以天地类、怪异类、人物类、器物类、动物类、事件类六大类型为纲，对唐代以前叙事文学文本按照主题类型做了初步分类整理。

在此成果的基础上，宁稼雨教授将唐代以后的故事主题类型索引编制也列入了叙事文化学的研究计划，目的在于尽可能摸清从先秦至明清中国古代叙事文学故事类型的全部数量，并按照中国叙事文化学研究的体系需要，将其进行分类编号，便于中国叙事文化学研究长久研究的检索和参考。

二是对叙事文化学的理论思考方面，不断摸索相关理论方法，逐渐确认叙事文化学的学科属性，提出"以中为体，以西为用"的总体方针。

笼统地说，叙事文化学应该算作比较文学的一种研究范式，需要了解和借助比较文学的研究方法、学科地位来站住阵脚，因而在最初的课堂教学中会强调叙事文化学在比较文学中的地位，并将比较文学的主题学、原型批评、文化批评作为叙事文化学的具体方法。随着对叙事文化学理论思考的成熟（1998—2004），同时对于比较文学的了解进一步加深，课堂教学会将叙事文化学与比较文学并列，分析比较文学的研究方式——影响研究与平行研究，在哪些方面能够适用于中国古代叙事文学的研究，从而可以为叙事文化学研究提供借鉴。相应地，将最初对叙事文化学具体方法的介绍，变为突出主题学研究与文化批评两个方面，分析各自的适用方法。文化批评研究方面，最初的课堂教学是从思想、身份、生活方式、文艺、物质、地域等方面介绍中国文化的类型；1998年前后改为总结与文学作品有关的教化精神、道德观念、历史意识、人生价值等文化批评着手点；2004年前后改为从神话学派、进化论学派、心理分析学派、历史地理学派等西方学派的研究思路中寻找适合于叙事文化学研究的基因。

在对西方理论的深入了解与对叙事文化学的理论建构与研究实践中，宁稼雨教授越来越明确地意识到，西方理论与中国文学研究并不能简单地奉行"拿来主义"，而应该将"以中为体，以西为用"作为西方理论与中国文学研究结合与应用的原则，此方针后被贯彻为叙事文化学的总体方针。

三是提出"竭泽而渔"的文献收集理念，不断补充完善文献收集方法途径。

在课堂教学中，宁稼雨教授一直强调文献考据学对于叙事文化学研究的重要意义：文献搜集并不仅仅是方法或操作手段，它对于叙事文化学研究的理论意义在于，用"竭泽而渔"的理念和操作实践，与其他意象主题研究和小说戏曲同源关系研究划清界限，用文献资源的无限扩大表示这种方法学术视野的宏阔宽广，为故事类型的文化分析奠定充分的材料基础。

正因其重要性，宁稼雨教授会详细讲授文献收集的方法途径。开课之初择要介绍了叙事文化学研究适用的目录、作品总集、类书丛书，如正史艺文志、经籍志及常见的古代私人藏书目，以及《曲海总目提要》《中国通俗小说总目提要》等11种小说戏曲相关书目，《类说》《清平山堂话本》《古本小说丛刊》等9种小说总集和《六十种曲》《古本戏曲丛刊》等14种戏曲总集，《古今说海》《稗海》等8种小说丛书。至1998年前后，课堂介绍的与小说戏曲相关的书目增加到14种，小说总集增加到16种，小说丛书增加到17种；至2004年前后，授课介绍的与小说戏曲相关的书目、词典增加到37种，戏曲总集增加到17种。不但增加了数目，而且详细介绍了各种文献的版本、内容范围等具体情况。1998年以来，不但增加了对于索引的介绍，将类书、史书、集部的重要索引介绍给学生，而且布置课下作业，使学生动手翻查介绍的书籍，真正锻炼了同学搜集文献的能力。

随着文献收集方法途径的不断补充与渐趋完善，"竭泽而渔"的理念成为可操作的可以无限接近的目标；而文献搜集的"竭泽而渔"，保证了梳理与勾勒故事演变轨迹的科学性。

总而言之，课堂教学内容的变迁反映了宁稼雨教授对叙事文化学理论思考的逐渐成熟，教与学的互动也促使叙事文化学在理论与实践的良性互动中不断成长。

二、学位论文对理论体系实践情况分析

在此期间，宁稼雨教授指导的学年论文、学位论文中均有实践叙事文化学理论的个案研究，限于准备时间充分与否的问题，学位论文更能反映对叙事文化学理论的实践情况，兹以此进行分析。

1994—2004年间，宁稼雨教授指导的叙事文化学研究的学位论文包括7篇本科学位论文和8篇硕士学位论文。这些论文基本遵照了叙事文化学的研究思路，即在文献梳理的基础上考察故事演变，分析故事演变的文化主题与动因。无论在写作模式方面还是内容分析方面，这些论文都呈现出积极探索的痕迹。

在写作模式方面，本科论文一般以时间顺序安排章节，梳理不同时代

的文本以及文本所呈现的演变轨迹，并结合不同时代的社会文化背景分析历次演变的原因所在。这是将叙事文化学的方法思路进行了朴素的实践，也存在着模仿主题学经典文章（例如顾颉刚《孟姜女故事研究》）的因素。当然，这种写作模式也是适合毕业论文篇幅的写作模式，而写作者也在这种模式中积极探索创新。如王佳斌《刘晨、阮肇遇仙故事的演变及其文化意蕴》（2000）按年代梳理刘晨阮肇故事产生、发展及造成变化的不同时代的社会文化背景，并在结语中从社会背景、文学形式、志怪小说的地位的方面总结了该故事演变的原因与动力，可以说是作者对故事演变研究的积极探索。朱恩贞《湘妃故事嬗变研究》（2001）亦是通过故事情节演变，分析此故事嬗变的缘由与文化内涵，不同的是作者对相关文献做了列表式的叙录，也是作者对叙事文化研究写作模式的积极探索。

硕士论文在写作模式方面的探索更为明显。由于硕士论文篇幅限制相对较小，在写作叙事文化学研究论文时，可以对主题演变及原因进行更为深入、细致地探索，而学位论文的科学性与格式化性质，也对写作模式提出了挑战。最初，顾颉刚《孟姜女故事研究》的模式仍在起着重要的示范作用，如张文《杨妃故事嬗变研究》（2000）主体部分按照杨妃故事的文献叙录、杨妃故事的主题思想演变、杨妃故事的情节演变分为三章。虽然将主题思想演变与情节演变分属两章，但实际还是按时代先后对演变进行的梳理。牛景丽《"山中方七日，世上已千年"——中国古代时差故事渊源考析兼论中国古代道教相对时间观》（2001）不再纯粹按照时间的顺序，而是按照进化的逻辑，梳理时差故事的起源、发展、演变与成熟，分析了时差故事的产生与佛教时间观念等思想的关系，而将仙话模式作为时差故事的发展，将冥界时差故事作为时差故事的演变，从而对时差故事的佛教、道教思想文化的关系进行了深入研究。可以说，此文的写作模式已经形成了突破。梁晓萍《西施故事流变及其文化探源》（2001）在将西施故事生成过程梳理清晰以后，将此故事涉及的文化因素分别设章，再按时间顺序对每种文化因素进行梳理分析，形成西施故事与吴越文化、西施故事与历史意识、西施故事与美女祸水、西施故事与生命情绪、西施故事与美人幻梦五章。此文的研究模式后来被作为相对成熟的模式得到沿袭，如杨奉勤

《木兰故事演变及其文化关照》（2002）重点对儒家文化与市民文化对木兰故事的改造进行了分析，任正君《韩湘子故事演变及其文化意蕴》（2003）重点对韩湘子故事的修道主题、济世主题进行了梳理分析，胡宝未《李慧娘故事情节演变及其文化意蕴》（2004）重点对李慧娘故事的历史情节、爱情情节所蕴含的文化主题进行了梳理分析，夏习英《绿珠故事的演变及其文化意蕴》（2004）重点对绿珠故事中的殉情、报恩、美女祸水等文化因素进行了梳理分析。

下面来分析学位论文对叙事文化学基本要素的实践情况。

从选题来看，以人物为中心的选题最为常见，如本科学位论文中的西王母故事（1999）、刘晨阮肇遇仙故事（2000）、九天玄女形象（2001）、湘妃故事（2001），硕士学位论文中的杨妃故事（2000）、卓文君私奔相如故事（2001）、西施故事（2001）、聂隐娘形象（2002）、木兰故事（2002）、韩湘子故事（2003）、李慧娘故事（2004）、绿珠故事（2004）。这一方面是受主题学研究的先驱顾颉刚《孟姜女故事研究》一文的影响，另一方面，由以人物为中心到对其他故事类型的关注，也显现出写作者对故事主题类型问题的探索。

实际上，个案故事研究应当与中国古代故事类型索引的编制、研究相配合，以充分展现中国古代叙事文学与叙事文化的丰富性、复杂性。随着宁稼雨教授对中国古代叙事文学故事类型的思考的深入，天地、怪异、人物、器物、动物、事件等六大类型被提出，人物故事以外，其他类型的故事应该得到更多关注。学位论文中便有这样的实践，牛景丽《"山中方七日，世上已千年"——中国古代时差故事渊源考析兼论中国古代道教相对时间观》（2001）探讨的"山中方七日，世上已千年"的虚幻世界与真实世界的时间差异故事，便属于事件类的故事研究，通过对此类故事的研究，理清了佛教、道教文化在这类故事演变中扮演的角色，探索了道教相对时间观；章剑《略论妒妇故事演变及其文化意蕴》（2002）探讨的妒妇虽然是人物，但实际指向的是夫妻关系，亦属于事件类的故事，文章对不同时代对妒妇故事的不同书写与态度进行了分析与总结，由此探索了国家本位、家庭本位观念对此故事的影响以及故事流变所指涉的大传统与小传统的新

410

变。由此可见不同类型故事的演变研究有其独特的文化关照意义。

从对文献的收集来看，叙事文化学要求"竭泽而渔"地收集与研究对象相关的文献。在这方面，硕士学位论文显然比本科学位论文做得更好，虽然我们不能将两者做绝对数量的对比，但从收集材料的类型上可以看出一些端倪。本科论文收集材料主要集中于史传、笔记、白话小说与戏曲等叙事文学材料，虽然注意到诗歌将故事作为典故征引或者将故事作为歌咏对象，但往往没有对这些材料进行特别的关注和研究。硕士学位论文则不但关注传统的叙事文学材料，对于传统诗文材料也做到了关注和研究，如张文《杨妃故事嬗变研究》（2000）在梳理故事在唐代的发展演变时，便将大量唐人的诗作作为材料；夏习英《绿珠故事的演变及其文化意蕴》（2004）不但在梳理发展演变时将诗文作为材料，在对不同文化主题进行专门梳理时，也涉及了大量诗作。关注传统诗文中的材料，本是叙事文化学研究的应有之义。一方面，宁稼雨教授提倡以故事类型为切入点来研究古代叙事文学，就是要探索同一个故事在不同的文学体裁之间的流动；另一方面，历史地看，传统诗文才是古代文人着意创作的体裁，透过传统诗文的材料才能更真实地把握故事演变及文化意蕴在古代社会的样貌。

随着文献收集方法途径的不断完善，可以搜集的材料无论是种类还是数量必然比此前要多。如县志、古籍、风物传说等此前并未引起关注的材料，在后期的论文中也得到了应用，梁晓萍《西施故事流变及其文化探源》（2001）便统计了西施故里的古迹遗存，收集了不同时代的风物传说，这些材料对于西施故事的研究增添了新鲜血液。夏习英《绿珠故事的演变及其文化意蕴》（2004）等论文也有方志材料的收集与分析。

如何处理相关文献，不同的学位论文做了不同的处理，或以专门的章节做文献叙录，如张文《杨妃故事嬗变研究》（2000）；或将文献在梳理故事发展流变的脉络时做概要性的介绍，如梁晓萍《西施故事流变及其文化探源》（2001）；或以文体类别将不同时期故事的相关文献进行扒梳，如夏习英《绿珠故事的演变及其文化意蕴》（2004）。这些处理并不能直接评判优劣好坏，但却为以后学位论文的写作提供了经验。

从文化分析来看，一方面是对故事演变的社会文化原因的探索，另一方面是对故事所蕴含的文化因素的分析。相对来说，这与写作模式的选择有很大的关系，也就是说，如《孟姜女故事研究》一般，按照时间顺序安排章节，梳理不同时代的文本以及文本所呈现的演变轨迹，并结合不同时代的社会文化背景分析历次演变的原因所在，这种写作模式着重于对演变原因的文化分析。然而问题在于，《孟姜女故事研究》的作者顾颉刚先生是对中国传统文化极其精通的大学者，因而对孟姜女故事的纵向梳理能够做到驾轻就熟，对故事的历次变动给出贴切的解释。而学位论文写作者在知识储备、文化沉积、学养积淀等方面并不一定做好了准备，因而在对故事演变及其原因的分析中，很容易形成浮光掠影的套路式的阐释，对古代文化的固定的印象比如"存天理灭人欲"的程朱理学、元代的异族统治、明清的封建专制等，也会不加分别、不作具体分析地应用到阐释中，将文本、作者、社会文化背景僵硬地捏合到一起，反而会影响所探讨的演变原因的可信度。本科毕业论文，以及早期的硕士论文，或多或少存在这种问题。如张文《杨妃故事嬗变研究》（2000），对元代社会文化的分析与白朴创作《梧桐雨》的特点并没有建立起特别令人信服的因果联系。

而将故事所涉及的文化因素分别设立独立章节进行专门的探讨，这种写作模式对故事的文化蕴涵的阐释更为深入。比如梁晓萍对西施故事与吴越文化、历史意识、美女祸水、生命情绪、美人幻梦等文化主题的阐释，杨奉勤对儒家文化与市民文化对木兰故事的改造的分析，任正君对韩湘子故事的修道主题、济世主题的梳理分析，夏习英对绿珠故事中的殉情、报恩、美女祸水等文化因素的梳理分析，突出了故事本身所蕴含的文化因素，这比对情节演变的社会文化背景的强作解释显然更加具体、适用而可信。

同样的，早期的学位论文主要分析故事演变的社会文化原因，偏向于历史文化的分析。后期的学位论文则不断开拓视野，从地域文化、宗教文化、市民文化以及大小传统等各个方面来关照故事演变，展现出中国文化的丰富、广博的各个侧面。在1994—2004年期间，学位论文已经探讨的文化观念主要有佛教、道教的时间观念，吴越文化，历史意识，生命意识，美人祸水观念，儒家文化的孝、贞烈观念，市民文化的两性平等观念，修道与济世文化，殉情、报恩等文化观念。同时，对于故事演变及其文化意蕴的专门探讨，所得出的结论也会让人有耳目一新的感觉。如章剑《略论妒妇故事演变及其文化意蕴》（2002）对于妒妇故事演变时段的勾勒与分析，竟折射出宋代大传统与小传统的新变来，此观点无论对叙事文学研究还是传统文化研究都具有重要的参考意义。

总体来看，这一时期的学位论文是叙事文化学个案故事研究的重要成果，是叙事文化学理论的重要实践，同时也是对叙事文化学研究论文写作的思路、方法、模式的积极探索。

三、课堂教学与学位论文中叙事文化学研究理论体系前景展望

这一时期，叙事文化学的理论要素在课堂教学与学位论文中得到摸索与实践，蕴含着广阔的前景。

一是学科的正名。这一时期，虽然课程名称为"叙事文化学"，但学位论文中几乎没有提到过这一名称，在研究方法上一般只称主题学。当然此时学界也没有叙事文化学的论文和相关探讨。这说明叙事文化学作为学科并没有获得正式的公开与承认。然而在课程设计与教学中已经出现了叙事文化学理论的大体框架，目的、对象、方法也较为明晰，具备成为独立学科的潜质。另一方面，这一时期"冒名"主题学而实际以叙事文化学的理论思路为指导写就的学位论文表明，叙事文化学具有广阔的研究应用前景，可以为古代文学研究提供崭新的理论武器。一个学科的出现是要经过充分的理论准备，经过大量的论证和实践，才能够有其立足之地；相信随着理论探索与个案研究的不断积累，叙事文化学必将横空出世，成为学界耀眼的明星。

二是叙事文化学研究总体框架的完善与充实。在课堂教学中，宁稼雨教授已经敏锐地发现故事类型索引编制的问题，在参考前人的民间故事主题索引编制成果的前提下，提出编制适合于中国古代叙事文学的故事类型主题索引，对古代叙事文学故事类型进行摸底，为进一步的个案研究奠定基础。至此，索引编制成为一个独立的部分被提了出来，并被作为叙事文化学研究的总体框架之一。那么叙事文化学的总体框架应该有几部分，都是什么内容，各个部分有什么样的关系，在这一时期的课堂教学与学位论

文中并没有得到思考与呈现，这对于一门学科、一种理论是欠缺的。这一时期已经将叙事文化学研究的大体思路搞清楚了，这一思路对于叙事文化学的总体框架来说具有什么样的意义？这一时期也有学位论文对叙事文化学的基本思路进行了实践，这些实践应该放在叙事文化学总体框架的哪一部分来看待？当我们怀着充分的自信来为这门学科、这种理论正名的时候，这些问题必然会浮现出来，也将得到回答。

三是故事类型索引的编制。这是这一时期叙事文化学的重大创获。从了解民间故事的类型索引，到提出中国古代叙事文学的故事类型问题，到编制《先唐叙事文学故事类型索引》，从理论到实践，都在这一时期发生。中国古代叙事文学的类型索引，旨在摸清中国古代叙事文学的故事类型，为叙事文化学个案研究提供参考与指导，同时也为主题学、民间文学以及古代文学的其他学科提供研究的方便。在这个意义上，故事类型索引的编制应该继续进行下去。宁稼雨教授从六朝叙事文学的主题类型研究入手，将范围向前扩展，编制了《先唐叙事文学故事主题类型索引》。唐代及以后还有大量叙事文学作品存在，可以抽绎出大量故事类型，这些也需要进行摸底并编制故事类型索引。当然，唐代及唐代以后的叙事文学作品数目庞大，编制索引时如何操作——以时代为中心？以作品为中心？这些问题也是需要思考解决的。总而言之，在故事类型索引编制方面，仍存在着广阔的空间。

四是叙事文化学相关理论的阐发与建构。这一时期，课堂教学将叙事文化学的大体思路与方法向同学们做了介绍，但作为一门学科、一种理论，还有许多问题需要阐发与建构。比如20世纪80年代曾有方法论热潮，数十种外国理论被介绍进来，在这种情况下，为什么还要创立叙事文化学？这自然与学术风潮的更新换代有关，与对待西方理论的方式有关，与偏重理论还是回归文献的思考有关。因此叙事文化学的创立，既可以说是对以往叙事文学研究方式的反思——一种建立在学术史基础上的考量，也可以说是对学界新风尚、新思潮的引领。这些问题都需要进一步地阐释与梳理。

另一方面，所谓理论，主要的意义还是在研究中的应用，是否能用、是否适用是检验一种理论是否具有生命力的重要标准。那么叙事文化学作

414

为一种理论，它对于古代叙事文学研究的适用性在哪里？既然这一时期的学位论文几乎只强调主题学的研究方法，是否可以用主题学来代替叙事文化学，或者说这种理论是否只是披着叙事文化学"外衣"的主题学？答案当然是否定的。主题学虽然能够为古代叙事文学研究提供方法与视野的借鉴，甚至让我们注意到古代文学中大量存在着一个故事主题在不同文体之间的流动的事实，但主题学毕竟是西方理论，它与中国古代叙事文学研究并不能完美地接榫，主要的一点便是它只关注故事的"变"，并不太在乎其"变"的广泛性与适用性——是突变、畸变还是顺理成章地演变、自然而然地变。而并不是所有的"变"都能反映历史的真实，有时候"不变"中反而蕴含着更重要的变化的信息。只有掌握了丰富的材料，才能更接近历史的真相。叙事文化学在对这些问题的处理上，更加符合中国文学、中国文化的实际，其理论适应性与优越性也在于此。这些问题还可以做进一步的思考。

当然，理清叙事文化学与主题学的关系，实际上也是理清中与西的关系、中国古代文学研究与西方理论的关系。理清它们之间的体用关系后，可以使我们更从容地面对西方理论，建构属于中国的叙事文化学。实际上，不只是主题学的理论要素可以为叙事文化学所吸收利用，很多西方理论，甚至是其中崭新的理论，其合理因素都可以为我所借鉴、利用。比如人类学的理论、互文性的理论，只要它们能够更好地服务于我们对研究对象的文化阐释，并且能够被挖掘出与古代文学的接榫之处，那么它们完全可以为我所用。这种"中体西用"的思路，正是在这一时期摸索与尝试之后的产物，以"中体西用"为指南的叙事文化学，还有广阔的理论建构空间。

此外，叙事文化学主要的是一种应用性的理论，但并不能排除它产生形而上的理论思考的可能。相同的故事在不同文体之间的流动，同一个故事被不同的人所讲述，是否蕴含着古人的哲学思考与着意选择？中国的叙事文化能否抽绎出能够为人类所共享的独特的内蕴？这些问题也可以进一步思考。

五是叙事文化学的个案研究。这一时期的个案研究主要是本科、硕士同学以学年论文、学位论文的形式进行的个案研究。他们的研究已经表明，叙事文化学有其研究的应用价值，能够为更多的人所应用、能够用来研究更多故事主题。

从研究层次来说，总体来看这一时期的学位论文，硕士同学的论文在文献的搜集、故事演变的处理、文化蕴涵的分析等各个方面都比本科同学完成得好，这是否意味着更高层次的研究人员或许能更好地把握和驾驭题目，从而获得更优秀的成果？硕士以外，接下来宁稼雨教授还将为博士研究生授课、指导博士论文的写作，硕士、博士将成为实践叙事文化学理论的中坚力量，叙事文化学的理论将获得更多人应用，收获更多更优秀的成果。

从选题来说，这一时期的选题很多都偏大，并不是本科学位论文、硕士学位论文所能很好地驾驭的，比如西王母故事（1999），西王母是一个与历史、文学、宗教、生活，甚至文字学、生物学等学科都有联系的人物，从西周时代就已经产生，后世的器具、墓画上也有其形象，后来还演化出曾在仙女故事、西游故事等众多神魔故事中出现的王母娘娘的形象来。西王母故事所涉及的面广，所蕴含的文化意蕴也丰富，而其中的演化轨迹则更为复杂，绝不是一篇本科论文能够说清。这样的大题目应该由更高层次的研究者来完成。这也就是说，在选题的尺度方面，还有上升的空间，这是技巧的方面。从内容方面来看，上文已经提及，这一时期的选题主要是以人物为中心的题目，这远远不能反映中国古代叙事文学故事类型的多样面貌。当然，这或许和《先唐叙事文学故事主题类型索引》的较晚出版有关，但值得期待的是，宁稼雨教授总结的天地、怪异、人物、器物、动物、事件六大类型，每一类型下面都有丰富的故事素材，未来的选题应该考虑这一方面。

从个案的文化分析来看，这一时期学位论文中的文化分析既有对故事演变的社会文化背景分析，也有对故事不同情节单元的文化主题分析，上文已经讲明，相对来说，后者的分析比前者要深入、透彻。但文化分析如何更好地操作，有没有经典的模板可供参考？这一时期显然更多以顾颉刚《孟姜女故事研究》为模板，方法偏于情节分析与文史结合。接下来是否可以探索原型批评、集体无意识等理论用于文化分析，这是值得期待的方面。

另外，文化分析能够将故事演变的原因分析透彻固然重要，能够挖掘故事所蕴含的独特文化意涵，也令人期待，或者可以说，以叙事文化学的方法来研究个案故事，以个案故事的研究来完成触摸中国古代文化的方方面面的任务是值得期待的方面。比如木兰故事与易装文化，钟馗故事与斩鬼文化，唐明皇故事与梨园文化等，都是值得挖掘的个案。

从个案研究与故事类型索引的编制来说，目前来看，宁稼雨教授的故事类型索引为个案研究选题提供了参考与指导。实际上，反过来也可以期待，就是某个个案故事的研究完成以后，既然已经掌握了该故事的材料和演变轨迹，当然可以以此为基础编制此故事的类型索引或者说演化索引。以韩湘子故事为例，可以抽绎出的故事主题有：1.韩湘子奇术——染花、造酒，2.韩湘子蓝关度脱。这两个主题下的情节变异（分支）更为丰富，如染花到开花，如度韩愈到度韩愈全家再到叔侄转生等。以此编制单个人物的类型索引当然不成问题，而故事的异变是这种类型索引编制的特色。

总而言之，叙事文化学在经历了这一时期的摸索与探索之后，无论在课堂教学，还是在学位论文，都有广阔的未来；而作为一种理论、一门学科，叙事文化学的成熟与定型，将为古代叙事文学研究提供新鲜的血液与动力，征程不远，未来可期！

后记

编完这本30多万字跨越十一年的年度研究报告，感想很多。谨就与本报告相关的几个编纂事务做简单说明。

本年度研究报告能够形成选题并立项完成，首先应该特别感谢南开大学"南开人文社科系列年度报告专项项目"。尽管我们提出的叙事文化学研究从无到有，已经走过近三十年的历程，无论是研究方法的成熟程度，还是相应的研究成果数量和影响，都有一定规模，但一直没有机会对其产生发展的全部过程做系统全面的总结分析。这次乘南开大学百年校庆的东风，南开大学设立了这个项目，其宗旨是"为鼓励我校各人文社科研究团队持续围绕学科发展前沿问题和重大社会现实问题开展前瞻性、对策性、跟踪性研究，进一步增强团队聚焦学术前沿和社会现实问题开展联合攻关的能力，并作为'百年南开'的一张靓丽名片"。按照这个思路，这个年度研究报告的意义不仅在于对叙事文化学研究做系统跟踪研究，总结其经验得失，而且也必会将其推向社会和学界，使其产生更大的学术影响，推动其向纵深发展。这是一件对叙事文化学本身和整个人文社会科学发展都有意义的好事，受到这个项目的青睐惠助，我们心存感激！

然而由于经费运筹等原因，本册报告完成后，南开大学社科部的项目出版资助经费遇到困难，但社科部领导依然积极运作，将本选题项目的出版资助事宜推荐给南开大学中外文明交叉科学中心，并得到该中心批准立项，得到项目出版工作资助。为此，对南开大学社科部和中外文明交叉科学中心表示衷心感谢！

关于本年度研究报告项目的布局安排。中国叙事文化学研究从起步到现在已经近三十年。要系统反映叙事文化学研究的全面情况，需要追根溯源，系统反映。为此，本项目年度研究报告最初计划分四册完成，四册内容的时间节点安排是：

第一册：中国叙事文化学起步时期研究报告（1994—2004）；

第二册：中国叙事文化学崭露头角时期研究报告（2004—2012）；

第三册：中国叙事文化学形成规模时期研究报告（2012—2017）；

第四册：中国叙事文化学步入正轨时期发展报告（2018—2021）。

按最初计划，这四册报告按每年一本的进度完成，陆续出版，最终于2023年全部完成出齐。但经与出版社协商，并考虑到我们实际的工作进展情况，最后改为四册同时完成，同时出版。并商定于2022年6月完成四册书稿工作交稿。四册交稿后我们又发现一些问题，又从整体上做了一些调整和补充，最后于2022年年底交稿。

关于本册编纂的具体思路和安排。本册为本项目系列报告的第一册，总结梳理中国叙事文化学起步时期的情况，时间跨度是1994—2004年。考虑到这个时段为叙事文化学筚路蓝缕的起步时段，尚未形成成熟稳定的研究体系和范式，所以将主要切入点放在这个时期几个相互关联的横向活动的历时演进过程上。具体涵盖以下几个方面：

1.中国叙事文化学研究提出的学术背景、学理依据和主要参照对象；

2.通过研究生叙事文化学课程设计和课堂教学实践，摸索叙事文化学研究的体系框架和基本内容；

3.通过研究生、本科生学位写作实践和论文指导，摸索叙事文化学研究的操作程序和范式方法；

4.从这一时段的叙事文化学教学内容和学位论文写作实践中，清理提炼其中蕴含的叙事文化学研究理论要素。

为了达到以上目标，在报告书写上每个部分包括以下三方面内容：

1.事实陈述部分，全面采集本时段叙事文化学相关所有信息数据，并进行梳理归类；

2.信息数据分析评论部分，根据采集信息数据进行质、量分析，总结归纳出这一时期内该学术领域提出了哪些问题，解决了哪些，解决的程度如何，还存在什么问题，还有哪些发展空间和潜力；

3.规划展望部分，在事实陈述和分析评论的基础上，对该学术领域发展前景和方向做出预测和展望，增强该报告的学术研究引导应用价值。

为了全面充分反映这一时段叙事文化学研究的起步摸索历程，使读者更加深入了解叙事文化学发展过程的具体细节，除了主体内容之外，前述四个部分还附有作为报告书内容数据分析基础的原始文件，主要包括：

1.从方法论角度对叙事文化学体系建构产生重要影响的学术文章；

2.叙事文化学研究原始讲稿教案；

3.叙事文化学研究部分原始课堂笔记；

4.部分以叙事文化学研究方法写作完成的硕士、学士学位论文。

这些附录内容都是叙事文化学研究萌生形成过程中的历史痕迹，从今天眼光看，它们中有些内容或许过时、或许稚嫩、或许简略，但它们的确是一个新生事物产生发展过程中的真实记录，不仅有助于回顾还原当时的历史原貌，清晰了解叙事文化学起步时期的各种学术背景和摸索轨迹，而且对于今天学界相关学术领域的研究也有重要的文献参考价值。

参加本册报告编写人员全部为叙事文化学研究团队成员，具体成员和分工情况如下：

宁稼雨：主编，撰写前言、后记，提供最初讲稿教案，负责全书的设计，分工协调和统稿；

梁晓萍：副主编，撰写主体报告第二部分（课堂教学），提供原始课堂笔记（1998年版），部分编务工作；

赵红：副主编，撰写主体报告第一部分（学术背景），部分编务工作；

李春燕：副主编，撰写主体报告第三部分（学位论文），部分编务工作；

李万营：副主编，撰写主体报告第四部分（理论建设），部分编务工作；

李波：成员，提供原始课堂笔记（2004年版）；

李彦敏：成员，提供叙事文化学研究相关学术信息（学位论文、学术论文）；

张慧：成员，负责本书资料查找搜集、录入和整理工作；

张莹莹：成员，负责本书资料查找搜集、录入和整理工作；

任卫洁：成员，负责本书资料查找搜集、录入和整理工作；

陆倩：成员，负责本书资料查找搜集、录入和整理工作；

蔺坤：成员，负责本书全书的资料核查和格式调整工作。

中国叙事文化学是中国古代叙事文学研究的新方法和新角度，通过近30年的摸索实践，已经初步得到学界认可，并产生一定影响。本书的编纂意图是全面反映该方法起步阶段的全部思考和实践内容，并为该方法能够持续和深化的科学性和可能性提供依据。限于水平和能力，错误和失误在所难免，恳请学界同人不吝赐教！

主编：宁稼雨

2022年11月30日于津门雅雨书屋